中华传统文化核心读本

余秋雨题

传承中华文化精髓

建构国人精神家园

白话聊斋

[清] 蒲松龄 / 著
邵士梅 / 译

图书在版编目（CIP）数据

白话聊斋 /（清）蒲松龄著；邵士梅译. —成都：天地出版社，2019.12
（中华传统文化核心读本：精选插图版）
ISBN 978-7-5455-4844-0

Ⅰ.①白… Ⅱ.①蒲… ②邵… Ⅲ.①笔记小说 – 中国 – 清代 ②《聊斋志异》– 译文 Ⅳ.①I242.1

中国版本图书馆CIP数据核字（2019）第076148号

BAIHUA LIAOZHAI
白话聊斋

出 品 人	杨　政
作　　者	［清］蒲松龄
译　　者	邵士梅
责任编辑	陈文龙　沈海霞
装帧设计	思想工社
责任印制	葛红梅
出版发行	天地出版社 （成都市槐树街2号　邮政编码：610014） （北京市方庄芳群园3区3号　邮政编码：100078）
网　　址	http://www.tiandiph.com
电子邮箱	tianditg@163.com
经　　销	新华文轩出版传媒股份有限公司
印　　刷	河北鹏润印刷有限公司
版　　次	2019年12月第1版
印　　次	2019年12月第1次印刷
开　　本	710mm×1000mm　1/16
印　　张	32.5
字　　数	693千字
定　　价	45.00元
书　　号	ISBN 978-7-5455-4844-0

版权所有◆违者必究

咨询电话：(028) 87734639（总编室）
购书热线：(010) 67693207（营销中心）

本版图书凡印刷、装订错误，可及时向我社营销中心调换

出版说明

中华文明历史悠久，源远流长。五千年的中华文明光辉灿烂，硕果累累，对后世产生了积极而深远的影响。作为华夏儿女，这是值得我们每一个人骄傲和自豪的地方。

中华传统文化，是中华文明在五千年的发展历程中诞生的成果之一，它以儒、道文化为主体，包含政治、经济、思想、艺术等各类物质和非物质文化。具体而言，中华传统文化包括诗、词、曲、赋、古文、书法、对联、灯谜、成语、中医、国画、传统节日、民族音乐等等，可谓博大精深，形式多样。

习近平总书记指出，中华优秀传统文化是我们最深厚的文化软实力，也是中国特色社会主义植根的文化沃土。中华优秀传统文化，滋养了中华民族的民族精神，赋予了中华民族伟大的生命力和凝聚力，是中华文明成果的创造力源泉。继承和发展中华优秀传统文化，学习、掌握其中的各种思想精华，不仅对我们树立正确的世界观、人生观、价值观大有裨益，而且也能为我们处理各种社会事务提供有益的启发和指导。

为弘扬中华优秀传统文化，满足广大读者对优秀传统文化的阅读需求，我们遴选了这套"中华传统文化核心读本·精选插图版"丛书。本丛书分"贤哲经典""历史民俗""文学菁华"三个系列，每个系列精选代表性的书目若干，基本涵盖了传统文化的各个类别。

为便于广大读者对传统经典的学习和吸收，本丛书对涉及古文的品种基本采用了注译和白话两种处理方式，以消除读者阅读的障碍。另外，本丛书每个品种都配有大量精美的古画插图，这些插图与内容互为补充，相得益彰，让读者在阅读中获得艺术的享受。

前言

《聊斋志异》是一部文言短篇小说集，是中国古代灵异、志怪小说的集大成之作。

《聊斋志异》作者蒲松龄（1640—1715），字留仙，又字剑臣，号柳泉居士，世称聊斋先生，清代杰出的文学家。蒲松龄自幼聪慧好学，19岁应童子试，以县、府、道三考皆第一而闻名乡里，但他后来却屡应省试不第。他一生怀才不遇，穷困潦倒。然而坎坷的遭遇和长期艰辛的生活，使他加深了对当时黑暗的政治、腐朽的科举制度以及社会弊端的认识和了解，为其日后的文学创作奠定了基础。蒲松龄自谓"喜人谈鬼""雅爱搜神"，其从青年时期便热衷于记述奇闻异事，写作狐鬼故事。后来，他将已写成的篇章结集成册，定名为"聊斋志异"，并且撰写了意蕴深沉的序文——《聊斋自志》，自述写作的苦衷，期待为人所理解。此后，他没有屈从于社会的偏见，抱着"纵不成名未足哀"的信念，仍然执着地写作，可以说他为《聊斋志异》的创作倾注了毕生的精力。

《聊斋志异》中的故事全是短篇，最长的也不过3000多字，短的才20多字。《聊斋志异》承袭了六朝志怪小说和唐传奇的衣钵，但在观念和写法上却有了质的飞跃。作者在谈狐说鬼中，对封建王朝统治下的社会政治、人情世态、道德伦常的"孤愤"情怀隐约可见，虚构出奇幻瑰丽的故事来针砭时弊，抒发忧愤，表达个人的感受、经验和情趣，寄托精神上的追求、向往。将宗教迷信意识转化为文学的审美方式正是《聊斋志异》超越之前的志怪传奇小说，成为这一类小说中最杰出的文学名著的根本原因。

《聊斋志异》内容十分广泛，多谈狐、鬼、花、妖，并以此来影射当时的社会现实，反映当时的社会面貌。其作品大致可分为以下三类。

第一类是反映社会黑暗、揭露和抨击封建统治阶级压迫、残害人民的罪行和歌颂被压迫人民反抗斗争精神的作品，如《促织》《红玉》《梦狼》《梅女》《窦氏》《商三官》《席方平》《向杲》等。在《促织》中，小说写了一个爱斗蟋蟀的皇帝，为了满足自己的爱好，不断地让百姓进贡蟋蟀。在乡下，一个孩子不小心弄死了父亲千辛万苦找来的蟋蟀，由于害怕责罚，这孩子竟然跳了井。后来这个孩子变成了一只蟋蟀，它不仅斗败了所有的蟋蟀，还斗败了大公鸡。孩子的父亲把它献给皇上，才使自己免于惩罚，并因此得以发迹。统治者的小小爱好，既能害得百姓家破人亡，也能使人大富大贵。《促织》最突出的特点，就是借讲故事来揭露当时的黑暗现实，将批判的锋芒直指当时的最高统治者。特别是篇末，作者仿效《史记》每篇篇末都附有"太史公曰"的体例，用"异史氏曰"直截了当地揭示出自己的创作意图。

第二类是反对封建婚姻，批判封建礼教，歌颂青年男女纯真的爱情和为争取自由幸福而斗争的作品，如《婴宁》《青凤》《阿绣》《连城》《青娥》《鸦头》《瑞云》等。在《连城》中，云南晋宁人乔生很穷，但很有才华，得到了史举人的女儿连城的欣赏。后来，连城被迫与一盐商之子订婚，不久得了怪病，要成年男子的胸肉做配药才可以治疗。史举人许诺谁能做到就把连城嫁给谁。乔生毫不犹豫地来到史家用刀割掉自己胸口的肉。但连城的病好后，史举人食言，没有把连城嫁给乔生。不久，连城与乔生双双死去，两人在阴间重逢。乔生在朋友的帮助下和连城双双还魂。哪知盐商贿赂贪官，把复生的连城判给了别家。连城在盐商家不吃不喝，并要上吊，盐商没有办法，只好放连城回家。最后，乔生和连城有情人终成眷属。蒲松龄对连城和乔生始终抱着赞扬的态度，对他们执着的爱情进行了热情的歌颂。

第三类是揭露和批判科举考试制度的腐败和种种弊端的作品，如《叶生》《考弊司》《贾奉雉》《司文郎》《王子安》《三生》等。在《叶生》中，主人公叶生文辞冠绝，却久困名利场，"形销骨立，痴若木偶"，虽"服药百裹"仍"殊罔所效"，终于病死。死后，魂魄跟随知己丁乘鹤而去，对名利场仍不改其痴，用生平所拟定的应考习题帮助丁公子应考，使其连战皆捷。叶生聊以自慰说："借福泽为文章吐气，使天下人知半生沦落，非战之罪也，愿亦足矣。"当他魂归故里，"逡巡入室，见灵柩俨然，扑地而灭"。叶生在沦落中苦苦挣扎，他的痛苦经历，使人潸然泪下，最终仍虚幻一生，何其悲惨！科举制度对下层知识分子灵魂的禁锢就是如此残酷无情！

从艺术成就上看，《聊斋志异》吸收了古代白话小说的长处，形成了独特的简洁优雅的文言风格。同时，它又采用现实主义与浪漫主义相结合的创作手法，成功地塑造了众多鲜明生动、性格典型的艺术形象。写贪官污吏，无不面目丑恶，朋比为奸；写科举考试，考生鹦鹉学舌，考官则有眼无珠；写爱情，则痴男怨女，楚楚动人。书中既有对现实的不满，又有对怀才不遇、仕途难走的不平；既有对贪官污吏狼狈为奸的鞭笞，又有对勇于反抗、敢于复仇的平民的赞叹。而数量最多、质量最好、描写最美最动人的是那些人与狐妖、人与鬼神以及人与人之间的纯美爱情。

从故事结构上看，其情节曲折离奇，布局严谨巧妙，语言简洁生动，每个故事的情节安排都显示出作者的智慧和匠心，让读者开卷后兴味盎然，不愿释手，回味无穷。

《聊斋志异》问世后，一开始只是在民间传抄，直至蒲松龄去世50年后，才在浙江刻版问世。《聊斋志异》中的"聊斋"是蒲松龄书屋的名字，"志"是"记述"的意思，"异"指"奇异的故事"。书刊行之后，风靡坊间，人们公认"小说家谈狐说鬼之书，以《聊斋》为第一"。

为了便于不同年龄阶段、不同层次的读者阅读，本书特别挑选了《聊斋志异》中的经典篇章，翻译成白话文，定名为《白话聊斋》，以便让更多的现代读者从中体味到作品的独特魅力。

本书编排严谨，校点精当，并配有精美的绣像插图，这些插图，和作品中的情节、人物相互对应，达到图文并茂、生动形象的效果，具有很高的艺术价值和欣赏价值。

此外，本书版式新颖，设计考究，双色印刷，装帧精美，除供广大读者阅读欣赏外，还具有极高的研究和收藏价值。

目 录

- 考城隍 ……………………………… 001
- 尸　变 ……………………………… 002
- 瞳人语 ……………………………… 004
- 画　壁 ……………………………… 007
- 咬　鬼 ……………………………… 009
- 王六郎 ……………………………… 010
- 偷　桃 ……………………………… 013
- 种　梨 ……………………………… 015
- 劳山道士 …………………………… 016
- 蛇　人 ……………………………… 019
- 雹　神 ……………………………… 021
- 狐嫁女 ……………………………… 022
- 娇　娜 ……………………………… 024
- 三　生 ……………………………… 029
- 叶　生 ……………………………… 031
- 王　成 ……………………………… 033
- 青　凤 ……………………………… 037

- 画　皮 …………………………………………… 040
- 贾　儿 …………………………………………… 043
- 董　生 …………………………………………… 046
- 陆　判 …………………………………………… 048
- 婴　宁 …………………………………………… 052
- 聂小倩 …………………………………………… 058
- 凤阳士人 ………………………………………… 063
- 珠　儿 …………………………………………… 065
- 胡四姐 …………………………………………… 068
- 侠　女 …………………………………………… 070
- 酒　友 …………………………………………… 074
- 莲　香 …………………………………………… 075
- 阿　宝 …………………………………………… 081
- 张　诚 …………………………………………… 085
- 红　玉 …………………………………………… 088
- 林四娘 …………………………………………… 092
- 鲁公女 …………………………………………… 094
- 胡　氏 …………………………………………… 097
- 黄九郎 …………………………………………… 099
- 连　琐 …………………………………………… 103

- 白于玉 ……………………………… 107
- 连　城 ……………………………… 111
- 商三官 ……………………………… 115
- 小　二 ……………………………… 116
- 庚　娘 ……………………………… 119
- 宫梦弼 ……………………………… 123
- 狐　妾 ……………………………… 127
- 雷　曹 ……………………………… 130
- 阿　霞 ……………………………… 132
- 翩　翩 ……………………………… 135
- 青　梅 ……………………………… 137
- 罗刹海市 …………………………… 143
- 公孙九娘 …………………………… 150
- 促　织 ……………………………… 154
- 狐　谐 ……………………………… 158
- 姊妹易嫁 …………………………… 161
- 续黄粱 ……………………………… 164
- 棋　鬼 ……………………………… 169
- 辛十四娘 …………………………… 170
- 胡四相公 …………………………… 177

- 念　秧 …………………………………… 179
- 酒　狂 …………………………………… 186
- 赵城虎 …………………………………… 190
- 封三娘 …………………………………… 191
- 狐　梦 …………………………………… 196
- 章阿端 …………………………………… 199
- 花姑子 …………………………………… 202
- 西湖主 …………………………………… 207
- 孝　子 …………………………………… 212
- 长治女子 ………………………………… 213
- 伍秋月 …………………………………… 215
- 荷花三娘子 ……………………………… 218
- 金生色 …………………………………… 221
- 彭海秋 …………………………………… 224
- 窦　氏 …………………………………… 228
- 马介甫 …………………………………… 230
- 云翠仙 …………………………………… 238
- 小　谢 …………………………………… 242
- 林　氏 …………………………………… 247
- 胡大姑 …………………………………… 249

- 蕙　芳 ……………………………………… 251
- 考弊司 ……………………………………… 254
- 狐惩淫 ……………………………………… 256
- 江　城 ……………………………………… 258
- 孙　生 ……………………………………… 264
- 邵　女 ……………………………………… 267
- 二　商 ……………………………………… 273
- 梅　女 ……………………………………… 275
- 阿　英 ……………………………………… 279
- 青　娥 ……………………………………… 283
- 仙人岛 ……………………………………… 288
- 柳　生 ……………………………………… 294
- 冤　狱 ……………………………………… 297
- 宦　娘 ……………………………………… 299
- 阿　绣 ……………………………………… 302
- 小　翠 ……………………………………… 306
- 细　柳 ……………………………………… 311
- 梦　狼 ……………………………………… 315
- 嫦　娥 ……………………………………… 318
- 褚　生 ……………………………………… 323

- 霍　女 …………………………………… 326
- 司文郎 …………………………………… 331
- 吕无病 …………………………………… 335
- 姚　安 …………………………………… 340
- 邵士梅 …………………………………… 341
- 陈锡九 …………………………………… 342
- 凤　仙 …………………………………… 346
- 佟　客 …………………………………… 351
- 爱　奴 …………………………………… 353
- 小　梅 …………………………………… 356
- 绩　女 …………………………………… 360
- 张鸿渐 …………………………………… 362
- 云萝公主 ………………………………… 367
- 天　宫 …………………………………… 374
- 乔　女 …………………………………… 376
- 神　女 …………………………………… 379
- 湘　裙 …………………………………… 383
- 三　生 …………………………………… 388
- 长　亭 …………………………………… 389
- 席方平 …………………………………… 394

- 素　秋 …… 397
- 胭　脂 …… 402
- 仇大娘 …… 408
- 珊　瑚 …… 414
- 恒　娘 …… 418
- 葛　巾 …… 421
- 书　痴 …… 426
- 齐天大圣 …… 429
- 青蛙神 …… 431
- 青蛙神（又） …… 434
- 任　秀 …… 436
- 晚　霞 …… 438
- 白秋练 …… 441
- 织　成 …… 446
- 竹　青 …… 449
- 王　大 …… 452
- 乐　仲 …… 455
- 香　玉 …… 458
- 大　男 …… 462
- 韦公子 …… 466

- 嘉平公子 …………………………………… 468
- 二 班 …………………………………… 470
- 苗 生 …………………………………… 471
- 薛慰娘 …………………………………… 473
- 王桂庵 …………………………………… 477
- 寄生附 …………………………………… 480
- 姬 生 …………………………………… 484
- 纫 针 …………………………………… 486
- 粉 蝶 …………………………………… 489
- 锦 瑟 …………………………………… 493
- 丐 仙 …………………………………… 497

考城隍

　　我姐夫的祖父宋先生，名焘，是我们县的秀才。有一天，他因病躺在床上，恍惚中，看见有个官吏牵着一匹前额长着白毛的马，手里拿着官府的文书，走过来对他说："请你前去参加考试。"宋先生说："主考官还没来，怎么能突然举行考试呢？"那官吏并不言语，只是催促他快快动身。宋先生只好勉强拖着病体乘马随那官吏而去。

　　他感到脚下的道路非常生疏。没多久，他们就来到了一座城前。这座城看上去好像是帝王的都城。一会儿工夫，他们便到了官府，只见房舍十分壮丽豪华，大堂上坐着十多个官员，却不知是什么身份，其中只有关羽关壮缪还认识。檐下摆着小桌和坐墩各两个。在他之前，有一个秀才已坐下，宋先生便挨着他坐在旁边。小桌上放着笔和纸，很快试题纸传下来，宋先生展开一看，上面写着八个字："一人二人，有心无心。"两人很快把文章写好，呈到殿上。宋先生文中有这样两句："有心为善，虽善不赏；无心为恶，虽恶不罚。"殿上众官员传阅之后，称赞不已，便召宋先生上殿说："河南缺一个城隍，你可以去任此职。"宋先生这才醒悟过来，感激涕零地叩头谢道："承蒙任命，怎敢推辞。只是家里有七十多岁的老母，无人奉养。我请求侍奉老母终老后，再听从任命。"堂上有位帝王模样的人立即令人查看他母亲的寿数。一位留着长胡须的官吏翻开表册查阅一番后说："还有九年阳寿。"正当大家踌躇间，关帝说："不妨让那个张秀才暂且代职九年，到时再让他接任。"然后那个帝王模样的人对宋先生说："本应让你立即赴任，今念及你的一片仁义孝心，可批准给你九年假期，到时候再召你赴任此职。"随即又勉励了那位张秀才几

句，二人垂首叩拜，一齐退下。

那位张秀才握着宋先生的手，一直送到郊外。他自我介绍说是长山县人，临别时又作诗赠给宋先生，但宋先生把大部分诗句都忘了，仅"有花有酒春常在，无烛无灯夜自明"两句记下了。宋先生骑上马告别张秀才而去。

他回到家里，恍然如梦初醒。这时，他已死去三天了。宋母听见棺材里有呻吟声，赶忙将他扶出来。过了大半天，他才能说话。家里派人到长山县一带去打听，果然有个姓张的秀才，就在那一天死去了。

过了九年，宋母果真去世。等到为老母办完丧事以后，宋先生沐浴更衣，进房安然而死。他岳父家住在县城西门内，这天忽然见宋先生骑着装饰华美的骏马，并有众多随从陪同而来，登堂拜别。大家都很惊疑，却不知道他已经成了神仙。岳父家的人去乡里询问，才知道宋先生已经去世了。

宋先生曾写有自己的小传，可惜经过战乱以后失传了，这里所记的不过是个大概罢了。

尸 变

阳信县有位老翁是蔡店村的人。村子距县城有五六里远。他和儿子在路边开小店做生意，供过路的商人住宿。有几个车夫，经常贩卖东西从这里经过，每次都要在他店里住。

一天黄昏时分，四个车夫一起来到店门口，要求住宿。但老翁家里的房间已经全部住满了。四个人商量了一下，觉得再也没有别的去处，就坚持要求老翁想办法安排他们住下。老翁沉思了一下，想起有一个地方可以住人，只是怕客人们不满意。客人们说："我们只求有一间房能够安身歇息就行，哪里还敢挑来拣去的呢？"

原来，老翁的儿媳妇刚刚死去不久，尸体就停放在将要让客人留宿的这间屋子里。儿子出门去购买棺材，还没有回来。老翁想着这灵室还安静，就领着客人们穿过通道到了那里。

客人们来到室内，只见里面灯光昏暗，桌案后面搭着布帐，布帐后面放着一具女尸，纸糊的被子盖在死者的身上。他们再看看要住的地方，是屋子里面的小套间，放着连在一起的床铺，算是一个通铺。这四个客人白天奔波赶路，实在疲乏极了，头刚一挨枕头就都睡着了，鼾声又粗又重。

其中有一个客人还处在似睡非睡的状态，突然听到停尸的灵床上有"嚓嚓"的响声。他赶紧睁开眼睛看去，只见灵前的灯光将周围的一切照得非常清楚。那女尸竟然掀开纸被坐起来，一会儿工夫便下了床，慢慢地走到四个客人的卧室里来。那女尸脸上呈现出淡淡的金黄色，额头上戴着一圈生丝绢。女尸走到客人床前，逐一对着那熟睡的三个客人吹气。醒着的那位客人见此情景，恐惧极了，害怕女尸也来吹他，就悄悄地拉起被子把自己的头完全盖住，在被窝里屏住呼吸，连唾沫也不敢咽，静静地听外面的动静。不一会儿，女尸果然来到他跟前，也像对别的客人那样，把他吹了一遍。后来，他感觉到那女尸出了这个房间，然后，又听见灵床和纸被的响声。客人胆战心惊地掀开被角，往灵床那边窥视，看见女尸仍然像先前一样僵卧在那里。客人更加恐惧，不敢出一点儿声。他在被子里悄悄地用脚蹬其他的几个同伴，但是他们连动都不动，他想来想去没有别的办法，于是准备穿上衣服逃跑。

客人刚刚拿起衣服要穿，突然又听见外间灵床响起"嚓嚓"声。客人害怕极了，急忙又躺下，把头缩进被子里。他感觉到那女尸又来了，一连吹了好几次气才离去。过了一会儿，灵床又有了响声，客人知道女尸又躺下来了。于是他从被子里慢慢伸出手，摸到裤子，急忙穿上，也来不及穿鞋，光着脚就往外跑。那女尸也随即离了床，似乎要追赶他。等女尸离了帐子，客人已经打开门栓，跑到屋外。女尸也紧紧地追随着跑出来。客人一边奔跑一边大声呼叫"救命"，但村里的人却没有一个惊醒的，客人想去敲店主人家的门，但又害怕跑慢了被女尸追上，就只好在去县城的路上拼命跑。

客人跑到东郊，看见前面有一座寺庙，还能听见里边传出来的木鱼声。客人用力猛敲寺庙的大门。庙里的和尚感到太突然，不肯开门放他进去。转眼间，那女尸已追到客人跟前，距离只有一尺多，客人更加着急。庙门外有一棵大白杨树，树干大概有四五尺粗，客人乘机用白杨树来掩护自己。女尸追到右边，他就藏到左边；女尸追到左边，他就藏到右边。女尸被激怒了。双方都疲倦不堪。女尸首先停了下来，站在原地不动了。客人更是汗流如注，上气不接下气，躲避着歇息。没过多久，女尸突然

向前扑来，伸出两条长胳膊，隔着树干来抓他。客人恐惧极了，吓得瘫倒在地上。女尸没有抓到客人，抱着白杨树僵硬地站立在那里。

和尚在庙门里偷听了好长时间，直到外面没了声音，这才慢慢地开了门，出来看个究竟。只见客人躺在地上一动不动，和尚拿着蜡烛上前看，发现客人像是死了。和尚又俯下身去摸，觉出客人心口微微跳动，口里还有一丝气息。和尚当即把客人背进庙里。过了很长时间，天快亮的时候，客人才苏醒过来。和尚又给客人喝了些汤水，然后问他怎么会弄成这个样子。客人有气无力地把他所遭遇的一切全告诉了和尚。

这时，晨钟已经敲响，东方现出鱼肚白，曙色迷蒙，和尚壮着胆子往外看，果然发现有一具僵硬的尸体，靠着白杨树站着。和尚大吃一惊，将女尸追逐客人的事报告给县官。县官立即亲自到现场勘验。但是女尸的双手牢牢地抓着树干，怎么也取不下来。县官近前仔细一看，只见女尸左右手的四个指头并在一起，卷曲成铁钩状，深深地抠进树干，连指甲也陷了进去。县官又叫几个人一起合力往外拉，这才把女尸的手指从树干里弄出来。再看手指抓出的孔穴，就像用凿子凿成的深洞一样。县官派差役到老翁家里去探视，而老翁家里因尸体不见，客人毙命，正乱作一团。差役将女尸和客人在东郊庙门外相斗的情状告诉了主人。老翁马上跟随差役到了东郊庙门外，让人把女尸抬了回去。

客人哭着对县官说："我们一起出来了四个人，现在只剩下我一个人回去，这让我怎么跟乡亲们交代呢？他们一定不会相信我说的话。"县官就写了一纸文书作为证明，又赠给他一些东西打发他回去了。

瞳人语

京城里有一士人叫方栋，非常有才气，但是为人轻薄放荡，特别不守礼节。他每一次在郊野路上遇见游玩的女子，总是要轻佻地尾随人家，追一阵才罢休。

清明节的前一天，他到郊外去游玩，看见一辆小车，上面挂着彩色帐幔，十分华丽，有几个婢女骑着马相随慢行。其中有一个婢女，骑着骏马，容貌长得非常美丽，光彩照人。方栋被这漂亮女子吸引，也骑着马紧随其后。稍稍靠近一些，发现小车的帐幔掀开，他看见里面坐着一个女郎，芳龄大约十六岁，娇美绝伦，举世无双，确实是平生从未目睹过。方栋就像被勾了魂似的，身不由己，目光一直不能离开车内的漂亮女子，他骑马与小车紧紧相随，有时他的马走到前边，他就让马稍停一下；有时他的马落在后边，他就又把马拍打一下，让它追上去。就这样，他跟随那漂亮女子一直走了好几里路。方栋在马上忽然听见车内女子叫骑马随从的婢女走到车跟前，那女子说道："把车帘子给我放下来，外面哪儿来的轻薄儿郎，不停地往车子里边偷看。"于是婢女就把车帘子放了下来，只见婢女怒气冲冲地对方栋说："你知道她是谁吗？她就是仙境中芙蓉城的七郎子的新媳妇，现在她要回娘家去看望自己的父母。她和那些没有身份的农妇不一样，怎么能随便叫秀才偷看呢！"婢女说完话，很快从地上掬起一把被车轮碾得很细的尘土，向方栋猛地扬了过去。方栋的双眼顿时被迷得睁不开了。等他揉了一阵子再去看那车子，车马和人早已走远了。方栋又惊又疑，只好悻悻地掉转马头回家去。

方栋回到家里，眼睛一直很难受。于是他就请人翻开上下眼皮，看里边还有什么东西。结果发现左眼球上长出一个白翳，正好盖在瞳仁上。睡了一个晚上，方栋的眼睛更加难受，眼泪簌簌地往下流，止都止不住。后来，白翳长得越来越大，几天以后，白翳竟然长得跟铜钱一样厚了。不久，方栋的右眼上也长了一个螺旋状的东西，家里帮他四处求医问药，但什么药也治不好他的病。方栋双目失明了，内心十分痛苦，对自己不检点的行为感到非常后悔。

方栋听说念《金光明经》能够解除他的厄运和痛苦。于是，他就找来一本《金光明经》，请人教他诵读。刚开始的时候，方栋还觉得烦躁，时间长了，他便安定了下来。早晚没事的时候，他就盘腿坐下，只管捻着珠子诵读《金光明经》。这样一直坚持了一年多，一切世俗杂念都被净化了。

有一天，他忽然听见左眼里有像苍蝇嗡嗡那么大的声音在说话："这里面太黑了，像漆一样，真是无法忍耐，憋闷死人了！"右眼里也有相同的声音说："是的，咱们可以一块儿出去游玩一会儿，透一透气儿会舒服些。"紧接着，方栋便感觉两个鼻孔里像有虫子在轻轻动着，十分痒，再接着就好像有什么东西从鼻孔出去了。过了很长时间，那东西又回来了，仍旧沿着两个鼻孔爬上去，又进到眼眶里去了。然后，两个眼眶里又有像苍蝇嗡嗡那么大的声音在说："很长时间不到花园里去了，那些珍珠兰没人浇灌，已经枯死了。"方栋平时非常喜欢香兰，所以在花园种植了很多，平日里都要亲自去浇水，自从双目失明之后，一直没有去浇灌。他听到眼睛里的对话之后，心里就有点着急了，立即问妻子道："花园里的兰花怎么会枯死？"方栋的妻子很奇怪，于是就反问他怎么会知道花园里的兰花枯死了。方栋将自己眼睛中两个东西对话的事向妻子说了。方栋的妻子当即到花园去看那些兰花是不是真死了，结果确实像方栋说的那样，兰花全枯死了。方栋的妻子异常惊讶，就悄悄地藏在房子里，等待方栋眼睛里的东西出现，果然看见有两个小人顺着方栋的鼻孔爬出来。这两个小人还不到黄豆那么大，从门里飞出去，越飞越远，最后竟然消失了，不知道去了什么地方。过了不久，方栋的妻子又发现那两个小人挽着手臂从外面回来，飞到方栋的脸上，就像进洞穴里一样，钻进方栋的两个鼻孔。方栋的妻子就这样观察了两三天。

后来，方栋又听见左眼眶里的小人在说："每次迂回着从鼻孔出出进进，就像钻隧道一样麻烦，这样太不方便了，还不如自己重开一道门，出入会很方便的。"右眼眶里的小人回答说："我这儿壁膜太厚了，要弄开一道门，很不容易。"左眼眶里的小人又说："让我先在这边试着开辟一道门。如果能开出来，就和你一块儿从这儿进出。"话音刚落，方栋立刻感觉到左眼眶里的眼膜像被抓起来，使劲地撕裂着，方栋疼痛得难以忍受。这样持续了一会儿，方栋再睁开眼睛，立即觉得已经能看见东西了。方栋高兴极了，赶快告诉了妻子，妻子过来仔细看他的眼睛，发现他的眼膜上果真被撕开了一个小缝隙，眼膜里的黑眼球炯炯有光，就像绽裂的花椒。

又过了一个晚上，方栋眼睛里的障膜已经完全消失了，他再仔细看时，竟发现左眼里多了一个瞳仁，然而右眼里的螺旋状的东西还像以前那样，没有任何变化。方栋这才知道他左右眼里的小人已经合住在一个眼眶里了。方栋虽然瞎了一只眼睛，但看东西却更加清晰了。因此，方栋的行为更加检点，对自己的要求也更加严格。乡里人都称赞他的美德。

异史氏说："乡里有一士人，有一天和两个朋友在路上骑马而行。他远远看见一个少妇骑着驴出现在前方，于是开玩笑说：'有美人啊。'又回头对两位朋友说：'驱马前去，看一看那漂亮女子的芳容！'于是，几个人会意地大笑着驱马赶上前去。很快，他们就追上了前边骑驴的漂亮女子，仔细端详时才发现，那女子原来是他的儿媳妇。他心里极其愧疚，垂头丧气，一下子沉默了，什么话也说不出来。他的两个朋友假装不知道实情，对他的儿媳妇说了十分下流的话，他感到非常难堪羞愧，结结巴巴地说：'那是我的大儿媳妇。'两个朋友听后，不由得都转过脸去偷着笑了一阵才算罢休。轻薄的人在试图侮辱别人的时候，最后往往反而侮辱了自己，这实在可笑。至于那个眼睛失明的方栋，则是遭到了鬼神的报应。主持芙蓉城的神仙，不知是什么神，难道是菩萨现身不成？然而方栋能够洗心革面，鬼神即使凶恶，又何尝不允许人们悔过自新呢。"

画壁

　　江西有个叫孟龙潭的人，他和一个姓朱的举人客居在京城里。有一天，他们两个人无事闲游，不知不觉走到一座庙门前，看那殿宇禅舍，都不是太宽敞，只有一个云游四方的老僧人暂住在里面。老僧人见有客人来了，整理一下衣服便上前相迎。孟、朱二人向他还了礼，说明来意。老僧人便领他们到庙里参观。

　　庙里塑着南朝高僧志公禅师的像，两面墙壁上是一些非常精妙的绘画，人物画得栩栩如生。东面的墙壁画着天女散花图，在这幅图中画有一个少女，她披着长长的秀发，手里拈着鲜花，樱唇欲动，楚楚动人，眼波洋溢着柔情，闪闪有神。朱举人站在画前，凝视了很久很久，不觉有些神情摇荡，眼前竟幻化出许多奇境来。忽然朱举人感觉到自己飘然而起，像腾云驾雾一样，飞升到壁画里。朱举人看殿阁林立，层层叠叠，和人间所能见到的大不相同。在殿阁里一个老僧人正在讲说佛法，旁边围绕着很多和尚。朱举人也站在中间聆听老僧人布道传经。

　　刚站了一会儿工夫，他就觉着似乎有人暗中拽他的衣襟，回头一看，是那位披着长长秀发的拈花少女，她笑容可掬地离去。朱举人便转身跟着她走，走过曲廊，来到一个小屋，却犹豫不敢近前。少女回过头来，举起手里的花，远远地摇动着做出招呼他的样子，他这才大胆地走了过去。他发现屋里寂静无人，于是上前去拥抱那少女，少女并没有怎么拒绝，竟然和他亲热上了。过了一会儿，那少女关上房门出去了，临走时叮嘱他不要咳嗽出声，夜里她会再来。

　　就这样过了两天，这件事不料却被那少女的几个女伴发觉，大家一起搜出朱举人，取笑那少女说："说不定你肚子里的小郎君已经很大了，怎么还想垂头发学做姑娘的样子呢？"说话间，大家便捧着玉簪、耳环之类的首饰，催着她改梳少妇的发髻，那少女脉脉含羞，并不说话。女伴中有一个人说："姐姐妹妹们，咱们不要闹得太久了，惹人家不高兴。"于是大家便嬉笑着离去。

　　女伴们走后，朱举人仔细端详这女子，见她梳起高高的发髻，云鬟低垂，俨然一个少妇，比先前少女妆更加美艳。朱举人环顾四周无人，两人拥抱亲昵，沉入爱河，香兰熏心，其乐无穷。这时，突然听见一阵脚步声传来，还有锁链的声音，又夹杂着威喝声和辩解声。这女子惊起，和朱举人一起向外偷

看，只见一个身穿金甲的使者，脸面黑得像漆一样，手里握着槌棒和铁锁，众女子围绕着他。使者问大家："都到齐了没有？"大家回答："到齐了。"使者又说："如果什么地方隐藏着下界凡人，大家都应该立即出面告发，不要自找麻烦。"大家齐声说："没有的事。"金甲使者回转身用老鹰似的眼光，四面搜寻，仿佛真发现有凡人藏在这里似的。女子惊恐不已，面如死灰。她连忙对朱举人说："你赶快躲到床底下！"女子说完，急忙打开墙上的小门，仓皇逃走。朱举人趴在床底下，大气都不敢出。不一会儿听见脚步声来到屋里，然后又出去了，再过一会儿，喧嚣声慢慢远去了，他这才渐渐安下心来。但是门外总有过往说话的人。朱举人惊恐畏惧，觉得耳畔有蝉叫声，眼中似有火星冒出，那情形简直无法忍受。但他只有静静地等候那女子回来，竟然再也记不起自己是从哪里来的了。

当时孟龙潭在殿中转悠，一转眼发现朱举人不见了，便疑惑不解地询问引路的老僧。那老僧笑笑，说："他去听讲说佛法去了。"孟龙潭又问："在什么地方？"老僧说："不远。"过了一会儿，老僧用手指弹弹墙壁叫道："朱施主，怎么游了这么长时间还不回来？"转眼间只见壁画上出现了朱举人的画像，站在那里好像在倾耳聆听。老僧又叫道："你的伙伴等你很长时间了。"朱举人旋即从墙壁上飘然而下，落地后竟像木头一样呆立在那里，两眼瞪着，腿脚酥软。看到这情景，孟龙潭大吃一惊，一问，才知道他刚才趴在床底下听到敲墙的声音像雷鸣一样，所以才走出来探听，就回到了人世。

这时，大家再看壁画，发现原来拈花的女子，已不再是先前的那个披着秀发的少女，而是发髻高高绾在头顶的少妇了。朱举人惊慌地跪拜在老僧面前请教这件事的原因，老僧笑着说："迷幻由心而生，贫僧无法解释。"朱举人心情郁闷，志气低沉；孟龙潭却惊叹不已，六神无主。两人立即起身，走下台阶从庙中出来。

异史氏说："幻由心生，说出这话的人像是一位深明哲理的人。人如果有了荒淫的意念，就会出现轻慢的幻境；如果有了污秽之心，就会出现恐怖的幻觉。菩萨点化愚顽蒙昧的灵魂，千变万化，都是人心自动所为。菩萨教人心切，只可惜未听说他们听其言而大彻大悟，披头散发进山去修行。"

咬 鬼

沈麟生说，他的一个朋友某老翁，夏天睡午觉，恍惚间看见一个女子掀开帘子进来。这女子用白布裹着头，身上穿着孝服，径直朝里屋走。老翁怀疑她是来找自己的妻子的，但又一想不对，她为什么突然穿着一身孝服到别人家？正疑惑不解时，却看见那女子又出来了。老翁仔细一看，她有三十多岁，脸又黄又肿，眉眼紧紧挤在一起，神情令人害怕。她在屋里徘徊着，并不离去，又慢慢地逼近床边。老翁假装睡着，看她会怎么样。不料，那女子竟然脱衣上了床，压在老翁的肚子上，他感觉有几千斤重。这时，他虽然心里很清楚，但是手好像被捆住了，抬不起来；脚也软绵绵的，动弹不得。焦急中他想呼救，却喊不出声来。那女子用嘴去嗅他的脸，从颧骨到鼻子、眉毛、额头，闻了个遍。那女子的嘴冷得像冰雪，寒气直透骨髓。老翁在危机之时想出一个办法，想等她闻到腮边的时候，就趁机咬住她。不一会儿，那女子果然闻到腮边，老翁便立即趁势用力咬住那女子的颧骨，直到咬进肉里去。那女子疼痛难忍，一边挣扎一边哭叫。老翁却咬得越发起劲，只觉得血水流得满脸都是，把枕头也浸湿了。彼此正相持不下，老翁忽然听见妻子在屋子外面说话的声音，于是他连忙大声喊道："有鬼！"口一松，那女子立即逃走了。妻子慌忙奔进屋子，却什么也没看见，便以为他只是做了个噩梦。老翁便把刚才的经过详细说给妻子听，并说有血迹为证。妻子和他共同查看，果然发现一摊血水像是从屋上漏下的，流到枕头和席子上，湿了一大片。老翁伏下身子去闻，只觉得异常腥臭，便呕吐不止。过了好几天，老翁还觉得嘴里有一股腥臭味儿。

王六郎

在淄川城的北郊，有一个姓许的打鱼人。他每天夜里到河边去捕鱼都要带上酒，一边捕鱼一边饮酒。他饮酒的时候，总是要先往地上洒一杯，虔诚地祈祷说："淹死在河水里的鬼魂们也来喝一杯吧。"时间一长，这便成了他的一种习惯。别人捕鱼往往一无所获，他却总是能将满筐的鱼带回家。

有一天夜里，正当他独自饮酒时，有一个少年来到他身边，徘徊着不肯离去。于是，他就招呼少年和他一起饮酒。但是，这天夜里他连一条鱼也没有捕到，心里很失落。这时，少年站起身说："请让我到下游去为你驱赶鱼吧。"少年说完话，便飘然离去。没过多长时间，少年又回来了，并且对他说："有一群鱼来了。"少年说完话不久，果然听见很多鱼吃饵的声音。许渔夫趁机撒网，很快就捕上好几条鱼，条条都有一尺多长。许渔夫极其喜悦，就向少年表示真诚的感谢。少年说他要回去了，许渔夫就拿起自己捕的鱼想送给他，但是少年说什么也不要。少年对许渔夫说："屡次来喝你的好酒，赶鱼是区区小事，不值得这样道谢。如果你不嫌弃，以后我就经常来为你效劳。"许渔夫回答说："今夜和你初次对饮，怎么能说是多次呢？你能长期来我这儿帮忙，那确实也是我的心愿，但我苦于没有更好的东西招待你而难为情。"许渔夫又询问少年的姓名，少年说："我姓王，没有名字。以后见了就直呼王六郎好了。"说完，少年便离去了。

第二天，许渔夫用卖鱼得来的钱又买了酒，等夜幕降临以后，便带着酒到了河畔。那少年早已先于他在河边等待。于是，两人像故友一样坐下来开怀畅饮。干过数杯之后，少年还像昨夜一样，到河的下游去为许渔夫赶鱼。这样一直过了半年多。

有一天夜里，王六郎忽然对许渔夫说："咱们从认识到现在，真是比亲兄弟还要亲，可是过不了多久咱们就得分别了。"他说这话时，显得很忧伤犹豫。许渔夫很吃惊地问他原因，他几次想说却都打住了。最后少年说道："我们兄弟一场说出来你也不必惊讶。现在我们就要分别了，我不妨告诉你，我实际上是个鬼，生前特别贪恋美酒，因而于沉醉中不慎落在水里被淹死。在这里做鬼已有好几年时间了。以前你比别人捕鱼多，都是因为我在暗中赶鱼帮助你，这都是我有意借此来答谢你，因为你总是以酒洒地来祭奠我。到明天，我做鬼的期限已满,那时将会另有替身来代我,我便要到别处去投生了。咱们相聚的机会只有今夜最后一次了,所以不免难过。"许渔夫听完这话,非常吃惊,但毕竟他们在一起这么长时间了,关系非常亲近,所以他并不感觉恐惧,还为王六郎感到悲伤。于是许渔夫又斟满一杯酒递给他说:"六郎,喝了这杯酒,不要太悲哀。相见时间太短,又要匆匆分手,确实令人伤怀。但是高兴的是你的劫难已过,应该祝贺才是,喜多于悲。"说完,两人又举杯畅饮了一番。许渔夫又问六郎:"你的替身是什么人?"

王六郎
一念仁慈感帝天 敢人情重典同袍
老渔从此生涯足 不向江头觅酒钱

王六郎说:"兄长明天可在河边观望,正午时分会有一个女子从这里过河,她会落水而死。"两人一直喝到鸡叫时才洒泪告别。

第二天,许渔夫到河边耐心地等候,果然看见有一个妇人抱着婴儿来到河边,一到河边就跌落到水里,婴儿被抛到岸上,举手蹬脚地啼哭。那妇人在水里一会儿沉下去,一会儿又浮上来,最后又忽然湿漉漉地爬上河岸来,她在原地稍稍休息了一下,抱起婴儿径直走了。在妇人落水挣扎时,许渔夫在岸上很是不忍心,心里想着要下水去救她。但他转念一想,这妇人正是王六郎的替身,就只好打消了念头——不救。后来,等妇人自己爬上岸来,他又有点怀疑王六郎的话不灵验。

黑夜来临,许渔夫仍然到老地方去捕鱼。过了没多久,六郎又来了。六郎先开口说道:"现在我们又相聚在一起,而且不必说分别的话了。"许渔夫问他原因,六郎说:"本来妇人已经做了替身,但是我可怜她怀里抱着婴儿。为了代替我一个人却要送掉两条性命,我也于心不忍,所以就放弃了这次转世投胎的机会。但以后要再找到一个新替身,不知还要等到什么时候。也许是我们兄弟二人的缘分还没尽吧。"许渔夫深为感叹地说:"你的这片仁慈之心,一定能通达上天啊!"于是,他们又像先前那样相聚共饮。

几天以后,王六郎又来向许渔夫道别,许渔夫以为他有了新的替身。六郎赶快解释道:"哪里呀,上次我救妇人的一片恻隐之心,果然上达天庭,现在授命我去做招远县邬镇的土地神,明天一大早就去赴任。你倘若不忘咱们往日的交情,以后可以前去看望小弟,千万不要怕路途遥远而忘掉了我!"许渔夫欣然向他道贺说:"你行为正直而成为神仙,足以宽慰人心。如果可能,我一定会去看望你的。但只是人神道路阻隔,即使我不怕路途遥远,又怎么能够彼此相通呢？"少年说："你不用忧虑，到时候只管前往就是。"六郎临分别时，又再三地叮咛他一定要前往。

　　许渔夫回到家里，真的马上准备行装，打算去招远县探望王六郎。他的妻子笑着劝他说："从咱们这里到招远，两地相距有几百里路程。你即便找见了那地方，恐怕你和那泥塑像也无法共同对话。"许渔夫并不听妻子的劝说，辛苦跋涉，终于到了招远县。在那里，他询问当地居民，果真有个邬镇。后来他找到邬镇，住进一家旅馆，问土地祠在什么地方。主人非常惊讶地说："难道客人是姓许吗？"许渔夫答："正是，你怎么知道的？"主人又问："你是从淄川来的吗？"许渔夫回答："正是。你怎么都知道？"旅馆主人没有回答他，转身出去了。过了一会儿，男人们抱着孩子，女人们从门外探头窥视，来了许多人，一层一层围得像墙一样堵在门外。许渔夫更加惊讶了。于是众人告诉他："几天前的夜里梦见土地神说：'我在淄川有一个姓许的朋友，近日要前来，大伙要帮他凑一些盘缠。'所以我们在这里已经恭候很久了。"许渔夫也感到奇怪，就特地前往土地祠祭祝说："自从和你分别，我做梦都想着你。这次特地远道而来，为实现昔日许下的承诺。承蒙你托梦告示父老乡亲，我非常感动。我很惭愧自己没有带什么厚重的礼物来，只有这一杯薄酒献给你。你如不嫌弃，就请像在河边那样干了它吧！"许渔夫说完，又烧纸钱。忽然，一股风从神座后面吹起，吹了很长时间方才停下。

　　到了夜间，许渔夫梦见王六郎了。只见他穿戴非常整洁讲究，和以前所见的样子大不相同。王六郎向他拜谢说："承蒙你远道赶来，我很感激。但今天担任小小的神职，不便和你相见。你我虽然近在咫尺，却如同远隔山水，心里非常难过，本地百姓会送给你一些薄礼，聊表我的一点儿心意，以答谢咱们以往的友好交情。等你启程回去的时候，我一定抽身相送。"

　　许渔夫在邬镇居住了几天，起了归心。大家都非常殷勤诚恳地挽留他再住些时间。当地百姓从早晨到晚上都热情宴请他，一天之内，就有好几户人家做东道主。但许渔夫终究归心似箭，坚决辞别，要立刻上路。起身那天，大家都争先向他馈赠礼物，时间不长，东西就装满了他的行囊。当地的老人小孩都赶来给他送行。他刚刚走出村子，忽然，刮起一股旋风，一直相伴跟随了十几里路。许渔夫已经感觉到那是王六郎来送他，他频频地回头相拜说："六郎，请多珍重！不要再远送了，你怀有一颗仁爱之心，定能为一方民众造福，用不着老朋友我再多说什么了。"那股旋风盘旋了很长时间后，这才离去。村里相送的人，无不惊讶。

　　许渔夫回到家里，日子过得比以前稍稍宽裕了些，于是他不再夜里出去捕鱼了。后来他偶尔碰见招远一带的人，便会关切地问起土地神的情况，他们都说很灵验。

　　异史氏说："身处青云之中当神，而不忘那些贫贱的朋友，这就是六郎做神很灵验的原因。今天乘坐着豪华车马的王公贵族，哪里肯与戴斗笠的故友再去相认呢？我家乡有一位隐士，家境贫寒。他有一个从小结交的好朋友，正担任着一个收入丰厚的官职。他心想如果投奔此人，一定能得到周济。于是他竭尽全力凑了一些路费，远涉千里去投奔朋友，结果令他大失所望。他没有办法，只好把行李和来时所骑的马都变卖了，这样才得以还乡归家。他的一个同族兄弟非常幽默，特地作了一首《月令》词嘲笑说：'这一个月，哥哥回得家来，貂皮帽子没有了，伞盖也没有了，良马变为草驴，靴子悄无声息。'读后，叫人不禁发笑。"

偷 桃

未考中秀才的时候，我去济南参加府考，当时正值春节。按照惯例，春节的前一天，各行各业经商的生意人，都要张灯结彩，吹吹打打地赶赴藩司衙门前去祝贺，这称作"演春"。当时，我也跟随友人去看热闹。

这一天，游人聚集得像一堵堵墙壁似的，府堂上有四位身着红袍的官员，分东西两排面对面相向端坐着。那时，我年纪还很小，不知道他们都是些什么官。只听得人声嘈杂，锣鼓喧天，震耳欲聋。忽然看见有一个人带领着披散头发的小孩，挑着担子走上堂来，他跪着好像说了几句话，由于周围人声鼎沸根本听不清他说了些什么，只能看见堂上那些官员在发笑。这时，有一个身着青衣的人大声宣布："变戏法开始。"那人一面答应着，一面问道："变什么戏法？"堂上的官员们交头接耳说了几句话，其中有一个小官吏下来问那人："你有什么专长？"变戏法的人回答："我可以使时令颠倒而变出东西。"小官吏向在座的官员回了话，然后又下来命令道："就表演取桃子的戏法吧。"

变戏法的人说："好的。"于是脱下衣服盖在竹筐上，故意做出抱怨的样子说："长官太不分时序节令了，现在正是冰天雪地的严冬，怎么会有桃子可取？如果不取吧，又怕长官们发怒，这可叫人怎么办呢？"他的儿子说："父亲，已经许诺了的事情，怎么能够推辞呢？"变戏法的人踌躇了很长时间，终于说："我翻来覆去地想过了，初春时节到处一片积雪，人间哪里能找到桃子？只有天上王母娘娘的花园里，一年四季花果从不凋谢，那里或许会有，必须得上天去偷。"儿子为难地说："哎呀！可以沿着阶梯爬上去吧？"父亲胸有成竹地说："可以，我有法术。"

变戏法的人打开竹筐,拿出一捆魔绳,有几十丈长,他找到绳头,向空中用力抛去,那魔绳即刻朝天际直立起来,好像上面有什么东西牢牢挂住一样。不一会儿,变戏法的人把绳子越抛越高,一直进入云层里,最后,他手里的绳子抛完了。变戏法的人转身对儿子说:"你过来!我老了,身体笨拙了,手脚也不灵便了,不能上去了,还得你上去一趟。"老头儿说完,就把绳子交给了孩子,又说:"你抓住它,就可以上到天上。"儿子接过绳子,脸上现出很为难的神色,抱怨说:"阿爸太不明白事理了,这样危险的一条绳子,要我攀着它爬到万丈高的天上去,如果绳子在空中断了,岂不粉身碎骨!"父亲哄劝儿子说:"我已经说出口了,后悔也来不及了,还是劳烦你走一趟吧。你不要怕危险,如果能取来桃子,就一定能够得到百两银子的重赏,可以用这笔钱给你娶个漂亮媳妇。"儿子没有办法,只好抓住绳索往上爬去,脚随着手移动着,就像蜘蛛结网一样,慢慢爬进云霄里去了,从地上再也看不见他的踪影。

过了很长时间,真的从天上掉下一个桃子来,有碗口那么大。变戏法的人高兴极了,他捧了桃子恭恭敬敬地献上公堂。那些官吏惊喜地互相传看多时,谁也不知道那桃子究竟是真是假。人们突然发现绳子掉落在地上,变戏法的人大惊失色,说道:"坏了!上边有人弄断了我的魔绳,叫我的儿子攀附什么下来呢?"过了一阵子,有一个东西掉下来,人们仔细一看,是那孩子的头颅。变戏法的人手捧儿子的头大哭着说:"肯定是偷桃时,被果园的守护神发觉,我的儿子这回可完了!"又过了一阵子,天上掉下来一只脚,紧接着,那孩子的身体被肢解成几截,纷纷从天上落下来。整个身体没一处是完整的。变戏法的人非常悲哀,流着泪把儿子的骸骨收拾在一起,装进竹筐里。末了,他对大家说:"我老头儿就只有这一个儿子,整天跟随我走南闯北,如今受了长官之命,上天去偷桃,不幸却遭受这样的横祸,我得去好好安葬他。"说完,老头儿走上堂来,跪着对众官吏说:"为了偷取桃子,送了我儿子的命,请可怜可怜我老头子,帮我安葬了儿子,我死了也一定要报答大人们的恩德。"

在座的那些官吏见发生了这样的事故,都吓得目瞪口呆,大家都给老头儿银两,老头儿收了钱,装进腰包,然后若无其事地走下府堂,敲着竹筐说道:"八八儿,还不赶快出来向大人们谢赏,等什么呢?"大家眼睁睁地盯着那竹筐，突然见一个蓬头小孩用头顶着竹筐盖出来了，面朝堂上在座的官员磕头作揖。大家仔细一看，这小孩正是变戏法的人的儿子。

由于这个戏法变得太出奇了，所以我至今还记忆犹新。后来我听说白莲教的人能玩这种法术，我想这人可能是他们的后代吧。

种 梨

有一个乡下人到集市上去卖梨，那梨的味道甘甜鲜美，价格自然也很昂贵。这时，有一个穿戴极其破烂的道士，走到这人车子跟前来讨梨子吃。乡下人很鄙夷地呵斥他走开，但那道士就是不离去。乡下人有些恼怒，于是斥责谩骂起来。道士并不生气，心平气和地说道："你这么大一车子梨，足足有几百个，贫道也不贪心，只是想讨一个尝尝，这对你来说，并不会有多大损失，你发什么怒呀？"在一旁观看的人也好心劝他，拣一个不好的梨子打发他走，然而乡下人就是执拗不给。

正当他们争吵不休的时候，集市上一个酒店的伙计实在看不下去了，就自己掏钱买了一个梨给了道士，道士很感激地向他拜谢，然后又回头对旁边围观的人说："出家人不知道什么叫吝啬，我现在有很多好梨，愿意拿出来给大家尝尝鲜。"旁边有人问他："你自己既然有梨，为什么不吃自己的，还讨要人家的梨？"道士回答说："我就需要这种梨核做种子。"道士说完，便拿着梨大口吃完，把梨核吐在手心攥着，然后从肩上拿下一把铲子，就在脚下的地上挖了一个数寸深的坑，把梨核埋进土中，他又向集市上的人要烧开的水来浇灌它。旁边喜欢看热闹的人连忙到路边的店里要来滚开的水给道士，道士接过来浇在坑里。大家盯着那坑仔细观看，一会儿，坑里冒出树芽，渐渐地越长越高，转眼间就长成了一棵大树，枝叶茂盛，一会儿开了花，一会儿又结了果，只见那树上的梨又大又香。道士走到树下随手摘下那些梨，分给旁边观看的人吃，一会儿就分食完毕。末了，道士又取出铲子来砍梨树，砍了很长时间，梨树终于被伐倒了。道士将其扛在肩上，从容地离去了。

开始，当道士表演这戏法时，那卖梨的乡下人也夹杂在众人当中，好奇地踮起脚，昂着头，一眼不眨地看热闹，竟忘了卖梨。等道士走了以后，他才回过头去，只见车子早已空了。他这才醒悟过来，原来刚才道士给大家分吃的那些梨，全是自己的。他再仔细看时，又发现车上的把手也丢失了，上面留下了

新的断茬,显然是被刚刚截去的。乡下人心里愤恨至极,急忙去追那道士。他转过墙角,发现车把就被丢在墙根,这才知道道士所砍的梨树正是这个车把,而道士早已无影无踪。集市上的人被逗得哄然大笑。

异史氏说:"这乡下人太糊涂,憨态可掬,被世人所笑。常常能见到乡里有钱的人家,遇到好朋友来借米,就内心不安,并且盘算着:'这是好几天的花费啊。'这时,有人劝他救人于危难,让孤寡之人吃上一顿饱饭。一听这话,他就有些生气,于是又盘算起来:'这是可供五个人、十个人吃的口粮啊。'甚至父母兄弟之间,也会斤斤计较。然而,这些人一旦吃喝嫖赌起来,便鬼迷心窍,花尽钱财也在所不惜;遇上刀斧架在脖子上的危难,花钱赎命唯恐不及。诸如此类,不胜枚举,那个愚蠢的乡夫,何足为怪。"

劳山道士

本县有个姓王的读书人,在兄弟中排行第七,原本是望族世家子弟。王生少年时代喜欢学道。有一天,他听人说劳山这地方有很多神仙,于是打点行李,专程前往游学。

他登上一座山的山顶,发现这里竟有一座道观,格外幽静。道观里有一个道士盘腿坐在蒲团上,长长的白发垂在肩头,精神焕发,气度豪迈。他上前施礼和道士攀谈起来,感觉道士讲的道理非常玄妙,于是就请求拜道士为师。道士摇摇头说:"看你娇生惯养的样子,恐怕受不了这等清苦。"王生自信地说:"只要师父肯收我为徒,我保证能吃得这份苦。"道士的门徒非常多,傍晚时分,便都聚集在一起,王生对他们很敬慕,向他们行礼后,就留在观内学道。

第二天一大清早,道士把王生叫去,交给他一把斧子,叫他跟着大伙一起上山去砍柴，王生很恭敬地接受了安排。过了有一个多月，他的手脚都磨起了一层厚茧，他实在忍受不了这种苦，心里暗暗有了回家的念头。

一天晚上，他回到观里，看见师父和两位客人喝酒，这时，已是日暮，道观里并没有点燃灯盏蜡烛，师父就拿起一张纸剪成圆镜形状，把它粘贴在墙壁上，顷刻间，室内生光，明亮得像有一轮圆月映照一般，门徒们在一旁伺候着师父和客人，在庭院厅堂上奔走不停，非常殷勤。其中一位客人说道："这样美好的夜晚，饮酒为乐，不能不让大家共享。"客人说完，就从桌案上取下一个酒壶来，交给门徒们，让大家开怀畅饮，一醉方休。王生心想：门徒有七八个人，只有一壶酒，怎么能人人都喝上呢？他还在纳闷时，只见大家各自分头去寻找酒具，争先喝酒，生怕酒壶空了。但是说来也怪，那小小的一壶酒，你斟我酌，倒来倒去，却总有美酒犹如甘泉一般涌流出来，并不见有所减少，这令他十分诧异。这时，他又听见另一位客人说道："承蒙道长赐予明月相照，像这般默默饮酒，不免有些寂寞，为何不把嫦娥请来和我们同乐？"客人说完，当即把一根筷子抛进月中，于是一个美女风姿翩翩地从月亮中走出来。刚开始还不到一尺长，等落到地上，美女很快就变成像常人一样大小。只见那美女秀颈顾长，纤腰柔细。她将长袖扬起，跳起了《霓裳羽衣舞》。随后又唱道："仙君啊仙君，你何时归还？为什么要把我幽禁在月宫呢？"那歌声清丽如管箫之声。唱完后，她在空中盘旋了一圈，然后跳上桌子。大家正看得惊讶，那仙女又变成了一根筷子。

道士和客人们开怀大笑。其中一个客人说："今夜最快乐，我喝得有点醉了，你们在月宫为我饯行可以吗？"三个人离宴席而去，慢慢地进入月亮中。大家清清楚楚地看见他们坐在月亮里继续畅饮。三个人的胡子眉毛逼真清楚，就像映在明镜里的身影。过了不长时间，月光渐渐暗下来，直到完全消失。有一个门徒点亮蜡烛，这时大家分明看见观里只有师父一人独坐，那两位客人却无踪影。桌上吃剩的饭菜残渣却依然存在；墙壁上的那轮明月，只不过是一张像圆镜一样的白纸罢了。

师父问大家："你们都喝好了吗？"大家回答："喝好了。"师父又说："喝好了就趁早睡觉去，不要误了明天砍柴。"于是，大伙应声各自走散。王生心里很羡慕，从此又打

消了回家的念头。

又过了一个月，实在难熬，他还未得到道士的一点传授。王生心下怎么也不愿意再待下去了，于是向师父告辞说："弟子不辞辛苦，跋涉了几百里的路程来向师父学道，即使学不到长生之术，学到一点儿小小的功夫，也可稍稍慰藉一下我的求教之心。现在我已经来了两三个月了，每天所能干的不过就是早出砍柴，晚上归宿而已。弟子当初在家里时，从未这么艰苦。"道士听完，不经意地笑笑说："我一开始就说过你恐怕受不了这份苦，怎么样？今天果真应验了。明天一大清早我就送你回去。"王生又说："弟子毕竟在观里劳作多日，还请师父略教我一点儿小技，让弟子不白来这一趟就行了。"道士问道："你想学什么道术？"王生回答："我每次看见师父行走时，能够穿墙越壁而过，什么也不能阻挡，我只请求能学到这样的本领就满足了。"道士笑着答应了。道士教给他一段口诀，让他自己默念一遍，然后大声命令道："进吧！"王生面朝墙壁却不敢向前。道士又重复一遍："试着进。"王生小心翼翼地往前走去，碰到墙面就被挡住了。道士提醒说："低着头就可以进去，不要犹豫。"王生退后几步，然后跑过去，等触到墙壁时却感觉什么阻碍也没有，再回头一看，发现自己果然已在墙壁另一边了。这时他欣喜若狂，立即过去向道士致谢，道士告诫他说："回家后一定要洁身自好，否则法术就不灵了。"于是，道士给了他些路费，让他回家去了。

到家以后，王生便向家人自夸说遇到了神仙，学得了道术，再坚硬的墙壁都不能阻挡。妻子不相信他的话，他就按照道士教的方法，在离墙壁几步远的地方向前猛冲过去，结果额头碰在坚硬的墙壁上，一下子跌倒在地上。妻子扶他起来，发现他额头上隆起一个大疙瘩。妻子嘲笑他吹牛，王生又惭愧又气愤，咒骂那道士没安好心，欺骗了他。

异史氏说："听了这故事，没有不大笑的。可是像王生这类人，在世上多的是。现在有很多粗鄙的家伙，喜欢阿谀奉承而害怕良言忠告，于是就有了那些无耻的谄媚奉迎之徒，为主子们出一些逞强逞暴、作威作福的害人之计，以取得主子的欢心，并且欺骗他们说：'坚持这样去做，可以横行无阻。'开始尝试都比较灵验，于是他们自以为可以横行霸道，为所欲为，不落得个头触硬壁流血倒地的下场是不会停止的。"

蛇 人

　　东郡有个人，以耍蛇为业。他曾经蓄养了两条驯服的蛇，都是青色，大的称作大青，小的叫二青。小的额头上有个红点，很是灵活，盘旋缠绕，无不随人意愿。耍蛇人非常喜爱，对它另眼看待。

　　一年以后，大青死去，耍蛇人想补上一条，但是苦于没有闲暇机会。有一天夜里，耍蛇人在山上佛寺寄宿。第二天天亮，他打开竹篓看时，发现二青也不见了。耍蛇人痛不欲生，怅惘极了。他到处寻找，到处呼喊，最终还是不见二青踪影。以前，只要遇到深山密林、草木茂盛的地方，他就会放两条蛇出去，让它们自由自在放开性子玩一阵子，过后不久，它们都很自觉地回来。出于这个缘故，他希望二青这次也能自己回来。他等了很久，太阳已经升得很高了，还不见二青的影子，他终于绝望了，只好怀着难过的心情离开寺庙登途赶路。

　　他刚走出庙门几步远，忽然听见草丛中有奇怪的声音。他本能地停下脚步回头去看，惊喜地发现二青回来了，他高兴极了，如获至宝一般。他放下担子，停在路边休息，蛇也停止移动，和他一起休息。这时他一看二青身后，才注意到那里有一条小蛇尾随着。耍蛇人激动地蹲下来，俯身抚摸着二青说："我以为你离开我走了呢，小伙伴是你邀来的吗？"耍蛇人当即拿出食物来给它吃，同时也给小蛇东西吃。小蛇有些惧怕，缩着身子不敢来吃。二青衔着食物去喂它，俨然一个主人敬待客人的样子。耍蛇人再去喂它，它这才大胆地吃了。吃完东西，小蛇跟着二青一起进到竹篓里，耍蛇人背着它们继续赶路。

　　耍蛇人很精心地训练小蛇，它很快就学会了各种技巧动作，盘绕旋转都很符合要求，其驯顺与熟练程度，和二青没有多少差异。于是耍蛇人给它起名叫"小青"。从此，耍蛇人带着它们在四方卖艺献技，确实获利不少。

　　一般来说，耍蛇人玩蛇都是以二尺为标准，太大了就会过重，往往需要更换。但是由于二青太驯顺，所以耍蛇人并没有放走它。之后，又过了两三年，二青已经长到三尺多长了，盘卧在竹笼里占得满满的，这时，他才决定放它走。一天，他走到淄川东山停下来，先给二青喂了一顿美食，然后把它放出竹篓，并祝福它来日平安。二青走了一段路，很快又回来了，在竹篓外徘徊。耍蛇人忍痛向它挥手致道："你快快离去吧！世上没有不散的筵席，你从此隐

居于深山大谷，很可能会化为神龙，小小竹篓哪里是你的久居之地呢？"于是二青便离去了。耍蛇人一直深情地目送它远去，一会儿它又回来了，耍蛇人仍然挥手赶它，它还是不肯离去，却频频地用头触着竹篓，小青在竹篓里随之振奋跃动。耍蛇人马上醒悟过来，他问二青："是不是想和小青告别一番？"于是他便打开竹篓，放小青出来。小青和二青彼此显得难舍难分，亲热极了，仿佛有千言万语要相互叮咛。一会儿时间，两条蛇一起离去。耍蛇人正猜疑小青不会回来了，却见小青独自一个回来了，安静地爬进竹篓里。

此后，耍蛇人到处物色，却一直没有寻到一条理想的好蛇。小青这时也渐渐长大了，不便于再玩耍。后来他虽然找到一条新蛇，也比较驯顺听话，但总是不如小青那么随人意愿，而小青已长得像小孩手臂那么粗了。

在此之前，二青在山中生息，樵夫常常撞见它。过了几年以后，二青已有好几尺长了，足足有碗口那样粗，而且时不时地出来追逐行人，来往行人互相告诫，都不敢从那里走。

有一天，耍蛇人经过那个地方，有一条蛇猛然出现，像一阵疾风似的追赶过来。耍蛇人大为惊恐，狂奔逃命，那蛇也越发追赶得迅猛了，耍蛇人回头看时，见那蛇已经追到身边。他再细看蛇头，见有一个很清晰的红斑点，这才断定是二青，他急忙放下肩上的担子，大声叫道："二青！二青！"那蛇马上停下来，昂起头看了很久。二青很亲热地缠在耍蛇人身上，和过去一样熟练。耍蛇人虽知道它不存恶意，但无奈它太粗大，耍蛇人已经承受不了它的重量，于是就躺在地上叫它松开，二青很通人性地松开他。它又用头去触竹篓，耍蛇人明白它的意思，就把小青从竹篓里放出来，两蛇非常亲密地交缠在一起，很久才分开。耍蛇人对小青说："我很早就想放走你，今天你正好有了伴儿。"然后又对二青说："小青本是你引来的，现在还是你再引它去吧。我还有一句话要叮嘱你们：深山里有的是吃的喝的，不要惊扰过往行人，否则会遭天谴的。"二蛇似乎接受了劝告，双双低下头来。然后，二蛇突然腾空跃起，二青在前，小青随后，凡是二蛇经过的地方，草木都分向两边，成为通道。耍蛇人定定地站在原地看着它们远去，直到望不见踪影才离开。从此以后，行人往来如常，没人知道那两条蛇到什么地方去了。

异史氏说:"蛇是愚蠢的爬行动物,而对故人却有如此眷恋之情,并能听从善意的劝告。但世上有一些人对待十多年的老朋友,或者几世都对其有恩惠的人,却总想落井下石,恩将仇报。还有一些道貌岸然者对朋友的忠言劝告,不但不予理睬,反而恼怒而视同仇敌。像这样的人还不如这两条蛇呢。"

雹 神

王筠苍先生到楚地任职,打算登临龙虎山去拜谒张天师。他走到鄱阳湖边,刚到船上,就看见有一个人划着一艘小船过来,此人通过船主请求与王公相见。王公见来人相貌堂堂,身材魁伟,且从怀里掏出张天师的名帖,说道:"天师闻听大人光临,特地差遣小人前来迎接。"王公很惊奇张天师竟预先得知他的来访,对张天师更为敬慕,便虔诚地随同来人前往。

到了龙虎山,张天师设宴款待嘉宾。王公见在宴会上服侍的人,无论是衣饰和留着的长须,都与常人大不相同。先前驾小船的人也立在一旁。片刻后,他俯在张天师耳边细语,张天师就对王公说:"这位是先生的同乡,先生不认识吗?"王公问他是谁。天师回答说:"这就是世间所传说的雹神李左车。"王公听了非常吃惊,脸色也变了。天师又说:"他刚才说,奉旨要前去降雹,所以特地来告辞。"王公惊问:"在什么地方降雹?"天师说:"在章丘。"王公因章丘与自己的家乡接壤,起身离席向天师请求免降雹灾。天师说:"这是玉皇大帝的命令,什么时候在哪里降雹,都是一定的,怎么能徇私情?"王公苦苦哀求,天师低头沉思了许久,便回头对雹神说:"那就多在山谷降些,别伤害庄稼好了。"天师随后嘱咐道:"有贵客在座,去时文明些,不要搞那么大阵仗。"

雹神李左车出去,到了庭院

中,忽然脚下生烟,云雾满地环绕,过了大约一刻钟,他猛然用力腾空,开始时只有庭中树那么高;再往上腾起,就超过楼阁了;随后又听得"轰隆"一声巨响,便向北方飞去。大家只感到房屋震动,桌案上的杯盘器皿摇晃不已。王公十分震惊,说道:"他离开时都要响惊雷吗?"天师笑着说:"我刚才告诫他,他所以才迟迟而起,要不然就平地一声炸雷,才轰然离去。"

王公告别回去,记下了当时的日期,派人到章丘一带去询问,这一天果然天降冰雹,沟渠池塘都下满了,但是田地里只不过寥寥几颗而已。

狐嫁女

吏部殷尚书殷天官是历城人,年少时家境贫寒,为人很有谋略胆识。县里有原来官宦人家遗留下来的府宅,占地有几十亩,楼阁相连,延伸不断。由于里边常常出现一些鬼怪异事,所以长期以来,一直荒废着,没人敢去居住。后来,府宅里长满了飞蓬、蒿草,即使是在白天,也没人敢到里边去。

有一天,殷公和朋友们在一起饮酒时,有人开玩笑说:"如果有谁敢一个人进去住上一夜,我们大家就凑钱设宴款待他。"殷公站起身说:"这有什么大不了的!"他当即带上席子前往那宅院居住。朋友们送他到门口,还开玩笑说:"我们大家在这里等候着,倘若遇见鬼怪狐精,你就大声呼救。"殷公很不以为意地笑着说:"若有鬼狐之类,我一定捉来作为凭证。"说完他就进去了,只见蒿草丛生如麻,里面的路径全被遮盖住了,难以分辨。当时正值七月初八,一轮残缺的上弦月孤零零地挂在天空,月色虽然昏暗,门窗却幸而分辨得清。殷公摸索向前,走了好一阵子,才到达一座后楼。他登上月台,觉得这里清爽洁净,令人喜爱,就在这儿停下来。殷公举首西望,只见月亮仅剩下一线余光。他一个人静静地坐了很久,见没有任何动静,心想平日谣传不能相信,不觉暗自发笑。他觉得既然没有什么鬼怪,就无须提防,干脆躺一会儿吧。于是他就地一躺,以石为枕,仰面遥看牛郎星和织女星。

将近二更时分,殷公有些倦意,正昏昏欲睡时,突然听见楼下传来脚步声,正向着楼台拾级而上,殷公于是假装熟睡,暗中偷看,只见一个身着青衣的丫鬟端着一盏莲花灯,蓦然发现睡在地上的殷公,吓得直往后退,并对身后的人说:"有一个生人在这里。"下面的人问道:"是谁?"丫鬟回答:"不认识。"过了一会儿,一个老翁上楼来到殷公身边,仔细一看,说:"这是殷尚书，他已睡熟，不用怕，我们只管办自己的事儿。殷公为人爽直不拘泥，是不会责怪的。"于是，大家都进楼去了，楼门全打开了。没过多一会儿，来往的人越来越多，楼阁里灯火辉煌，如同白昼。殷公稍稍翻了一下身子，咳嗽了几声，老翁见他醒了，就出了楼门，跪在殷公跟前说："小人有个女儿，今晚出嫁，不想冲撞了您，请不要怪罪。"殷公起身扶起老翁说："不知今夜是个大喜的日子，我只是惭愧没有什么可以作为贺礼！"老翁说："承蒙贵人光临，为我们驱除凶神恶煞，这已经是万幸了，老朽想请您赏光参加小女的婚礼，增加一些喜庆气氛。"殷公很爽快地答应了。

　　殷公随老翁走进楼里，见布置得十分豪华绚丽。这时，有个四十来岁的妇人近前来向他行礼，老翁介绍说："这是我的妻子。"殷公也还了礼。紧接着，室内乐声骤起。这时，有人跑上楼来大声说："来了！来了！"老翁立即出门去迎接，殷公也站起来等候。转眼工夫，宫灯相照，人群簇拥着新郎进来了。新郎有十七八岁，长得很秀气，很有风度。老翁引他到殷公跟前行礼。新郎看了看殷公，殷公也就充作主持婚仪的傧相，按半个主人的身份答礼，接下来是翁婿互拜，过后便入席。过了片刻，又来了一群浓妆艳抹的丫鬟侍女。酒肴美馔，香气扑鼻，玉碗金盏，交相辉映。酒过数巡，老翁叫侍女去请小姐出来，侍女应了一声便去了。过了很长时间不见出来，老翁就亲自掀帘去催促，很快，新娘就被丫鬟老妪们拥着出来了。只见新娘容光照人，玉佩叮当，馥馨醉人。老翁命她向客人拜了一拜，拜完就坐在母亲身边。殷公稍稍看了一下新娘，见她头戴翠凤，耳垂珠玉，容颜美丽绝伦，世上少见。随即主人又用大金杯酌酒劝饮，那金杯大得可盛几斗酒。

　　殷公心想，这大酒杯可以拿回去给人作为见证，就随手藏在袖子里，然后他便假装醉酒，伏在桌子上睡着了。大家见状便说："殷公醉了，殷公醉了！"又过了一会儿，就听见新郎辞别，紧接着，乐声大起，其他人也都纷纷下楼去了。后来，主人收拾酒具时，发现少了一只大金杯，四处寻找也没找见。有人怀疑杯子在殷公身上，老翁急忙制止住，只怕殷公听见。最后，楼里楼外彻底寂静无声了，殷公才起身。此时四处漆黑无灯火，只剩下脂粉香气和酒肉香味，还在到处飘散。天色大亮后，殷公从从容容地下了楼，他用手摸摸衣袖，

金杯还在，就大步走出府宅。这时，朋友们正在门口等着，怕他是夜里出来、趁早又进去的。他便掏出金杯让大家看，众人无不惊奇，便问他都见到了些什么，他把自己目睹的一切向大家讲述了一遍。大家一想，这金杯不是贫寒书生所能拥有的，这才相信了。

后来，殷公考中了进士，在肥丘做官。当地有一个姓朱的世家公子宴请他。席上，主人命令仆人去取大杯来向客人敬酒，仆人去了很长时间也不回来。这时有一个年轻仆人过来并在朱公子耳边说了几句悄悄话，只见公子脸上立即现出怒色。过了一会儿，主人端金杯向客人劝酒，殷公仔细端详，发现这杯子的样子、花纹等，都与当年狐狸精所用的金杯毫无差异。殷公大为疑惑，就问主人这酒杯是什么地方制作的。主人说："此杯总共有八只，是我祖上做京官时特请良工监制的，这是上世所传宝物，珍藏多年了。因大人光临敝舍，才取出以款待大人。只不过现在剩下七只，有一只怀疑是被仆人偷去，但是箱子上十年积落的尘土还像原来一样，实在无法理解。"殷公笑着说："想必这金杯是仙物羽化了。但世传珍品是不能失去的，我那里正好有一只与公子家的非常像，愿意以此物奉送。"吃完筵席，回到公署，殷公当即派人骑马把那只金杯送去。朱公子看罢，又与家物做对比，确实丝毫不差，心里惊讶极了。他亲自登门去致谢，询问此物从何而来。殷公就把以前经历的事情详细讲给他听。朱公子这才知道千里之外的物品，狐狸精可以随意取用，却不敢长久留下。

娇 娜

书生孔雪笠，是孔子的后代。他温文尔雅，擅长写诗。他有一位挚友在天台做县令，写信叫他去，结果他去了以后，友人恰巧去世了。孔生流落他乡无法回归，只得借住在菩陀寺里，为和尚抄写经文，才得以勉强糊口。

在距离菩陀寺西边百步远的地方，有一座大宅院，是属于一位姓单的先生的。单先生本是世家公子，因吃官司而弄得家道中落，由于家里人口少，便移居乡下去了，所以这座宅院就空着。

有一天，大雪纷飞，天气严寒，晚上无人行走。孔生偶然从宅院门口经过，遇见一个少年从里边出来。这少年风度翩翩，容貌可亲。他看见孔生，忙上前行礼，于是两人便寒暄了几句，少年请孔生到宅子去坐，孔生欣然步入。里面的房屋都不太宽敞，到处悬挂着锦绣制作的帘子，墙壁上多是古人的书画。桌子上放着一本书，书签上写着"琅嬛琐记"。孔生有些好奇，就随手翻看了几页，书中内容都是他以前从未读过的。孔生以为既然少年能住在这宅子里，自然应该是主人了，所以也就没问他的姓名和门第。少年却仔细询问起他的行踪，听了孔生的自述，少年深表同情，劝他设馆教书维持生活。孔生叹息道："我这漂泊异地的人，谁会引荐抬举呢？"少年说："先生如若不嫌弃，我愿拜您为师。"孔生一听，很高兴地说："做老师不敢当，咱们还是做朋友吧。"孔生又顺口问道："这宅子为何长久关闭？"少年说："这里本来是单府，昔日因单公子移居乡下，所以长期空着没人居住。我本姓皇甫，祖籍陕西。由于家宅被野火焚烧，现在暂时借住在这里。"孔生这才知道，少年并非单家人，但两人当晚聊得很投机，于是就留宿在单宅。

　　第二天清晨，有一个童仆来屋里烧炭火。少年先起身到屋里，孔生还拥着被子坐在床上，童仆进来说："老太爷到。"孔生很惊惶地起身，见一个白发苍苍的老翁，到屋里来向他殷勤致谢说："承蒙先生不嫌弃我儿子的愚顽，愿意赐教。小儿只是初学诗文，不要因为是朋友，就拿他当同辈相待。"老翁说完，马上就有人送来锦衣、貂帽、鞋袜等。老翁看着让孔生梳洗完毕，便吩咐端来酒肴饭菜。孔生看见屋里的桌椅、茶几、床榻等光彩夺目，却又叫不上名字。喝了几杯酒，老翁起身告辞，拄着拐杖离去了。吃完饭，皇甫公子呈上他的课业，都是些古文诗词，并没有眼下科举应考的八股文。孔生问他原因，公子笑着说："我并不想考取功名。"

　　到了晚上，公子又为孔生摆上酒肴饭菜，公子说："今晚咱们可以尽情畅饮，明天以后家父就不许这样了。"他又叫来童仆说："去看看老太爷睡了没有，如果睡了，就悄悄把香奴叫来。"童仆应声走了，先抱来一把用绣花锦囊装的琵琶，一会儿工夫，一个身穿鲜红衣裙的妖艳丫鬟出来了，公子让她弹一曲《湘妃怨》。那丫鬟用象牙拨子勾弦弹奏，声调激扬悲烈，节拍不像平时听到的那样。公子又命令仆人用大杯向孔生劝酒，这样，一直闹到半夜三更才收场。

　　第二天早晨起来后，公子就跟着孔生开始一起读书了。皇甫公子聪颖灵慧，所读的书都能过目不忘。这样读了两三个月以后，他所写的文章，都很精彩动人，令人惊讶佩服。后来他们约定好，每五天喝一次酒，每回喝酒，都要叫来香奴弹奏尽欢。有一天夜里，孔生喝多了酒，只觉浑身燥热，郁闷难熬，他目光呆滞，死死地盯着香奴看，皇甫公子已悟出孔生的意思，就对他说："这丫头是老父身边的人，老兄离家千里，不免心中寂寞，我日夜都在替你思忖着这件事，想为您寻觅一位佳偶。"孔生说："如果真这样帮我，一定要找一个像香奴这样好的。"公子笑着说："您真是少见多怪了，把香奴看作美人，那您的愿望也就太容易实现了。"

　　这样住了半年，有一天，孔生想到郊外去游玩游玩。他步行到了门口，只见门从外反锁着,孔生就问公子为什么这样做。公子解释说:"父亲怕交游分心,所以拒绝见客。"孔生想想也对,便安下心来。

当时是炎暑盛夏天气,为了凉爽,他们就把书房移到花园里的亭子中。这时,孔生胸脯上起了一个像桃子那么大的疙瘩,过了一夜,疙瘩很快长得有碗口那样大了,孔生疼得不停地呻吟。公子白天晚上守护在孔生身边,急得吃不下饭、睡不好觉。又过了几天,孔生病得更厉害了,饮食难进,老太爷也来看望,却束手无策,只能在一旁长吁短叹。公子说:"我前天夜里还思忖着,先生的病也许娇娜妹子能够医治,我已派人到外祖母那儿叫她来,为什么现在还没有到?"一会儿,童仆到屋里来报信:"娇娜姑娘来了,还有姨母和松姑娘也一块儿来了。"于是,父子俩急忙把她们迎了进来。稍等了一会儿,公子带着娇娜姑娘来看孔生。孔生见这女子年龄不过十三四岁的样子,一双美丽的大眼睛水灵灵的,流露出聪慧的光芒,身材苗条,犹如阳春婀娜的细柳,让人生出不尽的爱意。孔生看姑娘长得如此楚楚动人,顷刻间竟忘记了自己病痛难忍的身体,精神为之一振,清爽了许多。

公子对娇娜说:"先生是哥哥的好朋友,感情胜过手足同胞,妹妹一定要好好为他医治。"娇娜于是收敛满脸的羞涩,撩起长袖,走近孔生的床边为他诊视。当娇娜姑娘给孔生摸脉之际,孔生感觉到有一股比香兰更浓郁的芳馨从娇娜姑娘身上散发出来,真是沁人心脾。娇娜笑着说:"得这样的病,因心脉动了。病症虽然严重,但还可以医治,只是身上郁积下的这个肿块一定要削除,这样就非要伤些皮肉不可了。"娇娜一边说着,一边卸下胳膊上的金钏,放置在肿块的地方,然后慢慢往下按着,只见那肿块明显地往上凸出了有一寸多,高出金钏之上,但是,肿块根部完全缩小在金钏里边了,不像先前的碗口那么大了。娇娜用一只手掀起罗衣,解下佩刀,刀刃薄得像纸一样。娇娜一手按住金钏,一手握着佩刀,小心翼翼地往肿块根部割去,于是,紫红色的血从孔生身上流到枕席上,孔生由于一心贪恋于享受接近美女娇柔身姿的快乐,完全忘记了医治时的痛苦,而且内心里唯恐娇娜姑娘把那肿块割快了,使他们失去接触。手术做了不长时间,娇娜姑娘就从孔生身上割下一块腐肉。娇娜叫人赶快端来水为孔生清洗伤口,她又从嘴里吐出一颗红丸,像弹子那么大,放在伤口边的肌肉上按着转动,刚刚转了一圈,孔生已感觉到身上热气直往外冒;再转动一圈,又觉微微有些发痒;当转完三圈时,孔生顿时觉得周身清凉舒适。娇娜姑娘收起那颗红丸,吞进嘴里,然后说道:"伤痛已好。"娇娜说完就快步走了出去。一身的重病顿时消失,孔生一跃而起,去向姑娘道谢。他一直苦苦思恋着娇娜姑娘的芳容丽质,魂牵梦萦,不能自我控制。从此以后,他常常身不由己地放下手里的书本,呆呆地静坐,内心十分空虚,很有一种失落感。

皇甫公子已暗中观察到此种情形,便对孔生说:"我已给老兄物色好一个佳偶了,您一定会很开心的。"孔生忙问:"这人是谁?"公子说:"她也是我家的一个亲戚。"孔生凝神猜想了好一阵子,却说:"不必这样。"随后他又面对着墙壁吟起唐代大诗人元稹的诗句:"曾经沧海难为水,除却巫山不是云。"公子很明白他的用意,就说:"家父仰慕您的才华,一直想着和您联姻,但由于我只有一个小妹妹,年龄还太小,不能如愿。现在我有一个姨表姐,名叫阿松,今年十八岁,容貌很好看,如不相信,松姐每天都要到花园散步,您可悄悄地在厢房里等候,就能看见她。"孔生按着公子所教的办法到厢房去窥视,果然远远看见娇娜姑娘和一位美丽的女子一起走过来,风姿与娇娜姑娘不相上下。孔生十分高兴,当即请公子为他牵线做媒。第二天,公子从屋里出来,喜形于色地对孔生说:"事情成了。"于是,家里立即收拾整修了另一处院落,为孔生成婚。当晚,整个宅院里鼓乐大响,震得尘土飞扬。孔生因为朝思暮想的仙女忽就要和自己同床共枕了,便怀疑嫦娥居住的广寒宫并不是在天上。婚典以后,孔生心情十分舒畅。

一天晚上,公子突然来对孔生说:"您在学业上给了我很大的教益和帮助,我永远难以忘怀。近日单公子那桩官司已经了结,就要回来了,他催促我们搬迁,我们打算离开这里回西边去,分手以后也许很难再得相聚,所以心里很不是滋味。"孔生表示愿意跟随他们一起到西边去,公子劝他还是回自己的家乡去,孔生因还乡的道路遥远而为难。公子安慰他说:"不必忧虑,我们可以立即送您启程。"没多久,老太爷带着松娘来了,拿出上百两黄金赠送给孔生。公子左手拉着孔生,右手牵着松娘,嘱咐他们俩闭上眼睛,不要睁开,孔生顿时觉得飘飘然,好像在天空中飞行,耳边风声不断地掠过。过了很长时间,只听公子说:"到了。"孔生睁眼一看,果然是自己的家,直到这时他才知道皇甫公子并不是凡人。孔生欣喜地上前敲门,母亲闻声出来,更是喜出望外。她见儿媳妇长得这么漂亮迷人,心里宽慰极了。等他们再回头看公子时,公子早已消失了。松娘在家里对婆婆很孝敬,而且她以自身的美貌和贤淑,在远远都落下了好名声。

后来，孔生考中了进士，朝廷任命他到延安府做司法官，于是他便准备带全家去赴任。母亲嫌路途遥远就留在家里没去。这时，松娘生下一个男孩，取名叫小宦。不久，孔生因为刚正不阿而得罪上司，被罢免官职，听候处理，所以还不能回归故里。

有一天，孔生在郊野射猎，偶然遇见一位漂亮少年骑着小黑马从身边经过，那少年也频频地回过头来看他。他定睛一看，终于认出那少年原来是皇甫公子。于是两人立即勒住马跳下来，两人相见时悲喜交加。公子邀孔生同行，他们来到一个村落，那里树木茂密，阳光照不进去。进到屋里，只见满室金碧辉煌，如同贵族之家一般。孔生询问起公子的妹子，公子说已经出嫁，松娘的母亲也已去世了。彼此很是感慨了一番。孔生在这儿住了一晚上，回去又把妻儿带来了。娇娜也来了，她抱起宦儿逗他玩，说："姐姐，你把我们的种族都搅乱了。"孔生当即向娇娜拜谢当年的治病之恩，娇娜笑着说："姐夫如今显贵，伤病已好，现在还记得当时的疼痛吗？"这时，公子的妹夫吴郎也来拜见孔生。他们一起住了两夜才离去。

突然有一天，公子愁容满面地来对孔生说："我们眼前大祸要临头了，你能不能相救？"孔生不明白是什么事情，但愿意挺身救助，决不推诿。公子马上出去，领全家人进来，围跪在厅堂，孔生大吃一惊，急忙问出了什么事。公子说："实不相瞒，我们都不是人类，而是狐类。现在要遭遇雷轰电劈的劫难，您如果能挺身相救，我一家老小就都有希望活下来。要不然，你就赶快抱着宦儿离开，不要牵连进来。"孔生发誓要与大家同生共死，公子让他手持长剑守住大门，并叮嘱他："电打雷轰时，千万不要动！"孔生答应照办。这时，果然阴云密布，天昏地暗，像一块黑石盖在天空。他回头一看屋宇，都不存在了，只见周围高坟耸立，洞穴无底。他正惊惧间，忽听一声霹雳，摇撼山岳，狂风急雨顿时大作，大树被连根拔起。孔生被震得目眩耳聋，但他毫不动摇地站在那里。他猛然看见一个利齿长爪的怪物，在一片滚滚的浓烟黑雾中，从洞穴里抓着一个人出来，随着那股烟雾一直往上升。孔生发现被抓那人的衣服鞋子都像是娇娜的。于是，孔生一跃而起，用手里的利剑向怪物奋力刺去，被抓的人随即跌落在地上。忽然间，雷鸣山崩，孔生被震倒在地，竟死了。过了片刻，烟雾消散，雨过天晴，娇娜渐渐苏醒，她见孔生死在身边，大哭着说："孔郎为我而死，我也不想活了！"松娘从屋里出来，和娇娜一起把孔生抬回去。娇娜叫松娘捧起孔生的头，又叫公子用金簪拨开孔生的牙齿，然后自己用手托住他的下巴，用舌头顶着红丸将之慢慢送到孔生的咽喉处，又用嘴对着孔生的嘴吹气。红丸随着气流进入孔生的喉咙里，里边很快发出响声，过了一会儿，孔生终于苏醒过来。他睁开眼睛看见全家人都在，觉得刚才发生的一切恍然如在梦幻中一般。劫难过后，全家团圆，由惊转喜。孔生觉得这里不是久居之地，建议他们一起迁回山东。大家都很赞同孔生的提议，只是娇娜一人心中闷闷不乐，孔生请她和丈夫一起迁走。她担心婆家不肯让小儿离开。大家还正议论不定时，忽然见吴家一个小奴气喘吁吁、汗流满面地跑来报信，说吴家也在同一天遭遇大难，全家身亡。娇娜一听跺着脚悲痛欲绝，泪流不止。大家纷纷安慰一番，于是决定迁往山东。孔生进城清理了遗留的物品，然后连夜赶路回乡。

到了家里，孔生把一个空闲的园子让给公子一家居住，平日一直把门反锁着，当孔生和松娘来了才开门。从此以后，孔生与皇甫公子兄妹或下棋饮酒，或谈天说地，如同一家人一样。后来，小宦慢慢长大，模样清秀，还带点狐仙的柔媚。他到城里去游览，人们都知道他是狐仙所生。

异史氏说："我不羡慕孔生有一位美艳无比的妻子，只羡慕他有一位美丽而亲昵的女友。见到她的容貌，可以忘记饥渴；听到她的声音，足以叫人喜笑颜开。能有这样的朋友，时常饮酒谈心，会让人精神愉悦，比那同衾共枕的夫妻还要舒心和谐。"

三 生

刘举人能记得前世的事情。他和我已故的同族兄长蒲文贵同一年考中举人，他们曾清清楚楚地谈论前世的事情。

他称自己第一世是个士大夫，品行多有不检点，活到六十二岁就死了。他初次见到阎王，阎王以乡里长者的厚礼接待他，给他赐座，请他品茶。他瞥见阎王杯中的茶水非常清澈，而自己杯中的茶水却很混浊。他心里想，莫非迷魂汤就是这样子？他趁阎王不注意，就将杯中茶水悄悄倒在桌子下面，假装喝完。过了一会儿，阎王查出他前生的罪恶，一怒之下，罚他做马。立即就有恶鬼将他捆绑起来拉走了。他被拉到一家大院跟前，只见门槛很高，无法跨越。他正犹豫时，恶鬼用鞭子猛抽了他一下，他疼得栽倒在地。他抬头看时，发现自己已在马圈里，只听有人叫道："黑马生了个小马驹，是公马。"他心里很清楚，嘴里却说不出话。他觉得肚子很饿，迫不得已，就靠近母马去吃奶。过了四五年，他就长得身高马大，最怕抽打，一见马鞭，就惊恐逃窜。每次主人骑他，都要放上鞍子，又加上障泥，轻轻拽住辔嚼，这样还不算太痛苦。如果仆人、马夫骑他时，不用鞍鞯，用两脚紧紧夹击马腹，直疼到他心肺里去。他忍受不了这种折磨，气得三天不吃东西，就死了。

他第二次到了阴间，阎王一查他罪罚期限未满，斥责他有意逃避惩罚，于是就将他一身马皮剥掉，又罚他做狗。他非常懊丧，不愿意去，群鬼对他一顿乱揍，他忍不住皮肉疼痛，就逃窜到荒郊野外。他心想不如死掉好了，于是气呼呼地走上悬崖往下一跳，摔在地上爬不起来。他再抬头一看，自己已经趴在狗窝里，母狗正亲昵地用舌头舔着他的头和身子，他明白自己又生在人世了。稍稍长大一点儿，看见粪便之类，他知道那很污秽，闻上去却还有些香味，但他只能下决心不去吃那些东西。大约过了一年，他常常气得要死，又害怕阎王斥责自己罪孽未满有意逃避，只好强忍着。无奈主人养着他又不肯杀，于是他故意咬掉主人腿上的一块肉，主人怒不可遏，一顿乱棒将他打死。

他第三次来到阴间，阎王再次审讯他，说他是条疯狗，于是又鞭打数百下，又将他罚为蛇。他被关在一间阴暗的房子里，见不着太阳，他感到苦闷极了，就沿着墙壁往上爬，从屋子的一个孔穴钻出去。他伏在草丛中，居然成为一条蛇。他发誓不残害生灵，饥饿的时候，只吞食树上的果子。过了一年多，他常常思索着，自杀不行，害人而死也不行，想找一个好的死法却没有。一天，他正躺在荒草丛里，听见一阵车轮声传来，他急忙爬出去挡在路当中，车轮飞驰而过，他被轧成两截。阎王纳闷他怎么这么快又来了，他赶快伏在地上申辩。阎王见他这次是无罪而死，就原谅了他，准许他期满后再回阳世做人，这就是刘举人。

刘举人一生下来就会说话，读书能过目不忘，辛酉年考中举人。他常常奉劝人："骑马一定要放上鞍子，千万不要用腿夹击马腹，这比用鞭子抽打更厉害。"

异史氏说："禽兽之中，竟有王公大人；王公大人之中，未必没有禽兽。之所以贫贱之人做善事，好比想要得花而栽树；高贵人家做善事，好比已经有了花儿，还要更精心培养花木的根基。栽下树木可以使其长大开花，培养根基可以使花保持长久开放。拉车或被笼套所束缚，那就是做马；再不然，去吃粪便，经受烹割之苦，那便是做狗；还不然的话，就要披上鳞介，葬身鹳鹤之腹，这就是做蛇了。"

叶 生

　　淮阳县有位姓叶的书生，我已忘了他的名字，此人文章诗词写得很好，红极一时。但他时运不佳，每次考试都落榜。适逢关东丁乘鹤来淮阳做知县，他见到叶生的文章很欣赏。丁乘鹤后来和他见面谈话，更器重他。丁知县让他住进县衙门里读书习文，时不时赐予钱粮等物来周济他家。到了本省科考的时间，丁知县有意在学政大人跟前称赞他，他便得了全县第一名，这样一来，丁知县对他的期望更大了。乡试以后，丁知县又找来他的试卷阅读，边读边拍着桌子称道。但是命运弄人，等发榜时，才知道他又落榜了。叶生非常懊丧地回到家里，为辜负了丁公这样的知己而深感愧疚，精神上受到沉重打击，人越来越消瘦，整天痴痴呆呆，活像个木偶。

　　丁知县得知他的境况，把他叫来劝慰了一番，叶生为此感激涕零。丁知县同情他，并和他约定等自己任期满了后一同去京城。叶生感恩戴德，辞别回家后一直闭门不出。不久，叶生就病倒在床。丁知县闻讯后经常派人来探望，无奈服了很多药都没有效果。这时候，丁知县因得罪上司而被免职，就要解任离去。走之前，丁公写信给叶生，大意说："我回归有日，现在迟迟不动的原因是为了等你，你早晨一到我晚上就动身。"送信人来到病床前，叶生看完信，泪流不止地说："我重病在身，一时难以痊愈，请丁公还是先走吧。"丁公听了这消息，不忍心马上离去，仍慢慢等他好起来。

　　过了几天，门卫忽报说叶生来了，丁公十分欣喜，亲自出门去迎接，并询问他的病情。叶生说："我得了这样的病烦劳您久等，心里实在不安宁，今天才勉强可以随您同行。"丁公于是踏上归途。到家后，丁公让儿子拜叶生为师，白天晚上相聚在一起。

　　丁公子名叫再昌，当时十六岁，还不会写文章，却极聪明，凡考科举的八股文只要过目两三遍，便能够牢记不忘。叶生教了一年时间，丁公子就能下笔成文，再加上父亲的关系，丁公子很快就考上了秀才。叶生将自己一生中所拟定的应考习题全部教给公子诵读。乡试时，七道试题都在准备的习题中，丁公子中了第六名。丁公有一天对叶生说："你把自己准备的文章随便拿出几篇教给小儿，就使他成名，以你这样的高才却长期被埋没，真是无可奈何啊！"叶生也不无感慨地说："这就是命运啊，无法抗争。但今天我能借公子的福分为我的文章争一口气，让天下的人都知道我沦落半辈子，并非本事不如人，我就很满足、很欣慰了。况且我一生得到您这样的知己，已经没有什么可遗憾的了，又何必要取得科举功名才算发迹走运呢？"

丁公觉得叶生离家时间很长了，害怕耽误岁考，就劝他回去应试。但是叶生有些不愿离开，丁公也就不再勉强了。丁公子要去京城会考，丁公嘱咐儿子替叶生出钱捐个监生。丁公子在京城又考取了进士，授官为部中主事。公子也带着叶生一块儿到官署，他们朝夕相处，关系很融洽。

又过了一年，叶生参加顺天府乡试，中了举人。这时适逢丁公子奉命到南河河道去办理公务，公子对叶生说："这次去南方正好离贵乡不远，先生今天已获取功名，正可衣锦还乡。"叶生心里也很高兴。于是他们就选好日子一起出发。到达淮阳县境，公子备好马匹，命仆从护送叶生回家。

到了家里，叶生见门庭萧条破败，心里十分难过，犹豫地走到庭院里，看见妻子正拿着簸箕从屋里出来，她看见叶生，扔了手里的东西就跑，吓得失魂落魄。叶生说："我今天已经显贵了，三四年不见，你怎么就认不出来了呢？"妻子站得远远地说："你不是已经死了好几年了吗？还说什么富贵？这么长时间一直没安葬你的原因是由于家里太穷，儿子尚小。现在老大才刚刚长大成人，近日就要卜个好日子安葬你，请不要作怪来吓人。"叶生听了妻子的话，惆怅失意。他徘徊着走进屋里，看见自己的灵柩还停放在那里，便往地上一扑没了踪影，但是衣帽鞋袜却像蝉蜕一般原本原样地留在地上。妻子见此情景，先是有些发愣，随后就抱起丈夫的遗物痛哭起来。儿子从私塾放学回来，看见家门口停放着马匹行李，先问清来历，然后慌张地跑回家告诉了母亲，母亲也含泪把自己刚才见到的一切说给儿子听，又仔细询问了护送叶生的仆人，才知道了事情的原委。

仆从回去后，丁公子得知了事情真相，泪流如雨，立即命人备上车马到叶家去凭吊，亲自出钱为恩师置办丧事，以举人的礼节安葬了叶生。临走时，丁公子又给叶家留下一笔钱，让叶生的儿子读书，并托付学政大人给予关照。一年以后，叶生的儿子考上了秀才。

异史氏说："魂魄依顺知己，竟会忘了自己已经死了？听说的人都表示怀疑，而我非常相信。情投意合的倩女，魂魄离身去追随情郎；远隔千里的好朋友，还能够在梦中相会。唉！命运多舛，时运不济啊！零落孤独，对着影子经常发愁；傲骨峥峥不屈，自洁自爱。叹自己的寒酸，招致鬼物的讥笑。一直考不上的穷秀才，连头发胡须都丑陋；一旦落榜，文章处处都有毛病。古今痛哭的人，首推不被理解的卞和；良马劣马颠倒，谁是识马的伯乐？怀抱名帖而投靠无门，也只能像祢衡那样把名帖放在怀中，以致三年之后名帖上的字都磨灭了。侧身展望，四海没有自己的家园。人活在世上，只需闭着眼睛走，听任上天的摆布罢了。天下气宇不凡而沦落得像叶生一样的人，也不算少，只是怎能使爱才的丁公回来，让人生死跟随他呢？唉！"

王　成

王成是平原县一世家子弟，生性懒惰，生活日渐贫困，最后只剩下几间破房子，与妻子睡卧在破烂被子中，妻子责怨，难以度日。

时值炎炎盛夏，酷热难忍。村外有一座荒废的周家庄园，房屋墙壁全倒塌了，只剩下个破亭子孤零零地立在那里。村里人都聚到那里过夜消暑，王成也在其中。天一亮，村里的人就都走了。日上三竿，王成才睡眼惺忪地起来。他正要回家时，无意中发现荒草丛中有一支金钗，走过去捡起一看，上面镌刻着"仪宾府造"的字样。王成的祖父曾做过衡王府的仪宾，家里很多旧器皿中，都有这样的款字，他将钗子拿在手里，踌躇不决。正在这时，有个老太婆前来找金钗，王成虽然很贫苦，但生性耿直，把手里的金钗立即交还给老太婆。老太婆很高兴，一再称赞王成的美德。她说："小小金钗能值几个钱？这是已故丈夫的遗物，所以才倍加珍惜。"王成问道："你的丈夫是谁？"老太婆回答："是已故仪宾王柬之。"王成很吃惊地说："他是我祖父，他怎么能和你相遇？"老太婆也很惊讶地说："你就是王柬之的孙子吗？我是狐仙，一百年前和你祖父相恋结为夫妻，自从你祖父去世后，我就一直隐居不出。我偶然经过这里，丢了钗子，恰巧让你捡到，这岂不是天意！"王成曾经听说祖父有过一个狐妻，就相信了她的话，又请她到家里去。老太婆就跟着他回家了。

到了家中，王成叫妻子出来拜见老太婆。妻子穿得破破烂烂，饿得面黄肌瘦。老太婆叹息道："唉！王柬之的孙子，竟穷到这样的地步啊！"老太婆看看厨房，很久没有生过火了，又说："家境这么贫困，你们靠什么生活？"妻子向她细述了贫困状况，一边说一边流泪。老太婆于是把金钗交给王成的妻

子，让她暂且典当换钱买米吃，又说三天后她再来。王成挽留她住下，她说："你连一个老婆都养不起，我住下来，有什么好处？"说完，老太婆便走了。王成对妻子讲了事情的真相，妻子非常害怕。王成说狐仙有义气，要妻子像对婆母一样好好善待她，妻子答应了。

三天后，老太婆果然来了。她拿出几两银子，让王成买来小米、麦子各一石。晚上她就和王成的妻子在小床上同睡，王成的妻子起初很害怕，但见她很热忱，于是不再疑虑。第二天，老太婆对王成说："孙儿你不要再懒惰了，可以做点儿小生意，坐吃山空，怎能长久呢？"王成说没有本钱，老太婆说："你祖父活着时，金帛珠宝任凭我拿，但我是个世外人，要它没用，所以从未多拿。只积攒下买脂粉的四十两银子，至今留着。久藏着没用，你可以拿去全买成葛布，限定日子赶到京城，可以赚钱。"王成照办了，拿着钱买回五十匹葛布，老太婆催促他出发，估计六七天内可以到达京城。走时，老太婆嘱咐说："千万不要偷懒，要勤快及时，迟一天都会后悔莫及！"王成很痛快地答应了。

王成带着布匹上路，中途遇上雨天，全身都被淋湿。王成平生从未吃过风霜之苦，疲乏不堪，只得在旅店暂时休息。但是雨越下越大，屋檐上的雨不断地往下流，从早到晚，一直不停。过了一夜，道路更加泥泞。待到中午时分，阴云又起，再次下起大雨。王成一连住了两天才上路进京。在快到京城的时候，他听说葛布的价钱很贵，心里非常高兴。进了京城，当他在旅店卸货时，店主人为他的迟到而深感惋惜。原来前些天，南方的道路刚通，葛布来得很少，王府急需现货，所以价钱昂贵，比平时高出约三倍。王成入京的前一天贝勒府刚买足了，后到的人都很失望。王成听了主人说的情况，非常郁闷。过了一天，葛布来得更多，价格便降得更低。王成觉得赚不上钱就不肯出售。又过了十几天，他盘算了一下，食宿消耗更多，心里更加烦闷。店主人劝他低价卖了，改想别的赚钱办法。王成接受了建议，将货物全部脱手，亏了十几两银子。早晨起来，他正准备起身回家，打开钱袋一看，银两全被人偷了。他吃惊地告诉店主人，店主人也没有办法。有人鼓动他告官，让店主人赔偿，王成说："这是我运气不好，和店主人无关。"店主人听后非常感动，就送了五两银子给他做路费，劝他回家。

王成觉得就这样回去实在对不起祖母，犹豫徘徊，进退两难。正在这时，恰巧碰见市上有斗鹌鹑的，一赌往往就是几千两银子。买一只鹌鹑却只需百余文钱，他忽然动了心，算算口袋里的钱仅够贩鹌鹑用。他把想法和店主人一说，店主人很支持，并且承诺他住店食宿都不收钱。于是，王成买了一担鹌鹑回店，店主人很高兴，劝他赶快卖掉。晚上下起大雨，第二天街上水流成河，下雨不止。王成住下等天晴，雨一连下了好几天。王成看着笼里的鹌鹑渐渐死去，不知该怎么办。又过了一天，鹌鹑死得更多了，只剩下几只，便合在一个笼里饲养。天亮后，王成再去看，只有一只活着。王成去告诉店主人，不禁泪落。店主人也为他叹息。王成心想钱花完了，自己回不去了，只求一死了事。店主人多次劝慰，和他一同去看剩下的那只鹌鹑。店主人仔细观察后说："这是一只佼佼者，别的鹌鹑也许都是被它斗死的。你反正闲着没事干，如果这真是一只好鹌鹑，你带着它去赌赌，或许可以谋生。"王成照他说的做了。

王成将鹌鹑驯教了几天，店主人叫他带到街上先赌酒食。鹌鹑勇健，一斗就赢。店主人心里一高兴，就给王成一些银两作为赌本，叫他再带去和富家子弟养的鹌鹑决战，结果三战三胜。半年左右，王成就积攒下二十两银子。王成心里很是欣慰，视鹌鹑如命。先前，大亲王极好斗鹌鹑，每逢上元节，他就招斗鹌鹑的人进王府来角逐。店主人对王成说："现在发财的时机到了，就看你的命运如何了。"店主人把王爷斗鹌鹑的事说了，并领他一块儿到了王府。店主人又叮嘱王成说："败了，你就自认倒霉，万一斗赢了，王爷肯定会买你的鹌鹑，你先不要答应。他若坚决要买，你只看我的眼色行事，待到我点头同意，你再答应。"王成说："好。"

到了王府，只见来斗鹌鹑的互相拥挤着站在台阶下。片刻，王爷出殿来，然后听见有人宣布："愿斗的人上来。"立刻就有一个人带着鹌鹑上去，王爷命令放鹌鹑，只略略斗了一阵，来人的鹌鹑就败了，王爷大笑。接着又有几个人上去，结果都斗败了。店主人说："现在可以上去了。"于是两人一起上去。王爷看了看他的鹌鹑说："眼睛有怒脉，是个雄健的家伙，不可轻敌。"王爷命令拿来一个叫铁嘴的鹌鹑与它斗。两鹌鹑相扑，斗了几个回合，铁嘴鹌鹑终于败了。王爷又换上更好的继续来斗，结果屡屡失败。王爷急忙下令取来宫中玉鹌鹑。一会儿，玉鹌鹑来了，全身雪白如鹭鸶，非凡无比。王成有些泄气，跪下来向王爷请求停斗，王成说："大王的鹌鹑是神物，恐怕会伤害我的鹌鹑，没有它我就会失业。"王爷笑着说："放出来吧，如果斗死了你的鹌鹑，我会重金赔你的。"王成便放了鹌鹑。那玉鹌鹑直扑过来，王成的鹌鹑却伏在地上，像发怒的雄鸡一样等它靠近。玉鹌鹑用嘴猛啄，王成的鹌鹑腾飞起来，有如翔鹤一般凌空冲击对方。两鹌鹑上下左右频频冲斗，相持了大约一个时辰。玉鹌鹑渐渐松懈下来，而王成的鹌鹑却更加愤怒，冲击得更猛烈，越斗越凶。不长时间，玉鹌鹑身上的白羽毛纷纷掉落，最后终于夹着翅膀逃走了。旁边观看的上千人，无不赞叹。王爷亲手抓起王成的鹌鹑，从嘴到爪仔细审视了一遍。王爷问道："这鹌鹑可以卖吗？"王成说："小人没有产业，和鹌鹑相依为命，不能出卖。"王爷说："我出重金赏你，叫你购置中等人家的产业，这样你愿意了吧？"王成低头想了很久说："我本来不愿意卖，看大王这么喜欢它，若能叫小人有吃有穿，我还有什么希图？"王爷叫他报个价，王成说一千两银子。王爷笑着说："你这个痴心的小伙儿，这是什么珍宝，能值千两银子？"王成说："大王不认为它是宝物，我却认为它高出价值连城的璧玉。"王爷说："为什么？"王成说："小人把它带到市上，每天可以得到几两银子，换米换油，一个十多口之家，温饱全靠它，什么宝贝能比得上它？"王爷说："我不亏待你，给你二百两银子。"王成摇摇头。王爷又加一百，王成看了看店主人，店主人不动声色。王成便说："蒙大王之命，我也减少一百两。"王爷说："算了吧！谁会拿九百两银子去买一只鹌鹑呢！"王成装着要带鹌鹑走的样子，王爷叫住他说："鹌鹑主人，来来来！实价给你六百，要卖就成交，不卖就走人。"王成又看店主人眼色，店主人还没有什么示意。但王成自觉已经很满足了，只怕失掉机会，就说："卖这个数，实在不如愿。但又怕不成交，惹王爷不高兴，没办法还是奉王爷的命吧。"王爷大喜，立即叫人拿银子给王成，王成收了钱拜谢出来。店主人埋怨他说："我给你说的什么，怎么这么急于卖出去？再稍微磨磨，八百两银子就到手了。"王成随店主人回到店里，把银子往桌上一放，让店主人随意自己取，店主人不接受。王成一再要求他拿，最后店主人只算了饭钱收下。

  王成打点了行李，回到家乡，将他的经历向家人说了，又拿出银两，与家人共庆好运。老太婆叫他置买三百亩良田，盖起新房，添置家具，居然恢复了原来的世家景象。每天早晨，老太婆都早早地起来，督促王成管理田间作物，督促王妻纺织持家，两人稍有怠懈，老太婆就重重斥责，夫妻俩也很听从，不敢有什么怨言。就这样过了三年，王成家里更加富裕了。有一天，老太婆突然说她要走了，夫妻俩坚决挽留，都流下了眼泪。老太婆也就只得作罢。但到第二天早晨，他们去问候老太婆时，她早已不知去向。

  异史氏说："富裕家境都是靠勤劳获得的，而只有王成却由懒惰发家，以前闻所未闻。人们不知王成当年即使一贫如洗，也能做到拾金不昧，这就是上天对他始弃而终怜的缘由啊。懒惰岂能真正获得富贵啊！"

青 凤

太原府有一户姓耿的人家，原本为世族大家，宅院宏阔宽敞，但是后来败落了，楼阁大半都空废着无人居住。因为常常出现怪异现象，门往往自己打开又关上，家人总是在半夜被吓得惊叫不安。耿氏很忧虑，就搬到别墅去住，只留下个老头儿看门。从此，宅院更加荒芜。有时还能够听到里面的欢歌笑语、鼓乐吹奏。

耿氏有个侄子名叫去病，生性狂放，无拘无束。他告诉老头儿如果有什么见闻，要尽快相告。到了夜间，老头儿看见楼上灯光忽明忽暗，就赶快去告诉耿生。小伙子不听劝阻，执意要进去看个明白。他向来熟悉这里的门户，拨开蓬蒿，迂回来到楼上。开始，他并未看见什么奇异现象。他穿过楼道，就听见有人窃窃私语。他悄悄藏起来偷看，见房里点着两根大蜡烛，明亮得像白昼。一个儒生打扮的老翁坐北向南，一个四十多岁的妇人与他对坐。西边是一个少年，大约二十岁；右边是个少女，不过十五六岁。桌上摆着酒肉佳肴，四个人正团团围坐在一起又说又笑的。耿生突然进去，笑着说："有一个不速之客来了。"大家受了惊吓，纷纷奔逃躲藏。只有老翁出来责问道："是什么人敢闯入内室？"耿生说："这是我家的房屋，你占用着，自饮美酒，也不邀请主人，岂不太吝啬？"老翁端详着他说："你不是主人。"耿生说："我是狂生耿去病，主人的侄子。"老翁尊敬地说："久仰大名！"于是作揖相拜，请耿生入席，又叫家人来换酒菜，耿生劝止了。老翁便向耿生敬酒。耿生说："我们可算是世交，大家用不着回避，还是请大家一块共饮。"老翁叫道："孝儿！"很快就有个少年进来，老翁指着他介绍说："这是小儿。"少年相拜入座。耿生问起他们的家世，老翁说："老朽姓胡，名叫义君。"耿生向来豪放，谈笑风生，孝儿也很潇洒，两人情投意合。耿生二十一岁，比孝儿大两岁，因此就称他为弟弟。老翁说："听说尊祖父曾写过《涂山外传》，你知道不？"耿生回答说："知道。"老翁又说："我是涂山氏的后代。唐代以后，家谱世系还能记得，但五代以前的就失传了，望公子赐教。"耿生将涂山女帮助大禹治水的故事大略讲了讲，有意渲染了一番，讲得有声有色，娓娓动听。老翁听得喜笑颜开，对儿子说："今天有幸听到以前从未听过的故事，公子也不是外人，可以叫你娘和青凤一起来听听，也好叫她们知道我们祖先的功德。"孝儿进入帷帐，一会儿一个妇人带着一个少女一块儿出来了。耿生仔细打量，那少女生得一副好身材，款款柳腰，横生娇态，闪闪秋波，真是美艳绝伦，举世无双。老翁指着妇人说："这是拙荆。"又指着女子说："这是青凤，我侄女。她很聪慧，所见闻的事情会牢牢记住，所以叫她也听听。"耿生讲完故事便喝酒，不住地顾盼少女，直看得发呆。少女察觉到了，害羞地低下头去。耿生又暗中轻轻地踢她的莲花脚，少女就急忙把脚缩回去，却并不愠怒。耿生有些飘飘然，不能自控，竟然拍着桌子说："能得这样的美女为妇，就是让我做皇帝我也不干！"妇人见他酒醉发狂，就和青凤起身，急忙揭开帘子走了。耿生很失望，就辞别老翁出来，心里却恋恋不舍，一直思念着青凤。

　　第二天夜里，他又去楼上，那里满屋芬芳，但是整个屋子没有一点儿声响。他回家和妻子商议，打算携家搬到楼上去住，其实是希望和青凤能再见面。但是妻子却不答应，他只好自己一个人去，在楼下读书。夜里，他有些困倦，就靠着桌子打盹儿。这时，有一披头散发的鬼怪进来，脸黑得像漆，大睁两眼直瞪着耿生看，耿生笑着用手指头蘸着墨汁也往自己脸上涂抹，也大睁两眼，目光灼灼，与长发鬼对看。那鬼很惭愧地离去。

　　又一晚，夜已经很深了，正要熄灯就寝时，忽听楼上有开门声，耿生急忙起身去看，见门扉半开，接着就听见有细碎的脚步声，然后就见有人点着灯从房中出来，仔细一看是青凤。她一看见耿生吓得往后退，连忙关上房门。耿生跪在地上对青凤倾诉："小生不怕凶险都是为了你，幸好这里没有别人，我只求和你握一下手，死而无憾。"青凤在里面说："你的眷眷深情我怎能不知，但叔父家规甚严，我不敢答应你的要求。"耿生一再苦苦地哀求："我并不敢奢望亲近你的玉体，我只求一睹你的容颜，心里就满足了。"青凤似乎有些心动，开门出来，伸手抓住耿生的胳膊扶他起来。耿生欣喜若狂，拉着她的手到了楼下，拥抱着她放在自己的膝盖上。青凤说："你和我幸有缘分，但是过了这一夜，相思也无用。"耿生问道："为什么？"青凤说："叔父只怕你狂放不羁，所以装扮成凶鬼来吓你，你却不怕，现在已搬到别的地方去住了。全家人把东西都搬走了，只叫我留在这儿看房子，明天我也要搬走了。"说完，她就要走，说："我怕叔父回来撞见。"耿生强留她不让走，想和她亲热，两人

正相持不下，老翁突然推门进来，青凤又羞又怕，无地自容，低头靠在床边，手拈衣带不说话。老翁怒骂道："你这贱女子，辱没我家门风！不快快走开，就用鞭子抽打！"青凤低着头跑出去，老翁也随后出去。耿生悄悄跟在后边偷听，老翁还在责骂不休，言辞激烈，让人难以忍受。他又听见青凤伤心地嘤嘤啜泣。耿生听得心如刀割，大声喊道："这是我的错，与青凤有什么关系？请你原谅青凤，要杀要剐，我都愿意承受！"过了许久，终于寂静无声，耿生这才下楼去睡觉。

从此以后，宅院内再也没有动静。耿生叔父听说后啧啧称奇，他愿意将宅院卖给侄子叫他去住，不在乎价格多少。耿生大为欣喜，就带着全家搬进去了。住了一年，耿生颇感舒适。但他一时一刻也没有忘记过青凤。

正值清明节扫墓回家途中，他看见有一只狗正追逐着两只小狐狸，其中一只落荒而逃，另一只在大路上恐慌得要命，看见耿生，依恋不去，发出哀声，低头贴耳，似乎在向他求救。耿生怜悯它，揭开衣襟，裹着它抱回家里。到家关上门后，耿生把它放在床上，狐狸却变成了青凤。耿生高兴极了，就一边安慰一边问她为何在那里。青凤说："刚才和小丫鬟出来玩，遭了这样的大祸。要不是有你相救，肯定葬身犬腹了。请你不要把我视为异类而厌恶。"耿生说："我对你朝思暮想，魂牵梦萦，现在见到了你，如获至宝，怎么会嫌弃！"青凤说："这是天意，不遭这次大难，怎能跟随你？这是不幸中的万幸，那丫鬟回去一定会说我死了，你我便可永远在一起了。"耿生听后十分高兴，就为她安排了另外一处房子住下。

过了两年多，一天夜里，耿生正在书房里读书，孝儿忽然闯入。耿生放下手里的书本，问他从什么地方来。孝儿跪在地上说："家父遭遇横祸，非您不能救。他本想亲自来求见，又怕您会拒绝见他，所以就叫我来了。"耿生问他什么事，他说："你认识莫三郎吗？"耿生答："他是我一位同窗学友的儿子。"孝儿说："明天他将到你家来，如果见他带有猎获的狐狸，望你留下它。"耿生说："当年他在楼下羞辱我，我一直耿耿于怀，这事不想去过问，如果一定要我效力，非得让青凤来不可！"孝儿一听，潸然泪下："凤妹妹已在三年前就葬身郊野了。"耿生将袖子一甩说："既然如此，我们之间的仇恨就更深一层了！"说完，他便举书高声诵读，再也不看孝儿一眼。孝儿一看没了指望，捂着脸大哭着离去。

耿生来到青凤房间，把刚才发生的事情告诉青凤。青凤一听脸色剧变，她问耿生："你真的不救他？"耿生笑着说："救是救的，刚才没有答应的原因，仅仅是为了报复一下以前他的蛮横无理。"青凤转忧为喜说："我从小父母双亡，全靠叔父养育成人，往年被责骂，那是家规应如此。"耿生说："的确是这样，但这事总是使人心里不舒服。你如果真死了，我决不相救。"青凤笑着说："你好残忍呀！"

第二天，莫三郎果然来了，他的马前胸系着镂金的勒带，他腰挎虎皮弓袋，随从众多，威风凛凛。耿生出门相迎，见他猎获的禽兽很多，其中有一只黑狐，伤口的鲜血浸透皮毛，耿生用手一摸，感觉还有些体温。他借口有件裘皮大衣破了，正好需要补一下，请求留下黑狐。莫三郎二话没说，慷慨取下送给耿生。耿生接过，当即交给青凤，又设宴与客人畅饮一番。

客人走后，青凤将黑狐抱在怀里。黑狐三天后才苏醒过来，随后慢慢化为老翁。他抬头看见青凤，怀疑这不是在人间。青凤将所发生的事情全部向他说了一遍，老翁感激地向耿生跪拜，深表歉意。老翁欣喜地对青凤说："我一直说你不会死的，现在果然活得好好的。"青凤对耿生说："你如果念及我们的情分，请你还把楼房借给我们住，使我能够报答叔父的养育之恩。"耿生答应了。老翁很惭愧地告辞离去，夜里，果然带着全家搬来住下。

从此以后，人狐如同一家，彼此之间并无猜忌和隔阂。耿生住在书房里，孝儿时常过来和耿生聊天、饮酒。耿生妻子所生的儿子一天天地长大了，就请孝儿教他读书习文，孝儿对其循循善诱，是个很不错的老师。

画　皮

太原府有个姓王的书生，大清早出门，在路上遇见一个女子。女子怀里抱着包袱，独自奔走，步履十分艰难。于是王生加快步伐赶上她，见她有十五六岁的样子，长得非常漂亮，于是他就起了爱慕之心。他问女子："为什么一大清早就独自一人赶路？"女子说："赶路的人，不能做伴解愁闷，何必烦劳多问？"王生说："你有什么愁闷就说出来，也许我能效力，决不会推辞的。"女子神情沮丧地说："父母贪图钱财，把我卖给富豪人家，他家中的大老婆非常嫉妒我，整天不是骂就是打的，我实在忍受不了这羞辱，所以打算走得远远的。"王生又问："你准备到哪里去？"女子说："逃亡流落在外，还没个去处。"王生说："我家离这儿不远，只要你愿意，可委屈暂住。"女子很高兴地答应了。王生帮她提着包袱，领她一块儿到了家里。女子看看屋里没有别的人，就问："您怎么没有家眷？"王生答道："这是我的书房。"女子说："这是个好地方，如果您同情我，想让我活下去，必须保守秘密，不要对别人说起。"王生满口答应，就和她同居了。王生让她藏在密室，过了好多天也没人知道。后来，王生将这事悄悄告诉了妻子陈氏，妻子疑心这女子是大户人家的小妾，劝丈夫将她送走，王生根本不听。

一个偶然的机会，王生在市集上，碰见一个道士。道士看到他后，现出惊愕的神色，并问他："你遇见过什么人吗？"王生说："没有呀。"道士说："你身上邪气环绕，怎能说没有遇见什么？"王生极力辩解。道士只好离去，临走时还遗憾地说："糊涂啊！世上竟有死到临头还不觉悟的人！"王生因他话里有话，便怀疑起那女子。可他又转念一想，明明是个美丽的姑娘，怎么会是妖怪，许是道士想借镇妖除怪来赚取几个饭钱吧？一会儿工夫，他就回到书房处，一推门，发现里边插着，进不去。于是他起了疑心，就翻墙进去，发现房门也紧关着。他蹑手蹑脚走到窗前朝里面偷看，只见一个恶鬼，脸色青翠，牙犹如锯齿一般。那鬼把一张人皮铺在床上，正拿着一支彩笔在上面描画着，很快就画好了，便把笔扔在一旁，然后双手将人皮提起来披在身上，顷刻间就化成了一位女郎。看见这情景，王生吓得胆战心惊。他一声也不敢吭，像狗一样伏下身爬了出去，慌慌张张去追赶道士。然而，那道士早已不知去向。他到处寻找，终于在野外碰见。王生"扑通"一声跪在地上向道士哀求救命。道士说："让我替你赶走它。其实这鬼也怪可怜的，好不容易才找到一个替身，可以投胎为人了，我也不忍心伤害它的性命。"于是他把拂尘交给王生，叫他拿回去挂在卧室的门上，分别时和王生约定有事到青帝庙去找他。

王生回到家里，不敢去书房，晚上就睡在内房，并将道士给他的拂尘挂在门上。大约到了一更时分，他听见门外有奇怪的声响，王生自己不敢去看，叫妻子去看，只见那女子来了，望着门上的拂尘不敢进屋。女子在门外咬牙切齿，站了很久才离去。过了片刻，女子又来了，而且嘴里骂着："道士吓唬我，我总不能把吃进嘴里的食物又吐出来吧！"于是便将拂尘取下来弄碎，竟然破门而入，径直闯到王生床前，剖开王生的肠肚，双手抓起王生的心脏离去。王生的妻子吓得大声呼叫。丫鬟端着蜡烛进来一看，见王生已死，血流满地，陈氏吓得连哭都不敢哭出声。

第二天早晨，陈氏让王生的弟弟二郎去告诉道士。道士发怒说："我本来是怜悯它，它竟敢这样！"当即就跟着二郎一起赶来，但那女子已不知去向。道士抬头环顾四周，说："幸好没走远。"又问道："南院住的是谁家？"二郎说："我住

在那里。"道士说："它现在就在你家里。"二郎一听很诧异，认为道士说得不对。道士又问："是不是有个陌生人曾经来过？"二郎回答说："我一大清早就到青帝庙去请您，确实不知道。我回去问问。"二郎去了一会儿，就回来说："果然有人来过，早晨来了个老妇人，想在我家做仆人，我妻子把她留下了，现在还在家里。"道士说："正是这鬼怪。"道士当即和二郎一起前往。道士手执木剑，站在庭院中央，大叫道："大胆孽鬼，快快还我拂尘来！"老妇人在屋里吓得大惊失色，正要逃走，道士急追过去，一剑将她击倒在地，人皮"哗啦"一声脱落下来，立即还原成一个恶鬼，躺在地上像猪一样号叫着。道士用木剑削下了它的头，那鬼顷刻间化为浓烟，在地上盘旋成一团。道士拿出一个葫芦，拔开塞子，眨眼间就将那烟雾全吸进葫芦里。道士塞住葫芦口，将葫芦收好装进袋了。大家去看人皮，眉眼手脚都很齐全。道士将人皮卷起来收好，正要告别离去，陈氏跪在门口，哭求道士把丈夫救活。道士推辞说无能为力。陈氏哭得更加悲伤，伏在地上不起来。道士沉思了一下说："我的法术太浅，实在不能起死回生。我指给你一个人，他也许能救你丈夫。你去求他一定会有结果的。"陈氏问："什么人？"道士说："街上有个疯人，常常睡在粪土里。你去试着向他求告，他若发狂侮辱你，你千万不要气恼。"二郎也知道有这么个人，于是送别了道士，和嫂嫂一起上街去找道士所说的那个疯人。

他们见有个乞丐正在路上唱歌，鼻涕流有三尺长，满身污秽叫人无法接近。陈氏跪行向前，那乞丐笑着问道："美人儿爱我吗？"陈氏向他说明来由。乞丐又大笑着说："人人都可以做丈夫，救活他有什么用？"陈氏坚持苦苦地哀求。乞丐说："真是怪了！人死了乞求我来救活，难道我是阎王吗？"说完，他怒气冲冲地用拐杖打陈氏。陈氏含泪忍受着疼痛和侮辱。街上看热闹的人渐渐聚集过来，在四周围成了一堵人墙。乞丐咳出痰和口水来，弄了满满一把，举到陈氏嘴边说："吃了它！"陈氏涨红了脸，但她想起道士的嘱咐，就强忍着吞食下去。她只觉得那东西像一块儿棉絮，郁结在胸口。乞丐大笑着说："美人儿爱上我啦！"说完，乞丐起身就走了，连头也不回。陈氏和二郎追随其后，进到庙里，想继续求他，却不知他在哪里。他们在庙前后找遍了，也不见他的踪影。

陈氏羞愧万分地回到家里，怜念丈夫的惨死，又回想起在大街上当着众人的面吞食乞丐的痰唾，真是倍感耻辱，难受得痛哭起来，恨不得即刻死掉。她为丈夫擦去血污收尸入棺，家人站在一旁望着，没人敢到跟前去。陈氏抱尸收肠，一边收拾一边痛哭，直哭到声音嘶哑时，突然想要呕吐，只觉得胸口间郁结的那团东西直往上冲，"哇"地吐出，还没来得及看，那东西就已经掉进丈夫的胸腔里。她吃惊地一看，原来竟是一颗人心，已在丈夫的胸腔里"咚咚"地跳了起来，而且热气蒸腾，像烟雾一样缭绕着。陈氏感到十分惊异，急忙用双手按住丈夫的胸腔，用力往一块儿挤。她稍一松手，热气就从缝里冒出来。

她又撕下绸布当带子，把丈夫的胸腔紧紧捆住。她再用手去抚摸尸体，已觉得慢慢温暖了。然后她又给丈夫盖上被子，到半夜时掀开被子一看，丈夫竟然有了呼吸。第二天天亮时，丈夫终于活过来了。一苏醒，他就说："我恍恍惚惚，就像在梦中，只觉得肚子在隐隐作痛。"他们再看肚皮被撕破的地方，已经结了像铜钱大的痂，不久便完全好了。

异史氏说："世人啊太愚蠢！明明是妖怪，却把它当成美女。愚人啊糊涂！明明是忠告之语，却看作妄言。然而，贪恋别人的美色，并企图占有她，自己的妻子却心甘情愿地吞食别人的痰唾。天道往复还报，只是那些既愚蠢又糊涂的人不省悟罢了，太可悲了！"

贾 儿

楚地有个商人，常年经商在外，妻子在家独守空房。一天夜里，她梦见与别人交媾，猛地惊醒，用手一摸，发现是个短小的男人。她仔细一看，他和常人不同，知道这是个狐怪。不久，那小男人下床离去，并未见门打开便消失不见了。

到了晚上，她害怕那狐怪再来，就叫做饭的女佣和她做伴。妇人有个儿子刚满十岁，平时睡在别的房间，她也叫来睡在一起。夜深了，女佣和儿子睡着了，那狐怪又来了，妇人发出喃喃的声音，像是在说梦话。女佣醒来喊她，那狐怪便逃走了。从此以后，她精神恍惚，常常忘这忘那，后来一到夜里就不敢熄灯。她一再叮咛儿子晚上不要睡得太死。深夜以后，儿子和女佣实在困倦得支持不住，就稍稍地打了个盹儿，一睁眼睛，发现妇人不见了，他们以为她到屋外解手去了，等了很久还不见她回来，才怀疑出了事。女佣很害怕，不敢出去寻找，儿子拿蜡烛照着四处寻找，最后才在另一间房子里发现母亲赤身裸体地躺着。儿子走到跟前去扶她，也不见她有害羞畏缩的神情。从此，妇人精神失常，或者哭叫或者笑骂或者唱歌，每天都会出现这样那样的状况。晚上她讨厌和别人一起睡，于是儿子又睡在另一间房子，把女佣也打发走了。

后来，儿子一听见母亲说笑时，就起来用灯光去照。母亲反而怒斥儿子，儿子并不在意，因此大家都说那孩子胆子大。但是这小孩太贪玩，每天学做泥水匠，用砖块和石头垒在窗户上，家人劝阻也不听，有谁要拿去一块石头或砖片，他就滚在地上哭闹，于是平日里没人敢去惹他。过了几天，两边的窗户全堵上了，屋里没有多少亮光。窗户堵完了，他又去和泥涂抹墙缝，成天忙乎着,不辞劳苦。墙壁涂完,没有什么可干的,他就"霍霍"地磨起菜刀来。看见他的人都讨厌他的顽劣,不把他当人看。

一天夜里,这孩子把他磨好的那把刀藏在怀里,用瓢盖住灯。等听见母亲说梦话,他就急忙揭开灯上的罩子,堵在门口叫喊。过了好长时间,没有发现意外情况,于是他离开门口,并假装要出门小解的样子,突然发现有一个像狸猫的东西,忽然蹲到门缝处要逃跑,那孩子急忙用刀砍过去,但只砍断了它的尾巴,长约二寸,还滴着鲜血。开始,他挑灯起来时,母亲大骂他,他并不理会。他只是遗憾没有杀死狐怪,很懊悔地睡下。他躺下后又想,尽管没有杀死狐怪,但想必它不敢再来了。天亮以后,顺着血迹查看,他发现狐怪是翻墙逃走的,再一直往前,就搜寻到何家园子里。这天夜里,那只狐怪果然没来,孩子暗自高兴。而母亲却依旧痴呆地躺着,和死人一样。

过了不久,商人回来了,他到床前去问候妻子,却遭到一顿臭骂,而且还被视为仇人。儿子将近日发生的事情详细地向父亲说了。商人很吃惊,给妻子请医服药,妻子把药全部泼掉,还骂不绝口。后来商人又把药掺进汤水里让她喝,几天后渐渐好转,父子都很高兴。

一夜睡醒,妇人又不见了。父子又从别的房间找到她。此后妇人又开始疯疯癫癫,不愿和丈夫住在一起,一到晚上就跑到别的房间,丈夫挽留她,她骂得更厉害。没办法,商人就把别的房间全锁起来。但是只要妇人一去,房门就会自动打开。商人很忧虑,请人作法驱邪,什么法子都试过了,仍不见任何效果。

傍晚时分,儿子偷偷进入何家园子,埋伏在荒草丛中,窥探狐怪的踪迹。月亮刚刚升起时,他就听到说话声。他悄悄拨开草丛,看见有两个人过来喝酒,有一个长胡须仆人捧着酒壶,他穿着深棕色衣服。那两人的说话声音很小,听不清楚。过了一会儿,只听其中一人说:"明天可拿一甀白酒来。"不久,两人一块儿离去,只剩下那个长胡须仆人脱了衣服睡在庭石上。儿子仔细一看,他的四肢和常人都一样,只是后面多了条尾巴。儿子本想回去,又怕惊动了狐怪,索性整夜潜伏下来。天快亮的时候,那俩人又来了,嘀嘀咕咕进了竹林。小儿回家后,父亲问他,他说睡在伯伯家。

白天,孩子跟父亲一起上街。在一家帽店看见狐尾,他央求父亲买下,父亲不理他,他揪着父亲的衣服不停地撒娇,父亲烦不过,就买了下来。父亲在市集上做生意,他就在一旁玩耍,他趁父亲不注意时偷了些钱,去买了一甀白酒,暂时寄存在店铺的廊下。他有个舅舅住在城里,向来以狩猎为生。小儿跑到舅舅家,舅舅外出,舅妈问起母亲的病情,他说:"这几天稍好一些。又因家里老鼠咬坏了衣服,母亲气得又哭又骂,特地叫我来要些打猎用的毒药。"舅妈从柜子中取一钱多毒药,包好给他,他嫌少。趁舅妈下厨房给他做汤饼时,他偷了一大把揣在怀里。他过去对舅妈说:"不要烧火了,父亲在市集上等着呢。"他径直出门,又把毒药偷偷放进酒里,然后到市集上去游玩,直到天黑才回家。父亲问他干什么去了，他说去了舅舅家。

从这天起，他每天都要在市集上闲逛。一天，他突然发现那长胡须仆人夹杂在人群中，小儿认准后就尾随着他，慢慢地和他搭上话，问他住处。那人说住在北村。那人又问小儿住处，小儿故意说住在山洞。长胡须的人奇怪他住在山洞里。小儿笑着说："我家世世代代居住在山洞，你不也一样吗？"那人听了更加吃惊，便问小儿姓什么。小儿说："我是胡家孩子，我曾在什么地方见过你跟着两个少年郎，你难道忘了吗？"那人把他仔细看了看，半信半疑。小儿稍稍将衣襟撩起，微微露出那一段假尾巴，低头说："我们混杂在人群里，只是这东西没法去掉，最可恨了。"那人问："你到市集上来干什么？"小儿说："父亲叫我来买酒。"那人说他也来买酒。小儿问他："买了没？"那人说："我们很穷，所以偷的时候多。"小儿又说："这差事很苦，老叫人担惊受怕的。"那人说："受主人之命，不得不这样。"小儿趁机问："你的主人是谁？"那人答："就是你以前见过的那兄弟俩。一个和北村王家媳妇私通，另一个住在东村某老翁家，老翁家的儿子凶极了，砍断了他的尾巴，养了十天才好，现在又要去了。"他说完就要走，说："不要耽误我的事。"小儿说："偷比较危险，不如买着保险。我之前有酒寄放在廊下，就赠送给你吧。我口袋里还有些钱，不愁另买。"那人惭愧没有什么可以回报给他。小儿说："我们本是同族，还计较这点儿东西？有闲暇时间，我还想和你痛饮一番呢。"那人跟着小儿一起到了酒店，小儿把那壶毒酒交给他，就回家去了。

到了夜里，小儿见母亲睡得很安静，不再往外跑，他心里知道那些狐狸精一定发生了异常，这才把情况详细地告诉了父亲。他叫上父亲一起去查看，果然见两只狐狸死在亭子里，另一只死在杂草丛里，嘴上还有血浸出。酒瓶还在，他拿起来摇摇，里面的酒尚未喝完。父亲很吃惊地问道："为什么不早告诉我？"小儿说："这东西机灵极了，稍一泄露，它就知道了。"商人高兴地说："儿子啊，你真不愧是讨狐的陈平！"于是父子二人背着狐狸回家，其中一只狐狸断了尾巴，刀痕还很明显。从此他们家便平安无事。只是那妇人极为瘦弱，神志渐渐清晰了，却咳得很厉害，一吐痰就是好几升，不久就好了。北村王家媳妇也一向受狐怪祸害，这时去询问，得知狐怪已绝迹，她的病自然也好了。

商人因此认为儿子很了不起，于是便请了老师来教他骑射。后来，他官至总兵。

董　生

董生，字遐思，是青州西部边远地方的人。一个冬天的傍晚，烧着炭火，他打开被褥铺好床，正要点灯时，有朋友来请他喝酒，于是他锁上门就走了。到了朋友住的地方，他在酒席上遇见一位大夫，此人精通太素脉法，便为大家都诊了脉。末了，大夫看着王九思和董生说："我诊过脉的人太多了，但从未遇见过像你们两位这么奇特的脉，贵脉显现出贱兆，寿脉却又有夭征。这是我所不能判断的，以董君最为显著。"大家都惊讶地问他，他说："到了这样的地步我已无能为力，不敢臆断，还是希望两位自己珍重。"两人开始都很害怕，但后来又听他说的话模棱两可，就不太在意了。

半夜时分，董生回到自己住的地方，发现书房的门虚掩着，就很纳闷。他喝得有点醉，想着自己是不是当时走得太急忘了锁门。进到屋里，还没来得及点灯，他就先把手伸进被窝，摸摸是不是热的。他手刚伸进去就发现有人躺在里边。他大吃一惊，连忙将手缩回，急忙点亮灯一看，竟是个美丽的姑娘。只见她长得红颜皓齿，粉嫩迷人，跟仙女一样。董生欣喜若狂，他又用手去摸姑娘的下身，却发觉有一条毛茸茸的长尾巴，不禁惊恐异常。他正要逃跑，那姑娘已经醒来，伸手抓住董生的胳膊问："你要去哪里？"董生更加惊恐，浑身颤抖着哀求道："希望仙人可怜宽恕。"姑娘却笑着说："你看见了什么，认为我是仙女？"董生说："我并不怕头而害怕尾巴。"姑娘又笑着说："你弄错了，哪有什么尾巴？"姑娘边说边硬拉着董生的手去摸，他只觉得姑娘的大腿柔软光滑，尾骨光秃秃的，哪里还有什么尾巴？姑娘笑着问道："怎么样？你喝醉了酒，迷迷糊糊的，不知看见了什么，就这样诬陷人。"董生本为她的美貌所倾倒，这样一来越发受了迷惑，真以为自己刚才一时未辨清。但他又对女子的来历起了疑心。姑娘说："你不记得当年的邻居有个黄头发的女孩吗？一眨眼十年就过去了，那时我还不到十五岁，你也未成年。"董生恍然大悟说："哦，那你就是周家的阿琐了？"姑娘也应道："是啊！"董生说："你这么一说，我好像记起来了。十年不见，你竟出落得这般苗条漂亮！那你今天怎么突然就来了？"姑娘说："我嫁给一个白痴有四五年了，公婆先后去世，我又不幸守了寡。我一人孤孤单单、无依无靠，想起小时候认识的人只有你了，于是就来找你了。我进门时天色已晚，刚好有人来请你喝酒，我就一直在屋里等候你回来，时间久了，就两足冰冷，浑身战栗，所以就自己钻进被窝来暖暖身子，请你不要怀疑。"董生听得心花怒放，于是宽衣解带，和那姑娘同枕共眠，心里十分得意。

这样过了一个多月，他日渐消瘦。家里人很奇怪，就问原因，他却总是搪塞说自己也不知道为什么。久而久之，他的面目瘦得失了常形，于是开始恐惧起来。有一天，他专程去找擅长太素脉法的大夫为他诊脉。大夫说："这是妖脉。那一天所诊出的夭征现在得到了证实，你已病入膏肓，不可救药了。"董生听后痛哭着不愿离去。大夫没办法，只好给他针灸手、脐两处，又给他开了些药，并叮嘱他如果遇到什么东西，要坚决拒绝。董生也自知危险，回到家里，那女子对他笑脸相迎，他生气地说："不要再来纠缠我！我眼看就要死了。"女子很羞愧，也怒气冲冲地说："你还想再活吗？"夜里，董生服药后独自一个人睡觉，刚合上眼，就梦见和女子交欢，醒来发现已遗精了，于是更加恐惧，便移到里屋去睡，妻子点着灯守护着他。但他梦中所见还和刚才一样。窥探那女子时，她却没了踪影。没过几天，董生就吐血而死。

王九思正在书房读书，看见一个漂亮女子走进来，他很喜欢她的美貌就和她私通了。他问女子从什么地方来，女子回答说："我是董生的邻居，他过去和我相好，不料想却被狐怪迷惑而死。这些狐怪妖气非常可怕，读书人一定要小心提防。"王生听她说得这般恳切，就更加相信她，于是便和她愉快地在一起了。这样厮混了好几天，王生突然发现自己变得迷迷糊糊的，像得病一般面容消瘦起来。

一天夜里，他忽然梦见董生对他说："和你相好的是个狐怪，她害死了我，现在又来害你。我已投诉到阎罗殿，以泄此幽愤。七日夜里，你一定要在卧室外点上香，千万别忘了！"醒来后，他感到很诧异，就对那女子说："我病得很重，恐怕离死不远了，有人劝我不要和你睡觉。"女子说："命该长寿者，和我睡觉也没关系；命该短命者，就是不和我睡觉也会死的。"于是她又挑逗王生，王生不能自持，就又和她厮混在一起，事后他又很后悔，却不能自拔。

到了七日夜里，王生就在门外插上香，女子一来就拔掉扔了。梦中董生来责备他没有守约。第二天夜里，他暗中叮嘱家人在他入睡后悄悄点香。女子在床上突然惊起说："谁又在燃香？"王生说："我不知。"女子急忙起身去把香折灭，进屋后问王生："是谁教你这样做的？"王生搪塞说："也许是妻子担心我的病，听信巫师的话才这样做的。"女子心里很不高兴。家里人看香火灭了，又点了一根插上，女子忽然叹息说："你太有福分了。我误害了董生又来找你，这确实是我的过错，我将和董生对质于阎罗殿上。你如果不忘我们相好一场的情分，就请不要毁坏我的皮囊。"她说完，下了床，倒地而死。王生赶快点灯去看，见是只狐狸，害怕它再复活，就立即叫家人剥了它的皮挂起来。

王生病情有所加重，他梦见狐怪说："我也上诉到阴曹地府。阴间法官认为董生见美色而动心，死有应得，但也责怪我不该迷惑别人，收回了我的金丹，令我还生。我的皮囊在何处？"王生说："家人不知有用，已经剥下来了。"狐怪很凄楚地说："我害的人太多了，早该死了。可是，你也太狠心了！"狐怪说完，含恨而去。王生几乎送命，半年以后病才好。

陆 判

陵阳县有个朱尔旦，字小明。此人性情豪放，平时比较迟钝，虽然学习很勤奋，但学业上却未出名。

一天，他和文社众学友一起饮酒，席上有人跟他开玩笑说："您素有豪名，若能深夜到十王殿把判官像背来，那么，我们大家凑钱设宴款待您。"原来陵阳有座十王殿，里面的神神鬼鬼全是木雕的，栩栩如生。东廊屋中有判官立像，面呈绿色，满脸赤须，面目狰狞，非常可怕。有时能听见里面有拷打审讯的声音。白天进去的人，都会吓得毛骨悚然。因此，大家就用这来难为他。朱尔旦很不在意地笑笑，起身径直往十王殿走去。没多久，门外就传来呼喊声："我把髯宗师给大家请来了！"众人站起来，一会儿朱尔旦真把判官背进来放在桌上，并给判官连敬三杯酒。大家看着，都吓得瑟瑟发抖，叫他快快将判官像背回去。朱尔旦又以酒浇地，祈祷说："弟子太轻狂无礼，大宗师想必不会怪怨的。寒舍离此处不远，在您高兴的时候，就请光临共饮，希望不要有人鬼的界限。"说完，朱尔旦就将判官又背回去了。

第二天，大家果然宴请他，一直喝到天黑，朱尔旦才醉醺醺地回家。但是他还觉得酒兴未尽，就又挑灯独饮。这时，忽然有人掀开帘子进来，他抬头一看，正是十王殿里的判官。朱尔旦站起身说："想来我是要死了！昨天晚上我有所冒犯，今天您是来惩罚我的吗？"判官捋着浓须笑着说："不是。昨日承蒙你盛情相邀，今夜我正好有空，特意前来赴旷达之人的约会。"朱尔旦很高兴，赶快请客人坐下，亲自洗杯温酒。判官说："天气温暖，可以冷饮。"朱尔旦遵命，把酒壶放在桌上，跑去告诉家人准备些菜肴水果下酒。妻子一听是判官来了，害怕极了，就劝朱尔旦不要出去。朱尔旦不听，只等家人做好菜肴，便端着出来了。推杯敬酒时，他才问判官姓氏。判官笑道："我姓陆，没有名字。"他们谈起古书，判官应答如流。朱尔旦问陆判官："你会写八股文吗？"陆判官说："我还能辨别出优劣，阴间与阳间所读的，基本差不多。"陆判官很能喝酒，连饮十大杯。朱尔旦因为白天已喝了不少酒，晚上再接着饮，终于不胜酒力，醉醺醺地倒在桌上睡着了。他一觉醒来，只见灯光昏暗，鬼客早已离去。从此，陆判官常常隔两三天来一回，两人关系更加融洽，有时他们就睡在一起。朱尔旦拿出自己的文稿来向陆判官请教，陆判官也不见外，就直接拿红笔在上面勾勒点批，看了多篇，陆判官都说不好。

一天晚上，朱尔旦喝醉了，就先睡下，陆判官还在自斟自饮。在醉梦中，朱尔旦突然感到五脏六腑微微有些疼痛，一睁眼，发现陆判官正坐在床前划破他的肚子，取出肠胃一一清理。他吃惊地问："你我向来无仇无怨，为什么要杀我？"陆判官笑着说："别怕，我正在替你换一颗灵敏聪慧的心。"陆判官很从容地把肠胃放回去，然后用裹脚布把朱尔旦的腰部缠紧，做好这一切，并未见床上有什么血迹，朱尔旦只是觉得肚子略略有点麻木。他看见陆判官把一个肉块儿放在桌上，就问那是什么，陆判官说："这是你原来的那颗心，作文没有灵气，是因为心窍堵塞。我刚才从阴间千万颗心脏中拣了一颗绝好的给你换上，拿着这个还得去补缺数。"说完，陆判官便掩门离去。天亮以后，朱尔旦将肚子上的裹脚布解开一看，伤口已愈合，只有一条红线。从此，他文思大有进步，读书过目不忘。过了些日子，他再拿文稿让陆判官看，陆判官说："已经不错了。只是你福薄，做不了大官，只能中个秀才、举人罢了。"朱尔旦问："什么时候可以中举？"陆判官说："今年一定中头名。"不久，朱尔旦科试得了第一名，接着乡试又夺了经魁。同社学友向来都爱揶揄他，等看了他考举人的试卷，都很惊讶。大家细细盘问他，才知道他换了心。大家都求他在陆判官跟前通融通融，大家想和陆判官结交。陆判官答应了。大家共同设宴款待陆判官，刚到一更时陆判官便来了，只见他满脸赤须飘动，双目炯炯有神如同电光一样闪亮。众人吓得脸色大变，都溜之大吉。

朱尔旦领着陆判官到自己家里喝酒。朱尔旦带着醉意对陆判官说："清肠洗胃，我已受惠不少，现在我还有一件小事相烦，不知行不行？"陆判官让他直说。朱尔旦说："既然心肠都可以换，我想面目也可以改变了。我妻子身体还可以，就是相貌不好看，想烦你动动刀斧换一下，怎么样？"陆判官笑着说："可以，让我慢慢想办法。"

过了几天，陆判官半夜来敲门，朱尔旦急忙让他进来。用灯一照，见他衣襟里裹着个东西。一问，陆判官说："你以前嘱咐的事，一时不好物色，刚才正好有机会弄到这颗美人头，就来满足你的要求。"朱尔旦一看，脖子上还流着血。陆判官催他快快进去，不要惊动鸡犬。朱尔旦顾虑夜里妻子卧室的门上了锁进不去。陆判官一推门，门就自己开了。他把陆判官领到卧室，见夫人侧身睡着。此时，陆判官把头交给朱尔旦抱着，自己从靴筒取出短剑，按住朱尔旦夫人的脖子用力一切，就像切豆腐一样，朱尔旦夫人的头落到枕边。陆判官急忙从朱尔旦怀里拿过美人的头，接在朱尔旦夫人的脖子上，看看是否端正，然后再安好，最后把枕头垫在肩膀下边，叫朱尔旦把夫人的头埋在僻静处，他便离去了。朱妻醒来，觉得脖子有些麻，脸上像有什么东西黏着，她用手一搓，看见血块儿，非常害怕，便大声叫丫鬟端水来洗。丫鬟见她满脸是血，吓得要命。一洗脸，盆里水都染红了，丫鬟抬头一看，夫人面目全变了。夫人拿着镜子自己一照，很惊诧又不明白是怎么回事。朱尔旦进来说明了缘故，仔细端详，只见她又长又细的秀眉，弯弯如柳叶，脸上一笑，出现两个小酒窝，完全是一个画中美人儿。解开衣领查验，只见脖子处有一圈红线，红线上下肉色截然不同。

在此之前，有个吴御史的女儿长得非常漂亮，还没有出嫁就先死去两个未婚夫，所以都十九岁了还未嫁人。她在上元节游十王殿，当时游人太杂乱，其中一个无赖见她长得这么美丽，就起了歹心。无赖暗中问清吴家住址，夜里翻墙进去，先把一个丫鬟杀死在床下，企图强奸吴女，吴女一边抵抗一边喊救命。无赖一怒之下把吴女也杀了。吴夫人隐约听到吵闹声，于是叫身边丫鬟去看，丫鬟看见尸体，吓得要死。全家人闻讯惊起，将尸体停在堂上，把被砍下的头放在尸体边，一家人号啕大哭，整整闹腾了一夜。第二天早晨，家人掀开被子一看，吴女身体在而头不见了。吴御史将侍女挨个鞭打一遍，说她们看守不严。吴御史将杀人案告到官府，官府限令捉拿罪犯，但三个月过去了，也没有抓到凶手。后来，慢慢地有人将朱家发生换头的奇闻说给吴御史听，吴御史将信将疑，就派了家里一个老年女佣到朱家去探视。女佣进门一见朱夫人，吓得一口气跑回吴家告诉给主人。吴御史再看看女儿尸体明明在,自己也惊疑不决。他猜疑是朱尔旦用妖术杀害了他女儿。于是他去质问朱尔旦。朱尔旦说:"妻子夜里做梦换了头,也不明白是什么原因。说我杀了你女儿,实在冤枉。"吴御史不相信他的话,就告到官府。官府先抓来朱家仆人审问,口供和朱尔旦说的完全一致,长官一时也定不了案。朱尔旦只好向陆判官讨主意,陆判官说:"这不难,我可以让这女孩自己说明。"吴御史当晚就梦见女儿告诉他:"我是被苏溪杨大年杀害的,与朱举人无关。朱举人嫌自己妻子长得不漂亮,陆判官就取了我的头和他妻子换了,这样我虽然身死头却还活着,请不要和他们为仇。"吴御史醒来把所做的梦告诉了夫人,夫人说她也做了相同的梦。于是他们把情况报告给官府,官府一查问,苏溪果然有个杨大年,当即逮捕刑讯,他果然承认了罪行。

吴御史来到朱家,求见朱夫人,从此他和朱尔旦以翁婿相称,并把朱妻的头和女儿的尸体合在一起安葬了。

朱尔旦三次入京会考,因违反考场规则而被逐出。朱尔旦从此灰心仕途,一直默默无闻地过了三十多年。一天晚上,陆判官来告诉他:"你的寿命不长了。"朱尔旦问还有多长时间,陆判官说只有五天了。朱尔旦又问有没有救,陆判官说:"这是天意,不可违抗,个人怎么能随意改变呢?而且,达观的人把生死看得并不重。何必以生为乐而以死为悲?"朱尔旦觉得他说得对,就立即置办衣被棺材等。一切准备完毕,他便穿戴整齐寿终正寝了。朱尔旦死后第二天,妻子正扶着棺材哭泣,朱尔旦却从容地从外面进来。妻子很害怕。朱尔旦说:"我确实已做了鬼,却和活着时一样,想着你们孤儿寡母的,放心不下,特地回来看望你们。"妻子悲痛欲绝,不禁痛哭流涕。朱尔旦平心静气地安慰她。妻子说:"自古以来就有还魂的说法,你既然有灵,为什么不再复活呢?"朱尔旦说:"天意不可违背。"妻子问他:"你在阴间做什么?"朱尔旦回答:"陆判官推荐我管理文书事务,授有官职,不算苦。"妻子还想说什么,朱尔旦说:"陆判官和我一起来的,可为我们准备些酒菜。"他说完便快步走了出去。妻子去准备了,只听两人还和生前那样谈笑着,声音很响亮,宛如生前。到半夜时分再去看,两人已离去。

从此,朱尔旦每隔两三天就回一趟家,有时他竟然在家留宿,和妻子感情还像以前那样好,有时还顺便料理一下家务。他的儿子叫朱玮,已有五岁,朱尔旦回家时还常常抱着他玩。到七八岁时朱尔旦就教他读书。儿子很聪明,九岁就能作文,十五岁考取秀才,竟不知道父亲已死。从这时起,朱尔旦回家次数渐渐减少,只是偶尔回来一次。有一天夜里,他回来对妻子说:"我们要永别了。"妻子问他将去哪里,他说:"奉上天之命,我做了太华卿,将要远道赴任,事务又多,所以不能再来了。"母子俩听了,抱着他就哭,他说:"别这样,儿子已长大成人,家里日子也过得去,哪里有百年不散的夫妻?"他又看着儿子说:"好好做人,不要坏了父亲的家业,十年后还可相见一次。"他说完就径直走出门去,消失了。

后来,朱玮二十五岁时中了进士,官至行人之职。他奉命前去祭祀西岳华山,途经华阴县境内,忽见一队车马,上张羽盖,随从众多,直冲他的仪仗队驶来。他很诧异,仔细一看,原来车上坐着他的父亲。他便下车伏在路旁哭拜,父亲停车说:"你为官声誉好,我可以闭上眼了。"朱玮伏拜不起,朱尔旦催车前行。但刚离开几步远,朱尔旦回望儿子,解下佩刀叫人送过去,远远地说:"佩上这把刀,会保你富贵的。"朱玮起身,想去追赶,只见车马随从,转眼间杳无踪影。朱玮悲怅许久,抽刀细看,这刀做工极为精细,上面刻着一行小字:"胆欲大而心欲小,智欲圆而行欲方。"朱玮后来做官做到司马,生有五个儿子,分别叫朱沉、朱潜、朱沕、朱浑、朱深。一天夜里,他梦见父亲说:"佩刀应赠给朱浑。"他照办了。朱浑后来做到左都御史,政绩较卓著。

异史氏说:"断鹤续凫,矫作者妄;移花接木,创始者奇。凿去心脏肝肠,施用刀术换取头颅,更是神奇。陆判官这人,可以说外貌丑陋,却内心美善。从明代至今时隔不远,陵阳陆判官还在吗?还灵验不?假如还在的话,我就是替他赶车,也感欣慰啊!"

婴　宁

王子服是莒县罗店人,早年丧父。王子服非常聪慧,十四岁就考取了秀才。母亲钟爱他,平时不让他到郊野去游玩。他曾与萧氏女子订婚,但还未将萧氏女子娶进门,萧氏女子就夭折了,至今还没有找到称心如意的配偶。

上元节时,舅表兄吴生邀他一起去游玩,他们刚到村外,舅家一个仆人就来把吴生叫走了,王子服见来游玩的女子特别多,就乘兴独自闲逛。他见一个漂亮女子带着丫鬟,手里拈着一枝梅花,美丽无比,笑容可掬。王子服被她迷住了,目不转睛地盯着她看,竟忘乎所以。女子走过去几步,回头对丫鬟说:"这个少年目光灼灼地盯着人看,像个贼似的。"女子将手里的梅花往地上一丢,笑着走了。王子服捡起被遗弃在地上的梅花,心里充满了惆怅,很失落地返回家去。到家里,他把那枝梅花悄悄地藏在枕头底下,自个儿倒在床上,不说话也不吃饭。母亲不知是什么原因,只是心疼地看着儿子发愁。母亲请来道士驱邪禳灾,不但没有减轻儿子的病情,反而还有所加剧。眼看着儿子一天天消瘦下去，母亲又请大夫来诊视，谁知他吃药后越发昏迷不醒。母亲用手轻抚着他问病因，他却默然不答。

正好吴生来了，母亲嘱托他偷偷地问王子服犯病的原因。吴生来到床前，王子服一见他，忽地泪流满面。吴生坐在床边安慰他，又询问原因。王子服如实向他说了，并向他请求帮助。吴生笑着说："你也太痴情了，这小小的愿望有什么达不到的？我可以替你去打听打听，她徒步到郊外去游玩，一定不会是富贵人家女子。倘若她还没有许人，这事就很好办了，再不然，就是多出些钱，我想事情一定能成。只是你得好好养病，只要痊愈，这事我保证替你办好。"王子服听完，舒心地笑了。吴生出来，把情况告诉了姑姑，当即打探女子的住处，但查来问去也没个下落。母亲忧心忡忡，再没有别的办法。

自从吴生去后，王子服心绪好转，脸上有了笑意，饭量也稍微有所增加。过了几天，吴生又来了，王子服询问结果，吴生哄他说："已经打听到了，我以为是什么人呢，原来竟是我姑姑的女儿，也是你的姨表妹。现在还没有定亲，虽然近亲结为婚姻有点不合适，但只要如实相告，就没有什么不如意的。"王子服高兴得眉开眼笑。他又问女子住哪里，吴生随意提了个地方说："在西南面的一个小山村，离这儿三十多里。"王子服又再三再四地托付，吴生慷慨地答应着离开了。

后来，王子服饮食不断增进，几天后身体就康复了。有一天，他掀开枕头去看那枝梅花，只见已经干枯，却并未凋谢。他把花儿拈在手里，浮想联翩，那女子就像站在眼前一般。过了很久也不见吴生来，王子服就捎信叫他，吴生托故不愿来。王子服很恼怒，又郁郁寡欢起来。母亲担忧他会旧病复发，就急忙为他四处求亲，一和他商量，他总是摇头不愿意，只是盼着吴生来。而吴生却毫无踪影，他就更加怨恨吴生了。他转念一想三十里路并不算远，为什么不自己去看看，何必要仰仗别人？于是，他就把那枝干枯的梅花藏在袖子里，赌气前往，而家里人却不知道他的行踪。

王子服孤零零独自行路，一路上不见别的人影，无从问路，只顾往南山方向走。走了有三十多里，来到一片乱山丛中，这里郁郁葱葱，使人赏心悦目，四周异常寂静，渺无人踪，只有鸟儿能飞过险峻小路。王子服举目四望，只见遥远的山谷下面，在花丛树林中，隐隐约约有几家小院落。王子服下了山

来到村里，见这里房屋并不多，全是些茅草房，但感觉很清静幽雅。有一户人家门朝北开着，门前种着很多垂柳，院墙内桃杏繁茂，花香怡人，高高的翠竹杂间其中，果树与竹林中有鸟儿在不住地啼唱，悦耳极了。王子服怀疑这是人家的别墅庭院，所以不敢贸然闯入。他再回头看，见对面人家门前有块儿巨石，光洁闪亮，于是就走过去坐在上面休息。

一会儿，听见墙内有个女孩拉长声音在喊"小荣"，声音娇细甜润。他正倾耳聆听时，只见有个女子从东边出来向西走来，她手里拈着一枝杏花，微低着头，正准备往头发上插戴。她一抬头看见王子服，于是不再往头上插，含着笑拈花进去了。王子服仔细审视，发现这正是上元节时在郊野遇上的那位女子。他不觉欣喜若狂。但一想没有什么借口进去，喊声姨妈吧，却从未来往过，不免冒昧，生怕弄错。但是附近又无人可问。他坐也不是，去也不是，进退两难，这样一直从早晨挨到太阳西斜，真是望穿秋水，连饥渴也忘记了。时不时瞥见那女子露出半边脸偷偷窥视他，似乎好奇他为何不离去。忽然有个老妇人拄着拐杖出来，对他说："你是何处少年，听说你清晨就来到这儿，现在还不走，你想要干什么？难道肚子不饿？"王子服急忙起身向老婆婆作揖说："我是来探亲的。"老婆婆有点耳聋，没听清他的话，他就又大声说了一遍。老婆婆问道："亲戚姓什么？"王子服答不上来。老婆婆笑着说："奇怪，啊！连姓名都不知道，访的什么亲？我看你这少年，是个书呆子。还不如跟我到屋里来，吃顿粗茶淡饭，家里有张小床，你晚上可以在此过夜。等明天回去问清姓名，再来探访也不迟。"王子服这时正感觉饥肠辘辘想吃东西，而且进屋就可以和那姑娘慢慢接近，他高兴极了。

他跟着老婆婆进到门里，只见脚下全是白石砌的路，两旁红花掩映，台阶上落着片片花瓣。曲曲折折往西走着，他们又进了一道门，庭院里是满架的豆棚花。老婆婆把客人请进屋，屋里墙壁粉刷得异常洁白，看上去明亮如镜。院里的海棠连枝带花，伸进窗户。屋里的桌凳、床铺之类，样样都整洁光亮。他刚刚坐下，就觉得有人在窗外偷看。老婆婆叫道："小荣，快去做饭。"外面有丫头高声应答。相对而坐，王子服详细陈述了自己的宗族门第。老婆婆说："你外祖父是姓吴吗？"王子服说："是"。老婆婆惊讶地说："那你就是我的外甥，你母亲是我妹妹，多年来因家境贫穷，又没个能顶门立户的男儿，所以就隔断了音讯。不想外甥已成大小伙子了，还不相识。"王子服说："我这次就是来找姨妈的，匆忙中竟忘了姓什么。"老婆婆说："我夫家姓秦，并未生育儿女。唯一的女儿，也是姨太太所生，她母亲改嫁，留给我抚养。女儿很灵巧，就是缺少教育，贪玩，爱笑，不知什么叫愁。过会儿叫她来见你。"很快，丫头就把饭端来了，菜肴里还有肥嫩的鸡。老婆婆在一旁不停地劝他多吃。吃完饭，丫鬟收拾餐具。老婆婆说："去叫婴姑娘来。"丫鬟应声而去。过了好大一会儿，才听见门外有隐隐的笑声。老婆婆朝外面一唤说："婴宁，你姨表哥在这儿。"门外依然咮咮地笑个不停。丫头把她推了进来，她还是掩着口，笑声不断。老婆婆嗔怒地瞪着她说："有客人在，嘻嘻哈哈，成什么样子？"女子忍住笑，站在一旁，王子服向她作揖。老婆婆说："这是王郎，你姨妈的儿子，一家人却不相识，真让人见笑了。"王子服问："妹子多大年龄了？"老婆婆没听清，王子服又说了一遍。女子又笑起来，笑得头都抬不起来了。老婆婆对王子服说："我说她少教诲，这不是看见了吗？今年十六了，痴呆得像个婴儿似的。"王子服说："比我小一岁。"老婆婆说："外甥十七了，莫不是庚午年生，属马的？"王子服点点头。老婆婆又问："外甥媳妇是哪家的？"王子服说："还没有呢。"老婆婆说："像外甥这样一表人才，怎么十七岁了还未订婚？婴宁也正好没有婆家，本来该是天生的一对，只可惜有近亲之嫌。"王子服并不说话，目不转睛地看着婴宁。丫头在一旁小声对姑娘说："看他目光灼灼的，贼性不改。"婴宁听了又大笑起来，回头对丫头说："咱们去看看碧桃开花了没？"说罢，婴宁即刻起身出去，走时依旧用袖子掩着口，脚步细碎。到门外，婴宁便放声大笑起来。这时，老婆婆也起身，叫丫头给王子服铺床，说道："外甥来一趟不容易，应住上三五天再送你回去。如果还嫌寂寞，后院有个小园子可供玩耍，也有书可读。"

第二天，他到屋后，果然看见有半亩大的园子，绿茵茵的细草铺在地上，像毡毯一样碧茸茸的，杨花点点，坠落在路畔，与绿草相映成趣。其中有草屋两三间，四周花林环抱，十分幽雅。王子服在花丛中穿行，听见树上一阵"簌簌"声，仰面看时，只见婴宁坐在树上。她看见王子服过来，大笑着几乎要从树上跌落下来。王子服忙说："别这样，小心掉下来！"婴宁边笑边下树，不能自我控制。快要下到地上时，失手跌了一跤，这才止住笑。王子服赶快过去扶她，趁机在她手腕上捏了一把，婴宁又笑起来了，直笑得浑身发软，靠在树上不能行走，很长时间才停止。王子服一直等着她笑完，才从袖子里取出梅花给她看。婴宁接过花说："都枯了，怎么还留着？"王子服："这是上元节时妹子扔下的，所以一直小心地保存着。"婴宁问他："留它有什么意义？"王子服回答："表示爱你不能忘记。自从上元节见到你，我就相思成病，想着不久会死掉，不料今天又见到了你，还望你怜悯怜悯我。"婴宁说："这实在是小事，是至亲有什么吝惜？等你回家时，园里的花，可叫老奴折一大捆送你。"王子服说："妹子怎么这么实心？"婴宁疑惑不解地问："怎么是实心？"王子服说："我并不是真爱花，而是太爱拈花的人。"婴宁说："既然是亲戚，爱是不用说的。"王子服说："我所说的爱，并非亲戚之间一般的爱，而是夫妻之间的爱。"婴宁又问："亲戚之爱和夫妻之爱有什么不同？"王子服说："夫妻之爱，就是晚上同床共枕。"婴宁低头沉思了很长时间才说："我不习惯晚上和生人睡在一起。"话还没说完，丫头悄悄来到跟前，王子服溜走了。过了不久，他们都来到了老婆婆那里，老婆婆问婴宁："到哪里去了？"婴宁说在屋后园子里说话来着。老婆婆责怪道："饭都煮熟很长时间了，有什么话说这么久？"婴宁说："大哥说要和我睡觉。"一句话说得王子服面红耳赤，难堪至极，王子服急忙用眼睛瞪她。她却微笑不再言语。幸亏老婆婆没听见，却还在啰啰唆唆追问他们说些什么。王子服赶紧用别的话来搪塞过去，并趁机小声责备婴宁。婴宁说："刚才那些话不该说吗？"王子服说："这是背着人讲的话。"婴宁说："背着别人可以，岂能背着老母亲？况且睡觉是平常的事，有什么忌讳的？"王子服怨她太实心，没有办法叫她明白。

刚吃完饭，就见家里人牵着两头驴来找王子服了。王子服离家后，母亲等他很久不见回来，就心生怀疑，先是在村里几乎找遍了也不见人影。后来又到吴生家去询问。吴生想起他当初哄骗王子服所说的话，因此就叫家人到西南面的山村来寻找。家人问了好几个村，最后才找到这儿。王子服刚出门时，正好碰上，当下便进屋向老婆婆辞行，并且请求带着婴宁一块儿回去。老婆婆高兴地说："我早有这个想法，不是一天半天了，只是我年迈不能远行，正好有外甥带着宁儿去认认姨妈，再好不过了！"老婆婆说完又大声喊婴宁，婴宁笑着过来，老婆婆说："有什么喜事，笑个没完没了？若不傻笑，就是十全十美的人了。"老婆婆一边数落，一边生气地瞪着她，又说："快去收拾一下，表哥要带你同去呢。"老婆婆又为王家来的人准备了些酒菜吃了，才送他们出门。临走时又叮咛婴宁说："你姨家很富足，能养得起闲人，到了那儿不要急着回来，可以学些诗书礼仪，将来也好侍奉公婆，姨妈也好给你找个好女婿。"于是两人起身同行，走到山坳，再回头看时，还依稀望见老婆婆倚在门前往北目送着他们。

回到家里，母亲见儿子领回来这么个漂亮美貌的女孩，吃惊地问她是谁。王子服说是姨表妹，母亲说："以前你表哥吴生对你说的话全是编造的，我没有姐姐，哪来的外甥女？"又问女子，她说："我不是母亲亲生的。我父亲姓秦，他死的时候我还是个婴儿，所以什么也不记得了。"母亲说："我确实有个姐姐嫁给了秦家，但她已死去好多年了，难道会复活？"于是又追问女孩关于她母亲的相貌特征以及身上的痣疣，等等，女子对答得完全符合。母亲还是怀疑地说："是她没错。但她去世好多年了，怎么可能还活着？"她还疑惑未解，这时吴生来了。女子赶快进到里屋。吴生问明事情原委，茫然很久，忽然问道："女子是叫婴宁吗？"王子服说是，吴生连连说是怪事，母亲问吴生怎么会知道，吴生说："秦家姑妈去世后，姑父一直单身，后来被狐怪迷惑而病死。姑父与狐妻生下一女叫婴宁，在婴儿时，家里人都见过。姑父死后，狐怪还常来看那女孩。后来家里人求来张天师的神符贴在墙上，狐怪就把女儿带走了。莫非就是她？"大家面面相觑，却听见里屋全是婴宁的笑声。母亲说："这女孩太憨了。"吴生要求亲眼看看她。母亲进去，她却只管大笑着并不理会。母亲催她赶快出去见客，她这才极力忍住笑，又面对墙壁站了好一阵子才出来。婴宁刚刚拜了拜，就立即转身进屋，又放声大笑。满屋的妇女都受了感染，于是禁不住全笑起来。

　　吴生提出要到山村去看看情况，顺便为王子服做媒。他找到那里，并没有什么房舍家园，只见山花零落满地。吴生回忆姑妈埋葬的地方似乎不远，但是坟墓埋没荒草中，无法辨认，只好惊叹地返回。母亲怀疑婴宁是鬼怪，进里屋把吴生的话讲给她听，她却没有任何反应。说到她无家可归，她也没有丝毫悲伤的意思，只是一味地憨笑着。大家也无法断定。晚上，母亲让她和家里小女儿一块儿睡。天亮时，她很自觉地来向母亲问安。她做针线活灵巧得无人能比，只是老爱笑，止也止不住。但是她笑得很可爱，即使狂笑也无损她的娇媚，大家都很喜欢她，邻居无论是未嫁少女还是过门媳妇，都争着和她做朋友。母亲决定择个吉日为他俩完婚，却始终怀疑她是鬼。于是就暗地里偷看她在阳光下有没有影子，结果都与常人没有丝毫差异。吉日到了，母亲让她穿上艳服，打扮得楚楚动人，举行婚礼。结果她笑得太厉害，使婚礼无法进行。王子服因为她太憨痴，生怕她把闺房中的隐私泄露出去，而她却守口如瓶，决不肯吐露一个字。每逢母亲愁闷或发怒时，只要她到跟前一笑，一切便消解了。家里丫头女佣偶犯过失，害怕受罚遭打，常常求她到母亲那里说好话，犯过的丫头女佣趁机进去认错，事情就过去了。她爱花成癖，向所有的亲戚打探好花，甚至偷偷典当首饰，用来购买好花种子，几个月过去，家中所有地方都种满花木。

　　院子后边有一架木香，和西邻相接，她常常攀上去摘了花往头上插。母亲偶尔遇见，就要呵斥，她却终不能改变这个习性。一天，她刚上到树上，西边邻居的儿子看见她，看得直发愣，立刻被她的美貌所倾倒。她对他笑着，他以为女子对他有了情意，更加淫心荡漾。女子用手指指墙根儿下边，笑着下去了。他想那一定是她给他暗示幽会的地点，于是心都醉了。天黑以后，他按约前往，看见女子果然等在那里。他上前就去和她交欢，顿时感到下身像锥刺一样，疼痛直往心里钻，他大声号哭着倒在地上。仔细看时，哪里是什么美女，而是一截朽木扔在墙根儿下，他所接触的便是朽木上的一个窟窿。其父闻声赶来问他怎么回事，他只哼哼不说话。妻子来问，他这才说出实情。他们点灯一照，见窟窿里有只大蝎子，像小螃蟹那么大。其父砍破了木头将蝎子弄死，然后把儿子背回家。但邻居的儿子到半夜就死了。邻居老头儿把王子服告到官府，揭发婴宁是妖怪。县令一向钦佩王子服的才华，熟知他是品行忠厚的人，认为邻居老头儿蓄意诬告，要杖责他。王子服向县令求情，其才免受杖罚，被释放回家。母亲对婴宁说："你这样憨狂，我早知道会乐极生忧的。县令贤明，幸好未受连累。要是碰上个糊涂县官，一定会逮你到公堂去拷问，叫我儿子有什么脸面再去见人？"婴宁脸色严肃，发誓不再笑。母亲又说："人哪有不笑的，但必须笑得适时。"但婴宁确实从此不再笑了，即使有意逗她，她都不笑。不过一整天里大家也未见她有不高兴的脸色。

　　一天夜里，婴宁对着王子服一把鼻涕一把眼泪哭起来。王子服感到奇怪，她呜咽着说:"以前因为和你相处时间短,说出来怕你被吓着。现在知道婆婆和你都很爱我,也没有猜疑,我对你直说了也许无妨吧?我本是狐母所生。母亲临去时将我托给鬼妈妈,我们相依为命十多年,这才有了今天。我没有兄弟姊妹,现在唯一可依靠的只有你了。如今老妈妈孤零零地守在山谷,无人怜悯她为她迁坟合葬,她抱恨于九泉之下。你如果肯花点儿钱,使地下老母消除悲痛,那么天下养女儿的人家就都不忍把女婴溺死或者抛弃了。"王子服答应了她的要求,但是顾虑在荒草堆里无法辨认坟墓。婴宁只说不必担忧。选定日子,夫妻俩就用车拉着棺材前往山谷。婴宁在荒草乱石中指示墓穴,果然挖出老婆婆的尸体,皮肤还好好的。婴宁抚尸哭得很伤心。然后,他们把尸首入棺运回,找见秦家的坟墓合葬了。当天夜里,王子服梦见老婆婆来向他致谢,醒来后对婴宁说了,婴宁说:"我夜里见到她了,她嘱咐我不要惊动你。"王子服很惋惜没有邀请留下老婆婆。婴宁说:"她是鬼,生人多的地方阳气太盛,她怎么能久住呢?"王子服又问起小荣,婴宁说:"她也是狐,聪明极了,狐母留她照看我,她常常去找食物喂我,我总是在心里感激她的恩德。昨天问母亲,母亲说她已经出嫁了。"从此,每到清明节,夫妻俩就一起去秦家墓前祭拜,从未误过。过了一年,婴宁生下一个男孩。他在母亲怀抱中就不怕生人,见人就笑,和他母亲的性格一模一样。

异史氏说:"观婴宁一味地憨笑,似乎她是没有心肝的人。但是墙根儿下的一出恶作剧,显示出她聪颖过人。至于悲凄恋念鬼母,反笑为哭,我想婴宁大概是用笑来掩护自己吧。我曾经听说过山中有一种草,名叫'笑矣乎',如有人闻闻它,这人就会大笑不止。房里若种了这种草,那么合欢、忘忧之类的花卉都将大为逊色。至于解语花,我嫌弃它太做作了。"

聂小倩

宁采臣是浙江人,为人慷慨豪爽,端正自重。他常对人说:"平生除了妻子,不近其他女色。"

一次,他有事去金华府城,行至北郊,解下行装在庙里休息。寺里的大殿、宝塔等建筑都十分壮观、华丽,只是蓬蒿长得比人都高,好像从未有人进来过。东西两边僧人的房舍门都虚掩着,只有南边的一间小屋新上了门锁,再看看殿东一角,高高的竹子有满把粗,阶下有个大水池,池里的野藕正开着花。他很喜欢这个幽静的地方。正值学政大人巡视到来，城里的房价极贵，宁采臣心想不如就住在这里，于是他一边在寺院随意走走，一边等和尚回来。傍晚时分，他见有个书生来开南屋的门，宁采臣就过去向他打招呼，并把想在寺院留宿的意图说了。书生说："这里没有房主，我也是在这里暂住，你只要不嫌这里荒凉就住下吧，我还有幸早晚向你求教。"宁采臣很高兴，就铺草为床，支起木板当桌子，看起来要在这里久住了。这天夜里，明月高悬，清光柔媚似水，两人在殿廊上促膝相谈，互通姓名。书生自我介绍说："我姓燕，字赤霞。"宁采臣以为他是来应试的秀才，但口音不像浙江人，一问才知他是陕西人。书生说话朴实真诚。随后两人没什么可谈的了，于是拱手道别，各自就寝。

宁采臣因到了陌生的地方，很久不能入睡。他听到房子北边传来说话声，像是住着人家。他起身伏在北边墙壁石窗户下偷偷窥视，见矮墙外有个小院落，有位四十岁左右的妇人和一个身穿褪了色的红色衣服、头戴银首饰的驼背老太婆正在月光下对话。妇人说："小倩为何这么长时间还不见来？"老太婆说："大概就要来了。"妇人又说："她该不会是对老母有怨言了吧？"老太婆说："这倒没听说，但她好像有些不高兴。"妇人说："对这丫头不宜太好！"话音未落，就见一个十七八岁的少女进来，容貌美艳绝伦。老太婆说："背地里不要说人，我两个正说着，这小妖精进来也没有个响声，幸亏没说什么坏话。"老太婆又说："小娘子确实是个画中人，假使我老太婆是个男人，也会被勾了魂去。"少女说："姥姥若不夸赞我，还会再有谁说我好呢？"她们下边说些什么就听不清楚了。宁采臣以为她们是邻居家的女眷，就睡下不再去听。过了很久，那边才悄无声息。

他正要睡着时，忽然觉得有人进来，急忙起身一看，正是北院那个少女。他惊讶地问她来干什么，女子笑着说："迷人的月夜睡不着，想和你玩玩。"宁采臣严肃地说："你要防别人说闲话，我也怕流言。稍一失足，就会廉耻丧尽，道德败坏。"女子说："深夜没人会知道。"宁采臣大声呵斥她，她在地上打着转还想说什么，宁采臣又喝道："快走！再不走，我就要叫南边屋子的人来看。"女子害怕了，才退了出去。但她刚到外面就又回来了，拿出一锭黄金放在褥子上。宁采臣抓起来一把扔到屋子台阶下边，说道："不义之财，不要玷污了我的口袋！"女子很羞惭地出去，从地上拾起金子，自言自语说：

"这汉子真是铁石之人。"

第二天一早,有个兰溪县书生带着仆人来参加考试,住在东厢房,夜里书生暴病而死,他的脚心有个小孔,像是锥子扎的,还有细细的一丝血流出来。大家不知什么缘故。过了一夜,书生的仆人也死了,症状和他的主人一样。晚上,燕生回来了,宁采臣询问怎么回事,燕生认为是鬼怪弄的。宁采臣向来耿直,对此很不在意。

半夜时分,那女子又来了,她对宁采臣说:"我见的人多了,没有人像你这么刚正的,你确实是个正直的人,我不敢欺骗你。告诉你吧,我姓聂,叫小倩,十八岁时夭亡,就葬在寺院隔壁。我常被妖魔威胁,干各种下贱的事,强装笑脸勾引男人,这实在不是我的意愿。今夜寺院里无人可害,恐怕夜叉会来危害你的。"宁采臣很害怕,问她该怎么办。她说:"和燕生住在一起,会免除大难。"他问为何不去迷惑燕生。女子说:"他是个奇人,我不敢接近。"宁采臣又问:"你怎么去迷惑人?"女子说:"谁要是亲近我,我就悄悄地用锥子刺他的脚心,他就会昏迷不醒,于是抽他的血供妖魔喝。假使谁爱钱我就给他金子,其实那根本就不是金子,是罗刹鬼的骨头,谁拿了它就会剜取谁的心肝。这两种办法都是用来对付那些好色或者贪财的家伙的。"宁采臣感谢她来通信,并问夜叉什么时候来。女子说是明晚。分别时,女子流泪说:"我掉进苦海里,上不了岸,您是君子,义气冲天,一定能把我救出苦海。如果您愿意将我尸骨重新葬个好地方,您就是我的再生恩人。"宁采臣毅然答应一定照办,又问她葬在什么地方。女子说:"你一定记住,白杨树上有鸟巢的便是。"说完,女子一出门就不见了。

第二天,宁采臣害怕燕生有事出门,一大早就到他的房间去约请,清早准备好酒菜同饮,并留意观察燕生的言行举止,最后提出晚上要和他同住一屋。燕生以性情孤僻喜欢安静来推辞,宁采臣把自己的铺盖硬搬进燕生的房里,燕生没办法,只好同意。燕生叮嘱说:"我知道你是个大丈夫,令人敬佩。但我有些话不便明说,希望你不要翻看我的箱子和包袱,否则,这会对我们两个都不好。"宁采臣恭谨听命。到了晚上,他们各自睡了。燕生把一个箱子放在窗户上,刚挨上枕头就鼾声如雷。宁采臣却睡不着,大约一更时分,窗外隐隐约约有个人影,慢慢地走近窗户往里偷看,目光闪烁。宁采臣吓得刚要叫醒燕生,突然有一个东西破箱飞出,光亮耀眼,像是一匹白练。它碰折了窗上的石棂,极快地向外面一射,随即又飞回箱中,仿佛电光消失一样。燕生觉察起身,宁采臣装睡偷看他。燕生端起箱子检查着,从里边取出个东西,对着月光闻闻看看,只见那东西白光晶莹,有两寸来长,大约像韭菜叶宽。燕生把它裹了几层包好,仍旧放进破箱里,自言自语地说:"什么老鬼怪,竟这般大胆,把我的箱子都弄坏了。"他说完又睡下了。宁采臣非常奇怪,就起来问他,并把自己刚才看见的情形告诉了他,燕生说:"蒙你顾爱,怎敢隐瞒。我是个剑客。要不是这石窗棂，鬼怪就死定了；即使这样，它还是受了重伤。"宁采臣又问他藏的是什么东西。燕生说："是剑，刚才闻闻，有一股妖气。"宁采臣要看。燕生向他慨然出示，是一柄寒光闪闪的小剑。于是宁采臣对他更加敬重。

早晨起来，宁采臣看到窗户外留有血迹，于是走出寺院，只见北边全是乱坟，那边果然有棵白杨树，树顶有个乌鸦巢。他办完事情，打点行装准备回家。燕生为他饯行，两人结下深厚情谊。燕生送给宁采臣一个破皮袋，说："这是个剑袋，你好好珍藏着，它能驱邪除妖。"宁采臣想跟他学剑术，燕生说："像你这样刚正而又重信义的人本来可以学学，但是你是富贵场上的人，不是我们这一行的。"宁采臣借口说他有个妹妹葬在这里，挖出尸骨，用衣物包好，雇船回家。他的书房靠近野外，就建造坟墓把女尸葬在书房附近，并祝祷说："我同情你孤孤单单，把你葬在这小屋附近，这样能听见你的声音，也让你免受恶鬼的欺凌。送你一杯水酒喝，不成敬意，希望不要嫌弃。"他祝祷完就往回走，却听见后面有人喊："等等，等我一块儿走！"他回头一看，见是聂小倩。她高兴地感谢说："您的信义，我死十次也不足以报答。请带我回家拜见公婆，我愿做个婢妾也无悔。"宁采臣仔细看她，只见她肌肤光洁如流霞，小脚嫩若细笋，白天端详，比之夜里更加娇艳。两人一起回到书房。宁采臣叫小倩稍坐一会儿，他先进屋告诉母亲。母亲听了很吃惊。当时宁采臣的妻子已经重病在床很久了，母亲劝他不要说，害怕使她受惊。正说时，小倩已轻盈地进来，向母亲跪拜。宁采臣说："这就是小倩。"母亲很惊慌，只听她说："我孤身一人，远离亲人，蒙受公子恩德，我愿意做婢妾服侍他。"母亲见她长得风姿绰约，端丽可爱，才敢开口和她说话："姑娘肯照顾我儿子，我高兴都来不及。但我一辈子就他这么一个儿子，还要靠他传宗接代，不能娶鬼妻。"小倩说："我绝无二心。我这九泉之下的人，老母既不信任，我愿把他当哥哥对待，就跟母亲在一起，早晚侍候，行吗？"母亲见她这么真诚，就同意了。她还想拜见嫂子，母亲以她有病为由推辞了。小倩当即下厨做饭，穿堂入室，像是家里人一样熟悉。天黑了，母亲害怕她，让她自己回去睡，没给她安排床铺，她心里明白母亲的意思，就辞别了。经过书房时，她想进去，又退出来，只在窗下徘徊，好像在惧怕什么。宁采臣叫她进去，她说："房里的剑气我很怕，当初我一路上不敢见你就是这个缘故。"他马上明白是剑袋的关系，连忙取下拿去挂在别的房间。小倩进来坐在烛光下，好一会儿也不说一句话，很久才问："你夜里读书不？我小时候念过《楞严经》，现在大半都记不得了，请找一卷，夜里没事时请大哥指导我读。"他答应了。小倩又默默地坐着，无话可说，二更快过去了，还不想走。宁采臣催她走，她悲凄地说："我怕回荒墓里去，孤零零的一个人。"宁采臣说："书房里又没第二张床，而且兄妹之间也应避嫌。"小倩站起来，一副痛苦想要哭的样子，抬脚想走又不愿走，慢慢出门，到了台阶上就消失了。宁采臣心里很可怜她，本想留她睡在别的床上，又怕母亲不高兴。

小倩早晚都向母亲问安，侍候梳洗，操持家务，一切都为博得母亲欢心。一到黄昏就自觉告退，每次经过书房都要在烛光下读一阵经书，只要一看宁采臣想要睡觉，她就很难过地离去。以前，宁妻卧病在床，母亲劳累得厉害，自从小倩来后，母亲轻松多了，心里很感激她。日子久了，更加亲近，母亲竟把她当成自己的女儿，居然忘记她是个鬼。晚上也不忍心再叫她走，就留她一起住。小倩刚来时不曾饮食，半年后渐渐吃几口稀粥。母子俩都越发喜爱她，说话时都忌讳说"鬼"字。人们也辨别不清。

不久，宁妻去世，母亲有收小倩为儿媳的意思，但又怕对儿子不利。小倩猜出母亲的心思，找机会对母亲说："我来一年多了，母亲该了解孩儿的心，我不想害任何人，所以才跟随宁郎来家里。我没有其他的心思，只因公子为人光明磊落，连天人都钦佩他。我想侍奉他三五年，等他成就功名做官后，我也可借以博得封诰，在阴间也感到荣光。"母亲也知道她没有恶意，只是怕她不能生儿育女。小倩说："生儿育女是上天所授，大哥有天福，将有三个光宗耀祖的儿子，不会因为娶了鬼妻就绝后的。"母亲相信她说的，于是和儿子商议婚事。宁采臣很高兴，于是发出请帖，大办婚宴。亲戚朋友有人要求看看新媳妇。小倩穿戴得花枝招展，落落大方地出来见客人，大家看了无不艳羡，都不相信她会是鬼，而以为她是天仙下凡。因此亲戚的妇女都送厚礼表示祝贺，争相拜会结识她。小倩很擅长画兰梅，就用画幅来答谢她们，大家得到画卷都珍藏起来，并以此为荣。

有一天，她低头站在窗前，显出怅然若失的样子，忽然问道："剑袋在哪里？"宁采臣说："因为你害怕，我就把它放在别的房间了。"小倩说："我接受阳气已经不少了，不再害怕，应当取来挂在床前。"宁采臣问她为什么要这样做，小倩说："这三天来，我一直心惊肉跳，想着是金华那老妖精恨我远逃，恐怕早晚会找来的。"宁采臣拿来剑袋，小倩翻来覆去看了很长时间，说："这是剑仙盛人头用的，已经破旧成这样子，不知杀了多少人！我今天看着它还浑身发抖。"她说完就将剑袋挂在床头。第二天，小倩又叫挂在门上。夜里她坐在烛前，叫宁采臣不要睡。忽然有一个东西，像飞鸟一样落下来，小倩吓得把身子缩在帐幕中。宁采臣一看像夜叉的样子，目光如电流，舌头血红血红的，张牙舞爪地扑上前来。它到了门口又停住，在外边徘徊了很久，慢慢靠近剑袋，企图用爪子摘取，好像要将它撕裂，剑袋突然"咔嚓"一声响，一下子胀得像两个竹筐那么大，仿佛其中有个鬼物猛地伸出半个身子，把夜叉揪了进去，旋即没了声息，剑袋也收缩成原来的样子。宁采臣非常惊惧，小倩此时也出来了，欣喜万分地说："这下没有危险了！"他们再去看袋子里面，只有几斗清水罢了。

几年后，宁采臣果然中了进士，小倩也顺利地生下了一个男孩。宁采臣纳娶一个小妾后，两人又各生下一个男孩。三个儿子都做了官，而且都有很好的声望。

凤阳士人

凤阳府有个读书人，背着书箱去远方游学。他走时对妻子说："我半年就可以回来。"可是他一走十几个月，竟一直没有消息。妻子对丈夫的盼望十分迫切。

一天夜里，妻子刚刚睡下，只见月光照着纱窗，树影婆娑摇动，此情此景就又激起了她的满怀离情。正当她辗转反侧不能入睡时，忽然有一个身穿艳丽服装的漂亮女子，掀起帘子走了进来。她笑着问道："姐姐，莫非不想见郎君吗？"妻子急忙起身答应。美丽女子邀她一块儿去，妻子怕路途遥远难走，漂亮女子只管叫她不要担心。漂亮女子说着就牵上她的手往外走，她们在月光下走了一小段路程。妻子觉得漂亮女子行走得太快，而自己却步履艰难，就叫她稍微等等，说要回家去换一双夹底鞋。漂亮女子牵着她的手在路边坐下，把自己脚上的鞋脱下借给了她。妻子很高兴地穿上，觉得非常合适，就又起身跟着走。这回觉得脚步轻盈，像飞一样快。一会儿，妻子就看见自己的丈夫骑着一头白骡子来了。丈夫见到妻子非常吃惊，急忙从骡子上下来问道："你到哪里去？"妻子说："我来找你。"他又回头问那漂亮女子是谁，妻子还未来得及开口，漂亮女子却掩嘴微笑着说："暂且不必问这些，娘子一路奔波实在不容易，郎君也披星戴月地奔驰了大半夜，人畜想必都很疲乏了，我家离这不远，请前去歇歇，明天一早再赶路也不迟。"抬头一看，果然在数步之外就有一个村落，于是他们一同前往。

来到一所庭院，漂亮女子叫醒睡梦中的丫鬟起来招待客人。漂亮女子说："今晚月色明媚，不需点烛，小台石榻上可以坐。"士人把骡子拴在屋檐前的木柱上，就过来坐下。漂亮女子对妻子说："鞋子不太合脚，在途中很不舒服吧？你回家时有牲口骑，请把鞋还给我吧。"妻子连声道谢，把鞋子还给她。片刻间，摆上饭菜，漂亮女子斟酒说："你们夫妻离别已久，今夜才得团圆，薄酒一杯，为你们庆贺。"士人也举杯还谢。主客欢聚，又说又笑，腿脚交错相碰。士人一眼不眨地盯着漂亮女子看，多次说些轻佻的话来挑逗她。尽管他们夫妻久别初聚，却并不说一句互相问候的话。漂亮女子美丽的眼睛脉脉传情，并说一些调情的暗语。妻子默默无语地干坐着，在一旁装傻。到后来，两人都有些醉意，言语举止越发亲昵。漂亮女子又用大杯向士人劝

酒，士人借口醉了推辞，而漂亮女子却劝得更殷勤。士人笑着说："你为我唱一曲，我就喝了这杯酒。"漂亮女子也不拒绝，就拿起牙拨一边拨琴一边唱道：

"黄昏卸得残妆罢，窗外西风冷透纱。听蕉声，一阵一阵细雨下。何处与人闲磕牙？望穿秋水，不见还家，潸潸泪似麻。又是想他，又是恨他，手拿着红绣鞋儿占鬼卦。"

唱完歌，漂亮女子笑着说："这是市井中的歌谣，不堪让您一听，但因是世俗所崇尚的，所以就赶时髦学唱罢了。"漂亮女子声色靡靡，态度轻狎，士人大为迷惑，更加不能自制。一会儿，漂亮女子佯装醉酒离开酒席，士人也起身跟着漂亮女子去了，很久不见出来。丫鬟也困得伏在走廊上睡着了。妻子一人孤零零地坐在那里，无人陪伴，心里愤懑极了，非常难堪。她本想独自回家去，但是又苦于夜色迷茫，记不清回归的道路，一时拿不定主意。妻子起身去探看，刚刚走近窗下，就隐隐约约听见男女之间的那种缠绵声。妻子再仔细听，又听到丈夫把他们夫妻俩平时做爱的种种猥亵情状完全讲了出来。妻子听到这里，气得浑身战栗，心怦怦地跳个不停，真是无法忍受。她想着还不如出门跳进深沟里死掉算了。她愤怒地正走着，忽然看见弟弟三郎骑马到来，三郎立即跳下马问她怎么了。她把刚才发生的事情说给弟弟听。三郎火冒三丈，立即同姐姐一起返回那人的家，只见房门紧闭，男女间的枕上私语还嗯嗯不断。三郎举起一块儿斗大的石头，直往窗棂上抛掷过去，窗棂"咔嚓"一声被砸断了好几根。里边大喊："郎君头破了！怎么办？"妻子一听，吓得大哭起来，对弟弟说："我并不是要叫你杀死他，现在该怎么办？"三郎瞪着眼睛说："你呜呜哇哇地哭着催我来，现在刚消除了胸中的恶气，却又来袒护丈夫，抱怨起我来了。我才不习惯像丫头一样任人指使！"说完，三郎转身就走。妻子又抓住弟弟的衣角说："你不带我一起去，叫我往哪里去？"三郎一把将她推倒在地，脱身离去。妻子一下子惊醒过来，才知道是在做梦。

过了一天，士人果然回来了，而且也是骑着白骡子。妻子感到很奇怪却没有说出来。士人这一夜也做了个梦，他把自己所梦见的情形对妻子说了，结果和妻子做的梦完全相同，所以两人都很吃惊。随后，三郎听说姐夫出远门回来了，也前来问候。谈话中三郎对士人说："我昨夜梦见您回来，今天果然如此，真是太奇怪了。"士人笑着说："幸亏我没有被大石头砸死。"三郎惊讶地问原因，士人把自己做的梦给他说了一遍。三郎大为吃惊，原来夜里，他也做梦梦见姐姐向自己哭诉，他气愤地向窗户投掷石头。三人做的梦都一样，只是不知道漂亮女子到底是什么人？

珠 儿

常州府百姓李化，田产殷富，都五十多岁了，还没有儿子，只有一个女儿叫小惠。小惠容貌清秀娇美，夫妇俩怜爱极了。但是女儿十四岁上，暴病夭折，家里冷冷清清，他们更少了人生乐趣。后来李化收了个丫鬟做妾，过了一年便生下个儿子，简直视若宝贝，取名叫珠儿。

珠儿渐渐长大，身材魁梧，十分令人喜欢。但是他性情痴呆，五六岁了，还分辨不清豆子和麦子，说话也结结巴巴的。李化太爱这个儿子，也不嫌弃这些。恰好遇见一个单眼和尚在市集上化缘，这和尚能知晓人家的隐秘事情，大家都把他视为神明，而且和尚还说自己可以决定人的生死，也能给人祸福。因此从几十两到上百两甚至千两银子，他都是指名募化的，无人敢违抗。这个和尚到李化家来化缘，提出要一百吊，李化很为难，只给了十吊，但是和尚拒绝接受，李化慢慢加到三十吊。和尚声色俱厉地说："必须一百吊，少一文都不行！"李化也被激怒，收回钱就走。和尚气愤地站起来说："不要后悔，不要后悔！"过了没多久，珠儿突然心口剧痛，双手乱抓乱抠床上的席子，脸色像土灰一般。李化害怕起来，就拿了八十吊到和尚那里求救。和尚冷笑着说："拿了这么些钱来很不容易！但我又能有什么作为？"李化无可奈何，当他回到家里时，儿子已经死去。李化哀痛极了，于是就拿着状子告到县府，县官将和尚抓起来审问，但他狡辩不说实话。拷打他，就像打在皮革上。搜他的身，竟发现有两个小木人和一副小棺材、五面小旗幡。县官大怒，举着这些东西让和尚看，和尚害怕了，叩头无数，县官不依，用棍棒将他活活打死。李化跪谢了县官后也回家去了。

这时天已经黑了，李化和妻子坐在床上，忽然看见一个小孩不安地进到屋里说："阿爹为何走得这样急？我拼命追赶也撑不上。"仔细看他的模样，大约七八岁。李化很吃惊，正要问他，却见他若隐若现，恍恍惚惚像是一团烟雾。眨眼间，小孩已经上床坐下。李化把他推下床去，落地时毫无声息。小孩说："阿爹为什么这样？"一转眼他又上了床，李化恐惧极了，就和妻子一起奔逃出来。小孩在他们身后"阿爹阿妈"嗲声嗲气地叫个不停。李化进了小妾房间,急忙关上门,回头看时,小孩已在膝下了。李化惊恐地问他想干什么,小孩答道:"我是苏州府人,姓詹,六岁时死了父母,兄嫂不能容我,就把我赶到外祖家。有一次我偶然到门外去玩,被妖僧迷住杀死在桑树底下,从此我被迫为他做害人之事,含冤九泉,不能超生。幸赖阿爹为我报仇,我愿意给你做儿子。"李化说:"人和鬼不一样,怎么能在一起生活?"小孩说:"只要打扫一间小房子,给我弄个床铺,每天浇上一碗冷粥,其他都不用了。"李化照办了。小孩很高兴,于是独自住在房间里。

早晨,小孩在内室出出进进,完全像亲生的孩子。他听见小妾在哭珠儿,就问:"珠儿死了几天了?"小妾说:"七天。"小孩说:"现在天气寒冷,尸体应该不会腐烂,试挖出来看看,如果没有损坏,我可以救活他。"李化听了很高兴,和小孩一同前往,挖出一看,躯体完好无损。他正在悲哀时,回头看那小孩,已不见了踪影。他很纳闷,就抬着儿子的尸体回家。刚刚把珠儿的尸体放在床上,李化发现珠儿的眼睛已在转动,接着珠儿就喊着要汤喝,喝完汤就出汗,刚出过汗就坐起身来。大家都为珠儿的起死回生而高兴,再加上他变得聪明伶俐,已与昔日判若两人。只是到了夜里,他就僵卧如尸,毫无生气,推他翻他,他毫无知觉,像死了一样,大家非常震惊,以为他又死了。然而一到天亮,他又如从梦中醒来。大家疑惑不解,就问是怎么回事。他便说:"以前跟随妖僧时,一块儿有两个小孩,其中一个叫哥子。昨天追不上阿爹,是因为正和哥子话别。现在他在阴间已给姜员外做了义子,也很悠闲。夜半,邀我一块儿去玩耍,刚才他用白鼻黑嘴的黄马送我回来。"母亲问他在阴间是否见到珠儿,他说:"珠儿已经转生了。他和阿爹没有父子缘分,不过是金陵严子方投胎来讨还千八百钱罢了。"当初,李化曾在金陵做生意,欠下严子方一笔货款没有偿还,后来严子方去世了,这事没有人知道。李化听后大为吃惊。母亲又问见到惠姐没有,小孩说:"不知道。下次去后再寻访。"过了两三天,小孩对母亲说:"惠姐在阴间生活得非常好。她嫁给了楚江王的小儿子,头上戴满珠宝首饰,一出门总有几十成百的随从前呼后拥。"母亲问:"她为什么都不回家看上一趟?"小孩说:"人死了就都和亲骨肉没关系了。如果有人把生前的事仔细一说,才能恍然记起而思念亲人。昨天我托了姜员外,才凭借关系见了惠姐。惠姐叫我坐在珊瑚床上,我和她说起父母常常挂念着她,她听着就像做梦似的。我说:'姐姐活着时,特别爱绣并蒂莲,有一回剪刀刺破了手指,鲜血染在绫布上,姐姐随手就绣成个赤水云,至今母亲还悬挂在床头的墙上,一看就念叨你。难道姐姐都记不得了吗?'姐姐听完,这才伤感起来,说道:'让我先告诉了郎君,再回家去看望母亲。'"母亲问什么时间会回来,小孩说:"不知道。"

一天,小孩对母亲说:"姐姐就要来了,随从仆人很多,要多准备些酒菜。"一会儿，小孩又跑回屋说："姐姐来了。"于是家人就把桌子移到中堂，小孩说："姐姐先坐下休息休息，请别再哭了。"其他人都没见到什么。小孩领着人到门外烧纸浇酒，酬谢那些随从，回来说："随从骑卒暂时先叫走了。"姐姐问："当年我盖过的绿锦被曾被烛火烧了个豆大的洞，现在绿锦被还在不？"母亲说："在呢。"当即打开箱子取出让她看。小孩说："姐姐叫我把它放在她原来的房里。她困了，要休息一会儿，明天再和阿母说话。"

　　东邻赵家女儿过去和小惠是闺阁中的好友。这天夜里，忽然梦见小惠戴着头巾、披着紫色披肩来看望她，一起说笑就像生前一样。小惠说："我已成了异物，和父母如隔千山万水，想借妹子之口和家人说话，请不要害怕。"天亮以后，赵家女儿正和母亲说话，忽然倒在地上闭了气，过了一刻才醒过来，对赵母说："小惠和婶婶分别好几年，头上已有了白发。"赵母惊恐地说："你发疯了？"女儿向母亲拜别出来，母亲知道这其中必有缘故，就跟着她来到李家。赵家女儿抱住李母痛哭。李母惊呆了，不知是怎么回事。赵女说："女儿昨天回来，十分困倦，所以就没来得及说一句话。女儿不孝，中途抛弃父母，烦劳父母悲伤牵挂，这罪过怎么能赎？"母亲马上明白了，于是也失声痛哭起来。随后母亲问："听说女儿现在做了贵夫人，这使母亲很欣慰。只是你身在楚江王家，怎么能随便来？"女儿说："郎君和我感情很好，公婆也非常喜欢我，决不嫌弃我。"小惠活着时，喜欢用手支着下颔，现在说话，时不时地做出过去的举动，神情完全和活着时一样。没过多久，小孩跑来说："接姐姐的人到了。"于是赵女站起来，边哭边和母亲拜别，说："女儿走了。"说完，赵女就倒在地上，过了一会儿才苏醒过来。

　　几个月后，李化病得越来越重，求医服药都没有效果，小孩说："恐怕不可挽救了。有两个鬼坐在床边，一个手持铁杖，一个挽着麻绳，有四五尺长。我昼夜哀求，他们都不走。"母亲哭着为老伴儿准备后事。天黑以后，小孩进屋说："一切闲杂人等都暂时退避一下，姐夫来探望阿爹。"片刻间，小孩鼓掌大笑。母亲问笑什么，小孩说："我是在笑那两个鬼，听见姐夫来了，都慌忙钻到床底下像缩头乌龟一样。"又过了一会儿，只见小孩仰头向天空道着寒暄，问姐姐的生活情况，随后又拍手说："这两个小鬼，我苦苦哀求，他们就是不去，这回算他们倒霉，真是大快人心！"他走出门外，又回来了，说："姐夫走了，那两个鬼被锁在马鞍上。阿爹的病不久就会好的。姐夫还说，他回去将禀告楚江王，要为阿爹阿妈求个百年长寿。"全家人听后高兴极了。到了晚上，李化的病就减轻了许多，几天后就完全好了。

　　李化为小孩请了老师教他读书。小孩很聪明，十八岁就中了秀才，还能说阴间的事情。他见邻居有病，就指出鬼在什么地方，便用火去烧，往往就好了。后来小孩突然得了病，全身紫青，自己说是鬼神责罚他不该泄露隐秘。从此以后，小孩便不再说阴间的那些事了。

胡四姐

　　泰山有位姓尚的书生，平时独自住在清静的书房里。正值秋夜，银河高悬，明月当空，清光流泻而下。尚生独自一人徘徊在花丛中，遐想联翩。这时，忽然有个女子翻墙过来，对他笑着说："秀才深思些什么？"等走近了，尚生见她生就了一副花容月貌，如同天仙一般。尚生惊喜地搂着她进了书房，很是亲昵地缠绵了一番。女子自我介绍说："我姓胡，名叫三姐。"尚生问胡三姐住在什么地方，她只笑不答。尚生也不再追问，只希望和她永远相好就行了。从此，胡三姐每天夜晚都来。

　　一天夜里，他们两人坐在灯下促膝相谈，尚生非常喜欢胡三姐，目不转睛地看着她。胡三姐笑笑说："为什么这样呆呆地看着我？"尚生说："我看你像那美艳绝伦的芍药碧桃花，真是整夜整夜地凝视也不觉厌烦。"胡三姐说："我容貌这般丑陋，却被你这么看重。你如果见了我家四姐，不知如何神魂颠倒呢！"尚生听了欲念倾动，恨不得即刻一睹芳容，直挺挺地跪在地上向胡三姐哀求要见胡四姐。第二天夜里，胡三姐果然带着胡四姐一块儿来了。只见她十五六岁的样子，就如清晨带露的粉荷，三月里春雨滋润的杏花，嫣然含笑，娇艳妩媚，真是美丽绝伦，举世无双。尚生一见，欣喜欲狂，赶快拉她坐下。胡三姐和尚生说笑，而胡四姐在一旁只低着头用手拈绣带。过了一会儿，胡三姐起身告别，胡四姐要跟她一块儿走，尚生却拽住四姐不让走，望着胡三姐说："我的亲亲，请你帮忙说一声吧！"胡三姐便笑着说："看把个狂生焦急的！妹妹你就稍稍待一会儿吧。"胡四姐不吭声，胡三姐就走了。尚生和四姐尽情交欢一番，完事后就用胳膊作枕头，躺在一起互诉身世，没有一点隐瞒。胡四姐说自己是狐狸精。尚生迷恋她的美貌，所以并不见怪。胡四姐告诉他："姐姐最为狠毒，她已经杀死三个人了，凡是被她迷惑的人没有不死的。我有幸承蒙你的青睐，不忍心看着你被害死，应当趁早和她断绝来往。"尚生听了十分恐惧，向胡四姐求问对付的办法。胡四姐说："我虽然是狐狸精，却得到了仙人的正法，可以画一道符贴在卧室门上，就能使她不敢近前。"说完胡四姐就给他画了一道符。天亮以后，胡三姐来了，一见符果然退却，说："这丫头太负心了，倾心于新郎，竟然把媒人忘了。你们两人应有缘分，我也不会记恨，但何必要这样做？"她说完就走开了。几天后，胡四姐说她有事要到别的地方去，和尚生约定隔夜再来。

这天，尚生偶然出门观光。山下原来有一片槲树林，苍莽中走出一个少妇，长得很有些风韵，她走到尚生跟前说："秀才何必天天为迷恋胡家姐妹而沾沾自喜？她们又不会给你一文钱。"少妇说着就拿出一吊钱来给尚生，并且说："你先拿着回去买好酒，我随后带美味佳肴来和你一起畅饮。"尚生拿了少妇给的钱回来后果真去买了酒。不长时间，少妇也如期而至，把烧鸡和卤猪肘放在桌上，用刀子切成肉丁。于是两人斟酒对饮，边喝边相互调笑，显得异常和谐融洽，随后吹灭蜡烛，携手上床，极尽淫欲放荡之兴。天亮后，两人才起床。少妇坐在床边正要穿鞋时，忽然听见有人说话，细细倾听，外边的人已经揭帘进来，原来是胡家姊妹俩。少妇一眼瞥见，就仓皇而逃，连鞋子也丢在床下。姊妹俩于是骂道："你这骚狐狸精，竟敢来和人睡觉！"她们追出去，过了一阵子才回来。胡四姐埋怨尚生说："你这人太不长进了，竟然和一个骚狐狸精厮混在一起，叫人无法再和你接近。"说着，胡四姐脸上显出既生气又失望的神情转身要走。尚生十分惶恐，赶快跪下认错，言辞十分恳切。胡三姐又在一旁调解劝说，胡四姐怒气渐渐消解，慢慢地两人又和好如初。

有一天，一个陕西人骑着驴登门拜访说："我一路寻找妖怪，不是一朝一夕了，今天总算在你这里找到了。"尚生的父亲觉得这人话里有话，就向他询问来由。客人说："我云游四方，一年十二个月常有八九个月不在家。我弟弟被妖怪蛊惑杀害。我回家后非常悲愤，发誓要找到妖怪并杀死它为弟弟报仇。我已奔波几千里，未见妖怪踪迹，如今发现妖怪在你家，不消灭它，一定会有继我弟弟而死的人。"这时，尚生和胡四姐她们正来往得密切，父母略有觉察。他们听客人说了这些话，心里非常惧怕，就请客人进门作法。客人拿出两个瓶子摆在地上，画符念咒，过了很久，就发现有四团黑雾分别被收进两只瓶子里。客人高兴地说："一家妖怪全到了。"于是用猪膀胱裹住瓶口，封得非常牢固。尚生的父亲很高兴，于是坚决请求客人留下吃饭。尚生很为胡四姐她们感到难过，于是走到瓶子跟前窥视，听见胡四姐在瓶中说道："坐视不救，你为何这么负心？"尚生更加难受，急忙拿起瓶子启封，却怎么也打不开。胡四姐又说："不必这样，只要放倒法坛上的令旗，用针戳破猪膀胱，我就能从空

隙里出来。"尚生照她说的办法做了，果然看见有一丝白气从小孔中钻出来，一直升到天空里去了。客人出来，看见令旗横倒在地上，大吃一惊，说："妖怪逃走了，这肯定是你家公子干的。"客人摇摇瓶子，贴着耳朵听，说："幸亏只逃走了一个。这个妖怪不该死，可以赦免。"于是便带着瓶子走了。

　　后来，尚生在田里监督用人们割麦子，远远看见胡四姐就坐在前面的一棵大树下面。尚生走过去握着她的手向她问好。胡四姐说："分别有十年之久了，现在我已修炼成仙。但心里一直想念着你，所以专程来看望看望。"尚生想请她一块儿到家里去。她拒绝说："我已今非昔比，不能再去沾染俗尘世情，以后还会相见的。"说完，她就不见踪影了。

　　又过了二十多年，尚生一人独处，看见胡四姐从外面进来。尚生很高兴地问候她。胡四姐说："我现在已名列仙籍，本来不该再到尘世来。但总是念及你的厚情，所以就特地来向你告知你的死期，你可以及早安排后事，但不必悲伤，我会度你为鬼仙的，不会有什么痛苦。"胡四姐说完就走了。到了胡四姐所说的日子，尚生果然死了。

　　尚生是我朋友李文玉的亲戚好友，他曾目睹这件事情。

侠　女

　　金陵人顾生，多才多艺，但是他的家境非常贫寒。又因母亲老迈，他不忍心远离膝下去游学，每天只是给别人写字作画，得到一点儿钱财以维持生计。他已经二十五岁了，还没有娶妻。

　　他家对门有一所空着的旧宅院，有一个老太太和一个少女租住在里边。因为她家没有男子，所以就没人询问她们的来历。有一天，顾生偶然从外面回来，看见女郎从母亲房里出来，年龄十八九岁，美丽淑雅，世上少有人能与她相比。她看见顾生并不怎么躲避，但表情很严肃。顾生回到屋里问母亲，母亲说："这是对门女子，她来向我借剪刀和尺子。刚才她说家里也只有一个老母亲。她不像是贫寒家庭出身。我问她为什么不出嫁，她借口说是母亲年老需要奉养，就不愿出嫁。我明天应该过去拜见一下她母亲，顺带从侧面示意，她若没有什么其他奢望，你可以为她代养老母。"第二天，顾母前去拜见女子的母亲，她的母亲耳聋。顾母看她家里连隔宿的粮食都没有，于是问女子的母亲以什么为生，女子的母亲说全靠女儿做针线活为生。顾母慢慢将话题引到将两家合为一家的事上来，老母似乎同意，转身和女儿商量，而女儿却沉默不语，好像很不乐意。顾母只好回去，跟儿子详细讲述了当时的情况，仔细思量着说道："女子该不是嫌我家太贫寒？在人跟前不苟言笑，真是'美艳如桃李，冷酷若冰霜'的奇人！"母子两个又是猜想又是叹息，此事就此作罢。

有一天，顾生正在书房，有个少年前来向他求画。少年长得风度翩然，行为却极为轻佻。顾生问他从何处来，少年说是邻村的。此后每两三天少年就来一回。这样，彼此就慢慢地熟悉了，两人互相开玩笑，顾生怀着异念去拥抱他，他并不怎么拒绝，两人便有了私情。从此两人来往非常密切。

一次，正好遇见女子从门前经过，少年一直盯着她，问她是谁，顾生说是邻家女子。少年说："她长得这么艳丽，神情却为什么那么可怕？"过了一会儿，顾生回到屋里问母亲。母亲说："刚才女子是来借米的，说是家里断炊一天了。这女子极其孝顺，只是穷得太可怜，以后应该稍稍地周济周济。"顾生依从了母亲的话，就背了一斗米送过去，敲开门，说明了母亲的意思。女子收下来，也不道谢。女子每次到顾家来，只要看见顾母缝衣做鞋，她就主动帮忙，在家里出出进进，完全像个媳妇一样。顾生更加感激她。顾家每次收到客人送来的好吃的，必然要分给她母亲一些，女子从不说感谢的话。顾母下身生了痛疽，疼痛难忍，昼夜呻吟不止。女子时时到床前来探望，给她清洗伤口抹药，每天不下三四次。顾母心里很是不安，但女子毫不嫌弃污秽。顾母叹道："唉，哪里能找来个像你这样的好媳妇，一直侍奉我到死！"说完，伤心地哽咽起来。女子安慰她说："你有个非常孝顺的儿子，胜过我们寡母孤女百十倍。"顾母说："床头服侍的活儿，哪里是男儿所能做的？况且我已年老，早晚将遭病而死，很担心会绝后。"正说着，顾生进来了。顾母泪如雨下，说："我们欠姑娘的太多了，你一定不要忘记报答人家。"顾生于是拜伏在地。女子说："你敬奉我母亲我没谢你，你谢什么呢？"自此，顾生对女子更加敬爱。但是她举止生疏冷漠，让人无法接近。

有一天，女子出门时，顾生注视着她，女子忽然回头向他嫣然一笑。顾生喜出望外，当即跟着到了她家。顾生有意挑逗她，她也不拒绝，于是和她欣然交欢一番。事毕，女子告诫顾生说："这事只能做一回，不能再有第二次！"顾生并未应声就回家去了。第二天，他又和女子约会。女子脸色严厉，置之不顾而离去。她每天到顾家来几次，常常见面，并不给个好言语好脸色。有时顾生稍稍用诗词调戏，她却以冷言冷语回敬，让人感到不寒而栗。一天，她忽然在没人的地方问顾生："每天来的那少年是谁？"顾生如实告诉了她。女子说："他举止轻佻，对我已多次无礼。因他和你关系亲昵，所以我一直置之不理。请你转告他，如果再这样，便是他自己找死！"晚上，顾生把女子的话转告给少年，并告诫他一定要小心，她不可冒犯。少年不以为意地说："既然不可冒犯，你为什么冒犯她？"顾生否认他和她有任何瓜葛。少年说："如果没有瓜葛,那些不可告人的亲近言辞,怎么会传到你的耳朵里呢?"少年把顾生噎得无言以对,并说:"我也烦你向她传个话:不要这么惺惺作态,要不然,我要将此事到处传扬。"顾生听了十分气愤,怒形于色,少年才离去。

一天夜里,顾生一人在书房独坐,女子忽然进来,笑嘻嘻地说:"我和你情缘未断,这岂不是天意!"顾生欣喜若狂,一把将女子搂在怀里,正要亲热,突然听见一阵脚步声,两人吃惊地站起来,就见少年推门进来了。顾生惊讶地问道:"你来干什么?"少年不怀好意地笑着说:"我特地来看看这个贞洁的人儿。"他又回头对女子说:"今天不会再怪别人了吧?"女子脸颊绯红,柳眉竖起,一语不发。她急忙掀开上衣,露出一个皮鞘,顺手抽出一柄一尺来长的利剑,利剑晶莹闪亮,寒光逼人。少年一见,吓得转身就逃。女子立即追出门外,四处看看不见踪影。女子将剑猛地往空中一抛,"嘎"一声震响,空中闪现出灿烂的光芒,像一道长虹,随即就有一个东西掉落在地上。顾生急忙用蜡烛一照,见是一只白狐,头和身子已被劈为两段。顾生恐惧极了。女子说:"这就是你的相好美童。我本来宽恕了它,无奈它自己不想活下去!"说完,她便收剑入鞘。顾生拽着她要进屋子。她说:"刚才这妖物败了人的意兴,我明晚再来。"说完她就出门径直走了。第二天晚上,她果真来了,两人尽情缠绵一番。顾生问起她超人的剑术,她说:"这事不是你该知道的,你必须严守机密,泄露出去对你很不好。"顾生又向她提起嫁娶的事。她说:"咱们夜里同床共枕,白天我为你操持家务,这不是妻子做的事是什么?实际上我们已经做了夫妻,何必还要再提嫁娶呢?"顾生说:"你莫不是嫌弃我贫穷吧?"女子说:"你固然贫穷,难道我就富有吗?今晚与你相聚,正是由于怜悯你的贫穷。"临别时,她又叮嘱说:"这种苟且的行为,不能常有。该来的时候,我自然会来的;不该来时,强求也不会有好处。"以后每次相见,顾生总想拉她说情话,她往往避开。但是缝衣服、烧火做饭,她都完全承担,就像是一个普普通通的妻子。

过了几个月,女子的母亲死去,顾生竭尽全力埋葬了她,从此女子就独自居住。顾生心想她孤单一人睡觉,可以和她同居。他就翻墙进去,隔着窗子不停地叫女子,室里始终不应声。顾生看门上了锁,屋里没人,私下怀疑她和别人有约。第二天夜里,他又去了,但还像昨晚一样,屋空门锁。顾生在女子窗户上留下一块儿玉佩走了。过了一天，他们在顾母的房间相遇。顾生出来时，女子跟在他身后说："你在怀疑我吗？人各有心事，不可告诉别人。今天想使你无疑，怎能办到？但是有一件事需要你赶快想办法。"顾生问她什么事。她说："我怀孕已经八个月了，恐怕早晚要分娩。我的身份未明确，只能为你生孩子，但不能为你养孩子。你可以悄悄告诉母亲，给孩子找个奶妈，就假说是抱养人家的，请不要把我说出去。"顾生按女子说的告诉了母亲，母亲笑着说："这女子真是奇怪，聘她不成，却私下和我儿子结为夫妻。"母亲高高兴兴地照办了。又过了一个多月，女子好几天都没来顾家。顾母有些怀疑，就到她家去探望，门紧关着，四周冷清。顾母敲了好长时间，女子才蓬头垢面地从里边出来，开了门让顾母进去，她又把门关上了。在屋里，顾母发现孩子已经呱呱啼叫地躺在床上。顾母惊喜地问："生下几天了？"女子说："三天了。"顾母抱起来一看，是个男孩，孩子脸盘丰满，额头宽广，很漂亮。顾母高兴地说："儿媳妇啊，你已为我生了孙子，以后孤零零一人，将托身何处？"女子说："我有隐衷，不敢告诉老母亲。等夜里没人时，您可将孩子抱过去。"母亲回家告诉了顾生，他们都为此感到诧异。到了夜里，顾生把儿子抱了回去。

又过了几天的一个晚上，快到半夜时分，女子忽然敲门进来，手里提着皮袋，笑着说："我大事已了结，现在要和你分手了。"顾生急忙问她什么原因。女子说："你代我养母的恩情，我时时刻刻都不能忘怀，以前所说的'这事只能做一回，不能再有第二次'，是由于报恩并不只在床上。因为你贫穷不能成婚，我特意为你生儿延续一线血脉。本来期望一次可以达到目的，不料月经又来了，于是破戒又来了一次。现在你的恩情总算已报，我的愿望也实现了，再没有什么可遗憾的了。"顾生问："袋子里是什么东西？"女子说："是仇人的头。"顾生翻开一看，只见人头上胡须头发全黏在一起，血肉模糊。他惊恐极了，就又追问根底。女子说："以前不跟你说，是害怕你泄露出去。现在事情已经办成，不妨向你直说了。我本是浙江人，父亲官居司马，被仇人陷害，抄了家。我背着母亲逃出来，隐姓埋名已经三年了。当时我没有立即报复，只因还有母亲在。母亲去世了，我肚子里又怀着孩子，所以就一拖再拖。前几天夜里我出去不为别的事，是因为仇家的门户道路不熟，怕有闪失。"说完，她就出了门，又回头嘱咐说："我生的儿子，要好好抚养。你福薄，年寿不高，儿子可以为你光大门庭。夜深了，不可惊动老母，就此去了。"顾生深感凄凉，正要问她去哪里，女子像电光似的一闪，转眼间就看不见她的踪影了。顾生叹息着在门口呆呆地站了很久，失魂落魄似的。第二天，顾生将女子离别的事告诉了母亲，母子在一起嗟叹了好一阵子。

三年后，顾生果然死去。儿子十八岁中了进士，奉养祖母到终老。

异史氏说："人一定要娶个侠女似的妻子，才可以蓄养娈童。不然，你喜欢他，他就要勾引你的老婆了！"

酒友

车生家产不及中等水平，但是他嗜酒成性，每天夜里不喝上三杯就睡不着觉，所以他床头上的酒杯从未空过。

一天夜里，他醒来翻身时，发现似乎有人睡在身旁，他以为是衣服掉在旁边了，于是用手一摸，竟是个毛茸茸的东西，像猫却要大些。他点着蜡烛一照，原来是只狐狸，醉沉沉的像狗一样盘卧着。他再看酒瓶，发现已经空了，因而笑着说："这是我的酒友。"车生不忍心惊动它，又给它盖上衣服，搂着它就一起睡了。他留着烛火，要观察它究竟如何变化。半夜时，狐狸欠伸着。车生笑着说："睡得美极了！"他掀开衣服一看，却见它已变成个英俊潇洒的书生。书生急忙起身拜伏，感谢车生的不杀之恩。车生说："我嗜酒成癖，别人都认为我太痴，只有你才是我真正的知己。如果不见外，咱们就做个酒友吧。"车生说着就拽他上床再睡，并且说："你以后可以常来，不必有顾虑。"狐狸答应了。车生醒来后，狐狸早已离去。于是车生又准备下一杯好酒，专等狐狸来饮。

晚上，狐狸果然又来了。于是他们促膝畅饮。狐狸酒量特别大，而且又很诙谐，车生只觉得相见恨晚。狐狸说："屡次承蒙用好酒招待，不知用什么来还报？"车生说："喝几杯薄酒，何足挂齿！"狐狸说："话虽这么说，但你毕竟是个穷书生，几个喝酒钱来得不容易，我应为你想办法弄点儿酒钱。"第二天夜里，狐狸来告诉他："在离这儿七里远的东南方，路边有丢下的银子，早早地去取回来。"一大清早，车生到了指定的地方，果然拾得两块金子，于是他用金子买了好菜，供晚上喝酒用。狐狸又说："你家后院窖里藏着钱，可以挖出来用。"车生照办，果然挖出十万多钱。车生高兴地说："口袋里有钱了，再也不用发愁没酒喝了。"狐狸却说："不能这样。车沟里的几滴水经得住几次舀？还应该想别的办法。"另一天，狐狸对车生说："集市上的荞麦价钱很低，这是奇货可以囤积。"车生听从了，便收购荞麦四十多石。大家都讥笑他。过了没多久，天大旱，庄稼全枯死了，只有荞麦可以播种。车生将荞麦种子卖出去，竟赚了十倍的钱。从此车生更富裕了，购置了二百亩良田。播耕的事他只听从狐狸的安排，所以多种荞麦，荞麦就丰收，多种小米，小米就丰收。一切种植的时间，都由狐狸来决定。日子长了，他们的关系更加亲密了，狐狸称车生的妻子为嫂子，把车生的儿子当作侄子。后来车生死了，狐狸就不再来了。

莲　香

　　有个书生姓桑名晓，字子明，是沂州人。桑晓从小父母双亡，寄居在红花埠。他为人平和，喜欢独处，每天出去两次到东边邻居家吃饭，除此之外就在书房静静地坐着读书。东边邻居书生偶尔到他书房来开玩笑说："你一个人独居就不怕鬼狐来吗？"桑晓不经意地笑道："大丈夫怕什么鬼狐？公的来了我有宝剑，母的来了我就开门相迎。"邻居书生走了，和朋友商量，晚上就找了个妓女，让她爬梯子翻墙过去，敲他的门。桑晓探问外面是谁，妓女说她是鬼。桑晓吓坏了，浑身颤抖，牙齿上下直响。妓女迟疑徘徊着离去。第二天早晨，邻居书生来到桑晓书房，桑晓把昨晚的事说了一遍，并告诉邻居书生，他打算回家了。邻居书生拍着手说："为什么不开门迎接她？"桑晓马上明白昨晚的鬼是假的，于是像平时那样住着。

　　半年过去，一个女子夜里来敲门，桑晓以为又是朋友开玩笑，就开门将女子请进来，一看，她长得漂亮极了，真是国色天香。他很惊喜地问女子从何处来，女子说："我叫莲香，是西街的妓女。"红花埠本来就有很多妓院，所以他相信了。于是桑晓拉着她上床，极尽缠绵之情。从此，那女子便隔三五夜来一回。

　　有一天晚上，桑晓一人独坐沉思，有个女子飘然进来。他以为是莲香，迎过去正要和她说话，一看模样不是，这女子年仅十五六岁，双肩瘦削，长发披垂，风流清秀，脚步行进时，显得非常飘逸。桑晓见此情状，惊骇极了，他以为是狐狸精。女子自我介绍说："我是良家女子，姓李。平日仰慕你是高雅的读书人，希望你能爱怜。"桑晓听了十分高兴，就上前与她握手，却只觉她双手冷冰冰的。桑晓问道："你的手为什么这么凉？"女子说："我自幼体质虚弱，夜里冒着寒凉的霜露，怎能不冰冷？"女子随后就宽衣解带，俨然还是个处女。女子说："我为了爱情，就将这娇嫩的处女之身给了你。你如不嫌弃，我愿意常常与你同枕相伴。你房里是否还有别人？"桑晓说："没有别人，只有西街的一个妓女，倒也不常来。"女子说："我该谨慎地避开她。我和她们妓女不一样，你要严守秘密，切不可泄露出去，只要她来我去，她去我来就行了。"鸡叫的时候，女子起身要走，赠给他一双绣花鞋说："这是我脚上穿的东西，你留着玩玩可寄托情思。但是有人时，你千万别拿出来玩弄。"桑晓接过信物在手里一看，两头微微翘起，像勾线时用的锥子，心里很喜爱。第二天夜里没人，他便拿在手里细看玩耍，女子忽然翩然而至，于是两人缠绵一番。从此，只要桑晓拿绣鞋来玩，女子必应念而来。桑晓感到疑惑不解，就问她为什么，而她说正好赶巧罢了。

　　有一天夜里，莲香进来，吃惊地问："你为什么神色萎靡不振？"桑晓说："我倒没感觉出来。"莲香便和他告别，约好十天后再来。她走后，李小姐就夜夜必来，从不空缺。她问桑晓："你的情人为什么这么长时间不来？"桑晓就把约好十天后相见的事说了。李小姐笑着说："你看我和莲香谁长得漂亮？"桑晓说："你们两个可以称得上是双璧两绝，只是莲香的肌肤更加温和。"李小姐一听脸色大变，说："你当着我的面都说两人美貌超绝，那她一定长得像月宫里的仙女，我是比不上她的。"李小姐因此很不高兴。她扳着指头一算，十天时间已满，就叮嘱桑晓不要泄露消息，她将暗地里偷偷观察莲香究竟长得有多美。第二天夜里，莲香果然来了。两人说说笑笑十分融洽。睡觉时，莲香大吃一惊说："坏了！十天不见，你竟然疲惫到这种地步！你保证没有其他女子来吗？"桑晓反问她怎么见得？莲香说："从你的精神和气血来看，脉搏细而杂，像乱丝一样，这是鬼症。"第二夜李小姐来了，桑晓问她看莲香长得怎么样，女子说："漂亮极了。我本来就认定人世间不会有这么美艳的佳人，果然是个狐狸精。她离开的时候，我紧紧尾随，见她居住在

南山洞穴里。"桑晓认为她是出于嫉妒，就漫不经心地随回应了一声。

过了一个晚上，桑晓对莲香开玩笑说："我决不相信，有人说你是狐仙。"莲香赶紧问："是谁说的？"桑晓说："是我自己和你开玩笑说的。"莲香说："狐与人有什么不同？"桑晓说："人被迷惑就会得病，严重的会死掉，所以很可怕。"莲香说："不对。像你这样的年龄，和女人同房后三天，会恢复元气，就是狐狸又有什么害处？假如每天同房，那么人就会比狐狸更有害。天下那些患色痨病死去的人难道都是被狐狸害死的吗？虽然你说是开玩笑，但肯定有人议论我。"桑晓极力辩白没有人说她，莲香却追问得更紧。桑晓实在瞒不住了，就如实相告。莲香说："对于你身体的伤损，我本来就觉得奇怪。但是怎么这么快就成这样了？莫非她不是人？你不要说出去，让我明晚像她偷看我一样地偷看她。"第二天晚上，李小姐来了，才说了两三句话，她听见窗外有咳嗽声，就急忙逃走。莲香进来说："你危险了！她真是个鬼！你再迷恋她的美色不与她立即断绝来往，你死期就近了！"桑晓又以为莲香嫉妒了，所以沉默不语。莲香说："我明白你不会忘情，但我实在不忍心看着你死去。明天，我会带着药来为你消除阴毒。幸亏病根还浅，十天内就可以治愈。我要和你同床共寝，直到你完全恢复为止。"第二天夜里，莲香果然拿出一小勺药让桑晓服下。刚服下药一会儿，桑晓就泻了两三次，感觉脏腑清虚，精神爽快。他虽从心底里感激莲香，但到底不相信李小姐是鬼。莲香每天夜里都与桑晓同衾相偎。桑晓想和莲香交欢，莲香总是拒绝。几天后，桑晓身体完全恢复了。分别时，莲香一再殷切地嘱咐他要和李小姐断绝来往，他假装答应了。

莲香走后，他关了门点上灯，又拿出绣花鞋玩着，心里想念着李小姐。李小姐如约而来，分别了几天，她一脸的怨气。桑晓说："她连着几夜为我治病，请不要怪怨。但我们之间的感情都由我做主。"李小姐听了，脸上慢慢有了喜色。桑晓在枕头上对她悄悄说："我十分爱你，竟有人说你是鬼。"她好长时间没说话，然后骂道："这肯定是那个淫狐造谣，想迷惑你，如果不和她断绝关系，我就不再来了！"李小姐说着就呜呜地抽泣开了。桑晓百般劝慰，她这才作罢。隔了一夜，莲香来了，她知道李小姐又来过，怒气冲冲地说："你一定要寻死吗？"桑晓笑着说："你为什么嫉妒得这么厉害？"莲香越发愤怒了，说："你自己种下祸根，我为你铲除，不嫉妒的人又将怎么样？"桑晓借口戏谑道："她说我以前的病，因狐狸精作祟所致。"莲香无可奈何地叹息说："确实如你说的，你是执迷不悟，万一出现不测，我就是有一百张嘴怎么说得清？既然如此，今天就分手好了。百天以后，我再来病床前看你。"桑晓挽留不下，莲香恼怒地径直而去。从此李小姐每夜和他相聚。这样过了两个多月，他感到困乏极了。起初他还自我宽慰，后来一天比一天消瘦虚弱了，每顿饭只喝些稀粥。他本想回家去养养身子，但是又对李小姐恋恋不舍，忍不下心马上离去，于是又拖延了几天，以至于虚弱得再也起不了床。邻居书生见他病成这个样子，就每天派馆童来给他送些吃的。桑晓至此开始怀疑起李小姐，于是对她说："我后悔当初没听莲香的话，到了这种地步。"说完就昏迷了过去。等他醒过来，睁着眼睛四下张望时，发现李小姐早已走了。从此再也见不到她的踪影。桑晓一人病卧书房，这时思念起莲香来，就像庄稼人盼望丰收一样迫切。

一天，他正在凝神想念着莲香，忽然有人掀开帘子进来了，他一看竟是莲香。莲香走到床前嘲笑他说："乡巴佬儿，难道是我胡说吗？"桑晓呜咽了很长时间，自己承认错了，只求莲香救命。莲香说："你已病入膏肓，实在无法可救，我今天是特地来和你永别的，并证实我并非嫉妒。"桑晓极其悲伤地说："我枕头底下有件东西，请你代我毁掉它。"莲香找出绣花鞋，拿到灯下翻来覆去地抚弄着，李小姐一闪而入，突然见到莲香，转身就要走。莲香用身子挡住门，李小姐急迫地不知该从哪儿出去。桑晓指责数落着她，她无话可答。莲香笑着说："我今天才有机会和你当面对质。以前你说郎君的病，未必不是我造成的，现在到底如何？"李小姐只好低头谢罪。莲香说："你长得这样美貌，却怎么因爱而结仇呢？"李小姐即刻跪在地上哭泣，乞求怜悯相救。莲香赶快扶起她，详细询问她的身世。她说："我是李通判的女儿，早年而死，葬在墙外。春蚕虽死，情丝却未断，于是就和郎君结为情侣，这是我的夙愿。至于要害死郎君，这绝不是我的本意。"莲香说："我听说鬼总是喜欢人死，因为这样才能常常相聚，是吗？"李小姐道："不对。两个鬼在一起，并没有什么乐趣。如果有乐趣的话，九泉之下的少年郎难道少吗？"莲香说："太痴了！夜夜寻欢，人都受不了，何况是鬼？"李小姐问道："狐狸能害死人，你却为什么不这样？"莲香说："那是采补者之流才干的事，我和他们不是同一类。所以世上有不害人的狐狸，而绝对没有不害人的鬼，这是由于鬼的阴气太盛了。"桑晓听了她们的对话，这才知道她们真是狐狸和鬼，幸亏已经见多习惯了，并不惊怕。但他一想到自己只剩下一丝气息，不觉失声痛哭起来。莲香瞅着李小姐问："你准备怎样医治他？"李小姐羞愧满面，表示没有办法。莲香笑着说："只怕他身体强壮后，你这醋娘子又要吃杨梅，酸上加酸了。"李小姐整好衣襟下拜说："如果有神医妙手，使我能不负罪于他，我将永远葬身地下，岂敢再厚着脸皮到人世上露面？"莲香赶快解开袋子取出药来说："我早已预知会有今天，分别后就走遍三座仙山去采药，总共花了三个多月时间，才把药料配齐，不管被鬼、被狐致死，只要用了这药就能见效。但病是怎么样得的，就得采用什么样的药引，所以不得不烦劳你效力。"李小姐问需要什么，莲香说："只需你樱桃小口里的一点儿香唾就行了。我把药丸放进他口里，麻烦你嘴对嘴用唾液把药丸给他送下去。"李小姐满脸通红，低头看着自己的鞋。莲香取笑她说："妹妹最得意的只是这双绣鞋！"李小姐听后更加羞惭，完全是一副无地自容的样子。莲香说："接吻是你平时惯做的拿手好戏，怎么现在这么吝惜？"莲香说着便把一丸药放进桑晓的口里，转过身催促她赶快给他送下去。李小姐迫不得已，只好照办。莲香说："再来一次。"她就又嘴对嘴地为桑晓送药。这样连送了三四次，桑晓才把药咽下去。不大一会儿工夫，桑晓肚里像雷鸣一般轰响着，莲香随即又放进一丸药，这回她亲自对着桑晓的嘴运气。桑晓顿时感到丹田火热，精神焕发。莲香高兴地说："好了！"李小姐一听鸡叫，就匆忙离去。

　　莲香因桑晓的病刚好，还需要调养，出去吃饭很不方便，于是就把门反锁了起来，佯装桑晓已经回家，从此断绝和外人的来往，她日夜守护在桑晓身边。李小姐也每晚必来，侍奉得很殷勤，她也把莲香当亲姐看待。莲香也非常喜爱她。过了三个月，桑晓已恢复得像原来那么健康了。李小姐便好几夜不来，偶尔来了，看看就走。大家面对面在一起时，她也总是郁郁寡欢。莲香留她一起住下，她坚决不肯。有一次，桑晓追出门，硬把她连拽带抱地拉回来，只觉她身体轻得像草人一样。她逃脱不了，就和衣而睡，蜷缩着，身体不到二尺长。莲香越发怜爱她，悄悄地叫桑晓拥抱亲她，但怎么摇她也不能使她醒来。桑晓只好自己睡了，醒来再找她，她早已不见了踪影。后来十多天，她都不再来。桑晓想她想得很迫切，就常常拿出她的绣鞋来和莲香一块儿把玩。莲香说："她长得这样窈窕可爱，我见了都很喜爱，更何况是男人？"桑晓说："以前只要我一玩鞋她马上就来，我心里原本怀疑她，但到底料不到她真是鬼。现在睹鞋思人，实在叫人伤心。"说着眼泪就落下来了。

　　原先，有个姓张的富翁，他女儿名叫燕儿，十五岁那年得闭汗症而死。一夜过去，却又活过来，起身就要往外跑，张某急忙把门关上，使她不能出去。她自言自语地说："我是李通判女儿的魂灵。我很感激桑郎对我的一片思念之情，留下一双绣花鞋还在他那里。我真是个鬼，把我关在这里有什么好处？"张家人听她话出有因，就问她怎么到这里来了。女子低头徘徊沉思，自己也感到茫然说不出原因。有人说桑晓因病回家，女子极力争辩说不对，家人非常怀疑。东邻书生听到消息，就翻墙进去察看，果然看见桑晓正和一个美丽的女子说话，他闯进门去，匆忙间女子便消失了。邻居书生吃惊地问桑晓这是怎么回事。桑晓笑着说："我以前不是对你说过，如果是母的就开门迎接吗？"邻居书生将张家女儿的话对他说了。桑晓开了门，准备到张家探察，却苦于没有理由。张母听说桑晓果然没回家，更加诧异。她指使女佣去要那绣花鞋，桑晓就把鞋交给女佣。张家女儿拿到鞋很高兴。她试着一穿，鞋比脚小了一寸，大吃一惊。她拿来镜子一照，这才恍然醒悟，自己是借尸还魂。于是她就向母亲讲了根源，母亲这才信了她的话。女子对着镜大哭着说："我很自信当日容貌不差，但每次见到莲香姐姐还感形秽。现在成了这般模样，活人还不如原来的鬼漂亮！"她手里拿着鞋号啕痛哭起来，别人劝也劝不住。于是她蒙着被子僵卧在床上。给她吃饭也不吃，全身肿了起来，一直七天不进饮食，也不见死，而浮肿渐渐消退。这时她感到饥饿难忍，就开始进食。几天后，她觉得全身发痒，身体整个脱了一层皮。早晨起来，睡鞋坠落在地上，她拾起穿上，睡鞋已显得很大了。于是她试穿那双绣花鞋，肥瘦正好合适，于是很高兴。她又去照镜子，只见眉毛脸颊和往日完全一样，更高兴了。女子梳洗后去拜见母亲，看见她的人都吃惊地瞪大了眼。所有看见她的人都很惊讶。

莲香听说了张家发生的奇事，就劝桑晓托人做媒向张家提亲。但桑晓因自己与张家贫富悬殊，不敢贸然前去。正好赶上张母生日，他就跟着张家的女婿一起去祝寿。张母看到桑晓的名帖，有意让女儿隔着帘子去辨认。桑晓走在最后，张家女儿急忙跑出去，拽住桑晓的衣袖，要跟他一起回去。张母大声呵斥着女儿，她这才含羞退进里屋。桑晓见她长得和李小姐酷似一人，不觉潸然泪下，于是见了张母便拜伏不起。张母将他扶起来，并不以为他的举动轻浮。桑晓离开后，恳求女子的舅舅做媒。张母同意选定吉日把桑晓招赘到张家。桑晓回去后告诉了莲香，和她商量该怎么办。莲香忧思了很长时间，便要离去。桑晓大惊，流下眼泪。莲香说："你到张家去完婚，让我一起跟你去，我还有什么脸面？"桑晓提议先和莲香一块儿回家，然后再迎娶张家女子燕儿，莲香同意了。桑晓把这件事告诉了张家。张家知他已有家室，就大加斥责。燕儿极力为桑晓辩白，张家才同意了。到结婚的日子，桑晓亲自前往迎娶，家里的准备都很草率。但是等迎娶回来后，发现从大门到厅堂全部铺上了地毯，家里到处都红灯高悬，辉煌灿烂。莲香将新娘扶进新房，揭开面罩一看，大家都为久别重逢而欢喜。莲香陪着他们喝了合欢酒，于是问起她还魂的情形。燕儿说："那天我郁闷无聊，只因自身是鬼魂，自惭形秽。咱们分别后，我很气愤而不回墓穴去，就随风飘荡。我一见到活着的人就很羡慕。白天我依附在草木上，夜里我就信步浮游。我偶然到了张家，只见张家女儿睡在床上，就近前附着在她身上，没料到就活过来了。"莲香听后，默默地沉思着。

过了两个月，莲香生下一个儿子，产后得了急病，一天天加重。莲香握住燕儿的手臂说："我把这孽子托付给你，让你受累了，我的儿子就是你的儿子。"燕儿泪流满面，就多方安慰她。他们为她请医生，她却回绝了。在她弥留之际，只剩下一丝气息，桑晓和燕儿痛哭。莲香忽然睁开眼睛说："不要这样！你们喜欢活着，我喜欢死。如有缘分，咱们十年后可以再相见。"说完就死去了。在入殓时，莲香的尸体化为狐狸。桑晓不忍把她当异类看待，就厚葬了她。他们为儿子取名为狐儿，燕儿把他当亲生儿子看待。每年清明节，他们夫妇两个就抱着儿子去为莲香扫墓。

后来桑晓中了举人，家境渐渐富裕起来。燕儿常常为自己不能生育而苦恼，狐儿虽然聪颖过人，但毕竟身体单薄，虚弱多病。燕儿常有一种要为桑晓娶妾的想法。忽然有一天，丫鬟进来说："门外有个老太太领着女儿要出卖。"燕儿叫她们进来，一见面就吃惊地叫道："莲香姐又转世了！"桑晓闻声赶来一看，确实像莲香，也很惊讶。桑晓问女孩多大年龄，老太太说十四岁了。桑晓又问要多少聘金，老太太说："我老婆子就只有这么个女儿，只要她有个好人家安身，我能得一碗饭吃，日后我这把老骨头不至于被丢弃在沟壑就满足了。"桑晓以优厚的价钱将女孩留下。燕儿将她拉进密室，捧着她的脸笑着说："你还认识我吗？"女子说不认识。燕儿问她姓什么，她说："我姓韦，父亲在徐城卖浆水，已死了三年了。"燕儿屈指一算，莲香死了正好十四年了。她又看看这女子，容貌神态与莲香一模一样。于是用手拍着她的头喊道："莲香姐！莲香姐！十年之后相见的许诺，该不是欺骗我吧！"女子好像忽然从梦中醒过来似的，朗然应道："咦！"她把燕儿看了又看。桑晓笑着说："这就是'似曾相识燕归来'啊！"女子泪流满面地说："是了。我曾听母亲说，我刚生下来就会说话，家人认为不祥，就给我喝狗血，于是就忘了前世的因缘。今天才像从梦中醒来。娘子就是耻于做鬼的李妹妹吗？"三人共话前生，真是悲喜交加。

寒食节的那一天，燕儿说："每年这天都是我与郎君哭你的日子。"于是他们一起到了莲香的墓地，坟头荒草丛生，树已长到满把粗了，女子也叹息不已。燕儿对桑晓说："我和莲香姐两世好，不忍分离，应该把我们的尸骨葬在一起。"桑晓听从她的话，于是挖开李小姐的坟墓，把她的遗骨抬回来和莲香的合埋在一起。亲戚朋友听说了这件奇异的事情，穿着吉庆衣帽到墓地参加葬礼，不约而来的有几百人。

我在康熙九年南游到了沂州，因受大雨阻隔，在一家旅馆暂住。有个书生叫刘子敬，和桑晓是中表亲，出示同一文社学友王子章写的《桑生传》给我看，有一万多字，我得以通读全文。这里所写的只是大概而已。

异史氏说："唉！死了的人求复活，活着的人又求死亡，天下所难得的，不就是人身吗？为什么具有这躯体的人，往往不甚珍惜它，厚颜无耻地活着还不如一只狐狸，默默无闻而消亡还不如一个鬼魂呢。"

阿 宝

广西的孙子楚是一位名士，一手长有六指，生性木讷，不善言谈，如果有人诓骗他，他总会信以为真。有时在宴会上有歌妓，他远远看后必定避开。有人知道他的这一特点，就使计骗他来，指使歌妓逼着和他亲热，这时他会脸红到脖子根，紧张得汗珠直滴。大家以此取笑为乐。于是人们形容他痴呆神态的话，互相传播，人们还丑化他，给他取了个绰号叫"孙痴"。

县里有个大富商，特别有钱，可以跟王侯比富。与他家联姻的，也都是富贵人家的子弟。他有个女儿名叫阿宝，是个绝代佳人，近来在择婿。那些大户人家的子弟听说后都争先恐后地送聘礼与他家攀亲，但都不合富商的心意。这期间，孙子楚正好丧妻，于是就有人戏弄他，怂恿他前去求婚。孙子楚也不权衡权衡，居然照着别人的话去做了。富翁往日听说过他的名声，但嫌他贫穷。媒婆准备出门时，正好碰见阿宝，阿宝问她有什么事，媒婆就把孙子楚向她求婚的事说了。阿宝开玩笑说："他若能去掉第六指，我就嫁给他。"媒婆不知是戏言，就一本正经地告诉了孙子楚。孙子楚说："不难。"媒婆走后，他就拿起斧头将第六指剁断了，一下疼到了心里，鲜血涌流不止，几乎死去。过了好几天，孙子楚才能起床，到媒婆那里把手伸给她看。媒婆很吃惊，就跑去告诉阿宝。阿宝也很惊奇，又开玩笑说再请他去掉痴呆。孙子楚听后就大声申辩，说自己不痴，但他又没有办法见到阿宝当面表白。他想想，阿宝也未必就像天仙一样美丽，为什么把自己看得这么高贵？因此，他以前对阿宝所产生的念头顿时就冷下来了。

正值清明节，按照风俗习惯，这一天妇女们都要出来游玩，而那些轻薄少年，也成群结队地去追逐女人们，对她们大肆品评。同一文社有几个朋友邀请孙子楚一块儿去。有人嘲讽他说："难道你不想一睹意中人的芳容吗？"他也知这是戏言，但因为自己曾两次受阿宝揶揄的缘故，所以也想亲眼看看阿宝究竟是个什么样的人，于是便欣然跟着一起去寻觅她。他们远远望见有个女子在树下休息，那些恶少年像一堵墙壁似的包围着她。大家说这女子肯定是阿宝，于是快步赶过去，果然是阿宝。仔细一瞧，只见她确实长得美丽绝伦。一会儿，围观的人更多了。阿宝起身，急忙离去。大家都为她所倾倒，望着她的背影评头论足，群情若狂，而只有孙子楚一个人默不作声。等众人要到别的地方去，回头看时，他还痴呆地站在那里，叫他也不答应，仿佛根本没听见似的。大家过去拽他说："你的魂让阿宝勾走了吗？"他也不应声。大家因为他平日不爱言语，也就不觉奇怪，有的推，有的拉，把他弄回家。到家后，他往床上一躺，终日不起，昏昏然像醉酒一般，叫都叫不醒。家里人怀疑他是失了魂，于是就跑到野外去招魂，却不见好转。家里人使劲拍打着他问，只听见他呜呜哝哝地说："我在阿宝家。"再仔细追问，他又默然无声了。家里人很惶惑，不知是什么原因。

那天，孙子楚见阿宝离去，心里恋恋不舍。只觉自己随她走了，渐渐地和她并肩相伴而行，也没有人阻拦他。就这样，他一直跟着阿宝到了她家，不管是坐还是睡都和她相依相伴。夜里总是和她亲热，觉得非常和谐。时间长了，他感到饥饿难耐，就想着回一趟家，但又迷迷糊糊不知道回家的路。阿宝每天夜里梦见自己和一个男人相交,她问这人的名字,其回答说:"我是孙子楚。"她心里很诧异,却又不敢告诉别人。孙子楚在床上躺了三天,已经奄奄一息。家里人十分惊恐,就托人婉言告诉富翁想在他家招魂。富翁笑着说:"平素从不往来,怎么会将魂失落在我家?"孙家人苦苦哀求,富翁这才答应。巫师拿着孙子楚穿过的衣服和卧席到了富翁家。阿宝问清缘故,非常害怕,不让巫师到别处去,就径直领着他进了自己的闺房,任凭巫师招孙子楚的魂离去。巫师刚回到孙家,孙子楚已经在床上呻吟开了。苏醒后,阿宝房里的妆奁、摆设、用具等是什么颜色,他都说得一点儿不差。阿宝听说了这个消息,就更加惊诧,打心底深受感动,想着孙子楚对自己确实是情深意笃。

　　孙子楚能够下床后,无论是坐还是站,都凝思痴想,恍恍惚惚,常常打听阿宝的行踪,希望能再见到她。四月八日浴佛节,他听说阿宝要到水月寺去烧香,于是早早地在路边等候,一直望得头晕目眩。直到中午时分阿宝才来,她从车里看见孙子楚,用纤纤细手掀开帘子,目不转睛地看着他。孙子楚更为激动,就紧紧跟着她。阿宝命令丫鬟去问他的姓名。孙子楚很殷勤地向丫鬟做自我介绍,神魂更加摇荡。阿宝的车子走后,他才回家。孙子楚一到家里就病倒了,昏迷中不进饮食,在梦里不停地叫着阿宝的名字。

　　孙家原来养着一只鹦鹉,忽然死了,小孩拿着它在床前玩。孙子楚想着自己假如能变成鹦鹉,振翅一飞就能飞到阿宝房间该有多好。他正凝神想象时,身子已翩然变成鹦鹉了,立即就飞走了,并且一直飞到阿宝的房间。阿宝看见鹦鹉很高兴,就捉住它,然后拴住它的脚腕,用芝麻喂养它。鹦鹉大叫道:"姐姐不要拴!我是孙子楚。"阿宝大吃一惊,就赶快解开,它并不飞走。阿宝祝愿说:"你对我的一片深情我已铭刻在心,但是现在我们已是人禽异类,怎么能结成夫妻呢?"鹦鹉说:"只要能守在你身边,我就已经心满意足了。"别人给它喂食,它不吃;只有阿宝亲自喂,它才吃。阿宝一坐下,它就飞到她的膝盖上;阿宝睡觉时,它就停在她的床边。就这样持续了三天。阿宝非常怜悯它,就暗地里派人到孙家去探察,这才知道孙子楚僵卧在床上,已气绝三天了,只是心头还有些温度。阿宝又祝告说:"只要你能变成人,我就誓死嫁给你。"鹦鹉说:"你又骗我。"阿宝对天发誓。鹦鹉斜睨着她若有所思似的。过了一会儿,阿宝缠足时,把鞋脱在床下,鹦鹉猛地落下来,衔着鞋飞走了。阿宝急忙呼叫时，鹦鹉早已飞远了。阿宝又派女佣到孙家去打探，而孙子楚已经醒了过来。孙家人看见鹦鹉衔着绣花鞋飞进屋里，落地后死去，大家都很惊异。孙子楚苏醒后就要绣鞋，家里人都莫名其妙。这时阿宝派的女佣正好也来了，入屋问孙子楚绣鞋在什么地方，孙子楚说："这是阿宝给我的信物，请你转告她，我忘不了她对我的金口玉言。"女佣如实告诉阿宝。阿宝更是惊奇不已，所以就让丫鬟把事情原委告诉母亲。母亲查明一切属实，就说："孙子楚很有些才名，只是像司马相如一样很贫穷。择婿好几年，找了这样一个主儿，恐怕会被大户人家取笑。"阿宝因为绣鞋的缘故，发誓非他不嫁。父母无奈，只好顺从了她，当下派人通知孙子楚。孙子楚非常高兴，病也顿时好了。富翁主张让孙子楚入赘，阿宝说："女婿是不能长期住在丈人家的，况且孙郎家贫，时间长了会被人看不起。我既然答应嫁给他，就甘愿和他一起住茅草屋吃粗茶淡饭，我不会埋怨的。"

于是，孙子楚亲自上门来迎娶阿宝，两人相逢仿佛有一种隔世的亲切感。孙子楚自从得了阿宝家丰厚的陪嫁礼，日子好过多了，挣得了不少财产。但是孙子楚是个书呆子，不懂得如何治家理财，幸好阿宝很善于持家，也从不使孙子楚被家事烦扰。过了三年，孙家更富足了。这时，孙子楚却忽然得病死了，阿宝伤心极了，整天哭得眼泪不干，直至不吃不睡，劝也不听，竟在夜里悬梁自尽。幸亏丫鬟发现得及时才被救活，但她还是绝食。三天后家人叫来亲戚，准备安葬孙子楚。听到棺材里有呻吟声，大家打开棺材，见孙子楚已活了过来。孙子楚自称："我见到阎王，阎王因我平生为人朴实真诚，任命我做地府部曹。这时忽然有人报告：'孙部曹的妻子也要到了。'阎王一查生死簿，说：'此人还不该死。'又报告说：'她已绝食三天了。'阎王回头对我说：'你妻子操守节义使人感动，暂且赐你再生。'于是就派鬼卒驾马送我回来了。"他很快身体就康复了。

这一年正值乡试，考试前，有几个少年有意捉弄孙子楚，一起商拟了七道生僻题，把他叫到没人的地方，神秘地对他说："这是某家打通关节才搞到的，现在特意秘密告诉你。"孙子楚信以为真，日夜揣摩，写成七篇应试文章。那些人都在暗地里讥笑他。主考官想着出熟悉的考题容易造成抄袭模仿的弊病，极力打破常规。当试题纸一发下，竟与那七道题完全相符，孙子楚一举夺魁。第二年，他又中了进士，授翰林。皇帝听说他的婚姻经历很离奇，于是就召见他询问。孙子楚详细讲述奏说，皇帝很高兴而且很赞赏。后来又召见了阿宝，给了她很多赏赐。

异史氏说："性痴的人一般都意志专注，所以痴心读书的人写文章一定很出色；痴心技艺的人，他在这方面的技术一定很精良。世界上那些放荡不羁而一事无成的人，都自认为是不痴的聪明人，比如因嫖娼而破产，赌博而败家，难道是痴人做的事吗？由此可知聪明过人，才是真痴，那位孙子楚怎会是痴啊！"

张 诚

  河南人张氏，祖籍山东。明朝末年山东战乱，他的妻子被清兵掳去。张氏常年客居河南，于是便在这里安家。他娶了本地女子为妻，生下儿子叫张讷。不久，妻子死去，他续娶了妻子，生下儿子叫张诚。继室牛氏为人凶悍，常常嫉恨张讷，把他当仆人看待，让他吃粗劣的饭菜。牛氏责令他每天砍一担柴，若不这样便鞭打怒骂，张讷实在痛苦不堪。牛氏总是把好吃的饭菜藏起来给张诚吃，还送张诚到学堂去读书。后来张诚渐渐长大，性情友爱，他不忍心看着哥哥那样辛劳，常常在背地里劝说母亲，怎奈母亲根本不听。

  一天，张讷上山砍柴，还没砍够，就遇上了暴风雨，便到岩石下面躲避。雨停下时，天色已黑，他肚子也饿了，就背着柴回家去。母亲见他砍的柴少，就发怒不给他饭吃。张讷饿得无力，回到自己屋里僵直躺着。张诚从学堂回来，见哥哥无精打采的样子，就问："病了吗？"张讷说："饿了。"张诚问他原因，他就把经过说了一遍。张诚听后很难过地走了。过了一会儿，张诚便怀揣着饼子来给哥哥吃。张讷问饼子是从哪儿弄来的，张诚说："我偷了一点儿面，让邻居婶子做的，你只管吃，别说出去。"张讷吃完饼子嘱咐弟弟说："以后不要这样做，事情泄露出去会连累你的。而且一天吃一顿饭，不会饿死的。"张诚说："哥哥身体虚弱，怎么能多砍柴呢！"

  第二天吃过饭，张诚偷偷进山，来到张讷砍柴的地方。张讷见了他吃惊地问："你来干什么？"张诚说："帮你砍柴。"张讷又问："谁叫你来的？"张诚说："我自己来的。"张讷说："且不说你不会砍柴，即使会，也不能让你干。"张讷于是催弟弟赶快回去。张诚不听，用手脚折断柴禾来帮助哥哥，还说："明天我应该拿个斧子来。"张讷走到跟前劝阻他，见他手指破了，鞋也磨破了，便悲伤地说："你再不立即回去，我就用斧子砍脖子自杀！"张诚这才回去。张讷送了他半路，才回到山上去砍柴。张讷砍好柴背回去，到了学堂，嘱咐张诚的老师说："我弟弟年龄小，要看严些。山里虎狼太多。"老师说："上午不知他到哪里去了，已经责打过他了。"张讷回到家里对弟弟说："你不听我的话，遭到责打了。"张诚笑着说："没有的事。"第二天，张诚带着斧子又到山里。张讷大惊说："我一再劝你不要来，为什么又来了？"张诚不回答哥哥的话，只顾着砍柴，直至汗流满面也不休息。他估计够一捆了，就不辞而归。老师以为他逃学又责打了他，他便向老师实言相告。老师很赞赏他的仁贤，就不再禁止了。哥哥一再劝阻，张诚始终不听。

一天，他们和几个人正在山里砍柴，突然有一只老虎跳了出来，大家害怕地藏了起来，老虎一直冲到张诚跟前把他叼走了。由于老虎拖着人走得慢，张讷追上它，就用斧头猛力向它砍去，砍中大腿，老虎疼得狂奔而去。张讷没追上它，痛哭着回到砍柴的地方，大家都劝慰他，他哭得更加伤心了，说："我弟弟和别人家的弟弟不同，况且他是为我而死的，我还活着干什么呢？"他说着就用斧子去砍自己的脖子。大家赶快上去救，斧刃已入肉一寸多深，血流如注。张讷昏死过去。大家很惊慌，就从他衣服上扯下布条包扎伤口，七手八脚地把他扶回家。母亲哭骂着说："你害死了我儿子，就轻轻割一下脖子来搪塞。"张讷呻吟着说："母亲不要难受。弟弟死了，我肯定不会再活着！"张讷躺在床上，伤口疼得无法睡觉，只是白天晚上倚着墙壁哭泣。父亲怕他也死去，有时就到床前来给他喂些吃的，牛氏看见了便大骂不止。张讷便不再吃东西，三天后就死了。

村里有个巫师，常到阴间去当鬼差。张讷和他半途相遇，向他诉说了昔日的苦难，又询问弟弟的去向，巫师说没听到张诚的消息。于是巫师转身引导张讷前去。到了一个府城，见一穿黑衫子的人从城里出来，巫师拦住他询问，穿黑衫的人从背着的包里取出簿册查看了一遍，上面记有一百多名男女，并没有叫张诚的。巫师怀疑会不会在别的册子上。黑衫人说："这一路归我管，怎么会被错拘去。"张讷不相信，强求巫师进城。城中新鬼、旧鬼你来我往，匆匆忙忙，见到熟识的就问，都说不知道。忽然间一片喧哗，都说："菩萨来了！"抬头仰望，只见云端里有个伟人，光芒四射，顿时觉得整个世界一片光明。巫师向他祝贺说："大郎有福啊！菩萨几十年才来一回阴间，解除大家的烦恼，今天算是碰巧了。"说着就按着张讷跪在地上。众鬼因纷乱喧嚷，合掌齐声称颂："慈悲的菩萨救苦救难。"喊声震天动地。菩萨手里拈着杨柳枝，向众鬼一一洒下甘露，细如尘雾，转眼间光收雾敛，于是菩萨也看不见了。张讷感觉自己脖子上沾着露珠，斧子砍了的地方不再疼痛。巫师仍领着他一块儿回到阳

世，望见张讷家家门的时候，才告辞离去。

张讷死后两天，突然复活，他把自己所见到的一切都说了一遍，并说张诚并没有死。母亲却认为这是他捏造的谎言骗她，反而责骂了一番。张讷很委屈又无处诉说，摸摸伤口确实好了，就挣扎着起来，跪着对父亲说："我要穿云入海把弟弟找回来，如果找不到，我决不返回，父亲就权当孩儿死了。"父亲把他领到没人的地方，与他相泣而别，不敢挽留他。

张讷离开后，每走到交通要道处就打听弟弟的消息，途中路费用完了，就一边乞讨一边寻找。过了整整一年，他到了金陵，身上穿的衣服全破了，就弯腰沿着墙根而行。正走路间，他突然看见十多个人骑马经过，他赶快躲到路边。其中有一个人的样子像长官，有四十来岁，那些大汉骑着高马，前后护卫着他。一个少年骑着一匹小骏马，频频注视张讷。张讷想他是贵族公子，不敢正眼仰望。少年停下马呆了一会儿，忽然从马上跳下来，喊道："这不是我哥哥吗！"张讷抬头仔细一看，原来是张诚。张讷握住弟弟的手失声痛哭起来。张诚也落泪说："哥哥为何流落到这里？"张讷向他诉说了实情，张诚更加悲伤。同行的人都下了马来询问缘故，又如实告诉长官。长官命令让出一匹马给张讷，并行回到家里，才详细打听始末。

当初，老虎叼着张诚走后，不知什么时候将他扔在路边，张诚躺在路上过了整整一夜。正遇上张别驾从京城来，路过这里，见他长得斯文，怜悯地抚摸着他，他渐渐苏醒过来，说到自己的家乡，已离得很远了。于是，张别驾就把他带回自己家里。张别驾为他敷药治病，过了些日子，他身上的伤全好了。张别驾没有已经成年的儿子，就收他为义子。刚才是张别驾带他一起去郊游。张诚把自己的经历向哥哥说了。正说着，张别驾进来了，张讷向他不停地拜谢。张诚进到里屋，取出新衣服让哥哥穿，然后摆酒畅谈。张别驾问道："你们家族在河南，还有什么人？"张讷说："没有了。父亲原是山东人，后来流居到河南。"张别驾又问："我也是山东人。你老家属什么地方管？"张讷说："曾经听父亲说，是属东昌府管辖。"张别驾惊喜地说："咱们还是同乡啊，你父亲是怎么流落到河南的？"张讷说："明朝末年，清兵打到山东，掠走前母。父亲又遭到兵祸，家产全毁了。由于以前曾在河南经商，对这里比较熟悉，所以就定居河南了。"张别驾又惊讶地问："令尊叫什么名字？"张讷照实说了。张别驾瞪大眼睛看了张讷一会儿，又低头像是有些怀疑，然后快步走进里屋。过了一会儿，老夫人出来了。张讷等人向老夫人行礼后，老夫人问张讷："你是张炳之的孙子吗？"张讷说："是。"老夫人一听放声大哭，对张别驾说："这是你的弟弟。"张讷张诚兄弟俩疑惑不解。老夫人说："我嫁给你父亲三年，后来离散了，流落到北地，归了黑旗主，半年后生下你哥哥。又过了半年，旗主死了，你哥哥以父荫当了这个官。现在已经卸任了。由于无时无刻不在想念家乡，于是脱离旗籍，恢复了原来的谱牒家世。曾多次派人到山东打听消息都毫无音讯,怎知道你父亲西迁到了河南!"老夫人又对张别驾说:"你把弟弟当作儿子,太折福了。"张别驾说:"我以前问张诚,他并没有说过祖籍是山东,想着是年龄小不记事。"于是兄弟三人按年岁排,张别驾四十一岁,是长兄;张诚十六岁,是最小的;张讷二十二岁,由原来家里的老大变成了老二。张别驾有了两个弟弟,高兴极了,当晚就和弟弟们睡在一起,共诉骨肉离散的遭遇,又说了回乡的计划。老夫人担忧会不为新家所容。张别驾说:"如果能相容就在一起住,不相容就各住各的,天下哪有不认父亲的家呢?"

张别驾当下卖掉房屋,准备好行装,按定下的日子向西进发。到了家里,张讷、张诚兄弟俩先去向父亲报知。父亲自从张讷走后,妻子不久就死了,只剩下孤身一人,形影相吊,十分凄惨。他突然看见张讷进来,欣喜得不敢相信自己的眼睛。他又看见张诚,欢喜得说不出话来,只是一个劲儿地流泪。当张讷告知张别驾母子到来时,张父惊愕得停住哭泣,也不知是喜是悲,只是愣愣地站在那里。一会儿,张别驾进来向他叩拜一番。老夫人过来抓着老头儿的手,相对着哭个不停。张父见丫鬟、仆人站满屋里屋外,坐也不是,站也不是,不知该怎么办。张诚不见母亲,一问才知道已死去,便号啕大哭,一直哭得昏死过去,过了一顿饭的工夫才苏醒过来。张别驾出钱修建了楼阁,又请老师来教两个弟弟。从此,张家牛马满圈,家室人丁兴旺,居然成了当地的大户人家。

异史氏说:"我听完这个故事,多次掉下眼泪。一个十多岁的孩子拿着斧子帮助受虐待的哥哥砍柴,我不觉慨叹道:'这不是晋朝时救助哥哥王祥的王览再次出现了吗?'于是落了一次泪。当老虎叼着张诚而去,不禁使人失声大呼:'老天爷是这样的糊涂!'于是又落了一次泪。当兄弟俩意外相逢,又令人欣喜得落泪;他们又多了一位兄长,增添了一层悲伤,却不禁使人为张别驾落泪。一家人团聚,让人意外地吃惊,又意外地欣喜,无缘由的眼泪又不觉为老头子落下。不知道后世,还有没有像我这样爱流泪的?"

红 玉

广平县冯翁有一个儿子,名叫相如,父子都是秀才。冯翁已近六十岁,性格端正耿直,而家里经常穷困不堪,几年间,老伴儿与儿媳先后去世,更加悲凉,一切家务都得亲自操持。

一天夜里,相如一人在月下独坐,忽然看见东邻有个女子从墙头偷看。他仔细端详，见那女子长得很漂亮，于是走到她跟前，她竟含情微笑。他向她打招呼，她既不过来也不离去。相如就一再请求她过来，她才从梯子上爬过来，两人便同床共枕。相如问她的姓名，女子说："我是邻居之女，名叫红玉。"相如很喜欢她，便与她私订终身。女子答应了。后来红玉每夜都来和他欢聚，这样大约过了半年之久。

　　一天夜里，冯翁偶然起身，听见儿子房里有女子的说笑声，悄悄近前去窥察，发现有个女子。他不觉发怒，立即将儿子喊出来，骂道："你这畜生，干些什么事？家境衰落到如此地步，还不刻苦努力，竟然学这轻浮浪荡之事？若被人家知道，就败坏了你的品德；人家不知道，也缩短了你的寿命。"相如"扑通"一声跪到地上向父亲认错，哭着说知道悔改了。冯翁又叫来那女子训斥道："你一个女孩子家也不知严守规矩，既玷污自己，又玷污了别人。倘若事情暴露，不仅仅是我们一家丢脸。"骂完后，老头儿便愤愤然回自己房里睡觉去了。红玉流着眼泪对相如说："你父亲斥责我们，很使人感到羞愧。咱们的缘分到这里就算完了。"相如说："父亲在，我不能自作主张。如果你对我真有情，还应含羞忍辱地继续好下去。"红玉言辞决绝，相如便涕泪俱下。红玉劝住他说："我和你没有媒妁之言、父母之命，只是翻墙越隙暗中往来，这怎么能白头偕老呢？此处有一个好女子，你可以托媒人聘她，结为夫妻。"相如告诉她家里穷得没有能力娶亲。红玉说："明天晚上你等着我，我可以替你想想办法。"第二天夜里，红玉果然来了，拿出四十两白银送给相如，说："离这儿六十里的地方有个吴村，村里有家姓卫的，他家女儿今年整十八岁，因为要的聘礼太高，所以还没人能娶得起她。你给卫家送去这笔重礼，一定能成好事。"红玉说完，就离去了。

　　后来，相如选择时机趁机向父亲说起此事，表示他想前去相看。但他不敢提起红玉给他的那笔聘金。冯翁自知家里无钱，就劝他不要去。相如婉言对父亲说："只去试探一下罢了。"于是冯翁点头同意了。

　　相如就向朋友借了一匹马和一个仆人，前往吴村。卫家本是种庄稼的，相如把卫老头儿叫到外面谈话。卫老头儿知道相如出身望族，又见相如长得仪表堂堂，心里已有许亲的意愿，只是怕相如不肯拿出更多的彩礼。相如听他讲话吞吞吐吐，就明白了他的心思，于是将那四十两银子掏

出来放在桌上。卫老头儿一见银子很高兴，就赶忙请来邻居书生做中间人，用红纸写下婚书，双方订立了婚约。相如进屋去拜见卫氏母女，只见卫家屋子狭窄，卫家女儿藏在母亲身后。相如打量了一下姑娘，她虽然身穿粗布衣裳，但神情光艳出众，心里暗暗喜悦。卫老头儿借邻家屋子来设酒款待女婿，在席间说："公子就不必亲自迎娶了。等我们稍做些陪嫁衣服，就将嫁妆和人一起抬着送过去。"相如和他们订好婚期，就回来了。相如骗父亲说："卫家喜欢咱们是正经读书人家，不要彩礼。冯翁听了也很高兴。到了约定的日子，卫家果然将女儿送了过来。卫氏勤俭又温顺，夫妇两人感情很深厚。

　　两年后，卫家姑娘便生下一个男孩，取名福儿。清明节那天，妻子抱着儿子去扫墓，路上遇见本县一个姓宋的乡绅。此人曾做过御史官，因行贿而被免职，还乡后仍大施淫威。这一天他扫墓回来，见卫氏长得十分娇艳，就起了色心。他一问村人，得知是冯家媳妇，料想相如是个穷人，用重金诱惑，希望使他动心而让出自己的妻子。宋某派家人前去暗暗示意。相如一听，脸上现出怒色，但一想自己不是宋家的对手，便转怒为笑，进屋告知父亲。冯翁怒火中烧，奔出屋来，指着宋某家人指天画地，破口大骂。宋某家人仓皇逃窜而归。宋某大怒，就派了几个人闯入冯家，对冯家父子大打出手，气势汹汹，吵吵闹闹像开了锅一样。卫女听见打闹声，将小孩放在床上，披散着头发，跑出来大喊救命。宋家的打手见了卫家姑娘不由分说，抢了卫女，抬着她一哄跑了。冯氏父子被打得遍体鳞伤，倒在地上呻吟，小孩也在床上哇哇啼哭。邻居们很同情他们，就把他们抬到床上躺下。过了一天，相如才勉强拄着拐杖站起来，冯翁却气得吃不下饭，不久便口吐鲜血死去。相如痛哭不已，抱着儿子到衙门去告状，上至总督巡抚衙门，几乎告遍了，始终没有成功申冤。后来他又得知妻子不屈服而死，更加悲痛。他满腹含冤却无处申诉。相如常常心里想着要拦路杀死宋某，但又怕他出门时随从众多，还担心儿子太小，无处托付。他日夜苦苦哀思。

　　忽然有一个壮士登门来凭吊，络腮胡子宽下巴，从未见过。相如请他坐下，刚想询问他的姓名籍贯，而客人却抢先说："你有杀父夺妻的仇恨，难道忘了报仇吗？"相如怕他是宋某派来的探子，就假装着应付他。客人仿佛被激怒了，双目怒睁，眼眶欲裂，猛地站起身就要走，说："我把你当君子，现在才知道你原来是个不足挂齿的懦夫！"相如观察他的言行，不像是装出来的，就拉住客人跪下来说："我实在是怕宋家派人来套我实情，所以才这么谨慎。现在我可以向你坦露心腹：我卧薪尝胆已有多日，只是可怜这褴褓中的儿子，怕使我们冯家绝后。你是个仗义之士，能不能代我抚养他？"客人说："这本是妇道人家所做的事情，我不能使你如愿。你想托别人代替抚养孤儿的事，就请你自己办，而你亲自要报仇的事，我愿意代你去办。"相如听了他的话，在地上连叩响头。客人并不理会，径自出门。相如赶快追出来问他的姓名，客人说："事情办不成，不愿受责备；办成了，也不会接受感谢。"说完，客人就离去了。相如唯恐灾祸殃及自身，就抱着孩子逃走了。

深夜时分，宋某全家都睡去，有人翻过重重墙垣，将宋某父子三人一起杀死，还杀了一个媳妇、一个丫鬟。宋家递状子告到官府，县官大惊。宋家坚持说是相如所干，县官于是派差役前往捉拿，而相如早已不知去向，由此便确认是相如干的。宋家仆人与官府差役四处搜寻。夜里，他们在南山听见小孩的啼哭声，就循声搜寻到了相如，捆上绳子押着上路了。小孩哭得厉害，众人将小孩夺过去扔在路边。相如怨恨欲绝。见到县令，县令问道："为什么杀人？"相如申辩说："冤枉啊！宋某等人夜里被杀，我白天就出走，并且抱着个小孩，怎么能够翻墙去杀人？"县令说："既然没杀人，你为什么要逃跑？"相如被问得答不上话来，就被投到监牢里。相如悲愤地说："我死不足惜，小孩何罪之有？"县令说："你杀了那么多人，现在杀你一个儿子，有什么可怨恨的？"相如被革去秀才的功名，屡次遭受酷刑，始终不招供认罪。这天夜里，县令刚刚躺下，听见有什么东西击中床，响声震耳，他惊恐得连声呼叫。全家人都被惊起，一块儿到出事的屋里，举着蜡烛察看，发现一把短刀亮闪闪的放出寒光，刀尖已扎入床板有一寸多深，紧得拔不下来。县令看见，吓得魂飞魄散。衙役们手持刀枪四处搜寻，什么痕迹也没有。县令心里暗暗害怕，觉得宋家人已经死了，没什么可怕的，于是在上报这宗案子时为相如开脱，相如终于被无罪释放。

相如回到家里，瓮里早已没有米面，孤孤单单地面对空房，凄惨极了。幸好邻居送来些饭食，暂且得以度日。当他想到大仇已报，心里觉得欣慰；再一想到家里遭到这么大的灾难，几乎满门灭绝，就不禁潸然泪下；等想到自己贫寒半生，连个儿子也保不住，冯家香火断绝，就在无人处失声大哭，悲痛不已。这样过了半年时间，捉拿案犯的禁令松了，他便去哀求县令，要求判决归还妻子的遗骨，由他安葬。卫家姑娘后事办完，相如回到家里，悲痛得想了却残生，夜里躺在床上翻来覆去睡不着，只感到绝望。忽然听见有人敲门，他凝神仔细一听，有一个人在门外和小孩说话。他急忙起来从门缝往外看，好像是个女子。他刚一开门，就听见女子说："大冤已经昭雪，你无恙吧！"他觉得声音很熟悉，仓促中却又想不起来。当他秉烛相照时，才认出是红玉。她手里牵着一个孩子，孩子在她腿侧笑着。相如来不及询问，抱着红玉就哭，红玉也潸然泪下。过了一会儿红玉推了一下孩子说："你忘了自己的爹爹了吗？"孩子抓着红玉的衣服，目光闪闪地望着相如。相如仔细端详，认出他正是福儿，于是大吃一惊，哭着问："你从哪儿找到他的？"红玉说："实话告诉你，以前我对你说我是邻家女，那是骗你的。我是狐仙。那天我在黑夜中行走，听见小孩在山谷口啼哭，就抱到陕西去抚养。得知你如今大难已过去，所以才领他来和你团聚。"相如挥泪向她拜谢。孩子在红玉怀里，就像依恋着母亲一般，竟然不再认识自己的爹爹。

第二天天还未亮，红玉便起了床。相如问她要干什么，红玉说："我要走了。"相如光着身子跪在床头哭得抬不起头。红玉笑着说："我骗你呢。现在家业要重新创建，非早起晚睡不可。"于是红玉清除杂草打扫灰尘，像男子那样操劳。相如忧虑家境太贫穷，靠红玉一人，日子过不下去。红玉说："你只管闭门安心读书，不要操心家里经济，还不致饿死路边。"于是红玉拿出银两来置办了防线织布的工具，还租下了几十亩田地，雇人来耕作。红玉扛着锄头去除草，修补漏屋，天天都这样辛勤劳作。邻里见她是个贤惠的媳妇，更乐于主动来帮助她。过了大约半年，冯家家道兴旺已像富户。相如感激地对红玉说："这个被毁掉的家，全靠你白手起家。但是还有一件事没了却，不知该怎么办？"红玉问他什么事，相如说："考试的日期已经迫近，我的秀才功名还未恢复。"红玉笑着说："在此之前，我已送给学官四锭白银，你的功名已经恢复在案。这事若等你说起再办，早就耽误得不像样了。"相如更加敬慕她。这次乡试，他中了举人。这一年他三十六岁，田地肥沃，庄稼连片，房屋宽阔深广。红玉腰身苗条柔美，似乎风都能把她吹走，但操持家业胜过了其他农家妇女。即使在严寒的冬天，她的手也柔嫩如脂。她自己说已经二十八岁了，在别人看来却只不过二十岁上下。

异史氏说："冯家的儿子贤良，父亲有德行，所以才得侠士相报。不只那位壮士是侠士，狐狸也是侠士。相如的遭遇也真算奇异了！但是县官的荒谬令人发指，使人愤怒。那短刀震响，扎入床板，为何不稍稍移到床上半尺左右？若让宋人苏舜钦读到这个故事，他一定倒上一大杯酒，说：'可惜啊，没击中！'"

林四娘

青州道员陈宝钥是福建人。一天夜里，他一人独坐，有一个女子掀起帘子进来。他仔细一看，并不认识，但见女子容貌艳丽无比，身着明朝宫女的长袖衣服。女子笑吟吟地对他说："夜里一个人独坐，难道不感到寂寞吗？"陈宝钥吃惊地问她是什么人。女子说："我家住得不远，就在西邻。"陈宝钥料想她是鬼，但心里喜欢她，于是拉着她的衣袖请她坐下来。陈宝钥见她谈吐很高雅，就更加高兴。陈宝钥拥抱她，她也并不反抗。女子回头看看说："这儿再没有别的人了吧？"陈宝钥急忙起来关上房门，说："没人。"陈宝钥催女子脱衣服，女子很羞怯，陈宝钥便替她脱衣服。女子说："我二十岁，还是个处女，不能忍受粗暴。"两人亲热过后，只见初红浸席。随后，女子在枕边悄声说话，说自己叫林四娘。陈宝钥详细询问她的身世，女子说："我一生坚贞清白，现在已被你破坏了。只要你能真心爱我，就希望永远好下去，何必说许多话？"不久，鸡叫了，女子便起身离去。

从此，林四娘每晚必来。他们常常闭门一边喝酒，一边畅谈，当谈及音乐，她还能判别和分析各种曲调。陈宝钥猜想她肯定善于作曲歌唱。林四娘说："这是小时候学的。"陈宝钥请她演唱一曲。林四娘说："好久都不唱了，节奏大半都忘记了，恐怕被知音乐者笑话。"陈宝钥再三催她唱，她这才低下头，边击节边唱起了《伊州》《凉州》等曲，歌声哀婉、凄切，动人心弦。唱完，竟潸然泪下。陈宝钥也为之悲痛，他拥抱着她，安慰说："请不要唱这些亡国之音，使人心里伤感。"林四娘说："歌声是表情达意的，悲伤的曲子不能使人欢乐，就如同欢乐的曲子不能使人悲伤一样。"两人感情的亲昵，胜过夫妻。

时间久了，家人偷听了林四娘哀婉的歌唱，没有人不落泪的。陈夫人私下窥见她的容颜，料想人世没有这般美丽的人，怀疑她不是鬼就是狐狸精。她怕陈宝钥受迷惑，就劝他不要和林四娘来往。陈宝钥听不进去，只是一再地追问林四娘的身世。林四娘悲凄地说："我本是衡王府的宫女，因遭难而死，至今已有十七年了。我因你是个有情有义的人，才与你相爱，从未想过要祸害你。假如你疑虑害怕，那我们就此分手吧。"陈宝钥说："我并不嫌你，只是我们既然相爱到这个份儿上，就不能不了解你的真实情况。"陈宝钥又问起宫里的事情。林四娘追忆叙述，讲得很动人。说到衡王府衰败之时，竟然哽咽得说不出话来。林四娘整夜很少睡觉，每晚常常起来诵读《准提经》和《金刚经》等经文。陈宝钥问："九泉之下也能自我忏悔吗？"林四娘说："和人间一样。我为自身终生沦落而忏悔，希望超度来生。"她又常常和陈宝钥一起评论诗词，遇到有瑕疵的诗句她往往给予批评；遇到佳句，她便慢声娇吟起来，风流优雅，使人忘记倦怠。陈宝钥问她："你能写诗吗？"林四娘说："当年在世时偶尔写几句。"陈宝钥要她为自己写首赠诗。林四娘笑着说："我这小儿女之语，哪里值得给高人说呢。"

住了三年，一天夜里，林四娘忽然悲伤地前来辞别。陈宝钥吃惊地问她为什么。林四娘说："阎王因我前生无罪，死后还不忘念经，命我投生王家。今宵一别，以后永远不能相见。"说完便声泪俱下。陈宝钥也禁不住掉下了眼泪。于是两人设酒痛饮。林四娘慷慨地唱起歌来，哀

婉悠长，一字百转，每次唱到伤心处，就呜咽着唱不出声来。她几次停下来，又几次唱下去，而后才唱完，不能再畅饮。她站起身，迟迟疑疑要离去。陈宝钥一再挽留，于是她又陪坐了一会儿。鸡突然叫起来，林四娘站起来说："我再也不能久留了。以前你总是怪我不肯献丑，现在要永别了，草草为你赋诗一首，留作纪念。"她拿过笔，想了想，一气写成后说："心悲意乱，不能细心琢磨，难免音韵错乱，请不要给外人看。"说完，她便以袖掩面离开。陈宝钥送她到门外，她便悄然消失了。

陈宝钥怔怔地站在那里，惆怅了很久。回到屋里，他打开林四娘写的诗，字迹端秀，于是把诗珍藏起来。诗是这样写的：

静锁深宫十七年，
谁将故国问青天？
闲看殿宇封乔木，
泣望君王化杜鹃。
海国波涛斜夕照，
汉家箫鼓静烽烟。
红颜力弱难为厉，
蕙质心悲只问禅。
日诵菩提千百句，
闲看贝叶两三篇。
高唱梨园歌代哭，
请君独听亦潸然。

这首诗有重复脱节的地方，怀疑是传抄中出现了错误。

鲁公女

招远县有个书生叫张于旦，为人狂放不羁，当时在一座寺庙里读书。招远县令姓鲁，是三韩人。他有个女儿喜欢打猎。张生和她在荒野恰巧相遇，见她姿色秀丽，身穿锦绣貂皮大衣，骑着一匹小黑马，翩翩然像是画中人一般。回到庙里，他还一直回想着她的美丽容颜，心里非常艳羡。后来，他听说鲁县令的女儿暴病而死，便悲痛欲绝。

鲁公因离家乡太远，就将女儿的灵柩停放在张生读书的寺庙里。张生对鲁公女儿敬如神明，早晨必上香祝告，每到吃饭时必祭奠。他常常洒酒在地祷告说："虽然只睹你半面倩影，常常魂牵梦萦，谁知你这般俏丽的美人，却转眼间离世。而今，我与你虽近在咫尺，却像遥隔千万里，让人抱恨不已！你活着时有拘束的礼节，死后却不再有禁忌了。你若九泉之下有灵，就请姗姗而来，安慰我对你的一片真情。"张生就这样祈祷了近半个月。

一天夜里，他正挑灯夜读，忽然一抬头，只见那女子笑吟吟地站在灯前。他惊起询问，女子说："感谢你的一片真情，我不能自我控制，所以就不避私奔之嫌而来了。"张生高兴极了，于是两人一起欢爱。此后，那女子每夜必来。有一天，她对张生说："我活着时酷爱骑马射箭，把射死獐鹿作为快乐，所以罪孽深重，以致死后没有归宿。你若是真心爱我，就请你代我诵《金刚经》五千零四十八遍，我将永世不忘你的恩情。"张生按照她说的，每天晚上起来在她灵前手捻佛珠念经。

有一次，正赶上过节，张生想和她一起回家去。女子担心自己脚力弱不能长途跋涉，张生便请求抱着她走，女子笑着答应了。张生觉得自己像抱着个婴儿一样，并不觉得累，于是就习以为常了，就连考试的时候也背着她一起前往。但是，每次都得夜里行走。后来张生要去参加秋试，女子说："你没福分，考试也是徒劳的。"张生听从了她的话，就不去应试了。

过了四五年，鲁公被罢了官，无钱把女儿的灵柩运回老家去安葬，打算就地安葬，但又苦于没有地方可葬。张生便主动对鲁公说："我家在寺院附近，有一块薄田，愿意献出安葬女公子。"鲁公一听很高兴。张生又尽力帮鲁公办理丧事，鲁公很感激他，却并不明白其中的缘由。鲁公离去以后，他们二人还像以前那么亲密往来。

一天夜里，女子依偎在张生怀里，泪滚如豆。她说："我们相好五年，现在却要分手了。蒙受你的恩情，我几生几世都报答不尽。"张生很吃惊地问她为什么说这样的话。女子说："承蒙你代我念经，五千零四十八遍已经满数了，现在要投生到河北卢户部家。如果你不忘我们今天的情分，就请你在十五年以后的八月十六日前去卢家与我相会。"张生流着泪对她说："我已三十多岁了，再过十五年，就快进棺材了，相会又能干什么？"女子也哭着说："我愿做丫鬟来报答你。"停了停，她又说："请你送我六七里路程。这段路有很多荆棘，我的衣裙太长，走起路来很不方便。"于是她抱着张生的脖子，张生把她一直送到大路上。见路边有一队车马，马上或骑有一人，或骑有两人；车上或有三四人，或有十多人不等。唯独有一辆镶嵌着金银的车子，挂着锦绣帘子，里面只有一个老太太独坐。她见鲁公女来了，就叫道："来了吗？"女子回答："来了。"女子便回头对张生说："送到这儿就行了，你回去吧，不要忘了我对你说的话！"张生答应着。女子向车子走去，老太太伸手拽她上去，车子即

刻启动，车马轰隆隆地走了。

张生孤独而惆怅地回去，把分别的日子记在墙壁上。他想起这是念经的作用，于是就念得更虔诚了。有一天夜里，他梦见神人告诉他："你的志向确实可嘉，但必须要到南海去一趟。"张生问神人："南海有多远？"神人说："近在方寸之地。"他醒来后悟出其中的意思，一心念经，修行更为虔诚。三年以后，他的二儿子张明、大儿子张政先后科举高中。他虽然突然富贵起来，但仍然坚持做善事。夜里他梦见有个青衣人邀他去了一座宫殿，只见宫殿中央坐着一个人，像是菩萨，迎着他说："你为善可喜，只可惜年寿不长，幸而我已向天帝替你求情了。"张生拜伏在地上叩头。菩萨叫他起来，请他坐下，又给他喝茶，茶叶芬芳如香兰。菩萨又命令童子领他去沐浴。只见池水清澈，游鱼历历可数，进到水里感到很温和，用手掬着水一闻，有一股荷叶的香味。一会儿，他慢慢地移到水深的地方，一失脚陷进一个深坑，水一下子将他淹没了。他这时突然惊醒，感到很诧异。从此，他的身体更加健康，眼睛更加明亮。他用手一捋胡子，白胡须纷纷掉落，又过了很久，黑胡须也落完了，脸上的皱纹也舒展开了。过了几个月后，他的下巴光净无须，面呈童颜，宛如十五六岁的时候，他总喜欢玩耍和做游戏，也像个小孩一样。因为他非常讲究打扮，两个儿子常常劝他注意身份。不久，他妻子因年老生病去世。儿子想找个大户人家的女子来让他续弦。他说："等我从河北回来后再娶。"他屈指一算，已到和鲁家小姐的约定日期，于是命令仆人备马跟随着他一起去河北。到了那里一打听，果然有个卢户部家。

先前，卢公生了一个女儿，一出世就会说话，长大后就越发聪颖美丽了，父母对女儿钟爱极了。贵族公子前来求婚，她总是不愿意。父母很奇怪，就问她，她便把自己前世订盟约的事原原本本说了。大家一算年龄，父母便笑着说："痴心丫头！张郎今年已年过半百，人事变迁，也许他早已死去。即使活着，他也已头秃齿缺了。"但是女儿不听劝告。母亲见她意志坚决，就和卢公背地里商定，告诫守门人有客人来不要通报，企图等过了日期好断绝女儿的希望。

不久，张生寻到门上，守门人不让他进去。他没办法，只得返回旅馆，心里想不出好主意，十分惆怅。闲着没事，他便到郊外去游玩，顺便暗中打听女子的情况。女子却以为张生负约不来,泪流不止,也不思饮食。母亲趁机说:"他不来肯定已死,即使没死,违背誓约也是他的责任,与你无干。"女子不说话,只是终日卧床不起。卢公很忧虑,也想见见张生究竟是怎样的人,于是他假装游玩散心,和张生在郊野相遇。他一看张生是个年轻人,就很诧异。他们就地而坐交谈起来,卢公发现张生风流洒脱。卢公很高兴,就把他请到家里。张生正要探问,卢公却站起来,招呼张生先坐坐,他匆匆进到里屋,把这事告诉了女儿。女子很欣喜,挣扎着起来,偷偷一看,觉得形貌不相符,又哭哭啼啼地回到自己的房间,责怪父亲欺骗自己。父亲竭力解释他就是张生。女儿不说话,只是哭泣不止。卢公出来,情绪很懊丧,对客人的态度也很不热情。张生问:"贵家族里有在户部任职的吗?"卢公不在意地答应着,眼睛看着别的地方,不理会客人。张生觉出他的怠慢,就告辞出来了。

女子哭了多日,终于憔悴而死。张生夜里梦见女子来了,说道:"到我家去的真是你吗?年龄和相貌差别这样大,所以叫我产生错觉。我已忧愤而死,烦劳赶快到土地祠去为我招魂,还能复活的,若要延迟就来不及了。"张生醒来后,就急忙赶到卢家,一打听,果然有个女儿已死两天了。张生大为悲痛,哭着去为女子吊丧。随后,他把梦中的事对卢公说了。卢公按照他说的,到土地祠招魂后返回。卢公回到家,揭开女儿身上的被子,抚摸着女儿的尸体,呼叫其名字祝告。不一会儿,卢公就听见女儿喉咙里发出"咯咯"声,又见女儿张开嘴唇,吐出像冰块一样的黏痰。然后卢公把她抱到床上,女儿慢慢又呻吟起来。卢公欣喜极了,引导客人出来设宴款待。在酒席上,卢公仔细了解张生的家室,知道张生是名门大户,就更加喜欢了。

卢公为他们择定吉日良辰,为他们办了婚事。张生在卢家住了半个多月,然后带着妻子一起回家。卢公把他们送到家里,又住了半年才离去。张生夫妇俨然一对小两口儿,不知底细的人,居然把儿子和媳妇误认为是公婆。卢公过了一年就死去了,他家里的儿子太小,被当地豪门劣绅所陷害,家产几乎丧尽。张生将他接来抚养,以后他便以这儿为家。

胡 氏

直隶省境内有个大户人家,想请一位先生。忽然有个秀才登门来毛遂自荐。主人把他请进屋里,这位秀才言辞开朗爽快,两人谈得很愉快。秀才自称姓胡，主人当即留他执教。胡生教学认真，学识渊博，不是那种凡庸的读书人。但是他时常出去游玩，往往深夜才回来。门虽然紧紧锁闭，但没听见他敲门却已在自己房子里。于是大家怀疑他是狐狸精。但是观察他并没恶意，就很优待他，不因为他是异类而失了礼仪。

胡生知道主人有个女儿，多次向主人示意要结为姻亲，但主人却装作不知道。有一天，胡生请假离去。第二天，有一个客人来访，把黑驴拴在门前，主人把他迎进屋里。客人有五十多岁，衣帽干净整洁，样子安详文雅。坐定后，客人自述来意，才知道是来为胡生做媒的。主人沉默了很久，说："我和胡先生交往已久，关系非常密切，为什么一定要结为姻亲？况且小女已许配给别人了。烦你代我向胡先生表示歉意。"客人说："我们确知小姐待聘，为什么执意拒绝呢？"客人再三请求，主人就是不答应。客人感到尴尬，便说："胡门也是世族，难道不如先生门第高吗？"主人于是直言说："实在没有别的意思，只是嫌弃他不是人类。"客人听后愤怒，主人也发怒了，于是彼此之间激烈地争吵起来。客人站起来要抓主人，主人命令仆人用棍棒将客人往外赶，客人吓跑了。但是客人将驴子丢下，大家过去一看，见它全身黑毛，尖耳朵长尾巴，俨然一个庞然大物。牵它却不动，驱赶它，它跌倒在地上，变成一只唧唧叫着的蝈蝈。

主人因客人言辞激愤而去，想着他肯定会伺机前来报复，于是让家人做好戒备。第二天，果然见有大队狐兵前来挑衅，有的骑马，有的步行，有的手执刀戈，有的拿着弓箭，马嘶人叫，气势汹汹。主人吓得躲在屋里不敢出来。狐兵扬言要点火烧房子，主人更加害怕。有个健勇的家丁，带着家丁喊杀出来，双方扔石射箭，互相攻击，彼此都有损伤。狐兵渐渐势衰，纷纷败退而去。狐兵将刀丢弃在地上，像冰雪一样闪闪发光，走过去捡起一看，竟是高粱叶子。大家笑话说："能耐也不过如此罢了。"但还是害怕狐兵再来为害，所以更加警惕。

又过了一天，大家正聚在一起说话，忽然有一个巨人从天而降，身高有一丈多，身围足有几尺，拿着的大刀像门扇那么大，向众人砍杀。大家用箭射、用石头打，那巨人被打倒在地死了，大家走近一看，原来是草扎的人。于是大家觉得打败狐兵太容易了。以后三天，狐兵再也没出现。大家也就有些放松警惕了。这一天，主人去上厕所，忽然看见狐兵拿着弓箭向他围过来，乱箭齐发，直射到屁股上。主人恐惧极了，急忙喊大家反击，狐兵这才退去。等拔下屁股上的箭一看，全是蒿草的梗子。这样一直持续了一个多月，狐兵来无影去无踪，虽然为害不严重，但天天严加防范，主人为此深感忧虑。

一天，胡先生亲自领着狐兵前来。主人亲自出来迎战，胡先生见到他，便立即躲进狐兵群里。主人呼唤他出来，他不得已才出来。主人说："我自己觉得没有什么地方对先生失礼，却为什么要和我大动干戈呢？"群狐要射主人，胡先生阻止了。主人上前握住胡先生的手，将他邀请到原来的书房，设酒款待，从容地说："先生是通情达理的人，一定能谅解的。以我们的情分，岂不乐意结为姻亲？只是先生的车马、宫室都和人类不同，若要小女嫁给你，就是先生本人也应该明白这是不可能的。况且谚语说得好，'强扭的瓜不甜'，先生又何必强求呢？"胡先生非常愧悔。主人又说："这不要紧，我们的旧情还在，你如果不嫌弃尘世俗人，现在做你学生的小儿已经十五岁了，我愿意让他做你家的女婿。不知你家有没有年龄相当的女子？"胡先生高兴地说："我有个妹妹，比公子小一岁，相貌还不错，把她许给公子，不知怎样？"主人起来拜谢，胡先生也起来还礼。于是主客互相敬酒，欢天喜地，前嫌尽释。主人又命令家人大办酒席，犒劳那些随从，上上下下都非常欢娱。主人详细问胡先生的住地，准备来日好去定亲。胡先生谢绝了。他们从白天一直痛饮到夜里才醉醺醺地离去。从此便相安无事。

后来过了一年多，并不见胡先生来，有人怀疑胡先生的婚约是假的，但主人一直坚信地等待着。又过了半年，胡先生突然来了，寒暄之后便说："妹妹已长大成人，请选定良辰吉日，我就送她来侍奉公婆。"主人很喜悦，当即共同定下喜日，胡先生告辞而去。到了夜里，果然有车马送新娘来，嫁妆非常丰盛，把新房几乎都堆满了。新娘去拜见公婆，显得异常温柔秀丽。主人非常欣喜。胡先生和他的一个弟弟一起来送新娘，二人谈吐都风趣高雅，而且又都善于饮酒。天亮后他们才离去。新娘还能够预知年岁丰收与灾荒，所以家中生计方面的事，都按她的意见办。胡先生兄弟和他们的母亲常常来看狐女，大家都见过他们。

黄九郎

何师参，字子萧，他的书斋位于苕溪东岸，门前是一片旷野。一天黄昏，他出门散步，看见一个妇女骑着一头驴子从门前经过，后面跟着一个少年。

妇女五十多岁，清雅脱俗。转眼看那少年，有十五六岁，风采胜过年轻美貌的女郎。何生素来就有同性恋的癖好，看见这个少年，像丢了魂似的，踮脚站在那里一路痴呆呆地目送着少年，直到看不见踪影才回到书房。

第二天一大早，他就候在路边，直到太阳落山，天黑下来，那少年才从这里经过。何生殷勤地打招呼，笑着询问他从哪里来。少年回答说："从外祖父家来。"何生请他到自己的书房稍稍休息一下，少年推辞说没有空闲时间，何生硬拉着他，少年这才进了书房。刚坐了一会儿，他就坚决告辞，何生怎么也留不住他。何生只好挽着手把他送出门，并且约定让少年以后经过门前时一定要进来坐坐。少年连声答应着离去了。从此，何生思念着少年，成天在门口注目眺望，一刻也不消停。

一天，太阳半落西山，少年突然到来。何生高兴极了，赶快将他邀请进来，吩咐书童设酒招待。他问少年姓名，少年说："我姓黄，在家里排行老九，因为年龄小还没有字号。"他又问："你为什么过往得这么频繁？"少年说："母亲住在外祖父家，常年多病，所以常常去看望。"喝了几杯酒，他说要走。何生连忙抓住他的胳膊，用身子挡住去路，锁了门。黄九郎没办法，红着脸又坐下。于是两人便挑灯叙谈，黄九郎温柔得像个姑娘。话语涉及调戏之语，黄九郎便羞得扭头面向墙壁。没多久，何生请他一起同床共眠。黄九郎不愿意，托词说自己睡相不好。何生再三强求，他才脱了外衣，穿着裤子躺卧在床上。何生吹灭蜡烛。一会儿，他就移近身子和黄九郎同枕，一手搂着脖子，一手放在大腿上紧紧拥抱着他，苦求着要和他亲昵。黄九郎愤怒地斥责道："我见你是个高雅的读书人，才和你交往，但你却做出这样的举动，实在是禽兽作为！"过了一会儿，天快亮了，黄九郎径自走了。

何生只怕他从此断绝来往，仍然在路边等候，踱小步而注目盼望，几乎要望穿秋水了。过了几天，黄九郎才露面。何生一边迎接一边向他谢罪，硬拽着他到了书房，促膝谈笑，暗自庆幸黄九郎不计前嫌。不久，他们又解衣脱鞋上床，何生又抚摸着黄九郎哀求着要与他亲昵。黄九郎说："缠绵之情已深深镂刻在我内心，但二人亲爱何必做这样的事？"何生仍然以甜言蜜语纠缠黄九郎，要亲近一下他的玉体。黄九郎只好顺从了他。何生等他睡着之后，悄悄做起轻薄动作。黄九郎被折腾醒来，披上自己的衣服，赶快起身连夜逃走了。

何生若有所失，郁郁寡欢，一天天地消瘦下去。他每天都叫书童在门前巡察探看。一天，黄九郎从门前经过，就要径直离去。书童拽住他的衣服将他拉进书房，他见何生清瘦得厉害，大吃一惊，询问如何成了这样。何生便实话相告，边说边落泪，黄九郎细声细语地说道："说句心底话，这种爱对我无益处，对你更有害，所以我不愿做。你既觉得快乐，我还有什么吝惜的？"何生一听大为欣喜。黄九郎走后，他的病情立即减去了大半，几天后便康复了。后来黄九郎真的来了，和何生缠绵一番。黄九郎说："我现在勉强接受你的意愿，希望你不要老是这样。"他过后又说："我有求于你，肯为我出力吗？"何生问他什么事。他说："我母亲患了心绞痛，只有太医齐野王的先天丹才可以治疗。你和他交情深，应能求得。"何生答应了。他临走时再次嘱咐何生不要忘了。何生当下就进城求药，晚上就交给了黄九郎。黄九郎十分高兴，便拱手道谢。何生又强求与黄九郎交合。黄九郎说："请不要再纠缠我了。我为你谋得一个佳人，胜过我亿万倍！"何生问是什么人，黄九郎说："我有个表妹，美艳绝伦，举世无双。你如果愿意，我可以做媒人。"何生微笑不答。

黄九郎怀揣着药走了，三天后才来，又说要药。何生怨怪他为什么几天不来。黄九郎说："本来不忍心祸害你，所以有意疏远。既然得不到谅解，请你不要后悔。"从此黄九郎便每夜必来与他相欢。黄九郎每隔三天问他要一次药。齐野王奇怪何生为什么要药这么频繁，何生说道："服这药的人没有超过三服的，为什么长久未好？"于是齐野王一次为他抓了三服药一起交给他。他又看着何生的脸说："你神色灰暗，病了吗？"何生说："没病。"齐太医给他号脉，吃惊地说："你有鬼脉，病在少阴，如再不谨慎，生命就有危险了！"何生回去将此事告了黄九郎。黄九郎慨叹道："真是良医啊！我实为狐狸，相处久了恐怕对你没好处。"何生怀疑他是在骗人，就把药藏起来，不全交给他，怕他不再来。过了不久，何生果然病倒，请齐野王来诊断，齐野王说："以前你不说实话，现在精气已消散将尽，濒临死亡，即使神医秦缓也无能为力！"黄九郎当天来探视，说："你不听我的劝告，果真到了这一步！"何生不久死去。黄九郎痛哭着离去。

原来，本县有一位翰林，少年时曾与何生为同窗好友，十七岁时任翰林。当时陕西布政使贪婪而残暴，贿赂了朝中官员，没有人敢揭发他。何生的同学秉公上书，弹劾其恶劣作为，但是皇帝认为他超越权限，于是罢免了他的官职。后来，那个布政使升任本省巡抚，整天找他的岔子。翰林少年时曾有英雄美称，曾经有一位叛王非常赏识他。巡抚便掏重金买到翰林当年与叛王来往的书信，以此相威胁。翰林很害怕，被迫自缢，他的夫人也上吊自杀了。翰林过了一夜忽然苏醒过来，说："我是何子萧。"诘问他，说的全是何家的事，于是大家才明白他这是借尸还魂了。大家怎么也留不住，他跑回何生家的旧屋。巡抚怀疑其中有诈，还是一心要设计陷害他，于是派人向他敲诈千两白银。翰林假装答应，内心却忧闷得要死。忽然，有人通报黄九郎来相见，两人欢欢喜喜地相诉心曲，真是悲欢交集。他又想和黄九郎交合，黄九郎问道："你有三条命吗？"他说："我觉得活着太累，不如死了安然。"于是说了他的冤苦。黄九郎忧郁地沉思着，停了一下说："我们有幸活着相聚，你孤单一身这么久了，我以前曾说过的那个表妹，贤惠聪颖又美丽多谋，一定能替你分忧。"翰林想见见这女子。黄九郎说："这不难。明天我将请她来陪伴母亲，要从门口经过，你可装着是我的兄长，我假装渴了要水喝。你说声'驴子跑了'，就表示你相中了。"二人计议完后，黄九郎便走了。

　　第二天正午时分，黄九郎果然带着一个女孩从门前经过。翰林便拱手和对方絮絮叨叨，又扫了一眼女子的模样，女子长得妩媚秀丽，美若仙女。黄九郎问他要茶喝，他就邀黄九郎进去。黄九郎说："三妹不要见怪，这位是我的盟兄，不妨歇会儿。"黄九郎将表妹扶下来，将驴拴在门外，一起进入房门。翰林亲自去煮茶。他看着黄九郎："你先前所言，还不能说尽她的美丽，能得到她，就是死了也值得！"女子从话音里听出像是说自己，便从床边站起来，娇柔地轻声道："我们走吧。"翰林看着门外说："驴子跑了！"黄九郎急忙跑出去。翰林当即抱住女子要与她交欢。女子脸色顿时变得紫青，窘迫得像被囚禁了似的，大叫"九哥"，外面却没有人应声。女子对翰林说："你有自己的老婆，为什么要败坏别人的名节？"翰林说自己没有妻室。女子说："你若能海誓山盟，不遗弃我，我便答应。"翰林立即对天发誓。女子也不再拒绝了。完事之后，黄九郎才回来。女子怒形于色斥责他。黄九郎说："这是何子萧，以前的名士，现在的翰林，和我关系密切，很可靠。就是说给舅母听，也不会怨怪的。"到了傍晚，翰林挽留不让走，女子怕姑母责怪，黄九郎表示由他担当责任，于是独自骑着驴走了。

　　女子在此住了几天，有个妇人领着丫鬟从门前经过，年约四十，神情仪态很像三娘，翰林叫女子出去看，果然是她母亲。母亲看着女儿奇怪地问道："你怎么在这里？"女子羞愧得不知该说什么。翰林请她到屋里，向她跪拜着说明了一切。女子的母亲笑道："九郎太小孩儿气了，为什么始终不和我商量？"女儿亲自到厨房去，为母亲做了吃的，吃完饭母亲离去。

　　翰林得了这样美丽的女子做妻子，心中十分畅快。但是以往的恶劣思绪萦绕在胸中，常常流露出忧虑的神情。女子问他，翰林追述始末。女子听后笑着说："这事只需九哥一人就能解决，有什么可发愁的？"翰林询问缘故。女子说："听说巡抚大人贪恋犬马声色变童，这全是九哥的长处。投其所好而献上，可以解除怨结，又可以报仇。"翰林担心黄九郎不会答应。女子说："你只管苦苦哀求。"第二天，黄九郎来了，翰林匍匐在地，爬着去迎接他。黄九郎吃惊地问："我们是两世至交，只要我能尽力效劳的，献身也在所不惜，怎么突然做出这样的举动？"翰林把心里话说了。黄九郎脸上现出难色，女子说："我失身于他，是谁造成的？如果他半途死去，我将怎么办？"黄九郎不得已，答应了。翰林立即和他商量，急忙送信给同事好友王太史，让他送黄九郎去。王太史明白其中的意图，于是大摆宴席，款待巡抚，叫黄九郎装扮成女郎，跳天魔舞，俨然一副美女姿态。巡抚被迷惑住了，多次请求王太史，要用重金买下黄九郎，只怕所开价码不够。王太史故意沉思而为难他。过了很长时间，王太史才以翰林同学的名义把黄九郎献给他。巡抚一高兴，便把前怨一笔勾销。

巡抚自从得到黄九郎，起居形影不离，把原来身边的十多个侍妾看作粪土。黄九郎饮食供奉如同王侯，巡抚赏赐给他的金银数以万计。半年后，巡抚病倒。黄九郎知道他的死期将近，于是将金银珠宝绸缎等装上车子，告假回到翰林家。不久，巡抚毙命。九郎出钱，修建房屋，购置家具，广招婢仆，他们母子以及舅母都住在一起。黄九郎出门时，车马很豪华，没有人知道他是狐狸。

连 琐

杨于畏，新近迁居到泗水河畔。书房临旷野，围墙外边是一片古墓，每至夜间听到白杨树在风中"哗哗"作响，如浪涛汹涌之声。

有一天深夜，杨于畏独坐在昏暗摇曳的烛光下，正觉得孤凄寂寞，忽听得墙外有人吟诗：

玄夜凄风却倒吹，
流萤惹草复沾帷。

反反复复吟诵着，声音十分哀怨凄苦。细听时，声音婉转轻柔像是一位女子的。杨于畏心里纳闷。第二天，他到墙外察看，并无人迹，只在荆棘丛中发现一条紫带，于是捡回来放在窗台上。这天夜里，将近二更，他又听到如昨天一样的吟诗之声。杨于畏将凳子移到窗下，站上去向外看，吟诗声立即中断了。他知道这一定是鬼，但心里十分向往。

第二天晚上，他便早早伏在墙头观察，大约一更快过时，只见一位女子从荒草中慢慢走了出来。她扶住一棵小树，低着头哀婉地吟诗。杨于畏轻轻咳了一声，女子一闪便没入荒草。杨于畏便隐伏在墙下等待着，听到她吟完那两句诗时，才隔墙而接续那两句诗，吟道：

幽情苦绪何人见？
翠袖单寒月上时。

吟罢，过了很长时间，仍然寂然无声。杨于畏便回到室内。他刚刚坐下，忽见一美貌女子从外面进来，一边行礼一边说："先生原来是一位风流儒雅的读书人，我竟太过害怕而逃避。"杨于畏高兴地拉她坐下。只见她清瘦胆怯，弱不禁风。杨于畏问道："你家乡在哪里？为什么长久寄居此地？"女子说："我是陇西人，随父漂流寄居，十七岁时突然病故，至今有二十多年了。栖身这阴间荒野，孤独寂寞得像失群的孤鸭。那两句诗是我自己为抒发幽怨而做的，文思接不上，还没有作完。今天承蒙你代我续上后两句，我在九泉之下也欢心欣慰。"杨于畏向她求欢，她悲伤地说："我不过是一堆枯骨，比不上活人，如与人交欢会折人寿命的，我不忍心对你这样。"杨于畏就不再要求。他嬉戏着用手摸其双乳，觉得女子的双乳还像处女一样。他又撩开裙衣看她的一对小脚，女子低头笑道："你这狂生太纠缠了。"杨于畏抚摸着她的一双小脚，发现一只袜子用紫带系着，另一只上面却系着一缕彩线。杨于畏于是问她："为什么不都系上紫带？"她说："那天夜里为了躲避你，匆忙中不知遗落在什么地方了。"杨于畏说："让我替你系上吧。"于是他就从窗台上取来给她。她惊奇地问他是从什么地方得来的，杨于畏便如实讲了。女子解下彩线，系上紫带。女子翻看案上的书，忽见到《连昌宫词》，说："我生前最爱读它，今天见了，如同做梦一般。"杨于畏就与她谈论诗文，言谈间越发觉得她聪明可爱。两人剪烛夜谈，如同得到一个好朋友一般。

从此，只要在夜里听到吟诗声，不一会儿她就会来。她再三叮嘱："你不可将此事让别人知道。我生来胆子就小，害怕碰见坏人。"杨于畏答应她为她保守秘密。两人情同鱼水，虽然没有同床共枕，但同夫妻一样亲密无间。她常代杨于畏抄书，字迹端正秀丽。她又自选宫词百首，抄录下来供平日吟诵。她还让杨于畏购置了围棋、琵琶等物，每夜教他下围棋，又或者是拨弄琵琶。她弹"蕉窗零雨"一类的曲子，声调凄楚，催人泪下，使杨于畏不忍听完；弹"晓苑莺声"，杨于畏顿感心情舒畅。两人在灯下尽情玩乐，过得十分愉快而忘了时间。每当曙光微现，她便仓皇离去。

一天，杨于畏的朋友薛生来访，正赶上杨于畏蒙头睡觉。薛生看见房中摆着琵琶、棋局，觉得十分蹊跷，因为杨于畏向来不爱好这些。他又翻出宫词，字迹像是女人笔体，心中更是怀疑。杨于畏醒来，薛生问他："这些玩意儿从哪里来的？"他回答说："想学一学音乐、下棋。"再问诗册，说是从朋友处借来的。薛生反复欣赏，翻到最后一页，见一行小字："某月某日连琐书。"他便笑着说："这是女郎小名，你为何这样骗我？"杨于畏窘困得无言以对。薛生更是苦苦追问，杨于畏就是不说。薛生拿起词曲抄本就要走，杨于畏更是难堪，只好将实情和盘托出。薛生再三要求见她一面，杨于畏就把女子嘱咐他让他务必保密的话告诉了薛生。可薛生仰慕连锁的心情太急切了，杨于畏无奈只好答应了。夜里女子来后，听到此事十分生气，说："我叮嘱你什么来着？想不到你竟多嘴多舌到处乱讲！"杨于畏苦苦解释也无用，她说："恐怕你我的缘分尽了。"临去时又说："我暂时避一避再说。"第二天，杨于畏将这些如实告诉薛生，薛生不相信，怀疑杨于畏借口推托。当晚，薛生又邀了两个朋友同来，而且迟迟不走，故意喧哗吵闹。杨于畏心里非常生气，可又对他们无可奈何。这样过了几晚，什么事情也没有，这群人渐渐安静下来，准备离开。就在此时，忽然听到吟诗声，十分凄凉。薛生仔细聆听，而同伴王生却是个鲁莽之人，拿起一块儿石头向吟诗处抛去，并大声吼叫："装模作样，不出来见客。这吟的是什么好诗，凄凄切切，让人不舒服。"立时，吟诗声消失了，大家都埋怨王生，杨于畏更是怒形于色大声地斥责他。第二天，一行人便悻悻而去。

这天夜里杨于畏独自待在空房，盼望女子能再来，却始终不见踪影。过了两天，她突然进门来向杨于畏哭诉："你招来的那群凶恶的客人，真把我吓坏了！"杨于畏不停地道歉。女子匆匆而别说："我说过你我缘分已尽，从此分别了。"杨于畏急忙挽留，而她早已踪影全无。从此，一个多月都不见她来。

杨于畏朝思暮想，瘦得不成人形，却又无可奈何。一天夜里，正独自饮酒，忽见女子掀帘入室，杨于畏喜出望外地说："你肯原谅我了吗？"女子流着泪，什么也不说。杨于畏急忙追问，女子欲言又止，最后终于说："我生气而去，现在又因急事来求你，难免有些惭愧。"杨于畏再三问有何急事。她才说："不知从哪里来了一个龌龊差役，逼我做他的小老婆。我想自己是清白人家的女儿，怎能屈身于下贱的鬼东西？可是，我如此单力薄，又如何能抵抗强暴呢？你如能念及我们曾情同夫妇，想来不会不顾我的死活。"杨于畏勃然大怒，愤恨地要去拼命。但他又担心人鬼异途，帮不上忙。女子说："你明晚早睡，我会来你梦中相邀。"于是两人又倾心交谈，一起坐到天亮。临去时，女子又叮嘱杨于畏白天别睡觉，留到夜间去睡以便践梦中之约。杨于畏答应了她。

第二天下午，杨于畏喝了点酒，和衣上床睡觉。忽然女子来了，交给他一把佩刀，领着他进入一所大院。两人正在说话，听到有人用石头砸门，女子惊恐地说："仇人来了！"杨于畏开门冲出，只见一人戴着红帽、穿着黑衣，满脸都是络腮胡子。杨于畏义愤填膺，大声斥责他。对方横眉竖眼，嘴里骂骂咧咧。杨于畏大怒，向差役奔去。差役就用石块儿没头没脑地向杨于畏砸来。

杨于畏被一块儿石头击中手腕，疼得他握不住佩刀。正在万分危急之际，忽然望见远处有一个人在射猎，他再仔细一看，正是王生，就大声向他求救。王生赶来，一箭射中差役大腿，再一箭就要了他的命。杨于畏欣喜若狂，连忙向王生道谢。王生问是怎么回事，杨于畏就详细说了。王生听了也很欢喜，想着这样一来，就足以弥补自己上次无理取闹的过失了。他就同杨于畏一道进了女子房中。女子仍是惊魂未定，战战兢兢地躲在一旁，一句话也不敢说。桌上有一柄一尺多长的刀，用金玉装饰，王生抽出一看，寒光闪闪，可照见人影，于是他赞不绝口，爱不释手。王生与杨于畏略略说了几句话，见女子胆战心惊的样子，便告辞了。杨于畏转身回自己家，刚过了墙就倒在地上，于是从梦中惊醒，此时已是村中雄鸡开始乱叫的拂晓时分了。他觉得手腕痛得厉害，天亮一看，手腕子已红肿了。中午，王生来访，说夜里做了个怪梦。杨于畏说："梦中射箭了吧？"王生问他如何知道，杨于畏伸出手给他看，说明其中原委。王生依稀记得梦中见到过女子，遗憾的是没能真的见到她，又暗自庆幸对女子有功，就请杨于畏在女子面前说些好话，要求见一面。

当天夜里，女子来向杨于畏致谢。杨于畏归功于王生，又转告了王生的诚意。女子说："这次多亏他仗义相助，我不会忘记的。但他长得五大三粗的，我心里实在害怕。"她随后又说："我看出他十分喜欢那把佩刀。这把刀是我父亲当年出使广东时用一百两银子买来的，我十分喜爱，就向父亲要来，用金丝缠着刀柄，还镶上珍珠。父亲可怜我短命，就用这把刀给我陪葬了。现在我愿割爱送给王生，见刀如同见我。"第二天，杨于畏向王生转达了女子心意，王生十分高兴。到晚上，女子把刀带来，对杨于畏说："望他好好爱护此刀，这可是来自海外的珍品。"从此，两人又如当初一样往来。

又过了几个月，她突然含着笑似有话对杨于畏说，却红着脸不好意思。杨于畏将她搂在怀中问她，她说："长时间承蒙你眷恋垂爱，使我受到活人气息的滋养，又吃了人间的饭食，白骨渐渐竟有了生机。现在必须得到活人的精血，才可以复活。"杨于畏嘻嘻地说："并非我舍不得奉献精血，而是你自己不肯呀！"女子说："与我交欢之后，你会大病二十多天，但吃了药就会好。"于是两人交合起来。同床后，女子又说："现在还需要你身上一点儿血液，能为你的爱人忍痛一回吗？"杨于畏取刀在手臂上刺出血来，女子仰卧在床，把鲜血滴入肚脐中。然后女子起身后说："从明天起我就不再来了。你要记住一百天后到墓地来找我的坟，如果看到哪一座坟前的树上有青鸟在叫，就立即挖开它。"杨于畏答应了。出门时，女子又叮嘱："千万别忘，或早或迟，都不行。"她说完就走了。

十多天后，杨于畏果然病了，肚子胀痛得要死，看病吃药之后，泻下不少像黄泥一样的秽物，又过了十几天，才完全康复。

杨于畏计算着日子，等到满百日那天，命家人扛着铁锹在坟地等待。夕阳西下之时，果然见一对青鸟在树上啼叫。杨于畏大喜说："行了！"赶忙命家人动手掘墓，掘开坟穴，见棺木已腐朽，而女子面貌栩栩如生。用手摸摸，身体微热。杨于畏就用衣服将其裹住并把她抬回家，把她放在暖和的地方，慢慢她就有了呼吸。他又给她灌了几口热汤，到了半夜女子便苏醒过来。后来，她常常对杨于畏说："二十多年就像一场梦一样。"

白于玉

吴筠，字青庵，年少时即有才名。葛太史读了他的文章，常常赞赏不已，还托好友把吴生邀到家中，亲自领略他的风采。葛太史说："哪有像吴生这样才华横溢的人不出人头地的？"他又托邻居传话给吴生说："假使能奋发上进考取功名的话，我就把女儿嫁给他。"吴生听了这话欣喜若狂，当时葛太史有个女儿特别美丽。他相信自己会取得功名的。然而，他在秋季的考试中落榜了。他托人向葛太史说："大福大贵本来应有，只是不知是早是迟。请等我三年，三年内我若仍不得志，你家小姐可嫁给别人。"于是他更加发愤苦读。

有一天晚上，朗朗月光下站着一位来访的书生，皮肤白皙，留着短胡须，细细的腰，瘦长的双臂。问他从哪里来，来人说："我姓白，字于玉。"吴生迎他进门，略略交谈了一会儿，便使人心胸开阔。吴生对他十分友好，当晚就留他同住。白于玉第二天起身后即告辞，吴生嘱咐他要常来。白于玉很感谢吴生的厚意，愿搬来与他同住，于是二人约好日子，就分手了。

到了约好的那天，白于玉先让仆人送行李炊具来。稍后，白于玉才骑着一匹骏马而来。吴生另外安排了一所房屋让他住下。白于玉叫仆人把马牵走。从此两人朝夕相处，交情更深。吴生见他读的书不是一般常见的，更没有八股文之类，不免惊讶，于是问他，他笑着说："读书人各有志，我不是热衷于功名的人。"每到夜间，白于玉请吴生喝酒，并拿出一卷书交给吴生，内容都是气功之术，吴生大半看不懂，于是吴生认为不切实际而将书放在一边。

过了几天，白于玉对吴生说："前些天给你的书，是《黄庭经》要诀，是炼内丹、求长生的重要途径，也是成仙得道的必由之路。"吴生笑着答道："我现在迫切需要的不是这个。况且求仙的人，必须断绝情缘，消除各种杂念，我却做不到。"白于玉问："为什么？"吴生说自己主要考虑的是传宗接代。白于玉又问："那为何长时间不娶妻？"吴生笑着用《孟子》上的话回答：

"寡人有疾，寡人好色。"白于玉也套用《孟子》上的话笑着说："'王请无好小色'是让人不要喜爱凡俗的女子。你喜爱的女子是怎样的？"吴生便把葛太史许婚的事从头至尾说了一遍。白于玉怀疑葛家小姐未必真美，吴生说："她的美貌是人所皆知的，不是我的眼光低。"白于玉微微一笑，不再追问下去。

第二天，白于玉忽然整装辞行。吴生十分难过，嘴里说个不停。白于玉只好让侍童先背行装走。两人正依依不舍地话别，这时有一只青蝉落到了书桌上，白于玉说："接我的车驾已至，就此分手吧。今后如果想念我，你可以睡在我睡过的床上。"吴生还想再问，一眨眼白于玉已变成指头般大，跨上青蝉背"吱"的一声就飞入云霄了。吴生这才知道他不是凡人，惊诧了好长时间，怅然若失。

过了几天，忽然下起细雨，吴生对白于玉的思念之情越发难耐，看他睡过的床，已有不少老鼠粪。他一边叹悔一边打扫，铺上被褥就睡。不多时，白于玉的侍童来叫他，他欣喜相随。很快见一种叫桐花凤的五色小鸟成群地飞过来，侍童捉住一只对吴生说："黑夜路不好走，请骑上这个吧。"吴生担心太小背不起，侍童说："不妨一试。"吴生跨上去才觉得绰绰有余，侍童坐在小鸟尾巴上，小鸟展翅一飞，凌空而起。不一会儿，前面出现一道红色大门。侍童从鸟背上下来，又扶吴生下来，告诉他这是天门。走到门口，吴生看见门边卧着一只大老虎，十分恐惧，侍童用身体挡住老虎，让他过去了。

进去之后，他才发现这里景色秀丽，与尘世完全不同。侍童领他来到广寒宫，只见里面台阶全由水晶铺成，人好像走在镜子中一样。两棵参天桂树在空中交织在一起，浓郁的花香随风飘散。亭台楼阁上，都配以红色门窗，在那里进进出出的美人，个个都是风姿绰约，世间难寻。童子说："西王母宫中美女比这里的更好。"侍童担心主人等候得太久，所以不敢驻足流连，于是童子就带他出来了。一会儿，吴生就看见白于玉在门前迎候，二人携手同入。只见屋外有清泉涓涓流淌，细细的白沙，玉砌的雕栏，简直怀疑这就是月亮上的桂宫。

刚就座，就有年轻貌美的女子来献茶。又过了一会儿，白于玉命人设酒宴招待，四位美女在席间穿梭侍候。吴生刚觉得背上有些发痒，美人就用纤手轻轻为他搔痒，吴生顿时心神不定，半醉间与美人搭话，她们都笑着远远避开。白于玉命美女唱歌以助酒兴。有个穿绛红色衣服的女郎举杯向客而唱,其他女郎以笙管相和,接着一个穿翠绿色衣裳的美女一边向客人们敬酒一边唱歌。还有一个穿淡白色绸衣的美人和一个穿紫衣的美人,在一旁嬉笑推让着,却不肯上前劝酒。白于玉命这两个人一个敬酒,一个唱歌。紫衣美人便举杯来到吴生面前敬酒,吴生假装接杯,偷偷碰了一下她的手腕,女郎一笑,失手打破了酒杯。白于玉怪她不小心,她一面笑着拾起破杯,一面低头小声地对吴生说:"手冷得像鬼手一样,还硬要来抓人手臂。"白于玉大笑,罚她边唱歌边跳舞。紫衣美人跳完舞,穿白衣的美人又来敬酒,吴生推辞不能再饮,她捧着酒,站在那里面有为难之色,吴生不忍心,便又喝了。吴生用醉眼细看这四个女子,这四个女子都风度翩翩,没有一个不是绝世佳人。他不假思索地对白于玉说:"世上美貌的女子,我只求一个却得不到,而你却拥有这么多,能不能让我今天真正体验一下销魂的滋味?"白于玉笑着说:"你心目中不是早有佳人了吗?这些你能看得上吗?"吴生说:"今天才知道自己不过是井底之蛙。"白于玉便把姑娘们叫到面前,让他自己挑选。他看来看去,反而挑花了眼,决定不下。因为紫衣美人刚刚与吴生有过挠腕的情分,白于玉就命她侍候客人。于是二人云雨一番,十分缠绵。吴生向美人索要信物以做纪念,紫衣美人便脱下臂上的金手镯交给了他。这时侍童忽然进来说:"这里是天宫,凡人不能久留,请你快快离开。"紫衣美人听见,急忙穿衣起来,匆匆地走了。吴生问主人何在,侍童说:"他上朝去了,临走时盼咐我送客。"吴生心中怅然若失,只好跟着侍童顺着来时的路往回走。吴生跟他走到了门边,却不见了侍童。天门旁蹲伏着的那只老虎咆哮着一跃而起,吴生大惊,却见脚下一望无底,情急之下失足从天上跌了下来。

吴生从梦中惊醒时,已是日上三竿。他起身正整理衣服,有样东西从怀中落在褥子上,一看,正是那只金镯子,心中对梦里所做的事情越发觉得奇异。此后,他对尘世间的万种俗念一扫而光,一心只想求仙,但唯一顾虑的,就是自己至今还没有留下后代。过了十多个月,一天,吴生正在午睡,梦见紫衣美人从外面进来,怀里抱着一个婴儿,她说:"这是你的骨肉,天上不能留,特地抱来交给你。"紫衣美人就把婴儿放在床上,用衣服盖好,要匆匆离去。吴生将她拉住不放,要与她交欢。她说:"前次见你就是结婚,这次是与你永别的。你我百年夫妻已经到头。你倘若有志修仙,也许会再见。"吴生醒来,见婴儿在被褥中熟睡,就抱给母亲看,并说明缘由。母亲十分高兴,雇了一个乳娘哺育,取名梦仙。

吴生托人转告葛太史,说自己将要修仙,请小姐另择佳偶。葛太史不同意,但吴生非常坚决。葛太史告诉了女儿,女儿说:"远近无人不知我已经许配给了吴郎,如今又改变主意,这不成了再嫁?"葛太史将女儿的意思告诉了吴生,吴生说:"我现在不但无意于功名,而且对男女之情也已淡薄。现在之所以没有入山,只因老母在堂。"葛太史又与女儿商量,女儿说:"吴郎穷，我不嫌弃，甘愿与他粗茶淡饭过日子；他要出家，我会代他侍候老母，决不再嫁。"就这样，捎信的人来回跑了三四趟，一直没达成共识。于是葛家选择吉日，备上车马、嫁妆，把女儿送到吴家成亲。吴生被葛女的贤德深深感动，对她又敬又爱。葛女孝顺婆婆，比穷人家女儿更为诚恳体贴。一晃两年过去了，吴母去世。葛女将自己的嫁妆典当了，为其像模像样地营办丧事。吴生对妻子说："有你这样贤德的人在，我还有什么可忧虑的！但想到我一旦成仙，全家就可以飞升成仙，所以我将离家远去，家中一切都托付给你了。"葛女不加阻拦，随他去了。葛女在家料理家务，抚养孤儿，将生活安排得井井有条。

小梦仙渐渐地长大了，十分聪明。十四岁时，他就被誉为神童，考中了举人；十五岁时进士及第，被选入翰林院。每当皇帝为他先人及父母行封典时，他都不知道自己生母的姓氏，只封葛母一人。一天，正式祭祖的日子，吴梦仙感时而思亲，于是他问母亲："父亲在哪里？"母亲便将事情全部告诉了他，他就想弃官去寻找父亲。母亲说："你父亲出家已有十多年了，如今也许已修炼成仙，你到哪里去找？"后来，有一次吴梦仙奉旨去南岳衡山祭祀，半路上遇见强盗。正在危急关头，忽然有一个道人持剑而来，将强盗驱散。吴梦仙再三致谢，要给道人以重金，道人不收。临别之际，道人把一封信给吴梦仙托他转交，并说："我有一位要好的故交，和你是同乡，请代我问候他。"吴梦仙问他故交的姓名，道人答："叫王林。"吴梦仙想村中并无叫王林的，道人说："像你这样的达官贵人，当然不会认识那些身份低微的野老村夫的。"于是，他又拿出一个金手镯，说："这是女人用的东西，我们出家人留着也没用处，就送给你吧。"他一看，那镯子雕镂得十分精美，带回家后就交给了夫人。夫人请来名工巧匠，照样子做一只想与之相配，但做出来的始终比不上原来的那一只精美。吴梦仙问遍了全村之人，谁都不知有叫王林的人。他就偷偷拆开信件，上面写道：

你我三年夫妻，一朝分离便天各一方。你为我葬母教子，大德大贤，我无法报答恩情。今送上仙丹一丸，将它吃下，就可以成仙了。

信后写着"琳娘夫人妆次"。看完后，吴梦仙仍不知是写给谁的，就拿去给母亲看，母亲捧信大哭，说："这是你父亲的家信。'琳'正是我的闺名。"这时，吴梦仙恍然大悟，原来"王林"是"琳"字拆开的，于是悔恨不已。他又拿出金镯子给母亲看，母亲说："这是你生母的遗物，你父亲出家前给我看过的。"再看那丸药，只有黄豆大小。吴梦仙高兴地说："我父亲已经是仙人了，母亲吃了这药必定会长生不老的。"葛氏没有立即将药吃下，而是将它藏好。正好葛太史来看外孙，就将那信读给老人听，又奉上药丸祝寿。葛太史剖开，两人各吃一半。当时葛太史已达七十高龄，老态龙钟，服了药丸之后，立刻精神焕发，体力陡然强壮。回家时他已不再乘轿而改步行，家人竭力追赶，才勉强能跟上。

一年之后，京城着了一次大火，烧了一整天还无法扑灭。吴家老少都站在庭院中，整夜不敢睡觉。眼看那熊熊烈火已波及附近，邻家屋顶已透出火光，全家人惊慌失措，无计可施。忽然夫人臂上的金镯"嗖"的一声飞去，眼见它越变越大，最后覆盖在吴家宅院上面，好像月亮的光圈。大家清清楚楚地看到金镯的缺口正对着东南角。一会儿，火势从西边蔓延而来，烧到光圈边上，竟转而向东去了。火渐渐地远去了，大家都以为金镯子不会再回来，忽然见红光一收，镯子"铮"的一声就掉到了脚下。这次大火，把京城几万间居民住宅烧成了灰烬，吴家宅院前后左右的人家，无一幸免，唯独吴宅安然无恙。只有院子东南角一栋小楼房被烧毁，正是金镯子缺口处漏遮的地方。吴母已年过半百，有人看见她，竟像二十来岁的人。

连　城

乔生是晋宁人，少年时代就才华出众，但二十多岁仍未得志。他为人仗义，十分重情谊。乔生与顾生是好朋友，顾生死后，他念及与顾生生前的交情，常常去接济顾生的妻儿。晋宁县的县令很看重乔生的文才，两人情趣相投，但知县不幸死在任上，家属贫困，无法还乡，乔生又顾念知县生前对自己的赏识，便倾家荡产把知县的灵柩及家属送回老家，往返两千多里。当地文人学士因此非常敬重他，而他也因仗义疏财使家道衰落了。

当地史孝廉有一个女儿，名叫连城，擅长刺绣，又知书达礼。史孝廉对这个女儿百般娇宠，为了给女儿挑选个有才华的佳偶，他拿出女儿所绣的《倦绣图》以征集少年题诗作词。乔生看后，便题了一首绝句：

慵鬟高髻绿婆娑，

早向兰窗绣碧荷。

刺到鸳鸯魂欲断，

暗停针线蹙双蛾。

同时，他还写了一首诗赞美连城高超的刺绣技艺：

绣线挑来似写生，

幅中花鸟自天成。

当年织锦非长技，

幸把回文感圣明。

连城见了乔生的诗，十分喜爱，在父亲面前称赞不已，父亲却嫌乔家贫穷。连城逢人便夸奖乔生，又知道乔生仗义疏财，家境艰难，暗地里让女佣以父亲的名义送些钱给乔生，以资助他读书学习。乔生感叹说："连城可算得上是我的知己了。"因此，他对连城便朝思暮想，如饥似渴地思念着连城。不久，连城被许配给盐商的儿子王化成，乔生这才感到绝望，但仍是对她魂牵梦萦，久久难以忘怀。

又过了些时候，连城染上了痨病，病情日益严重，终于卧床不起。有西域来的和尚自称能治好此病，但必须以男子胸脯上一钱重的肉来配药。史孝廉托人到王家告诉女婿，女婿笑着说："蠢老头儿，想挖我心头之肉。"去的人回来转述了这话，史孝廉当众宣布："有谁能为连城割肉的，我就把女儿嫁给他。"乔生听说后立即前去，当场拿出刀子割下一块儿肉给了西域和尚。他顿时鲜血如泉涌，浸透了衣襟，和尚为他在伤口敷上药止住了血。之后和尚用人肉配了三颗药丸，分三天给连城服下。三天以后，连城的病真的好了。史孝廉准备履行自己的诺言，让人转告王化成一声。王化成知道后十分生气，要打官司告史家。史孝廉心中害怕，就摆下酒席来招待乔生，席间，把一千两白银摆在桌子上对他说："我辜负了你的大恩大德，请允许我用这个表示酬谢。"并说明了不得已违背诺言的缘故。乔生气愤地说："我之所以能献出自己的胸前肉，只是为了报答知己，难道是为了卖肉吗？"他说完甩手就走了。连城知道了，心中十分不忍，又拜托女佣前去安慰乔生，说："以你的才华，不会永远这样被埋没的，到时候还愁没有美人吗？我做过一个不祥的梦，预示我三年之后必定会死，你也不必和别人争一个快死的人了。"乔生告诉女佣说："士为知己者死，并不是为了美色。只怕连城未必真正知道我的心思，如果她真是我的知己，即使不结婚也没什么要紧。"女佣代连城发誓，说她的确是一片真心。乔生说："如果真是这样，我俩相逢时她能对我笑一笑，我就死而无憾了。"女佣走后，过了没几天，乔生偶然在路上遇见连城，她刚刚从叔父家返回，乔生目不转睛地看着她，只见她秋波盈盈，转过头来对乔生含情脉脉地嫣然一笑。乔生大喜说："连城果然是我的知心人呀。"

后来王家去史家商量婚事之时，连城旧病复发，拖了几个月后，终于死去。乔生前去史家吊唁，因悲痛过度而昏迷过去，史家急忙将他抬回家中。乔生知道自己已经死了，心中也没有什么难过的。游游荡荡出了村子，他一心只想再看一眼连城。他向村外远远望去，有一条南北大道，道上的行人就像蚂蚁一样络绎不绝，乔生不知不觉也挤了进去。不一会儿，乔生来到一所官署中，竟见到了已死去的顾生。顾生惊讶地问他："你怎么来这里了？"说完就将他往外拉，想让他走。乔生叹了口气说："我还有心事未了。"顾生说："我在这里主管文书案卷，长官很信任我，如果有能为你出力的地方，你尽管说。"乔生便问连城在哪里。顾生带着他找了好几个地方，终于找到了连城，她正和一个白衣女郎一起，两人泪眼婆娑地坐在走廊角上。连城看见乔生过来，高兴地连忙站了起来，问他怎么来的。乔生说："你已经死了，我又怎么能活着！"连城哭着说："像我这样忘恩负义之人，你不但不嫌弃，反而还以身殉情，这又何苦呢？我今生已不能陪伴你了，但愿来世能相随。"乔生就对顾生说："你去忙自己的事吧，我以死为快乐，不想复活了。麻烦你告诉我，连城将托生在何处，我要和她一同前去。"顾生答应后便离去了。白衣女郎问连城乔生是什么人，连城就把事情的始末告诉了白衣女郎。女郎一听，心中不胜悲痛。连城指着身边的白衣女郎对乔生说："她与我同姓，名叫宾娘，是长沙府史太守的女儿。我俩一路同来这里，所以互相怜爱。"乔生见史宾娘花容月貌神情凄楚可怜，刚想多问两句，这时顾生又回来了，恭贺乔生说："我已帮你将事情办妥了，就让这位娘子与你一同还魂复生，好吗？"乔生和连城都是十分欢喜。谢过了顾生，两人正要告辞，只听得史宾娘在一旁大哭起来说："姐姐你走了，我又该到哪里去呀？求求你救我一命，我甘愿为你当侍女。"连城心里难过，没有办法，就求乔生，乔生又只好再去求顾生，顾生一口推脱说不行。但经不起乔生再三请求，他就说："我再去试试吧。"过了约一顿饭的工夫，他又返回摇着手说："怎么办呢？我是无能为力了。"史宾娘听了，更是放声大哭起来，紧紧拉着连城的胳膊，唯恐她马上离去。众人满面愁容，毫无办法，只好默默对视，看着她那悲愁哀伤的颜容，不禁心酸。见此情景，顾生不忍，就下狠心说："带上宾娘一同去吧，如果降下罪来，就由我一人承担！"史宾娘这才破涕为笑，和乔生他们一同出去了。乔生担心她回家路远没有人陪伴，史宾娘说："我愿和你们一起走，不愿回家。"乔生道："你这样说就太傻了。你不回去，怎么能复活呢？如果有一天我去湖南，你见了我不躲开，那就算我有幸了。"这时正好有两个老太婆带着公文要去长沙，乔生便将史宾娘托付给二人，双方洒泪而别。

回程途中，连城走得很慢，走一会儿就坐下休息，前后歇了十几次，才来到家门口。连城说："再生之后，真怕我们的事又有什么反复，不如你先去要回我的尸体，我在你家复活，这样他们应当不会反悔了。"乔生答应了。二人同回乔生家。一进门，连城又忧虑又恐惧，举步艰难，乔生在旁耐心等待。她说："我现在心中十分紧张，一到这里，四肢飘摇，六神无主。就怕我们的愿望又不能实现，所以我们还是好好谋划一下吧！否则，重生后又不能自己做主了。"这时二人已来到厢房中，四目相对，默默凝望着，沉默片刻，连城笑着问："你不喜欢我吗？"乔生不明白这话的意思。连城羞红着脸说："我总担心你我的事情不成，再次辜负了你，让我们在做鬼的时候先结为夫妻吧。"乔生一听十分欢喜，二人在厢房里情意绵绵，极尽欢娱，不愿马上复生。就这样二人缠绵三日，连城说："'丑媳妇早晚要见公婆'，我们在这里偷偷摸摸，绝非长久之计。"于是，她就催乔生先进小灵堂。乔生刚一到自己的灵床，就苏醒了过来。全家人都十分惊讶，连忙喂他汤水。乔生让人把史孝廉请来，说自己能使连城复活，请求他把连城的尸体送来。史孝廉十分高兴地答应了，刚刚将连城尸体抬进来，人已经复活了，她对父亲说："我已经委身于乔生了。如果有变动的话，也只有一死了。"史孝廉回家后，让丫鬟去乔家侍奉小姐。王家得知此事，恼羞成怒，写了份诉状告到官府，县官接受了王家的贿赂，又将连城判给王家。乔生气得要命，却无计可施。连城到了王家，不吃不喝，只愿快快死去。无人时连城竟上吊了，第二天被发现时已奄奄一息，王家怕出人命，只好将连城抬回史家，史家又将连城抬回乔家。王家知道后也无可奈何，从此这件事也就了结了。

连城身体恢复后，常常怀念史宾娘，想派人去湖南探问消息，又因路远而拿不定主意。一天，家人进来说："门口停了一辆马车。"夫妇二人赶忙迎出，这时史宾娘已来到了庭院。三人相见，悲喜交加。史太守亲自送女儿前来，乔生迎入。史太守说："小女全靠你才得以死而复活，她立誓不嫁人，如今也只能照她意愿行事了。"乔生向史太守行女婿叩拜岳父的大礼。这时，史孝廉也来了，和史太守共叙同宗情谊。

乔生名年，字大年。

异史氏说："因一笑相知而致以身相许，可能有人会觉得这是痴人做的傻事；但那田横五百壮士难道是痴人吗？世上知音难寻，往往使英雄豪杰感激于心，不能自已。可怜茫茫四海之内知音难觅，于是才华横溢的士子，仅仅倾心于女子的嫣然一笑，这是多么可悲啊！"

商三官

从前，诸葛城有个读书人叫商士禹。他因喝醉酒后说笑话冲撞了当地豪绅，被豪绅唆使家奴一顿乱棍打伤，抬回家后就死了。

商士禹有两个儿子，长子叫商臣，次子叫商礼，还有一个女儿名叫商三官。商三官当时已年满十六岁，早已许配了人家，因为父亲丧事而没有完婚。三官的两个哥哥为父亲之死出门去打官司，都一年了案子也没有个结果。三官的夫家便托人劝说商三官的母亲，请求将婚事先办了。母亲准备答应。这时商三官听到后走进来说："天下哪有父亲尸骨未寒就办喜事的儿女，你家里难道没有父母吗？"女婿家人听了这话，十分惭愧，也就不再催促了。后来，两个哥哥打官司没有赢，满怀冤屈回到家中，全家人满腔悲愤。兄弟俩准备将父亲尸体留下不葬，以便留下证据再次告状。商三官说："人无缘无故被杀死而官司都打不赢，这世道是什么样的世道就可知了。老天爷不会专为你们弟兄俩派一个青天大老爷来的。父亲死了也不得安宁，做儿女的又于心何忍？"二位兄长听从了她的话，将父亲入葬了。葬礼之后，商三官连夜离家，不知去向。母亲心中不安，害怕三官的夫家知道了要人，不敢声张，于是让两个儿子暗中打听。将近半年，家里都得不到半点儿消息。

后来那个豪绅过寿，招来戏班子在家里演唱。老艺人孙淳带了两个弟子前来。一个叫王成，长相平平，但吐字清晰，音色洪亮，受到众人赞赏。另一个叫李玉，长相秀气标致，简直胜过美女。但让他演唱，他却推辞说记不住词，勉强哼了几个曲子，都是些民间土调，听得众人直鼓掌喝倒彩。孙淳十分难堪，对主人说："这小子学艺还没有几天，只能为各位陪酒，请千万不要怪罪。"于是豪绅就命李玉在席上敬酒。李玉在席间殷勤侍候，又有眼力见儿，豪绅十分喜爱他那股机灵劲。酒宴结束后，豪绅就留他与自己同寝。李玉为豪绅宽衣解带，整理床铺，侍候得十分周到。豪绅醉醺醺地以语言挑逗，他只是面带微笑，并不恼火。豪绅越发对他入迷，就打发仆役们都出去，只把李玉单独留下。仆役们一出去，李玉就将门从里边反锁上。过了一会儿，那些在另一间屋中喝酒的仆役忽听房中发出"咯咯"的声音，有个仆役就跑过去看，见室内一片漆黑，什么声音也没有。他刚要转身离开，忽然从室内传出一声巨响，像是悬挂重物的绳索突然绷断一样。他喊了两声，里边也没有回声。他就叫来

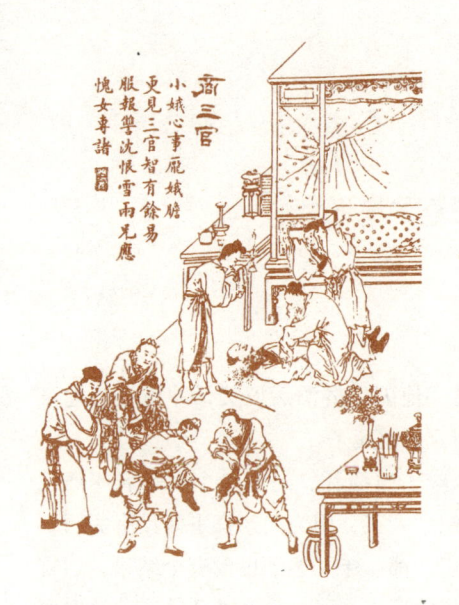

众人破门而入，才看见主人已被斩为两段，而李玉也自尽身亡。因绳索被扯断，尸体掉在地上，剩下那段绳子还牢牢地系在房梁上。众佣仆大惊失色，连忙通报了豪绅家眷，里里外外都不知其中缘故。众人将李玉尸体移到庭院时，发觉他脚下鞋袜空瘪瘪的，好像没有脚一样，解开一看，原来是一双穿着白色孝鞋的三寸金莲，李玉竟是一位女子。众人更是惊恐，赶紧把孙淳叫来盘问。孙淳见眼前发生的一切吓得不知说什么好，只回答："李玉是一月前才来我门下学艺，今天执意要给主人祝寿，我实在不清楚他的底细。"众人看到她里边还穿着孝服，便怀疑是商家派来的刺客。豪绅家暂时派两个家丁看管她的尸体。这二人看她面容栩栩如生，摸摸她的身体，温暖而又柔软，便想奸淫。其中一个抱着尸体将她翻转过来，正要解下她的衣裤，忽然他的头上如同挨了什么东西重重一击，顿时口吐鲜血而死。另一个吓得失魂落魄，忙告诉众人。人人都对女尸恭恭敬敬，看作神灵一样。第二天，豪绅的家人上告了官府，官府传问商氏兄弟，兄弟二人都说不知，只是妹妹离家出走已有半年。官府让他们去认尸，果然是三官妹妹。官府认为商三官是世上少有的女子，便判两兄弟领尸回去安葬，并责令豪绅家不许寻仇。

异史氏说："商家两兄弟竟然不知自家有个女中豪杰，真是白当了一回大丈夫。而商三官的作为，也真是能惊天地泣鬼神了，所以也不能怨世人都庸庸碌碌了。希望天下女子都来买丝为商三官绣像供奉，这种功德和人们供奉关羽也差不了多少。"

小 二

滕县人赵旺，夫妇二人吃斋念佛，不动荤腥，乡邻称他们为善人，家里称得上是小康。赵旺有一个女儿名叫小二，绝顶聪明又标致漂亮。赵旺十分宠爱她，小二六岁那年，赵旺就让她和兄长赵长春一起拜师读书，前后学了五年，小二已熟读"四书""五经"。小二的同窗有一少年姓丁，字紫陌，比小二大三岁，风流文雅有才华，二人彼此爱慕。丁生私下将二人相爱的实情告诉了母亲，丁家便向赵家提亲。赵家一心想把女儿许配给豪门大族，就没有答应。

不久，赵旺因受迷惑而加入了白莲教，后来教主徐鸿儒举兵造反，赵旺一家都成为叛民。当时徐鸿儒选了六名少女，传授白莲教法术，其中就有小二。因为小二知书善解，对那套纸兵豆马的法术一学就会，徐鸿儒就将所有法术传给了她。而赵旺因女儿的缘故，也得到了提拔。

这时丁生已年满十八岁，正在县学读书，但不愿结婚，心中只是惦念着小二，于是逃亡投奔了徐鸿儒。小二见了他十分高兴，给了他特殊优待。因为小二是徐鸿儒的得意门生，主持军务，所以不管白天黑夜都很繁忙，连父母也很少见到她。她与丁生经常在晚上见面，每次见面都打发走那些仆役，两人常常单独谈到深夜。有一次，丁生对她说："你知道我这次来的真实意图吗？"她说："不知道。"丁生说："我来这里，并没有什么野心，全是为了你呀。这些左道妖术，成不了大事，只能自取灭亡。你是聪明人，难道想不到吗？这次你如能和我一同逃走，我这番苦心就没白费了。"小二听后十分震惊，像是从梦中清醒过来，说："就这样背着父母走了，不义，请让我告诉他们一声。"二人便来到父母面前向他们讲明利害关系，赵旺却执迷不悟，说："师父是天降神人，难道会有错吗？"小二知道无法说服赵旺，就乔装打扮，把少女的垂发拢起为妇人的发髻。她拿出两个纸剪的鹞子，和丁生各骑上一只，鹞子展翅扑腾，比翼而飞。天明时，他们已到了莱芜县境内。她用手一捻纸鹞子的脖子，鹞子就忽然收起翅膀降落下来，小二将鹞子收起后，又换成两头驴子，一直骑到山阴里，假说为避战乱，租了屋子住下。两人出来时匆忙，也没带什么行装，一点儿柴米也没有。丁生十分忧愁。他向左邻右舍的人去借，邻居们都不肯借给他。小二却面无愁容，当掉首饰度日。二人闭门在家相对猜灯谜，并回忆书中典故比胜负，输了的人罚打手心。

西邻有个姓翁的，强盗出身。一天，见他打猎回来，小二说："有这样的阔邻居还怕什么？向他借一千两银子，一定会给的。"丁生表示难办。小二说："我会让他高高兴兴拿出来的。"于是小二就用纸剪了一个判官，放在地上，又扣上鸡笼。而后二人相拥坐在床上烫了一壶酒，又翻《周礼》行酒令：任意说某册第几页第几人，然后一起翻书。翻着的人官衔名称是"食"字旁、"水"字旁、"酉"字旁的就饮酒一杯；是"酒"部的则加倍。后来小二恰巧翻得《周礼·天宫》的《酒人》，丁生就用大杯斟满酒催她快喝。小二就祷告说："如果我们借得到钱来，你就该翻得'饮'部。"轮到丁生了，丁生翻开书本，得《周礼·天宫》的《鳖人》。小二笑得前仰后合，说："事成了。"于是，她把酒往杯中滴了几滴让丁生喝。丁生不服气。小二说："按部来说，

'鳖'属于水族,你应该像鳖饮水一样饮酒。"二人正在争吵笑闹之时,就听得鸡笼子中戛然作响,小二起身说:"来了。"二人翻开笼子一看,见下面有满满一布袋银两。丁生又惊又喜。后来翁家奶奶抱小孩来玩时悄悄对他们说:"我家主人回来刚刚点上灯坐下,地面忽然裂开一个大口子,深不见底。有一个判官从里面出来,说:'我是阴间管事的,太山帝君集合地府属官,造了一个恶人名单,现在需要一千盏银灯,每盏重十两。凡供奉一百盏的,可免除罪过。'主人惊恐,烧香叩头祈祷,同时拿出白银千两。判官拿到银子后才慢慢钻入地下,地又重新合了起来。"夫妻俩听了她的话,故意装出惊奇的样子。

　　从此后,夫妻二人日子渐渐富裕起来,买了牛马,养了奴婢,还盖了房屋。附近一些无赖之徒,见到他们家富裕,便结成一伙,在一天半夜里翻墙进来打劫。当夫妇二人从梦中惊醒时,他们发现室内火把通明,满地都是强盗。有两个强盗上来扭住丁生,还有一个强盗伸手向小二前胸摸来。小二赤裸着上身起来,竖起一个指头说:"定,定!"十三个强盗立刻都瞪眼张口动弹不得,个个呆若木鸡。小二这才穿上衣裤从床上下来,喊来家丁,将强盗一个个反绑起来,逼着他们说出抢劫的具体缘由。然后,小二才责备他们说:"我们从远方来这里避难,你们不但不帮助,反倒如此这般不义来害我们!人都是有难处的,你们有什么难处可以明说,我们也不是守财奴,你们今天的行为与禽兽又有什么两样!本来你们罪该万死,但我不忍心这样,今天放你们走,下次如果再犯,就不客气了!"强盗们叩头谢罪后赶忙逃走了。

　　过了一段时间,徐鸿儒被官府捉拿,赵旺夫妇及儿子媳妇都要被杀,丁生带些钱去将赵长春最小的儿子赎了回来。当时孩子才三岁,丁生将他当成自己的孩子抚养。给他改姓丁,取名叫承祧。村里人慢慢知道他们与白莲教有亲属关系。当时遇上蝗灾,庄稼受损。小二剪了数百个纸鹞子放在自家田中,蝗虫不入丁家田地,庄稼没有遭殃。村里人很嫉妒,把他们告到官府,说他们是白莲教余党。官府看他们富裕,就把丁生抓进监狱,想趁机敲竹杠。丁家用重金贿赂县令,丁生才被放出来。小二说:"我们的钱财来得不清白,应当破点财。可是这地方人心恶毒,不能久住。"于是他们低价变卖家产,迁到益都西郊居住。

　　小二十分精明灵巧,善于积累财富会做生意,经营方面胜过男子。她曾开办琉璃厂，雇来工人加以指点，制造棋子和灯具，花样奇巧美观，别家都比不上，虽然价高，但销路很好。没有几年，他们就成了当地的首富。她管理奴婢和仆役非常严格，家里仆役几百口人，没有一个吃闲饭的。夫妻俩空闲时在一起品茶、下棋、看书为乐。所有钱粮账目五天清一次，小二亲自打算盘，丁生为她看账报数。对下人赏勤罚懒，轻者罚站或跪，重者鞭打。每到检查日就放假，不开夜工。夫妻二人设小宴，让婢女唱曲子娱乐。由于小二明察秋毫，仿佛有神灵相助，谁也不敢欺瞒。而赏赐也往往超过劳动所应得的，因此，小二所办之事容易成功。

小二还借给村里贫穷的人本钱让他们自谋生路，所以村里二百多家没有一个游手好闲的。有年大旱，小二让人在野外搭起祭坛，晚上她乘车前往，踏着巫步作法，果然天降大雨，方圆五里的庄稼被救活，从此人们把她视为神明。小二出门时从来不遮脸，村里人都见过她的真面。也有些年轻人在背地里议论她的美貌，但见到她时都规规矩矩，不敢正面看她。每逢秋天，她出钱叫村里不能下地耕作的小孩子采集苦菜、蓟草之类加以收藏，这样做将近二十年，野菜堆满了整个楼房。大家暗地里取笑她。后来年景不好闹饥荒，甚至到了人吃人的地步，她把干野菜杂在粮食中赈济饥民。附近的村民靠她才得以保全性命，没有流亡在外的。

异史氏说："小二的所作所为，完全是靠天帮助，而不是靠人的能力。但是，如果没有人启发、开导她，她早就被杀了。由此可见，世界上有才能却误入歧途而死去的人一定还有不少。和小二一同学法术的六个人中，可能就有像小二这样的人，只可惜他们没有遇上丁生罢了。"

庚 娘

金大用是河南世家子弟，妻子是尤太守的女儿，名叫庚娘，美丽贤惠，夫妇俩感情很深。后来因为战乱，家人失散。金大用便携带家属逃往南方。

逃亡路上，金大用遇见一个年轻人，也是带着家眷南逃的，这年轻人自称是扬州的王十八，愿意做他的向导。金大用很高兴，于是与王十八一家结伴而行。不久，他们便来到河边，庚娘悄悄对丈夫说："咱们不要和他们同船。他常常盯着我看，脸色不安，想必居心叵测。"金大用答应了庚娘的请求。

可是到了河边，王十八忙前忙后地找船、运行李等，十分殷勤，不等金大用说话就帮金大用把行李装上了船。金大用不忍心推却他的一番好意,又想他也带着年轻的妻子,应该没有什么问题。在船上,王妻与庚娘同住,她待庚娘的态度十分和蔼可亲。王十八在船头上和船工说话,像是老相识一般。船走了不大一会儿,天已是黄昏了,只见四周天水茫茫,让人辨不清南北。金大用见这里偏僻险要,觉得有些可疑。又过了一会儿,一轮明月冉冉升起,这才看清船已来到一片芦苇丛中。船在这里停了下来,王十八邀金大用父子出来观景,乘其不备,将金大用挤到水里。金父见状,刚要呼喊,又被船工一篙戳了下去。金母听到声音出来探看,也被戳下水去,溺水毙命。直到这时,王十八才大声喊救人。其实,金母出来时,庚娘就在她后面,对发生的一切已在暗中看得清清楚楚。所以当她听说一家人落水毙命时,并没有露出惊慌,只是哭着说:"公公婆婆都不在了,我到哪里安身去呢?"王十八进舱劝解说:"娘子不要悲伤,请跟我一同去金陵吧。我家在金陵有良田美宅,家境丰裕,保你吃穿不愁。"庚娘止住哭说:"如果真能这样,我也就满足了。"王十八十分欢喜,对她的衣食器用都尽力满足,殷勤备至。当天夜里,王十八就向她求欢,庚娘推托说自己正来月经,王十八便去妻子那里睡了。一更刚过,庚娘就听得夫妻俩在舱中吵架,不知是为了什么。她又听见王妻说:"你做的事是会遭天打雷劈的。"王十八就殴打妻子,只听王妻大声说:"死就死,我不愿当杀人犯的老婆。"王十八大吼大叫,将妻子揪出舱,只听"扑通"一声,众人大叫王妻落水了。

不久,船到了金陵。王十八将庚娘带回家中,拜见老母。老母奇怪这不是原来的儿媳。王十八回答:"她掉到水里淹死了,这是新娶的。"二人回到房中,王十八又对她动手动脚。庚娘笑着说:"你三十多岁的人了,还没有经历过男女之事吗?一般小户人家成亲,也须一杯薄酒,以表庆祝,你家如此富裕,应该不成什么问题。两个人清醒着相对,有什么情趣?"王十八听了很高兴,很快就摆上酒菜与庚娘对饮。庚娘不住地劝酒。王十八已经有了醉意,便开始推辞。庚娘强装媚态相劝,王十八不忍心拒绝,于是又喝了满满一大杯。这一下彻底醉倒,自己脱光衣服催促庚娘上床。庚娘收拾了杯盘,吹灭了灯,假说要去厕所,出去拿了一把刀进来,在黑暗中摸到王十八的脖子,王十八这时还拉着她的胳膊纠缠。庚娘用力砍他的脖子,没有杀死,他喊着跳起来,庚娘又砍了一下,才杀死了他。王母闻声赶来,庚娘将她也杀了。事情被王十八的弟弟王十九察觉,庚娘知道逃不掉了,急忙自刎,但刀口钝了,砍不进去,于是开门快跑出去。等王十九追上来时,庚娘已跳进院内的水池中。王十九连忙喊人打捞,捞上来时人已经死了,但她依然容貌秀丽,就跟活着时一样。众人来王家验尸,见窗上有一封信,打开一看,原来庚娘将自己的冤屈全部写在上面。众人被庚娘的刚烈所感动,商量集资安葬她。到天亮时,闻讯来观看的人达数千人,个个对庚娘的遗容朝拜。一天之内,人们便集得安葬费一百多两,大家将她葬在南郊。还有人为她穿戴上了珠冠锦袍的寿衣,墓中随葬品塞得满满的。

当初,金大用被挤下水后,因为抓住一块儿木板而幸免于难。第二天早上,金大用漂到淮河边,被一条小船救起。这条船是富翁尹老头儿专门用来拯救落水者的。金大用苏醒后,特意去向尹老头儿答谢救命之恩,尹老头儿很优待他,留他教自己儿子读书。金大用因为不知父母和庚娘下落,想去寻找,所以犹豫不决。过了一会儿,有人向尹翁禀报说:"又捞起一个老头儿和一个老太婆的尸体。"金大用怀疑是父母,跑过去一看果然是。尹老头儿帮着他为父母置办了棺木。金大用正痛哭着,又有人说:"救起一个妇人,自己说是金大用的妻子。"金大用去看时,发现并不是庚娘,而是王十八的妻子。她向金大用大哭,求他不要抛弃她。金大用说:"我现在心乱如麻,怎么顾得上你?"女人更悲伤了。尹老头儿了解了事情经过,认为这是苍天的报应,劝金大用收她为妻。金大用说:"父母刚刚去世,我正在居丧,而且必须报仇,如有妻室拖累,实在太不方便。"女人说:"照您说的,如果现在是庚娘,也以此为理由不要她吗?"尹老头儿认为她言之有理,愿意暂时代金大用收养她,金大用答应了。安葬父母时,女人披麻戴孝,痛哭不止,好像在为自己的公婆送葬似的。

丧事过后,金大用藏刀在身,手捧要饭碗,打算去扬州寻找仇人。女人阻止他说:"我娘家姓唐,祖居金陵,和那个狼心狗肺的是同乡,他过去说家在扬州是骗你的。而且他和江湖上的水盗多是一伙儿的,你如果不小心,报仇不成,反会遭殃。"金大用听了不知如何是好。这时忽然当地盛传女子报仇的事情,淮河水面上的男女老少都在议论,而且传得有名有姓,那女人正是庚娘。金大用得知此事悲喜交加,对唐氏说:"幸好我对你没有什么,不然,我家有这样的烈妇,而我再娶,不就成了忘恩负义的男人了吗?"但唐氏认为金大用娶她的事已经说定了,不肯中途分手,甘愿留下做妾。

这时,尹老头儿的旧交袁副将军来访,与金大用一见如故,且非常赏识他,于是请金大用做他帐下的文书。金大用便随他去剿灭流寇,袁副将军后来立了大功,金大用因他的保荐,也授任游击。回到尹翁家后,金大用才与唐氏成婚。婚后二人同去南京,专程为庚娘扫墓。船过镇江时,他们想登金山,正行至江中，忽然有只小船擦船而过。这时金大用看见船中有一位老太太和一位少妇，那少妇的长相与庚娘一模一样。船驶过后，少妇从窗口往外看，金大用一怔，连她的神情都那么像庚娘。金大用满腹疑虑又不敢贸然追问，情急之下喊了一句："看，一群鸭子飞上天了。"少妇听了，也喊道："馋嘴狗想偷吃猫食了吗？"这两句话是当年两人在闺房中调笑的戏语。金大用大吃一惊，掉转船头靠近一看，那少妇真是庚娘。女婢将庚娘扶过船，两人抱头痛哭，船上旅客也为之感动。唐氏过来，用拜见正妻的大礼叩拜庚娘。庚娘惊问原委，金大用便将前后经过叙述一遍。庚娘拉着她的手说："当时与你在船上交谈过，心里常常还记起你，想不到，现在竟成为一家人了。你代我安葬了公婆，理应我先谢你，怎么能以妾礼相见呢。"于是两人以姐妹相称，庚娘大一岁，叫唐氏为妹妹。

原来，庚娘被埋葬之后，自己也不知过了多久，忽听得有人对她说："庚娘，你丈夫还在，你们还会团聚。"而后她就好像从梦中惊醒，用手一摸，四面是板壁，庚娘这时才知道自己已死了，被埋进了坟墓。她只觉得胸中憋闷，倒也没有其他痛苦。刚巧村里有一些无赖之徒，见庚娘殉葬品很多而且很好，来掘墓破棺，正要取东西时，发现庚娘还活着，顿时惊慌极了。而庚娘也害怕这些人伤害自己，就哀求说："幸亏你们前来，使我重见天日。头上的珠宝，你们都拿去，希望把我卖去当尼姑，还多少得点儿钱。我绝不会告发你们的。"盗贼叩头说："娘子是个烈妇，鬼神都敬重你。我们不过是穷急了没办法，才干这种伤天害理的事情。你如果不泄露，已属万幸，又怎么敢将你卖去做尼姑呢？"庚娘说："这是我自愿的。"又有一个盗贼说："镇江有个耿老夫人，无儿无女，她要是见了你，一定会特别喜欢的。"庚娘向他们表示感谢，取下头上珠宝首饰全送给他们，他们不敢接受，庚娘一定要送给他们，他们这才一同拜谢收下。于是他们将庚娘送到耿夫人家，假说庚娘是船遇风迷路而来投奔的。耿夫人出身世家大族，年老寡居度日，见到庚娘，十分高兴，将她看作自己的亲生女儿。刚才是母女两人从金山游玩回来准备回家。庚娘一五一十地讲完之后，金大用就到船上拜见耿夫人，耿夫人邀请金大用等回到家中，他们在耿夫人家里住了好几天才回去。此后，耿金两家经常来往。

异史氏说："面临危难之时，坏人得生，好人丧命。生者让人愤恨，死者使人落泪。至于像庚娘这样处危不乱，谈笑自若，亲手杀死仇人，千古以来刚烈的男儿中，能有几个可以和她并列？谁说女子中没有像王彦云那样的英雄豪杰呢？"

宫梦弼

　　保定府有个大财主，叫柳芳华。他为人慷慨大方，好结交朋友，家里常常有上百位宾客。为了帮助别人渡过难关，即使千金他也在所不惜，可借他钱的人很少偿还。柳家有个客人叫宫梦弼，是陕西人，却从来没有向柳芳华乞求过什么。每次他来柳家，一住就是一年。此人谈吐不俗，柳芳华和他同住并彻夜长谈的时候最多。柳芳华的儿子叫柳和，当时他还是小孩，把宫梦弼称作叔父。宫梦弼也喜欢与柳和在一起玩。每到柳和从学堂回来，二人就玩"埋银子"的游戏，将屋内地板挖开，将石块儿当作银子埋进去，以此游戏取乐。柳芳华家的五间屋子都被他们埋遍了。大家都觉得很可笑，而柳和却十分喜欢他，比对别人都亲近。

　　十多年过去了，柳家家境日益败落，也养不起众多食客了，于是客人越来越少。但十几位客人在家吃喝谈笑，还是常有的事。到柳芳华晚年时，更是捉襟见肘，还变卖田产来供养客人。柳和也是大手大脚，学他父亲的样子结交了一帮小朋友，柳芳华也不制止。不久，柳芳华病故，家里竟然没钱治丧。宫梦弼便自己出钱，为柳芳华办了丧事。柳和至此更加敬重宫梦弼，家中大小事务，一概委托宫叔办理。宫梦弼从外面回来，总带着一些瓦砾扔到屋子角落，柳和也不知他的用意。柳和经常向宫梦弼埋怨日子越来越难，宫梦弼说："你没有尝过受苦的滋味。现在就是给你千两银子，也会立即挥霍掉。男人怕的不是穷，而是不自立。"有一天，宫梦弼告辞回家，柳和哭着求他快点儿回来，宫梦弼答应后就走了。柳和没有能力养活自己，家当日益被卖光，只盼着宫叔回来帮他理家。然而宫梦弼一去不返，一点儿消息都没有，就像飞走的黄鹤，一去不复返。

　　原先，柳芳华在世时，曾给儿子订了一门亲事，女方是无极县黄家的闺女。黄家也很富有，后来见柳家穷了，就有悔婚的意思。柳芳华去世时，派人送去讣告，黄家没有人来吊丧。柳家以为是路途遥远就原谅了。柳和服丧期满后，柳母打发儿子去黄家商定结婚的日子，还希望黄家念及交情而能有所照顾。柳和到了黄家后，黄某听说他是衣冠不整来的，于是让人挡在门外不让进。黄某又让人带话给柳和说："回去拿够百两白银再来，否则，你就死了这条心。"柳和听了，失声痛哭。黄家对门的刘老太太见他可怜，就给了他一碗

饭吃,又拿出三百铜钱给他作路费,劝他回家去。

柳和回到家,柳母听说他在岳父家所遭的冷遇后十分生气和伤心,但也无计可施。她想到过去那些客人大多数都欠钱不还,就想找几个富裕点儿的寻求资助。柳和说:"过去和我们交往的人是看中了我们的钱财。假如我现在仍是高车驷马,借一千两银子也不难。如今这样子,谁又会念及旧恩,顾及过去的情分呢?况且父亲当年借钱给人,并没有借据,也没有担保人。我们去讨债也没有凭证。"柳母一再坚持,柳和只得照办。他前前后后跑了二十多天,竟没有人肯给一文钱,唯有唱戏的李四,曾受过柳家的好处,听到这件事,送来一两银子。母子俩抱头痛哭。从此,就对这门亲事也绝望了。

黄家女儿已长到十五六岁,知道父亲回绝了柳和的亲事,心中十分反感。父亲想给她另寻人家,黄女哭着说:"柳郎不是生下来就穷。如果他家比先前更富,难道与我们有仇的人会把他从我们手中夺走吗?今天我们却因为人家穷就抛弃他,是不仁不义。"黄某听了很不高兴,又用各种方式劝她,她始终都不动摇。父母对她的行为十分恼怒,一天到晚地责骂,她十分坦然。不久,黄家遭到盗贼抢劫,夫妇俩被强盗拷打几乎死去,而家中钱财被强盗洗劫一空。又过了三年,黄家家里更穷了。

有一个从西边来的商人,听说黄女长得漂亮,愿出五十两白银作聘礼。黄某贪图钱财就答应了,准备强迫女儿嫁给商人。黄女知道后,将自己打扮成乞丐的样子,连夜逃走,沿途乞讨,走了两个月,才来到保定府境内,打听到柳家住址,直接找到柳家。柳母以为她是个女乞丐,就赶她走。黄女哭哭啼啼讲了自己的来历。柳母拉着她的手说:"你怎么成了这个样子?"黄女又悲伤地把自己被迫毁装涂面、逃离家门的事讲给柳母听,柳和母子都感动得哭了起来。等她梳洗更衣之后,容光焕发,眉清目秀,美丽无比。柳家母子都十分欢喜。然而,柳家太穷了,一家三口,每天只能吃上一顿饭。柳母哭着说:"我们母子俩本当如此,只是可怜了我这好儿媳了。"黄女笑着宽慰道:"如今的日子,和我当乞丐时的日子相比,真是到了天堂一般。"她的一番话竟将柳母又说笑了。

一天,黄女无意间走进一间空房,见里面长满荒草。她慢慢走进内室,灰尘积了老厚一层。角落中满满堆了些东西，用脚一碰，还挺硬的，黄女弯腰顺手捡起一看，却是一锭锭银子。黄女大惊，赶快把这事告诉了柳和。柳和忙和她一同去察看，原来是宫叔过去扔在屋角的瓦砾，现在都变成了白银。他又想起小时候和宫叔玩"埋银子"的游戏，会不会都是白银？然而旧房屋已抵押给了别人，于是柳和赶快把房屋赎回。进去一看，那些已经残破的砖头下露出的仍然是石头，他颇觉失望。等到挖开完好的地砖，却看到下面都是亮晶晶的银子。顷刻之间，他挖出好几万两银子。从此柳和赎回田产，买了奴婢，宅院的豪华超过了往日未衰落时。柳和时时勉励自己："如果不能自立，就辜负了宫叔的一片苦心。"从此他刻苦读书，三年后被选中乡里的学问道德模范。柳和重新富贵后，没有忘记恩人，他亲自带着银两去酬谢刘老太太。他服饰华美，灿烂醒目，十几个奴仆都骑着高头大马跟随在后面，十分威风。那刘老太太仅有一间房子，柳和便坐在床上与她交谈。一时小巷中人欢马叫，十分热闹。

　　黄家自从女儿逃掉之后，被商人逼着退还彩礼，而银两已用去将近一半，只好将房子变卖，这才还齐了钱。从此后，黄家变得更加穷困，同柳和当年没有什么两样。黄家看到过去的女婿如今如此显赫，只能紧闭房门独自伤感。

　　柳和在刘老太太家拉家常，老太太为他买来酒菜。老太太谈到黄家女子的贤惠，对她的逃跑十分惋惜。老太太又问柳和娶妻没有，柳和说："早娶了。"酒饭吃完，柳和坚持要刘老太太去看新娘子，他们一同坐车回保定去了。到家后，黄女装扮一新，貌似天仙，由一群丫鬟扶出见客。刘老太太见了，十分惊讶。坐下慢慢叙旧，黄女急着打问父母生活情况。刘老太太住了几天，受到最好的招待，又给她上下一新做了一身衣服，才送她回家。她回去后，把见到黄女的事告诉了黄家，并转达了女儿对父母的问候。黄家老两口儿十分惊讶。刘老太太劝他们去投奔女儿，黄某又实在不好意思。

　　后来，黄某不堪忍受饥寒交迫，不得已去保定投靠女儿。到了柳家门口，只见门楼高耸，华丽气派。看门人高声大气对着黄某怒视，一整天也不进去通报。后来，看见一个妇人从里面出来，黄某低三下四地求她将自己到来的事情告诉女儿。不一会儿，妇人又出来了，领着他来到偏房说："我家娘子很想见您一面，但又怕郎君知道，还要等找到机会才行。您什么时候来的？是不是饿了？"黄某于是讲了自己的苦处。妇人将一壶酒、两盘菜摆在他面前，又给他五两银子，说："柳少爷在房内摆酒，娘子恐怕来不了。明天一大早你早点离开，别让少爷知道了。"黄某答应了。第二天一早，黄某就打点行装出门，大门还未开，就留在门洞中，坐在包袱上等着。忽听得一阵喧哗，说是主人出门。黄某刚要回避，柳和已经发现，向左右打听这是何人，奴仆们没有知道的。柳和生气地说："一定是歹人，把他捉拿到官府去。"众人应声而出，用绳子将黄某捆了个结实绑在树上。黄某又羞又怕，说不出一句话来。一会儿，昨天遇见的妇人出来，跪着说："他是我舅舅，因为昨天到得晚，所以未向主人说。"柳和便叫人放了他。妇人送黄某出门时说:"都怪我昨天忘了叮嘱看门人,才出了这种差错。我们娘子说:'如果想她了,可以让老夫人装扮成卖花的人,与刘老太太一同前来。'"

黄某回去后,将经历的一切都告诉了夫人。黄母十分思念女儿,马上就告诉了刘老太太,俩人就一同来到柳家。两位老太太进了院子,过了十几道门,才来到女儿住的地方。女儿身穿霞帔,头上梳着高高的发髻,满身都是绫罗绸缎,珠光宝气,房间里香气扑鼻,口中娇滴滴盼咐一声,老少仆妇,赶忙上来团团侍奉,搬来金漆靠背椅子,放上消暑的竹夫人,伶俐的丫鬟泡上茶。母女俩相视泪光盈盈,以暗语互相问候。到了晚上,两个老太太被安置到另一间房中,被褥舒服、讲究,即使当年黄家富裕时也是没有的。住了三五天,女儿对母亲很殷勤尽心。黄母常常在无人处向女儿认错。女儿说:"我们母女间没什么可记仇的,只是女婿的气至今没消,不能让他知道。"所以每当柳和一来,黄母就赶快躲避。一天,黄女正在床上和母亲促膝谈心,冷不防柳和猛然推门进来,一见这情景,十分生气地说:"哪来的乡下婆子,竟敢和娘子平肩并坐在一起,该把头发揪下来。"刘老太太忙上前解围,说:"这是我的亲戚,卖花的王嫂,请莫责怪。"柳和忙向刘老太太道歉,坐下说:"你来了几天,我太忙,顾不上和你叙谈。黄家老畜生还活着吗?"刘老太太笑着说:"他们都好,只是日子过得太艰难了。官人如此富贵,何不稍念一下翁婿之情?"柳和拍着桌子说:"那年若不是你可怜我,给我一碗粥喝,我连家都回不了。现在恨不得剥了他们的皮坐在上面,顾念什么翁婿之情?!"他说到气处,不禁跺脚大骂。黄女生气地说:"他们再不好,也是我的父母。我当时千里迢迢来你家,冻坏了手,磨破了脚,脚趾露在外面,自问没有对不起你的地方。你为何还要当着女儿的面骂父亲,让人难堪呢?"柳和这才息怒退去了。黄母羞愧得无地自容,马上要回去,女儿悄悄给了她二十两银子。自从那次分别后,很长时间都没有了音讯,黄女对父母的思念越来越深。柳和便派人把他们接到家中。老两口到后,羞愧不安。柳和道歉说:"去年你们来时,又没有告诉我身份,多有得罪。"黄某只是唯唯诺诺地应着。柳和命人给两位老人从头到脚置换一新,又留下住了一个多月。黄某因内心不安,几次要回去。临走时,柳和送给他们白银一百两,说:"那商人给你五十两白银,我今天加倍付你。"黄某红着脸接受下来。柳和派车送二老回去。此后,黄家日子稍稍宽裕。

异史氏说:"富贵之家失势,再没有人登门,真令人气愤,想闭门不再交友。然而像宫梦弼那样的好友,买棺营葬,化石成金,不能说不是慷慨好客的回报。至于闺中女子,坐享荣华,如果不是像黄氏女这样贞洁自爱,谁能坐享这样的厚福而心中坦然不愧呢?可见造物主有眼,是不会随便降福于人的,这件事也说明了这个道理。"

从前某乡有一个富翁,做生意精打细算,发财后,他在地窖里藏了数百两银子，唯恐被别人知道。因而他仍穿得破破烂烂，整日吃糠咽菜来证明自己贫穷。偶然有亲戚朋友拜访，他也从不请人吃饭。如有谁说他家不穷，他便瞪眼看着对方，好像有不共戴天之仇。到了晚年，他每天只吃一升榆树皮屑，瘦得手臂上垂下一寸多长的皮。而他藏着的白银始终不肯取出来使用。后来饿得快死了，他的两个儿子问他，他还是不说。等他自己觉得不行了想要说时，却舌头发硬说不出话，只是乱抓胸口，"啊啊"地乱叫。富人死后，他的子孙连买棺材的钱都没有，只好用草席将他裹着埋了。唉！像这种藏钱在窖中就算是富有，那么面对藏有几千万金币的国库，为什么不能算作是自己的财富呢？真是愚蠢啊！

狐妾

莱芜县人刘洞九在汾州做官。一天，他一个人在官署中独坐，忽然听到亭子外面由远到近传来一阵欢声笑语。不一会儿，这些人就进了屋。原来是四个女子。一个四十多岁，一个约有三十岁，还有一个二十四五岁的样子，最后那个也就十来岁。她们并排立在桌前，你看我，我看你地笑着。刘洞九早已知道官署中常闹狐狸，因而对她们不理不睬。过了一会儿，那个最小的拿出一条红手巾扔在刘洞九的脸上，刘洞九捡起来扔在窗台上，还是不看她们一眼。四个女子就笑着走了。

不久，那个年龄最大的来了，对刘洞九说："我妹妹和你有缘分，希望你不嫌弃她。"刘洞九漫不经心地答应，她就走了。一会儿，她又和一个丫鬟扶着那个最小的女子进来，让刘洞九和她并肩坐好，说："你们俩人真般配，今夜就是洞房花烛夜。你要好好侍奉刘郎，我走了。"这时，刘洞九才低头仔细看了看少女，见她长得美艳无比，便与她交欢相好。刘洞九问她的来历，她说："我本不是人，但实在又是人。我是这里前任官员的女儿，被狐狸祸害死了，埋在花园里。而狐狸又用法术使我复活，所以也就和狐狸一样了。"刘洞九就用手摸她的尾巴骨，她笑着说："你以为狐狸有尾巴吗？"接着转过身子继续说道："你仔细摸吧。"从此，女子就住下不走了。她不论到哪里，都有小丫鬟们陪着。刘洞九家人都把她尊为小夫人。丫鬟奴婢拜见她时，都能得到很多赏赐。

有一天，刘洞九过生日，来了很多客人，酒席摆了三十多席，需要很多

厨师。刘洞九预先下令把城里厨师找来,可是只来了几个,刘洞九很生气。狐女知道后就说:"别发愁,厨师既然不够用,不如把来的也打发走,我虽然没什么本事,但办三十桌酒席还是可以的。"刘洞九一听十分高兴,命人将酒席上要用的鱼肉菜蔬调料等全部搬到内衙。家人只听里边刀和砧板的声响不停,却看不见她是怎么做的。门里的案子上放了许多菜盘菜碗,转眼间都变得满满当当。十几个侍者来回穿梭着端盘上桌,竟然取不完。过了一会儿,侍者来要汤饼,只听里边狐女说:"主人事先没有吩咐,一下子就要怎么办?"过了片刻,里边狐女又说:"没办法,只好借了。"一会儿,就听得喊人让来取汤饼,侍者过去一看,见三十多碗汤饼正热腾腾冒着气摆在那里。客人走后,狐女对刘洞九说可以去某某家付汤饼钱。刘洞九派人送钱去时,那家人正为失去汤饼而感到惊奇,听来人一说才知道是怎么回事。

有天晚上,刘洞九正饮酒,偶然想到山东那种略带苦味的佳酿——瓮头春酒。狐女说她可取来,说着就出了门。过了一会儿,狐女回来说:"门口现在有一坛瓮头春酒,可供你喝好几天。"刘洞九去看,果然是老家的瓮头春酒。

过了几天,刘洞九的夫人打发两个仆人来汾州。路上有一个仆人说:"听说那个狐夫人给的赏钱很多,这次去得了赏钱,我要买一件裘皮大衣。"他的这些话,狐女在官署中已知道了,对刘洞九说:"老家派的人要来了。可恨那奴才对我无礼,我要教训他一下。"第二天,那个仆人刚一进城,头就剧痛起来,到了衙门之后,就抱着头号叫起来。家人忙着要找医生来看,刘洞九笑着说:"不用治,时候到了自然会好!"众人这才怀疑他得罪了小夫人。那仆人心想,自己刚刚到,连衣服都没来得及换,怎么就得罪了她呢?实在想不起来,只好跪在地上哀求。这时门帘里才传出狐女的声音说:"你叫夫人就行了,为什么要带个'狐'字?"仆人这才想起来,连连磕头求饶,里面又说:"既然想得到毛皮衣,怎么那样无礼?"她停了停又说:"你的病好了。"刚一说完,仆人的头就不痛了。仆人谢罪刚要出去,忽然帘中抛出一个小包,说:"这是一件羊羔皮衣,拿去吧。"仆人解开包一看,里面有五两白银。刘洞九这时向仆人们问起家中情况,仆人说一切都好,只是有天晚上丢了一坛子酒。刘洞九问明日子，正是狐女取酒的那个晚上。大家都惊讶她的神奇，称她为"圣仙"。刘洞九还请人为她画了一幅肖像。

当时张道一在山西做提学使，听说了狐女的事后，以同乡名义来拜访刘洞九，想见她一面，被狐女拒绝了。刘洞九拿出画像让他看，竟被他强行夺去。张道一把画像挂在自己卧室，早晚祷告说："以你这样美丽的姿质，找什么人不可以？偏要找像刘洞九那样的老头子！我比刘洞九强多了，你为什么就不来看看我呢？"狐女早已知道了这些话。她在衙门里对刘洞九说："张公十分无礼，我要小小地教训他一顿。"一天，张道一对着画像正要祷告，忽然像是有谁用戒尺在他的头上猛击一下，当时他就头痛欲裂。他吓得赶快把画像还了回去。刘洞九问怎么回事，送画人还不肯说实话，编造了理由。刘洞九笑着说："你主人的头是不是还痛呢？"送画的人知道瞒不过去，就实话实说了。

不久，刘洞九的女婿亓生前来，要求拜见狐女，她坚决不见，但亓生执意要见，刘洞九说："女婿不是外人，见见也无妨。"狐女说："见了就要送他见面礼，而他抱的希望太大，我无法满足，所以不见。既然他一再求见，就答应他十天以后再见。"到了那天，亓生进来隔着帘子作揖，问候了几句。他隐约看见了一点儿面容，不敢细看。退出去，走了几步，他就回头看。这时就听狐女说："女婿回头看了。"说完她就一阵大笑，声音像猫头鹰叫一样。亓生听了，腿脚发软，摇摇晃晃如失魂落魄。出来后坐了很长时间，他才缓过气来，说："刚才听那笑声，如似一阵霹雳，身子都不听使唤了。"一会儿，丫鬟奉命送来二十两银子。亓生接后对丫鬟说："圣仙天天和岳父在一起，难道不知道我生性惯于挥霍，没有花小钱的习惯吗？"狐女听了说："我本来知道他会这样。刚好手头不宽裕。早几天和同伴去开封，遇到那里发大水，钱库被淹，从水里捞上一点儿钱，哪够填补无底洞似的欲望？而且即使送他一大笔钱，他也没有福气享受。"

因为狐女什么事都能未卜先知，刘洞九遇见疑难之事都找她，她也无所不能。一天，她正与刘洞九并肩而坐，忽然仰天大惊说："大难临头了，怎么办呢？"刘洞九赶忙问家人会怎么样，她说："除了二公子令人担忧，其他人都好。这里不久就会成为战场，你必须想办法去远处公干，可能会免去灾难。"刘洞九便请求上级，被批准去云南、贵州押运粮饷。路途遥远，人人都替他担忧，唯有狐女向他祝贺。不久，姜瓖谋反，汾州大乱。刘洞九次子从山东来，不幸遇难。城破时官员们大多遭难，唯有刘洞九平安无事。动乱平息后，刘洞九返回汾州。不久他便因一件大案的牵连而被撤职，几乎倾家荡产，连吃穿都成了问题。而当权者仍对他敲诈勒索，刘洞九忧愁无奈至极。狐女说："别发愁，床底下有三千银两，足够我们用了。"后来刘洞九高兴地问："从哪里偷来的？"狐女说："天下无主的钱财取之不尽，还用偷吗？"刘洞九在狐女的帮助下，找机会脱身回到莱芜县，狐女跟着他一起回去了。几年后，狐女忽然离去。走时她留下了几件东西,其中有丧事用的小白幡,长约二寸。大家认为不吉利,不久,刘洞九便去世了。

雷 曹

乐云鹤、夏平子两人,是同乡又是同学,为莫逆之交。夏平子从小就很聪明,十岁便小有名气了。乐云鹤虚心向夏平子求教,夏平子也时常帮助他,乐云鹤进步很大,因此也有了名气。但乐云鹤和夏平子在科举考场上都很不幸,每次参加科考都以落榜告终。不久,夏平子染病身亡,家里贫困无力置办丧事,乐云鹤挺身而出,为他一手操办。乐云鹤还经常接济夏平子留下的妻儿,每逢得到一升半斗的粮食,就两家平分。夏平子的妻儿全靠他救济才得以活下来。于是,士大夫都敬重他的为人。但乐云鹤家中田产本来就不多,又要维持夏平子一家生计,家境每况愈下,乐云鹤叹息:"像平子那样有才华的人士,都一生碌碌无为而死,又何况我这样平庸的人呢!人生应当及时行乐,一年到头这样凄凄惨惨地活着,恐怕等不到功成名就为国效力就葬身沟壑了,实在是白活了一辈子。我还是早早改变主意吧。"于是他不再念书而去经商,经营半年之后,居然家境达到小康。

一天,他在南京一个旅舍里住宿,见旁边有一个瘦高的男人,筋骨隆起,神色黯然,面带忧伤地在他的左右徘徊。乐云鹤问:"你想吃点东西吗?"那人不说话。乐云鹤便将饭碗推到他面前让他吃,那人立即用手抓着送进嘴里,一下子就吃完了。乐云鹤又要了够两个人吃的东西,那人也吃完了。然后,乐云鹤又让店主切上猪肘子和满满的一盘蒸饼,那人又吃完了。那人一口气吃了好几个人的饭菜才把肚子填满。他向乐云鹤道谢说:"我已经有三年没有像这样饱餐过了。"乐云鹤说:"像你这样一位壮汉,为什么落魄到这步田地?"那人说:"我犯下了弥天大罪,受到了惩罚,无法说出口。"乐云鹤问他住在哪里,他竟说:"我地上无屋,水上无船,早晨在乡村,晚上在城里,居无定所。"乐云鹤整好行李要走,那人跟在后面恋恋不舍。乐云鹤与他告别,他说:"你将有大难,我愿为你效力而报你的恩赐。"乐云鹤听了感到很惊讶,便带他一同走。路上乐云鹤招呼他吃饭,他推辞说:"我一年只吃几顿就够了。"乐云鹤越发觉得奇怪。第二天,乐云鹤载着货物渡江时,忽然起了风暴,满载着货物的船翻了,乐云鹤和那人也掉进江中。不久,风平浪静,那人背着乐云鹤上了别的船,自己又跳进水中,拖来一条小船,扶乐云鹤上去,吩咐乐云鹤躺在船里不要动。然后那人入水把乐云鹤的货捞出,扔在船上,这样几上几下,终把乐云鹤的货全部捞了上来。乐云鹤感谢地说:"你救我这条命就足够了,我哪里奢望你还把货物都帮我捞了上来。"他数点货物,一样不少,更加欢喜,把那人看成神明。乐云鹤正要开船,那人告辞要走,乐云鹤苦苦挽留,那人才留下来与乐云鹤一同乘船过江。乐云鹤笑着说:"这次大难,只丢失了一支金簪,真是万幸。"那人一听就要跳江寻找,乐云鹤正想阻拦,他已跳进江中。一会儿,那人笑着从水里出来,把金簪交给乐云鹤说:"幸亏没有辜负你的期望。"江上的人无不惊奇。

　　乐云鹤和那人一同回家,朝夕相处。那人十几天才吃一顿饭,但一顿吃得特别多。一天,那人又说要走,乐云鹤执意挽留。这时正逢天阴将要下雨,只听雷声阵阵。乐云鹤说:"云间是什么样子?雷声又是怎么回事?如果能上天看看,可能就会知道了。"那人说:"你想上云端游玩吗?"不一会儿,乐云鹤就感到十分困倦,伏在床上好像睡着了。他觉得身体轻飘飘的,好像不在床上。他睁眼一看,自己已身处一片白茫茫的云雾之间,大朵大朵的白云如棉絮一般在身边飘动。乐云鹤吃惊地站了起来,感到一阵眩晕,就像坐在船上一样。乐云鹤又用脚往下踩,软绵绵的似乎不着地。他抬头看看,星星就在眼前。他怀疑自己是在做梦,细细看那些星星,都镶嵌在天上,好像嵌在莲蓬中的一粒粒莲子,大的像大缸,中等的像小缸,最小的像酒杯饭碗那么大。乐云鹤用手摇晃,大的星星一动不动,而最小的星星似乎可以摘下来,于是他就摘了一个,藏在袖中。乐云鹤又拨开云雾向下一看,只见银河渺茫无边无际,地上的城市小得像豆粒一样。他心中一惊,就想到如果脚下一失,肯定会粉身碎骨。这时,乐云鹤突然见有两条蛟龙驾着一辆挂着帷幔的车子过来,龙尾一甩,响声似抽牛鞭,车上放着一个非常大的器具,里边贮满了水。有几十个人用器具舀了水往下洒。他们见到乐云鹤,都很奇怪。乐云鹤一看,那人也在其中。那人对同伴说:"他是我的朋友。"同时,那人顺手取了一样器具给乐云鹤,叫他也舀水洒。这时,天正大旱,乐云鹤拨开云雾,向着故乡的方向,尽情泼洒。不久,那人对乐云鹤说:"我本是雷神,曾因误了下雨,被罚往尘世三年。今天期限已到，我们就此分手吧。"说完，那人把驾车的万尺多长的牵绳扔在乐云鹤面前，让乐云鹤抓着绳子下去，乐云鹤很害怕，不敢接过绳子，雷神笑着说："不要紧。"乐云鹤抓住绳子向下坠去，只听见"嗖嗖"的风声掠过耳边，眨眼间已落到地面。乐云鹤一看，正站在自家村外。而绳子慢慢收入云中，再也看不见了。

当时，方圆几百里大旱，十里外降雨不过一指多深，而唯独乐云鹤的家乡，河溪里涨满了水。乐云鹤一摸袖子，发现摘下的那颗星星还在，放在桌上，颜色黑黑的像一块石头。到了晚上，这块石头就发出灿灿明光，照得四壁通亮。乐云鹤把它视为至宝，珍藏起来，每逢贵客来到，大家饮酒时才拿出来照明，为饮酒的人助兴。当人们正视那颗星星时，就会感到它的一束束光芒刺得人睁不开眼睛。有天晚上，乐云鹤的妻子正在家里梳头，忽然看见星光越变越小，最后如一只萤火虫在屋里飞来飞去。乐妻张口惊呼，星星已飞进口中，吐也吐不出来，一下子就咽了下去。乐妻告诉乐云鹤后，乐云鹤也十分惊奇，不知道这是怎么一回事。晚上，乐云鹤睡着后梦见夏平子来说："我是天上的少微星。你对我的恩惠，我一直记在心中。如今又承蒙你从天上将我带到人间，也算你我有缘。今天我愿做你的后嗣，来报答你的大德。"乐云鹤三十岁无子，做了此梦后非常欢喜。妻子后来果然怀孕，临产时室内光芒四射，和星星放在桌上时一样。乐云鹤就给孩子起名叫星儿。乐星儿聪明机灵，十六岁就考中进士。

异史氏说："乐云鹤文章名闻一时，忽然意识到在求取功名的文人学士中没有自己的位置，就改变了志向，这与班超弃笔从戎无异。至于雷神和少微星感恩戴德的行为，仅仅是出于私情吗？那其实是上天对贤德之士应有的公平酬答啊！"

阿　霞

文登人景星，少年时很有才名。他与陈生是邻居，两人的书房仅隔着一堵矮墙。

一天傍晚，陈生经过荒野时，忽听得有女子在松柏林里啼哭，走近一看，树上挂着一根带子，有个女子正要上吊。陈生问她，女子流着泪说："母亲出远门了，把我托付给表兄，可他狼子野心，不再继续供养我了。我孤孤单单，无处可去，这样还不如死了好。"说完，她又开始哭了。陈生解下带子，劝她嫁人。女子担心没有可靠的人。陈生要她暂时住在自己家，女子便和他一同回去了。在灯下细细一看，这女子长得美貌绝伦。陈生十分欢喜，就想和她交欢。女子挣扎呼喊，声音传到了隔壁。景星跳墙过来看，陈生这才放了她。女子见了景星，停住啼哭注视了好长时间，才向外跑去。二人赶忙去追，但女子早已不知去向。景星回到家后，关上门准备睡觉，却见女子笑盈盈地从房里出来。景星吃惊地询问她为什么到他家里来，她说："陈生无德无福，我不能将终身托付于他。"景星听了很高兴，问她姓名，她说："我家祖居在齐地，姓齐，小名阿霞。"景星以言语挑逗她，她只是微笑，并不拒绝，于是两人就同床共眠了。景星书房每日人来人往，女子一直躲在里屋。过了几天，女子说："我暂且先离开这里。你这里人多眼杂，我躲在里面憋得难受。从今往后，我晚上来好了。"景星问她家住何方，她说："正好离这不远。"于是，她一大早就离开了。晚上，女子果然来了，两人恩爱如鱼水之情。又过了几天，她对景星说："我俩虽然恩爱，但这样终究是私订终身，只能私下里相会。我父亲在西边做官，明天我要陪母亲去探亲。有机会我想禀告父亲，和你定下终身大事。"景星问她去多久，两人约定十天之期。

女子走后，景星心想两人在书房同居，不是长远之计，但回家去，又怕妻子嫉妒。他算计不如把妻子休了，于是暗下决心。妻子一来，他就对她大骂，妻子委屈万分，痛不欲生。景生说："你死了还连累我，不如回娘家去。"他不断催促妻子快点离开。妻子哭诉着："结婚十年来，自问没有什么过错，你为什么这样无情？"景星不听，恶狠狠地把她驱逐出门。妻子走后，景星就让家人把墙壁刷得雪白雪白的，房间内打扫得干干净净，一心盼着女子来，怎料过了很长时间女子还是音讯全无。妻子回娘家后，多次托人说情，希望能够复婚，景星一概置之不理。妻子不得已改嫁给姓夏侯的。夏侯家的田地与景星家相连，平日时常发生争执，积久成仇。听说妻子嫁到夏侯家，景星又气又恨。但是想到阿霞会来，他便稍稍觉得好受些了。然而一年多过去了，阿霞仍是无影无踪。

海神生日那天，海神庙里外人山人海，景星也去看热闹。景星远远望见一个女子很像阿霞，走过去，她已躲进人群中。他跟踪着走到庙外，已经赶不上了，只得满腔怅恨地回到家里。

又过了半年，他在路上迎面见到一个穿红衣的女子，后边跟着一个仆人，骑着一头黑驴过来。景星望去，竟是阿霞，就问跟在后面的仆人："这位娘子是谁？"仆人回答："是南村郑公子的继妻。"景星又问："娶了多久了？"仆人回答说："半个月了。"景星寻思，莫非认错了人吧？女子听到说话声，回头看了一眼，正和景星的目光相遇，景星仔细一瞧，真的是阿霞。景星见她已嫁了人，满怀怨恨，大声说："霞娘，为什么忘了诺言？"仆人听他喊主

妇，想动手教训他，被阿霞拦住。她取下面纱对景星说："你这负心汉，还有脸见我吗？"景星说："是你负我，不是我负你。"阿霞说："负了你的夫人，比负我更厉害。结发夫妻尚且如此，何况他人？过去我因为你祖宗积德，你已名登科榜，所以委身于你。现在因为你抛弃妻子，阴司已把你的禄秩削掉了，今年科举第六名的王昌，就是替代你的。我已嫁给郑公子，请你不要惦念我了。"景星低着头一言不发。等抬头再看阿霞时，她已骑着驴子飞一样地走远了，景星站在原地，心中只有无限的惆怅和悔恨。这一年乡试，景星果然落榜，第六名果然是王昌，阿霞的丈夫郑公子也考中了。景星从此被人看成薄幸之流，四十岁尚无配偶。家境一日不如一日，他常在亲友家混饭吃。偶然来到郑家，郑公子留他住宿，被阿霞发现，不免同情。阿霞问郑公子："堂上客人是不是景星？"郑公子说正是他，并问她怎么认识，阿霞说："没有嫁给你时，曾在他家避过难，得到他很好的照料。他虽然薄情卑鄙，但祖宗之德未尽，又是你的故交，应该适当照顾。"郑公子觉得她说得有理，为景星做了新衣服，又留他住了几天。一天夜里景星准备睡觉，有个丫鬟拿着二十多两银子送给他，阿霞站在窗外说："这是我的私房钱，聊以报答你过去的恩情，你可拿去讨个老婆。幸亏你祖宗余荫还在，可以延及子孙。你今后行为要检点，免得短寿。"景星向她表示了感谢。

回家后，景星用十几两银子买来一个士绅家的丫头，新妇又丑又凶。后来，她生下一个男孩子，这男孩长大后考中了进士。郑公子后来做了吏部郎官。他死后，阿霞给他送了葬，回来时家人撩开车帘一看，车里已经空了，此时人们才知道她不是人类。

唉！人没有了良心，喜新厌旧，最后弄得鸡飞蛋打，这是老天的报应啊！

翩 翩

　　罗子浮是陕西邠州人。父母相继早逝，八九岁时，罗子浮依靠叔父罗大业生活。罗大业任国子祭酒，家境富有，却没有儿子，把罗子浮看作亲生骨肉。罗子浮十四岁时，因受坏人教唆，开始嫖妓。一个南京来的妓女寄住在邠州，将他迷得神魂颠倒。那妓女回南京时，罗子浮偷偷跟着她去了。在南京的妓院中，他一住就是半年，花光了钱，开始遭到妓女们的嘲笑和嫌弃，只不过没有马上被赶出妓院的大门而已。不久，他又得了梅毒，下身溃烂发臭，肮脏的脓液弄得床席到处都是，他终被赶出了妓院。他流落在街头乞讨，路人见到他，无不远远避开。他自己也生怕客死他乡，就一路要着饭向西走，每天三四十里，渐渐就到了邠州境内。他心想自己这身破烂衣服，一身脓疮，实在无脸见亲人，便在邠州附近邻县徘徊。见天黑了，他就想去山中的庙里安身。正走着，他遇见一位十分美丽的女子。女子走上前问："你要去哪里？"罗子浮就如实说了。女子说："我是出家人，住在山洞里。洞里有地方可以让你住下，也不必害怕野兽。"罗子浮高兴地随她去了。来到深山中，只见有一个山洞，洞前有一条溪水，溪上架着石桥。离桥几步远的地方，还有两间石屋。进屋一看，里面光线很好，不需点灯。女子叫他脱去破衣烂衫，去溪水里洗澡，还说："洗了澡，疮就会好了。"女子又掀开帷帐，打扫床铺，催他就寝，说："睡吧，我给你缝一件衣裳。"说着，女子用芭蕉叶那样大的树叶，剪制衣服，罗子浮躺在床上看着，不多时，衣服就做好了，叠放在床头，女子吩咐他早晨起来穿上，就在他对面床上睡下了。

　　罗子浮洗过澡后，疮果然不痛了；醒来一摸，早已结痂了。早晨起身，他怀疑芭蕉叶做的衣服不能穿。他取来一看，却是光滑无比的碧绿色锦缎，闪闪发亮。不久，该吃早饭了，他见女子将树叶剪成饼的样子，吃到嘴里果然是饼。他见女子又剪了鸡、鱼等，煮熟之后和真的一样美味可口。屋角上还放着一瓮好酒，随时可取来喝，少了女子就舀溪水灌进去以作补充。罗子浮在这儿住了没几天，病就全好了。他向女子求欢，女子说："你这个浪子，才安下身来，又生妄想。"罗子浮说："这是为了报答你的恩德。"于是两人同床共眠，相亲相爱，十分快乐。

　　一天，忽然有个少妇笑着进来，对女子说："翩翩，看把你这小鬼头快活的,什么时候做成的这桩好事?"翩翩忙起身迎接,也笑着说:"原来是花城娘子来了,这么长时间都不见你,今天是什么风把你吹来的?生了儿子没有?"少妇答:"又是个小丫头。"翩翩又笑着说:"看来花城娘子是只会生女儿了,为什么不带她来?"花城娘子答:"刚把她哄睡着了。"于是大家坐下一同饮酒。花城娘子对罗子浮说:"你这小郎君可是烧了高香了。"罗子浮打量她,见有二十三四岁的样子,风流妖媚,不觉心生爱意。罗子浮神不守舍地剥着果皮,不慎把一颗果子掉在了桌子下面。他就趁弯腰在地上捡水果时,悄悄捏了一下花城娘子的脚。花城娘子只是瞧着别处说笑着,装作不知道。罗子浮正暗自欣喜,忽觉全身冰凉,再看身上,衣裤全变成了秋天的枯叶,心里一惊,赶快收起杂念,端坐几上,衣服才慢慢变回原来的样子。他心中庆幸没被两位女子看到。一会儿,他又趁劝酒之际,用手指轻轻挠了挠花城娘子的手,花城娘子谈笑自如,毫不理会。就在罗子浮心旷神怡的瞬间,衣服又变成了树叶,很久才恢复原状。从此,他再不敢胡思乱想。花城娘子笑着说:"你家郎君,太不规矩。如果不是你喜欢吃醋,他恐怕会跳到天上去。"翩翩也嘲讽说:"这薄情之人,应该让他冻死。"两人一起鼓掌而笑。花城娘子站起身说:"小丫头该醒了,恐怕已哭断了肠子。"翩翩也起身笑着说:"只顾勾引别人的汉子,还能记得小江城要哭坏了。"花城娘子走后,罗子浮担心挨骂,但翩翩不动声色,和往日一样。

不久,秋风飒飒,落叶翻飞。翩翩忙着收拾落叶,积蓄食物,准备过冬。她看罗子浮冷得缩身耸肩,就用包袱把洞口的白云拣来,给他做成棉袄。他穿到身上又暖又轻。

一年之后,翩翩生下个男孩,十分聪明。罗子浮天天在洞里逗孩子玩,以此为乐。但又时时怀念家乡,他让翩翩与他一同回去,翩翩说:"我不能去。要去,你自己回去吧。"罗子浮没办法,只得留下。这样又是两三年过去了,儿子渐渐长大,就与花城娘子的女儿订了婚。罗子浮挂念叔父年老,翩翩宽慰他说:"叔父虽老,身体还健康,你不必记挂。等保儿结婚后,去留听你的。"翩翩在洞中常用树叶教儿读书写字,儿子过目成诵。翩翩说:"这孩子有福相,到了尘世间,做个宰相那么大的官恐怕不是什么难事。"又过了几年,保儿到了十四岁,花城娘子亲自送女儿来成亲。那女儿容光焕发,衣衫艳丽,十分动人。罗子浮夫妻俩很是高兴,全家举行宴会。翩翩拔下金钗,打着拍子唱道:

> 我有佳儿,不羡贵官;
> 我有佳妇,不羡绮纨。
> 今夕聚首,皆当喜欢。
> 为君行酒,劝君加餐。

随后,花城娘子便回去了。儿子、媳妇住在对面石屋中。儿媳孝顺双亲,和亲生女儿一样。

罗子浮又想回家乡。翩翩说:"你骨子里便带俗气,久久不能成仙。儿子也是富贵命,可以把他一同带去,我不想耽误他的前途。"媳妇请求和母亲告别,正说着,花城娘子就来了。小两口儿都对母亲依依不舍,热泪盈眶。两个母亲都说:"暂时先去,以后还可以回来。"翩翩用树叶剪成三头驴子,叫他们三人骑着回家。

这时,叔父罗大业年纪已老,辞官在家。他以为侄儿早就死了,忽然见他回家来,还带着孙子和孙媳,高兴得如获至宝。进门后,他们各自都看到自己身上的衣服都是芭蕉叶,就用手扯开它,里面棉絮也变成白云飘上了天。于是,他们换了衣服。后来罗子浮思念翩翩,同儿子、媳妇一道进山寻访,只见遍地黄叶,洞口已迷失不见,只好含泪还家。

异史氏说:"翩翩、花城娘子,大概是仙人吧?她们以树叶为食,以白云为衣,多么神奇啊!但在闺房中调笑亲热,生儿育女,又与人世间有什么不同?山中十五年,回家后虽然没有丁令威化鹤归来'城郭如故人民非'的变化,但再入深山,白云迷漫,洞口湮没,没有踪迹可找,看这景观,真和汉代刘晨、阮肇入山重访仙女的光景差不多。"

青 梅

南京有一位程姓的书生,性情磊落豪爽,从不因小事与人计较。有一天,他从外面回到家,正在解衣带,忽然觉得带子的一头沉甸甸的,好像有什么东西掉下来。他低头看看,什么也没有。然而,就在他转身之际,一个女子从他的身后钻了出来,用手掠着头发朝他微笑,美丽极了。程生怀疑她是鬼,女子说:"我不是鬼,是狐狸。"程生说:"如能得到绝世佳人,就是鬼也不怕,何况狐狸。"于是他便和她亲密地生活在了一起。

过了两年,狐女生下一个女孩,他们为这女孩起名叫青梅。狐女常对程生说:"你不要再娶妻子了,我会为你生个男孩子的。"程生听信了她的话,便没有娶妻子。为此,亲戚朋友一同取笑他,讽刺他,程生终于意志动摇,聘娶湖东一个姓王的女子为妻。狐女听到这消息后,十分生气。她给青梅喂完了奶,然后将她扔给程生说:"这是你家的赔钱货,养着她杀了她全由你,我凭什么替人家做奶妈啊!"说完,狐女就出门走了。

青梅长大后十分聪明,容貌秀丽,相貌酷似她的母亲。后来,程生得病死了,其妻王氏也重新嫁人,离开了程家。青梅则寄养在堂叔父家里。她这个堂叔父行为放荡没有德行,竟要把青梅卖了为自己挣一笔钱。恰巧有一个姓王的进士,正在家等候吏部选授官吏,听说青梅十分聪明美丽,便花大价钱把她买了回去,让她做女儿阿喜的使唤丫头。阿喜年方十四岁,生得天姿国色,美丽绝伦。见到青梅,阿喜十分高兴,与青梅同吃同住,形影不离。青梅也善于察言观色,眼一瞥,眉一皱,便能领悟其意,因此一家人都很疼爱她。

同城有个姓张的书生,字介受,家境贫寒,没有房产田产,租住在王家的院子里。张生孝敬父母,品行端正,为人处事十分讲究礼法,又勤奋好学。一天,青梅偶然走进他家,发现他正坐在石头上喝糠粥;青梅走进屋里同他母亲拉家常,发现桌上摆着猪蹄。当时,张生的父亲正卧病在床,张生走进屋来,抱起父亲,帮他小便。结果,张生的衣服被尿液弄脏了。老父察觉到了,心里很是过意不去。张生掩盖住身上的尿渍,赶紧跑出去用水洗了,生怕让老父知道。青梅因此对他产生了敬意。回到家中,她又将所见所闻告诉了阿喜,并对她说:"寓居在咱家的这位房客,不是个等闲之辈。小姐不想找个如意郎君也就罢了,如果要找,张生便是最好的人选。"阿喜担心父亲嫌他家穷。青梅说:"不是这样的,这事主要在于小姐自己。如果你认为可以,我就暗地里告诉他,让他找媒人来提亲。如此,夫人一定会找你去商量,到时,你只管答应'是',事情就成了。"阿喜又担心嫁给他会一辈子受穷被人耻笑。青梅说:"我自信有眼力能看准天下的读书人,决不会错的。"

第二天,青梅就将此事告诉了张生的母亲。张母大吃一惊,说她的话有悖常理,不是个好兆头。青梅说:"我家小姐听说公子是个贤德之人,对他十分敬佩。我是看出她有这个意思才来替他们说合的。你请媒人去说,我和小姐在一旁帮腔,料想此事会成功的。即便她家不答应,对公子又有什么损害的呢?"张母说:"就听你的吧!"于是,张母便请了一个姓侯的卖花女人前去说媒。王夫人听了觉得很好笑,又将此事说给王进士听,王进士也大笑起来。两人把女儿叫出来,告诉了她侯氏的来意。没等阿喜回答,青梅就极力称赞起张生的人品来,并肯定地说他将来一定会大富大贵。王夫人又问女儿:"这是你的终身大事,如果你能吃糠咽菜,我就为你答应这桩亲事。"阿喜低着头沉思了许久,然后对着墙壁说:"贫富是命中注定的事。如果命好,即使穷也不会长久,不穷的日子倒是无穷尽的。如果命薄,像那些穿锦着缎的王公贵族,后来穷得没有立锥之地,其人数还少吗?这事全由父母做主。"当初,王进士将女儿叫来商量,无非是想博得一笑,听了女儿这一番有违他初衷的话,很不高兴地说:"你真想嫁给张生吗?"阿喜低头不语;再问,还是不回答。王进士生气地骂道:"你这不长进的贱骨头!一点不长进!想要提着篮子做乞丐妇,难道不羞死人?!"听了这话,阿喜羞红了脸,气得一句话也说不出来,流着泪回到自己房里。媒人也没趣地走了。

青梅一看这事不成,便想把自己嫁给张生。几天后的一个夜晚,她来到张生屋里。张生正在读书,惊讶地问她有何事到此。青梅面带羞色,吞吞吐吐地表明了来意。张生十分严肃地拒绝了她。青梅哭着对他说:"我是一个良家女子,并非轻浮私奔的人。只因你是一个贤良的人,才愿将终身托付于你。"张生说:"你爱我,是认为我品行好。可是,黑夜的私情行为,自爱的人都不会做的,更何况一个有品德的人呢?试图从淫乱开始,以达到终成夫妻的目的,君子尚以为不可。何况这事还成不了,你我以后又该如何相处呢?"青梅说:"万一能够成功,你肯接纳我吗?"张生回答说:"能够得到像你这样的美人做妻子,我还有什么可求的呢?但还有三件无可奈何的事,所以不敢轻易答应。"青梅问:"哪三件事啊?"张生答道:"你不能自己做主,就无可奈何;即使你能自己做主,而我父母不同意就无可奈何;即使我的父母同意了,但赎你的身价必定很高,我一贫如洗无处筹措这笔钱,就更无可奈何。你还是赶快走吧,瓜田李下,人言可畏啊!"青梅临走,又叮嘱张生说:"假若你对我有意,希望你和我共同想个办法。"张生答应了。

青梅回去后,阿喜责问她上哪里去了,她便跪下如实说了。阿喜十分生气,认为她这是偷情,准备痛打她一顿。青梅哭着说没有做什么见不得人的事,并将事情的详细经过告诉了阿喜。阿喜感叹道:"他不干苟且苟合之事,这是知礼;做事情一定要告诉父母,这是有孝心;不轻易答应别人,这是

讲信用！有了这三样美德，老天必会保佑他的，他不用担心受穷一辈子了。"接着阿喜又问青梅："你打算怎么办？"青梅回答说："嫁给他。"阿喜笑着说："傻丫头，你能自己做主吗？"青梅回答："要是不行，就一死了之。"阿喜说："我一定要使你如愿以偿。"青梅连忙跪下叩头表示感谢。

又过了几天，青梅询问阿喜道："前些天你讲的话是逗我玩呢，还是果真大发慈悲？如果是真的，我还有一些小小的事情，请求你垂怜。"阿喜问她是什么事情，青梅回答道："张生拿不出聘礼，我也没有钱财替自己赎身，如果一定要拿足赎金，那么，同意把我嫁给他实际上还是不同意。"阿喜沉吟了半响说："这事我也无能为力。我说让你嫁给了张生，恐怕不行；如果说一定不要赎金，父亲一定不会同意，我也不敢说什么。"听了这话，青梅急得直流眼泪，只是一个劲儿地哀求小姐可怜、帮助她。阿喜思考了很长时间才说："没有别的办法，我自己还攒了一点儿私房钱，全部拿出来帮助你。"青梅连忙拜谢，于是悄悄告诉了张生。听说此事后，张生的母亲大喜，又多方借贷，凑足了赎金，然后存了起来等待好消息。

适逢王进士被派往山西曲沃县做县令，阿喜乘机对母亲说："青梅年龄已经大了，父亲现在又要到山西赴任，不如打发她走吧。"王夫人本来就认为青梅太聪明，担心她把女儿带坏了，想要把她嫁出去，但又怕女儿不高兴。听了女儿这番话，她很是高兴。过了两天，有个用人的媳妇过来表明了张家想向青梅求婚的意思。王进士笑着说："张生这个人也只配娶个婢女，上次他也太不知好歹了。然而，卖给高门大户做侍妾，身价应是我买进她时的两倍。"阿喜赶忙对父亲说："青梅侍候我这么长时间了，将她卖给别人做小妾，我实在于心不忍。"王进士便让人捎话给张家，仍以原来的价格立赎身契，把青梅下嫁给张生。

过门以后，青梅对公婆体贴，周到细心，超过了张生。而且操持家务更勤快，不以吃糠咽菜为苦。为此，张家的人没有不敬重她的。青梅还做起刺绣活来，刺绣卖得很快，商人们守候在张家门口，唯恐收购不到。这样挣来的钱就勉强可以维持穷日子了。青梅还时常劝导丈夫，不要因操心家务事而耽误了读书，家中有关生计方面的事都由她一人承担了。

由于王进士要去山西上任，青梅去与阿喜告别。阿喜见到她后，流着眼泪说："你已经如愿了，我将来肯定不如你。"青梅说："我怎敢忘记这一切是谁恩赐的呢？但小姐说你的命运不如我，恐怕是要折我的阳寿。"说完话，二人流着泪依依惜别。

王进士到山西半年后，王夫人就死了，灵柩停放在寺院中。又过了两年，王进士因为行贿罪被免职，赎罪罚款就花了万把两银子。从此，王家逐渐破败下去，连生计都难以维持，仆人也都各奔东西。正当此时，又流行瘟疫，王进士染病身亡，只剩下一个老妈子跟随着阿喜。没有多久，老妈子也死了。阿喜一人孤苦伶仃，生活更加艰难。邻居有一位老太太劝阿喜嫁人，阿喜回答说："谁能为我安葬双亲，我就嫁给谁。"老太太可怜她，送给她一斗米后就走了。半月后，老太太又来了，对阿喜说："我已经为你尽心尽力了，但事情仍很难办。贫穷的人无力替你安葬双亲，而富贵人家又嫌你是个破落户的后代。我又能有什么办法？不过，还有一条路可走，就怕你不肯答应。"阿喜问："还有什么路？"老太太说："这里有个姓李的男子，想找一个小妾，倘若见了你的姿容，再让他出钱厚葬你的双亲，他一定不会吝惜的。"阿喜听了后大哭道："我是个官宦人家的女儿，竟要去给人家做妾吗？"老太太无言以对，只得走了。

从此，阿喜每天只能吃一顿饭，勉强维持生命，以图能得到一个好的身价安葬双亲。如此又过了半年，阿喜的生活更难维持了。有一天，老太太又来了，阿喜哭着对她说："生活困顿到如此程度，常常想要结束自己的生命。我之所以还恋恋不舍地苟活在世上，只是因为二老的灵柩还没有安葬。我要死了，谁替我收拾双亲的尸骨呢？我想来想去，不如就依你所说的办吧。"于是，老太太就领来了姓李的男子。那男子只是稍稍看了一眼阿喜，便喜不自禁。很快地，他就出钱办理了安葬之事，等两具灵柩都掩埋好了，就接阿喜回去，让她拜见他的大老婆。那大老婆是个十分凶悍且又嫉妒心很强的女人，姓李的男子起初不敢说是娶阿喜为妾，而是借口说买了一个婢女。谁知一见到阿喜，那大老婆便勃然大怒，并用棍子将阿喜打出屋去，不准她进门。

阿喜披头散发，泪流满面，进退无路。恰巧有一个老尼姑经过，见阿喜可怜，便邀她与自己同住到尼姑庵里。阿喜便跟着她走了。到了尼姑庵里，阿喜请求削发为尼。老尼姑没有答应，说："我看姑娘不像一个要长期流落风尘的人。庵中粗茶淡饭还可以维持。你先暂且住在这里等待着。时来运转，你就自管走你的。"

阿喜在庵里住了一段时间后，街上的一些无赖看她长得漂亮，便时常来敲打庵门，用一些淫荡不堪的话语调戏她，老尼姑也无法制止。阿喜为此气得直哭，想要自尽。老尼姑去请求吏部的一个官员在庵门口贴出一张告示，严禁到此骚扰，恶少无赖才稍稍有所收敛。后来，又有人于夜间在尼姑庵的墙壁上打洞，老尼姑发现后大声呼叫，打洞者才逃走。老尼姑为此又上告到吏部，吏部派人抓住首恶分子送到州府打了一顿棍子，才逐渐安定下来。

又一年过去了。一天，一位贵公子从这里路过，见到阿喜，为她的绝代容貌感到惊异，硬逼着老尼姑为他撮合，并拿出重金贿赂老尼姑，老尼姑婉言相告："人家是官宦人家的小姐，不甘心做妾的。公子暂先回去，容我慢慢给你回复。"公子走后，阿喜又想服毒自杀。当天夜里，她梦见父亲来到她身边，痛心疾首地说："当初我没有顺从你的意愿，使你落到这步田地，后悔已经晚了，但不要寻短见，缓些日子，你从前的愿望还会实现。"阿喜很是惊异。天亮了，她梳洗完毕，老尼姑望着她惊奇地说："从你的脸色看，你的晦气已全部消散，强暴无理的事不用担心了。你的幸福就要降临，可不要忘了我啊！"老尼姑的话还没有说完，便有一阵敲门声传了进来。阿喜大惊失色，猜想一定是贵公子家派来的人。老尼姑打开门，果然是贵公子家的仆人。仆人一见老尼姑的面就忙着追问那事谋划得怎样了。老尼姑笑脸相迎，好言应对，只求再给她三天时间。仆人向老尼姑转达主人的话，说如果事情办不成，就让老尼姑亲自向公子交代。老尼姑恭恭敬敬地答应着，并敬请仆人先回去。阿喜在一旁悲伤得直流眼泪，又想自尽。老尼姑阻止她。阿喜担心三天后贵公子再来时，她们将无言以对，老尼姑说："有我这条老命在，是杀是砍全由我一人承担。"

第二天，刚到申时，外面下起了倾盆大雨，忽然听到有人吵吵嚷嚷地使劲敲门。阿喜吓得不知如何是好。老尼姑冒着雨打开庵门，只见一个轿子停在门口，几个丫鬟从轿中搀扶出一位相貌绝佳的夫人。仆从们气势不凡，车马装饰也很华贵。老尼姑惊奇地询问他们是什么人，对方回答："这是司理官老爷的家眷，到庵里暂避风雨。"老尼姑将他们引入殿中，搬出矮榻请这位贵夫人坐。贵夫人的丫鬟仆妇也都走进禅房，各自寻找休息的地方。有人在内室看到了阿喜，见她美丽动人，便跑去告诉了夫人。不久，雨停了，夫人站起身来，要求到禅房里看看。老尼姑将她领进禅房。夫人看见一女子艳丽绝顶，眼睛便一动不动地盯着。阿喜也对着夫人打量了老半天。这贵夫人不是别人，正是青梅。两人不禁失声而抱头痛哭，于是分别叙述了离别后的行踪。

原来，张生的父亲病故，张生服丧期满后，参加科考，连连告捷，被朝廷任用为主管狱讼的司理。张生先侍奉着母亲去上任，然后派人接家眷。阿喜感叹地说："今日相见，你我又何止是天壤之别？"青梅笑着说："幸亏小姐屡遭挫折，尚未婚配，正是老天要让我们团聚啊！假如不被大雨阻挡，又怎能在这里巧遇呢？这里一定有鬼神相助，仅凭人力是无法做到的。"于是，青梅让人取来镶有珠宝的帽子和锦绣织就的衣裳，催促阿喜换上。阿喜低头徘徊，犹豫不决。老尼姑则在一旁极力相劝。阿喜担心就这么去与青梅同居一处，名分不正。青梅说："过去咱们俩的名分就定了，我这做丫头的怎敢忘记你的大恩大德呢？你再想想张生，难道是负义的人吗？"说完，青梅硬逼着阿喜换上了衣服，然后一同见过老尼姑走了。

到了任所，张生母子非常高兴。阿喜拜见张母说："我今天实在没有脸面拜见母亲。"张母笑着安慰了她，并计划选择黄道吉日，为她和张生完婚。阿喜说："倘若尼姑庵中有一点生路，我也就不和夫人来这里了。如果还念着过去的旧情，给我一间草房，可以容得下一只蒲团就满足了。"听了她的话，青梅只是笑而不答。到了结婚的那一天，青梅抱来了艳丽的结婚礼服，阿喜左右为难，不知该怎么办才好。不一会儿，听到鼓乐声大作，阿喜也无法自己做主。青梅带着丫鬟老妈子硬是给她穿上了礼服，搀扶着走出房门。她见张生穿着朝服向她作揖，就不知不觉地款款向他回拜起来。完毕，青梅将她拽进洞房，说："空着这个位子，等你好久了。"并回头对张生说："今夜你总算得到报恩的机会了，可要好好侍候她呀！"说完话，青梅转身就想走。阿喜却拉住她的衣角不放。青梅笑着说："不要留我，这事我可不能代劳呀！"于是青梅掰开她的手指脱身而去。

在以后的日子里，青梅侍奉阿喜毕恭毕敬，小心谨慎，从不敢代替正妻侍寝。而阿喜也始终惭愧不安。张母让她们互相以"夫人"称呼，而青梅始终奉行婢妾之礼，不敢有丝毫的懈怠。三年后，张生奉诏入京，路过尼姑庵，拿出五百两银子给老尼姑，老尼姑坚辞不收。张生一再坚持，老尼姑才收下二百两，用这钱修建了一座观音菩萨庙，给王夫人立了一块碑。后来，张生官至侍郎，程青梅夫人生了两个儿子一个女儿，王阿喜夫人生了四个儿子一个女儿。张生上书皇帝，陈述上述情况，两人都被封为夫人。

异史氏说："上天降生美丽的女子，本来就是用来匹配天下贤士的。而世俗的王公大人，却要留给纨绔子弟。这样，老天爷必然不同意而要力争的。但事情离奇曲折，致使从中撮合的人费尽无限心机，老天爷也真是用心良苦啊！只有程青梅夫人能够慧眼识别英雄于穷困未达之时，发誓要嫁给他，且以死来保证。而那些衣冠楚楚、一副体面人模样的官宦大人，反而抛却有德行之人去追求纨绔之徒，真是还不如一个丫头啊！"

罗刹海市

马骥，字龙媒，是个商人的儿子。他风姿秀美，从小洒脱豪爽，喜欢歌舞，经常混迹于梨园弟子之中，扮成用锦帕缠着头的旦角，俨然是漂亮的少女，所以他得到一个"俊人"的雅号。十四岁，马骥考中秀才，就小有名气。后来，他的父亲年岁大了，停了生意，闲居在家，他对马骥说："你读的那几本书，饿了不能当饭吃，冷了不能当衣穿。我儿可以接替为父的事业做买卖。"马骥就逐渐做起生意来了。

一次，马骥随人出海经商，船被飓风刮走，几天几夜之后，漂到了一个都城。这里的人都长得异乎寻常的丑陋，见到马骥，竟以为见到了妖怪，都高声喊叫着逃走了。马骥初次见到这种情景，大惊失色，等到他明白这里的人是害怕自己时，便反过来以此欺压这里的人。遇到吃饭喝酒的，他便跑过去，别人都吓得逃走了，他就坐下来把剩下的食物吃了。如此待了很久，马骥又来到一座山村。山村里的人倒有些普通人的样子，但衣衫褴褛，如同乞丐一样。马骥在树下歇息，村里的人不敢过来，只是远远地望着他。时间长了，他们觉得马骥不像是吃人的恶魔，才敢稍稍接近他。马骥笑着与他们交谈，语言虽然不同，但大致还能听懂。马骥便告诉他们自己是从哪里来的，又是如何到这里来的。村里人听了很高兴，纷纷祷告邻里，说这个客人并不是吃人的怪物。然而，那些样子特别丑陋的人，只是看看他就走了，始终不敢和他接近。而那些敢于接近他的人，嘴巴、鼻子大都长得与中国人一样。他们纷纷拿出酒来请马骥喝。马骥问起他们害怕的缘故，他们回答说："曾听我们祖父辈的人说过，从这里往西两万六千里的地方，有一个中国，那里人的相貌都长得很奇特。以前是耳闻，今天才知道是真的。"马骥问他们为什么这样贫穷，他们说："我们这个国家所看重的，不是文章，而是长相。那美到极点的可以官拜上卿；次一点儿的可以做地方官；再次一点儿的，也能博得达官贵人的宠爱，获取丰厚的食物供养妻子儿女。像我们这样的，一生下来就被父母视为不祥之物，往往被弃之不顾。其中不忍心马上丢弃的，都是为了传宗接代罢了。"马骥又问："这个国家叫什么名字？"那些人回答："叫大罗刹国。都城在北边，离这儿有三十里路。"马骥请他们领自己去看看。于是他们鸡叫时分起床，领着他一块儿前去。

天亮之后，他们才到达都城。都城的墙用黑石头砌就，颜色如墨。城中楼阁高近十丈，然而楼顶很少用瓦，是用红色的石头覆盖在上面。捡起一片这样的石头在指甲上磨一磨，和丹砂没有两样。正值退朝的时候，朝中有乘着华丽车马出来的，村里人指着说："这是宰相。"马骥一看，只见那人两个耳朵反长着，鼻子有三个孔，睫毛长得像帘子一样，盖住了双眼。紧接其后，又有几个骑马的出来，村里人指着那几个人说："这几个是大夫。"并依次指出他们的官职，那几个人都面目狰狞，奇丑无比。但官位越低，其丑陋之状也略减弱一些。一会儿，马骥转身往回走，被街市上的人看见了，这些人大呼小叫，狂奔不止，就如同碰到了怪物一样。村里人百般解释，街市上的人才敢站在远处看马骥。

等他们回到村里，全国的人，都知道山村里来了个怪人。于是，士绅大夫争着要长见识，就令村里人邀请马骥前来做客。然而，马骥每到一家，看门人都要将大门关起来，男人女人都从门缝偷偷看着马骥，窃窃私语。整整一天过去了，没有人敢请马骥进门。村里人说："这地方有一位警卫过宫门的执戟郎，曾为先王出使他国，见的人多，或许不会见到你就害怕。"马骥便去拜访这位执戟郎。执戟郎果然很高兴，并将马骥奉为上宾。马骥观察执戟郎的相貌，如八九十岁的人，而且，眼球凸出，满脸络腮胡子，活像刺猬。执戟郎说:"我年轻的时候,奉王命出使过许多国家,唯独没有到过中国。如今我已一百二十多岁了,得以见到中国的人物,不能不将此上奏天子。然而,我赋闲在家,已十多年没有踏过宫廷的台阶了。明天一早,我将为你亲自跑一趟。"于是,执戟郎吩咐家人摆上酒菜,行主客之礼。酒过数巡,执戟郎唤出歌女十几个,轮番歌舞。歌女一个个貌似夜叉,且都用白色的锦缎缠着头,身上的红裙拖到了地上。她们演唱的不知是什么歌词,腔调节拍也很怪异。主人看得听得很开心。主人问:"中国也有这种歌舞吗?"马骥回答:"有。"主人请马骥学唱几句。马骥便敲着桌面,打着拍子,为他唱了一曲。主人听后高兴地说:"太妙了!这声调就如同龙啸凤鸣,我从来没有听到过。"第二天,执戟郎上朝,将马骥推荐给国王。国王欣然下令召见。但有几位大夫说马骥长得太怪异,恐怕会惊吓到国王。国王便作罢了。执戟郎出来后告诉马骥,深深为此感到遗憾。

　　马骥住在执戟郎家里已经很久了。一天,他在与主人饮酒时喝醉了,拔剑起舞,用煤灰将脸涂抹成戏剧中张飞的样子。主人认为很美,说:"请你就以张飞的这副模样去见宰相,宰相肯定乐于用你,高官厚禄不难到手。"马骥说:"咳!闹着玩玩还可以。怎么能改变自己的本来面目来谋取荣华富贵呢?"主人坚持要他这样做,马骥无奈,只得答应。于是,主人大摆宴席,邀请达官贵人来家中做客,让马骥画好脸谱后等待。不久,客人们到了,主人便叫马骥出来见客。客人们惊讶地说:"奇怪啊!为什么上次那样丑陋而现在这样美。"于是便与马骥一同饮酒,大家十分高兴。席间,马骥婆娑起舞,唱了一曲弋阳腔,满座的宾客无不为之倾倒。第二天,他们纷纷上奏,向国王保荐马骥。国王十分高兴,派人持旌节去召见他。见面后,国王向他询问中国的治国之策,马骥十分详尽地介绍了一番,大受国王的称赞与嘉奖,并在离宫设宴招待他。酒喝到酣畅时,国王问马骥:"听说你会演唱高雅的乐曲,能不能唱给我听听?"马骥当即起舞,也效法此地歌女的做法用白锦帕缠了头,演唱靡靡之音。国王十分高兴,当即封他为下大夫。从此以后,国王时不时地就让马骥陪着他一块儿喝酒吃饭,给予特殊的恩宠。然而,时间一久,文武百官慢

慢觉察出马骥的面孔是假的。无论他走到哪里，都会看到人们窃窃私语，不大乐意与他交往。马骥此时感到很孤立，心里惴惴不安。于是，他上疏请求辞官回家，国王不准。他又请求休息，国王才给了他三个月的假。

马骥乘驿站车马，载着国王赐给他的金银财宝，又回到了原来的村庄。村民跪在路旁迎接他。马骥将金银财宝分给过去与他交往过的好朋友，村民欢声雷动。他们说："我们这些贫贱的村民居然能够受到大夫的赏赐！我们明天就到海市上去，采购些奇珍异宝报答你。"马骥问："海市在什么地方？"村里人回答："海市就是海中的集市。四海的鲛人集中在那里做珠宝生意，四方十二国的人，也都来此做买卖，还有许多神仙游玩于其中。不过，那个地方云霞遮天，波涛汹涌，贵人看重自己的生命，不敢冒险到那里去。他们将金银布匹交给我们，让我们替他们代购奇珍异宝。现在离海中集市的日期已经不远了。"马骥问他们怎样知道海市的日期，村里人回答："每当看到海上有红色的鸟儿来往飞翔，七天后，就会有集市。"马骥问何时启程，希望和他们一同前去游玩观赏。村民劝他看重自己的身份，不要去冒险。马骥说："我本来就是漂洋过海的客商，还会怕冒险吗？"

一会儿，果然不断有人送钱送物来托村民买东西，马骥便与村民一道将钱财装到船上。船可容纳几十人，底是平的，四周有高高的栏杆。十个人摇橹，拍水行进如箭。航行了三天，远远地看见云水缥缈之间，有层层叠叠的亭台楼阁，来这里贸易的船只，纷纷聚集如同蚂蚁。不一会儿，他们来到城下。只见那墙上的砖，大小足有一人长。城上的岗楼高耸入云。他们一行人系了船进城，看到海市上所陈列的都是各种各样的奇珍异宝，光彩夺目，大都是人世间没有的。

忽然，一个少年骑着骏马过来，海市上的人纷纷让路，说此人是"东洋三太子"。路过这里时，太子看到了马骥，便说："这不是外邦人吗？"当即有随从过来询问马骥的籍贯。马骥站在路旁行礼，把自己的国籍家世详细陈述了一遍。太子高兴地说："既然承蒙光临，肯定缘分不浅。"于是三太子给了他一匹马，邀他并骑而行。二人出了西城。刚到海岛的岸边，他们骑的那匹马便长嘶一声跃入水中。马骥大惊失色。只见海水都向两边分开，像墙一样高高立起。很快马骥就看到一座宫殿。宫殿以玳瑁为梁，鱼鳞为瓦，周围墙壁晶莹透亮，像镜子一样可以照出影子，使人眼花缭乱。太子下得马来，作揖将马骥让进宫。马骥抬头仰视，见龙王坐在殿上，太子上前启奏道："臣到海市游览，碰到中国贤士，特地引来参见大王。"马骥上前行礼。龙王说："先生是一位饱学之士，文章想必能压倒屈原、宋玉。我想劳烦先生大手笔写一篇《海市赋》，希望不要吝惜先生珠玉一般的文字。"马骥叩头领命。龙王立即授给他水晶制成的砚台、龙须制成的笔，其纸洁白如雪，其墨芳香似兰。马骥一挥而就，很快就写成一篇千字赋文，呈到殿上。龙王击节赞赏道："先生如此大才,给水国增添了光彩呀!"于是龙王召集各部龙族,在采霞宫大摆宴席。酒过数巡,龙王举杯对马骥说:"我有爱女一个,还未寻觅到理想的伴侣,我想将她的终身托付于先生。不知先生意下如何?"马骥离席而立,既惭愧又感激,口中只有答应的份儿。龙王对侍从与左右的人说了几句话。不一会儿,便有几个宫人搀扶出一位姑娘。于是佩环"叮当"作响,乐曲骤然奏起。两人交拜之后,马骥偷看新娘,确实是个漂亮的仙女。新娘行完礼后便离去了。过了一会儿,酒宴散了,头结双鬟的小宫女打着彩绘的宫灯,将马骥引入一座偏殿。新娘浓妆坐在那里等候着他。再看殿内,珊瑚床装饰着各种各样的珍宝;帐外的流苏上,缀挂着斗大的明珠;被褥异常轻软,散发着浓郁的香味。第二天天刚亮,便有许多年轻漂亮的宫女丫鬟进来,在两边侍候。马骥起身后,匆匆上朝拜谢龙王。龙王即刻封他为驸马都尉,并把他写的那篇赋迅速发往各海。各海的龙王,都派专使前来祝贺,并纷纷送来请柬,邀请驸马前去赴宴。马骥身着锦绣衣衫,驾驭青龙拉的车子,在一片吆喝声中走出宫殿。几十名骑着马的武士,身背雕弓,手持白玉棍,明晃晃一片挤满大街。马上有歌女弹筝,车中有乐伎吹笛。三天工夫,马骥就游遍了各海。一时间,"龙媒"的大名便传遍了四海。

  龙宫中有一株合抱粗的玉树,树干晶莹透明,如同白色的琉璃;树干中有淡黄色的树心,稍微比胳膊细;树叶绿如碧玉,有铜钱那样厚,密密匝匝地洒下满地绿荫。绿荫下,马骥常与公主吟诗唱歌。树上开满了栀子花似的花朵,每飘落一片,便会发出清脆悦耳的声音。拾起来一看,则如雕镂精细的红色玛瑙,亮光闪闪,逗人喜爱。枝头上,常有一种奇异的小鸟飞落鸣叫,此鸟毛色黄绿,尾巴比身子还长,叫声如玉制乐器奏出的凄清曲调。马骥听了,不由得思念起故乡来。他对公主说:"我漂泊在外整整三年,与父母远隔两地,每当想到这些,就禁不住要涕泪沾胸,你能随同我一道回去吗?"公主说:"仙境与人间路途不通,我无法跟你去呀!我也不忍心以夫妻之爱,夺去你们父子间的欢乐。让我再想想办法。"马骥听了,眼泪不由自主地流了下来。公主也叹息着说:"看样子是不能两全其美了。"第二天,马骥外出归来。龙王对他说:"听说驸马非常思念故乡,明天天一亮我就替你准备行装,行吗?"马骥拜谢龙王说:"我本是一个漂泊在外的人,承蒙龙王错爱,加以优待宠爱,衔环报恩的心愿郁结在肺腑之中。请让我暂时回乡探望一下父母,过后再想办法团聚。"到了晚上,公主摆设宴席,与马骥话别。马骥想与她约定再会的日期。公主说:"你我的缘分已经完了。"马骥听了,十分悲痛。公主安慰他说:"你回去奉养双亲,足见你有孝心。人世间的聚散离合,一百年就像一朝一夕一样,何必像小儿女般伤心落泪呢?从此以后,我为你守贞,你为我守义,身在两地,心想在一处,就是恩爱夫妻,何必一定要朝朝暮暮厮守在一起,才算是白头偕老呢?如果谁违背了今日的盟约,婚姻就不吉祥。如果发愁无人主持家务，可以收一个婢女做妾。还有一件事我要嘱咐你：自和你结婚后，我已有了身孕，劳烦你给这未出生的孩子起个名字。"马骥说："如果是个女孩，就叫龙宫；是男孩，就叫福海。"公主要求马骥留下一件东西作为将来的凭证，马骥便将他在罗刹国得到的一对赤玉莲花交给公主。公主说："三年后的四月八日，你当乘船到南岛，那时，我把你的亲生骨肉交给你。"说完话，公主取过一个鱼皮做的袋子，装满珠宝，交给马骥说："好好珍藏着，几生几世吃穿不完的！"第二天天刚亮，龙王便设宴为他饯行，并送给他许多珍贵的礼物。马骥拜别龙王，离开龙宫，公主乘白羊车，一直将他送到海边。马骥上岸下马，公主道一声"千万珍重"，回转车子便走了，一会儿便走出很远。此时，海水也重新合拢，再也看不到公主了。马骥这才回去。

自从马骥乘船外出，人们都以为他已经死了。等他回到家里，家里人无不感到诧异。所幸父母都还健在，只有妻子已经改嫁他人。马骥这才醒悟到公主要他"守义"的意思，原来她早已预知今日之事。父亲要他再娶，他不答应，只收了一个婢女做妾。他牢牢记着三年后的约定，到了那天，他驾船来到南岛。见两个小孩浮坐在水面上，拍水玩耍，位置不动也不沉。马骥前去引领他们，其中的一个很机灵，拉着他的胳膊一下就跃入怀中；另一个则哇哇大哭，似乎是怪他不抱自己。马骥便伸手把另一个也拉了上来。仔细一瞧，两个孩子原来是一男一女，相貌都很清秀。孩子的头上戴着花冠，花冠的正中各镶一块玉器，这玉器正是他留给公主的那对赤玉莲花。孩子的背上有一个锦囊，拆开一看，有一封信，信上写道：

公婆想来都好。别后已有三年，仙境与凡世永隔；盈盈一水相望，使者与信息难通。对你每时每刻的思念，已变成梦中的相会；长时间地翘首眺望，徒然只增劳顿。茫茫大海无边无际，离愁别绪难以排遣。想到奔月的嫦娥，尚且空守月宫，投梭的织女，还要怅望银河，我有何德何能，竟要与心爱的人永远厮守在一起？每每想到这里，也就破涕为笑了。别后两月，竟生下一对孪生儿女。如今，他们已牙牙学语，懂得一些大人的言语，而且，自己会伸手拿枣吃，抓梨，离开母亲也可以生活了。我把他们送还给你，你所赠送的一对赤玉莲花，就缀在他们的花帽上作为凭证。每当你将孩子抱在膝头上时，就如同我在你的身边一样。听说你履行了过去的盟约，我心里感到莫大的安慰。我这一生绝无二心，到死也不会再有其他念头。你就好比一个远戍的征人，我就像一个望夫归来的妇人，即使不能生活在一起，难道不也像琴瑟一样是一对恩爱夫妻吗？我唯一感到遗憾的是，公婆虽然已经抱了孙儿，却还未见过我这个儿媳。从情理上讲，这不能不说是一大缺憾。等到一年之后，婆母去世，我将到她老人家的墓前，尽一点儿儿媳的孝心。从今往后，只要龙宫能健康地成长，或许还有母女相聚的机会；福海长命百岁，也有互相来往的时候。真诚地希望你珍重自己，我心中想说给你的话实在是说不完道不尽啊！"

马骥反复诵读着这封信，不停地用手擦着眼泪。两个孩子抱着他的脖子说："咱们回家去吧！"马骥听了，越发感到悲伤，抚摸着两个孩子的头说："你们知道家在哪里吗？"两个孩子哭个没完，稚声稚气地嚷着要回家去。马骥眼看着海水茫茫，无边无际，苍天辽阔，难见尽头；大雾弥漫中不见公主的身影，烟波浩渺中难觅入海路途。无可奈何中，只得抱着两个孩子掉转船头，怅然若失地回家。

马骥知道母亲寿命不会太长了，便预先为老人家准备好了寿衣寿木，并在墓地周围种了上百棵松树和柏树。过了一年，老母亲果然去世了。当灵柩抬到墓穴时，只见一个披麻戴孝的女子站在那里。正当人们吃惊地注视着她时，忽然狂风大作，雷鸣电闪，继而又是一阵暴雨，眨眼之间，女子已踪影全无。墓地四周新栽的松柏，本来大多已枯萎，这时都复活了。

福海一天天长大，时常思念母亲。有一次忽然跳到海中，好几天才回来。龙宫因是女孩，她去不了，就常常关着门独自哭泣。一天，白昼漆黑得如同夜晚一般，公主忽然进了屋，劝龙宫说："孩子，将来你自己也要成家的，为什么要哭哭啼啼的？"于是赠给龙宫八尺长的珊瑚树一棵，龙脑香一包，明珠一百颗，八宝镶金盒一对，作为她的嫁妆。马骥听到说话声，突然闯进屋，拉着公主的手伤心地哭了起来。不一会儿，只听得一声炸雷穿屋，公主已不见了。

异史氏说："装出一副假面孔，迎合世俗所好，人情与鬼一样。类似将疮痂当美食一样的怪僻嗜好，到处都有。你自己稍觉惭愧的文章，别人说是不错；你自己觉得十分惭愧的文章，别人说是十分好。如果你耻于媚俗而保持着男子汉的本来面目公然走过集市，人们见了不害怕逃走的恐怕很少了。如此，那个陵阳侯的痴人卞和，将抱着价值连城的美玉到什么地方哭诉呢？唉！向往中的荣华富贵，只能在虚幻的海市蜃楼中去寻找了！"

公孙九娘

在于七造反一案中，因受牵连而被杀害的人，以栖霞、莱阳两县为最多。那时节，清军每天都要捉拿好几百人，全处死在演武场上，血流满地，白骨成山。上面的官员大发慈悲，捐给棺材，济南城棺材铺里的棺材很快被征用一空。因此，栖霞、莱阳两县中被处死在济南府城的冤鬼，大都埋在南郊。

康熙十三年，有个莱阳县的书生来到济南，因有几个亲友也在被诛之列，便买了些纸钱，在草木丛生的荒丘野坟中祭奠了一番。晚上，他就租住在一个大寺院的分院中。第二天，他进城去办事，天黑了还没有回来。有个少年忽然来访，见他不在，便脱帽上床，穿着鞋子仰卧在那里。仆人问他是谁，他却闭着眼睛不答话。过了一会儿，书生回来了，因为天色已晚，屋内朦朦胧胧，不大能看得清东西，书生亲自到床边去问候那位少年客人。少年瞪着眼睛回答说："我在这里等候你的主人，你这样唠唠叨叨地追问我，难道我是强盗吗？"书生笑着说："主人就在这里。"少年慌忙下床，戴上帽子，和书生互相行礼，然后对坐在一起，热情地寒暄了一番。书生听少年的口音很熟，好像是一位认识的人，就急忙拿灯过来仔细照看，原来是同县一位姓朱的书生，也是在于七一案中被杀害的。书生大吃一惊，急忙转身就跑。姓朱的书生一把拉住书生的胳膊说："我与你是同窗好友，你为什么这样不讲情谊？我虽然是鬼，但对老朋友的思念却难以忘记。今天有一事相求，希望不要因为我是鬼而怀疑、嫌弃。"书生这才坐了下来，问朱生有什么吩咐。朱生说："您的外甥女现在孤身一人还没有婚配，我想娶她为妻。我多次请媒人去提亲，她都以没有尊长之命给推辞了。希望你能替我去美言几句。"原来书生有个外甥女，从小就死了母亲，由书生抚养，到十五岁时才回到自己家，后因于七一案被抓到济南，听说父亲被处死，她也惊吓悲痛而死。书生说："我那外甥女自有父亲为她做主，你来求我做什么？"朱生说："她父亲的遗骸已被他侄儿迁走了，现在不在这里。"书生问："那么，我的外甥女又依靠谁呢？"朱生说："跟邻居的一位老太太住在一起。"书生担心活人无法为鬼做媒，朱生便说："如蒙应允，还得委屈你走一趟。"说完，朱生站起身握着书生的手。书生坚决推辞，说："往哪儿去？"朱生回答道："你只管跟着我走就是了。"书生勉强跟着他去了。

出了门，往北走了有一里多路，就见到一个大村庄。村里住有百十来户人家。来到一座宅院前，朱生便去敲门，一个老太太出来，打开门问朱生："有什么事吗？"朱生说："麻烦您转告小姐一声，她舅舅来了。"老太太很快就进去了，随即又出来，邀请书生进去。她对朱生说："我这两间茅草屋太小了，劳驾公子在门外坐等一会儿。"书生跟着老太太进去，见半亩地大小的荒凉庭院里，并排立着两间小屋。书生的外甥女站在屋门口迎接书生，眼中含着泪。见到她，书生也伤心地哭了。

室内的光线不是很明亮，书生仔细观察，发现外甥女的相貌仍和她生前一样清秀白皙。她眼含热泪，注视着书生，逐个询问舅妈、姑母的情况。书生回答道："她们都很好，只是你舅妈已经死了。"外甥女又呜呜咽咽地哭了起来，说："孩儿我从小受舅舅、舅妈的抚养，还没来得及报答，没料到先已埋尸荒野，确实使我遗憾不已。去年，伯父家的大哥迁走了父亲的遗骸，而置我于不顾，使我离家数百里，孤苦伶仃，像一只离群的燕子。舅舅没有抛弃我这个流离失所的孤魂，又赐给我金银，这礼物孩儿已经收到了。"书生把朱生求婚的意思告诉了她，她低着头一语不发。老太太接过话头说："朱公子先前托杨家老太太三番五次地来提亲，我认为是件大好事，但小姐不愿就这样马马虎虎地把婚事办了。今天能有舅舅来做主，她一定会满意的。"谈话间，忽见一位十七八岁的姑娘带着一个丫鬟闯了进来，猛然看到房间里的书生，转身又要跑。书生的外甥女拉着她的袖子说："你不用回避，他是我舅舅，不是外人。"书生向姑娘行了礼。姑娘也整饬衣襟还了礼。外甥女向书生介绍道："这是栖霞县的公孙九娘。她父亲以前也曾是官宦人家的贵公子，现在家道破落了，日子也过得不顺心。她早晚只和我往来。"书生偷偷看了九娘一眼，发现她微笑时，一对眉毛弯曲得就如同秋天夜里的月亮，害羞时，脸上的红晕又像是清晨的彩霞，简直就是一个仙女。书生便说："能看出是个大家闺秀，小户人家的姑娘哪能有这样美丽！"外甥女笑着道："而且还是一位女秀才，作诗填词都很高妙。我以前常得到她的指点。"九娘假装生气地说："这小丫头无缘无故地说人坏话，倒要让舅舅笑话了！"外甥女又笑着说："舅舅断了弦还未续，像这样的小娘子，舅舅应该能中意吧？"九娘笑着跑了出去，说："这丫头疯病发作了！"说完，公孙九娘就走了。话虽然近于玩笑，但书生却真的喜欢上了九娘。外甥女觉察到舅舅的心思，说道："九娘才貌无双，舅舅如果不因为她已身在黄泉而有所猜疑，我就去替您向她母亲求亲。"书生十分高兴，但担心人和鬼终难成为眷属。外甥女说："没关系，她和您前世有缘。"书生这才告别出来。外甥女将他送到外面，说："五天以后，当月明人静的时候，我会派人去迎接你。"

书生出了门，却不见了朱生。他抬头西望，只见半圆的月亮高挂在天空之上，在昏黄的月光下，依稀还能认出来时的路。他看见南边有一所宅院，朱生坐在院外的石头上。见了书生,朱生站起来迎接道:"我等您好久了,就请到我的寒舍里坐坐吧!"于是他拉着书生的手进了屋子,并一再向书生表示谢意。朱生拿出一只金杯和山西产的一百颗明珠,说:"我没有别的好东西,这点儿东西就作为聘礼吧!"随后他又说:"家里还有一些薄酒,但那是阴间的东西,不能用来款待贵客,怎么办?!"书生谦逊地表示感谢,并表示不必喝酒,随即告辞而回。朱生把他送到半路上,才告别回去。

书生回到住处,寺院里的和尚和仆人都来询问。书生隐瞒了实情,说:"说遇上鬼,那是骗骗你们。刚才我到一个朋友家里喝酒去了。"

五天过后,朱生果然又来了。只见他穿着新鞋,摇着扇子,看样子很是高兴。刚一进院子,他就向书生下拜。两人寒暄了一会儿后,他笑着对书生说:"您的婚事也说妥了,婚礼就在今晚举行,就请您跟我走吧。"书生说:"因没有得到回音,所以聘礼还没有送,怎么能突然就举行婚礼?"朱生说:"我已代您送过聘礼了。"书生深表谢意,跟着他一道去了。

两人直接到了朱生的住处。书生的外甥女穿着华丽的服装,站在门口笑着迎候舅舅。书生问:"你是什么时候过门的?"朱生回答:"已经三天了。"书生便拿出朱生赠送的明珠,送给她做嫁妆。外甥女再三推辞后才接受了。她对书生说:"我把舅舅的意思告诉了公孙老夫人,老夫人很乐意。不过又说她的身边没有别的亲骨肉,不愿让九娘远嫁,希望舅舅今晚到她家入赘。她家没有男子,就让朱郎伴你一道去。"朱生领命,领了书生就走。走到村子的尽头,看见一家住宅的大门敞开着,二人直接进到厅堂。不一会儿,就听得有人说:"老夫人来了。"话音刚落,已有两个丫鬟搀扶着老夫人登上了台阶。书生刚要行礼,老夫人说:"我已经老态龙钟,不便回礼,就不要拘泥于礼节了。"说完,便令丫鬟摆上酒席,举行盛大的宴会。朱生叫家人另外摆了一桌酒席,放在书生的面前;并另外预备了一壶酒,替客人斟酒。宴席上的菜,和人世间的没有什么两样,但主人只管自己,决不向客人敬酒。

不久,宴席散了,朱生也回去了。丫鬟领着书生来到九娘的住处。九娘点着花烛,正凝神等待着。因是意外相逢,情浓意深,两人十分恩爱亲昵。原来,九娘母女同样受到于七一案的牵连,本来要押解到京城。走到济南府,母亲因忍受不了折磨而死去，九娘也自杀了。如今，躺在枕上追忆着这不幸的往事，九娘呜呜咽咽地睡不着觉，于是顺口吟成了两首诗：

　　昔日罗裳化作尘，
　　空将业果恨前身。
　　十年露冷枫林月，
　　此夜初逢画阁春。

　　白杨风雨绕孤坟，
　　谁想阳台更作云？
　　忽启缕金箱里看，
　　血腥犹染旧罗裙。

　　天快要亮了，九娘催促书生说："你应该暂时离开了，不要惊动了仆人。"从此以后，书生就白天回去晚上来，对九娘十分眷恋。

　　一天晚上，书生问九娘："这村子叫什么名字？"九娘回答道："叫莱霞里。因为这里埋葬的大都是莱阳、栖霞两县的新鬼，所以叫这个名字。"书生听了，唏嘘不已。九娘悲伤地说："我这远离家乡千里的孤魂，像蓬草一样飘游在外，到如今还没有一个归宿。我们母女二人如此孤苦伶仃，说起来让人悲伤。如果你能念我们一夕的夫妻情义，就把我的尸骨带回去，安葬在祖先的墓旁，让我永远有个依靠，那我就死而无憾了。"书生答应了。九娘又说道："人和鬼毕竟分属两个世界，你不宜在此久留。"于是九娘取出罗袜一双赠给书生，抹着眼泪催他赶快离开。书生悲伤地走了出来，心中惆怅万分，不忍马上回去。于是他敲响了朱生家的门。朱生光着脚出来迎接他；外甥女也起来了，头发不整地惊问出了什么事。书生惆怅了好长时间，这才把九娘的话告诉他们。外甥女说："就是舅母不说，孩儿我也在考虑这件事了。这里不是人间，长期居住确实不合适。"说完便陪着书生流起泪来。书生也就流着泪告别走了。

　　书生打开了寓所的门，就躺下睡觉，可是翻来覆去直到天亮。他想去寻找九娘的坟墓，可是忘记了询问坟上的标志。到了晚上，他又去寻觅九娘，只见千座荒坟，密密麻麻，竟迷失了通往村子的道路，他只得遗憾而悔恨地返回。他拿出九娘赠送的罗袜来看，罗袜随风化作断锦残丝，朽烂得如同灰烬一般。于是，书生收拾行装，回老家去了。

　　半年时间过去了，书生还是忘不了九娘。他又一次来到济南，期望能再见九娘一面。等到了南郊，天色已晚，书生把马拴在庭院的树上，走到墓葬丛中。只见乱坟一个接着一个，荆棘荒草扑面遮目，还不时地看到荧荧的鬼火，听到时断时续的狐鸣，此情此景，使人心惊胆战。书生又惊恐又悲伤地回到了住处。这一次旧地重游，很令他失望，他只得掉转马头，踏上返家的路。走了一里多路，他远远看见一位女郎独自徘徊于坟岗之中，神情姿态，很像是九娘。书生赶紧打马快跑，到跟前一看，果然是九娘。书生跳下马来，想和九娘说话，九娘掉头就走，好像从来就不认识他一样。再逼近她，她的脸上竟有了怒色，并用袖子遮住了面孔。等书生突然叫了声"九娘"，她就像烟一样消失不见了。

异史氏说："屈原自沉汨罗江，一腔热血充塞胸膛；申生与知交决裂，两行热泪浸透泥沙；自古以来就有忠臣孝子，直至死了也得不到君王和父亲的谅解。难道公孙九娘因为书生辜负了她迁葬遗骨的重托，而心中的怨恨不能消解？人心隔着肚皮，无法掏出来给人看，实在是冤枉啊！"

促　织

　　明朝宣德年间，因皇宫里盛行斗蟋蟀的游戏，官府每年都要向民间征收蟋蟀。这东西本来不是西部地区的特产，但华阴县县令想巴结上司，献了一只上去，试着让它斗了一回，发现很厉害，因此就责令华阴县经常进贡蟋蟀。县令把这差事摊派给乡里的里正。于是街面上一些游手好闲、不务正业的少年每捉到一头好的，就用竹笼养起来，提高价钱当作奇货。乡里那些奸诈狡猾的差役们也借此敲诈勒索，按人口摊派，往往是为了一只蟋蟀，就逼得好几户人家倾家荡产。

　　本县有个叫成名的童生，多次赶考都没能考中个秀才。成名为人迂腐，不善言谈，便被狡诈的差役报请到县上充任里正的差事，他想尽办法也没能摆脱掉。不到一年，他就把自己那一点儿微薄的家产赔光了。碰巧，上面征收蟋蟀的任务又下来了，成名既不敢按人口向百姓摊派，自己又没有什么东西可用来抵偿，直愁得要死。妻子对他说："死了又有什么用？还不如自己去寻找，说不定还能侥幸捉到一只。"成名认为妻子说得不错，于是便早出晚归，提着竹筒和铜丝笼，到墙脚下、草丛中，翻石块、挖洞子，没有一样办法没用到的，但仍是无济于事。即使捉到了三两头，也都是低劣瘦小的不合乎要求的家伙。县令规定了严格的期限，十多天的时间里，他就挨了一百多下板子，两条大腿被打得脓血直淌，连蟋蟀都不能去捉了。成名躺在床上翻来覆去，只想着要自杀。

　　正在这时，村里来了一个驼背巫婆，说她能借助鬼神的指示预测吉凶祸福。成名的妻子便带了钱前去问卜，只见红颜少女和白发老婆婆挤满了巫婆的门口。进了屋，有一间密室，密室的门口挂着帘子，帘子的外面摆着香案。占卜问卦的人在香炉里点上香，然后拜两拜。巫婆站在一旁，眼望空中，代人祈祷，嘴里念念有词，也不知念些什么词，屋里的每个人都恭恭敬敬地站在一边听候消息。不大一会儿，帘内就会扔出一张纸片来，上面写着的便是人们想要知道的事情，没有丝毫的差错。成名的妻子把钱放在案上，也像其他人一样点香磕头。约有一顿饭的工夫，帘子一动，一张纸片飘落在地上。她捡起来一看，上面没字而是画。画中似乎是一座殿阁，像寺院；殿阁的后面有一座小山，山下怪石纵横，荆棘丛生。一只"青麻头"蟋蟀卧伏在荆棘丛中；旁边一只蛤蟆，摆出一副要跳起来的样子。成名的妻子将纸片看了好一阵，也没弄懂是什么意思。但看到画中有一只蟋蟀，隐隐约约地"画"中了自己的心事，于是把纸片折好装起来，带回家交给成名看。成名反复思量着，莫非是在指点我猎取蟋蟀的地点吗？他仔细端详着那张画，发现其中的景致与村东的大佛阁十分相似。于是他挣扎着爬起来，拄着拐杖，拿着画，按照画上指示的方向，来到了寺院后面。寺院的后面有一座古墓，在茂密的草丛中高高隆起；沿着古墓往前走，就见一排排的石头像鱼鳞一样排列着，跟画中的一模一样。成名在杂草丛中侧身细听，并缓缓地向前移动脚步，就像是在寻找一枚针或一粒芥菜籽似的，成名的眼睛看花了，耳朵听不清了，可他还是没有发现蟋蟀的踪迹，听到蟋蟀的叫声。就在他到处搜寻时，一只癞蛤蟆突然跳了出来，逃走了。成名越发惊奇了，急忙跑过去追赶。这时癞蛤蟆跳进了草丛中。循着癞蛤蟆的踪迹，成名拨开草丛，发现有一只蟋蟀趴在荆棘的根部，急忙去捉，那蟋蟀竟又跳进了一个石洞里。他用一根草伸进洞里轻轻拨动，蟋蟀没有出来；又用竹筒里的水去灌洞，蟋蟀才出来。这只蟋蟀十分健壮，成名追着赶着捉住了它，仔细一看，发现它身架大、尾巴长，金色的翅膀、青色的头。成名高兴极了，将蟋蟀装进笼子带回家，全家人也兴高采烈地庆贺成名抓到了这个宝贝，似乎价值连城的璧玉也比不上。成名将它蓄养在装有泥土的盆里，用螃蟹肉和栗子果实喂养，精心照料，万般爱护，只等着期限一到，就送到官府应付公差。

　　成名有个九岁的儿子，趁父亲不在家的时候，偷偷打开瓦盆想看看蟋蟀。瓦盆刚开了个缝，蟋蟀就跳蹦走了，速度很快，根本捉不住。等抓到手时，蟋蟀的腿已断了，肚子也破了，很快就死了。孩子很害怕，哭着告诉了母亲。母亲听了，气得面色灰白，大声骂道："祸害，你的死期到了！等你父亲回来，自会跟你算账的！"孩子哭着跑出去了。一会儿，成名回来，听了妻子的话，全身就像被冰雪浸透了一般。他怒气冲冲地寻找儿子，可儿子已无影无踪，不知跑到哪里去了。最后，在一口井里找到了儿子的尸体。一时间，成名满腔愤怒化为巨大的悲痛，呼天抢地，哭得死去活来。夫妻俩悲伤痴呆地相对而坐，茅舍里没有点火做饭的炊烟，也没了生活乐趣。

　　天快黑了，成名才拿了一块草席，想把儿子裹了准备埋葬。他抚摸着儿子，感到一丝微弱的气息，高兴地把孩子放到床上，半夜里孩子竟苏醒过来。

夫妻俩的心里才稍稍有点安慰。但蟋蟀笼子空空的,只要往那儿瞅一眼,成名就上不来气,话说不出来,但也不敢再追究儿子的过失。从天黑到天明,成名没有合一下眼皮。

太阳已经出来了,可成名依然躺在床上长吁短叹。忽然,门外传来一阵蟋蟀的叫声,成名惊奇地爬起来察看,只见那只蟋蟀好像还伏在那里。成名很高兴,急忙捕捉。蟋蟀叫一声就跳走了,而且跳得很快。成名又用手掌去捂盖,掌心里空空的,似乎什么也没有。成名的手刚拿起来,它又突然蹦着跳逃走了。成名急忙去追,见它绕过墙角,就不知跑到什么地方去了。他转来转去四处张望,发现蟋蟀趴在墙上。仔细一看,这只蟋蟀又短又小,黑里带红,完全不像先前的那只。成名嫌它太小,没有理它,仍然四处张望,寻找刚才他追逐的那只。忽然,墙上的小蟋蟀跳了下来,落在了他的袖子上。成名低头一看,发现它的形状像个土狗,梅花形的翅膀配上长腿方头,样子似乎还很精神,成名高兴地把它收进了笼子里,想要把它献给官府,心里又有些惶恐不安,害怕它不合县令的心意。于是成名思量着让它先跟别的蟋蟀斗一斗,看行不行。

村里有个好事的年轻人,驯养着一只蟋蟀,自己给这只蟋蟀起名叫"蟹壳青",每天都与别人家的蟋蟀角斗,没有不赢的。他将它养起来牟取大利,但价格太高,也就没人买了。听说成名想斗蟋蟀,他就径直来到成名的家。他一看成名养的蟋蟀,就捂着嘴暗暗发笑,于是取出自己的蟋蟀,放进笼中和成名的蟋蟀相比较。成名一看,人家的蟋蟀又大又壮,便自添了几分羞愧,不敢与人家的蟋蟀较量。那年轻人坚持要和他的较量。成名想,养着这样一个低劣的东西终归也没有什么用,不如就让它斗一斗,也让人开开心。于是,成名就把自己的蟋蟀和年轻人的放在一个盆子里斗。小蟋蟀伏在瓦盆里不动,呆头呆脑的,像个木鸡。年轻人又放声大笑。成名试着用猪鬃撩拨它的须,小蟋蟀仍然不动,年轻人又笑起来。但在屡次撩拨之后,小蟋蟀终于被激怒了,它直奔"蟹壳青",角斗起来。两个蟋蟀腾身跳跃,互相攻击,振动翅膀,发出搏斗声。一会儿,就见小蟋蟀跳了起来,张开尾巴,伸直胡须,直扑过去咬住了大蟋蟀的脖子。年轻人大吃一惊,急忙把它们分开。小蟋蟀振动双翅扬扬得意地鸣叫着,似乎是在向主人报捷。成名十分高兴。就在人们共同观赏的时候,一只公鸡突然蹿过来，径直把嘴伸进盆里去啄蟋蟀。成名大惊失色，高声叫喊。幸好公鸡没有啄到，那小蟋蟀跳出一尺多远。公鸡又大踏步地追逼过去，小蟋蟀已被压在爪下了。仓促间，成名不知该怎样去救小蟋蟀，他急得直跺脚，脸上也失去了颜色。可是，只一会儿的工夫，公鸡便伸长脖子，晃动脑袋，不停地拍动着翅膀。成名走近一看，原来小蟋蟀已跳在了鸡冠上，使劲咬住鸡冠不放。成名惊喜异常，急忙捉住小蟋蟀放进笼中。

第二天，成名把蟋蟀献给了县令。县令看它太小，就怒斥成名。成名向县令叙述了这小蟋蟀的奇异之处，县令不信，让小蟋蟀试着与其他的蟋蟀角斗。结果，那些蟋蟀都被斗败了。成名又试着让它和公鸡斗，果然和成名所说的一样。县令奖赏了成名。县令把蟋蟀献给了巡抚大人。巡抚大人把蟋蟀用金丝笼子装好，献给了皇上，并在奏折中详细陈述了它的本领。小蟋蟀到了宫里，皇上让它和全国进贡的"蝴蝶""螳螂""油利挞""青丝额"等稀奇古怪的蟋蟀一一角斗，结果没有一只能斗过它的。而且，这只小蟋蟀每当听到演奏琴瑟之音，便会随着节拍翩翩起舞。这使皇宫里的人更加感到惊讶。皇上高兴极了，颁发圣旨，给巡抚奖赏了名马和锦缎。巡抚大人也没有忘记自己的荣耀是谁带来的，不久，那个送上蟋蟀的华阴县令便以"政绩卓异"的考绩上报。县令一高兴，便免了成名里正的差役，又嘱咐学政，让成名进了县学。

过了一年多，成名儿子的精神恢复了。据他说，自己曾经变成一只敏捷善斗的蟋蟀，直到今天才苏醒过来。

巡抚大人也重重奖赏了成名。不到几年，成名家便有良田百顷，楼阁万间，牛羊各二百头。每次出门都是身着轻裘，坐跨骏马，派头超过了世家大族。

异史氏说："皇上偶然使用一件东西，未必不是事过就忘了，而下面经办的人却把它看成定例。再加上做官的贪婪，当差役的残暴，老百姓天天典妻弃子、卖掉儿女，永远得不到安宁。所以皇上的一举一动都关系着老百姓的命运，千万忽视不得啊！只有成家父子因为当里正而贫穷，又因为献上蟋蟀而富裕，穿轻裘，骑骏马，意气洋洋。然而，他担任里正，遭受毒打的时候，又哪里会想到这一步呢？老天爷想要奖赏这个忠厚老实的人，才使巡抚、县令一同享受蟋蟀带来的恩惠。我曾听人说过这样的话：'一人得道，鸡犬升天。'真是不假啊！"

狐　谐

　　万福，字子祥，博兴县人，从小攻读诗书。家里虽有一点儿产业但命运不济，已经二十多岁的人了，还没有取得秀才资格。乡里有个陋习，即常常选报富裕人家的人充任里正差役，忠厚善良的人家往往因此被弄得倾家荡产。碰巧，万福也被推荐充任里正这个差事。万福非常害怕，便逃到了济南，租了客房住了下来。

　　一天夜里，有个女子私自来会万福，长得很漂亮，万福十分高兴，就爱上了她。万福问女子叫什么名字，女子自称："我实际上是狐狸，但不会伤害你的。"万福非常喜欢她，也就不怀疑了。女子嘱咐万福不要和别的客人住在一起。从此，她每天都来，与万福同床共枕。万福所需的日常生活用品和花销，没有一件不是狐女带来的。

　　过了不久，有几个老相识不断地来拜访万福，常常要住上一两天才走。万福很讨厌他们，但又不好意思将他们拒之门外，不得已，他便把实情告诉了他们。客人都希望一睹狐女的仙姿玉貌，万福便把客人的要求告诉了狐女。狐女对客人说："看我干什么？我是跟人一样的。"听她的声音，清脆婉转似在眼前，四下张望，又不见她的身影。客人中有个叫孙得言的，善于开玩笑，再三要叫狐女出来，说："听到你娇滴滴的声音，我已魂飞魄散了。你又何必吝惜芳容，叫人只闻其声，不见其人，空自相思呢？"狐女笑着说："好孝顺的孙子！你想给你的祖奶奶画画像吗？"客人听后都笑了。狐女又说："我是狐狸，让我给诸位讲讲狐狸的故事，不知愿不愿听？"众人都表示愿听。

　　狐女说："从前有个村子，村里有个旅店，旅店里有一群狐狸，常常出来捉弄旅客。来往的旅客都知道此事，因而互相告诫不要住这家旅店。半年了，店里冷冷清清的。店主人愁得要命，因而非常忌讳别人说狐。有一天，忽然来了一个远方客人，自称是外国人，看到这个旅店就投宿了。店主人很高兴。他刚把客人让进门，便有一个过路人悄悄地告诉客人说：'这家旅店里有狐狸。'客人害怕了，告诉店主人要搬到别的地方去住。店主人极力辩解，说那是胡说八道。客人这才住了下来。客人进了卧房，刚要躺下休息，就有一群老鼠从床下钻了出来。客人大惊，急忙跑出屋子，高声叫道：'有狐狸！'店主人惊讶地问出了什么事。客人埋怨道：'狐狸窝就在你的店里，你为什么还骗我说没有？'店主人又问：'你见到的狐狸是什么样子？'客人说：'我刚才看见的是细细的，小小的，不是狐儿子，也一定是狐孙子！'"

狐女的故事讲完了，满座的客人也被逗乐了。孙得言说："既然不肯让我们见一面，我们也就不走了，留在这儿过夜，让你们做不成云雨巫山的好事。"狐女笑着说："你们在这里留宿也没关系，但如果有冒犯，请不要放在心上。"客人害怕她恶作剧，就都走了。然而，每隔几天，他们总还要来一趟，以讨得狐女一阵笑骂。狐女非常诙谐，每说一句话，都能让客人们笑得前仰后合，就连最善于开玩笑的人也逗不过她。因此，客人们都戏称她为"狐娘子"。

一天，万福置办酒席宴请宾客。万福坐了主人的位子，孙得言和另两位客人分坐在左右，上席放了一个坐褥，请狐女屈就于此。狐女推辞说她不会喝酒。大家请她坐下一块儿聊天，她答应了。酒过数巡，大家投掷骰子玩起一种叫"瓜蔓"的酒令。有个客人正好碰到瓜色，应当喝酒，他开玩笑似的把酒杯移到上座前说："狐娘子的脑子太清醒了，就请你暂且代我喝了这一杯吧！"狐女笑着说："我从来就不喝酒，但我愿意讲个故事，给各位助助酒兴。"孙得言捂着耳朵说他不愿听。客人们都说："你如果骂人，就要罚酒。"狐女笑道："那我骂狐狸怎么样？"大家说："可以。"于是一齐竖起耳朵听。狐女说："从前，有一位大臣出使红毛国，戴着一顶用狐狸腋下皮毛做的帽子去见国王。国王见了这帽子很是奇怪，便问：'这是什么皮毛？如此暖和厚实。'大臣告诉是狐狸腋毛。国王说：'这种动物我从来没听说过。狐狸的"狐"字怎么写？'大臣一边在空中比画着写，一边解释：'右边是一个大瓜，左边是一个小犬。'"客人们都哄堂大笑起来。

坐在左右的是姓陈的两兄弟，一个叫陈所见，另一个叫陈所闻。两兄弟见孙得言被狐女的笑话整得狼狈不堪，便说："公狐狸到哪里去了，竟由着母狐狸在此撒野放毒，恶语伤人？"狐女说："刚才的那个故事我还没有讲完，就被一阵犬吠打断了，请让我把故事讲完。那个红毛国的国王看到使臣骑的骡子，很是奇怪。使臣告诉他：'这骡子是马生的。'国王更加奇怪了。使臣说：'在中国是马生骡子，骡子生小马驹。'国王又详细询问缘由。使臣说：'马生骡子，是臣（陈）所见，骡子生小马驹，是臣（陈）所闻。'"满座的人又大笑起来。众人知道说不过狐女，便相互约定：以后谁要带头开玩笑，就罚谁做东道主请客。

过了一会儿，大家的酒都喝得酣畅淋漓，孙得言又开起玩笑，对万福说："我有一个上联，请你对出下联。"万福问："上联是什么？"孙得言说："妓者出门访情人，来时'万福'，去时'万福'。"满座的人思来想去，没有人能对出下联。狐女笑着说："下联我已有了。"大家支起耳朵听，狐女说："龙王下诏求直谏，鳖也'得言'，龟也'得言'。"听了这下联，四座的人笑得前仰后合，直不起腰来。孙得言恼恨地说："刚才和你定下规矩，为什么又违戒？"狐女笑着说："这回确实是我错了，但不这样，就不能对出确切工整的对子。明天我设宴，以赎我的过错。"大家相视而笑，也就不说什么了。

狐女的诙谐故事很多，一下实在难以说完。

过了几个月，狐女与万福一同回家。就要进入博兴县的地界了，狐女对万福说："这里有我的一个远房亲戚，好久没有来往了，不能不去问候一下。天已经黑了，我带你到那里住一晚上，等到明天再走。"万福问在什么地方，她用手指了指前方说："不远。"万福感到很疑惑，因为这地方原来没有村落，只是姑且跟着她往前走。走了两里多路，果然看见一个村庄，万福从来没有见过。狐女上前敲门，一个老年仆人为他们开了门。他们进了门，里面又是一道道的门，楼阁重叠，像是个大户人家。一会儿，万福见到了主人，主人是一个老头儿和一个老太太，他们向万福施过礼就坐下了。接着，主人摆出丰盛的宴席，以女婿之礼招待万福。万福和狐女就在这里住了一夜。第二天早晨，狐女对万福说："我突然同你回去，恐怕你家里的人感到意外和害怕。不如你先回去，事先跟家里人说一声，我随后就到。"万福依了她的话，先回到家，把情况告诉了家人。没有多长时间，狐女也到了。她和万福说说笑笑，别人虽然能听见她的声音，却看不到她的身影。

过了一年，万福有事要到济南去，狐女也跟随他一同前往。路上，突然过来几个人，狐女跟上去和他们交谈，十分亲热。随后，狐女对万福说："我本来是陕西人，因前世与你有一段缘分，所以和你生活了这么一段时间。现在，我的兄弟来了，必须和他们一起回去，不能侍候你到底了。"万福极力挽留，她不答应，最终还是走了。

姊妹易嫁

　　掖县的毛纪，家境一向贫穷，父亲常给人家放牛。当时，本县有个姓张的大户人家，在东山的南面新开了块墓地。有人从那墓地旁边经过，听到坟墓中有呵斥声传出："你们赶快搬走，不要长期扰乱贵人的宅子！"姓张的大户听到人们传说此事，起初也不大相信。事后，他又接二连三地梦见有人警告说："你家的墓地，本是毛公的风水宝地，你怎么能长期借住在这里？"从那以后，张家不吉利的事时有发生。有人劝他把坟地迁走，说这样可以逢凶化吉。张家听从劝告，把坟地迁到别处去了。

　　一天，毛纪的父亲又去放牛。在路过张家的旧墓地时，突然遇上了大雨，便躲进废弃的墓穴中避雨。随后，雨越下越大，奔腾咆哮的洪水灌进了墓穴，竟把毛纪的父亲淹死了。那时，毛纪还是个孩子，他母亲亲自跑到张家，想讨一小块儿地方，埋葬孩子的父亲。姓张的问了他们的姓名后，大为惊异。接着，他又跑到毛纪父亲淹死的地方看了一下，发现老头儿死去的地方恰好是应当放棺材的位置，于是更惊奇了。张家人就让毛母在原先的墓穴里安葬了自己的丈夫，并要她把儿子带来看看。安葬完，毛母领着儿子到张家拜谢。姓张的看到孩子，十分高兴，就把孩子留在家里，教他读书，对待他就像对待自己的孩子一样。张家又请求毛母把大女儿许配给他儿子，毛母不敢答应这门亲事。姓张的妻子说："既然我们已亲口将女儿许配给你儿子，又怎能中途变卦呢？"听了这话，毛母才答应了。然而，张家的大女儿却非常瞧不起毛家，对这门亲事的不满和怨恨情绪时常流露出来。只要有人提到这件事，她总要捂上耳朵，还经常对人说："我死也不嫁给放牛人的儿子！"

　　到了迎亲的那一天，新郎已经入了席，花轿也停在张家的门口，而张家大女儿却还在用衣袖捂着脸，对着墙角哭哭啼啼。催她梳妆，她不动弹，怎么劝，也不听。一会儿，新郎告别要走，喧天的鼓乐立刻吹打起来，张家大女儿还是眼泪不断且头发蓬乱。姓张的要女婿再等一会儿，他亲自进屋去劝，大女儿流着眼泪，就像没有听见一样。父亲大怒，硬逼着她上轿子，她哭得越发厉害了。父亲见状，一时也没了办法。就在这时，又有家人来报告说："新郎要走了。"父亲急忙跑出去说："梳妆打扮还没有完毕，请再稍等一下。"他说完后，又跑进屋里劝大女儿。父亲进进出出，不停地往来于女儿和女婿之间，

脚步一刻也没有停下过。又过了一会儿，事情变得更加紧迫了，而大女儿到底也没有回心转意的意思。父亲没有办法，急得几乎要去寻死。

这时候，张家二女儿在旁边，对姐姐的做法很看不惯，她也帮助父亲苦苦地哀求姐姐，劝她梳妆打扮。姐姐生气地说："小妮子！你也学着别人的样子跟我啰唆！你为什么不跟着他去呢？"妹妹说："父亲当初并没有把我许配给毛郎。如果真的把我许配给了他，又何劳姐姐来相劝呢？"父亲听她的话说得爽快，便私下里和她的母亲商量，要以妹妹代替姐姐。母亲随即就来征询二女儿的意见："那个忤逆不孝的丫头不听父母的话，我和你父亲想让你代替姐姐出嫁，你肯去吗？"二女儿爽快地回答道："只要是父母叫女儿出嫁，即便是嫁给乞丐，女儿也不敢推辞，再说怎么见得嫁给毛家儿郎就一定会饿死呢？"父母听了她的话，非常高兴，就用她姐姐的婚装把她打扮起来，匆匆地将小女儿送上花轿，打发走了。

张家二女儿过门以后，和毛郎非常和睦融洽。让毛郎略感不足的是，张家二女儿过去得过秃疮病，头发有些稀疏。时间长了，毛纪慢慢地知道她是替姐姐嫁过来的，因此更加感激她。

过了不久，毛纪考上了秀才，又到省城参加乡试，要经过王舍人庄的客店。店主人先前曾梦见一个神仙对他说："明天会有毛解元要来，此人以后将会解救你脱离苦难。"因此，店主人一早起来后，专门仔细察访从东边来的客人，等接到了毛纪，店主人十分高兴。他供给毛纪十分丰厚的吃穿住等一应生活用品，而且一文钱不收，又把自己梦中预示的事情郑重地拜托毛纪帮忙。毛纪更加自负了，心想：妻子的头发稀稀拉拉的，将来肯定会被达官贵人所耻笑，等到富贵之后，应当休了她重娶一个。不久，考试结束，张榜揭晓，毛纪竟名落孙山。他垂头丧气地踏上了返家的路程，以至于对自己的前途悲观失望。因为心中有愧，怕见店主人，他没有再走来时的道路，而是绕道回到了家中。

三年以后，毛纪又去应考，店主人仍像先前一样迎候、款待他。毛纪说："你当初说的话没有应验，我很惭愧，白让你侍奉了一回。"店主人说："只因你暗中想换个妻子，所以被阴曹地府除去了举人的功名，又怎么能说是我的梦不灵呢？"毛纪吃惊地询问缘故，原来店主人与他分别后，又梦见了那个神仙，毛纪的心思就是那位神仙告诉他的。毛纪听了，又后悔又害怕，呆呆地站在那里，像个木头人。店主人劝他说："秀才应该自尊自爱，最终是能够考上解元的。"没过多久，毛纪果然考中了举人。而且，他夫人的头发也随即长了出来，乌黑发亮似浓云一般，更增添了几分妩媚。

　　张家大女儿嫁给同乡一个有钱人家的儿子，很是得意，而且自视甚高。没想到丈夫是个行为放荡、好吃懒做的花花公子，殷实的家业渐渐被他坐吃山空，家境逐渐衰微，房里空空，连锅也揭不开了。姐姐听说妹妹成了举人夫人，心里更加惭愧后悔，姐妹俩在路上相遇，总要想法避开。过了不久，姐姐的丈夫死了，家里更加破落。紧接着，毛纪又考中了进士。姐姐听说了，更加悔恨，一气之下，竟出家当了尼姑。等到毛纪当了大学士回到故乡时，姐姐勉强打发一个尚未剃发的女弟子前去问候，希望能得到一些馈赠。小尼姑到了府上，毛纪的夫人赠送给她若干匹绫罗绸缎，把银子夹在里面，但小尼姑并不知道。小尼姑将东西带回去交给师父。师父大失所望，气愤地说："给我一些金钱，我还可以用来买柴买米；像这种礼物，我要它有什么用！"于是她又叫小尼姑将东西送了回去。毛纪和夫人感到很奇怪，打开绢帛一看，银子还在里面，才明白她退回东西的意思。于是毛相国拿出银子笑着说："你师父连一百两银子都消受不起，哪能有福分跟我这个老尚书？"随即拿出五十两银子交给小尼姑说："拿回去作为你师父的生活费用，给多了恐怕她这命薄福浅的人难以承受啊！"小尼姑回到庵里，将所见所闻一一告诉师父。师父默默无言，只是不停地叹息着，回想自己一生的所作所为，总是颠倒黑白，避美就恶，难道是由于别人？

　　后来，店主人因为一桩人命官司被投入大牢，毛纪极力为他解脱，他才被免罪释放。

　　异史氏说："张家的旧墓，成了毛家的风水宝地，这事也够奇怪了。我听当今的人说起'大姨夫做了小姨夫，前解元做了后解元'的玩笑话，这事难道是聪明狡猾的人能算计得到的吗？唉！那主宰人生的苍天，早已没什么可问了，为什么到了毛公这里，却又这么灵验地有了回声呢？"

续黄粱

　　福建有位曾举人，参加礼部会试高中进士以后，邀了几个新中进士到城郊去游玩。偶尔听说毗卢禅院住着一个算命先生，他们便骑着马一同去问卜。进了禅院，他们互相施礼后坐了下来。算命先生见曾某一副得意扬扬的神态，便略略奉承了一番。曾某摇着扇子微笑着对算命先生说："你看我有没有穿蟒袍、系玉带的福分？"算命先生郑重地说他将来要做二十年的太平宰相。曾某大为高兴，气势更加不可一世了。

　　这时，正碰上天下小雨，曾某便和朋友一块儿到僧房避雨。僧房里有个老和尚，深眼窝，高鼻梁，坐在蒲团上，见了他们，傲慢无礼貌。几人随便向他举手作礼后，就爬上床谈笑起来，大家都祝贺曾某将来要做宰相。曾某此时心高气傲，指着同游的几个人说："等我做了宰相，就举荐年丈张老做应天巡抚，我家表兄弟当参将、游击，我家的老仆人也可以捞个千总、把总当当，我就心满意足了。"听了这话，满座的人都大笑起来。

　　过了一会儿，门外的雨下得更大了，曾某有些困倦，便伏在榻上睡着了。忽然，他看见两位宦官，拿着天子的手诏，喊着"曾太师"，召他进宫去商量国事。曾某得意非凡，急忙进宫朝见皇帝。皇帝见了他，不觉移身向前凑近，亲热地交谈了很长时间。皇帝授权三品以下官员，或升或降，或任或免，均由曾某做主，还赐给他蟒袍、玉带和名马。曾某穿戴好了，叩头谢恩，然后走出宫门。

　　回到家中，曾某发现家已不是原来的样子，雕梁画栋，极其壮观，自己也不明白怎么会一下子就显贵到如此地步。他手捋胡须轻轻呼唤了一下，仆从们的应答便像雷声滚动。一会儿，文武大臣纷纷前来敬献海外贡物，那些躬身弯腰、奉迎讨好的人，一个接着一个地出入他的门户。六部尚书来了，他匆匆忙忙地起身相迎；侍郎一级的来了，他也与之作揖寒暄；地位再低一些的，他只是点点头而已。山西巡抚给他送来十个歌女，都是如花似玉的美女。其中有两个最美丽的，一个叫袅袅，另一个叫仙仙，这两人受到他的特别宠爱。每当节假日，曾某便沉浸在观赏她们的歌舞之中。

　　一天，曾某忽然想起他贫贱时曾得到同乡绅士王子良的周济，如今自己平步青云，身居高位，而他却官场失意，郁郁不得志，何不就此拉他一把？于是，第二天早晨，曾某就上了一道奏折，推荐王子良为给事中，即刻就得到皇帝的批准，提升重用。曾某又想起郭太仆曾经与他有过小小的过节，便立即传话给给事中吕某和侍御史陈昌，让他们按他的意思同时弹劾郭太仆。第二天，弹劾郭太仆的奏章接连呈上，皇帝就下旨罢免了郭太仆。有恩于自己的人升了官，有怨于自己的被免职，如此恩怨分明，曾某感到十分痛快。他偶然出行郊外，一个醉汉冲撞了他的仪仗，他便叫人绑了醉汉，送到管理京城的最高行政长官京兆尹那里，醉汉立即死于棍下。那些跟他房屋相连、土地相接的大户人家，都畏惧他的权势，纷纷把良田美宅献给他。从此，他的财富简直都可以和皇帝相比了。可惜不久，袅袅、仙仙相继死去，他朝思暮想，夜不能寐。他忽然想起，过去东边邻居家的女儿长得很美，多次想买来做妾，都因为没有钱而未能如愿，如今总算可以实现自己的愿望了。于是，曾某指使几个能干的仆人，硬把银子送到她家。没有多长时间，那姑娘便被一乘藤轿抬来了。姑娘比过去所见到时，更加娇艳动人。曾某回想起自己的生平经历，能够如此也满足了。

又过了一年，朝中官员暗中议论，似乎对他心存不满的大有人在。然而，这些人都贪恋厚禄，不敢直言。曾某心高气盛，根本没把他们放在眼里。这时，有一位龙图阁大学士包大人向皇帝奏了一本，奏疏大意是说：微臣以为，曾某原是一个酒徒赌棍，市井小人。只因一句话迎合了圣意，便受到皇上的恩宠。于是，父亲穿紫服，儿子着红袍，一家人享尽荣华富贵，恩宠也达到了极点。曾某不想着捐躯报国，以报答皇上的恩德于万一，反而肆意妄为，滥用职权，作威作福，所犯死罪，像头发那样难以数清！朝廷的官职，被他作为牟取个人私利的奇货，根据职位的大小、肥瘦，定出高低不等的价格。因而，公卿将士都奔走于他的门下，迎合他的心意，寻找机会以谋取肥缺，其做法就如同做买卖的商贩。至于仰承他的鼻息望尘而拜的人，就更是数不胜数了。即使朝中有几个不肯阿谀奉承、卖身投靠的杰士贤臣，轻的被安置在闲散无权的部门，重的则被罢免官职，降为平民。更有甚者，一事不肯顺从，就要得罪他这个指鹿为马的奸相；哪怕片言只语触犯了他，也要被发配到豺狼出没的荒凉之地。朝廷官员为此而感到寒心，皇上也因此而陷于孤立。还有，平民百姓的良田，

被他任意侵吞蚕食；良家女子，被他强行买来做妾。邪冤之气，充塞四方，简直暗无天日。只要他家的奴仆一到，太守、县令也得看脸色行事；他的书信一到，布政使、按察使和总督、巡抚都得徇私枉法。甚至连他奴才的儿子、稍稍有点瓜葛的亲戚，出门也要乘坐官府的马车，横冲直撞，像风行雷动一般。地方上的供给稍微慢一点儿，立即抽下鞭子来责罚。荼毒百姓，奴役官府，他的仆从所到之处，都被搜刮得一干二净。而曾某气焰煊赫，依仗皇上的宠信，毫无悔过之意。每当蒙皇上宣召来到宫殿，都要把陷害好人的谗言灌进皇上的耳朵里；刚从参政议政的朝廷回到家中，而那寻欢作乐的靡靡之音已经泛起于后花园中。他沉湎于声色犬马，昼夜宣淫，国计民生，从不过问。世上哪有这样的宰相啊！朝野惊恐，人人自危；人情汹汹，民愤日增。若不及早将他正法处死，**势必酿成曹操、王莽那样的篡位之祸**。微臣日夜忧虑，不敢安居，甘冒杀身之祸，列举曾某的罪状，上报皇帝知道。乞请砍掉奸佞的头颅，抄没他贪赃枉法得来的家产，上可以平息皇天的震怒，下可以大快人心，顺应民情。如果微臣所说的有半点儿谬误，请将最严酷的刑法——刀劈油烹，施加在臣的身上……

奏章递上，曾某听到后吓得魂飞魄散，如同饮了冰水，浑身颤抖。幸好皇上对他特别宽容，把奏章扣在宫中。不料，科、道、九卿等朝臣，纷纷上书，弹劾曾某，即使是过去拜在他的门下的门生、称他为干爹的干儿子们，也都跟他变了脸孔。皇上下令抄没了他的家产，将他充军云南，他儿子任平阳太守，皇帝也派人前去捉拿审问。

曾某听到圣旨，正惊恐万状，接着就有几十名武士，佩剑持戈，闯进内室，摘掉他的官帽，扒掉他的官服，将他与妻子捆绑在一起。一会儿，看见许多当差的役夫，将他的财物搬到院子里，金银钱钞达数百万，珍珠、翡翠、玛瑙、玉石等名贵宝石达几百斛，帷幔、窗幕、桌几、床榻之类，也多至几千件，小孩的襁褓、女人的绣鞋，撒落在庭中阶前，满地都是。曾某一一看在眼里，心酸眼疼。又过了一会儿，有人从屋内揪出他的美妾，只见她披头散发，娇声哀啼，玉容花貌，无人怜爱。曾某悲痛得如烈火烧心，却敢怒而不敢言。不久，楼阁仓库，全部查封完毕，贴了封条，曾某立即被呵斥出府。监守人推推搡搡地拉出去一长串人。夫妻二人忍气吞声地踏上充军之路，要求一辆破马车代步，也没得到允许。走了十多里路，曾某的妻子因为脚小无力，摇摇晃晃地总要跌倒，曾某不时地用一只手搀扶着她走。这样，他们又走了十多里路，曾某也疲惫不堪。突然，一座高山出现在眼前，直插云霄，曾某担心无法爬上去，时时挽着妻子的手相对哭泣。而押解的人对他们横眉怒目，不许他们稍稍停留一下。曾某看看太阳已经落山，没有投宿的地方，不得已，只得一前一后深一脚浅一脚地往前走。走到半山腰，曾某的妻子筋疲力尽，坐在路旁哀声哭泣，曾某也停下来休息，任凭押解的人大声斥骂。正在这时，忽然听得有许多人齐声呐喊，只见一大群强盗手持锋利的刀剑，朝这里奔来，押解的人大惊，各自逃命去了。曾某直挺挺地跪在地上苦苦哀求说："我是个孤身发配远方的人，口袋里没有值钱的东西。"盼望强盗因此饶了他。众强盗瞪着眼睛大声宣称："我们都是被你陷害的冤民，只要奸贼的脑袋，别的什么也不要！"曾某怒气冲冲地骂道："我虽然有罪，但还是朝廷命官，你们这些强盗怎敢如此！"强盗勃然大怒，挥动大斧对准曾某的脖颈就是一下。曾某感觉到了脑袋落地发出的响声，就在他惊魂未定的时候，又冒出两个小鬼，反绑了他的双手，赶着往前走。

　　他们走了几个时辰，来到一个大都市。不多时，他看到一座宫殿，殿上坐着一位相貌丑陋的大王，正伏在案前决断死鬼的祸福。曾某赶紧走上前，跪伏在地上请求宽恕。大王翻阅案卷，只看了几行，便勃然大怒，说道："这是欺君误国之罪，应该投到油锅里去炸！"大王声音刚落，万鬼齐声附和，如同响雷。随即就有一个巨鬼将他揪到阶下。阶下有一只七尺多高的大鼎，四周燃着熊熊的炭火，鼎足都被烧得通红发亮。曾某吓得浑身发抖，流泪哀求，欲避不能，欲逃无路。那巨鬼左手抓着他的头发，右手握着他的脚踝，将他扔进油锅中。曾某只觉得孤零零一个人随着油波上下翻滚，皮肉被炸焦了，剧烈的疼痛透骨钻心，沸腾的油灌进口里，煎熬着五脏六腑。他只求快一点儿死，但又怎么也死不了。约一顿饭的工夫，那巨鬼才用一把巨大的叉子把他叉了出来，又使其跪伏在殿堂下。大王又一次查阅案卷，发着脾气说："依仗权势，欺压百姓，应受刀山之刑！"于是巨鬼又将他揪了出去。只见一座山，虽不太大，却十分陡峭险峻，山上纵横交错地排列着锋利的刀刃，层层叠叠，如同丛生的竹笋。此时，刀山上已有几个人穿肠破肚地挂在上面，呼号之声惨绝，使人耳不忍闻、目不忍睹。巨鬼催促曾某赶快上山，曾某大哭着直往后退缩。巨鬼用带毒的锥子猛刺他的脑袋，曾某忍着疼痛，乞求怜悯。巨鬼勃然大怒，一下子将他提起来，用力抛向空中。曾某只觉得身躯飘浮于云雾之上，又晕晕乎乎地往下一落，刹那间，交错的刀锋刺入胸膛，痛苦得无法形容。又过了一会儿，沉重的身躯直往下坠，使刀孔渐渐变阔。忽然身子从刀山上脱落下来，四肢像毛毛虫一样蜷曲着。巨鬼又撵他去见大王。大王命鬼吏计算一下他生前卖官鬻爵、贪赃枉法、霸人财产一共得了多少金银。当即就有一个胡子蓬乱的鬼拿着账簿，打着算盘说："三百二十一万两。"大王说："他既然要聚敛起来，就让他全部喝下去！"不一会儿，鬼吏便搬来许多金钱堆在殿阶上，如一座小丘陵。紧接着，鬼吏又将金银投入大锅，用烈火将其熔化为液体，另有几个鬼吏用勺子往他嘴里灌，流到脸上，脸上的皮肤立刻迸裂，进到喉咙，五脏六腑马上沸腾起来。他生前总嫌这东西太少，而此时却又恨这东西太多。他用了半天时间才喝完。接下来，大王命令将他押解到甘州府去托生为女人。

　　曾某才走了几步，就看到一个大铁架，架上竖着一个铁梁。铁梁有好几尺粗，上面系着一个火轮，周长不知有几千里，轮上的火焰五彩缤纷，光亮直照云霄。鬼用鞭子抽打着让他登上轮子。他刚闭上眼睛登上轮子，轮子就随着他的脚转动起来。他觉得身体直往下坠，一直落到地上，浑身冰冷彻骨，睁开眼睛看时，发现自己已经变成了一个婴儿，而且还是女孩。他再看看自己的父母，都是衣衫褴褛，一间破土屋里，放着破瓢和打狗棍。曾某心里明白，自己成了乞丐的女儿。自此，她每天都要跟随手捧讨饭碗的乞丐父母去沿街乞讨，饥肠辘辘，总难得一饱。她穿着破烂单薄的衣服，寒风吹来，透心刺骨。十四岁那年，她被父母卖给一个姓顾的秀才做妾，粗茶淡饭，葛衣布衫虽然有了，但大老婆却十分凶悍，每天都要用鞭子和板子抽打她，动不动还要用烧红的烙铁烙她的乳房。幸好丈夫还同情怜爱她，她心中还能得到稍许的安慰。一次，东边邻居家有一个坏小子，忽然翻墙过来逼迫她和他私通。她想，自己前身作恶多端，已经受到阴曹地府的惩罚，今天哪敢再做这事？于是大声疾呼，把丈夫和大老婆都叫了起来，坏小子才仓皇逃走。没有多长时间，秀才在她的屋里过夜，她正在枕边絮絮叨叨地向秀才诉说冤苦，忽然震天撼地一声巨响，房门大开，有两个强盗持刀闯入，竟砍下秀才的脑袋，用袋子装走了室内的衣服和财物。她吓得缩成一团，躲在被子底下，一声也不敢吭。等到强盗走了，她才哭叫着跑向大老婆的房里。大老婆大惊，哭着和她一同验看秀才的尸首。大老婆怀疑是她串通奸夫杀死了自己的男人，因此写状子呈上知州。知州对她严厉审问，她终于因受不了酷刑而屈招，依照刑律，她被判了凌迟处死的重刑。绑赴刑场，她一股冤气郁塞胸膛，跳着蹦着，大声喊冤，觉得阴曹地府的十八层地狱，也没有这么黑暗。

正悲痛号哭间，他忽然听到同游的人喊道："曾兄是做噩梦了吗？"曾某猛然间醒了过来，见老和尚依然盘腿坐在蒲团上。同游的人都争着对他说："天已黑了，肚子也饿了，你为何睡了这么长时间？"曾某神色惨淡地站了起来。老和尚微笑着问："二十年太平宰相的占卜还算灵验吧？"曾某越发感到惊异，连忙下拜，向老和尚请教。老和尚说："只要积德行善，即使身陷火坑，也能得到神佛的解救。我一个山野和尚知道什么？"

曾某兴致勃勃而来，不料却垂头丧气而归。他做宰相的念头，也由此淡泊了。后来，他遁入山林，不知下落。

异史氏说："赐福给行善的人，降祸给淫恶的人，这是上天亘古不变的规律。一听说做宰相就喜不自胜的人，肯定不是因为此职要鞠躬尽瘁而欢喜，这是可想而知的。这时曾某的心目中，做宰相是要住殿堂楼阁，娶娇妻美妾，天下的财物无所不有。然而，梦境毕竟是假的，幻想也不会成真。他有了不切实际的妄想，神就用虚幻的梦境来回答他。黄粱米饭快要煮熟的时候，这样的梦是必然要做的，那么，就把它作为《邯郸梦》的续篇吧。"

棋 鬼

扬州副总兵梁公，罢官居乡间，每天携带棋盘和酒壶，到山林间游玩。有一天，正赶上重阳佳节，梁公约了友人登高下棋。忽然来了一个人，在棋盘旁转来转去，看着梁公他们下棋，久久不肯离去。梁公看他的样子，很是贫寒俭朴，破烂的衣袖上还挂着丝丝缕缕的线头。但他的意态温和文雅，有文人学士的风度。梁公客气地请他坐，他就坐下了，态度很是谦逊。梁公指着棋盘对他说："先生一定是很善于下棋的，何不同我这位朋友下一盘？"那人谦让了好一会儿，才坐下来和梁公的朋友对局。一盘下完，那人输了。他神情沮丧，但又似乎不愿轻易罢手。又下，又输，他更加愤恨羞愧。斟上酒请他喝，他也不喝，只是拉着那位朋友要求再下。从早晨一直下到日头偏西，连小解都顾不上。

正当两人为一个棋子的走法争执不休之时，书生忽然离开座位害怕地站在一旁发抖，神色变得凄惨沮丧。过了一会儿，他又跪倒在梁公的座前，磕着头请求梁公救他。梁公大吃一惊，疑惑不解，连忙扶起他说："这不过是一种游戏，先生何必这样？"书生说："请您嘱咐马夫，不要绑我的脖子。"梁公感到莫名其妙，问道："马夫是谁？"书生答道："马成。"原来，梁公有个马夫叫马成，常常被摄入阴曹地府当差，每隔十几天就要去一回，携带阴曹地府的文书去勾魂。梁公认为书生的话太古怪，便打发人去探看马成，而马成僵卧在床上，已经有两天了。梁公于是大声呵斥马成，叫他不要对书生无礼。话音刚落，书生眨眼间便从他刚才站立的地方消失了。梁公惊叹了许久，才明白书生是鬼。

过了一天，马成苏醒过来，梁公把他叫到跟前询问事情的原委。马成说："这个书生是湖北襄阳一带人，喜爱下棋成了癖，家产因此被他折腾

得一干二净。他父亲很担忧，把他关进书房里。他总是跳墙出来，偷偷地找个空闲地方，和人下棋玩乐。他父亲骂他训他，但始终不能制止，以致最后抱恨而死。阎王因为书生没有德行，便缩短了他的寿命，罚他进了饿鬼地狱，到现在已经七年了。正碰上东岳凤楼落成，发下文书向阴曹地府的文人学士征求碑文。阎王把他从狱中提出来，让他去应征作文，为自己赎罪。不料想他在半道上拖延，大大耽误了期限。东岳帝君打发值班的功曹来责问阎王。阎王大怒，命小人们到处搜捕他。昨天，我遵照主人您的吩咐，所以没有用绳子捆绑他。"梁公问道："现在他怎么样了？"马成回答："依旧交给狱吏，他恐怕永远也没有转生的希望了。"梁公叹了口气说："嗜好的误人，竟到了如此地步！"

异史氏说："看到下棋，就忘记了自己是个死人；等到自己死了，看到下棋，又忘记了自己可以立功托生。这难道不是嗜好超过了对生的渴望吗？然而，嗜好下棋到了这种地步，却仍未学到几招高明的棋法，以致九泉之下，白白地增加了一个长死不生的棋鬼，真是可悲啊！"

辛十四娘

广平县有个姓冯的书生，是明朝正德年间的人。冯生年轻时为人轻佻放荡，喜欢无节制地喝酒。有一天天刚亮，他独自外出，碰到一位少女。少女披着红色的披肩，容貌十分娇媚动人。少女身后跟着一个小丫鬟，正踏着露水匆匆忙忙地赶路，鞋袜都被打湿了。冯生对这女子很是爱慕。

傍晚时分，冯生喝醉酒回家，路旁有一座寺院，久已荒废，一个女子从里面走了出来，竟是早晨看到的那位美人。美人猛然看到冯生，急忙又转身走了回去。冯生暗自思忖：如此一个美人怎么会在寺院里？于是，他把毛驴拴在寺院门口，要进去看个究竟。

冯生走进寺院，看到院内零零落落的满是断墙残壁，台阶上细草丛生，像地毯一样。冯生正在东张西望，一个须发斑白、衣帽整洁的老头儿走了出来，问冯生道："客人从何处来？"冯生答道："偶然经过古寺，想进来参观一番。老人家为何也到了这里？"老头儿说："老夫流落在外，尚无容身的地方，暂借此地安顿家小。既然承蒙光临，就请您进去坐一坐，有粗茶可以代酒。"于是老头儿很客气地请他进去。

冯生发现，大殿后有一所院落，一条石板铺就的小道又光又亮，没有丛生的杂草荆棘。进到屋内，则又是一种情致，门帘床幕，散发着诱人的香味。二人坐下，互相通报各自的姓名，老头儿说："愚翁我姓辛。"冯生借着几分酒劲，突然向老头儿问道："听说您有一位女公子，还未找到合适的配偶。小生我不揣冒昧，愿意自我做媒，亲自求婚。"辛老头儿笑着说："请容我和妻子商量一下。"冯生当即索取纸笔，写下一首诗：

千金觅玉杵，

殷勤手自将。

云英如有意，

亲为捣玄霜。

辛老头儿笑着将诗交给了身边的人。过了一会儿，有一个丫鬟出来对着辛老头儿耳语了几句。辛老头儿便起身请客人耐心地坐一会儿，然后掀开门帘进里屋去了。冯生隐隐约约听得辛老头儿说了几句话，就又出来了。他想着老头儿一定带来了好消息，不料老头儿却只是坐着与他谈笑，其他的话一句也没有。冯生忍耐不住，问道："不知您的意思如何？希望您能告诉我，以消除我心中的疑虑。"辛老头儿说："你是一个十分出众的人，我对你仰慕已久。但我有一些难以启齿的话，不便对你直说。"冯生一再请求，辛老头儿才说道："我有十九个女儿，已经出嫁的有十二个。女儿的婚嫁之事，全由我妻子做主，老夫从不过问。"冯生说："我只要今天早晨带着小丫鬟踏露而行的那个。"辛老头儿并不答话，两人相对，默默无语。这时，冯生听到屋内传出一阵轻声慢语，便借着酒劲掀开门帘说："夫妻既然做不成，那就让我看一看小姐的容貌，以消除我的遗憾。"屋内的人听到帘钩响动，都惊诧地站了起来。果然有一位红衣女郎，抖动衣袖，低垂云鬟，袅袅婷婷地站在那里，舞弄着手中的衣带。看到冯生突然闯了进来，满屋的人都有些惊慌失措。辛老头儿十分生气，于是叫了几个人将冯生拖了出去。冯生酒力发作，便一头栽倒在乱草丛中。辛家众人将碎石乱瓦像雨点般投掷，幸好没有打着他。

冯生在荒郊野外躺了大约个把时辰，听到驴子吃草的咀嚼声，于是爬起来跨上驴背，跟跟跄跄地踏上了回归的路途。夜色朦胧，道路难辨，误入一条有溪水的山谷中，狼在奔跑，猫头鹰在号叫，冯生吓得汗毛倒竖，心头发凉。他犹豫不决，四处张望，并不知道这是什么地方。再向远处张望，那黑森森的树林中有灯火闪烁，他猜想这一定是个村庄，便骑驴直向灯火处奔去。到了跟前，他抬头看见一座高大的门楼。冯生提起鞭子，敲了敲门。里面有人问道："你是何处的公子，半夜到此？"冯生说自己迷失了道路，里面的人说："等我告诉主人。"冯生只得站在一旁，伸长了脖子等候。一会儿，忽然听得有人开锁拉门，紧接着一个健壮的仆人走了出来，替他牵了驴子。冯生走了进去，见屋子十分华丽，大厅里还亮着灯火。他刚坐下一会儿，就有一个妇人走了出来，询问他的姓名，冯生告诉了她。又过了一会儿，有几个婢女搀扶着一位老太太走了出来，婢女通报说："郡君夫人到！"冯生站起来，准备躬身下拜，老太太制止了他，让他坐下，对他说："你不是冯云子的孙儿吗？"冯生回答说："是的。"老太太说："那你就应当是我的外孙了。老身我漏尽灯残，是快要死的人了，骨肉至亲之间，确实少了走动。"冯生说："孩儿从小就失去了父亲，和祖父来往过的人，十个中有九个都认不得了。从未拜识过您，还请老人家能告诉我。"老太太说："你自然会知道的。"冯生不敢再问，只是坐在对面苦思冥想。老太太问道："外孙怎么会深更半夜到这里来？"冯生一向夸耀自己有胆量，便把一天的经历一一说给老太太听。老太太笑着说道："这是一件大好事呀！况且我的外孙是有名气的读书人，跟他家结亲，绝不会玷污他家的名声，他一个野狐狸精凭什么如此自高自大？外孙不要担心，我能为你把这段姻缘办成的。"冯生连连称谢。老太太又看了看左右的人说："我不知道辛家的女儿竟长得这样好！"婢女回话说："他家一共有十九个女儿，都长得风流标致，不知道官人想聘的是老几？"冯生说："年龄十五六岁的那个。"婢女说："这是十四娘。今年三月，她曾跟着她的母亲来为郡君夫人祝寿，您怎么就忘了呢？"老太太笑着说："是不是那个脚穿刻有莲花瓣的高底鞋，里面装着香粉，蒙着面纱走路的小妮子？"婢女回答道："是的。"老太太说："这个小妮子很会别出心裁，摆弄娇媚。但她确实长得苗条可爱，外孙的眼光不差。"随即老太太又对婢女说："可派小狸奴去把她叫来。"婢女答应着去了。

过了一会儿，婢女走进来告诉老太太说："辛家十四娘已经叫来了。"说话间，就见那个穿红衣裳的姑娘，看见老太太后立刻俯身下拜。老太太忙将姑娘拽了起来，说道："以后做我家外孙媳妇，就不用再行丫头的礼了。"姑娘站起身来，袅袅婷婷地立在老太太身边，红色的衣袖低垂。老太太用手理了理她的鬓发，又捻了捻她的耳环，说："十四娘近来在闺房中做些什么活？"姑娘低声回答："闲暇时，做些刺绣。"她回头看到了冯生，显得害羞，有些局促。老太太说："这是我的外孙。他好心好意地想与你结姻缘，为什么要使他迷失道路，害得他在山沟里乱窜了整整一夜？"姑娘低头不语。老太太接着说道："我叫你来，没有别的什么事，想为我的外孙做个媒。"姑娘依然默默无语。老太太要婢女们打扫新房，铺设被褥，马上让他们成亲。姑娘害羞地说："让我回去告诉父母一声吧。"老太太说："我替你做媒，错得了吗？"姑娘说："郡君夫人的命令，我父母当然不敢违背。但是，就这样草草地成婚，婢子我就是死了，也不敢奉命。"老太太笑着说："这小姑娘志气坚强，真是我的外孙媳妇啊！"于是老太太从姑娘头上拔下一朵金花，交给冯生收起来，并要他回家查看一下皇历，选择一个黄道吉日成亲。然后老太太打发婢女把辛家十四娘送了回去。此时，已能听到雄鸡的报晓声，老太太派人牵了驴子送冯生出门。

冯生走了几步，猛一回头，村庄已无影无踪。在浓郁的松林与楸林中间，只有几座被乱蓬蓬的杂草覆盖着的坟墓。冯生站在那里想了好一会儿，才记起这里是薛尚书的墓地。薛尚书原是冯生祖母的弟弟，所以薛尚书的夫人薛老太太才管冯生叫外孙。冯生知道自己遇见了鬼，但不知道十四娘究竟是什么人。他叹着气回到了家，随便翻阅了一下皇历，挑一个吉日，等待着婚期的到来，可又担心鬼的誓约难以取信。于是，他又一次来到了先前去过的寺院，只见殿堂破败不堪，一片荒凉。他又问住在寺院附近的人家，都说寺院里常常出现狐狸。冯生暗自想：如果能够得到一个美人，即便是狐狸也好。到了选定的吉日，他把房屋道路打扫干净，并打发仆人轮番等候丽人的到来，到了半夜，还是没有一点儿动静，冯生已不再抱希望了。过了一会儿，门外传来一阵喧哗声。冯生趿拉着鞋子出去，看见花轿已停在院内，丫鬟扶着十四娘坐在用青布搭成的帐篷中。嫁妆也没有什么，只看到两个长着长胡子的仆人抬着一个有瓮那么大的瓷罐，放在屋子的角落。冯生得到美丽的妻子，十分高兴，也就不疑虑她是不是人类。他问十四娘："那老太太不过是一个死鬼，你家为何对她那样服服帖帖？"十四娘答道："薛尚书现在做五都巡环使，方圆数百里的鬼狐都是他的侍从护卫，所以他很少回到墓地。"冯生没有忘记大媒人的恩德，第二天，专程到墓地祭奠了薛老太太。他回来后看到两个婢女拿着贝形花纹的绵锻前来祝贺，直接把那东西放在几案上后就走了。冯生将此事告诉了十四娘，十四娘看了看东西说："这是郡君夫人送的礼物。"

同乡有一位通政使的贵公子，姓楚，从小和冯生同窗就读，关系很亲密。楚公子听说冯生娶了一位狐妻，三天后送来许多礼物，并前来喝喜酒以示祝贺。过了几天，楚公子又差人送来请柬，邀请冯生到他家去饮酒。十四娘听说后，对冯生说："那天楚公子来，我从壁缝偷看了他一下，发现他长着一副猿猴的眼睛，鹰隼的鼻子，这种人不能多往来，还是不去为好。"冯生答应了。第二天，楚公子找上门来，责问他为何负约，同时拿出了自己的新作给冯生看。冯生在评论时加以嘲笑，弄得楚公子羞愧难当，两人不欢而散。冯生回到屋里，将这事笑着说给十四娘听。十四娘凄惨地对冯生说："楚公子是个豺狼性格的人，不能和他亲近，你不听我的话，将

来肯定会有大灾难的！"冯生笑着感谢妻子的提醒。后来，他与楚公子在一起时，总是恭维他，以前的不愉快也渐渐消除了。正值提督学政大人主持考试，楚公子考了第一，冯生考了第二。楚公子沾沾自喜，派遣仆人邀请冯生到他家去饮酒。冯生借故推辞了。楚公子不停派人来请，冯生不得已，才去了。到了楚家，冯生才知道是楚公子的生日，宾客满堂，宴席十分丰盛。楚公子拿出自己的试卷给冯生看，亲友们也一个个挤了上来，争相传看，不时地发出赞赏声。酒喝过数巡，大厅里奏起了音乐，吹吹打打的十分粗浊杂乱，宾主都很高兴。这时，楚公子忽然对冯生说："俗话说：'考场中莫论文。'这话在今天看来十分荒谬。小生这次考试之所以能排在你的前面，就是因为文章的开头几句，比你的略高一筹罢了！"楚公子的话刚说完，满座的人都随声赞叹。冯生此时已醉，忍不住哈哈大笑说："你到现在还以为是你的文章写得好，才考取第一的？"冯生的话音刚落，满座的宾客都为之大惊失色，楚公子更是羞惭满面，气得说不出话来。客人们渐渐散去了，冯生也溜了回来。酒醒以后，冯生感到很后悔，于是把事情的经过告诉了十四娘。十四娘很不高兴地说："你真是见识寡陋的轻薄子弟！用这种轻薄的态度对待君子，就是缺德；用来对待小人，就会招来杀身之祸。看来，灾祸已经离你不远了！我不忍看到我将来颠沛流离，请允许我离开你吧！"冯生害怕得流下了眼泪，并深深地表示了悔改之意。十四娘说："你如果一定要我留下，那我和你订个规矩：从今往后，关起门来，待在家里，断绝一切交游，不要由着性子喝酒。"冯生诚恳地接受了她的规劝。

十四娘为人处事十分勤俭洒脱，每天以纺纱织布为事。时时独自回娘家看看，但从不在娘家过夜。有时，她还会拿出一些银子，做点儿小买卖，当天有了盈余的钱，就投进从娘家带来的那个大瓷罐中。她每天都关门闭户，如果有人来拜访，就吩咐老仆人婉言谢绝。

有一天，楚公子遣人急速送来一封信，十四娘烧了信，没让冯生知道。第二天，冯生出门进城吊丧，在丧主的家里遇到了楚公子。楚公子拉住他的臂膀苦苦邀请，冯生借故推辞，楚公子让马夫拉着他的马，簇拥着他往前走。到了楚家，楚公子立即让人摆上酒菜，冯生推辞，想早些回去。楚公子百般阻拦，又唤家中的歌伎出来弹筝助兴。冯生本来就是个放荡不羁的人，被十四娘长久地关在家中，早已感到烦闷不堪，现在忽然碰上这样一个狂喝畅饮的机会，立即来了豪兴，不再把十四娘的嘱咐放在心上。因此，只一会儿工夫，他就喝得酩酊大醉，倒卧在酒桌上。楚公子的妻子阮氏，生性最是凶悍忌妒，家中的丫头和小老婆没人敢修饰打扮的。前一天，一个丫头走进楚公子的书房，被阮氏抓住。阮氏用棍子猛击丫头的脑袋，丫头被打得脑袋破裂，当场死去。楚公子因为冯生嘲笑轻视自己，早已怀恨在心，天天想着怎样报复，便想出用酒将冯生灌醉，然后诬告他杀人的计谋。此时，楚公子趁冯生烂醉如泥的间隙，将那丫头的尸体扛到床上，然后关上门径自去了。冯生睡到五更时酒醒了，睁眼看看，发觉自己睡在几案上。他爬起来想找个卧榻和枕头，觉得有个又潮又腻的东西绊住了他的脚，伸手一摸，是个人。他以为是主人打发来陪伴他的仆人，便用脚踢了一下。那人一动不动，而且身体已经僵硬了。冯生猛然受到惊吓，跑出门去大呼小叫。听到喊声，楚家的仆人们都爬了起来，点灯一照，看到丫鬟的尸体，便揪住冯生大闹起来。楚公子出来验看尸首，一口咬定是冯生逼奸不成，杀死了丫鬟，当下就将冯生捆绑着送到了广平府。

过了一天，十四娘才知道了这个消息。她禁不住泪流满面地说道："我早就知道会有这么一天的！"于是她按日给冯生送去银钱。冯生见到知府后，无法申诉，早晚遭受拷打，被打得皮开肉绽。十四娘亲自到监狱去探望他，冯生见到妻子，悲愤填膺，一时竟气得说不出话来。十四娘知道楚公子这陷阱布得很深，就劝丈夫暂时承认楚公子诬陷他的罪名，以免再受皮肉之苦。冯生流着眼泪答应了。

十四娘往返于监狱与家之间，即使近在咫尺，别人也看不见她。每次探监回来，她总是唉声叹气的。有一天，她突然打发走了从娘家带来的贴身丫鬟。一个人孤苦伶仃地过了几天后，她又托人买了一个良家女子。这女子名叫禄儿，已十五六岁，容貌十分漂亮。十四娘与她同吃同住，对她的关怀爱护远远超过了其他婢女、仆人。

冯生承认了酒后杀人的罪名，被判了绞刑。老仆人得到消息后，泣不成声地告诉了十四娘。十四娘听了，神情坦然，似乎一点儿也不在意。很快秋天处决的日子到了，十四娘这才匆忙奔走起来。她早出晚归，整天地不歇脚，每当到了寂静无人的时候，她便独自一人郁闷悲伤，以至于饭也吃不香，觉也睡不好。有一天，大约是午后，先前被她打发走的丫鬟忽然回来了。十四娘马上起身，把她引到没人处交谈。等到谈完出来，十四娘已是笑容满面，又开始像平时一样料理家务了。第二天，老仆人探监，带回冯生要求与妻子最后诀别的口信。十四娘漫不经心地应了一声，并未显出悲伤来，很冷淡地放在一边。家人都窃窃私语，认为她太狠心了。就在这时，道路上忽然沸沸扬扬地传播着一个消息，说是姓楚的通政使被撤了职，平阳道台大人奉了皇帝的圣旨前来复审冯生的案子。老仆人听到消息后十分高兴，立即告诉了十四娘。十四娘也很高兴，马上派人到衙门里去探望冯生。此时，冯生已经出狱，主仆相见，悲喜交集。一会儿，衙役捕得楚公子到案，一经审讯，便弄清了事情的全部真相。冯生被无罪释放。回到家中，见到妻子，冯生不禁潸然泪下。十四娘也十分悲痛凄楚，悲伤之后又转为欢喜。然而，直到此时，冯生还不知道自己的冤情怎么被皇帝知道的。十四娘指了指贴身的丫鬟对冯生说："这就是为你翻案的功臣。"冯生十分惊愕地向她询问其中的缘故。

原来，十四娘差遣这个丫鬟到了京城，想让她进到皇宫里为冯生陈述冤情。丫鬟到了京城，发现宫门有神将守护着，她在环绕宫墙的河沟里徘徊了好几个月，也没能进去。害怕误了救人的大事，丫鬟打算返回家中另作打算。正在这时，她忽然听到皇上要到大同去巡视的消息，便赶在皇上之前到了那里，假扮成一个流落风尘的妓女。皇帝到了妓院，她受到了极大的宠爱。皇帝怀疑她不像是个沦落风尘中的人。丫鬟便低头哭泣起来。皇上问："你有什么冤苦？"丫鬟回答说："我原籍广平府，是生员冯某的女儿。父亲被人诬陷，已经问成死罪，于是把我卖到了妓院。"皇上听了，很是凄楚，赏给丫鬟百两黄金。临走的时候，皇上又详细询问了这桩冤案的前后经过，用纸笔记下了有关人员的姓名，还说要与丫鬟共享荣华富贵。丫鬟说："我只想父女能够团聚，并不奢望荣华富贵啊！"皇上点头称是，丫鬟于是也离去。

丫鬟将事情的前后经过详详细细地讲给冯生听了，冯生急忙给丫鬟下拜，两眼泪珠闪烁。

又过了一段时间，十四娘忽然对冯生说："我如果不是为了儿女私情，哪里会有这么多的烦恼？在你被捕入狱的那段时间里，我奔走于亲戚朋友之间，可他们中没有一个肯替我想办法的。当时的辛酸苦辣，实在无法倾诉。现如今，我已看透了世态人情，厌倦了尘世生活。我已经为你物色好了一个很好的配偶，我们俩可以就此分别了。"冯生听了这话，痛哭流涕，伏在地上不肯起来。十四娘才暂时放下这个话题。晚上，她打发禄儿去陪伴冯生，冯生拒不接纳。第二天早晨，冯生看到十四娘的时候，发现她容光大减；又过了一个多月，十四娘已渐渐衰老；半年后，十四娘竟变得又黑又瘦，就像农村的老太婆。然而，冯生对她的爱恋之情，始终没有改变。一天，十四娘突然又提起了分别的事，并说："你已经有了美丽的伴侣，还要我这丑陋的老太婆干什么？"听了这话，冯生哭泣悲哀得和以前一样。又过了一个月，十四娘突然得了暴病，不吃不喝，奄奄一息地躺卧在病榻之上。冯生煎汤送药，侍奉她就像侍奉父母一样。然而，巫术医药都未能治好十四娘的病，她最终还是溘然长逝了。冯生悲痛欲绝，随即用皇上赐给丫鬟的钱，给她办理了丧事。几天后，狐狸丫鬟也走了。冯生这才娶禄儿做妻子。过了一年，禄儿生下一个儿子。然而，由于连年收成不好，冯生的家业日渐衰落。夫妻二人无计可施，对着影子发愁。忽然想起屋角的那个大瓷罐，往日常见十四娘往里面投钱，不知还在不在。夫妻二人到跟前一看，只见豆豉盆、盐罐子满满当当地堆了一地。夫妻二人将这些东西一件一件地搬开，然后用筷子插进瓷罐试探，满满的很坚实，插不进去。夫妻二人不得不将瓷罐打破，金钱便倾泻出来。从这以后，冯生的家顿时富裕起来了。

后来，老仆人偶然路过西岳华山，碰到了十四娘，她乘着一头青骡，丫鬟骑着驴子跟在后面。十四娘问老仆人："冯郎还好吧？"随后又说："请代我转告你家主人，我已成仙了。"话刚说完，她便不见了踪影。

异史氏说："轻薄的话，常常出于文人之口，这是君子痛心疾首的。我自己就曾经落下轻薄的名声，要说冤枉，那也太迂腐了；然而，我也未尝不刻苦自励，以使自己勉强跻身于君子的行列。至于是祸是福，我也就不去管它了。像冯生这样的人，仅仅一句话没有说好，就招来杀身之祸，如果不是家中有一个仙人，他又怎能脱离牢狱，从而再活在当世呢？太可怕了！"

胡四相公

莱芜县的张虚一是山西学政使张道一的二哥。这人性情豪放，不受任何约束。听说本县某人的宅院成了狐狸的安乐窝，他便拿着名帖，恭恭敬敬地前去拜访，希望能见狐狸一面。他把名帖塞进门缝中，过了一会儿，门便自动打开了。随行的仆人见状，吓得步步后退。张虚一却整理了一下衣服，毕恭毕敬地走了进去，见客厅里桌椅卧榻均摆得整整齐齐，但静悄悄的空无一人。张虚一拱手作揖祝祷说："小生我诚心实意地前来拜访，仙人既然没有将我拒之于门外，何不彻底让我一睹真容？"话音刚落，忽听得空无一人的房子中有人答话说："劳先生大驾光临，真可谓空谷足音啊！请坐下说话。"随即就有两把椅子自动移动，面对面地摆放在一起。张虚一刚刚坐下，又有一个镂花的红漆茶盘托着两盏香茶，悬放在张虚一和对面那把椅子的面前。张虚一取了一盏，喝了起来，听到对面有喝茶的声音，却始终看不到喝茶的人。他喝完了茶，就有酒菜摆了上来。张虚一详细询问对方的身世，对方回答说："小弟姓胡，排行第四，仆人们都称呼我为胡四相公。"二人互敬互饮，高谈阔论，志趣十分相投。席上鳖肉鹿脯，吃时用香料和辣菜调味，十分丰盛。递酒送菜的似乎有许多小厮，喝完了酒，张虚一很想喝茶，念头刚一在脑海中转动，香茶已摆在了他面前的桌上。凡是他心中想要的东西，没有一样不是随着他的念头出现就送上来的。张虚一十分高兴，一直喝到酩酊大醉，才告辞回家。从此以后，他每隔三五天就要到胡家去一趟，胡四相公也时常到张家来，两人都以宾主之礼相待。

有一天，张虚一问胡四相公说："南城中有个巫婆，每天借托狐仙给人治病，向病人勒索财物。不知她家的狐狸，你是否认识？"胡四相公说："那巫婆是胡说八道，她家根本没有狐狸。"过了一会儿，张虚一出去小解，听得有人小声说道："刚才您说的那个南城假托狐仙的巫婆，不知道是什么样的人？小人想跟着先生去看一下，麻烦您跟我的主人说一下。"张虚一知道说话的是个小狐狸，便答应道："好的。"于是张虚一在席上向胡四相公提出请求：

"我想要一两个你手下的仆人跟我走一趟,去看看南城那个自称是狐仙附身的巫婆,敬请你答应。"胡四相公一再说没有这个必要,张虚一再三请求,他便答应了。过了一会儿,张虚一告辞出来。他刚一出门,便有马儿自动走到他的跟前,好像有人牵着似的。张虚一骑马而行,一路上小狐狸陪着他聊天。小狐狸说:"以后先生行走在路上时,觉得有细沙散落在衣襟上,就是我们跟随在您的后面。"说话间,他们已进入南城,到了巫婆家。巫婆见张虚一来了,笑着迎上来说:"贵人怎么突然有空光临?"张虚一说:"听说你家的狐崽子很灵验,果真是这样吗?"巫婆正颜厉色地说道:"如此轻薄的话,不应当从贵人嘴里说出来!怎么能随便叫狐崽子?恐怕我家花姐听到不高兴!"巫婆的话还没有说完,空中忽然飞来半块儿砖头,砸在了她的胳膊上,巫婆跟跟跄跄地险些栽倒。她大吃一惊,对张虚一说道:"官人你怎么能拿砖头砸我老婆子?"张虚一笑着说:"老婆子眼瞎了吧!你何时看到过自己的额头被砸破了,反倒要冤枉手插在袖子里的旁观者?"仓促之间,巫婆没有看清砖头是从哪里扔出来的。就在她疑惑不解、四处张望的时候,又有一个石子儿飞落下来,击中巫婆,将她打倒在地,接着,污泥脏水纷纷落下,把巫婆的脸涂抹得像鬼一样。吓得她哀号不止,大喊饶命。张虚一请小狐狸饶了她,小狐狸这才停止。巫婆急忙爬起身逃进屋里,关上门再也不敢出来。张虚一喊着问她道:"你的狐狸赶得上我的狐狸吗?"巫婆只是连连谢罪。张虚一抬头望着空中,告诫小狐狸不要再伤害巫婆,巫婆这才战战兢兢地走了出来。张虚一笑着劝告了她一番,方才回去。

从此以后,每当他独自行走,觉得有细沙淅淅沥沥地往下落时,就喊小狐狸说话,每次都有应答从没错过。有小狐狸做依靠,张虚一连虎狼强盗都不害怕了。就这样过了一年多,张虚一跟胡四相公成了莫逆之交。他曾经问胡四相公的年龄,胡四相公说确实记不清了,只是说:"我亲眼见黄巢造反,就像发生在昨天。"

一天晚上,两人正在闲聊,忽听得墙头沙沙作响,声音很猛烈。张虚一觉得奇怪。胡四相公说:"这一定是家兄。"张虚一说:"何不邀他来一起坐坐?"胡四相公说:"他的道行很浅,只要能抓只鸡吃吃就很满足了。"过了一会儿,张虚一对胡四相公说:"交情之深,像我们两人这样的,可以说没有什么遗憾的了;然而,我始终未能看到你的面容,确实是一大遗憾!"胡四相公说:"只要交情深就够了,见面干什么?"

　　一天,胡四相公置办了酒席,邀请张虚一前往赴宴,顺便向他告别。张虚一问道:"你打算到什么地方去?"胡四相公说:"小弟生在陕西,现在要回去了。先生常常为与我面对面却不能看到我的面容而感到遗憾,现在就请你看一看相交数年的好朋友,以后见面时也好相认。"张虚一四下张望,但什么也没看到。胡四相公说:"你试着把卧室的门打开,小弟就在里面。"张虚一即推开门一看,而里面有个美少年,正在对着他微笑。美少年衣冠楚楚,眉目如画,转眼之间,就不见了。张虚一转身走出,后面便有杂乱的脚步声跟着他,并说:"今日总算消除了先生的遗憾。"可是,张虚一依然恋恋不舍,不忍与胡四相公分别。胡四相公劝他说:"人生离合自有定数,何必如此介意呢?"说完,他便用大杯劝张虚一喝酒。两人一直喝到半夜,胡四相公才让人挑着纱灯将张虚一送了回去。等到天亮以后,张虚一再去探望,就只剩下一座冷冷清清的空房子了。

　　后来,张道一先生做了四川学政。张虚一仍像以前一样清贫,因而千里迢迢地去看望弟弟,原指望能得到一笔丰厚的馈赠。住了一个多月后返家,和原先的愿望差别很大,一路上,他骑在马上唉声叹气,没精打采的,如同木偶。忽然间,有一个少年骑着小青马,悄悄跟在了他的后面。张虚一回头一看,见少年的服装与坐骑都很华丽,神态也十分文雅,便与他聊了起来。少年察觉张虚一不高兴,就问他有什么心事。张虚一叹着气将在弟弟那里受到的冷遇说给少年听。少年也着意安慰了他一番。两人同行了有一里多路,走到一个岔路口时,少年才拱手与张虚一告别说:"前面路上有一个人,将交给您一件老朋友送给您的东西,务请笑纳。"张虚一想问个明白,少年已骑着马飞驰而去了。他想过来思过去,终究也没弄明白少年话中的意思。又走了二三里路,他看见前面有一个老仆人,拿着一个圆形的小竹箱,献到他的马前,说:"这是胡四相公敬献给先生的。"张虚一这才恍然大悟,于是接过竹箱,打开一看,竟然是白花花的银子。等他回头再看老仆人,已经不知到哪里去了。

念 秧

　　异史氏说:"人心险恶狡诈,到哪里都是一样,在南北交通要道上,这种祸害更加厉害。像那种挽强弓、骑烈马、劫掠人于城门之外的强盗,人人都知道他们不是好人；可是，有人割包盗袋，在大街上偷取他人的财物，往往路人一回头之间，则已财物两空，这种人的用心不是更加险恶难测吗？还有那刚一结识，便甜言蜜语，以便能逐渐接近你，骗取信任，使你对他深信不疑，误认为他是你的知心朋友，然后再骗取你的钱财，使你蒙受经济上的损失，这种见机行事、到处布网的人，情形各不一样，因为他们的谗言是逐渐积累并发生作用的，所以人们把它叫作'念秧'。如今，在北方的道路上，活动着许多这样的人，因而，遭受他们祸害的人也不少。"

我有个老乡叫王子巽，是本县的秀才。因同族的前辈中有一位在京城被编入旗籍，任翰林院官员，王子巽便打算去探望他。他打点行装，一路北上，出了济南，刚走了几里路，便有一个骑着黑驴的人跑过来与他同行。这人不时地用一些闲言杂语引他搭腔，他也就跟着一问一答。那人自我介绍说："我姓张，是栖霞县署衙役，被县令派往京城办事。"他称呼起人来十分谦卑，做起事来很是勤快。跟着王子巽走了几十里路后，他又约请王子巽跟他住到一个店里。王子巽如果走在了前面，他便鞭打驴子紧追上来；王子巽如果落在了后面，他又会停在路边等候。王子巽的仆人对此人起了疑心，便严词厉色地赶他走，不让他跟在他们前后。姓张的很是惭愧，便鞭打驴子走开了。到了晚上，王子巽主仆二人住进了旅店。王子巽偶然到院中散步，看到姓张的在外面的房子里喝酒。王子巽又是惊讶，又是疑惑，正在这当儿，姓张的已经看见了他，并立刻弯腰垂手，恭恭敬敬地站立在一边，谦卑得就像王子巽的仆人一样，彼此稍稍说了几句客套话。王子巽以为这不过是偶然碰上的，也就没有太在意。然而，王子巽的仆人整夜戒备着姓张的。雄鸡报晓时分，那人又跑过来呼唤王子巽一块儿上路。王子巽的仆人大声拒绝，他才自个儿走了。

太阳已经升起老高了，王子巽才上了路。在路上行进了半日之后，前面出现了一个骑白驴的人，四十来岁，穿戴十分整洁，骑在驴子上低着头，正在打盹儿，晃晃悠悠地似乎要从驴背上掉下来。有时他骑着驴跑到了王子巽的前面，有时落在了后面，如此往复，走了有十多里路。王子巽奇怪地问他："你夜里干什么去了，弄得白天困顿迷糊到如此地步？"那人听到问话，猛地伸了个懒腰，说："我是清苑县人，姓许。临淄县令高檠是我的表兄弟，我的亲哥哥在他的衙门里教书，我去那里探望，得到了一些馈赠。昨晚歇店，和'念秧'住在了一起，我小心翼翼地提防着，一夜没敢合眼，以致弄得白天乏无力迷迷糊糊的。"王子巽故意问道："'念秧'是怎么回事？"姓许的回答道："你出门做客的时间太少，不知道其中的阴险狡诈。如今，有那么一帮匪徒，用甜言蜜语诱惑出门在外的人，想方设法地与其拉关系，以图能同行同住，然后再寻机骗取钱财。前几天，我有个已经不太来往的亲戚，就是这样把路费弄丢的。我们这些出门在外的人，都应时刻警惕。"王子巽点头称是。先前，临淄县令与王子巽有些交情，王子巽也曾经做过他的幕僚，知道他的门客中确实有姓许的，于是不再怀疑这个同行的人了。而且，王子巽还对他嘘寒问暖，打听他哥哥的近况。姓许的约王子巽晚上在同一个客店里投宿，他也答应了。可是，王子巽的仆人始终怀疑这个姓许的是假冒的，暗中和主人商量，有意识地放慢速度，刻意与他拉开距离，最后谁都看不见谁了。

第二天中午，主仆二人又遇到一个少年，十六七岁，骑着一匹健壮的骡子，衣着整洁、华丽，相貌也很俊美。他们一同走了很长时间，双方未曾说一句话。到了太阳偏西时，少年忽然说道："前面不远处就是屈律店了。"王子巽随便答应了一声。过了一会儿，少年又唉声叹气地抽泣起来，像是发生了什么让他受不了的事情似的。王子巽不经意地询问了一下情况，他便叹着气说："本人家住江南，姓金。三年灯下苦读，原指望能博得一个功名，不料想名落孙山。家兄在京城某部任主事之职，便带着家眷前去，想借此排遣一下胸中的烦闷。由于我平时不习惯长途跋涉，看到这尘土扑面的情形，便感到烦恼不已。"说着话，少年拿出一块儿红色的绸巾擦起脸来，一声接一声地叹息个不停。听他说话，操的是南方口音，娇美婉转如同女孩子一样。王子巽打心眼儿里喜欢这个少年，并用好话稍稍安慰了他。少年说："刚才，我先跑了出来，家眷久久不见过来。怎么连仆人也没有赶到呢？天快黑了，我怎么办呢？"他走一阵，看一阵，再留一阵，行进的速度十分缓慢。王子巽就先走了，距离便越拉越大。

到了晚上，王子巽投宿在一家客店。走进屋里，他才发现，靠墙的一张床铺上，早就有客人在上面放了行李。王子巽正想去问主人，即见一个人走了进来，将行李提了起来说："你只管安置行李，我可以搬到其他房子里去住。"王子巽一看，这人正是那个姓许的人。王子巽便劝他不要搬出去，留下来和自己一起住。姓许的同意了，坐了下来和他聊天。过了一会儿，又有一个人带着行李走了进来，见王子巽和姓许的已经在房里了，便退了出去，嘴里还说道："已经有客人在里面了。"王子巽仔细一看，原来是路上碰到的那个少年。还没等王子巽说话，姓许的赶忙站起来，拉住少年，让他留下来。少年也就坐下来了。姓许的询问少年的家族及祖籍，少年又把在路上说给王子巽的话告诉了姓许的。过了一会儿，少年打开钱袋，从许多白花花的银子里称出一两多，交给店主，叫他置办一桌酒菜，供大家在夜谈时享用。王、许二人争相劝阻不必如此，少年到底不听。过了一会儿，酒菜摆了上来。席间，少年评诗论文，很是风流儒雅。王子巽向他探问江南考场中的试题，少年也都告诉了他。而且，他还诵读了自己文章中的承题和破题两段文字，以及文章中的得意之句。诵读完了，很为自己的才华不被赏识而愤愤不平。王、许二人听了，也替他惋惜不已。少年因为家眷落在了后面，夜里没有仆人使用，担心自己不会喂马，王子巽便让自己的仆人代他备好草料，喂了牲口，少年深表感谢。过了不长时间，少年忽然有些悔恨地说道："我活了这么大，一直不顺利，就是出门在外，也没遇到什么好事情。昨天夜里投宿客店，与坏人住在了一起，那些人掷骰喊叫，吵得人耳麻心烦，觉都没有睡好。"南方话把"骰"叫"兜"，姓许的听不懂，一再询问，少年用手比画它的模样，姓许的便笑着从口袋里掏出一枚骰子，问道："是这东西吗？"少年说："是的。"姓许的于是便用骰子做酒令，与大家高兴地喝起来。酒席快散时，姓许的请大家掷骰子玩，说是要赢个东道主做。王子巽以不会掷骰子为由推辞了。姓许的便与少年吆五喝六地玩了起来。他偷偷地对王子巽说："你不要泄露机密。这个南蛮公子很有钱，而且他年龄小，未必精通赌博的诀窍。让我赢他一些，明天好请你喝酒。"说完，两个人走到另一间屋子里去了。随即，那间房子便传来了吵吵闹闹的赌博声。王子巽偷偷地去看了一下，发现那个自称是栖霞县署衙役的人也在里面。他怀疑这中间大有名堂，便拉开被子独自睡了。又过了一会儿，那几个人一同来拉王子巽去赌钱。王子巽坚辞不去，说自己不会玩骰子。姓许的提出他自愿代王子巽辨认输赢，王子巽还是不答应。这伙儿人就强行代替他投掷骰子。只用了一会儿工夫，他便跑到王子巽的床前，告诉他说："你已经赢了几个筹码。"王子巽在睡梦中稀里糊涂地答应了一声。

就在这时，突然有几个人推门闯了进来，操着一口听不懂的异族话。为首的一个人自称姓佟，是县里巡逻抓赌的。因当时禁赌的法令很严，所以大家都十分惊慌。姓佟的大声恐吓王子巽，王子巽也以翰林官的旗号相抗衡。姓佟的这才消解了怒气，并跟王子巽叙起同隶旗籍之谊来，接着，姓佟的又笑着请大家继续玩。众人果然又赌了起来，姓佟的也参与其间。王子巽对姓许的说："你输了赢了我都不想知道。我只想安安静静睡个觉，请你不要来打扰我。"姓许的不听劝告，仍不时地来报告消息。赌局结束后，各人计算了一下自己的筹码，王子巽输得很多。于是，姓佟的便来搜寻王子巽的行李，以抵销赌债。王子巽愤怒地站起来与他争夺。姓金的少年抓住王子巽的胳膊，悄悄地对他说："这些人都是些土匪，会做出什么事来实在难以预料。我与你是文字之交，没有不互相照料的道理。刚才，我在赌局中赢了些钱，可以与你输的相抵。我赢的钱本应从许先生那里索取的，现在我们互换一下：让许先生还钱给姓佟的，你再还给我。这不过是掩人耳目的临时计谋，过了这一阵子，我再将你的钱还给你。你想，像我们这种以道义相交的朋友，我还能叫你还钱吗？"王子巽本来就很忠厚老实，听了他的这番话，也就相信了。少年走出房去，将相互抵债的办法告诉了姓佟的，并当着众人的面，打开王子巽的行李，将他的钱装进自己的口袋里。姓佟的于是转过身去，向姓许的和姓张的讨了债后走了。

少年拿来自己的被褥，与王子巽同枕而卧，他的被褥十分精致漂亮。王子巽招呼仆人也睡到了床上，各人默默地安歇了。过了很长时间，少年故意装出一副辗转反侧的样子，用自己的下身去亲近仆人。仆人挪动身体避开，少年又靠了过来。仆人的皮肤无意间挨着了少年的大腿根，只感觉到他的肌肤细腻得如同油脂一样，心中一动，便和他做起苟且之事来。少年"款待"仆人也十分殷勤，以致被子一掀一动地，发出了很响的声音。王子巽很真切地听到了这刺耳的声音，虽然感到奇怪，却始终没有怀疑会发生什么不好的事。天刚刚亮，少年就起了床，催促王子巽早点上路，而且还说："你的毛驴很疲乏了。昨天晚上你寄存在我这里的东西，到了前面我再还给你吧。"王子巽还没有说话，少年已装好行李，骑上骡子走了。王子巽没有办法，不得不跟了上去。少年的骡子跑得很快，渐渐地和王子巽拉开了距离。王子巽起初料想他会在前面等待，也就没有太在意。此时，他想起夜间那刺耳的响声，便问仆人是怎么回事。仆人将事情如实地告诉了他。王子巽听后十分惊慌，说："今天我们算是被'念秧'骗了。你想想，哪里有官宦人家出身的读书人，会毛遂自荐地与仆人干这种事呢？"又一想，这人谈吐风雅，绝不是"念秧"一类的人所能装出来的。他们追出数十里，一点儿少年的踪迹也没有。王子巽才醒悟姓张的、姓许的以及姓佟的都是与少年一伙儿的同党，一个骗局没有成功，便重换一个骗局，目的是一定要让他落入他们所设的圈套之中。代还赌债，互换行李，已经埋伏下试图抵赖的机诈在里面；如果所设的换走行李的诡计不被采纳，也一定要坚持前面的说法强抢而去。为了几十两银子，尾随跟踪了数百里；唯恐仆人揭穿他们的阴谋，不惜用自己的身体来讨好，这骗术也够用心良苦了！

这件事发生后几年，又有了吴生的事。

同乡吴生，字安仁，三十岁死了妻子，便独自一人睡在书房里。有个秀才前来拜访交谈，便与他成了好朋友。跟随秀才来的一个小仆人叫鬼头，跟吴生的书童报儿也很友好。时间久了，吴生才知道他们是狐狸。吴生出门远游，他们也一定会跟随着。他们与吴生同住一室，可别人却看不见。吴生在京城做客将要回归时，听到了王子巽遭到"念秧"坑害的事，所以一再提醒他的书童要提高警惕。狐狸笑着说："无须如此。这次旅行不会有什么不顺利的事情。"

他们走到涿州，看到一个人拴了马坐在烟铺里，服饰很是鲜亮整齐。见吴生走了过去，这人也站了起来，骑上马跟在后面。慢慢地，他跟吴生搭上了话，自我介绍说："我是山东人，姓黄，是山东督抚委派到户部投递公文的提塘官，准备回山东去，很高兴能与你同行，以免孤单寂寞。"吴生停下来，他就停下来，每逢一起吃饭，他都要替吴生交付饭钱。吴生表面上感激他，暗地里却十分怀疑他。吴生暗地里询问狐狸，狐狸只是说："没有关系。"吴生对姓黄的怀疑也就放松了。

到了晚上，他们一起找到了一个旅店。进屋后，发现早就有一个漂亮的少年坐在那里。姓黄的走上前去向他拱手行礼，高兴地询问少年道："你是什么时候离开京城的？"少年回答说："昨天。"姓黄的拉着他的手，让他跟他们住在一起，并向吴生介绍说："这是史郎，我的表弟，也是个读书人，可以陪着你谈诗论文，这样夜间谈话就不至于冷场了。"说完，姓黄的便拿出银子来，置办了一桌酒菜让大家同喝共饮。少年风流儒雅，颇有涵养，与吴生情投意合，互相爱慕。喝酒时，他常常给吴生使眼色，要他在行酒令时作弊，罚姓黄的喝酒，每每给姓黄的强行灌下去，他便拍手大笑。这使吴生更加喜欢他了。不久，姓史的少年又与姓黄的商量着要赌钱，并拉着吴生同赌，三人分别拿出袋子里的银子作赌本。狐狸嘱咐报儿偷偷将门锁好，又嘱咐吴生说："假若听到有人大声喧哗，你只管睡你的觉，不要呼喊。"吴生答应了。掷骰子的时候，吴生很是幸运：下的赌注小就输，下的赌注大则赢。只用了一个多时辰，吴生就赢了二百两银子。史、黄二人漂亮钱袋里的银子快要输光了，便商量着用马作抵押品。突然，三个人听到了一阵急促的敲门声，吴生急忙站了起来，将骰子投入火中，用被子蒙上头假装睡起觉来。过了好长时间，才听得外面的店主说找不到钥匙。说话间，已有几人破锁撬门，气势汹汹地闯了进来，搜捕参与赌博的人。姓史的和姓黄的齐声说他们并未赌博。进来的人中有一个竟掀开了吴生的被子，说他就是那聚赌的人。吴生大声斥责，有几个人走了过来，要强行检查他的行装。正在吴生抵挡不住之际，门外忽然传来前呼后拥、侍从杂沓的车马之声。吴生立即跑了出去，大声呼叫，房里的人这才感到害怕了，拖着吴生进了屋，只求他不要声张。吴生趁此机会，从容地将包裹交给了店主。等到那前呼后拥的车马走远了，众人这才走了出来。姓黄的和姓史的都是又惊又喜的样子，相继钻进被窝，睡下了。姓黄的让姓史的少年与吴生睡在一张床上，吴生将腰里的钱袋枕在头下后，才拉开被褥睡觉。睡下不久，姓史的便拉开他的被子，赤裸着身体钻进他的怀里，小声对他说："我很喜欢你的光明磊落，所以愿和你做个好朋友。"吴生知道这中间肯定有诈，但又想占些便宜，于是便与他相拥相抱起来。姓史的少年极力奉承，不料吴生是个十分强壮的男子汉，交接之时如同斧凿。少年呻吟不已，难以承受，悄悄地哀求吴生不要再做了。吴生本想要把"事情"干完，用手一摸，已是血流满床，吴生才叫少年回到自己的被窝。天明以后，姓史的少年疲惫不堪，实在起不了床，便借口自己得了急病，请吴生和姓黄的先走。临别时，吴生送给他一些银钱，作为医疗费用。路上，吴生和狐狸说起了这件事，才知道夜间车马仪仗的声音，都是狐狸弄出来的。

一路上，姓黄的对吴生巴结奉承得更厉害了。黄昏时分，他们又住在了同一个旅店里。旅店里的房间十分狭小，仅仅能放得下一张床。虽然房间里很温暖、洁净，但吴生还是嫌它太窄了。姓黄的说："这房子睡两个人是窄些，睡你一个很宽敞，如此安排不是挺好的吗？"吃过饭后，姓黄的就走了。吴生很高兴能独自一个人安歇，可以和狐狸朋友更亲近了。他坐在房间里等了很久，狐狸并没有来。忽然，他听到墙壁的小窗上传来了一阵轻轻的敲打声，打开房门一看，原来是个打扮得花枝招展的女子。女子急匆匆地跑了进来，还自己插上房门。接着，她便向吴生展露笑容，那份美丽，简直如同仙女一般。吴生喜滋滋地询问她是什么人。她说是店主的儿媳妇。吴生便与她亲热起来，十分爱慕。女子忽然潸然泪下，吴生惊异地询问原因。女子说："不敢向你隐瞒，我本来是被店主人派来勾引你的。过去，只要我一进房，他们就会来捉奸。不知道今夜为什么长时间不来？"她又哭哭啼啼地说道："我是个好人家的女子，这样做并非心甘情愿。如今，我已把心里话都讲了，求你救救我！"吴生听了，十分害怕，想不出好办法来，只叫她快走。女子只管低着头哭泣。忽然，姓黄的和店主人打起门来，并大声地叫喊着。只听得那姓黄的说道："我一路上恭恭敬敬地侍奉你，以为你是好人，没想到你却来勾引我的兄弟媳妇！"吴生害怕了，逼着女子快走。又听到墙壁的小窗外也有敲击的声音，吴生吓得汗如雨下，女子也趴在那里不停地哭泣。又听到有人劝店主人不要闹，店主人只是不听，推门推得更急了。那劝店主人不要闹的人说："请问你打算怎么办？想杀了他们吗？有我们这些客人在，肯定不会看着你行凶杀人。如果这两人中有一个逃走了，对簿公堂时你又拿什么来做证据？而且，你真的告到衙门，那只能说明你家中淫乱，反而是自取其辱。何况，明摆着的，你这是对来往住店的客人设置的陷阱，你能保证那女子不说什么不利于你的话？"店主人瞪大了眼睛无话可说。吴生听了，又感激又佩服，但不知道说话的是什么人。

原来，旅店将要关门的时候，有一个秀才带着一仆人前来投宿，他带着香醇浓郁的好酒，让所有的客人都品尝这酒，对姓黄的及店主人尤为殷勤。两人谢过了酒准备起身告辞，秀才拉住他们的衣服，苦苦挽留不让走。后来，两人找个机会溜走了，立即拿了棍棒奔向吴生所住的房间。秀才听到喧闹声，才跑过去劝解。

吴生趴在窗上偷看了一下，发现那秀才正是他的狐狸朋友。吴生心中暗喜。他看见店主的愤怒稍稍缓和了，便说大话恐吓他们。接着，他又对那女子说："你为什么一言不发？"女子哭着说："我恨自己不像个人，被人逼着干这种下流的事情！"店主听了这话，吓得面如死灰。秀才大声责骂道："你们做下这禽兽不如的事情，现在已全部暴露了。这等事情是我们这些旅客所共同愤恨的！"姓黄的和那店主都放下了刀棍，直挺挺地跪在地下请求原谅。吴生也打开门出来了，大声喝骂姓黄的和店主。秀才又转过来劝解吴生，双方这才和解。

这时，女子又哭了起来，说她宁死也不回到店主那里。这时屋里跑出个老婆子和婢女，强行揪住她往屋里拉。女子趴在地上，哭得更加伤心了。秀才劝店主将她高价卖给吴生，主人低着头说："'做了三十年的接生婆，如今反把初生儿倒裹在襁褓里'，既然这样还有什么好说的？"便依了秀才的话。吴生坚持不肯出大价钱。秀才在主客之间调停协商，最后以五十两银子成交。等到人和钱都已交清后，报晓的晨钟已经敲响，于是他们一同打点行装，载着那女子走了。

女子从未骑过马，在马上筋疲力尽。午间，几人稍稍休息了一下，准备再上路的时候，吴生呼喊书童报儿，报儿不知到哪里去了。直到日落西山，还不见他的踪影。吴生很是疑惑，便问狐狸。狐狸说："不要担心，他会自己回来的。"星星出来了，月亮也出来了，报儿这才回来。吴生问他到哪里去了，报儿笑着回答说："公子掏出五十两银子填充那奸诈小人的腰包，小人私下愤愤不平。刚才我和鬼头商量了一下后，又返回去向他要了回来。"说完，报儿便把银子放在了桌子上。吴生十分惊奇地询问他们是如何要回这银子的。原来，鬼头知道女子只有一个哥哥，而且出门在外，已十多年没有回过家了。他便幻化成女子哥哥的样子，让报儿假冒她的弟弟，到店主的家里要找姐姐妹妹。店主人非常惊慌，谎称她已经病死了。两个人便准备向官府告状。店主越发害怕，拿出金钱贿赂，逐渐将价码增加到四十两，两个人才拿上银子走了。报儿向吴生详细地说明了事情的经过后，吴生便把银两送给了他。

吴生回到家中，与买来的女子相处和睦，感情深厚，且家境更加富裕。吴生详细地询问那女子，原来先前的漂亮少年就是她的丈夫，本来姓史的就是那个姓金的。她披的一件檞绸披肩，说是从山东一个姓王的书生那里弄来的。原来他们的党徒很多，就连旅店的主人，也是他们一伙的。谁又能想到，吴生所碰到的，正是王子巽为之叫苦连天的那些人，这不也让人感到很痛快吗？古语说得好："会骑马的人容易从马上跌下来。"

酒　狂

缪永定是江西选拔到京城的一名贡生。因他常常酗酒，故亲戚朋友都躲着他，害怕与他来往。有一次，他偶然到了一个本族叔叔的家里。他为人滑稽，善于耍笑逗乐，客人和他交谈了一阵后很高兴，便跟他痛快地喝起酒来。不多一会儿，他喝醉了，耍酒疯骂人。结果，被他得罪了的客人发了脾气，群情激愤，议论纷纷。叔叔赔笑脸，说好话，一会儿劝劝这个，一会儿又劝劝那个。缪永定却说他叔叔偏袒客人，又把满腔的怒火转到叔叔身上。叔叔没有办法，只得跑去告诉他的家人。家人前来，将他连扶带拽地弄回家。刚放到床上，他便四肢冰冷，全身僵直，家人用手一摸他的鼻孔，他竟然已经断了气。

缪永定死后，有一个戴黑帽子的人将他捆了拉上就走。一个时辰后，他们来到了一所官衙里。官衙的屋顶覆盖着淡青色的琉璃瓦，十分壮观美丽，是人世间所没有的。到了台阶下，黑帽人似乎是等待着要去见什么官员。缪永定暗自想：我有什么罪，不过是客人状告斗殴之事。缪永定回头看看那戴黑帽子的人，见他愤怒地瞪着两只像牛一样的眼睛，也不敢问。但他暗自思索：贡生跟人吵了架，应该不是什么大的罪行。正思索间，忽听得堂上有个官吏宣布说，要打官司的人第二天早晨再来候审。官吏的话音刚落，堂下的人便乱糟糟地像鸟兽一样四散而去。缪永定也随着黑帽人走了出去。因没有地方可去，他只好缩着脑袋站立在一家店铺的房檐底下。黑帽人怒气冲冲地向他喝道："你这耍酒疯的无赖！天快要黑了，别人都找地方吃饭睡觉去了，你打算往哪里去呀？"缪永定战战兢兢地回答说："我并不知道为什么把我抓到了这里，也没来得及跟家里人说一声，一点儿盘缠也没有带，我能上哪儿去？"黑帽人说："你这耍酒疯的贼人！要买酒给自己喝时，便有了钱是不是！再顶撞，我用这老拳打碎了你的疯骨头！"缪永定低下了脑袋不敢再吱声。

正在这时，忽然有一个人从房内走了出来，见到缪永定，十分诧异地问道："你怎么来了？"缪永定一看，原来是自己的舅舅。他舅舅姓贾，已经死了好几年了。他见到舅舅后，才猛地醒悟，自己已经死了，心中更加悲哀恐惧了。他哭着对舅舅说："舅舅快救救我！"贾某对黑帽人说："东灵大王的使者不是外人，请屈驾到寒舍里坐坐。"二人便进了屋。贾某又向黑帽人作揖行礼，并请他多多关照。不一会儿，酒菜摆上来了，三人围成圈儿坐着喝酒。贾某问："我这个外甥犯了什么事，烦劳您将他抓了来？"黑帽人说："东灵大王到浮罗君那里去，正碰上你这位外甥撒酒疯骂人，便叫我将他提了来。"贾某问："见过大王没有？"黑帽人说："大王在浮罗君那里会审花子案，还没回来。"贾某又问："我外甥将会受到什么处罚？"黑帽人回答说："还不知道。但大王很痛恨他这一类人。"缪永定坐在一旁,听着两人之间的对话,吓得浑身发抖,汁流满面,连酒杯、筷子都拿不住了。过了一会儿,黑帽人站起身来,对贾某道谢说:"叨扰你的好酒好菜,我已经醉了。现在,把你的外甥托付给你,等大王回来了,我再来拜访。"说完,黑帽人就走了。

　　贾某对缪永定说:"外甥你没有别的兄弟,父母把你当作掌上明珠,从来都不舍得骂一句。十六七岁时,常常三杯酒下肚后,你就唠唠叨叨地寻找别人的岔子。稍不如意,你便拍门敲窗,光着身子砸门叫骂。那时,大人们认为你还小不懂事。没料想别后十多年了,你还是没有什么长进,现如今你该怎么办呢?"缪永定趴伏在地上痛哭流涕,不停地说着后悔的话。贾某把他拽了起来说:"舅舅在这里开酒馆,还有点小名气,一定会尽力救你的。刚才在这里喝酒的那人是东灵大王的使者,舅舅常常请他喝酒,跟我的关系还不错。东灵大王每天都要处理成百上千件案子,未必每一件都能记得。我去跟他婉转地说说,求他私下把你放了,说不定他能答应的。"想了想,他又说道:"此事责任重大,没有十万两银子不能了结。"缪永定谢过舅舅,很痛快地将这笔钱答应下来。这一晚,缪永定就睡在了舅舅的酒店里。

　　第二天,黑帽人一大早就来探望。贾某将他请到里面的屋子,密谈了有一个多时辰,然后出来对缪永定说:"成了。等一会儿他再来一趟。我先将我手头所有的钱都给他,作为契约的保证金,剩下的等你回到人间后再慢慢地凑齐了给他。"缪永定高兴地说:"一共需要多少?"贾某说:"十万。"缪永定说:"外甥我到哪去弄这么多钱?"贾某说:"你只需买金裱纸钱一百挂就够了。"缪永定高兴地说:"这事情好办。"

　　二人等到快中午了,还没见黑帽人来。缪永定想到街上去转一转,看一看。贾某嘱咐他不要走得太远了,他答应了一声便出去了。只见街面上谈生意的,做买卖的,跟人世间一模一样。缪永定走到一个地方,发现此处的墙壁很高,插满了荆棘,像是一座监狱。监狱的对门有一家酒店,进进出出的人很多。酒店的外面有一条小河沟,里面涌动着黑水,深不见底。缪永定正想停下来看个究竟,忽听得酒店中有人喊他:"缪君怎么也来了?"缪永定急忙去看,原来是邻村姓翁的书生,他是自己十年前的文字朋友。翁生快步出来与他握手,高兴得就如同生前。二人随即到了小酒店内,边饮边叙说离别后各自的光景。缪永定正在庆幸自己死了还能复生,又碰上了多年不见的老朋友,便开怀畅饮起来。他喝得酩酊大醉,浑然忘了自己已经是个死人,老毛病重新发作,又絮絮叨叨地数落起翁生的毛病来。翁生说:"几年不见,你怎么还像过去一样啊?"缪永定平时最听不得别人对他的酒德说长道短,听翁生这么一说,他更加气愤了,拍着桌子大骂起来。翁生斜着眼看了他一下,一甩袖子,走出了酒店。缪永定追到河沟边,将翁生的帽子扯了下来。翁生愤怒地说道:"你真是一个不讲道理的家伙。"说完,翁生便将他推到河沟里去了。河沟里的水并不太深，而水中利刃如麻，刺穿缪永定的两胁，扎透小腿，只要动上一动，便痛得钻心透骨。黑水里夹杂着粪便，脏水随着呼吸进入喉咙，缪永定更无法忍受了。岸上围观取乐的人围成了一堵墙，却没有一个人伸出手来拉他一把。危急关头，贾某来了。见此情景，贾某大吃一惊，急忙将他拉上岸，带回家中，对他说道："你真是不可救药了！死了还不悔悟，还配再去做人吗？还是到东灵大王那里去挨刀劈斧剁吧！"缪永定非常害怕，哭着说道："我知道错了！"贾某这才对他说："刚才东灵大王的使者来了，等着你签订契约，你却又去喝酒，游荡不归。他实在是等不及了，我替你写了契约，给了一千贯钱叫他先走了，其余的，约定以十天为限交付。你回到人间后，要立即筹措，夜里在村外荒凉无人的地方，喊着我的名字烧，你许的愿就可以了结了。"缪永定满口答应了。贾某催他快走，并把他送到了郊外，又叮嘱说："你一定不能失信连累我。"于是贾某指给缪永定回去的道路，便让他走了。

当时，缪永定已直挺挺地躺了三天，家人都以为他已经醉死了，可他的鼻孔里还隐隐约约地有一丝气息在游动。这一天，他苏醒过来，大吐特吐，从嘴里呕出的黑水有好几斗，臭不可闻。吐完之后，身下的褥子已被汗水浸透，他才感到凉爽舒适一些。他把自己死后的奇特经历告诉了家里人。话刚说完，他又觉得在河沟被尖刀刺中的地方有些肿痛，隔了一夜变成了疮，庆幸的是没有大面积溃烂。十天之后，他渐渐地能拄着拐杖行走了。家里人都催他快点偿还阴间的债务。他一核计，买一百挂金裱纸钱得花好几两银子，真有些舍不得，便对家人说："过去讲的那些事，或许是醉梦中的幻境而已。即便那事是真的，他黑帽使者私自放了我，难道还敢再向阎王报告？"家里人劝他，他却不听。但是，他的心里总还是有些恐惧，再也不敢纵情放胆地去喝酒了。亲戚朋友看他有了长进，都很高兴，有时也请他少量地喝一些。一年之后，阴间的报应逐渐被他忘却了，他又开始放纵自己的性子，爱撒酒疯的老毛病渐渐地又萌生了。有一天，他在同族的一个晚辈家中喝酒，又骂起主人的宾客。主人将他撵了出去，关上大门进去了。缪永定大喊大叫地过了一个时辰，他的儿子闻讯赶来，将他扶了回去。进了屋，他忽然面向墙壁直挺挺地跪在了地上，又不停地磕着头，嘴里说："就还你的债！就还你的债！"说完，他便倒在了地上。等家人去看他时，他早已气绝身亡了。

赵城虎

赵城县有个老妇人，七十多岁了，只有一个儿子。有一天，老妇人的儿子上山打柴，被老虎吃掉了。老妇人很是悲痛，以至于都不想活了。她哭哭啼啼地来到县衙前，状告老虎吃了他的儿子。县令笑着说："老虎怎么可以用国法制裁呢？"老妇人哭得越发厉害了，谁也劝阻不住。县令大声地呵斥她，她也不害怕。县令可怜她年纪老迈，不忍对她太严厉，于是答应为她去捉老虎。老妇人仍然趴伏在地上不肯离去，一定要等着看见县令签发了拘捕老虎的公文才肯回去。县令实在拿她没有办法，就问手下的差役，谁能将这只老虎捉拿归案。一个名叫李能的差役喝醉了酒，稀里糊涂地就走到县令的座前，自称："我能。"李能领取公文退下去后，老妇人这才走了。

不久，李能的酒醒了，很是后悔，再一想，觉得这不过是县令想摆摆样子，为的是暂且将这个纠缠不休的老妇人打发走了事，因而就没太在意。他将公文交回给县令时，县令大怒，说："原来你说能捉到老虎的，怎么能随便反悔？"李能十分难堪，只得请县令再下一道公文，召集猎户，让他们跟他一道捕捉老虎。县令答应了。

李能召集众猎户，日夜埋伏在山谷里，希望能捕获一只老虎，或许可交差。然而，一个多月过去了，李能挨了几百板子，满肚子的冤屈无处倾诉。他便跑到县城东郊的山神庙里，跪着祷告，痛哭失声。不多一会儿，一只老虎从外面走了进来。李能大惊，生怕老虎吃了他。然而，老虎进来后，也不看别的地方，只是呆呆地蹲在大门里面。李能祈求说："如果吃掉老妇人儿子的就是你，你就低头任凭我把你捆起来。"于是，他拿出绳索捆住了老虎的脖子，老虎也服服帖帖地听任受绑。

李能牵着老虎走进县衙，县令问那老虎道："老妇人的儿子是你吃掉的吗？"老虎点了点头。县令说："杀人的要处死，这是自古以来就有的法律。况且，老妇人只有一个儿子，还被你吃了。如今，她已是风烛残年，你让她靠什么生活？假如你能做她的儿子，我就放了你。"老虎又点了点头。县令叫人解开绳子，放了它。

　　老妇人因为县令不杀死老虎为她的儿子偿命而埋怨的时候，早晨打开房门，看到一只死鹿放在门前。老妇人卖了鹿肉鹿皮，用得来的钱维持生计。从此以后，此类的事情便经常发生，有时，老虎还叼来一些银钱和布匹扔在院中。老妇人也由此丰衣足食，奉养超过了她的儿子。她从内心里感激老虎。老虎来了，常常卧在房檐底下，一整天都不离去。人和老虎相处无事，都没有猜疑和顾忌。

　　几年后，老妇人死了，老虎来到灵堂里大声哀吼。老妇人平日里积攒的钱财，拿来经办丧事绰绰有余，同族的人就用这些钱将她安葬了。坟墓刚刚垒好，老虎突然跑了来，把送葬的宾客全给吓跑了。老虎一直来到坟前，悲鸣哀叫，声如雷动，过了一个时辰才离去。

　　当地人在县城的东郊修建了一座"义虎祠"，直到现在还在。

封三娘

　　范十一娘是田曈城范祭酒的女儿。她年少娇美，尤其擅长吟诗作词。父母对她十分宠爱，如果有人前来求婚，就让她自己选择，而她却很少有能看得上的。适值正月十五元宵佳节，水月寺里的尼姑举办"盂兰盆会"。这一天，到这里游玩的女子像云彩一样密集，范十一娘也夹杂在其中。就在她四处观赏的当儿，有一个少女紧紧地跟上了她，不住地打量着她，像是有什么话要说似的。十一娘仔细一看，是个十五六岁的绝代美人。十一娘对这姑娘很有好感，并很快喜欢上了她，反而目不转睛地注视着她。那姑娘微笑着对她说："姐姐莫不是范十一娘吧？"十一娘回答说："是的。"姑娘说："很早就听说过你的芳名，人们传言的果真不假。"十一娘也问起了她的姓名和住址。姑娘说："我姓封，排行第三，就住在邻近的村子。"说着便拉着十一娘的手臂欢笑，言语情态，温柔委婉。由此，两人都对对方产生了爱慕之情，恋恋不舍。十一娘问："你怎么也没有个同伴？"封三娘回答说："我父母去世得早，家中只剩下了一个老妈子看守家门，所以不能跟来。"十一娘准备回去了，封三娘目不转睛地看着她，眼中积满了泪水。十一娘也茫然若失，便邀请封三娘到家中去玩。封三娘说："你是高门富户，我和你连个远亲都不是，去了怕遭到讥笑和嫌弃。"十一娘一定要她去，封三娘回答说："改日再说吧。"十一娘便拔下头上的金钗送给三娘，三娘也摘下发髻上的绿簪作为回赠。

十一娘回去以后，特别想念封三娘。她拿出三娘赠的绿簪来看，不是金银的也不是玉石的，家里人也都不认识是什么东西做的，觉得很奇怪。她天天盼着三娘能来，以致都想出病来了。父母问明了原因，派人到邻近的村子去打听，但没有人知道有个封三娘。

到了九月九日重阳佳节，十一娘因身体羸弱，心情无聊，便让丫鬟强扶着到花园看看。丫鬟在东边的篱笆边放了一个坐褥，让她坐下。忽然，有一个女子攀着墙头往园里张望，十一娘扫了一眼，原来是封三娘。封三娘喊着对她说："用力接住我！"丫鬟依言而行，封三娘一下子跳了下来。十一娘大喜过望，立即站了起来，拉她坐在了坐褥上，责怪她负约，又问她是从哪里来的。三娘回答说："我家离这儿很远，常常来舅舅家玩。上次我说住在邻近的村子里，指的就是舅舅家。与你分别后，想你想得好苦，然而，贫贱的人与富贵人家交往，脚还没有踏进门，心中先感到惭愧了，怕被丫鬟仆人们瞧不起，所以才没有来。刚才从你家墙外走过，听到有女子说话的声音，便攀上墙头看看，希望是小姐，现在果然如愿了。"十一娘也讲述了因思念三娘而得病的事。封三娘听了泪如雨下，并说道："我来的事应该保守秘密，如果让那些多事的人知道了，说长道短的，我可受不了啊！"十一娘答应了。

两人一块儿回到闺房，睡在同一张床上，尽情地说着心里话，十一娘的病很快就好了。两人结为姐妹，连衣服鞋子都换着穿。看见有人来了，三娘便躲进帐幔中。

这样过了五六个月，范公和夫人渐渐地听到了一些消息。一天，两人正在下棋，夫人突然进来，仔细观察，惊奇地说道："真不愧是我女儿的朋友啊！"夫人又对十一娘说："你在闺中有个知心的朋友，我和你父亲很高兴，为什么不早一点儿告诉我们呢？"十一娘便把封三娘的意思转告给母亲。夫人看着三娘说道："你给我们的女儿做伴，我们很是欣慰，为什么你要瞒着呢？"封三娘羞得满脸通红，只是用手搓捻着裙带。夫人走了，三娘也要告别离去。十一娘苦苦挽留，她才又留了下来。

一天晚上，三娘忽然从门外慌慌张张地跑了进来，哭着说："我一再说不能留，今天果然遭到了如此大辱！"十一娘惊讶地问她是怎么回事。三娘说："刚才我去上厕所，一个少年男子跑了出来蛮横地侵犯于我。幸好我逃脱了。这么一来，我还有什么脸面见人！"十一娘详细地询问了那男子的相貌，抱歉地说道："不要见怪，那是我的傻哥哥。等一会儿我告诉母亲，打他一顿板子就是了。"封三娘坚持要走，十一娘请求她天亮以后再动身。三娘说："舅舅家离这儿很近，你只要用一张梯子将我送过墙就行了。"十一娘知道再也留不住她了，便让两个丫鬟翻过墙去送她。走了大约半里路的样子，封三娘辞谢了丫鬟，自己走了。丫鬟返回家中，十一娘正趴在床上伤心叹息，那样子就好像夫妇分离一样。

几个月后，丫鬟有事到东村，傍晚回来，迎头碰到了封三娘和她的老妈子。丫鬟很高兴，赶忙行礼问候。三娘也很伤感地问起了十一娘的日常生活情况。丫鬟拉着三娘的袖子说："三姑娘请到我家去吧。我家小姐盼你盼得要死！"三娘说："我也很想她，但不想让她家里人知道我去。你回去后把花园的门打开，我自己会去的。"

丫鬟回去后，将这消息告诉了十一娘。十一娘很高兴，即刻按她所说的去办，而这时封三娘已来到花园了。两人相见，各自倾诉了别后的思念之情，絮絮叨叨地说个没完没了，以致连觉都不睡了。三娘看丫鬟已经睡熟，便起身移到十一娘的旁边，与十一娘躺在一个枕头上。她悄悄对十一娘说："我已知道你还未许配人家，凭你的才貌和门第，何愁找不到一个如意、尊贵的郎君？然而，纨绔子弟傲慢无礼，不值得考虑。如果你想找个好丈夫，就不要计较贫富。"十一娘表示赞同。三娘又说："在我们去年相遇的地方，如今又要做道场了。明天，烦请你再去一趟，我会让你看到一个如意郎君的。我小时候读过为人相面的书，我替你看上的人是不会有差错的。"

天刚亮，三娘就走了，并约定在庙里相会。十一娘果然去了，三娘也如约在那里等着她。两人在园子里游览了一圈儿后，十一娘便邀请封三娘与她一起坐车回去。两人拉着手出了门，见到一个十七八岁的秀才。秀才穿着布袍，虽然衣饰不大讲究，但仪表却很俊美伟岸。三娘偷偷指着秀才对十一娘说："这人可是未来翰林院中的人才啊！"十一娘斜着眼睛稍稍地看了秀才一眼。封三娘告别说："你先回去，我随后就到。"

傍晚时分，三娘果然来了。她对十一娘说："刚才我去详细了解了一下，那秀才就是与你同乡的孟安仁。"十一娘知道这人家中很穷，认为不大合适。三娘说："你怎么也落到世俗偏见中去了？这个人如果是长期贫贱的人，我就抠掉自己的眼珠子，再也不为天下的人看相了。"十一娘说："那你说该怎么办？"三娘说："我希望得到你的一件东西，拿给他订立婚约。"十一娘说："姐姐你怎么这样草率！我的父母都健在，要是他们不同意怎么办？"三娘说："我之所以这样做正是害怕他们不同意啊！如果你的态度坚决，就是死都无法改变自己的决心！"十一娘说什么也不同意这么办。三娘说："你的姻缘已动，但劫难还没有消除。我之所以这样做，是为了要报答你从前待我的一片情谊。我这就告辞了，拿你送给我的金凤钗，假托你的名义送给他。"十一娘正想再商量商量，她已经出门走了。

当时孟安仁很穷，但他很有才华。他想自己找个好妻子，所以到了十八岁还没有定亲。这一天，他忽然看到了两个十分艳丽的女子，便胡思乱想起来，直到回到家里，还没有放下这念头。一更天快要完了的时候，封三娘敲门进来了。孟生点上蜡烛一看，原来是白天见到的那个姑娘。孟生十分高兴地问她是从哪里来的，三娘说："我姓封，是范十一娘的女伴儿。"孟生大喜过望，等不及细问，便走上前来拥抱三娘。封三娘推开了他，说："我不是来毛遂自荐的，而是像汉代的曹丘生举荐季布那样来为我的女伴儿做媒的。十一娘愿意与你缔结百年之好，请你找媒人去提亲吧。"孟生十分惊异，不相信有这等好事。三娘便拿出了金凤钗给他看。孟生看后喜不自禁，发誓说："承蒙十一娘如此眷爱，我如果得不到她，就宁肯终身不娶！"封三娘便走了。

第二天一早，孟生便托了邻居一个老妇人去向范夫人提亲。范夫人嫌他家贫穷，没有和女儿商量，就立即推辞了。十一娘知道后，感到很失望，深深埋怨封三娘误了自己的大事。但金凤钗已无法要回，十一娘只得以到死都不嫁人来表示对他的忠贞不渝了。

又过了几天，有一个官绅想为自己的儿子向范家求婚，害怕范家不同意，便请了县官去做媒人。当时，那个官绅的权势正盛，范公心里很怕。他拿这事去征求十一娘的意见，十一娘表示不愿意。母亲追问她是什么原因，她默默不语，只是流泪。后来，她让人暗地里告诉范夫人，除了孟生，她谁也不嫁！范公听了，更加生气，竟将十一娘许配给了官绅家。而且，他怀疑十一娘与孟生有私情，便找了个吉利的日子，尽快让十一娘和官绅的儿子成亲。

十一娘气愤不过，绝了食，整天躺在床上昏睡。到了迎亲的前一天晚上，她忽然起来了，并且对着镜子打扮起来。范夫人暗自高兴，以为十一娘已经回心转意。不一会儿，丫鬟匆匆忙忙地跑来说："小姐上吊了！"全家人大吃一惊，痛哭流涕，后悔也来不及了。停尸三天后，家人就把她埋葬了。

孟生自从老妇人回来说范家不肯许婚，便气得要死。即使这样，他仍在四处探访，希望能挽回。等到听说十一娘已许配给别人时，他更是怒火中烧，所有的念头都灰飞烟灭了。没有几天，又听说十一娘已寻了短见，他悲痛万分，恨不得跟着美人一同死去。傍晚，他从家里出来，想趁着黑夜到十一娘的墓前痛哭一场。忽然，有一个人走了过来，近前一看，原来是封三娘。三娘对孟生说："恭喜，你的婚姻喜事可以办成了。"孟生流着眼泪说："你不知道十一娘已经死了吗？"三娘说："我所说的可以办成，正是因为她死了。你赶快叫家人掘坟开棺，我有奇药，能使她苏醒过来。"孟生依照她的意思，刨开了坟墓，打开了棺材，取出尸体，然后又把墓坑填好。孟生背着十一娘的尸体，与三娘一道回到家里，把十一娘的尸体放在床上。三娘给十一娘用过药，一个多时辰后，十一娘苏醒过来了。她一看到三娘，便问："这是什么地方？"三娘指着孟生说："这就是孟安仁。"接着三娘便把救活她的经过说了一遍。十一娘这才如梦方醒。封三娘怕事情泄露出去，便带着他们前往五十里外的一个山村躲了起来。

　　三娘要告辞离去，十一娘哭着劝她留下来，让她住在另一个院子。他们卖掉了为十一娘殉葬的首饰，作为日常生活开支，日子倒也过得不错。可是，每次遇到孟生，三娘总要躲避起来。十一娘慢慢地开导她说："我们姐妹，亲密得跟亲骨肉没有什么两样，可我们终究不能这样长期地待在一起。依我的意思，咱俩不如效法娥皇、女英，一同嫁给孟生。"三娘说："我从小就得到了一种养生的秘诀，这种叫作吐纳之术的秘诀可以使我长生不老，所以我不愿嫁人。"十一娘笑着说："流传于世上的养生术可谓不计其数，可是，哪个又能行之有效呢？"三娘说："我所得到的养生之术并不是世人已知道的那些。世上流传的大都不是真正的秘诀，只有华佗的《五禽图》不是胡说八道。大凡修炼之人，无非讲究个血气流通，如果得了气逆打嗝的病症，只要做一下虎形站立的姿势，打嗝立即就好了，这不是很灵验吗？"

　　十一娘见说服不了她，便和孟生暗中商量好了一个计谋，让他假装出远门去了。到了晚上，十一娘硬劝三娘喝酒，等三娘醉了以后，孟生便偷偷地溜了进来，跟她睡到了一块儿。三娘酒醒了，说道："妹子你可把我给害了！假如色戒不破，我修炼成功后，就能升到第一重天。如今中了你们的奸计，这是命中注定啊！"说完三娘就起身告辞。十一娘向她表白了自己的诚意，苦苦哀求她原谅。三娘说："实话告诉你吧，我是狐仙。因为看你容貌美丽，突然萌生了爱慕之情，如同作茧自缚，以致有了今天。这是情魔的劫数，与人力无关。我再继续留在这里，情魔便会滋生，就没尽头了。妹子福分还大着呢，前途无量，请自珍自爱。"说完三娘就不见了踪影。十一娘夫妻俩惊叹了好长时间。

　　过了一年，孟生参加乡试、会试，果然连连报捷，任翰林之职。他投递名帖，要谒见范公，范公又惭愧又后悔，不愿见他。孟生一再请求，范公才答应见他。孟生进到屋里，向范公行女婿的礼仪，伏地叩拜，非常恭敬。范公恼羞成怒，怀疑孟生是嘲弄、羞辱自己。孟生请范公单独谈话，原原本本地告诉了事情的经过。范公不大相信，派人到孟家去一打听，这才惊喜地相信了。他暗中告诫孟生不要张扬，害怕传出去会招来灾祸。

又过了两年，那个官绅因行贿说情被人告发，父子二人充军到了辽海卫。十一娘这才回到娘家探亲。

狐 梦

我的朋友毕怡庵，风流倜傥，卓尔不群，以豪放不羁的行为自得其乐。他长得很肥胖，胡须浓密，在读书人中很有名气。曾经有过这样一件事：他因为有事到曾任刺史的叔父家的别墅，并在楼上休息。传说楼中原有许多狐仙。他每次读《青凤传》，便打心眼儿里向往那美丽的狐仙，恨不能和狐仙见上一面。因而这次在楼上，他就凝思苦想起来，随后又回到书斋。天快要黑了，正值三伏天气，气温高得让人难以忍受，毕怡庵便在门口睡下了。睡梦中有人在摇晃他。醒来一看，他发现是一位妇人，已四十多岁，但风韵犹存。毕怡庵惊奇地站了起来，问她是谁。妇人笑着说："我是狐仙。承蒙你时时关注眷念，我打心眼里感激，并已领会了你的情意。"毕怡庵听了很高兴，便亲热地与她开起玩笑来。妇人笑着说："我的年龄已经很大了，就是别人不嫌弃，自己也会感到惭愧的。我有个小女儿，已经十五岁了，可以侍奉你梳洗。明天晚上，请不要让别人在此借宿，我们自己会来的。"说完妇人就走了。

到了第二天晚上，毕怡庵点好香，早早地就在那里等候着。过了一会儿，那妇人果然领着女儿来了。姑娘举止文雅柔和，真可称得上举世无双。妇人对姑娘说："毕郎与你前世有缘，你今天就留宿在这里吧。明天早晨早点回去，不要贪睡呀！"

毕怡庵与姑娘拉着手进入罗帏之中，亲热至极。事毕之后，姑娘笑着对毕怡庵说："胖郎君又痴又重，使人受不了！"天还没亮她就走了。

这一天晚上，姑娘自己来了，说道："姐妹们要庆贺我有了新郎，明天就请你跟我走一趟吧。"毕怡庵问："在哪里？"姑娘回答："大姐做东道主，离这儿不远。"毕怡庵真的就在房子里等着她共同赴宴。然而，她却久久不来，毕怡庵渐渐地困倦了。他刚迷迷糊糊地趴在桌上，姑娘忽然来了，对他说："劳您久等了。"于是姑娘拉着毕怡庵的手就走。不久，他们到了一个地方，这地方有一个大院子。二人直接走进中间的大厅，只见烛光闪烁，灿若星辰。不一会儿，女主人出来了，将近二十岁，装束淡雅，美艳绝伦。她恭恭敬敬地向毕怡庵施过礼，道过贺，就请他们一道入席。这时，一个丫鬟走进来通报说："二娘子来了。"话音刚落，就见一个十八九岁的女子走了进来，笑着对姑娘说："妹子已尝过成婚的滋味了，不知新郎是否让你称心如意？"姑娘拿扇子打她的后背，用白眼斜着看她。二姐又说："记得小时候与妹妹打闹，妹妹最害怕别人数肋骨，只要远远地向手指哈气，她就笑得东倒西歪，撑持不住，为此常生我的气，说我应当嫁给矮人国的小王子。我就说她将来肯定要嫁给一个胡子很多的郎君，刺破她的小嘴唇，今天来看果然如此。"大姐笑着说："怪不得三妹要诅咒你呢！新郎站在一边，你竟然也这么胡闹。"不一会儿，几个人便举起酒杯，相互挨着坐下，一边喝酒一边说笑，气氛非常欢快。

忽然，一个少女抱着一只猫进来了，有十一二岁，稚气未脱，但娇艳妩媚渗彻到骨。大姐说："四妹你也要见见姐夫吗？这里已经没有你坐的地方了。"说完大姐便把她抱上膝头，取了些点心、果子给她吃。过了一会儿，她又把四妹转移到二姐的怀里，并说："压得我腰酸腿痛！"二姐说："丫头这么大了，身子似乎有三千斤重，我身单力薄，吃不住压。既然想见姐夫，就让她坐到姐夫的怀里吧。姐夫本来就很健壮魁伟，他那双肥腿耐坐。"于是二姐将四妹抱起来放到毕怡庵的怀里。毕怡庵觉得四妹香气逼人，肌肤细腻柔软，坐在怀里轻飘飘的，就像没坐一样。毕怡庵抱着她，与她用一个杯子饮酒。大姐说："小丫头不要喝得太多，小心喝醉了失礼，惹姐夫笑话。"四妹甜滋滋地笑着，不停地用手拨弄着猫，猫儿突然"喵喵"直叫。大姐说："还不快把猫扔了，想把它身上的跳蚤、虱子也抱到你的身上吗？"二姐说："就用猫来做个酒令吧！我们拿着筷子互相传递，猫一叫，筷子在谁的手里谁就饮酒。"众人都赞成她的意见。谁知，筷子一传到毕怡庵的手里，猫就要叫唤。毕怡庵确实很有酒量，一连喝了几大杯。到后来，他才知道是四妹在故意捉弄他，是她把猫掐叫的，引得哄堂大笑。二姐说："小妹回去歇息吧！要是把新郎压坏了，三姐恐怕要埋怨你的。"四妹于是抱着猫走了。

大姐见毕怡庵能喝酒，便摘下头上的髻子，装满了酒让他喝。毕怡庵看那髻子顶多只能盛一升来酒，然而，等他喝下去，却又发现有好几斗之多。他喝干了酒再看那髻子，原来竟有荷叶那么大。这时，二姐也来劝酒，毕怡庵以不能再喝了相推辞。二姐拿出一个装口红的小盒子，比一粒弹丸稍大点儿，斟上酒说："既然不能再喝了，就用这个表示一下意思。"毕怡庵看看盒中的酒，像是一口就能喝尽似的，可喝了上百口后，还没有喝完。三姐在一旁用小莲花杯换下口红盒子，并说："不要被奸人耍弄了！"然后三姐将盒子往桌上一放，这盒子原来是一只巨钵。二姐说："关你什么事，才做了你的三天郎君，就这样喜爱他呀！"毕怡庵端起莲花小杯，将杯中的酒一饮而尽。他觉得手中的杯子柔软细腻，细细一看，原来不是什么杯子，而是一只做工非常精细的绣鞋。二姐一把夺过鞋，骂道："狡猾的丫头！什么时候把人家的鞋子偷了去，难怪我的脚冰冷呢！"接着二姐便站了起来，到屋中换鞋去了。三姐拉着毕怡庵离开座位告别，把他送出了村子，让他自个儿回去了。

　　毕怡庵猛然醒来，发现自己的艳遇竟是一场梦。然而，自己口鼻中喷出来的气味，却依然是酒香浓郁。他感到很奇怪。到了傍晚时分，三姐来了问他："昨天晚上没有把你醉死？"毕怡庵回答说："刚才我还在怀疑这是不是一场梦呢？"三姐说："姐妹们怕你狂呼乱叫，所以假托梦，其实不是梦。"

　　三姐常与毕怡庵下棋，但毕怡庵总是输。三姐笑话他，说："你一天到晚总喜欢下棋，我以为一定会有出奇的高招。今日看来，只能算一般水平。"毕怡庵请她指教。三姐说："下棋作为一种技艺，在于自己揣摩、领悟，我又怎么能帮助你呢？我早晚与你下几盘，如此耳濡目染，也许对你能有点好处。"几个月后，毕怡庵觉得自己的棋艺已有所长进。三姐试了试，笑着说："还不行，还不行。"

　　毕怡庵出去与曾经和他下过棋的人比试了一番，那些人都认为他大有长进，感到奇怪。毕怡庵为人坦荡直爽，心里装不下一点儿事儿，便泄露了一点儿他和三姐之间的秘密。三姐知道后，责怪他说："难怪与我一样的人不愿意和疏狂的人打交道。我屡次嘱咐要保守秘密，你为什么还要这样？"说完，三姐愤愤地要离去。毕怡庵不停地谢罪道歉，三姐的气才渐渐地消了。然而，从此以后，她到这里来的次数也慢慢地少了起来。

　　一年多后的一天晚上，三姐来了，只是默默无语地面对毕怡庵坐着。要与她下棋，她不下；想跟她睡觉，她不睡。闷闷不乐地坐了许久，三姐说道："你看我与青凤谁强？"毕怡庵说："恐怕你要比她强。"三姐说："我自愧赶不上她。但聊斋主人与你是文字之交，请你麻烦他为我做篇小传吧，千百年后，未必没有像你一样想我、爱我的人。"毕怡庵说："我很早就有这种想法了，只是以前要遵从你的嘱咐，所以对他也保守了秘密。"三姐说："过去我确实这样嘱咐过你，但如今就要分别了，还有什么可隐讳的呢？"毕怡庵问："你要到哪里去？"三姐说："我和四妹被西王母征召为侍奉宴会的花鸟使者，不能再到你这里来了。从前，我有个姐姐辈的与你的叔伯兄弟相好，临别前已生有两个女儿，到今天还没有再嫁人。幸好，我和你没有这方面的拖累。"毕怡庵请求她作临别赠言,三姐说:"心平气和,过错自然会减少。"于是,三姐站起身来,拉着毕怡庵的手说:"送我一程吧!"两人一起走了一里多路,三姐流着眼泪分手告别说:"你我有意,以后未必没有再相会的时候。"说完三姐便走了。

康熙二十一年腊月十九日,毕君与我在绰然堂同榻而眠,细细讲述了这段奇异的经历。我说:"有这样的狐仙,那么聊斋的笔墨就有光彩了。"于是我写下了这篇故事。

章阿端

卫辉府有个姓戚的书生,年少风流,文质彬彬,而又任性使气,敢做敢当。当时,有大户人家的宅院里经常白天闹鬼,接二连三地死人,主人愿意以低价将它售出。戚生贪图便宜便买了下来,住了进去。宅院大,人口少,东院的楼台亭阁周围,长满了密密麻麻的野艾蒿草,也暂且搁置不住。半夜里,家人常常惊醒,吵吵嚷嚷地喊叫着说有鬼。两个多月下来,戚生家就死了一个婢女。不久,戚生的妻子由于傍晚时分到东院的荒亭中走了一遭,回来后便得了病,没有几天也死去了。家里的人越发害怕,都劝戚生赶快搬到别的地方去,戚生不听。然而,他独身一人,寂寞凄凉。婢女、仆人还不停地拿闹鬼的话在他耳边聒噪。他很愤怒,一气之下便抱着被褥,独自到荒亭中去睡,并点上蜡烛,想看看究竟有什么怪异现象发生。过去了许久,并无什么动静,他也就睡着了。

忽然,有人将手伸进了他的被窝,在身上抚摸个不停。戚生醒来一看,原来是一个很老的婢女,耳朵蜷曲,头发散乱,身体臃肿得不成样子。戚生知道她是鬼,便抓起她的胳膊把她往外推,并笑着说:"你这副尊容,我实在不敢领教!"婢女十分羞惭,缩回手迈着小步走了。不大一会儿,一个女郎从西北角出来,神情和风度都很美妙。女郎忽然来到灯下,怒声骂道:"哪里来的狂妄书生,居然敢在此高枕而卧!"戚生笑着说:"小生我就是这所宅院的主人,等着向你讨要房租罢了。"说完戚生便站了起来,光着身子去抓她。女郎急忙逃跑。戚生抢先一步跑到西北角,拦住了她的去路。女郎没有办法了,就坐在戚生的床上。戚生走上前去,在烛光的照耀下,他发现女郎美丽得就像仙女一般,便慢慢地将她搂到怀里。女郎笑着说:"狂妄的书生,难道不怕鬼吗？我会祸害死你的！"戚生强行脱下她的裙子和上衣，她也不怎么反抗。完事之后，她自己说："我姓章，小名阿端，误嫁给一个浪荡公子。其人暴戾专横，没有一点儿相爱之心，对我横加打骂，任意侮辱，致使我郁愤成疾，早早地就死了。我被埋在此地有二十多年了。这个宅院下面全是坟墓。"戚生问："那个老婢女是什么人？"女郎回答说："她也是一个老鬼，跟我在一起侍候我。如果上面有活人居住，下面坟墓里的鬼就不得安宁，刚才是我叫她来撵你的。"戚生又问："她在我身上乱摸干什么？"女郎笑着说："这个老婢女三十多年没和男人同过房，其实也怪可怜的，但她也太没有自知之明了。总而言之，对那些胆小的人，鬼更加厉害地欺侮、耍弄他；对那些胆大刚强的人，鬼就不敢冒犯了。"听到邻近的晨钟响过了，女郎便穿上衣服下了床，并说："如果你不害怕，我晚上还会再来的。"

　　到了晚上，阿端果然来了。这一夜，两人更加缠绵，更加情深意厚。戚生说："我的妻子不幸去世了，对她的思念之情常常萦绕于我的胸中。你能不能把她招来？"阿端听了，越发悲伤起来，说道："我死了二十年，又有谁想念过我一回呢？你真是个多情的人，我一定尽力帮助你。不过，我听说她已经有了投生的地方，不知道还在不在阴间。"第二天晚上，她告诉戚生说："你的妻子将要投生到贵人家去了。只因她生前丢了耳环，打过一个丫鬟，致使丫鬟上吊身亡，这个案子还没有了结，所以，她暂时还留在阴间。现在，她寄居在药王府的廊下，有专人看守。我已打发婢女前去行贿，说不定她就要来了。"戚生问："你怎么能够这样悠闲自在？"阿端说："大凡屈死的鬼，自己如果不去投案进见，阎王就没工夫过问。"二更将尽的时候，老婢女果然把戚生的妻子引来了。戚生拉着妻子的手很是悲痛，妻子也流着眼泪，呜咽着说不出话来。阿端告别，临走时对二人说道："你俩好好叙叙离别之情，我们改夜再相见。"戚生用十分熨帖的语气问起丫鬟自杀的事，妻子说："不要紧，就快要结案了。"说完，两人上了床，互相搂抱在一起，从从容容地行着夫妻之乐，就像活着时一样。从此，夫妻二人便常常在一起欢聚。

　　五天之后，妻子忽然哭着说："明天我就要投生到山东去了，这次离别是永久的，该怎么办呀？"戚生听了，不禁涕泗横流，悲不自胜。阿端劝他说："我有一个办法，可以使你们暂时相聚在一起。"戚生夫妇一同抹去眼泪，问她有什么计策。阿端让戚生拿上十吊纸钱，到南院的杏树下烧了，她要拿着这钱去贿赂押解戚生妻子投生的差役，让他宽限几天。戚生照办了。到了晚上，妻子来了，说："多亏了端娘，我又得到了十天与你相聚的时间。"戚生很高兴，阻拦着不让阿端离去，同床而卧。戚生夫妻俩从傍晚到天明一直黏在一起，唯恐期限到了再也无法欢娱。过了七八天，夫妻俩因期限快要到了，整夜整夜地哭个不停。他们问阿端还有什么办法，阿端说："看这情形，恐怕再也不能找到什么办法了。我愿意再去试试，不过，这回没有一百万阴间的钱大概办不成事。"戚生如数焚化了纸钱。不久，阿端回来了，她高兴地说："我打发人向押解投生的差役说情，他起初还感到很为难，但一看到有这么多钱，便动心了。现在，他已让别的鬼代替你妻子投生去了。"从这以后，戚生的妻子和阿端白天也不走了，她们让戚生堵上门窗，白天黑夜都点着蜡烛。

这样过了一年多，阿端忽然病了，神志昏迷，心绪不宁，恍恍惚惚地就好像见了鬼一样。戚生的妻子抚摸着她说："她这是得了鬼病。"戚生说："端娘已经是鬼了，又还有什么鬼能使她生病呢？"妻子说："不能这样说。人死变鬼，鬼死变聻。鬼害怕聻，就像人害怕鬼一样。"戚生想请个巫医来给阿端看看。妻子说："阴间的鬼又怎么能让阳世间的活人给治病呢？咱们邻居那个姓王的老婆子，如今在阴间当巫医，我可以去把她请来。可是，那地方离这里有十多里路，我脚下软弱无力，走不了路，麻烦你扎匹纸马烧了。"戚生依照她的话办了。纸马刚刚烧完，戚生就见婢女牵过一匹枣红马来，在院子里将缰绳交给妻子，转眼之间，妻子便不见了踪影。不一会儿，妻子与一个老太婆一同骑着这匹马回来了，妻子把马拴在廊柱上。老太婆进了屋，摸住阿端的十个指头进行诊断，随后端端正正地坐着，她摇晃着脑袋作起巫术来。突然，她扑倒在地，过了一会儿又跳了起来，嘴中还念念有词："我是黑山大王。娘子的病很重，幸好遇到了小神，福分真不浅呀！这是个凶鬼在作祟，不要紧，不要紧！但是，想让她的病痊愈，必须给我丰厚的供品和报酬，金一百锭、钱一百贯，丰盛的宴席一桌，少一样也不行。"戚生的妻子一一地高声答应下来。老婆子又扑倒在地，醒来后对着病人呵斥了一声，便算完了。随后老太婆要走，戚生的妻子把她送到院外，将那纸马送给了她，她便高高兴兴地走了。

戚生和妻子进屋去看阿端，见她似乎稍稍清醒了，夫妻二人十分高兴，并加以好言安慰她。阿端忽然说："我恐怕再也不能到人世间来了。我一闭上眼睛就看见冤鬼，这是命啊！"说着阿端便流下了眼泪。过了一晚上，她的病更加严重了，弯曲着身体颤颤抖抖地，就好像是看到了什么。她伸出手来，拉着戚生同她躺卧在一起，将脑袋埋在戚生的怀中，似乎是怕被什么人捉了去。戚生一起身，她就惊叫个不停。就这样过了六七天，夫妻二人毫无办法。碰巧戚生外出，过了半天回到家里，就听到妻子的哭声，他吃惊

地问是怎么回事，原来端娘已经死在了床上，就像蝉蜕壳一样，她的衣服还留在床上。戚生掀起衣服一看，却是一堆白骨。戚生痛哭不止，用安葬活人的礼仪将她埋在了祖坟旁边。

一天晚上，妻子忽然在梦中哭泣起来。戚生将她摇醒，问她为何哭泣，妻子回答说："刚才，我梦见端娘来了，说她的丈夫成了聋鬼，恼怒她死后在阴间不守贞节，因怀恨才把她的命勾了去，请求我为她做道场。"戚生一早起来，就准备按着阿端所说的去办。妻子拦住了他说："超度鬼的亡灵可不是你的力量能够办到的啊。"于是妻子便起床出去了。过了一会儿，妻子又回来了，并说："我已经派人去请和尚了。你应当先烧纸钱，以作为费用。"戚生照办了。太阳刚刚落山，和尚们就来齐了，敲打着金铙法鼓，做法和人世间的一模一样。妻子不停地说那铙鼓声震得她耳朵难受，可是戚生一点儿也听不见。道场做完后，妻子又梦见端娘前来感谢，说道："我的冤仇已经解除，就要投生为城隍家的女儿了，麻烦你将这消息转达给戚生。"

戚生和已变成鬼的妻子在一起生活了三年，家里人听说后，起初还有些害怕，时间一长，便也习以为常了。戚生不在的时候，家里人还隔着窗子向她请示有关事宜。一天晚上，她向戚生哭着说："过去贿赂押解差役的事，现在已经败露了，阴司追查得很紧，我们恐怕不能长久相聚在一起了。"过了几天，她果然病了，说："你我互相钟爱，本来希望就这样永远做个死人，不乐意去投生。现在要永别了，莫非命中注定吧！"戚生十分恐慌，急忙问她有什么对策。妻子说："这回确实无法可想了。"戚生问她："你会受到责罚吗？"妻子说："会受小小的惩罚。然而，偷生的罪大，偷死的罪小。"话刚说完，妻子就再也不动了。戚生细细再一看，妻子的面容、形体竟慢慢地消失了。

打那以后，戚生常常一个人睡在亭中，希望能再遇到什么，但亭中一直很寂静，什么也没有出现。于是，人心也就安定下来了。

花姑子

安幼舆是陕西选拔的贡生，为人轻财好义，喜欢放生。每当看到猎人捕获到鸟类，他都会不惜大价钱买下来后放掉。有一天，碰上舅父家办丧事，他去送丧。晚上回来，路过华山，迷路在山谷中，他心中害怕起来，忽见一箭之外，有灯火闪耀，安生便急忙赶了过去。走了没几步，他猛地看见一个老头儿弯着腰、拄着拐杖，在斜径上快步赶路。安生停下脚步，刚想向他打听路该怎么走，老头儿却已先问起他是什么人来了。安生告诉他说自己迷了路，并说前面灯火闪耀的地方肯定是个村庄，想到那里去投宿。老头儿说："那里不是安乐乡。幸亏老夫我来了，你可以跟我走，我那间茅棚还可以容得下你歇息。"安生大喜过望。跟着老头儿走了一里多路后，他看到一个小村庄。老头儿敲了敲柴门，一老妇人出来，开了门说："是郎君来了吗？"老头儿回答说："是的。"

安生进到屋中一看，屋子低矮狭小。老头儿挑亮灯，催促安生坐下，就叫人随便准备些饭菜。然后，他对老妇人说："他不是别人，是我的救命恩人。老婆子你行走不大方便，就叫花姑子来斟酒吧。"

不大一会儿，一个女郎端着饭菜进来了。她站在老头儿身边，不停地用秋水一样清澈明亮的眼睛打量着安生。安生仔细端详了一下女郎，发现她既年轻，又漂亮，简直就跟天仙一样。老头儿回过头去叫女郎温酒，房中西边一角的屋里生着煤炉，花姑子便进屋拨火。安生问道："这姑娘是老先生的什么人？"老头儿回答说："老夫姓章，七十岁了，只有这么一个女儿。农家人没有丫鬟仆人，你又不是别人，所以我才敢叫妻子女儿出来见你，请不要见笑啊！"安生又问："贤婿家住何方？"老头儿回答："女儿尚未许人。"安生夸奖她既贤惠又美丽，赞不绝口。就在老头儿一再谦逊的时候，女郎忽然叫了起来。老头儿跑进厨房，原来是炉上的酒溢了出来，致使火苗升起有一尺多高。老头儿端拿过酒壶，扑灭了火苗，呵斥女郎说："这么大的丫头了，烫沸了也不知道吗？"老头儿回头一看，见炉子旁边有一个尚未扎制完的用高粱芯子做的厕所神紫姑，便又呵斥道："头发都长得那么长了，还像个小孩子一样淘气！"老头儿拿着那没有做完的紫姑对安生说："只顾了做这个劳什子，以致让酒都溢了出来。这样的丫头还劳你夸奖，岂不把人羞死！"安生仔细看了看那紫姑，眉目衣服都制造得非常精细，便赞扬她说："虽然是孩子们的小玩意儿，但从中也可以看出她的心灵手巧来。"

酒喝了不大一会儿，花姑子便不断地前来斟酒，她面含笑容，落落大方，一点儿也不羞涩、忸怩。安生目不转睛地看着她，不禁有些动情。这时，忽然听得老妇人在叫，老头儿便进屋去了。

安生看看无人，便对花姑子说："看到你天仙一般的面容，我的魂都快丢了。我想找个媒人来提亲，怕事情成不了，怎么办才好？"花姑子拿着酒壶，面对着火炉，一声不吭，就像没有听到一样，问了几次，她都不回答。安生慢慢地走进屋，花姑子站了起来，厉声说道："狂妄的家伙跑进屋来，想干什么？"安生跪在地上，苦苦地向她哀求。花姑子准备夺门而出，安生猛地站了起来拦住她，嬉笑着亲起她的嘴来。花姑子颤抖着声音大声呼叫，听到叫声，老头儿急忙跑了进来，问发生了什么事情。安生松开手，走了出来，心中又是惭愧又是惧怕。花姑子却从从容容地对父亲说："酒又溢了出来，如果不是安

郎来，酒壶恐怕也要被烧化了。"安生听到花姑子的话，心才安了下来，更加感激花姑子了。经过这么一惊一吓，安生已是失魂落魄，想跟花姑子亲热一番的念头也打消了。他假装喝醉了酒，离开了酒席。花姑子见状，便也出去了。老头儿为他铺好了被褥，关好了门，也出去了。安生难以入睡，还没等天亮，就向主人打招呼告别走了。

回到家中，安生立即请他的好友前往那座茅棚替他求婚。整整一天，朋友才回来，竟然没有找到老头儿的住处。安生便带着仆人骑着马，顺着回来时走过的路自己去寻找。到了那地方一看，只见到处是陡峭的石壁、险峻的山崖，根本没有村庄。安生到附近的村里打听，姓章的人家特别少。安生失望地回到家中，饭吃着不香，觉睡着不甜，从此便得了个神志不清、头昏眼花的毛病，勉强喝点儿稀粥，他都恶心得想要吐出来。每次昏迷过去，他的嘴里都呼唤着"花姑子"。家里人不了解其中的缘故，只能日夜围在他身边侍奉，然而他的病情一天天加重了。

一天晚上，守候人因太疲倦都睡着了。迷迷糊糊中，安生觉得有人在摇他、推他，略微睁开眼睛一看，竟是花姑子立在床前，不知不觉神志清醒过来。注目细看面前的花姑子，安生不禁潸然泪下。花姑子低下头笑着说："痴郎何至于到这种地步？"她便爬上床，坐在安生的大腿上，用两手按摩他的太阳穴。安生立刻感觉到有一股奇特的麝香味，穿过鼻孔，沁入骨髓。按摩了好一会儿，安生忽然觉得满头汗水，渐渐地全身也沁出了汗珠。女郎小声地对他说："你屋子里的人太多，我不便住在这里。三天后我再来看你。"她又从绣着花的袖筒里掏出几块蒸饼放在床头上，就悄悄地走了。到了半夜，安生浑身的汗消了下去，想吃点儿东西了，摸过蒸饼吃了起来。不知这饼里包的是什馅料，特别香甜，安生一连吃了三个。吃完之后，他用衣服将剩下的蒸饼盖了起来，又昏昏沉沉地睡了过去。直到辰时，他才醒了过来，身上像卸掉了重负一样轻松。三天后，蒸饼吃完了，他的精神也更加爽快了。于是，他打发走了家人。他又担心花姑子来了进不了门，便偷偷地走出了屋子，把门闩全部打开。

不久花姑子果然来了。她笑着说："痴情郎！难道不想谢谢我这神医吗？"安生高兴极了，抱过花姑子就亲热起来。事完之后，花姑子说："我冒着风险，蒙受耻辱来和你偷情，之所以要这样做，是为了报答你的大恩大德啊！然而，我实在不能与你永结同好，请你还是早做别的打算吧。"安生沉默了许久才问道："你我素不相识，什么时候与你家有过交往，我实在记不起来了。"花姑子并不回答，只是说："你自己好好想想。"安生坚持要与她永结同好。花姑子说："一夜一夜地往这儿跑，固然不行；永做一对夫妻，也不可能。"安生听了这话，不觉悲上心头。花姑子说："你一定要跟我相好，明晚就请到我家去吧。"安生这才由悲转喜，并问："路途如此遥远，你那纤纤小脚，怎么能走到这里来呢？"花姑子说："我本来就没有回去。东头的聋老太太是我姨妈，为了你的缘故，一直停留到现在，家中恐怕要怀疑怪罪了。"安生与她同枕共衾，觉得她的气息、肌肤，到处都香喷喷的，便问："你熏了什么香，都浸入骨髓和肌肤里去了？"花姑子说："我生来就是这样，并非拿香熏的。"安生越发惊奇了。

　　第二天，花姑子早早地就起了床，向安生告别。安生担心自己会迷路，花姑子便和他约定在半路上等他。到了傍晚，安生急急忙忙地就上路了，花姑子果然在路旁等他，伴着他一同来到她的住处。老头儿和老妇人高高兴兴地出来迎接。待客的酒菜没有什么好东西，只是摆满了一些山蔬野菜。吃完饭，老头儿便请安生歇息。这期间，一直没见花姑子来照看一下，安生心里有些疑惑。夜深了，花姑子才来，说："父母絮絮叨叨的总也不睡，以致劳你久等。"两人卿卿我我地温存了一整夜，花姑子对安生说："今晚的相会，乃是永久的离别啊！"安生吃惊地问她何出此言，花姑子回答说："父亲认为这小村太荒凉，要将家搬到很远的地方去。与你相会缠绵，也就这一夜了。"安生舍不得放她走，一会儿仰天抹泪，一会儿低头哽咽，十分悲伤。就在他俩恋恋不舍的时候，天渐渐地亮了。老头儿突然闯了进来，骂道："这丫头玷污了我清白的家风，真叫人羞愧得要死！"花姑子大惊失色，匆匆忙忙地跑了出去，老头儿也跟着出去了，边走边骂。安生心惊胆战，感到无地自容，偷偷地跑了回去。

　　安生徘徊了好几天，心情始终不能平静下来。他想着晚上再去一趟章家，翻过墙看能不能找到相见的机会。他想，老头儿一再说我有恩于他，即使事情败露了，他应该也不会严厉谴责我的。于是，他趁着夜色跑到了山中，在山里来回地转，迷迷糊糊地不知该往哪里去，感到非常恐惧。他正四处寻找归路，突然看见山谷中隐隐约约地有一座宅院。安生高兴地奔了过去，发现那宅院的门楼高大雄伟，像是官宦人家的宅第。见大门还没关闭，安生便向守门人打听章家的住址。这时，有一个丫鬟走了出来，问道："是什么人在半夜里打听章家的住处？"安生说："章老头儿是我家的亲戚，我偶然间迷了路，找不到他家了。"丫鬟说："小伙子不用打听章家了。这是花姑子的舅母家，她如今就在这里，让我去禀告一声。"丫鬟进去不大工夫，就出来邀请安生。两人刚刚踏上屋檐下的过道，花姑子便跑出来迎接。她对丫鬟说："安生跑了半夜，想必已经很困倦了，你可以去收拾一下床铺，让他歇息。"说完，两人手拉着手进入床帏之中。安生问："你舅母家怎么没有其他人？"花姑子说："舅母到别的地方去了，留我给她看守屋子。有幸能与郎君在这里相会，难道不是前世的缘分吗？"然而在依偎时安生觉得有一股十分刺鼻的膻腥味，心中有些疑惑，感到不大对劲。花姑子抱住他的脖子，突然用舌头舔起他的鼻孔来，安生感觉像被一枚毒针刺中了大脑。安生害怕得要死，急着想挣脱逃走，可身体像被粗绳捆上了一般。不大一会儿，他便昏昏沉沉地没有了知觉。

　　安生彻夜未归，家中人找遍了所有的地方，始终没有见到他的踪影。有人说傍晚时分曾在山路上见过他。家里人便进山去寻找，结果发现他赤身裸体地死在悬崖下面。家人感到奇怪而又弄不清原因，就将尸体抬了回来。就在众人围着安生的尸体痛哭不止的时候，有一个女郎前来吊唁，从门外号啕大哭着跑了进来。她抚摸着安生的尸体，按住他的鼻子，眼泪像断了线的珠子似的流进他的鼻孔里，呼喊着："天啊，天啊！你怎么糊涂到这种地步！"她哭得嗓子都嘶哑了，过了一阵才停止。她告诉安生家人说："停尸七天，不要装殓。"众人不知她是什么人，正要张口询问，她高傲得不与大家见礼，含着眼泪径直走了出去。大家挽留她，她理也不理。有人跟在她的身后，她一转眼就不见了。众人怀疑她是神仙，就小心谨慎地依照她的话办。晚上，女郎又来了，仍像昨天一样大哭了一场。到了第七天晚上，安生忽然苏醒过来，翻身呻吟，家人都很害怕。这时，花姑子进来了，相对啼哭。安生挥了挥手，让家人都出去了。花姑子拿出一束青草，熬了一碗汤，就在床头让安生喝了下去。只一会儿，安生便能说话了。他叹了口气，说道："害死我的是你，使我复活的也是你！"接着安生便向她叙述了自己的遭遇。花姑子说："这是蛇精在冒充我！你第一次在山谷里迷路时看到的那灯光，就是这家伙搞出来的。"安生说："你怎么能将死人救活，使白骨生肉呢？该不会是神仙吧？"花姑子说："我早就想告诉你了，但又怕引起你恐慌。五年前，你是不是在上华山的路上买了一只猎人捕获的獐子，而又把它放了？"安生说："不错，是有那么回事。"花姑子说："那就是我的父亲啊！以前他常说你对我家有大恩大德，就是这个缘故。本来，你前两天已投生到西村王主事家，我和父亲告到了阎王的殿前，可是，阎王不肯发慈悲。我父亲愿意用毁掉自己多年修炼的道行作为代价，代替你去死，苦苦哀求了七天，才把事情办成。今天我们还能相见，实在是幸运啊！不过，你虽然已经复生了，身体必将萎缩麻痹，丧失感觉，要得到那蛇精的血，将血兑到酒里喝了，病才能痊愈。"安生恨得咬牙切齿，但担心没有办法将那蛇精抓住。花姑子说："这事不难办。只是要伤害许多生灵，连累我百年后不能成仙。它的巢穴就在山谷中的悬崖上，到了太阳快要落山的时候，可以让人在崖下堆些茅草放火烧，再在外面准备些弓箭手警戒，就可以捕获到蛇精了。"讲完，她便向安生告别说："我不能终身侍奉你，心里实在很难过。然而，仅仅是为了你的缘故，我的道行已经损折了七成，请你怜悯、宽恕。近一个月来,我觉得腹中微微震动,恐怕是怀上孩子了。不管生男生女,一年之后我一定送交给你。"说完,花姑子流着眼泪走了。

过了一晚,安生觉得自腰以下的肢体都没有知觉了,抓也好,搔也好,都不知道痛痒。他便将花姑子的话告诉了家人。家人到了悬崖边,按照花姑子所教的办法,在洞口点起一把大火。一条大白蛇冲过火焰逃了出来。弓箭手数箭齐发,将它射死了。等火焰熄灭以后,家人进到洞中一看,大大小小的几百条蛇全烧焦了,发出难闻的气味。众人回到家中,将蛇血交给安生。安生连服三天后,两条腿便能慢慢挪动了,半年过去,才能下床走路。

后来的某一天,安生独自行走在山谷中,碰到了一个老妇人,她将一个用被褥裹着的婴儿交给他,并说:"我女儿向你问好。"安生正要询问花姑子的情况,一眨眼间,老妇人已不见了。安生打开被褥一看,是个男孩。他将孩子抱了回去,始终没有娶妻。

异史氏说:"人与禽兽的区别几乎很少,这不是定论。蒙受他人的恩惠,结草衔环相报以至于终身,与禽兽相比,这会让人感到惭愧的。至于花姑子开始寄聪慧于娇憨之中,最后托深情于淡漠之间,由此可知娇憨是聪慧的极端,淡漠是感情的顶点。这就是仙人的作为吧!"

西湖主

书生陈弼教,字明允,是燕地人。他家里很贫困,跟随副将军贾绾做掌管文书的小官吏。一次,他们泊船在洞庭湖,碰巧有一条鼍龙浮出水面,贾绾张弓搭箭,只一下,便射中了它的脊背。有一条鱼衔着鼍龙的尾巴不肯离去,众人便将它们一块儿捕捞上来。那鼍龙被锁放在桅杆下面,仅剩下了一口气。它的嘴巴一张一合的,像是在向人求救。陈生动了恻隐之心,请求贾将军放了它们。他的身边带有金创药,便戏谑般地将药涂在鼍龙的伤口上,然后把它们放入水中。那鼍龙在水中时而沉下,时而浮起,过了好一会儿,才潜入水底游走了。

一年多后,陈生要返回北方,再次经过洞庭湖时,大风刮翻了船。幸亏他抓住了一个竹箱子,在水面漂泊了一整夜后,被树枝挂住而停止下来。他攀缘着树木,刚刚爬到岸上,便有一具尸体漂浮了过来,他一看,正是他的书童。他用力将书童拖上岸来,可书童已经死了。陈生悲痛不已,面对着尸体坐下休息。他往四周一看,只见小山上树木葱茏,细细的柳枝摇出了一片绿意。他想打探一下路途，但周围一个人也没有。从天刚蒙蒙亮直到上午辰时，他怅然若失，始终没有想好自己该到哪里去。突然，他看到书童的肢体微微地动了一下，便高兴走上前去为他按摩。不久，书童吐出几斗水来，苏醒过来。两人将湿衣服晒在石头上，等到中午了才晾干穿上。可是，空空如也的肚子又"咕噜咕噜"地叫了起来，饥饿难耐，他们便快步翻越小山，希望能找到个村落。

两人刚走到半山腰，就听到有射箭的声音。正疑惑箭声从何而来，已有两个女郎骑着骏马跑了过来，那"嘚嘚"的马蹄声就像豆子撒在地上一样清脆、急促。两位女郎均是一色的打扮：额缠红巾，髻插雉翎，身着紧袖紫衣，腰束绿色锦带，一人手拿着弹弓，一人手臂上戴着青色的皮套袖。陈生与书童翻过山顶，看见几十个女郎正在杂树林中围猎，都是清一色的漂亮姑娘，姑娘又都是清一色的打扮。陈生不敢往前走。这时，有一个像是马夫的男子徒步跑了过来，陈生就上前询问。男子回答说："这是西湖主在首山上打猎。"陈生向他叙述了自己的来历，并告诉男子他们二人很饿，那男子打开包袱，拿出干粮交给陈生，并嘱咐他说："你最好是马上离开这里，走得越远越好，要知道，冲撞了公主的大驾，是会被处死的！"陈生害怕极了，赶忙跑下山去。

山下茂密的树林中隐隐约约有座宫殿，陈生以为那是一座庙宇。走近一看，只见宫殿为粉墙所环绕，旁边有溪水流过；两扇朱红色的大门半开半掩，外面有座石桥直通门户。他扒着门往里窥视，只见云雾环绕着亭台楼阁，那规模直逼皇家园林，又似富豪权贵家的庭院。陈生迟疑地走了进去，里面藤葛遮路，花香扑鼻。走过几道弯弯曲曲的回栏，他又到了另一处院落。这里有几十棵垂柳，高高地轻拂着红色的房檐。山雀一鸣，则落花片片飞舞；微风吹过，则榆钱纷纷飘落。景色赏心悦目，绝非人间景物所能比拟。穿过一座小亭，便见到一架秋千高耸入云，秋千的绳索静静地垂挂着，没有一个人的踪影。陈生怀疑这地方离姑娘家的闺阁不远，心中恐惧胆怯，不敢深入。

不久，门外传来了一阵马蹄声，中间还夹杂着女子的欢声笑语。陈生与书童躲藏在花丛之中。不一会儿，笑声渐近，只听一个女子说道："今日围猎的兴趣不佳，猎获的飞禽太少。"他们又听得另一个女子说："要不是公主射下一只雁来，大家就等于白忙活了一场。"过了一会儿，又有几个红衣女子簇拥着一个女郎来到亭中坐下。女郎身着窄袖猎装，十四五岁，黑发浓密如雾，细腰柔软似杨柳，就是用最香的花、最美的玉也不足以形容她的美丽。众丫鬟送茶的送茶，熏香的熏香，聚集在一起，就像一堆光彩照人的锦绣。坐了一会儿后，女郎站起身来，一步一步地走下台阶。一个丫鬟说："公主骑马奔波，已经很劳累了，还能荡秋千吗？"公主笑着答应了。于是，丫鬟们有的架着她的肩膀，有的握着她的手臂，有的提着她的裙子，有的托着她的鞋子，搀扶着她上了秋千。公主轻舒雪白的手腕，足蹬小小尖尖的鞋子，似燕子一般轻捷地荡入云霄。荡完秋千，众丫鬟又将公主扶了下来，并众口一声地说："公主真是一个仙人啊！"然后，众人嘻嘻哈哈地笑着走了。

陈生偷看了许久，神魂飘荡。等到人声寂静下来，他便来到秋千下，踱来踱去，凝思遐想。忽然，他看到秋千旁的篱笆下有一条红绸巾，知道是众美人失落的，便高兴地捡起来，放在袖子里。陈生登上亭子，看见桌上摆有文房四宝，于是提起笔来在绸巾上题了一首诗：

雅戏何人拟半仙？

分明琼女散金莲。

广寒队里应相妒，

莫信凌波上九天。

写完了诗，陈生朗诵着走出了亭子。他想寻找来时的路径出去，但每一道门都已上了锁。陈生主仆踌躇了半天，也没想出个办法来，只得又返回去，几乎走遍了所有的亭台楼阁。一个丫鬟突然走了进来，吃惊地问他："你怎么到这里来了？"陈生拱手作了个揖说："我是个迷了路的人，请你相救。"丫鬟问道："你拾到一条红绸巾没有？"陈生说："捡到了。但已被我写上字了，怎么办？"于是他便拿出了红绸巾。丫鬟大吃一惊，说道："你将死无葬身之地了！这红绸巾是公主经常用的，被你涂抹成这个样子，哪有帮忙的余地？"陈生吓得脸都变了颜色，苦苦哀求丫鬟替他求情免罪。丫鬟说："你偷看宫廷中的情形，已经罪不可赦了，念你是个文雅敦厚的书生，本来还想保全你，如今你自己作了孽，还能有什么办法！"说完，丫鬟便拿着红绸巾匆匆忙忙地走了。陈生心惊肉跳，只恨自己没能长双翅膀，只有伸长脖子等着受死了。

过了很长时间，那丫鬟又来了，悄悄地向陈生祝贺说："你有生存的希望了！公主拿着那红绸巾看了三四遍，微笑着没有一点儿发怒的意思，或许她能放你走。你应当在这里暂时耐心等待一下，不要攀树跳墙，被人发现了就不会饶恕你了。"

此时，太阳已经落山。命运是吉是凶难以预料，而肚子的饥火却不断地往上冒，他忧心忡忡，忧愁快把人煎熬死了。

不大一会儿，那丫鬟挑着灯笼来了。她身后跟着另一个丫鬟，提着酒壶食盒，拿出酒饭让他食用。陈生急忙探问消息，先前的那个丫

鬟说："我刚才找了个机会对公主说：'花园里的那个秀才，如果可以饶恕，就把他放了算了；不然，会饿死的！'公主沉思了片刻说：'深更半夜的，叫他往哪里去呢？'公主便叫我们来给你送点儿吃的。这自然不是坏消息。"

陈生徘徊彷徨了整整一夜，心中始终惶恐不安。在上午辰时将尽时，那丫鬟又来给他送饭。陈生哀求丫鬟为他在公主面前说情。丫鬟说："公主既不说杀，也不说放，我们这些丫鬟仆人们，又怎敢唠唠叨叨地去轻率多讲？"

很快地，太阳又要落山了，陈生正在翘首眺望，那丫鬟忽然喘着气急匆匆地跑了过来，说道："不好了！不知哪个多嘴多舌的人将这事泄露给了王妃，王妃打开红绸巾，只看了一遍便扔在地上，大骂不休，说你是狂妄粗俗的卑贱之人。你将大祸临头了！"陈生大吃一惊，吓得脸都变了颜色，直挺挺地跪在地上请求丫鬟想个办法。就在这时，一阵嘈杂的人语声传了过来，那丫鬟摇了摇手躲开了。只见几个人拿着绳子，气势汹汹地闯进屋来。其中的一个丫鬟仔细看了看陈生说："我以为是什么人，原来是陈郎啊！"于是她拦住了手持绳索的人，说："且不要动手，且不要动手，等我禀报了王妃再说。"说完，她就急忙转身走了。

不大一会儿，丫鬟返回来了，对陈生说道："王妃请陈郎到里面去。"陈生战战兢兢地跟在丫鬟后面，穿过了几十道门，来到一座宫殿外。宫殿的门上挂着绿色的门帘，垂着银制的帘钩。见陈生来了，立刻便有漂亮的女子掀开帘子，大声地禀报说："陈郎到。"殿中央端坐着一位美丽的妇人，衣着十分绚丽。陈生趴伏在地上，磕着头说："我是一个远方的孤臣，从万里以外的地方来到这里，万望王妃饶我一命！"王妃急忙起身亲自扶起陈生，说："要不是你，我哪会有今天。丫头们不懂事，冒犯了贵客，罪过实在不可饶恕！"王妃立刻差人摆设了豪华的宴席，用雕花的杯子为他斟酒。陈生如坠云里雾中，茫然不知其中的缘故。王妃说："再生之恩，常恨无以报答。小女承蒙你爱慕，题诗于红巾之上，这应当说是天赐的良缘，今天晚上就让她侍奉恩人。"陈生很感意外，远远超出自己的期望，因而精神恍惚，内心不定。

天刚刚黑了下来，一个丫鬟便跑来禀报说："公主已经装扮完毕。"丫鬟领着陈生去成亲。一时间，笙管齐鸣，高奏喜乐。台阶上全铺上了地毯，门口、堂前以至厕所，到处都挂着灯笼。几十名美丽的侍女搀扶着公主和他相互交拜，宫殿里充满了兰麝的香味。接着，两人手拉着手进入帐帏，男欢女爱，情投意合。陈生说："我是一个流落他乡的人，长这么大，还不知道如何拜谒周旋。涂脏了你的红绸巾，没有被杀死也就很万幸了，没想到，反而恩赐了这段婚姻，这实在是我不敢奢望的。"公主说："我的母亲是洞庭湖君王的妃子，又是扬子江君王的女儿。去年母亲回家探亲，偶尔游出湖面游览，被流箭射中，承蒙你搭救，又为她敷了金创药，为此，全家人对你感恩戴德，想报答你的念头常萦绕在心头。请郎君不要因为我与你不是同类而猜疑。我从龙王那里得到了一种长生不老的秘诀，愿意和郎君一同享用。"陈生才明白公主一家原来都是神仙。他又问："那丫鬟怎么会认得我？"公主说："那天，在洞庭湖的船上，曾有一条小鱼衔着鼍龙的尾巴，那条小鱼就是这个丫鬟。"陈生又问："你既然不杀我，但又迟迟不肯放我，这是为什么？"公主笑着说："实在是因为喜爱你的才华，但婚姻大事又不能自作主张。为此，我翻来覆去地想了一夜，只是别人不知道罢了。"陈生感叹说："你真是我的知己。送饭给我的丫鬟是谁？"公主说："她叫阿念，是我的心腹。"陈生说："我该怎么报答你的恩德呢？"公主笑着说："我们还能生活一些日子，慢慢考虑如何敷衍塞责也不迟。"陈生问："你父王到哪里去了？"公主说："父王跟随关圣帝去征打蚩尤还没有回来。"

过了几天，陈生害怕家中得不到他的消息，会过分挂念，便写了一封平安信，交给书童先带了回去。家人听说陈生在洞庭湖翻了船，以为他已死了，所以，妻子已经为他戴孝一年多了。书童回去后，他们才知道陈生并没有死；但音讯阻隔，他们还是担心他漂泊他乡，难以回来了。

又过了半年，陈生忽然回来了。他骑骏马，穿裘衣，装扮得十分华贵，口袋里装满了各种各样的珠宝。从此，陈家成了拥有万贯家财的大富户，声色之豪华，就是世代为官的人家也不能与之相比。七八年间，他已有了五个儿子。他每天都要招待宾客，吃穿住行，都极其奢华讲究。有人问起他的经历，他也毫不隐瞒地告诉人家。

陈生有个幼时的朋友叫梁子俊，在南方做了十多年的官。有一天，他返回家乡时经过洞庭湖，看到一只画舫。画舫雕栏画弦，朱红的窗子，笙调幽雅，歌声婉转，缓缓地漂荡在烟波浩渺的湖面之上。舫中不时有美丽的女郎推开窗户，凭栏远眺。梁子俊注视着画舫，见一个少年男子不戴帽子，跷着二郎腿坐在舫中，旁边有一个十五六岁的漂亮女子，正用两只手来回回地为他按摩。梁子俊想，这一定是两湖一带的贵官，可随从很少。他瞪大眼睛仔细一看，原来是陈明允，他不由自主地靠着船栏大声呼叫起来。陈生听到喊声，立刻让人停下船，并走到雕刻有鹢鸟的船头上，邀请梁子俊到自己的船上来。

梁子俊踏上画舫，看到残剩的酒菜堆满了桌子，宴后的船舱，酒香依然十分浓郁。陈生命令立刻将残席撤去。不一会儿，几个漂亮的丫鬟重新端上了酒，烹好了菜，摆上了山珍海味。梁子俊从未见过这些东西，惊奇地说道："十年不见，你怎么就富贵到如此程度？"陈生笑着说："你小看我这穷书生不能发迹吗？"梁子俊问："刚才与你对饮的是什么人？"陈生说："她是我的妻子。"梁子俊更觉得奇怪了，因而又问："你带了家眷准备到哪里去？"陈生回答说："准备到湖西去。"梁子俊还想追问下去，可陈生已吩咐歌女立即唱曲，以助酒兴。陈生的话刚说完，船上便响起了嘈杂的歌声和乐器声，这声音如同旱雷贯耳，使梁子俊再也听不到说笑声了。看着满船如云的美女，梁子俊乘着醉意大声向陈生说道:"明允兄,能让我痛痛快快地销一回魂吗?"陈生笑着说:"老兄你喝醉了!然而,我这里有一笔足够买个美妾的钱,可以赠给老朋友。"于是,陈生让侍女拿出一颗明珠赠送给梁子俊,说:"像绿珠那样身价极高的美女,用这颗明珠不难买到,这表明我并不吝啬。"然后陈生急着告别说:"我有点小事急着要办,不能和老朋友久聚了。"陈生就将梁子俊送回到自己的船上,解开缆绳径自离去了。

梁子俊回到家乡后,立刻到陈生家探望。看到陈生正在与客人饮酒,梁子俊越发疑惑了,问道:"昨天还见你在洞庭湖上,怎么回来得这么快?"陈生回答道:"没有的事。"梁子俊便追述了他在洞庭湖上所看到的情形,满座的客人都十分惊异。陈生笑着说:"你弄错了,难道我会分身术吗?"众人感到蹊跷,却始终弄不明白是怎么回事。陈生后来活到八十一岁才死去。出殡那天,众人因棺材太轻而感到惊讶,便打开棺盖来看,原来棺材是空的。

异史氏说:"竹箱不沉,红巾题诗,这里面有鬼神帮忙。但总之是与他的恻隐之心有关。至于宫室豪华,妻妾娇美,一个人同时在两个地方享受,就让人感到不可思议了。过去,有人希望自己既拥有娇妻美妾、贵子贤孙,又能长生不老,也只得到陈生的一半而已。难道神仙中也有像郭子仪那样长寿、像石崇那样富贵的人吗?"

孝 子

青州城的东面香山的前面,有一个叫周顺亭的人,侍奉母亲十分孝顺。母亲的大腿上生了个大毒疮,疼得无法忍受,白天黑夜皱着眉头呻吟。周顺亭就给她按摩肌肉,送汤喂药,忙得连吃饭睡觉都忘了。几个月之后,母亲的病仍不见好,周顺亭虽然心急如焚,却想不出办法。有一天夜里,他梦见父亲告诉他说:"你母亲的病能维持到现在,全靠你的孝顺。然而,这种毒疮如不用人肉熬出来的油膏去涂抹是好不了的,焦急和忧虑是没有用的。"周顺亭醒来后觉得很奇怪。于是他起了床,用快刀从自己的肋骨边割下一块儿肉来。肉割下来后,他觉得也不怎么疼。他急忙用布裹在腰间,血也流得很少。他将肉熬成了油膏,涂抹在母亲的伤口处,母亲的疼痛马上就止住了。母亲高兴地问他:"是什么药这样灵验?"周顺亭编了一套假话,应付母亲的提问。不久母亲的毒疮就好了。

周顺亭常常将割了肉的部位遮盖起来,就连妻子也不知道。那伤处长好了以后,留下一块儿手掌般大小的疤痕。妻子见到疤痕追问,才知道实情。

异史氏说:"割大腿上的肉是危及生命的事,君子并不推崇。然而,愚夫愚妇怎能知道伤害父母给的身体是不孝的呢?他们也不过是做心中想做而不能自我克制的事罢了。有了这样的人,而后知道对父母真心纯孝在天地间还是存在的。主管风俗教化的人,因事务繁多,没有时间表彰此事,那么阐明深刻之理,便借助这篇浅陋之文了。"

长治女子

陈欢乐是潞安府长治县人。他有个女儿又聪慧又俊美。有个道士到他家讨饭吃,斜眼看了一下他女儿便走了。从此,那道士天天都托着饭钵到陈家一带转悠。碰巧,有一个瞎子从陈家出来,道士便追了上去与他同行,问他从什么地方来。瞎子说:"刚才到陈家算命去了。"道士说:"听说他家有个女儿,我的一个表兄弟想向她求婚,但不知她的生辰八字。"瞎子告诉了他,道士便告别走了。

过了几天,陈女正在房里刺绣,忽然觉得双脚麻木,渐渐延伸到大腿,又渐渐延伸到腰腹,不一会儿,她便昏倒在地。持续了好一阵子,她才恍恍惚惚地站起来,想找到母亲把这事告诉她。等陈女出了门,却发现四周都是茫茫黑水,中间有一条如线的小路,她惊恐不已,急忙往回退去,但屋门和整个住宅已经被黑水淹没了。她回头再看那条小路已没有行人,只有道士在前面缓慢地走着。于是,她远远地跟在道士的后面,希望能碰到一个同乡,说出她所经历的一切。走了几里路后,她忽然看到村舍,仔细一看,原来是自己的家。女子大吃一惊,说:"奔波了这么长时间,原来还在自己的村子里。怎么刚才就糊

长治女子

镜见闺房溅黑波，人觉利刀割。
心窝芳魂未必甘，驱遣无奈三章约法何體

涂到这种地步！"她高高兴兴地进了门，父母却还没有回来。她又走到自己的屋子里，发现绣了一半的鞋子还在床上。她觉得经过这一会儿的奔波，很累了，便走到床边，坐下来休息。

忽然，道士闯了进来。陈女大惊，想要逃走。道士抓住她按在床上。陈女想大声喊叫，可嗓子哑了喊不出声来。道士急忙用一把快刀剖出陈女的心脏。陈女立即觉得魂魄悠悠离开躯壳，站在那里，四下里一看，家已经不是家了，只有一堵陡峭的悬崖覆盖在头顶上。她又看到道士拿了自己心脏中流出来的血，涂抹到一个木头人身上，正叠起指头念咒语。陈女便觉得那木偶人与自己合为一体了。道士吩咐她说："从今以后，你得听从我差遣，不得违抗！"说完，道士就把木人佩戴在身上。

陈家丢失了女儿，一家人都惊恐不安。他们找到牛头岭，才听村里人说，岭下有一个女子被剖心而死。陈欢乐跑去察看，果然是他的女儿。他哭着把状告到了县官那里。县官派人抓来了居住在牛头岭一带的百姓，把他们几乎都拷问遍了，还是没有一点儿头绪，于是将那些嫌疑犯暂时收押起来，等待复审。

此时，道士已走到数里之外，坐在路旁的柳树下休息。忽然他对陈女说："现在派你去办第一件事情，去县城里察看此案的审讯情况。到那里后，你当隐藏在县衙大堂的暖阁上，如果看到县令动用大印，就赶快避开，一定记住，不能忘了！限你辰时去，巳时回。迟一刻，就在你的心上刺一针，使你立即疼痛；迟两刻，刺两针；刺到第三针时，你的魂魄就不复存了。"陈女听了这话，吓得浑身打战，接着飘然而去。转眼之间，陈女来到县衙，按照道士的吩咐藏身在暖阁之上。这时，牛头岭下的百姓正环列着跪在堂下，还没审讯。县令碰巧要在公文上加盖官印。陈女没来得及躲避，而官印已从印匣里拿了出来。陈女觉得自己的身体沉甸甸、软绵绵的，撑托着她的纸糊窗格似乎不能承受了，"扑"的一下发出了声响。听到响声，满堂的人都惊愕地四下张望。县令再举官印，相同的声音又响了一下。举到第三下时，女子便坠落在地上。这一回的声音很响，众人都听清楚了。县令站起身来祝祷说："如果是含冤而死的鬼魂，就请直接陈述，我为你申冤昭雪。"陈女哭哭啼啼地向前，将道士杀害自己并驱遣自己到此的经过一一向县令陈述了一遍。县令打发差役立即去抓道士。到了柳树下，道士果然在那里。差役抓回了道士，一审讯，他便招了。

于是,在押的牛头岭百姓都被释放了。

县令问女子说:"你的冤已伸了,现在准备到哪里去?"陈女说:"我准备跟着大人。"县令说:"我的衙门里没有地方安置你,不如你暂时回家去。"女子过了好半天才说:"你的衙门就是我的家,我就要进去了。"县令又问了几句,一点儿声音也没有了。县令退堂进入内宅,其夫人刚生了一个女孩。

伍秋月

高邮县人王鼎,字仙湖,为人慷慨大方有勇力,喜欢广交朋友。十八岁上,他还未来得及结婚,未婚妻就死了。他常常外出远游,一年半载地不回家。他的哥哥王鼐,是江北的名士,兄弟间的感情非常深厚。王鼐劝弟弟不要再远游他乡了,并打算为他娶个妻子。王鼎不听,又搭了船到镇江去探访朋友。朋友外出不在家,他便在旅店租了一间楼阁住下来。凭楼远眺,江水澄澈,金山可见,心中非常愉快。第二天,朋友来了,请他搬到自家去住,他辞谢不去。

半个月后的一天晚上,他梦见了一个女郎。女郎有十四五岁,容貌端庄美妙,上了床与他交合。醒来后,他发现自己竟然遗了精。他很奇怪,以为这不过是个偶然现象。到了夜晚,他梦见女郎又来了。如此折腾了三四夜,他才感觉不对劲。于是,晚上睡觉,他再也不敢吹灭蜡烛,身子虽然躺在床上,心里却有所戒备。他刚合上眼睛,就梦见那女子又来了。就在女子与他交合的时候,他忽然惊醒,急忙睁开眼睛,一个像仙女一样的少女,真真切切地被自己拥抱在怀里。少女见王鼎醒了,很是羞怯。王鼎虽然知道她不是人,但也十分得意。顾不得问什么,王鼎强抱起少女热烈地交合起来,少女好像受不了似的,说道:"你这样狂暴,难怪人家不敢明着告诉你呢。"王鼎这才询问起她的来历。少女回答说:"我姓伍,名秋月。父亲生前是个很有名的学者,精通占卜之术。他非常疼爱我,但说我不能长寿,所以不将我许配人。活到十五岁上,我果然夭折了。父亲把我埋葬在这个阁楼的东边,使坟与地面一样平,没有碑志,只是堆了一些石头在棺材旁,上面写着:'女秋月,葬无冢,三十年后,嫁王鼎。'现在已到了三十年,你正好来了。我心里高兴,急着想把自己嫁给你,但心里又感到羞怯,所以才托梦和你相会。"王鼎听后也很高兴,再一次请求秋月和他交合。秋月说:"我需要一些阳气,借此求得复生,因此,

实在难以经受得住你那种狂风暴雨般的欢爱。今后欢好的日子还长着呢，何必一定要在今天晚上？"秋月说完便起身走了。第二天晚上，她又来了，两人相对而坐，谈笑戏谑，就像好友重逢一样欢乐。一会儿，两人熄灯上床，王鼎觉得她和活人没有什么区别，只是在她起来后，遗泄淋漓，弄得满被褥上都是。

一天晚上，明月高挂，映照得满世界都亮晶晶的。两人漫步庭中。王鼎问秋月："阴间也有城市吗？"秋月回答道："和人世间一样。只是阴间的城市不在这里，离这里还有三四里路。那里将黑夜当作白天。"

王鼎问："活着的人能看到吗？"秋月回答："也可以看到。"王鼎要求去看一看，秋月答应了。乘着月色，两人动身了。秋月飘忽忽像风一样，王鼎极力追随。转眼间，他们来到一个地方，秋月说："不远了。"王鼎抬头远望，什么也没有。秋月在他的眼角上涂抹了一些唾沫，他睁眼一看，觉得自己的视力比平常高出了几倍，看夜晚的景物就如同白天。很快他便看到了笼罩在雾霭中的城墙垛口和来来往往、像赶集一样走在路上的行人。不一会儿，他又见两个差役用绳子捆绑着三四个人从他们面前走过，最后一个很像是他的哥哥。凑到近处一看，这人果然是他哥哥。王鼎惊异地问道："哥哥，你怎么来了？"哥哥见到王鼎，不禁涕泪交流，说道："不知道为了什么事，被他们强行抓来了。"王鼎愤怒地对差役说："我哥哥是个遵守礼义的君子，你们凭什么把他捆绑成这个样子！"他请求两个差役给哥哥松绑。差役不肯，而且还很傲慢地瞥着王鼎。王鼎大怒，想和差役争执。他哥哥阻止他说："这是官府的命令，他们应该依法办事。只是我手头缺钱，他们向我索取贿赂，实在狠毒。你回去后，赶快给我筹集一些钱来。"王鼎拉着哥哥的臂膀，痛哭失声。差役大怒，猛地拉了一下他哥哥脖上的绳索，哥哥立刻摔倒在地。王鼎见状，怒火填胸，无法控制自己，抽出佩刀，一刀砍下了一个差役的脑袋。另一个差役嘶哑着嗓子大喊大叫，王鼎又砍下了他的脑袋。秋月大吃一惊，说道："杀官府的公差，是不可饶恕的罪过！你们快逃走吧，迟了就要大祸临头了！你赶快雇船立即北上，回到家中不要摘掉门上的丧幡，关上大门决不要出去，七天之后，就没有事了。"

王鼎于是拉着哥哥，连夜雇了一条小船，火速赶往北方。回到家中，王鼎看到门口有吊唁的宾客，知道哥哥果然死了。王鼎关了大门，落了锁，这才进到院中，回头去看哥哥，已经没了踪影。他走进屋里，却见死去的哥哥已经苏醒过来，并且高声喊着：“饿死我了！快给我弄点儿汤饼来。”到这时，王鼎的哥哥死了已有两天，冷不丁地听到他说话，家人都十分害怕。王鼎便向他们详细叙说了事情的经过。七天之后，王家打开了大门，撤掉了丧幡，人们才知道王鼐已经复活了。亲友们都来探问其中的缘故，家人只是编造谎话应付他们。

王鼎转而又思念起秋月来，而且直想得心烦意乱。于是，他再次乘船南下，到了旧时居住的那个旅店的楼阁，点上灯，久久等待，秋月一直没有来。他蒙蒙眬眬地想要睡去，看见来了一个妇人。妇人对他说：“秋月小娘子让我转告你：因为前几天公差被杀，凶犯在逃，官府便将她捉了去，现如今还押在牢狱里。因看守她的狱卒常常虐待她，她便天天盼着你来，希望你能替她想个办法。”王鼎听后，悲愤异常，急忙跟随着妇人去了。两人来到一个都城，进了西门，妇人指了指一个大门说：“小娘子暂时还被关在这里。”王鼎进了大门，发现里面的房屋很多，关押的犯人也不少，但犯人中并没有秋月。他又进了一个小门，见一间小屋有灯光。王鼎走近窗户窥探，见秋月坐在床上，正用衣袖掩着脸哭泣。两个狱卒又是摸脸又是捏脚，正在调戏她。秋月哭得更厉害了。一个狱卒搂着她的脖子说：“你已成了罪犯，还守贞操吗？”王鼎怒从心头起，顾不得说话，提刀闯进屋去，一刀一个狱卒，像快刀斩麻秆一样，拉了秋月就走。幸好，没被人发觉。

刚回到旅店，王鼎就猛然间醒了。他正在为自己做了一个如此凶险的梦感到惊异，一抬头，却看到秋月泪水盈盈地站在面前。王鼎惊奇地起来拉着秋月坐在床上，把自己做的噩梦告诉了她。秋月说：“这是真的，不是梦。”王鼎吃惊地说：“这该怎么办呢？”秋月叹了口气说：“这也是天意呀！到了月底，才是我复活的日期，如今事情已经到了这种地步，哪还能再等待呢？你赶快到我的墓地去，挖出我的尸体，载回家去。你每天都要不停地呼唤我的名字，三天后，我就可以复活了。但因日期没满，我可能会骨头软弱，脚下无力，不能替你操持家务。”说完，秋月急匆匆地就要走，突然又转回身来说道：“我差点忘了，阴间派人追赶怎么办？我活着的时候，父亲曾传给我两道符咒，说三十年后我们夫妇可以佩戴。”秋月便向王鼎要了笔，飞快地画了两道符咒，说：“一道你自己戴，另一道贴在我的背上。”

王鼎把秋月送了出去，记下她消失的地方，在那地方刨挖了一尺多深，便露出了棺材，已经腐烂了。棺材旁边有一块小碑，果然像秋月所说的那样。打开棺材一看，秋月的容颜仍和活着时一样。王鼎把她的尸体抱回房中，尸体上的衣服随风化尽了。他给她的背上贴上了符咒，并用被褥把秋月严严实实地裹了起来，背着到了江边。他喊来一只渡船，谎称妹妹得了急病，要送她回家。幸好当时南风大作，天刚亮，他们就回到了家里。

王鼎抱着秋月的尸体，等把她安置好了，才将有关情况告诉了哥嫂。一家人都惊奇地观望着，又不敢直接说出心中的疑惑。王鼎解开裹在秋月身上的被褥，连声呼喊着她的名字，到了夜晚，就抱着她的尸体睡觉。尸体一天天逐渐有了温暖的气息，三天后，她果然苏醒过来；七天后，她便能走动了。她换了衣服，去拜见嫂子，体态轻盈得和仙女没有什么两样。不过，走到十步以上，她必须有人扶着才行，否则就会随风摇摆，仿佛要跌倒似的。人们见此情景，认为秋月身患这样的病，反而更凸显了她的妩媚。

秋月常常劝说王鼎："你的罪孽太深太重，应该广积阴德，常诵佛经，以示忏悔。不然的话，你的寿命便不会太长。"王鼎向来不信佛，到这时却虔诚地开始信仰佛教，后来也就平安无事了。

异史氏说："我想向上边提个建议，使其定出一条法令：'凡是杀了差役的，应该比杀了普通人罪减三等。'因为这些差役没有一个是不该杀的。所以，能够诛杀作恶的差役，就是奉公守法。即便稍稍苛刻了一些，也不能认为是残暴。何况阴间本来就没有固定的律令，如有恶人，就是刀锯锅煮也不算残酷。如果是大快人心的事，也就是阎王所称赞的事了。哪有犯了罪过，招致阴司的追究，而又可以侥幸逃脱的呢？"

荷花三娘子

湖州府的宗湘若是个读书人。秋日里的一天，他到农田里巡视，看到庄稼茂密的地方，摇荡得很厉害。他心里疑惑，便越过田间的小路去看，原来是一对男女正在野合。宗湘若笑了一下，准备转身离开。当即看见那男子十分羞愧地系好了腰带，匆匆忙忙地逃走了。那女子也随之坐起身来。宗湘若细细一打量，女子长得美艳绝伦。宗湘若喜欢上了她，想上去和她缠绵一番，又为这粗鄙行为感到惭愧。于是他略微靠前用衣袖拂拭她说："在田野里幽会很快乐吗？"女子笑而不答。宗湘若靠近女子身边，解开她的衣服，发现她的皮肤细腻得如同油脂一样，于是上上下下几乎探摸了好几遍。女子笑着说："酸腐的秀才！想干什么，就干什么好了，到处乱摸什么？"宗湘若追问她的姓名，女子说："缠绵一番，便各奔东西，问得这么详细做什么？难道准备留下名字立贞节牌坊吗？"宗湘若说："在野田草露中交合，是山村粗野人的做法，我不习惯。以你的美丽，就是和人私下约会也应当自重自爱，选个好地方，何至于如此草率?"女子听了,十分赞许。宗湘若又说:"我那简陋的屋子离这里不远,请你过去待一会儿吧!"女子说:"我出来已经很久了,恐怕要被人怀疑,晚上可以去的。"女子又详细地询问了宗湘若住处的标志,然后匆忙上了小路,飞快地离去了。一更的鼓声刚刚敲过,女子果然来到了宗湘若的屋中。两人翻云覆雨,十分欢爱。就这样过了一个多月,这事还无人知道。

  这时碰巧,有一位西域和尚住在本村的寺庙里,见到宗湘若后,他吃惊地说道:"你的身上有股邪气,是否遇到过什么人?"宗湘若回答说:"没有。"过了几天,宗湘若忽然毫无来头地病了。女子每夜都要带来新鲜的果品给他吃,殷勤地安慰调护他,就如夫妻一样交好。然而,她一躺下来,就强求宗湘若和她交合。宗湘若因为有病,很有些吃不住。他怀疑这女子不是人,但又没有办法暂时断绝,让她离去,于是说:"前两天有个和尚说我被妖精迷惑,现在我真的就病了,他的话果然灵验。明天,我就请他来一趟,让他给我画一道符咒。"女子听了,脸色立刻变得惨白,宗湘若更加怀疑她不是人了。第二天,他便打发人将实情告诉了和尚。和尚说:"这是一只狐狸精。它的道行还很浅,制伏它很容易。"于是和尚画了两道符咒,又嘱咐来人说:"回去之后,拿一个干净的坛子放在床边,将其中的一道符咒贴在坛子口上。等到狐狸精被吸进去,就赶忙用一只盆子盖上。然后再把另一道符咒贴在盆子上,连坛带盆一块儿投进汤锅中去用烈火煎煮,不多久就死了。"家人回去后,按照和尚教的办法做好了准备。

  夜已经很深了,女子才到。她从袖中拿出金橘,刚要到宗湘若床前去问好。忽然,坛子口发出"嗖"的一声,女子已被吸入坛中。家人猛地起身冲出来,盖上坛口,贴上第二道符,准备马上就煮。宗湘若看到撒落满地的金橘,回想起女子对他的一往情深,心中一酸,感动不已,立即让家人把她放了。家人揭去符咒,掀开盖子,女子从坛中走了出来,神情极为狼狈。她向宗湘若叩着头说:"我的大道即将修成,却差一点儿化为灰土。你是仁人君子,我发誓一定要报答你的不杀之恩。"说完女子便走了。

  几天之后,宗湘若的病情更加严重了,看那样子活不了几天了。家人准备到集市上去为他买副棺材。途中,家人遇到一个女子,发问说:"你是宗湘若的家人吗?"家人回答

说："是的。"女子说："宗郎是我的表兄。我听说他病得很厉害,很想去看望他,但碰巧有事不能去了。这里有一包灵药,麻烦你转交给他。"家人接过药便回去了。

宗湘若思来想去,表亲中并没有什么表姐妹,于是知道这是狐女在报答他。吃了她的药,宗湘若的病果然好多了,十天后,便恢复了健康。宗湘若从内心里感激狐女,向上天祈祷,希望能再见她一面。

一天晚上,他关了家门正在屋中自斟自饮,忽然听到有人在用指头敲打窗户。他打开门出去一看,正是狐女。宗湘若大喜过望,握着她的手连连称谢,并请她进屋一同饮酒。狐女说："离别以后,我的心里很是不安,总觉得无法报答你的大恩大德。现在,我已为你找到了一个很好的配偶,不知是否能稍稍赎回我的罪过?"宗湘若问："她是什么人?"狐女说："这不是你能知道的。明天早晨辰时,你早点儿赶到南湖,如果看到有身着白绫纱披肩的采菱女子,就赶快划船去追她。如果你把她追丢了,看见堤边有一枝矮矮的莲花隐藏在荷叶下面,你将那莲花采回来,用蜡烛烧它的花蒂,自然得到美女,而且能高寿。"宗湘若牢牢记住了她的话。说完话,狐女便要告辞离去。宗湘若坚持要她留下来。狐女说："自从遭受了那次劫难,我即悟得了大道。怎么还能以男女间的欢爱,招致他人的怨恨呢?"说完,狐女便走了。

宗湘若依照狐女的指示,来到南湖,看见荷花丛中的美女真不少。中间有一位少女,披着白绫纱的披肩,真是一个绝代佳人。宗湘若催船逼近少女,忽然不见少女的去向。他便拨开一丛丛的荷叶,中间果然有一枝红色的莲花,莲茎不到一尺。宗湘若折了它回到家中,进门将花放在桌上,然后削剪好烛芯放在旁边,准备点燃起来。

回头时,他发现那莲花已化作一个美女。宗湘若惊喜异常,连忙向她施礼。女子说："痴呆书生!我是妖狐,就要祸害你了!"宗湘若不听。女子说："是谁教给你的?"宗湘若回答道："小生我自己就能认识你,还用人教?"说完,宗湘若便抓着她的胳膊往下拉,女子顺着他的手滑落下去,化作一块儿怪石。怪石一尺来高,面面玲珑透亮。宗湘若把石头置放在香案上,点起香,拜了两拜,祈祷一番。到了夜晚,他关好门窗,唯恐女子逃走。天亮起来一看,却又不是石头了,而是一件绫纱披肩,而且很远就能闻到它散发出来的芬芳气味;翻开衣领一看,还残存着女性留下的柔腻。宗湘若拉开被子,搂着那白绫纱衣睡下了。傍晚时分,他起来点灯,等到返回床边,却发现枕上躺着个美女。宗湘若高兴极了,又害怕她再次变化,苦苦向她哀求了一番后,便躺在了她的身边。少女笑着说："孽障啊!不知是什么人多嘴多舌,使你疯狂纠缠个没完。"于是不再拒绝。然而在交合中,少女好像承受不了,屡次请求宗湘若停止,宗湘若不听。少女说："如果你不听,我就要变回去了!"宗湘若害怕她再变,才停下来。

从此以后，两人的感情十分和谐。金银绸缎装满了箱柜，宗湘若也不知道是从哪里来的。女子见了其他人，只是轻声道个诺，好像有口不能说话似的，宗湘若也从不对他人说起女子的奇异来历。女子怀孕十个多月，计算着分娩的时间到了，便进了屋，叮嘱宗湘若关上门，不要让外人进屋，然后自己用刀剖开腹部，把儿子取了出来。她让宗湘若撕了一块儿布，将腹部的伤口包扎起来，过了一夜就好了。

又过了六七年，女子对宗湘若说："我们的缘分已经满了，请就此告别吧。"宗湘若听了，不自觉地流下了眼泪，说道："你嫁给我时，我的家境还贫困得不能自立，全靠你才富裕起来，你怎么忍心马上就远离？而且你又没有家族，以后孩子长大了，不知道母亲是谁，也是一件遗憾的事啊！"女子也郁郁不乐地说："有聚必有散，这是常理。孩儿有福相，你也可以活到一百岁，还有什么要求呢？我本来姓何，如果你想念我时，就抱着我的旧物呼叫'荷花三娘子'，你就会看到我的。"话刚说完，她便挣脱了宗湘若的牵扯，说道："我去了。"宗湘若吃惊不小，抬头一看，女子已飞过他的头顶。宗湘若跳了起来，急忙去拉扯，只抓到了女子的一只鞋子。鞋子脱落到地上，变成了一只石燕，颜色比朱砂还红，里外晶莹透亮，好像水晶一样。宗湘若捡起石燕，收藏了起来。然后他翻检箱子，发现女子刚来时所穿的那件白绡纱披肩还在。每当想念时，他就抱着披肩呼叫"荷花三娘子"，便有女郎隐约可见，带笑的面容，含情的眉黛，和先前一样，只是不说话罢了。

金生色

金生色是晋宁县人，娶了本村一个姓木的女子为妻。他们生有一个儿子，才一周岁。金生色忽然病了，他料想自己一定会死，便对妻子说："我死了以后，你一定要改嫁，不要为我守节！"妻子听了后，甜言蜜语发誓言，约好要守节至死。金生色摇着手喊来了母亲说："我死后，麻烦您看护养育孩子，不要让她守节。"母亲哭着答应了。

不久，金生色果然死了。木氏的母亲前来吊唁，哭完了，便对金母说："天降灾祸，女婿这么早就死了。我女儿年龄还太小，你打算让她怎么办？"金母正在悲痛中，猛然听到这话，不由得怒火填胸，生气地说道："一定要让她守节！"木母羞得满面通红而不再说话。

晚上，木母陪着女儿睡觉，暗地里对女儿说："人人都可以做丈夫的，以我儿这样的好模样，还愁找不到好的配偶？你年纪轻轻的，不早早找个人家，天天守着这么个小孩儿，难道是个傻子？假如你婆婆一定要叫你守节，你就不要给她好脸色看。"金母从窗前经过，恰好听到了这话，更加气愤了。第二天，她对木母说："我那死去的儿子留有遗嘱，原是叫他妻子守节的。如今，既然她已急不可待，那就一定要守！"木母生气地走了。

夜里，金母梦见儿子，流着眼泪劝她不要叫媳妇守节。金母心中很是奇怪。她打发人告诉木家，说等儿子安葬以后，任凭媳妇改嫁。然而，金母询问了几个看风水的先生，都说本年不适宜举行葬礼，出殡的事便拖了下来。木氏一直卖弄风姿，想尽快把自己重新嫁出去，在守丧期间，也没忘涂脂抹粉。住在婆家时，她还穿着素服，一回到娘家，便换上了一身鲜艳的服饰。金母知道后，认为木氏这样做很不对，但一想她反正就要改嫁他人了，也就忍耐着不说什么了。木氏也就更加放肆了。

村里有个无赖叫董贵，见了木氏很喜欢。他拿钱买通了金家邻居的老妇人，求她把愿意相好的意思转达给木氏。半夜里，董贵便从老妇人家的墙上跳过去，到了木氏的屋子里，与她做成了那事。两人如此往来了有十多天，丑闻已传得纷纷扬扬，只有金母一人被蒙在鼓里。

木氏的屋中，夜间只有一个小丫鬟，是木氏的心腹。一天夜里，木氏与董贵正在缠绵，忽听得棺材中发出震响，就像放了一只爆竹。小丫鬟睡在外面的床上，看到已死去的金生色从幔帐后面走出来，拿着剑闯进了卧室。不一会儿，就听到了木氏、董贵二人的惊叫声。又过了一会儿，董贵赤身裸体地跑了出来，紧接着，金生色揪着木氏的头发也出来了。木氏大声号叫着，惊动了金母。老人起来一看，只见儿媳妇光着身子往外跑去，正准备开门，问她话也不回答。老人追出门去看，四周静悄悄的一点儿声响也没有，竟不知道她跑到哪里去了。金母走进木氏的屋子，烛火还亮着。见地上有男子的鞋，就呼叫小丫鬟。小丫鬟这才战战兢兢地走出来，详细叙述了这件怪事的经过。两人都非常惊诧。

董贵跳墙到邻居老妇人家，缩成一团躲在墙角里。过了一会儿，他听到人声渐渐消失了，这才站了起来。因他身上一丝不挂，冻得直打哆嗦，便打算去向老妇人借件衣服。看到院中有一间屋子，两扇门是虚掩着的，他就暂且走了进去。他黑暗中往床上一摸，碰到了女子的小脚，知道这是邻居老妇人的儿媳妇。董贵淫心顿起，趁着她正在熟睡之际，偷偷上床奸污了她。那妇人醒来后，问道："你回来了？"董贵答应一声："是的。"那妇人竟毫不怀疑，任由他尽情亲热了一番。

原来，邻居老妇人的儿子因事到北村去了，临走时，嘱咐妻子虚掩房门等他回来。他回来后，听到房内有人声，心里产生了怀疑，仔细一听，那声音情态极为淫秽，丑恶到了极点。老妇人的儿子怒不可遏，提着刀闯进了房中。董贵怕得要死，赶忙钻到床下。老妇人的儿子走过去，砍了董贵几刀，接着，又要杀他的妻子。妻子哭着把弄错人的情况告诉了他，这才放过了她。然而不知道床下的人是谁，他便叫起了母亲，点着灯他们一同去看，勉强认得是董贵，再一看，董贵已经奄奄一息。老妇人的儿子盘问他从哪儿来，他还能供认事情的原委，但他已是刀伤满身，血流不止，不一会儿就死了。老妇人惊慌失措，对儿子说："捉奸却只杀了一个，你该怎么办？"儿子不得已，又把妻子杀了。

这天夜里，木家老头儿刚刚睡下，忽然听到门外有杂乱的响声，走出来一看，发现房檐上起了大火，而纵火的人还在屋前徘徊。老头儿大喊一声，家里人都跑了出来。幸亏火焰刚刚燃起，还容易扑灭。老头儿让人拿起弓箭，去搜寻纵火的人。搜捕者看到一个人跳过墙逃走了，身子轻便得像只猴子。墙外就是木老头儿家的桃园，园子四周筑有高墙，很是坚固。有几个人架了梯子爬上去看，纵火人的踪影已全然不见，只是墙下有个块状的东西在微微动弹。墙上的人问了几声也不见答应，放箭去射，觉得这东西软绵绵的。家人打开门去验看，却是一个女子赤身裸体地卧在那里，箭矢射穿了她的胸部和脑袋。众人点起灯来仔细看，原来是木家的女儿、金家的媳妇。众人大惊，连忙告诉主人。木家老头儿、老婆子都吓得要死，不知道是怎么回事。女儿紧闭双目，面色灰白，口里只剩下了一口气。老两口儿叫人拔她头上的箭矢，拔不出来，就拿脚踩着她的头顶使劲儿拔，才拔出来。女儿轻轻呻吟了一声，鲜血猛地喷了出来，那一丝游气也就断了。

木老头儿十分害怕，不知该怎么办。等到天亮后，只得将实情告诉了金母，木老头儿跪在地上请求饶恕。金母既不埋怨，也不愤怒，只是把前半夜里在金家发生的事情说给他听，要木家自己把女儿埋了。

金生色有个叔伯哥哥叫金生光，愤怒地来到木家，痛骂木家以前的种种不是。木老头儿既羞愧，又沮丧，给了他一笔钱打发走了。但是他终究也没有搞清与木氏私通的是谁。

不久，邻居老妇人的儿子因捉奸杀人的事到县衙里自首，县官只是轻微地处罚了他一下便放走了。但是，他妻子的哥哥马彪向来喜欢打官司，写了一张状子，诉说妹妹死得冤枉。县令拘捕了金家邻居的那个老妇人，老妇人害怕了，便将事情的始末原原本本地说了出来。县令又传唤金母，金母假托有病，打发金生光代她前去对质。金生光把事情的底细全部说了出来。于是，前面已结的奸杀案也一并发作，木家老头儿和老太婆也牵连进来，所有的情况都调查得一清二楚。木母因为教唆女儿改嫁，犯了纵容淫恶的罪过，罚遭笞打，叫她拿钱自赎，家产因此而荡然一空。金家邻居的老妇人诱导他人淫乱，判决用乱棍打死。案子这才了结。

异史氏说："金家的儿子真神啊！他谆谆嘱咐妻子改嫁，又多么明智啊！不杀一人，所有的仇都报了，能说不神吗？邻家的老妇人诱导他人的媳妇淫恶，反而使自己的儿媳妇遭受奸淫；木家老太婆溺爱自己的女儿，而最终杀了女儿。唉！'要想知道未来的报应，应当看看今日的所作所为。'金氏子的报应太迅速，不用等到来生就了断了"

彭海秋

莱州府秀才彭好古，在别墅里读书，因离家很远，中秋节他没能回去，没人做伴，甚感寂寞孤单。想想村中没有一个人可以交谈，只有那个姓丘的书生是本县名士，但向来有见不得人的恶行，彭生总是瞧不起他。十五的月亮已经升起来了，彭生越发觉得无聊，实在不得已，写了请柬邀请丘生前来。两人喝了一会儿酒，忽然听到有人敲门。书童应声出去开门，原来是一个书生，要拜见主人。彭好古离开座席，恭恭敬敬地请客人进来。两人相互施了礼，围着桌子坐了下来，彭好古便问起客人的姓名和籍贯来。客人说："我是扬州府人，与您同姓，字海秋。值此良夜，越发感到旅居在外的孤苦。听说您是个高雅的读书人，不经人介绍便自己来了。"他看这人，衣着整洁，谈吐风雅，高兴地说道："原来是我的本家人。今晚是什么好日子，竟遇到了这么好的客人！"于是彭好古叫书童为他斟酒，像招待老朋友一样款待了。彭好古仔细观察他的神态，像是很瞧不起丘生。丘生以十分仰慕的态度与他谈话，他却摆出一副傲慢的神情来，对丘生爱答不理的。彭好古很替丘生感到难为情，因此便打断他们的谈话，提议自己先唱支民歌来助酒兴。于是彭好古望着天空咳嗽两声，清了清嗓子，唱起了《扶风豪士歌》，唱罢，相互欢笑了一番。彭海秋说："我不懂音韵，无法回报这高雅的曲调。我找个人代替可以吗？"彭好古说："就按你说的办。"彭海秋问："莱州城里有出名的名妓吗？"彭好古回答说：

"没有。"彭海秋沉默了好久,对书童说:"刚才我叫了一个人来,就在门外,你把她领进来吧。"

书童出去一看,果然有一个女子在门外徘徊。书童将她领了进来,女子有十六七岁,美丽得如仙女一般。彭好古惊喜异常,赶忙扶着她坐了下来。女子身着柳黄色的披肩,满身的香气溢满四座。彭海秋慰问她说:"路途千里,有劳你艰难跋涉了。"女子微笑着点了点头。彭好古觉得很奇怪,便问她是从哪里来的。彭海秋说:"苦于贵乡没有佳人,我刚才从西湖的船中叫了她来。"接着,彭海秋又对女子说:"刚才你在船上唱的那支《薄倖郎曲》很不错,请你再唱一遍吧。"女子便唱道:

薄倖郎,牵马洗春沼。人声远,马声杳;江天高,山月小。掉头去不归,庭中生白晓。不怨别离多,但愁欢会少。眠何处?勿做随风絮。便是不封侯,莫向临邛去。

彭海秋从膝袜管中取出玉笛一管,依着歌声为她伴奏。歌曲唱完,笛声也止。彭好古惊叹不已,说道:"从西湖到这里,何止千里,谈笑之间就把她召来了,莫非你是神仙?"彭海秋说:"神仙谈不上,但万里路途在我看来,就像是庭院之远。今夜西湖的风光月色,比平时还要好,不可不去观赏一番,二位能跟我去吗?"彭好古存心想看看他的奇异本领,便答应道:"太好了。"彭海秋问:"是乘船呢,还是骑马?"彭好古想着还是坐船安逸,便回答说:"愿意乘船。"彭海秋说:"从这里叫船太远,天河中应当有摆渡的人。"于是他向天空招手喊道:"船来,船来!我们几个要到西湖去,多给酬金。"不多一会儿,一只彩船从空中飘落下来,船的四周弥漫着烟云。众人一起登上船,见一个人拿着短桨,桨的尾部密密地排列着长长的羽毛,很像一柄羽毛扇子。桨一摇动,便有一股清风徐徐吹来。彩船慢慢地升入云霄,向着南方游去,彩船行驶的速度就同飞箭一样。

不大工夫,彩船便降落在水面上。此时,已能听得水面上管弦嘈杂,歌声聒耳。众人走出彩船一看,皓月当空,映照在云雾蒸腾的水面上,无数游船往来于湖面之上,如同繁华的集市。船夫停了桨,任凭船儿自己漂动。仔细一看,这真是西湖。彭海秋从船后取来了美酒佳肴,几人便高高兴兴地对饮起来。不大一

会儿，一只高大的楼船渐渐靠拢过来，与小船并排往前行进。隔着窗户看去，楼船中有两三个人，正在下棋耍笑。彭海秋递一杯酒给那女子说："饮了这杯酒，就送你回去。"女子饮酒时，彭好古恋恋不舍，唯恐她走了，便用脚暗中踢她的脚。女子也频送秋波，眉目传情。彭好古更加动情了，请求女子约定一个后会的日期。女子说："如蒙相爱，只要打听一下'娟娘'的名字，没有人不知道的。"彭海秋便拿了一条彭好古的手帕送给女子，说："我替你们订个三年后相见的盟约。"接着，彭海秋站起身来将女子托在手掌中，说道："神仙啊，神仙啊！"他便扳着邻船的窗子，将女子送了进去。那窗格只有盘子般大小，女子伏着身子像蛇一样游了进去，一点儿也不觉得狭窄。不一会儿，就听得邻船中有人说："娟娘醒来了。"那楼船也就划走了。

　　彭好古远远看去，那划走的楼船已停泊在岸边，船上的人纷纷下船走了，彭好古的游兴也随之消失了。于是，他便对彭海秋说，自己想到岸上去眺望一下湖光景色。他刚一说出这话，船已自己靠了岸。彭好古离开船，闲步向岸上走去，不知不觉走出一里多路。彭海秋从后面赶了上来，牵着一匹马，叫彭好古握住缰绳，便又离去了，临走对彭好古说："等我再借两匹马来。"彭好古等了很久，也没见他回来。此时，游人已很稀少，彭好古抬头一看，月亮已偏西，天就要亮了。丘生也不知到哪里去了。彭好古牵着马，徘徊着，进也不是，退也不是。最后，他一抖缰绳，骑着马跑到了当初停船的地方，但已是人船皆无了，想想自己口袋中一文钱也没有，更加忧虑不安了。天已大亮了，彭好古忽然看到马背上有个用金线绣制的小袋子，伸手进去一摸，得到三四两银子。他买了点儿吃的，平心静气地继续等待，不知不觉到了中午。他考虑了一下，觉得不如先去访问一下娟娘，然后再慢慢打听彭海秋和丘生的消息。等到他去询问娟娘的下落时，却没有人知道，兴致转而冷落下来。第二天，他便踏上了归途。马很驯服，足力不弱，半个月后，他便回到了家里。

　　当彭好古一行人乘船升上天空后，书童便回到家里报告说："主人已成仙走了。"全家人悲痛地哭了起来，以为他再也不会回来了。彭好古回来后，拴好了马进到屋里。家里人惊喜异常，围聚到他的身边问他是怎么回事。彭好古从头到尾将他的奇异经历说了一遍。考虑到自己是独自一人回到家里的，恐怕丘生家人听到消息后前来追问，他告诫家人不要将他回来的消息传播出去。谈话间，彭好古道出了马的来历。众人以为马是仙人赠送的，便都赶到马厩去观看。等大家到了马厩，马已经不见了，只有丘生被缰绳拴在马槽边。众人惊恐不已，连忙喊彭好古出来看。彭好古见丘生低着头，站在马槽边，面如死灰，问他话也不回答，只有两只眼睛还在一开一合。彭好古很不忍心，替他解了缰绳扶到床上，而丘生却像丢了魂似的。给他灌些稀粥，丘生慢慢地能咽下去了。到了半夜，丘生稍稍苏醒过来，急着要上厕所，彭好古扶着他去，丘生拉下几坨马粪蛋。又给他喝了少量的稀粥，丘生才能说话。彭好古靠近床边，问他是怎么回事。丘生说:"下了船后,彭海秋领我到一边闲唠。到了一个没人的地方,他开玩笑似的拍了拍我的脖子,我便迷迷糊糊地倒了下去。我伏在地上定了定神,一看自己已变成了一匹马。我心里明白,只是不能说罢了。这是个奇耻大辱,不能让我的妻子儿女知道,请求你不要给我泄露出去啊!"彭好古答应了他,让仆人用马将他送了回去。

自此以后,彭好古一直不能忘怀娟娘。过了三年,他因为姐夫做扬州府通判,便到那里去探亲。扬州有个梁公子,跟彭好古是世交。梁公子大摆宴席,邀彭好古参加。席上有不少歌女,都上前来拜见。梁公子问起娟娘,家人说她病了。梁公子生气地说:"这贱丫头自以为身价高,便这样傲慢,你们用绳子把她给我绑了来。"彭好古听到了娟娘的名字,吃惊地问梁公子她是谁。梁公子说:"这是一个妓女,是扬州的第一号美人。仗着自己有点小名气,便傲慢无礼。"彭好古怀疑两人的名字偶然相同,但心里又"怦怦"直跳,极其想见她一面。不多一会儿,娟娘来了,梁公子发着脾气不停地数落她。彭好古仔细一看,果真是中秋节晚上他所见到的那个娟娘。于是彭好古对梁公子说:"她和我是老交情了,请求您能宽恕。"娟娘仔细打量了彭好古一番,似乎也很惊愕。梁公子来不及深究,便命她依次敬酒。彭好古问她:"还记得《薄幸郎曲》吗?"娟娘更加惊奇了,看了彭好古好一会儿,又唱起了那支旧曲子。听她的声音,和当年中秋节时没有什么两样。

酒席散后,梁公子命娟娘侍候彭好古睡觉。彭好古握着她的手说:"三年前订下的盟约,今天果真实现了吗?"娟娘说:"昔日里我随人泛舟西湖,还没有喝几杯酒,便忽然像醉了似的。正神志不清之间,被一个人带走,放在一个村子里。一个书童引我进屋,席上有三个客人,你是其中的一个。后来乘船到了西湖,又有人送我从窗户里回去。你握着我的手恋恋不舍。每当凝神思念此事,我都以为是一场梦,但那块儿手帕分明还在,我如今还将它珍藏在箱子里呢。"彭好古告诉了她事情的全部经过,两人感叹不已。娟娘将身子扑进彭好古的怀抱里,泣不成声地说道:"既然仙人已经为我们两个做了良媒,就请你不要因为我沦落风尘而抛弃我,不再思念我这陷于苦海中的人了!"彭好古说:"船中的盟约,一天也没从我的心头消失。如果你有意于我,就是倾囊卖马,我也在所不惜。"

第二天一早,彭好古把想法告诉了梁公子,又向做通判的姐夫借了一笔钱,花一千两银子为娟娘赎身,带着她回到了老家。她来到彭好古读书的别墅,还能认出当年饮酒的地方。

异史氏说:"马变成了人,那他的为人一定像马。使他变成马,正是恨他不能称其为人。雄狮、大象、白鹤、鹏鸟,都受到仙人鞭策,怎么可以说不是仙人对它们的仁爱呢?订下的三年盟约,也是仙人要渡娟娘脱离苦海啊!"

窦 氏

南三复出身于晋阳的一个官宦世家。他家有一栋别墅,离他现居住的地方十多里,每天他都要骑马去一趟。有一天,正好碰上下雨,途中经过一个小村子,他见到一户农家的院子很是宽敞,便前去避雨。附近村子里的人一向都很忌惮南三复。不一会儿,主人出来邀请他到屋里去坐,显得局促不安,却十分恭敬。南三复走了进去,发现主人的房子矮小得很。等他坐下来后,主人才拿起笤帚,殷勤地打扫了一番。然后,主人又冲了蜂蜜水当作茶献了上来。南三复叫主人坐下,主人这才敢坐。南三复又问他的姓名,主人说:"我姓窦,叫廷章。"不大一会儿,主人又端出了好酒,煮了肥鸡,侍奉得十分周到。有个刚成年的女子送菜送饭,时常停在门外,稍稍显露出上半身来,十五六岁,长得标致,无人能比,南三复不觉动了心。

雨停后,南三复便回家去,而对那女子的思念很迫切。第二天,他准备了粮食布匹去感谢窦廷章,以借此机会接近那女子。从此以后,他时不时地就要到窦家去一趟,带着酒菜,与窦廷章对饮,竟舍不得离去。那女子和南三复渐渐熟悉了,就不太回避了,不停地在他面前走来走去。南三复拿眼瞟她,她就低着头微笑,这使南三复更加神魂颠倒了,隔不了三天就要去一趟。

一天,碰巧窦廷章不在家,南三复坐了许久,那女子才出来招呼他。南三复一把抓住她的臂膀要亲热。女子又羞又急,严肃地拒绝说:"我虽然穷,也要依礼才能嫁人的,你怎么能依势欺人!"当时,南三复刚刚死了妻子,便作揖央求说:"倘若能得到你的爱怜,我决不再娶别人。"女子要他发誓,他便指天发誓,表示要坚守盟约,永不改变,女子这才答应了他。

从这天起,南三复一窥探到窦廷章外出了,就要过来和女子缠绵。女子催促他说:"遮遮掩掩地幽会,终究不是长久之计。我家每天都处于你的庇护之下,假如你肯和我家结为姻亲,我父母肯定会引以为荣的,这事没有不成的。你应该尽快安排!"南三复答应了。可回头一想,农家女子怎能和自己相匹配?他就暂且找了一些借口敷衍女子。

恰巧,这时有个媒人来给南三复说亲,女方是大户人家的女儿。南三复起初还有些犹豫,但一听说那姑娘不但人长得漂亮,而且陪嫁品也很丰厚,便下决心答应了这门亲事。

窦家女子因为有了身孕，对南三复催得更紧了，南三复干脆不到她家去了。不久，窦女分娩，生下一个男孩。窦廷章大怒，用鞭子抽打女儿，窦女把真情告诉了父亲，并说："南三复和我订有盟誓，会娶我的。"窦廷章这才放了女儿，派人去问南三复。南三复马上推脱，不肯承认。于是窦廷章便扔了婴儿，更加厉害地抽打女儿。窦女暗地里哀求邻居的一个妇人，请她将自己所遭受的痛苦告诉南三复。南三复同样置之不理。

夜里，窦女偷着跑了出来，她看到被扔掉的婴儿还活着，就抱了起来去投奔南三复。窦女敲开了南家的大门，对守门人说："只要得到你家主人的一句话，我就可以不死。他就是不眷念我，难道连儿子也不顾念吗？"守门人将这话原原本本地转达给南三复，南三复却命令守门人不要让她进来。窦女靠在南家的大门上，悲哀地哭泣着，一直延续到五更天才听不到哭声了。等到天亮，守门人一看，她怀抱孩子坐着僵死了。

窦廷章非常气愤，上告到官府，官府中人也都认为南三复无情无义，打算治他的罪。南三复害怕了，花了一千两银子贿赂官府，才免于处罚。

不久后的一天夜里，那个将女儿许配给南三复的大户人家的主人，梦见窦家女子披头散发抱着孩子来警告他说："绝对不能把你的女儿许配给那个负心郎，如果许配给他，我肯定要杀了她的！"那大户人家贪图南三复的财富，最终还是把女儿许配给了他。结婚那天，嫁妆十分丰盛，新娘也很漂亮，但总是易于伤心难过，整天见不到一点儿笑容，就是在枕席间欢爱的时候，也常常是鼻涕一把泪一把的。问她什么原因，她也不言语。过了几天，新媳妇的父亲来了，一进门就掉眼泪。南三复来不及问明原因，把他扶到屋里。老头儿一见女儿，吃惊地说："刚才在后花园里，见我女儿吊死在一棵桃树上，现在这房里的女子是谁？"他女儿听到这话，脸色突变，一下倒在地上死了。仔细一看，这竟是窦女。二人急忙赶到后花园，新娘果然上吊死了。

南三复和老头儿惊骇到了极点，跑去告诉窦家。窦廷章扒开了女儿的坟墓，打开棺材，尸体没有了。以前的怨恨还没有消除，这次窦廷章更加悲愤恼怒，于是，窦廷章又一次将南三复告到了官府。官府因为这个案子的

情节离奇古怪，又因证据不足无法定案。南三复又以重金诱劝窦廷章，哀求他了结此事；官府受了他的贿赂，便不再追究此案了。然而，南家从此也逐渐衰落下来，又因为这件怪事传播开来，很多年没人敢把女儿许配给南三复。

南三复实在没有办法，到离家百里以外的地方聘下曹进士的女儿。还没等到举行婚礼，正赶上民间谣传皇帝要在民间挑选美女充实后宫，所以，有女儿的人家，都把女儿送归夫家。有一天，一个老妇人引着一乘轿子来到南家，自称是曹家来送女儿的。老妇人从轿中扶下女子，送进屋里，对南三复说："皇帝挑选嫔妃的事已很急了，仓促之间，不能按迎亲的礼仪办事，只得把小娘子先送了来。"南三复问："怎么没有送亲的客人？"老妇人说："稍稍办了些嫁妆，都跟在后面。"说完，她就匆匆忙忙地走了。

南三复看女子风流标致，就亲密地与她开玩笑。女子低头扯弄裙带，神情酷似窦女。南三复心里很不痛快，只是没敢说什么。女子爬到床上，拉过被子蒙上头睡下了。南三复也认为这是新娘子惯有的情态，没有在意。直到天快黑了，曹家的人还没有到，南三复这才起了疑心。掀开被子去问新娘，新娘已死在了床上，尸体都凉透了。南三复非常惊异，不知是什么缘故，于是打发一个仆人骑马把消息告诉曹家，而曹家竟没有送女儿的事情。此事一张扬出去，大家都觉得很怪异。

当时，有个姓姚的举人刚刚埋葬了女儿。只隔了一夜，墓就被盗贼掘了，棺材被打开，尸体也丢失了。姚举人听说了这件怪事，就到南三复家去验看，果然是他的女儿。掀开被子一看，姚举人的女儿全身一丝不挂。姚举人大怒，呈递状子到官府。官府因南三复多次做出败坏道德之事，很厌恶他，便以挖坟暴露尸体罪，判处他死刑。

异史氏说："没有父母之命媒妁之言发生关系而最终结婚，也被认为是不道德的，更何况是诅咒发誓于前，断绝关系于后的呢？窦女在家挨打，他听之任之；在他门前哭泣，他仍然听之任之，他的心肠多么狠毒啊！因此他所受到的报应，也比《霍小玉传》中的李益惨得多。"

马介甫

杨万石是大名府的一个秀才，一向最怕老婆。他的妻子尹氏，异常凶悍。杨万石稍稍有点不顺从她的地方，她便要用鞭子抽打杨万石。杨万石的父亲六十多岁时死了老伴儿，尹氏便将他视作奴仆一般。杨万石与弟弟杨万钟常常偷些食物给老父亲吃，还不敢让尹氏知道了。然而，老父亲穿着破棉袄，兄弟俩怕人讥笑，始终不让他出来见客。杨万石四十多岁了，还没有儿子，因而娶了一个姓王的女子做妾，但两人从早到晚也不敢说一句话。

兄弟二人到郡城等候考试，遇见一个少年，穿着华丽，长相文雅。兄弟二人与他交谈，很有共同语言，非常喜欢他。询问他的姓名，自称："姓马，名介甫。"从此，双方交往一天比一天密切，并点起香火结拜为弟兄。分别以后，大约过了半年，马介甫忽然带着童仆来拜访杨家弟兄。碰巧杨家老父就在门外，一边晒太阳，一边捉虱子。马介甫以为他是杨家的仆人，便说了姓名，让他向主人通报一声。杨家老父并未说话，披上破棉袄就进去了。有人告诉马介甫说："他就是杨家兄弟的父亲。"马介甫正惊讶间，杨家兄弟装束简单地出来迎接。进了屋，行过礼，马介甫就要去见杨家老父。杨万石以父亲偶然得了小病为由阻拦了。宾主三人促膝谈笑，不知不觉到了黄昏。杨万石多次说要备办酒食，但始终没见端出来。兄弟二人轮流进进出出，才见有个干瘦的仆人拿了一壶酒出来。一会儿，酒就喝光了，坐着等了许久，杨万石又不停地起来催促、呼喊，头上和脸上急得汗水淋漓，瘦仆人才又拿了碗筷出来。饭是糙米做的，半生不熟，很不好吃。刚吃完了饭，杨万石就匆匆忙忙地走了。杨万钟抱着被子来陪客人睡觉。马介甫责备他说："我过去以为你们弟兄俩很重义气，所以才与你们结拜为弟兄。今天看到你家老父根本吃不饱、穿不暖，过路人都要替你们感到害羞啊！"杨万钟伤心落泪地说："心中的隐情，仓促之间，实在难以说得清楚。家门不幸，碰到一个十分凶悍的嫂子，家中人无论大小，都遭到了她的野蛮摧残。要不是至诚之交，我也不敢把这些丑事说给你听啊！"马介甫听了这话，感叹了半天才说道："我本来打算明天一早就走，如今听到这样的怪事，不能不亲眼看一看她。请你借给我一间空房子，以便我能自己做饭吃。"杨万钟依从他的意思，马上打扫了一间闲房，将马介甫安顿下来。半夜里，他又偷偷地给马介甫送来一些米菜，生怕嫂子知道。马介甫领会了他的意思，极力推辞，不肯接受，而且还要请杨家老父来与他同吃同住。他亲自跑到集市上，买来衣料，为杨家老父换了衣裤。父子、兄弟见状，都感动得流下了眼泪。

杨万钟有个儿子，名叫喜儿，刚刚七岁，夜里跟着杨家老父一起睡。马介甫抚摸着他的头说道："这个孩子将来肯定会大福大寿，能超过他的父亲，只是小时候太孤苦无依了。"

尹氏听到杨家老父过上了安适温饱的生活，十分生气，就破口大骂，说马介甫强行干涉别人家的事情。起初，她还只是在闺房里骂，渐渐地就骂到马介甫居住的地方来了，有意让马介甫听到。杨家弟兄急得满身大汗，来来回回地奔走着，也不能制止尹氏的辱骂。而马介甫却像没有听见一样，毫不在意。

杨万石娶的小妾王氏都怀孕五个月了，尹氏才知道。于是，她剥光王氏

马介甫

乾纲不振介
胎羞此病难
将药力与赢
俾仙人勋伟
置宗祠一线
赖长留

的衣服,狠狠地抽打。打完以后,尹氏又叫来杨万石,让他跪在地下,给他戴上女人的头巾,然后拿着鞭子将他赶了出去。碰巧,马介甫就站在外边,杨万石很羞愧,不好意思往前再走。尹氏又来追逼,杨万石才走出了家门。尹氏也跟着走了出来,叉着腰,跺着脚,大骂不休,围上来看热闹的人把街道都堵满了。马介甫实在看不过眼,便用手指着尹氏大声呵斥道:"去!去!"尹氏转身就往回跑。那样子就像是被鬼追逐着一般。跑动中,尹氏裤子和鞋子都掉了,裹脚的带子也弯弯曲曲地撒落在路上。

悍妇赤着脚逃回家,吓得脸色惨白。等她稍稍安定下来,丫鬟送来鞋袜,穿好后,她便号啕大哭,家里人没有一个敢去问怎么回事的。

马介甫拉过杨万石,要为他解下头上那些女人的头巾。杨万石挺直身子,大气不敢出一口,唯恐头巾脱落下来。马介甫强行给他解了下来。杨万石坐立不安,害怕未经允许私自取下头巾,会受到加倍的处罚。打探到尹氏不再哭了,他才敢进屋,提心吊胆地走到尹氏面前。尹氏一句话没说就站了起来,走进房里,自己睡了。杨万石这才松了一口气,跟弟弟一道暗地里惊诧不已。

家人也都感到奇怪,聚到一块儿议论一番。尹氏略有所闻,更加羞怒,便把丫头仆人们都痛打了一遍。然后,尹氏又传唤杨万石的小妾王氏,王氏伤势严重不能起床。尹氏以为她假装,就走到床前把她毒打了一顿,王氏被打得血流如注,胎儿也堕了下来。杨万石找了个没有人的地方,对着马介甫痛哭流涕,马介甫安慰劝解,并叫书童准备了丰盛的酒菜,陪着他对饮,一直到了二更天,还不放他回去。

尹氏坐在屋子里,恨丈夫不回来,正要大发脾气的时候,忽然听到撬门的声音。尹氏急忙呼唤丫鬟,就在她大呼小叫间,房门已被打开。转眼间,走进一个巨人,巨人的影子遮蔽了整个房间,凶恶得像鬼一样。不大一会儿,又进来几个人,手里各拿着锋利的刀子。尹氏吓得半死,张开喉咙准备呼叫。巨人一刀刺向她的脖颈,威胁道:"你敢号叫,就把你杀掉!"尹氏急忙拿出金钱丝帛赎命,巨人说:"我是阴曹地府派来的使者,不要钱,只要你这尹氏的心肝!"尹氏越发害怕了,伏在地上连连磕头,把额头都磕破了。巨人便用尖刀去割尹氏的心窝,一边割一边还数落着她的罪状,譬如某事,你说该不该杀?问完,便划一刀。凡是尹氏做的所有凶狠蛮横之事,都被抖落了出来,因而尹氏皮肤上被划的口子也就不止几十道了。最后，巨人说："小妾王氏如果生下儿子，也将是你的后代，你怎么能忍心将她打得堕了胎？这件事情无论如何也不能饶恕！"于是巨人叫人反绑了她的双手，把她的心肠剖出来看。尹氏叩头请求饶命，一个劲儿地说自己后悔了。不久，听得中门有开关的声音，巨人说："杨万石回来了。既然她已悔过，就暂且留下她这条命吧。"说完，巨人便走了。

一会儿，杨万石进来了，见妻子赤身裸体被紧紧绑着，胸口上刀痕累累，纵横交错，难以数清，他便急忙为她解开绳子，问她发生了什么事情。尹氏告诉他事情的经过，杨万石大惊，暗自怀疑是马介甫干的。第二天，他向马介甫叙述前一天晚上发生的事情，马介甫也很惊异。从此，尹氏的淫威逐渐有所收敛，接连好几个月都不敢恶声恶语地骂人了。马介甫十分高兴，告诉杨万石说："我将实话告诉你，千万不要泄露出去。前些日子是我略施小技，吓唬了她一下。既然你们已经和好了，我也就该离开了。"于是马介甫就走了。

尹氏每天晚上都要留杨万石和她做伴，而且又说又笑，极力奉承。杨万石从来没有享受过此种乐趣，现在突然享受到了，反而觉得坐也不是，站也不是。一天夜里，尹氏突然想起巨人凶恶的样子，不由得缩成一团，浑身直打哆嗦。杨万石想讨好妻子，稍稍地透露出那是假的。尹氏一听，猛地站了起来，追根问底。杨万石自觉失言，但后悔已来不及了，只得将实情告诉了她。尹氏勃然大怒，一张嘴便骂个不休。杨万石害怕了，跪在床下不敢起来，尹氏竟不理他。杨万石一直哀求到三更天，尹氏才发话："想要得到我的宽恕，必须在你的胸口上也划上那么些刀痕，才能解我的心头之恨！"说完，尹氏就站起来去抓了把菜刀。杨万石吓得往外跑，尹氏在后面紧紧地追赶着，以致闹得鸡飞狗跳，家里的人都被惊动起来了。杨万钟弄不清楚又发生了什么事情，只得用身子一左一右地护着哥哥。尹氏正在叫骂，忽然杨家老父亲走了出来，看到他那身整端的新衣服，她满腔的怒火更加猛烈，于是，不由分说就跑到老头儿面前，用刀将老头儿的衣服割成一条一条的，又用巴掌抽打老头儿的脸颊，揪扯老头儿的胡子。杨万钟见状大怒，随手捡起一块儿石头就向尹氏砸去。尹氏被石头击中了头部，猛地一下栽倒在地，昏死过去。杨万钟说："只要父亲和哥哥能够顺顺当当地活下去，我就是死了，也没有什么可遗憾的！"说完，他一纵身跳进井里，等到救上来，已经死了。过了一会儿，尹氏苏醒过来，听说杨万钟已经死了，她的怒气也就消了。

杨万钟被安葬以后，他的妻子因舍不得离开儿子，发誓不再嫁人。尹氏唾她、骂她，不给她饭吃，硬逼着她改嫁走了。留下一个孤儿，整天挨打受骂。等全家人都吃完了，尹氏才给他一点儿冷饭吃。如此过了半年，孩子已是骨瘦如柴，只剩下一口气了。

一天，马介甫忽然来了。杨万石叮嘱家人，不要将这消息告诉尹氏。马介甫见到杨家老父仍像以前一样穿着破烂，大为惊异，又听说杨万钟死了，不由得顿足捶胸，悲哀不已。孩子听说马介甫来了，便走过来依偎在他的身边，上前叫着"马叔叔"。马介甫已认不出他，端详了半天才认出他就是喜儿，于是吃惊地说："你怎么瘦成了这样子！"杨家老父便吞吞吐吐地将发生的事情告诉了他。马介甫气愤地对杨万石说："我过去说你不像个男人，今天看来果然不错。你兄弟二人只剩下这一个骨肉，要是折磨死了，看你怎么办。"杨万石一声不吭，只管低着脑袋流泪。两人坐着谈了一会儿，尹氏已经知道马介甫来了，不敢自己出来逐客，只是喊杨万石进去，抽他的嘴巴，要他和马介甫断绝关系。杨万石含着眼泪走了出来，脸上被抽打的痕迹清晰可见。马介甫想激他发怒，便说："你不能显示男人的威风，难道还不能决定把她休了吗？这悍妇殴打你的老父，害死了你的兄弟，你都心安理得地忍受下来，你以后还怎么做人呢？"杨万石站起身，伸了伸胳膊，好像有所触动。马介甫又激他说："如果她不肯走，依理就该用武力逼迫她。就是把她杀掉了，你也不要害怕。我有几个知心朋友都在权要之位上，一定会尽力帮你，保证不会让你吃亏。"杨万石答应了，仗着在气头上跑了进去。一进门，正好碰到尹氏，尹氏喝问他道："你要干什么？"杨万石立刻变了脸色，双手伏在地上说："马生叫我把你休了。"悍妇一听，越加愤怒，四下里寻找刀棍，杨万石吓得赶忙退了出来。

　　马介甫吐了他一口唾沫，说："你真是不可救药了！"于是，他打开箱子，取出一小匙药来，兑了水给杨万石喝了，说："这是'大丈夫再造散'。之所以不轻易给人服用，是因为怕喝了它会伤害人。如今万不得已，暂且试用一下吧。"喝下这药不大工夫，杨万石觉得心头就像被烈火炙烤着一般，一刻也不能忍耐。他直奔内室，嘴里发出雷鸣般的吼声。尹氏还没来得及盘问，他已飞起一脚，将她踢出几尺之外。随后，他又握紧石头般的拳头，雨点般地揍了尹氏一顿。尹氏身上被打得几乎没有一块儿完好的地方了，可仍是叽叽喳喳地骂不绝口。杨万石从腰中抽出佩刀，尹氏见状，大骂道："别看你拿出了刀子，你还敢杀我不成？"杨万石并不答话，上去就从她的大腿上割下巴掌大一块儿肉来，丢在地下。正要再割时，尹氏已软了下来，哭喊着求他饶恕。杨万石不听，又割下一块儿。家里人见他如此凶狂，便围了过来，下死力气把他拽了出去。此时，马介甫也迎上前来，拽着他的胳膊安慰他。杨万石余怒未消，几次要跑进去找尹氏算账，马介甫制止了他。不大工夫，药力渐渐消失，杨万石又灰心丧气，像丢失了魂魄似的。马介甫叮嘱他说："你不能胆怯气馁。能不能振作丈夫的威风，就在此一举了。大凡一个人之所以有所畏惧，并不是一朝一夕形成的，而是一步一步逐渐造成的。这一次就好像你昨天死了今天新生，你必须从现在开始涤除旧习，重新做人。如再气馁，就再也没有办法了。"说完，马介甫就打发杨万石回屋探看。尹氏见到杨万石，吓得两腿打战，表示她已心服口服，并让丫鬟扶她起来，想要跪着爬过来。杨万石阻拦，她这才作罢。杨万石出来对马介甫一讲，大家都很高兴。马介甫准备告辞离开,杨家父子一再挽留。马介甫说:"我碰巧要到东海去,这次是顺道来拜访,等返回的时候,我们还可以再见面的。"

一个多月后,尹氏养好了伤,能够起来了,侍奉丈夫就像侍奉宾客一样。然而,日子久了,她觉察到丈夫根本就没有什么大的本事,便渐渐地开始不敬重他,并逐渐与他开起了玩笑,接着又渐渐地开始嘲弄他,甚至辱骂他,没有多久,便完全恢复了老样子。杨家老父不堪忍受,在一个漆黑的夜晚逃到河南,出家当了道士。杨万石也不敢去寻找。

又过了一年多,马介甫来了。了解到这些情况后,他勃然大怒,疾言厉色地将杨万石数落了一顿,并马上叫来喜儿,将他放在驴背上,赶着驴子径直走了。

从此以后,同乡的人都很鄙视杨万石。提督学政大人来考查,以品行不好为由,取消了他的生员资格。又过了四五年,杨万石家遭了火灾,房屋并一应财物,全部化为灰烬,而且,火把邻居家的房子也给烧了。村里人把他告到郡府,又罚了他很大一笔钱。从此,他的家产逐渐花尽,以致连居住的地方也没有了。附近各个村庄都互相约定,不要将房子借给杨万石住。尹氏的兄弟对她的行为非常气愤,也把他们拒之门外。杨万石实在穷得没办法了,就把小妾王氏抵押到富贵人家,然后带着妻子渡过了黄河往南行进。到了河南地界上,盘缠全部用光,尹氏不肯再跟从他了,吵闹着要改嫁。碰巧有个屠夫正打着光棍,就花了三百文钱把她买去了。

杨万石孤零零一人在远村近郊要饭。有一天,他讨饭到了富贵人家门前,守门人大声呵斥着不让他靠近。不一会儿,一位官人走了出来,杨万石便伏在地上哭了起来。官人注视了他很长时间,又略略询问了一下他的姓名,吃惊地说:"原来是伯父啊!怎么穷到这种地步?"杨万石端详官人,才知道是喜儿,不由得大声悲哭起来。

杨万石跟随喜儿走进屋里,见大厅金碧辉煌,十分豪华。不大工夫,老父亲扶着童子的肩膀走了出来,父子相见,泣不成声。杨万石这才叙述了自己的遭遇。

原来,马介甫把喜儿带到这里,没有几天,又出去找来了杨家老父,叫他们祖孙二人住在一起。然后,他又聘请老师教喜儿读书。喜儿十五岁时考中了秀才,第二年中了举人,马介甫又为他举办了婚礼。看喜儿已成家立业,马介甫就要告辞离去。祖孙二人哭着挽留,马介甫说:"我其实并不是人类,而是狐仙。我的那些得道的朋友已经等我很久了。"说完,马介甫便走了。喜儿讲到这里,不觉伤感起来。他想到庶伯母王氏与自己从前一样受虐待,更加悲痛了。于是,他便派了车马,带了银子,把王氏赎了回来。一年多之后,王氏生下一个儿子,杨万石便将她扶为正房。

尹氏与屠夫生活了半年,还像从前那样蛮横无理。屠夫大发脾气,用屠刀在她的大腿上剜了个洞,穿上粗糙的猪毛绳子,将她悬吊在梁上,然后背着肉竟出去了。尹氏哭叫不已，直到哭哑了嗓子，邻居们才知道。他们从梁上解下她，又去抽穿在大腿上的绳子，一动，她就高声喊痛，哭声传遍了整个村庄。从此以后，她每次见到屠夫回来，就会吓得汗毛倒竖。后来，她腿上的伤虽然好了，但折断的绳芒仍然留在肉里，走起路来，总是不方便。尽管这样，她仍要起早贪黑地劳作，不敢有丝毫懈怠。直到这时，她才明白从前自己施加于别人的暴虐，也正是这样的。

一天，喜儿的夫人和伯母王氏一同到普陀寺烧香，附近村子里的农妇都来拜见。尹氏立在农妇们中间，不敢上前。王氏故意问道："这个女人是谁？"家人禀报说："是张屠夫的老婆。"便厉声喊她到前面来，给太夫人磕头。王氏笑着说："这个女人既然嫁给了屠夫，应该是不缺肉吃的，怎么瘦成这种样子？"尹氏又愧又恨，回到家后就上吊了，因绳子不结实没有死成。屠夫更加厌恶她了。

一年之后，屠夫死了。尹氏在路上遇到杨万石，远远望见，就双腿跪地爬到他的面前，眼泪像断线的珠子一样落下来。杨万石碍于仆人在旁边，没有跟她说话。回来后，他把这事告诉侄子喜儿，想让她回到杨家来。喜儿说什么也不答应。尹氏遭到村里人的唾弃，长时间没有找到归宿，只得跟着一群乞丐讨饭吃。杨万石还不时地到荒废的寺庙中去看她。侄儿认为这样有辱门风，暗地里唆使乞丐将杨万石羞辱一番，两人的关系才得以断绝。

有关这件事情的最后结局，我不太清楚，最后几行，是由毕公权写的。

异史氏说："怕老婆，是天下男人的通病，但想不到天地之间，竟有像杨万石这种人！这难道不是一种怪异现象吗？我曾经为《妙音经》写过续篇，现把它恭恭敬敬地抄录在后面，以博各位一笑。"

我以为上天化生万物，主要依靠大地完成；男儿志在四方，更需要女性的帮助。男女同乐而妻子独苦，劳你十月怀胎，哺育婴儿，孩子尿床，你睡湿处，他睡干处，须经三年辛苦。因为动了传宗接代的念头，君子才有了找配偶的要求，体念妻子的家室之劳，古人所以有鱼水之欢夫妻之爱。然而，只因为女子威风的旗帜一天比一天举得高，才使正统的夫权观念一天比一天衰落。女子开始只是言辞不逊，丈夫也还能稍稍反驳几句，时间长了，则成了丈夫对妻子恭敬如同宾客，而妻子竟然有来无往，对丈夫并不以礼相待。只因依恋于男女情爱，便让英雄丧失了大丈夫的气概。只要母夜叉往床上一坐，任你是护法的金刚也得低声下气；悍妇气焰嚣张，就是铁打的汉子也要俯首称臣。砧上的木杵很多，没有用于捣衣不说，竟然被拿去捶打丈夫；麻姑的指甲很长，从来不去给丈夫搔背，而是用来抓男人的脸。可怜那些大丈夫，小打则忍，大打则跑，被悍妇殴责就如同孟母断织教子；妻子发号施令，丈夫须得唯命是从，真想重新起用周婆制定的礼法。张牙舞爪跳着脚，引来满街道的行人围观；吵吵闹闹，吓得年轻女子惊恐万分。

多么可怕啊！呼天抢地，忽然就披头散发要跳井，何等丑陋啊！装疯卖傻，伸长脖子要去上吊。每当这个时候，站在地上的丈夫早已吓破了胆，被天外的怒骂声惊掉了魂。即使勇猛如同北宫黝也未必不逃走，勇武如同孟施舍怎能不害怕？

大将军虽然气势如同雷电，可一到内室，锐气顿时便消失得无影无踪；官老爷虽然脸色冷若冰霜，但一挨近卧房，威严就不知到哪里去了。难道女人的脂粉气真有那么厉害，以至于不用权势，就能使人慑服？不然，你怎么解释十分刚强的汉子，一见到女人就不寒而栗；其实这也可以理解，妻子高耸发髻，美若天仙，不妨对她温顺依恋。最冤枉的则是：妻子既老且丑，披头散发，却也得香花供奉。听到悍妇的怒吼，便两眼朝天不知所措；一听到母鸡司晨，便五体投地唯命是从。登徒子好淫而不计老婆的美丑，《回波词》成了对惧内者的嘲笑。假如做了汾阳王郭子仪的女婿，立即就会荣华富贵，故而，向妻子讨好便情有可原；可若入赘到平庸的富贵人家，难免被人役使，辛劳困顿又能图得什么呢？那些贫穷的男子因为没有脸面，只得听任妻子百般摧残，为的是求得悍妇的包容；可那些有钱有势的男人，如果逆鳞触犯了悍妇，也难请孔方兄帮忙。难道维系游子之心的，只有情爱这条狭窄的鸟道？抑或消除英雄豪气的，只有这条难以填平的鸿沟？

然而，生要同衾、死要同穴的夫妻，丈夫何曾让妻子有《白头》之叹？而那些朝行云、暮播雨的妒妇，却总要丈夫厮守在自己的身边，独占巫山。妻子恨透了恋妓忘家的丈夫，只能独自拍着红牙玉板高声吟唱；自叹命薄的女子，只得独守寒衾，长夜难熬。丈夫则像金蝉脱壳，鹭走无声，要出外寻欢作乐，只有趁悍妇熟睡之机；可一旦被发觉，牛车奔逃，拂尘催赶，想解救姬妾，只恨牛车跑得太慢。妻子疑心丈夫与其他女人同床共眠，掀去被子，才知是她自己的哥哥；为防丈夫与人幽会，暗地里给丈夫脚上拴上绳子，醒来之时已化作白羊。能从妻子身上得到的温存只是片时片刻，而在妻子面前遭受的却是永久的虐待。丈夫花钱从青楼中买笑寻欢，遭到妻子怨恨，那是自己造下的罪孽，《太甲》必然说难以逃避；对妻子俯首帖耳，唯命是从，却又遭受没有来由的摧残，李阳也说不应该。酸风凛冽，破坏了夫妻间相依相恋的真挚情感；醋海汪洋，淹没了情人中美妙的姻缘。

有时忽逢盛会，良朋已经入座，而酒却被悍妇藏起，还在房中发出了逐客令，因而，交往已久的那些人自然不愿再来，这无疑是由自己宣布与朋友绝交。更有甚者，兄弟为此分离，空流无奈之泪；断弦再续，子女们的寒衣被继母换上了河滩上的白芦花。所以，喜欢饮酒的阳城只能终身不娶，只是与弟兄们饮酒；喜好吹竽的商子到了七十岁还不成家。古人如此行事，是因为他心中有难以向人诉说的隐痛啊！

唉！本应是百年偕老的贤妻，竟然成了附在骨头上的恶疮；千金聘礼，买来的或许是切肤之痛。须眉硬似刀戟的男子尚且如此，胆大如斗的男子又有何人？许多人固然不敢斩杀悍妇并埋在马棚下，但又有谁能在狱室中自施宫刑呢？

"娘子军"横施暴虐，但苦于没有疗妒的药方；"胭脂虎"啖尽生灵，幸亏还有引渡迷津的舟船。夜里焚烧祭神的天香，死后才可免受汤镬之刑；清晨礼拜诵经，方能免受地狱中刀山剑树之苦。在极乐世界里，夫妻可以彩翼双栖双飞；昔日的长舌妇，才能妻妾和美如同并蒂莲花。要想在佛国消除烦恼，在爱河边立起讲法诵经的道场。唉！但愿这篇劝勉悍妇行善的文章，能够成为一滴化恶为善的杨枝水！

云翠仙

梁有才原本是山西人，后来流落到济南府境内，靠做小买卖为生，没有家室也没有田产。有一天，他跟随村里人去游览泰山。正值四月初，山上香客络绎不绝。中间还夹杂着信佛的善男信女，领着大概百十来个男女，混杂着跪在菩萨的宝座下面，跪的时间，以烧完一炷香为限，人们称之为"跪香"。梁有才看到跪着上香的人中有一个女郎，十七八岁，长得很漂亮，便对其萌发了爱慕之情。他便假装香客，在女郎的近旁跪下；然后，他又装出双膝酸软无力的样子，故意用手去握她的脚。女郎回过头来嗔怒地瞪了他一眼，跪行几步躲开了。梁有才也跪行几步，又挨近了她。过了一会儿，梁有才又用手摸她的脚。女郎察觉到后，立刻站起来，不跪了，出了门就走。梁有才跟着也站了起来，想去跟踪她。出门一看，那女郎已不知到哪里去了。他感到非常失望，只得闷闷不乐地往回走。

正行进间，他忽然看到那女郎跟着一个老太太在前面走着。老太太看样子是女郎的母亲。梁有才紧赶几步，跟在了她们的后边。老太太与女郎边走边谈。老太太说："你能去参拜娘娘，这是件大好事！你没有兄弟姐妹，只要能得到娘娘的暗中保佑，保佑你得到一个如意郎君，能够相互敬爱、孝顺长辈，倒不必选贵公子、富王孙了。"梁有才听了，暗自高兴，便慢慢地去和老太太套近乎。老太太自称姓云，姑娘叫翠仙，是她的女儿，家住山的西边，离这里有四十里地。梁有才说："山路崎岖不平，老妈妈步履细碎，小妹妹又是纤纤小脚，到何时才能到家呢？"老太太说："天色已晚，我们打算先到她舅舅家住上一宿再说。"梁有才说："刚才您说到选择女婿，不计较贫贱富贵，我还没有结婚，不晓得老母亲对我是否中意？"老太太征求女儿的意见，女儿不说话。老太太一连问了几遍，她才说道："他这人没有福相，加之生性放荡没有德行，那一颗轻薄的心还容易反复。女儿我不能给这种举止猥琐的人做妻子！"梁有才听了，赶忙表白说自己又真诚又朴实，并指着太阳连连发誓。老太太很高兴，竟答应了这门亲事。翠仙虽不乐意，也只能生生气而已。老太太半是勉强半是抚慰地拍着她的背。

梁有才为了献殷勤，从口袋掏出钱来，雇了两架山兜，让老太太和翠仙坐上，自己则徒步跟在后面，就像个仆人一样。每当到了险要难走的地方，他都要大声呵斥抬山兜的人，不得颠簸摇摆，显得十分殷勤周到。不久，他们来到一个村庄，老太太便邀请梁有才一同到女儿的舅舅家去。舅舅出来相见，是个老头儿；舅母出来相迎，是一个老太婆。老太太分别叫他们哥哥和嫂子，并说："有才是我的女婿，今天恰好是黄道吉日，不必另选日子了，今晚就给他们成亲吧。"翠仙的舅舅听了也很高兴，拿出酒菜招待梁有才。吃喝完了，他们将翠仙精心装扮一番，然后扫了床铺，催促他们歇息。翠仙对梁有才说："我很清楚你不是一个仁义之人，迫于母亲之命，就胡乱地跟你过吧。你如果还算个人，就不必为一起生活忧愁。"梁有才唯唯诺诺地答应了。第二天早晨，翠仙的母亲对梁有才说："你先回去吧，我带着女儿随后就到。"

梁有才回到家里，打扫了屋子，老太太果然送女儿来了。走进屋内一看，见空荡荡的什么也没有，老太太便说："像这个样子，怎么能生活下去？我得赶快回去一趟，略微帮助你们解决一下困难。"说完，老太太便走了。第二天，几个男仆女婢就送来了衣服、食物和各式各样的器具，将屋子摆得满满当当的。这些男仆女婢没有吃饭就走了，只留下了一个婢女。

梁有才从此便过上了吃得饱、穿得暖的生活，每日无所事事，只是带着村里的无赖酗酒赌博，渐渐地连翠仙的簪子和耳环也偷去赌了。翠仙劝他，他也不听。翠仙实在忍受不了了，只好严密地守护着自己的箱笼，防他就像防贼一样。

有一天，梁有才的一个赌友登门拜访，看到翠仙，非常吃惊，便开玩笑对梁有才说："你如此富贵，何必为贫穷而感到忧愁呢？"梁有才问这话从何讲起。赌友回答说："刚才我看到你的夫人，真是像天仙一样啊！这样美丽的女人跟你的家道太不相称了。如果将她卖

给有钱人家做妾，你可以得到百金；如果卖到青楼里当妓女，则可以得到千金。你有千金放在家里，还愁饮酒、赌博没有钱吗？"梁有才虽然没有说什么，但他心里默许了。

从此以后，梁有才每次回到家中，就要在翠仙面前叹气掉泪，总是说日子已穷得过不下去了。见翠仙没有理他，梁有才便拍桌子，扔汤匙筷子，骂婢女，做出种种丑态给翠仙看。一天晚上，翠仙打来了酒，与他对饮。她忽然说道："因为家中贫穷，你天天焦心发愁。我没有办法改变这贫穷的境况，心里哪能不感到羞愧？但我身边实在没有值钱的东西，只有这个婢女，卖了她，还可以稍稍贴补一下家用。"梁有才摇了摇头说："她能值几个钱！"又喝了一阵，翠仙说："对于你，我还有什么事不能替你承担呢？但我实在没有力量帮你了。想你如今贫穷到这种程度，就是到死那天跟着你，也不过是共同分担百年的苦难，又能有什么发迹之日呢？不如将我卖给富贵人家，如此，对你我都有好处，得到的钱财或许会比卖婢女要多些。"梁有才故意装出很惊讶的样子，说道："何至于到这种地步！"翠仙一再坚持自己的意见，并摆出一副很严肃的神态。梁有才高兴地说："让我们再商量一下吧。"

于是梁有才即通过一个太监，将翠仙卖给教坊做歌伎。太监亲自到梁家来相人，看到翠仙，很是高兴，害怕买不到手，太监便先写了一张八百缗钱的契约。事情眼看就要办成了，这时翠仙说道："母亲因你家中贫困，心中日日牵挂。今天，我们母女的情分要断了，我准备回家去看看；何况，你与我断绝关系，怎么能不告诉老母一声？"梁有才担心老太太会阻拦，翠仙说："这事是我自己愿意的，保证不会出差错。"梁有才同意跟她走一趟。

快半夜了，他们才抵达翠仙的娘家。叩开门进去，只见楼阁华丽，男仆女婢们来来往往。梁有才每天和翠仙生活在一起，曾多次提出要来探望岳母，都被翠仙劝阻了，所以，他虽做了云家一年多的女婿，却从未到过岳母家。到了这个时候，他才大吃一惊。看到翠仙家中如此富有，他唯恐她家里不让她去做小老婆或歌伎。翠仙带着他上楼，老太太吃惊地问："夫妻双双来做什么？"翠仙怨恨地说："我一再说他不是一个仁义之人，现在看来，果然如此！"说完，翠仙便从衣服里面拿出两锭黄金放在桌上，说："幸亏黄金没被这小人骗去，现在还是退还给母亲吧。"老太太惊异地问这是怎么回事，翠仙说："他就要把我卖了，我收藏这些金子也没有什么用处。"然后，翠仙指着梁有才大声骂道："狼心狗肺的东西！过去你肩担手提，沿街叫卖，脸上沾满了尘土，脏得像鬼一样。刚刚接近我的时候，一身的汗臭味能熏万人，皮肤上结满了污垢，一块块地直往下掉，手脚上的皴，足有一寸厚，使人成夜成夜地感到恶心。自从我到了你家，你便过上了安逸舒适的生活，这层鬼皮也才脱掉。现在老母亲就在面前，难道我是在污蔑你吗？"梁有才耷拉着脑袋，吓得连大气都不敢出一口。翠仙又接着骂道："我自知没有倾国倾城的容貌，不配去侍奉贵人；但像你这样的男人，我自认为还能配得上。我有什么地方亏待了你，你连一点儿夫妻之情都不顾了？我不是没有能力盖楼房、置良田，但一想到你这轻薄的骨头，要饭的长相，我就什么都不想干了。你这东西，终归不是能与人白头偕老的！"

就在翠仙痛骂不休的时候，那些老妈子、小婢女们纷纷赶了来，臂挽着臂，襟连着襟，将梁有才团团围在中间。听了翠仙对他的数落，便都唾骂他，齐声说道："不如把他杀了，何必跟他废话！"梁有才十分害怕，趴在地上连连磕头，不停地说自己后悔了。翠仙又怒气冲冲地说道："卖妻子已经是很可恶的了，但这还不是最可恶的，你怎么能忍心把与自己同床共衾的妻子卖去做妓女呢？"翠仙的话还没有说完，众婢仆已瞪裂了眼睛，纷纷操起锋利的簪子、剪刀，去刺扎梁有才的胸肋。梁有才大喊大叫，请求饶命。翠仙拦住了她们，说道："还是先放了他吧。他虽然不仁不义，但我还不忍心看他这副战战兢兢的可怜相。"说完，翠仙便带着众婢仆下楼去了。

梁有才坐在楼上听了好大一会儿，等到所有的声音都沉寂下去，便想偷偷逃走。一抬头看见了天上的星斗，东方已经发白，四野苍茫，灯火也很快就熄灭了。再一看，根本就没有什么屋宇，自己原来是坐在悬崖峭壁上。俯瞰身下涧谷，深不见底。梁有才吓得要死，生怕掉了下去。他稍稍挪动一下身子，只听得"轰隆"一声，山石崩塌，他也随着崩塌的山石滚落下去。幸好岩壁间横斜出一棵枯树，挂住了他，才不至于坠落谷底。因树枝托着他的肚子，他的双手双脚均悬在空中，无所着落。往下一看，只见白茫茫一片，不知有多少丈深。他身不敢翻，手脚不敢动，只有扯着嗓子大声号叫，全身都肿了，眼睛、耳朵、鼻子、舌头以及身上的力气也都用尽了。

太阳渐渐升高，一个砍柴的樵夫发现了他。樵夫找来绳子，垂落到岩崖间，将他拉到崖上，他已奄奄一息。樵夫将他抬回家，只见门窗洞开，家中荒凉得如同一座破庙一样，那些豪华的家具什物都没有了，只有绳子缠绑着的床和破烂不堪的桌子——这两样原属于他自己的家具，零零落落地摆放在屋里。梁有才灰心丧气地躺在床上，饿了，他就向邻居讨点饭吃。不久，他身上肿胀的地方便溃烂变成恶疮。村里的人瞧不起他的为人，都唾弃他。梁有才没有办法，只得卖了房子，住到山洞里，每天揣着一把刀子，沿路乞讨。有人劝他卖了刀子换些吃的，梁有才不肯，说："我住在山洞里要防备虎狼，这刀是用来自卫的。"后来，梁有才在半道遇到了劝他卖妻的那个赌友，就装出十分哀伤的样子走上前去同他说着伤心话，突然抽出刀来把那个赌友杀了，他也被捕了。县令了解到他杀人的缘由后，也就没有忍心用酷刑虐待他，只是将他关进狱中。不久，梁有才便病死在牢房里。

异史氏说："如能得到一个眉若远山抹黛、脸如芙蓉盛开的美貌女子，就是生活困苦，给个南面称王的机会，也不换啊！自己本来就没有人样，却要怨恨迎合作恶的朋友，所以，做人朋友的人不能不引以为戒。大凡浪荡子弟引诱他人去嫖娼赌博，做种种不仁不义的事，如果事情没有败露，即使不被人埋怨，也绝对不会感激。等到被引诱者身上没了衣服，妻子身上没了裤子，众人指指点点，即使没病也得羞死。这个时候，穷困破败的忧虑，无时无刻不在他心里转悠；穷困破败的怨恨，无时无刻不在他嘴里恨恨地发泄着。宁静而又冷清的夜晚里，裹在为牛御寒的草鞯中，辗转难眠。然后，历历在目地想到没有败落时的美好生活，想到将要败落时的狼狈处境，又历历在目地想到致使他家境败落的原因，并因此想到致使他家境败落的那个人。到了这个时候，怯懦者便会坐起来，抱着破棉被垂头丧气，不停地咒骂；强悍者则会忍着寒冷，裸露身子，点燃灯火，磨刀霍霍，要报仇的念头使他等不到天明了。所以，劝人做好事，就好比赠送橄榄；引诱人干坏事，则如同馈赠腐败变质的肉干。听别人说话的人固然应当反省，而说话的人就能不戒惧吗？"

小　谢

　　陕西渭南县姜部郎的宅院里有很多鬼怪，常常出来迷惑人。姜部郎因此便搬到别的地方去住了。他留下一个仆人看门，仆人很快就死了。换了几个看门人，也都死了。于是，这所宅院便废弃了。

　　同乡有个书生叫陶望三，一向风流倜傥，喜欢与妓女嬉笑玩耍但一喝完酒便会让妓女离开。朋友故意打发一个妓女去和他亲近，他也不拒绝，笑着把妓女留下来。然而，他实际上整夜也没沾那妓女的身。他曾经在姜部郎家住过，有个婢女晚上来勾搭他，陶生坚决拒绝，不肯淫乱，姜部郎由此很是器重他。他家里很清苦，又死了妻子，虽有茅屋数间，但一到夏天就闷热得让人受不了，因而，他请求姜部郎将那废弃不用的宅院借给他住。姜部郎因那宅院不吉利，拒绝了。陶生便写了一篇《续无鬼论》，呈送给姜部郎，并说："鬼能把我怎样！"姜部郎看他的态度很坚决，就答应了。

　　陶生便去打扫厅堂。傍晚，陶生将书放在桌上，转身去拿别的东西，等他返身回来，书已经没了。他很奇怪，便躺在床上，屏住呼吸等着看看会有什么怪事发生。大约过了一顿饭的工夫，他听得有一阵脚步声传来，斜着眼睛一看，他发现两个女子从房中走了出来，将他所丢失的书放还在桌子上。两个女子一个二十岁左右，另一个则有十七八岁，都长得很漂亮。两人犹犹豫豫地来到床前，微笑着相互看了一眼。陶生静静地躺在那里，一动不动。年龄大一点儿的那个女子跷起一只脚去踹他的肚子,年龄小一点儿的女子捂着嘴偷偷地笑。陶生觉得心旌摇动,几乎要控制不住,就急忙收敛邪念,变得严肃起来,对女子的挑逗不理不顾。两人见他没有动静,大的又走得近一些,用左手去扯他的胡须,右手轻轻拍打他的脸颊,搞出一些轻微的响声,小的笑得越发厉害了。陶生冷不丁地坐了起来,大声呵斥道:"鬼东西,竟敢如此放肆!"两个女子吓得赶紧跑开了。

陶生害怕夜间她们再来折腾,想搬回去住,但又羞于收回已说出的大话,于是点起灯来读书。黑暗中,鬼影晃来晃去,他连看也不看。快要到半夜时,他就这样点着灯睡着了。刚刚合上眼睛,觉得有人用一个很细小的东西捅他的鼻孔,鼻孔里奇痒难忍,陶生便打了一个大大的喷嚏,只听得黑暗中又传来一阵隐隐约约的笑声。陶生没有吭声,假装睡着了等着她们再来。不一会儿,就见那小的女子用纸条捻了个很细的捻子,像鹤和鹭鸶那样屈身轻步,悄悄来到跟前。陶生突然跳了起来,呵斥不休,女子便飘飘忽忽地逃窜而去。等他躺下了,女子又来捅他的耳朵。如此反复不止,陶生被整得一夜都没能睡成觉。直到鸡叫头遍,屋里才寂静无声,陶生也才安安稳稳地睡着了,整个白天没有什么动静。

太阳刚刚下山,鬼影又恍恍惚惚地出现了。陶生于是决定夜间烧火做饭,准备熬个通宵。他坐在桌前,才拿起书本,那年龄大的女子便凑了过来,弯起胳膊,趴在桌上,看陶生读书。看了一会儿,女子又伸手把书合上了。陶生生气地去抓她,她很快飘走了。一会儿,她再次伸手去搞书。陶生无奈,只得用手将书按住读。年龄小的那个女子悄悄走到他的身后,交叉双手捂住他的眼睛,转眼之间,她又跑开了,远远地站在一边冲着他笑。陶生指着她们骂道:"小鬼头!倘若抓住你们全杀掉!"见她们并不害怕,陶生便同她们开玩笑说:"床上的事情,我一概不懂,缠我也没有用处。"两个女子微微一笑,转身走向灶房,劈柴淘米,为陶生做起饭来。陶生看见后夸奖她们说:"两位姑娘这样做,不是比傻闹强多了吗?"不大工夫,粥熬熟了,两人争着将汤匙、筷子、饭碗放在桌上。陶生说:"感谢你们为我做事,让我用什么来报答你们的恩德呢?"女子笑着说:"粥里掺了砒霜和毒药。"陶生说:"我与你们一向没有仇怨,何至于用毒药来害我。"他刚吃完,她们又给他盛上,争着为他效

劳。陶生很高兴她们这样做，并渐渐地习以为常了。

　　日子久了，几个人便混熟了，常坐在一起倾心交谈。陶生询问她们的姓名，那年龄大的女子说："我姓乔，叫秋容，她是阮家的小谢。"陶生又问她们的来历。小谢笑着说："傻郎君！连亲近一下我们都不敢，谁还要你询问出身门第？难道要娶我们不成？"陶生听后严肃地说："面对如此美貌的女子，我怎么会不动情呢？只是你们身上有太浓重的鬼气，人沾染上了必定会死。假如你们不愿与我住在一起，就请走好了；假如愿意住在一起，留下来就是了。倘若你们不爱我，我又何必玷污两位美人呢？如果你们爱我，又何必害死我这狂生呢？"两位女子互相看了一眼，深受感动。从此以后，她们便不太捉弄他了，只是有时还会把手伸进他的怀里，或是把他的裤子拽到地上，陶生听之任之，也不见怪。

　　一天，陶生抄书没有抄完就出去了，回来时，小谢正趴在桌子上，拿着笔替他抄写。见到陶生，她便扔了笔斜着眼笑。陶生走上前去一看，字虽写得不好，但行列间隔却很整齐。陶生称赞她说："你还是个风雅之人呢！如果你喜欢抄写，我就教你来写。"说完，陶生便将她搂在怀里，手把手地教她笔画。秋容从外面走了进来，看到这情景，脸色突然变了，神态中流露出嫉妒。小谢笑着说："小时候曾经跟父亲学过写字，长时间不写，也就跟做梦一样稀里糊涂的了。"秋容没有吭声。陶生明白她的心思，假装不知道，于是把她也抱了过来，递给她一支笔说："让我看看你会不会写字？"秋容写了几个字站起来，陶生说："秋娘的笔力真不错！"秋容这才高兴起来。陶生于是裁了两张纸写成字帖，供她们临摹，而自己在另一盏灯下读书。他暗自高兴各自有事，不相打扰。

　　两人临摹完毕，恭恭敬敬地站在桌前，听陶生评判。秋容从来就没有读过书、写过字，因而只是乱涂一气，字迹稚劣很不好认。陶生用红笔圈点完了，她自己看看，觉得不如小谢，便流露出惭愧的神色。陶生夸奖安慰了她一番，她的脸色才变得开朗起来。两个女子从此便把陶生当作老师看待，他坐着的时候给他挠背，躺着时为他按摩大腿，不但不敢慢待他，反而还争着讨他的欢心。一个月后，小谢的字居然写得很是端正娟好，陶生偶然赞扬了她几句，秋容就羞惭万分，汗水浸透了粉黛，泪水流成了线痕。陶生百般安慰劝解，她才不哭了。陶生于是教她们读书，她们很聪明，悟性好，指点一次，就不再来问第二次了。她们还与陶生比赛读书，常常通宵不眠。小谢又领来了弟弟三郎，拜陶生为师。三郎十五六岁，仪态和长相都很俊美。他送给陶生一柄金如意，作为拜师的礼物。陶生让他和秋容共读一本经书，自此，满屋都是"咿咿呀呀"的读书声，陶生竟在这里办起了鬼学堂。姜部郎听到这件事后，非常高兴，每月都按时给他送来柴米。

　　过了几个月，秋容与三郎都学会了作诗，常常相互唱和。小谢私下里嘱咐陶生不要教秋容，陶生答应了；秋容暗地里叮嘱陶生不要教小谢，陶生也答应了。

　　一天，陶生准备去参加考试，秋容和小谢哭着为他送行。三郎说："这次考试，你最好托病不去，不然的话，恐怕会遇到不幸的事情。"陶生认为装病太可耻，不听劝告便上路了。以前，陶生爱用诗词讥讽时事，得罪了本县的权势人物，因而这些人天天想着怎样陷害他。这回，他们买通了学政，诬陷陶生行为不检点，将他关进了牢狱。陶生花光了路费，只得向同牢的犯人讨些东西吃，自己料想已经没有活下去的希望了。忽然，有个人飘飘忽忽地走了进来，原来是秋容给他送吃的来了。两人相对悲伤痛哭，秋容说："三郎担心你会出事，现在看来，果然不错。三郎是和我一道来的，他到巡抚衙门替你申诉去了。"说了几句，秋容就走了，别人看不见她。

过了一天，巡抚外出，三郎拦路喊冤，巡抚命人将他带了回去。秋容来到牢中，将这消息告诉陶生后，就又返回去打探消息。可是，三天过去了，她还没有回来。陶生又愁又饿，百无聊赖度日如年。忽然，小谢来了，见了陶生，悲痛欲绝。她说："秋容回去时，路过城隍庙，被西廊上的黑面判官强行抓去，逼她做小老婆。秋容不肯屈服，现在她也被囚禁起来了。我跑了一百多里路，一路奔波，本来就很劳累了，到了城北，又被干枯的荆棘刺穿了脚心，痛彻骨髓，恐怕不能再来了。"说完，她便把脚伸到陶生面前，陶生一看，流出的鲜血把鞋袜都浸透了。她拿出三两银子交给陶生，然后一瘸一拐地走了。

巡抚回到衙门后，提审三郎，认为他和陶生素无瓜葛，却无缘无故地代陶生申诉，就要用棍子打他。三郎扑倒在地，转眼间就不见了。巡抚很惊奇，仔细看他的状子，情理和言辞都很悲切。于是巡抚命人提出陶生，当面审讯，问他："三郎是什么人？"陶生假装不知道。巡抚意识到他是被冤枉的，就把他放了。

陶生回到家里，直到晚上都没见到一个人，直到深夜，小谢才来。她凄惨地对陶生说道："三郎在巡抚衙门，被护衙神押到了阴曹地府，阎王认为三郎很有义气，就让他托生到富贵人家。秋容被关押了很久，我写状子向城隍告状，又被黑面判官压了下来，送不上去，该怎么办呢？"陶生气愤地说："这老黑鬼竟敢如此无理！等明日我去推倒他的塑像，将他踩成泥土，好好数落城隍一顿，手下的官吏已残暴到如此地步，他还在醉梦中吗？"两人悲愤地相对而坐，不觉四更就要过去。忽然，秋容飘飘忽忽地回来了。陶生和小谢又惊又喜，急忙问她是怎么回来的。秋容流着泪说道："我为郎君受了大苦啦！黑面判官每天用刀杖相逼，今天晚上突然要放我回来，说道：'我没有别的意思，就是因为喜爱你。既然你不愿意，我本来也没有玷污你。麻烦你转告陶大官人，不要谴责我。'"陶生听后心中略喜，便要和她俩同床，说："今天，我甘愿为你们而死。"二女悲戚地说："我们受你的开导这么长时间了，才懂得不少道理，怎么忍心因爱你而害了你呢？"她们坚决不同意。然而，他们亲热地拥抱在一起，情如夫妻。两个女子因共同经受了一次磨难的缘故，互相嫉妒的心全消失了。

碰巧，有个道士在路上遇到陶生，看了看他说："你身上有鬼气。"陶生认为道士的话极不寻常，就把实情全部告诉了他。道士说："这两个鬼太好了，你不应当辜负她们。"说完，道士便画了两道符交给陶生，说："回去以后交给两个鬼，然后就听凭她们的福分了：如果听到门外有哭女儿的，就让她们吞了符赶快跑出去，先到的可以复活。"陶生拜谢过道士，拿了符回去，将道士的话告诉给秋容和小谢。

一个多月后，果然听到门外有人哭女儿，两个女子争着跑了出去。慌忙中，小谢忘了吞符。看见有送丧的车子从门前经过，秋容径直跑了过去，钻进棺材不见了。小谢钻不进去，痛哭着跑了回来。陶生出来一看，原来是一姓郝的富户为女儿出殡。众人看见一个女子钻进了棺材，正惊疑间，就听到棺材内传出一阵响动。众人放下棺材，打开一看，死去的姑娘复活了。他们将棺材暂时寄放在陶生的屋子外面，围成一圈看守着她。姑娘忽然睁开了眼睛，问陶生在哪里。郝氏追问是怎么回事，姑娘回答说："我不是你的女儿。"于是姑娘把真实情况告诉了他。郝氏不大相信，想把她抬回家去，姑娘不肯，竟径直跑到陶生的屋子里，躺在床上不起来。郝氏只得认陶生做女婿，然后走了。

陶生走近一看，发现这姑娘面庞虽然和秋容不一样，但光彩艳丽却丝毫不亚于秋容。他大喜过望，便情深意切地交谈起往事。忽然，他们听到呜呜咽咽的鬼哭声，原来是小谢在黑暗的角落中啼哭。陶生心里很可怜她，便提着灯走到她跟前宽解，但她仍是泪沾襟袖，无法消除悲痛，直到天快明时才离去。

天亮之后，郝家打发婢女和老妈子送来嫁妆，郝氏和陶氏居然成了翁婿。晚上，陶生和秋容刚刚走入卧房，小谢便又哭了起来。如此过了六七夜，夫妻二人都被她悲切的哭声所动，始终不能成就夫妻间的好事。陶生苦思冥想，终究没能想出个好办法来。秋容说："那道士是个仙人！你再去求求他，说不定能得到他的同情和帮助。"陶生认为她说得有道理，便找到道士，跪在地上说出了求他帮忙的事情。道士极力说自己没有办法。陶生只得苦苦哀求他。道士笑着说："你这个书呆子，真能缠人！合该我与你有缘分，愿意使出我的全部法术。"于是道士跟着陶生回到家里，要了一间清静的房子，关门打坐，并告诫陶生不得来询问。一连十多天，他不吃也不喝。陶生偷偷去观察了一下，见他闭着眼睛就像睡着了似的。

一天早晨，陶生刚刚起来，便有一个少女撩起门帘走了进来。少女长得明眸皓齿，光彩照人。她微笑着对陶生说："跑了整整一夜，都快把人给累死了。被你纠缠个没完没了，跑出百里之外，才找到一具漂亮的躯壳，本道士载着一起来了。等一会儿见到小谢，就把这躯壳交给她。"黄昏时分，小谢来了，那少女突然迎上去抱住她，二人很快合为一体，倒在地上不动了。这时，道士从房中走了出来，向陶生拱拱手，径自去了。陶生施礼拜谢，将他送到门外。等他返回来，少女已经苏醒。陶生把她扶到床上躺下，气息渐渐匀畅，肢体也渐渐柔软，只是抱着脚呻吟说脚趾、大腿酸痛，几天后才能站起来行走。

后来，陶生参加科举考试，中了进士。有个叫蔡子经的人跟他是同榜进士，有事前来拜访，在陶家留住了几天。有一天，小谢从邻居家回来，蔡子经看见她，急忙追上去跟在她的后面。小谢侧身躲开，心里很恼怒他的轻薄。蔡子经告诉陶生说："有一件事情实在吓人，可以说给你听吗？"陶生问是什么事，蔡子经说："三年前，我的小妹妹夭亡了，过了两夜，尸体又丢失了，至今我还不知道是怎么回事。刚才我看见你夫人，怎么就和我妹妹长得那么像呢？"陶生笑着说："我妻子长得丑陋，怎么能和你妹妹相比呢？不过，既然我们是同榜进士，情义又很深厚，让她出来见见你又何妨呢？"于是陶生走进内室，让小谢换上安葬她时的衣服出来。蔡子经大为吃惊地说道："这真是我妹妹啊！"说完，便流下泪来。陶生于是向他讲述了事情的经过。蔡子经高兴地说："妹妹没有死，我得赶快回去，以此来告慰父母。"说完，蔡子京就走了。过了几天，蔡家的人全来了。后来，两家来往走动，就与郝家一样。

异史氏说："绝代佳人，能得到一个已很不容易，何况一下就得到了两个呢？这样的事，千秋百世才碰到一次，只有拒不接纳私奔妇女的人才能遇到。那道士真是仙人吗？为什么他的法术如此神奇？如果有这样的法术，即使是丑鬼也是可以结交的。"

林 氏

济南府有个戚安期，一向轻薄无行，喜欢和妓女鬼混。妻子姓林，长得很美，又很贤惠。妻子常婉言规劝，他就是不听。正值北兵侵入境内，林氏被掳了去。晚间在路上宿营，有个北兵要蹂躏她。林氏假意答应，碰巧那个北兵的佩刀挂在床头，她急忙抽出刀来向自己的脖子上抹了一刀，自刎而死。北兵见她死了，便把尸体扔到了野外。

第二天，北兵开拔走了。有消息传出说林氏已经死了，戚安期悲痛万分，急忙跑到野外寻找尸体，妻子还有一点儿微弱的气息。戚安期便将她背了回来。慢慢地，妻子的眼睛能转动了，眉头稍稍皱起，还发出了轻轻的呻吟声。戚安期扶着她的脖子，用一根竹管为她滴食灌水，慢慢妻子也能吞咽下去了。戚安期抚摸着她安慰说："万一你能活过来，我自会好好待你的。如果我负了心，就让我不得好死！"半年之后，林氏恢复了健康，一切都像过去一样，只是头被脖子上的伤痕所牵拉，老是像扭头左看。戚安期不以为丑，对林氏的爱恋更超过了往常。到妓院去狎游之类的事情,从此也绝迹了。

林氏自觉形貌丑陋,便张罗着要为丈夫娶一房小妾。戚安期执意不肯。又过了几年,林氏一直没有生育,就劝丈夫将家中的婢女收了作妾。戚安期说:"我已经发过誓,要对你忠贞不贰,这赌咒之事,鬼神难道不知道吗?如果我家真断了香火,那也是命中注定的。若是我命中不该绝后,难道你已老得不能生育了?"林氏就假称有病,让戚安期独睡,并打发婢女海棠拿了被子睡在他的床下边。过了一些日子,林氏在私下里向婢女打听他们夜里睡觉的情形。婢女说他们之间并没有发生什么事情。林氏不信。到了晚上,她嘱咐婢女不要再到戚安期的屋里去睡,她自己代替婢女睡到了床下。一会儿,林氏就听得床上发出了鼾声。林氏悄悄起来,爬到床上,去抚摸戚安期。戚安期醒后,问她是哪一个。林氏凑近耳边悄悄地说:"我是海棠呀!"戚安期拒绝她说:"我有盟誓,不敢更改。如果放在往年,还用你来找我吗?"林氏便下床走了。

从此,戚安期仍然独自一人睡。林氏又打发婢女冒充自己去陪他睡觉。戚安期想到妻子自结婚以来没有过不请自来的先例,心中疑惑。他摸了摸她的脖颈,发觉没有伤痕,知道是婢女假冒的,就叱责了她一顿。婢女羞惭地退了出去。等到天亮以后,戚安期把夜里发生的事情告诉了林氏,要她赶快把这个婢女嫁出去。林氏笑着说:"你也不必太固执了,倘若能得到一个男孩,不也是一件大好事吗?"戚安期说:"如果我背弃了盟约,鬼神就会降罪于我,还能指望传宗接代吗?"

第二天,林氏开玩笑似的对戚安期说:"凡种庄稼的人,对庄稼长得好坏是无法预测的,可播种的常规却难以改变。今晚,你的播种日期到了。"戚安期会心地一笑,明白她的意思。到了晚上,林氏吹灭了蜡烛,叫来婢女,让她睡在自己的被子里。戚安期走了进来,凑近床头,开着玩笑说:"种田人来了。只是为耕田的农具不利而感到惭愧,辜负了良田。"婢女没有吭声。随后行房交合时,她小声地说道:"我下身有些红肿,难以承受太猛烈的颠荡。"戚安期体谅她,动作很温存。完事以后,婢女假装起来小便,把林氏换了回来。从此,每当婢女月经来潮后,同样的冒充把戏便要上演一次,而戚安期一点儿也不知道。

不久,婢女就怀孕了。林氏就让她静坐休息,不让她再像以前那样去干活了。有一天,林氏有意对戚安期

说：“我劝你将婢女收作小妾，而你却总是不肯。假设她哪天冒充我时，而你误信了，因此与她交合而怀了孩子，又该怎么办呢？"戚安期说：“留下孩子，卖了母亲。"林氏听了这话，便不再言语。没有多久，婢女生下一个男孩，林氏私下里买了一个奶妈，将孩子抱到她娘家抚养。过了四五年，婢女又生下一男一女。长子名叫长生，已经七岁，就在他外祖父家里读书。林氏每过半个月就借故回娘家一趟，看望孩子。

婢女的年龄更大了，戚安期常常催促林氏把她打发出去，林氏也总是答应。婢女思念儿女，林氏便遵从她的心愿，偷偷为她梳了环形的发髻，将她送到自己娘家。然后，林氏对戚安期说：“你天天说我不肯将海棠嫁出去，我娘家那边有个义子，已将她许配给他了。"

又过了几年，那二子一女都长大了。恰逢戚安期的生日，林氏预先准备好宴席，准备接待亲朋好友。戚安期叹了一口气，说道：“岁月如此匆匆，不觉已过了半生。幸好你我都还身强体健，家中也不至于有冻饿之忧。所缺的只是膝下的儿子啊！"林氏说：“你太执拗，不听我的话，又能怨谁呢？不过，你想要儿子，就是两个也不难，何况一个呢？"戚安期听了这话，大笑着说：“既说不难，我明天便向你要两个男孩。"林氏回答说：“好办，好办！"

第二天一大早，林氏便吩咐家人套了马车来到娘家，将儿女打扮得整整齐齐，坐上马车一同回到家里。进了家门，她让二男一女三个孩子面向戚安期站成一行，喊着父亲，叩头祝他健康长寿。行过了礼，拜过了寿，三个孩子便站了起来，你瞧瞧我，我瞧瞧你，嘻嘻哈哈笑成一堆。戚安期大为惊异，不晓得是怎么回事。林氏说：“你问我要两个男孩，我还给你添了一个女孩呢。"这才把详细情况告诉了他。戚安期高兴地说：“你怎么不早一点儿告诉我呢？"林氏说：“早告诉你，恐怕你和他们的母亲决绝。如今，她的子女已长大成人，你还能把他们的母亲卖了吗？"戚安期感慨万千，不知不觉间流下泪来。于是戚安期把婢女迎接回来，与她一同相伴到老。

古代有许多贤惠的女子，如林氏这样的，可以称作"女圣人"了。

胡大姑

山东益都县人岳于九的家中常常有狐狸作祟，布帛器皿，动不动就被抛到了邻家的墙下。岳于九存放了点很精细的细葛，准备用它做衣服。等取出来一看，包扎完好，再打开细看，发现两头是实的，中间已经空了，细葛已全被狐狸剪走了。诸如此类的事情经常发生，搞得岳于九一家难以忍受。家里有人气得高声辱骂，岳于九急忙制止说："不要骂了，小心叫狐狸听见。"狐狸在房梁上答话说："我已经听见了。"从此，狐狸闹得更加厉害了。

有一天，岳于九夫妇躺在床上尚未起来，狐狸把他俩的衣服、被子取走了。两人光着身子蹲在床上，眼望空中苦苦哀求，希望狐狸能把衣服还回来。忽然，两人看到一个美貌的女子从窗口飘了进来，把他俩的衣服扔到床头。两人一看，这女子个头不太高，穿着绛红色的衣服，外面套一件雪花马甲。岳于九穿上衣服，向她拱了拱手说："上仙如有意照顾我们，就请不要骚扰。请你给我做个女儿，怎么样？"狐女说："我的年龄比你还大，你怎么妄自称大？"岳于九又请求她与妻子结拜为姐妹，狐女这才答应了。于是岳于九让家里人都称呼她为"胡大姑"。

此时，颜镇张八公子家中的楼上，也住着一只狐狸，时常与张家人聊天。岳于九问胡大姑："你认识它吗？"胡大姑回答说："那是我家喜姨，怎么能不认识呢？"岳于九说："那个喜姨从来不给人家找麻烦，你怎么就不跟她学学呢？"狐狸不听，还是照样骚扰。狐狸还不大骚扰其他人，而专门找岳于九儿媳妇的麻烦：常常拿了她的鞋袜、簪子、耳环丢到路边；常常在她的饭碗中埋上死老鼠或者粪便一类的脏东西。儿媳妇总是将碗一扔，大骂"骚狐狸"，并不向狐狸乞求告饶。岳于九向狐狸祷告说："孩子们都喊你姑姑，你怎么就这样不讲长辈的体面呢？"狐狸说："叫你的儿子休了老婆，让我来做你的儿媳妇，就会相安无事的。"岳于九的儿媳妇听了，大声骂道："你这骚狐狸真不知羞耻，要和别人争汉子呀？"说话时，儿媳妇正坐在衣箱上面，忽然，家人看见她的屁股底下冒出一股浓烟，熏烤炽热得如同坐在蒸笼上一样。他们打开衣箱一看，里面收藏的衣服差不多都成了灰烬，剩下的一两件，则都是她婆婆的。狐狸又叫岳于九的儿子休了老婆，儿子不答应。过了几天，又催促他，还是不答应。狐狸大怒，飞起石头就向岳于九的儿子打去，直打得他头破血流，差点儿丧了命。岳于九更加忧虑狐狸的胡作非为了。

西山有个叫李成爻的，善于画符咒，岳于九便拿了钱请他来家驱狐捉妖。李成爻先用金粉在红绸上画符，三天后才将符画完。接着，他又将一面镜子绑在一根棍子上，以棍作柄，拿着把整个院子里里外外照了一遍。他让一个小孩跟在他的身后，小孩如看到了什么，就要急忙告诉他。二人来到一个地方，小孩说墙上好像有只狗卧伏着。李成爻立即用食指和中指作戟状，在墙上画了一道符。然后，他便作"禹步"走法，在院子中转，口里还念着咒语。只过了一会儿，就见家中所养的猪和狗都来了，一个个耷拉着耳朵，收卷起尾巴，好像是来听取训诫似的。李成爻挥了一下手说道："去！"猪、狗一个跟着一个地走了。李成爻又念起咒语，这回来了一群鸭子，李成爻一挥手，也叫它们走了。随后，鸡来了。李成爻指着其中的一只，大声喝骂。其他的鸡都走了，只有这只鸡独自伏在地上，扑腾着翅膀，拖长声音叫了一声，说："我不敢了。"李成爻对岳于九说："这家伙就是你家所做的'紫姑神'变的。"岳于九一家人都说未曾做过"紫姑神"。李成爻说："'紫姑神'如今还在。"家里人仔细回忆了一番，这才记起三年前曾经做过这么个玩意儿，而家中的怪异现象也就是从那个时候开始出现的。于是，家里人四处搜寻，最后发现那用草扎成的"紫姑神"偶像还在马棚的梁上。李成爻取下偶像投入火中，然后拿出一个盛酒的瓶子，念了三次咒，又大喝三声。伏在地上的鸡站起来径直去了。听到瓶口有人说："岳四好狠心啊！几年以后，我还会再来的。"岳于九乞求李成爻将酒瓶子放到沸水或火中烧了，李成爻没有同意，把瓶子带走了。

　　有人看到李成爻家的墙壁上挂着几十个瓶子，凡是塞住了瓶口的，里面装的就是狐狸精。听说李成爻总是一个个地将狐狸精放出来，让它们到别人家去兴妖作怪，由此来获取报酬，真会囤积居奇。

蕙　芳

　　马二混住在青州府东门里，以卖面为生。他家中太穷，不能娶妻，每天与老母亲一道辛勤劳作。

　　有一天，老母亲一人在家，忽然来了一个美女，有十六七岁，椎髻布裙，衣着朴素，但光彩照人。老母亲惊讶地看着她，问她的来历。女子笑着回答说："我看您的儿子为人忠厚老实，愿意嫁到您家来。"老母亲更加惊奇了，说道："娘子就像天仙一般，仅这么一句话，也要折掉我母子好几年阳寿啦。"女子一再请求。老母亲猜想她是哪个官宦人家逃出来的婢女或姬妾，因而拒绝得更加坚决了。女子只得走了。

过了三天，女子又来了，舍不得离去。老母亲问她姓什么，她说："如果肯收留，我就说；如不肯收留，也就不用问了。"老母亲说："我们是贫贱人做雇工的骨相，娶你这样漂亮的媳妇，既不相称，也不古利。"女子笑着坐在床头上，显出恋恋不舍的样子。老母亲拒绝她说："娘子应该快走，不要祸害我家了。"女子这才出了门。老母亲看到她往西边去了。

又过了几天，西边巷子里的吕大妈来了，刚一见面，她就对马二混的母亲说："我邻居的女儿董蕙芳，孤苦无依，自愿嫁给你儿子做媳妇，你为什么就是不收留她呢？"老母亲便把自己的疑惑和忧虑告诉了她。吕大妈说："哪里来这样的事情？如果有什么差错，责任全在我身上。"老母亲十分高兴地答应了这门亲事。

吕大妈走了以后，老母亲便打扫房子，铺好床席，等待着儿子回来迎亲。傍晚时分，女子步履轻快地来了。进了屋子，她先参拜了老母亲，礼节十分周到，并告诉老母亲说："我有两个丫鬟，因为没得到母亲的许可，没敢叫她们进来。"老母亲说："我母子俩守着这么一个穷窝，从来就不会使唤奴婢。每天得一点儿蝇头小利，只够两人糊口。如今增添一个新媳妇，娇娇嫩嫩地只能坐等吃饭，还怕吃不饱，再添上两个丫鬟，叫她们喝西北风过活呀？"女子笑着说："丫鬟来后，并不要母亲为她们开销生活费用，她们都能自己养活自己。"老母亲问："丫鬟在哪里？"女子见老母亲同意了，便呼唤道："秋月、秋松！"话音未落，忽然像飞鸟落地似的，两个丫鬟已站立在面前。女子当下就叫她们跪在地上拜见了老母亲。

不久，马二混回来了，老母亲迎上去将已经为他娶了媳妇的事告诉了他。马二混很高兴。他进入屋内，见屋中雕梁画栋，跟宫殿差不多，桌椅、屏风、门帘、帷帐，光彩夺目。他感到十分惊奇，不敢往里走。女子下了床笑着迎接。马二混见女子美若天仙，更加惊奇，回身就要往外走。女子挽住他的臂膀，拉他坐到床上，亲切地与他交谈起来。马二混喜出望外，简直都有点魂不守舍了。紧接着，马二混站了起来，要出去打酒。女子阻止他，说道："不用去了。"于是女子让两个丫鬟置办酒饭。秋月取出一个皮袋子，拿着到了门后，"咣咣"地摇晃了一阵，又探进手去。等她将手拿出来，壶里已装满了酒，盘中已堆满了肉，都还热气腾腾的。喝完酒，吃罢饭，马二混与女子一同上床，而床上是花毯锦褥，温暖滑腻，非同寻常。

天亮后，出房门一看，住的地方依然是茅屋草舍，母子俩都感到很奇怪。老母亲便到吕大妈家中，打算查问一下女子的来历。一进门，她先感谢吕大妈做媒的恩德，吕大妈听后很吃惊，说道："我好久没有去拜访你了，哪里来的邻家女子托我做媒的事呢？"老母亲更加疑惑了，便向吕大妈说了事情的前后经过。吕大妈大吃一惊，立即跟着老母亲去见新媳妇。女子笑着迎了出来，不停地感谢吕大妈为她做媒的好意。吕大妈见她既贤惠又美丽，惊愕了好一阵子，也就不再辩白了，只是随话应声而已。女子送给她一件白木做的挠痒耙，说："没有什么可以报答您老的恩情，暂且献上这件东西给姥姥抓背用吧。"吕大妈接了东西，拿回去仔细一看，挠痒耙已变成白金的了。

马二混自从得了这个媳妇，也就不再去卖面了，门户也为之一新。家中的箱子里有的是皮袄锦衣，任由他拿了去穿。然而，一出家门，就变成布衣素服，只是又柔软又温暖罢了。那女子穿衣打扮也是这个样子。过了四五年，女子忽然对马二混说："我被降谪到人间已有十多年了，因为与你有缘，所以暂时留在这里。如今就要分别了。"马二混苦苦挽留，女子说："希望你另外选个好配偶，以接续你家的香火。我过几年就会来看你一次。"说着话，女子就忽然不见了。马二混便娶了一个姓秦的女子为妻。三年后的七月七日，马二混夫妻俩正在闲谈，那女子忽然进来了，笑着说道："新夫妇真是亲热呀，难道就不想念故人了吗？"马二混惊讶地站了起来，拉她坐下，悲伤地诉说对她的思念之情。女子说："我刚才去送织女渡银河，抽个空子来看你。"两人情意缠绵，谈起来就没个完。忽然听得空中有人喊"蕙芳"，女子便急忙起身告别。马二混问喊她的人是谁，女子说："我刚才是同双成姐姐一道来的，她已经等得不耐烦了。"马二混送她。女子说："你能活到八十岁，到那时，我来收你的尸骨。"说罢，女子便消失了。

如今，马二混已六十多岁了。他这个人只是诚实厚道，少言寡语没有别的长处。

异史氏说："马生的名字叫'混'，职业也很卑贱，蕙芳取他哪一样呢？由此可见，仙人看重的是诚实厚道的人。我曾经对友人说：像你我这样的人，鬼狐是弃而不顾的。所幸不愧于仙人的，只是一个'混'字而已。"

考弊司

闻人生是河南人。他生病已有一天,看见进来一个秀才,跪在床下,向他行叩见礼,神情很谦恭,且礼数周全。行完了礼,秀才又请闻人生到外面散步,并挽着闻人生的胳膊,边走边谈,话多得就像抽不完的茧丝。已经走出好几里路了,还不见他有告别的意思,闻人生自己停下脚步,拱手与他告别。秀才说:"麻烦你再多走几步,我有一事相求。"闻人生问他是什么事,秀才回答说:"我们这些人都属考弊司管辖。考弊司的头头叫'虚肚鬼王',按照惯例,头一次拜见他的人都要被割下一块儿腿肉,想求你去给虚肚鬼王说个情。"闻人生惊奇地问道:"你们到底犯了什么罪,以至于要受到如此严厉的处罚?"秀才说:"不是有什么罪,这是惯例。如果多贿赂些钱,还可以免受此刑。可我太穷没有钱。"闻人生说:"我与鬼王素不相识,如何为你效力呢?"秀才说:"你前世是他的祖父辈,他应当能听从你的。"

说话之间,两人已走进一座城市,来到了一座衙门的前面。衙门的房屋并不怎么高大宽敞,只有一个厅堂又高又大,堂下两侧各有石碑一块儿,石碑上刻写着几个比笆斗还要大的字,一边是"孝悌忠信",另一边是"礼义廉耻"。大步顺台阶上去,见厅堂的中央挂着一块儿匾额,大书"考弊司"三字。厅堂左右的柱子上雕刻一副翠绿色字迹的楹联,上联为"曰校、曰序、曰庠,两字德行阴教化",下联为"上士、中士、下士,一堂礼乐鬼门生"。

两人还未游览完毕,已有官员走了出来,官员卷发驼背,好像有好几百岁了,而且鼻孔朝天,嘴唇外翻,连牙齿都包不住。他身后跟着的书记官则是虎头人身。另外还有十几个侍从,也大都面貌狰狞,丑陋如同山怪。秀才说:"这就是鬼王。"闻人生害怕得不得了,急忙想要退回去。此时,鬼王已经看见他并从台阶上走下来,拱手将他让到大堂上。鬼王问起他的饮食起居,闻人生只唯唯诺诺地答应着。鬼王又说:"您到这里来有何见教?"闻人生便将秀才托他办的事情告诉了鬼王。鬼王板着面孔,说:"这件事已有成例,即使是亲生父亲的命令,也不敢照办!"鬼王神色阴森严肃,似乎是一句话也听不进去。闻人生不敢再说什么,站起身来立即告辞,鬼王倾侧着身子送他,一直送到了门外才转身回去。

闻人生没有马上回去而是偷偷溜回去想看看鬼王究竟要干什么。他刚刚走到堂下，便见那秀才与几个同辈人已被反绑着双臂、夹勒着十指，真真切切地绑缚在那里。一个面貌狰狞的人走了出来，扒下秀才们的裤子，露出大腿，从上面割下一片肉来，足足有三指宽。秀才大声号叫着，声音都快哑了。闻人生年轻重义，按捺不住，愤怒地大声喊道："这样凶残狠毒，成个什么世界！"鬼王吃惊地站了起来，命令暂时停止割肉，并迈步向前迎接闻人生。闻人生气愤地走出衙门，遍告市民，说他要到天帝那里去控告鬼王。有人笑话他说："你也太迂腐了！蔚蓝的天空苍茫无际，你到哪里去寻找天帝而向他告状呢？鬼王这等家伙只与阎罗离得近，你向他申诉或许还能有些作用。"此人就指给他到阎王那里去的路径。

闻人生顺着那条路跑去，果然看到一座气势威赫的宫殿，阎王正在那端坐着，闻人生伏在阶下，高声喊冤。阎王将他召上台阶，询问完毕，立即命令几个鬼卒带上绳子、提上锤子去抓人。一会儿，鬼王和秀才们都被带来了。经过审问，得知闻人生所说都是实情。阎王大怒，说道："我怜悯你前世读书刻苦，才暂且委派你去主管考弊司，等待机会叫你投生到富贵人家去。如今，你竟敢如此无法无天！既然这样，就应该抽掉你的善筋，增加你的恶骨，罚你生生世世不得出人头地！"众鬼得令，先用鞭子抽打鬼王一顿，鬼王仆倒在地，摔掉一颗牙齿；接着，又用刀子割破他的手指，抽出他的筋来，那筋白晃晃亮晶晶的，如同茧丝一样。鬼王大声喊痛，跟杀猪似的。手脚上的善筋都被抽完以后，两个鬼卒把他押了出去。

闻人生给阎王磕了头，道了谢，走出来。秀才跟在他的身后，由衷地对他表示感谢，并挽着他的胳膊送他走过街市。路上，闻人生看到一户人家挂着红色门帘，帘内有一个女子露出半边脸，十分漂亮。闻人生问道："这是谁家？"秀才说："这是妓院。"都已经走过去了，闻人生对那女子有种流连不舍的感觉，于是坚持不让秀才再送。秀才说："你是为我而来的，如果让你独自回去，我怎么过意得去呢？"闻人生坚持要他回去，秀才这才走了。闻人生看到秀才走远了，急忙跑进挂着红色门帘的人家。女子出来见他，满心的喜悦都流露在脸上。她领他走进内室，两人亲密地坐到一起，互相道了姓名。女子自称姓柳，名叫秋华。一个老太婆走出来，为他们置办了酒菜。喝完酒，两人

进入帏帐，男欢女爱，十分浓烈，信誓旦旦，愿意结为姻亲。天亮后，老太婆进来说："家里的柴米均已告竭，要让郎君破费一些，怎么办呢？"闻人生顿时想起自己的口袋里是空的，又惭愧，又惶恐，无言以对。过了好久，闻人生说道："我确实不曾带得一文钱来，我写个欠债的字据，等回去后，马上给您送来。"老太婆一听这话，立即变了脸色，说道："你在哪里听说妓女亲自讨要过夜的钱？"秋华在一旁皱着眉头，一句话也不说。闻人生脱下衣服作为抵押。老太婆拿了衣服嘲笑道："这东西还不够偿还我的酒钱呢！"老太婆嘟嘟囔囔的很不满意，并和秋华一道进去了。闻人生感到很惭愧，过了好长时间，仍希望秋华能出来与他告别，重申一下晚间订下的婚约。可等了老半天也没见什么动静，闻人生便偷偷地溜进去看，只见老太婆和秋华从肩膀以上都变成了牛鬼，眼睛闪闪发光，正面对面地站着。闻人生吓得半死，急忙跑了出去。他想回去，可街上的岔道很多，他也不知该走哪一条路。他问街上的行人，又没有一个知道他所说的村庄的。

闻人生在街上徘徊了两天两夜，意冷心酸，饥肠辘辘，进也不是，退也不是，真不知该怎么办。忽然，那秀才从街面上走过，看到他，吃惊地说："你怎么还没有回去？而且狼狈成这个样子？"闻人生满脸愧色，没有回答。秀才说："我明白了！你是被花夜叉迷住了。"秀才便气势汹汹地去找她们，并说："秋华母女为什么连一点儿面子都不给人家留呢？"去了不大工夫，秀才便把衣服拿回来交给闻人生，说："淫婢太无礼，我已经责骂过她们了。"秀才将闻人生送到家中，才告别走了。

原来，闻人生三天前突然死了过去，到现在又突然醒了过来，所经历的事情，他都能说得清清楚楚。

狐惩淫

某生购置了一所新住宅，常闹狐狸。家中所有的吃穿用品，都被毁坏了，还常常有尘土出现在汤饼中。

一天，有位朋友来访，碰巧某生出去了，到了晚上还没回来。某生的妻子准备了饭菜招待客人，客人吃完后，某生的妻子便和丫鬟吃他剩下的饭菜。某生平时很放荡，他喜欢买一些春药收藏在家里，不晓得什么时候被狐狸拿了来放在粥里。某生的妻子吃粥时，发觉粥里有一股龙脑和麝香的气味，便问丫鬟是怎么回事，丫鬟说她也不知道。这妇人刚吃完饭，就觉得欲火上升，连一会儿都不能忍耐，而且她越是强行压抑自己，欲火越是强烈。想想家中再也没有男人可以与之接近，只有一个客人留宿，妇人于是就去敲那客人的屋门。客人问她是谁，她如实说了。客人问她来干什么，她没有回答。客人拒绝她说："我和你丈夫是道义上的朋友，决不敢做出禽兽不如的丑事来！"这妇人还是恋恋不舍，不肯离去。客人大声责骂她说："某兄的学问品行，都被你糟蹋光了！"客人隔着窗户，吐了她一脸唾沫。妇人十分羞愧，便走了。

妇人心想，自己怎么会这样？忽然想起了粥中那奇异的香味，莫不是吃了春药？检视包里的春药，果然撒落一桌，碗里杯里都是。她知道冷水可解药性，就拿了冷水喝。顷刻之间，她的头脑清醒了，回想刚才的所作所为，顿时羞愧得无地自容。她躺在床上，辗转反侧，看看即将拂晓，越想越觉得天亮以后无法见人，便解下带子上吊了。丫鬟发觉后把她救了下来，她的呼吸已经快断绝了。到了辰时，她的鼻孔中才有了些气息。

客人在夜间就逃走了。

某生直到黄昏时分才回到家中，见妻子躺在床上，便问怎么回事。妻子一声不吭，只是流泪。丫鬟将主母上吊自杀的事告诉他，某生大吃一惊，一再追问她为何要寻短见。妇人打发走了丫鬟，这才向他说出了真情。某生叹了口气说道："这是我荒淫放荡的报应啊！与你又有什么关系呢？幸亏我有这样一位好朋友，不然的话，我还怎么做人啊？"从此后，某生便痛改前非，宅中的狐狸也因此绝了迹。

异史氏说："居家过日子的人常常告诫人们不要在家中收藏砒霜和鸩酒，但从来没有人告诫不要收藏春药，这犹如人们畏惧兵刃而亲近床笫之乐一样。哪里知道，那春药对人的毒害要远远超过砒霜、鸩酒呢？大凡收藏春药者，不过是想讨得妻妾的欢心罢了！以至于引起了鬼神的嫉恨，何况人们纵欲淫乱的害处，要超过收藏春药呢！"

某生去参加考试，从郡城回来时，天已黑了，他带了一些莲子、菱角和藕，进了屋，就都放在了桌子上。另外，他还带回一件藤津淫具，用水浸泡在盆中。邻居因为他刚刚回来，便提了酒来为他接风。某生慌慌张张地将水盆放在床底下，让妻子准备饭菜，要与客人喝几杯。喝完了酒，某生急忙走进内室，点了灯去照床下，盆子里已经空了。问妻子，妻子说："我刚才拿了它与菱藕一道招待客人了，你怎么还要找呢？"某生回想起刚才吃过的菜中混杂有黑色的条状物，在座的客人都不知它是什么东西，某生便失声大笑，说道："傻婆娘！这是什么东西，怎么可以拿来招待客人？"妻子也疑惑地说："我还埋怨你不告诉我怎么个煮法呢！那东西又丑陋，又不知道叫什么名字，我只好糊里糊涂地把它切成了条块。"某生便把那东西的用处告诉她，两人相对大笑。

如今，某生已经身份显贵了，可与他关系要好的朋友们还常常拿这件事来开他的玩笑。

江　城

临江府高蕃，从小便很聪明，仪容也极其俊美。十四岁时，高蕃就考中了县学。有钱有势的人家都争着要把女儿许配给他。但高蕃择偶的条件很苛刻，多次违背父亲的意愿。高蕃的父亲名叫仲鸿，六十岁，身边只有这一个儿子，对他很宠爱，从来不忍心不按他的心愿办事。

当初，东村有一个教书的樊老头儿，在集市设馆教小孩读书，带着家眷租高家的房屋居住。樊老头儿有个女儿，名叫江城，与高蕃同岁。那时，两人都只有八九岁，两小无猜，成天在一起玩耍。后来，樊老头儿搬走了，隔了四五年，两家都没有互通音信。有一天，高蕃在一条狭小的巷子里碰到一位女郎，长得非常美丽，后面还跟着一个六七岁的小丫头。高蕃不敢仔细盯着看，只是斜着眼偷瞟了她一下。那女郎停下脚步看着他，似乎有什么话要说。高蕃细细一看，原来是江城。两人顿时惊喜异常，谁也没有说话，只是呆呆地立在那里，含情脉脉地注视着对方。过了好长时间，两人才相互告别，心中都感到互相的爱恋。走时，高蕃故意把一块儿红巾丢落在地上，小丫头赶紧拾了起来，高兴地交给了江城。江城将红巾塞进袖中，换了自己的香巾，假装对小丫头说："高秀才不是一般的人，不能把他丢失的东西隐藏起来，你快追上去还给他。"小丫头果然追了过去，把香巾还给了高蕃。高蕃得了香巾，十分高兴。

高蕃回去就请见母亲，请求她派人到樊家去提亲。母亲说："她家房无半间，到处流浪，怎么能和咱家匹配呢？"高蕃说："我自己愿意，不会后悔的。"母亲拿不定主意，便去和他父亲商量，他父亲说什么也不同意。高蕃知道后闷闷不乐，一粒米也咽不下去。母亲十分担忧，就对他父亲说："樊家虽然贫穷，但也不是市井流氓。我想到他们家里去看看，如果他家的女儿确实与咱家儿子相匹配，定了这门亲事也不会有什么害处。"高蕃的父亲说："好吧。"

　　高蕃的母亲以到真武大帝的祠堂中烧香为借口，来到樊家。看到姑娘明眸皓齿，长得很漂亮，高蕃的母亲很喜爱。她取出银子、绸缎等丰厚的礼物送给樊家，并如实说明了自己的来意。江城的母亲谦让了一番后，接受了高家的婚约。高蕃的母亲回家后，讲述了定亲的经过，高蕃才一扫一脸忧愁，高兴起来。

　　过了一年，高家选了个黄道吉日，把江城娶了过来。小两口儿你欢我爱，感情很好。可是，江城爱发脾气，翻脸就不认人，而且言语尖刻、唠唠叨叨地闹得高蕃的耳根子终日不得清静。高蕃因为疼爱她，都包容了下来。公婆听说了，心里很不高兴，私下里把儿子责怪了一顿。这事不知怎么被江城知道了，她大发脾气，辱骂得更凶了。高蕃只是稍稍回敬了几句，她就越发地不乐意了，连打带骂地将高蕃赶出屋子，然后闩上门。高蕃在门外冻得瑟瑟发抖，也没敢敲门，抱着双膝在房檐下过了一夜。从此，江城便将高蕃当作仇人看待。开始时，高蕃直挺挺跪在地上，尚可以和解，渐渐地就是屈膝下跪也不灵验了，高蕃的日子更加难过了。公婆稍稍责备了江城几句，她顶撞的样子，简直无法形容。公婆愤怒到了极点，逼着儿子把她休了。樊家老头儿又羞愧，又惧怕，忙托了朋友到高家去说情，高蕃的父亲坚决不同意。

　　一年多后的一天，高蕃外出遇到了岳父，岳父将他邀到家里，一再地向他赔不是，并让女儿打扮了一番出来与他见面。夫妻俩你看看我，我看看你，都有些悲哀。樊老头儿于是买了酒来，款待女婿，并连连劝酒，十分殷勤。天黑以后，樊老头又执意要高蕃在他那里过夜，还另外安排床铺，让他们夫妻二人睡在一起。天亮了，高蕃辞别樊家老头儿和江城，回到家中，不敢将实情告诉父母，随便掩饰了一下就过去了。自此，每隔三五天，他便要到岳父家去住一宿，他的父母也没有察觉。一天，樊老头儿亲自来到高家。开始，高蕃的父亲不想见他，后来迫于樊老头儿的一再请求，才与他见了面。樊老头儿两膝着地爬行到高父面前，替女儿向他求情，高父仍不答应，并推说是儿子不同意。樊老头儿说："女婿昨夜就住在我家，没听到他说不同意的话啊！"高父惊讶地问道："他是从什么时候开始在你那里过夜的？"樊老头儿详细叙述了事情的经过。高父红着脸表示歉意说："我确实不知道此事。他既然爱她，我为什么独独要和她结仇呢？"樊老头儿走后，高父便将高蕃叫出来大骂了一顿。高蕃只是耷拉着脑袋听着，连大气也不敢出一口。就在高父大骂不止的时候，樊老头儿已将女儿送了来。高父说："我不能老是为儿女们受过，不如咱们各立门户分开住，就麻烦亲家为我们主持一下分家的盟约吧。"樊老头儿劝他，他也不听。于是高父便分了一个院子让儿子、儿媳去住，还拨了一个丫鬟去侍候他们。

　　夫妻俩独自生活了一个多月，尚能相安无事。公婆私下里感到很是欣慰。不久，江城又渐渐地放肆起来，高蕃的脸上常常有被指甲抓破的痕迹，父母明明知道这是怎么回事，但还是忍着不去过问。一天，高蕃实在忍受不了江城的殴打，便逃到了父母那里躲藏，精疲力竭的样子就像小鸟被猛禽追赶一样。父母很惊疑，正要问个究竟，江城已拿着木棒子追赶了过来，竟然在高父的身边捉住高蕃用力捶打。公婆流着眼泪大声喝止，江城只是不听，又连连地打了高蕃几十下，才咬牙切齿地离去。高父气得直往外撵儿子，说道："我就是为了避开喧嚣，才与你们分开单过的。你本来乐意承受，还逃跑干什么？"

　　高蕃被父亲赶出后，徘徊于大街小巷，没个落脚的地方。母亲担心他经受不住磨难和挫折去寻死，就让他单独一人住一间房子，并给他送去饭菜。她还请来了樊老头儿，让他去教导女儿。樊老头儿来到女儿的房里，想尽了一切办法开导她，江城始终不听，反而恶言恶语惹老父亲生气。樊老头儿甩袖而去，发誓说他再也不认这个女儿了。不久，樊老头儿便因生气得了病和老伴相继离开了人世。江城恼恨父母，也不回去吊丧，只是从早到晚地隔着墙高声咒骂，故意让公婆听。对此，高父一概置之不理。

　　高蕃自从独自一人住一间房子以后，真像脱离了苦海，但也时常感到凄凉寂寞。他暗中买通了一个姓李的媒婆，让她叫来一个妓女陪他，妓女每天都是夜来晨走。时间长了，江城略有所闻，就到高蕃住的房里去谩骂。高蕃极力辩白，指天发誓，江城才走了。从这以后，她便天天监视着高蕃的动静，想找出把柄来。有一天，姓李的媒婆从高蕃的房中出来，恰巧被江城碰到了，江城急忙喊住她。看到江城，媒婆吓得脸色大变。江城更加怀疑了，就说："你把他的所作所为明明白白地告诉我，我或许还可以饶恕你，如敢隐瞒一点儿，我就把你头上的老毛全部拔光！"媒婆战战兢兢地告诉她说："半月来，只有妓院的李云娘来住过两宿。刚才公子说，他曾在玉笥山看到陶家的媳妇，特别爱她那一双尖尖的小脚，让我把她招了来。那女子虽不守贞洁，但也未必就像妓女那样随便就陪人睡觉，能不能办成还不知道。"江城因媒婆还算老实，姑且宽恕了她。媒婆想走，江城又强行留下了她。到了晚上，她喝令媒婆道："你先到高蕃的房里去，吹灭蜡烛，就说陶家的媳妇来了。"媒婆依照她的吩咐一一照办了，江城立即钻进高蕃的房中。高蕃高兴极了，拉着她的胳膊，催促她赶紧坐下，向她诉说了自己的思念之情。江城只是一言不发。高蕃在黑暗中捏住了她的脚，说："自从那天在山上一睹芳容，使我一直不能忘怀，尤其是你这双脚罢了。"江城仍然不说话。高蕃又说道："平素的心愿，直到今天才得以实现，怎么能见了面又不好好看一下呢？"高蕃便亲自点了蜡烛来照，原来是江城。高蕃大吃一惊，脸吓得变了色，手中的灯也掉在了地上。他直挺挺地跪在地上，瑟瑟发抖，就像有人把刀架在了他的脖子上一样。江城揪着他的耳朵，将他拖了回去，用针在他的两条大腿上扎了个遍，并让他睡在床下，每天一醒来就骂他一顿。高蕃自此便像畏惧虎狼一样畏惧江城。即便江城偶尔给他一个好脸，让他跟她同睡一床，他也会因为恐惧而无法使她和自己得到满足。江城便抽打他的嘴巴，喝令他滚下床去，越发地厌弃他，不把他当人看。高蕃虽然每天都和江城生活在一起，但像被囚禁于牢狱之中，必须看着狱吏的脸色行事，受尽了折磨。

江城有两个姐姐，嫁的都是秀才。大姐性情温和善良，拙于辞令，与江城很难说到一块儿。二姐嫁给一个姓葛的书生，为人狡黠善辩，喜欢搔首弄姿、顾影自怜，相貌虽赶不上江城，但凶悍嫉妒与江城不相上下。两人碰到一块儿，不谈别的，只讲述自己如何大发雌威，把丈夫整得服服帖帖，而自鸣得意。所以，这两人的关系最为要好。高蕃到亲友家去，江城都要生气，唯独到葛家去，她不禁止。有一天，高蕃在葛家喝醉了酒，葛生嘲笑他说："你怎么就那样怕她呢？"高蕃笑了笑，回答道："世界上的事情，有许多都无法解释。我害怕她，是因为她长得漂亮。但还有那么一种人，他的老婆赶不上我老婆漂亮，而怕老婆却远远超过了我。这不是越发让人难以理解了吗？"葛生听了这话很惭愧，一句话也答不上来。葛家丫鬟也听到了这话，就又学给了二姐听。二姐大怒，拿起一根棍子就往外走。高蕃见她样子凶恶，趿了鞋子想逃，二姐的棍子已落了下来，打中了他腰脊骨。打了三棍，高蕃跌了三跤，连爬都爬不起来了。二姐又一失手，打中了高蕃的脑袋，顿时血流如注。直到二姐打完走了，他才拖着被打伤的身子，一瘸一拐地回到家中。

江城惊讶地问他是怎么回事。高蕃因自己冒犯了二姐，开始还不敢马上就把真情告诉她。江城再三盘问，他才一一道出了事情的经过。江城用布包扎了他的伤处，气愤地说道："人家的男人，何劳她捶打！"江城便换了一套短袖衣衫，怀揣一只木杵，带了丫鬟直奔二姐家去了。到了葛家，二姐说说笑笑地前来迎接。江城一声不吭，掏出木杵就将二姐打翻在地，又撕破她的裤子痛加殴打。二姐被打落了牙齿，打裂了嘴唇，打出了屎尿，江城这才回了家。二姐又羞愧，又恼怒，便打发葛生去找高蕃告状。高蕃赶忙迎了出来，极力加以劝慰。葛生私下里对高蕃说："我这回来，实在是迫不得已。那悍妇不仁不义，正好借妹妹的手惩治她一下，我们俩又有什么过不去的？"不料想，这些话被江城听到了，立即跳了出来，指着葛生大骂道："你这肮脏的东西！自己的老婆吃了亏，受了苦，反而偷偷地去和别人拉关系！这样的男人，不应该往死里打吗？"说完，江城便高呼快找棒子来。葛生窘迫不堪，抢着跑出大门逃走了。从此，高蕃再也没有地方可去了。

有一天，同窗王子雅来拜访，高蕃一再挽留，要陪他喝两杯。饮酒时，王子雅不停地拿女人开玩笑，说了许多轻薄淫秽的话。碰巧江城此时正趴在窗前偷看客人，听了个一清二楚。她暗中在汤里投了巴豆，端出来招待客人。不大工夫，王子雅便上吐下泻得厉害，仅剩下一口气了。江城打发丫鬟去问他："还敢不敢无礼了？"王子雅这才明白自己的病是怎么得的。他一边呻吟，一边哀求江城宽恕。江城便把早已准备好的绿豆汤端来让他喝。王子雅喝下绿豆汤，才止住了泻吐。从此，朋友们都互相告诫，再不要到高家去饮酒了。

王子雅自己开有一个酒店，店里有许多红梅，设宴邀请同辈好友们前来赏梅。高蕃假托说有一个文会，向江城禀报后也去了。天已黑了，众人都有些醉意，王子雅说道："近日，南昌来了一个名妓，寄居在这里，可以把她叫来陪陪酒。"众人听后，十分高兴，只有高蕃一人离开了席面，准备向众人告辞。众人拉住他说："你夫人的耳目虽长，但也听不到、看不到这里。"众人相互发着誓说要保密，高蕃这才坐了下来。不大一会儿，妓女果然来了。众人一看，她有十七八岁，环佩叮当，发髻高耸，很是漂亮。问她的姓名，她说："我姓谢，名叫芳兰。"见她谈吐十分风流雅致，满座的客人不由得欣喜若狂。而芳兰却独独对高蕃有意，屡次对他投来深情的目光。众人觉察到了，就故意拉着他俩并肩坐到一起。芳兰拉着高蕃的手，用自己的手指在他的手心上写了个"宿"字。此时此刻，高蕃真是想走不忍心，想留又不敢，心乱如麻，无法言说，但还是与芳兰头挨头说着悄悄话，杯碰杯，神态也越发地狂妄了，那家中的胭脂虎，早已被他忘到了九霄云外。不知不觉间，就听得更鼓已响，店中喝酒的客人也越来越少，只有远处的座位上还坐着一个俊美的少年，对着烛光，独斟独饮，旁边还站有一个小书童侍候。众人窃窃私语，都认为那少年很清高风雅。不久，少年吃完了酒，走出了门，小书童出去后又转身返了回来，对高蕃说："我家主人在外边相候，有一句话要跟你说。"众人一脸的茫然，只有高蕃脸色大变，来不及与众人告别，便匆匆忙忙地走了。原来，那少年就是江城，那小书童则是她的丫鬟。

高蕃跟着江城回到家中，趴在地上挨了她一顿鞭子。从此，江城对他的管制更加严厉了，就连婚丧庆吊等必要的应酬都不允许他去参加。学政到县学来考试诸生，高蕃因为讲错了试题的内容而被革去秀才的功名。

有一天，高蕃和一个丫鬟讲了几句话，江城怀疑他们有私情，便用坛子扣住那丫鬟的脑袋将她毒打了一顿。打完了，她又把高蕃和丫鬟绑起来，用绣花剪子在他们的肚皮上各剪一块儿皮肉下来，交换着贴在对方的伤口上，然后为他们松了绑，要他们自己把伤口包扎好。一个多月后，补上的皮肉竟与四周的皮肉长合到了一起。江城还常常光着脚将烧饼踩进尘土中，喝令高蕃将它吃掉。凡此种种，不一而足。

  高蕃的母亲因挂念儿子，偶尔到他们的家，看到儿子被折磨得骨瘦如柴，回去后便痛哭流涕，痛不欲生。夜里，她梦见一个老翁告诉她说："不要忧愁烦恼，这是前世的报应。江城原是静业和尚养的一只长生鼠，公子的前身则是一个书生，这书生有一天到寺中游玩，无意中把长生鼠踩死了。今世的这种恶报，靠人力是不能够挽回的。你每天早晨起来后，诚心诚意地诵念一百遍观音咒，必定会有效果的。"高母醒来后，把梦中的情景告诉了高蕃的父亲，他们都感到惊异。夫妻二人遵照去做，虔诚地念了两个多月的经，江城仍像从前一样蛮横，而且还更加放肆了。一听到外面有锣鼓的响动声，她就急慌慌头不梳脸不洗跑出去看，傻乎乎地眺望，成百上千的人指着她议论纷纷，她竟然也泰然自若，不以为怪。公婆虽为她感到万分羞耻，却也无法制止她。

  有一天，门外忽然来了个老和尚宣扬佛法，围观的人很多，像一堵墙一样把老和尚围了起来。老和尚吹动蒙在鼓上的牛皮，鼓发出了牛一般的叫声。江城跑了出来，看到围观的人太多，没有一点儿空隙，就要丫鬟搬出一张凳子来，让她踩上去踮着脚看。众人把目光都集中到了她的身上，而她竟像没有发觉似的。过了一会儿，老和尚即将演讲完毕时，要了一杯清水，拿着走向江城，念咒语说："不要恼，不要恼！前世也不假，今世也不真。咄！鼠子缩头去，莫教猫儿寻。"念完后，老和尚便吸了一口清水，喷射到江城的脸上，一下子眉黛脂粉湿漉漉地往下流，并流到了衣襟上。众人大吃一惊，以为江城肯定会大发雷霆，可江城却连一句话也没说，自己擦了面孔，就回去了。老和尚也走了。

  江城回到家中，只是呆呆地坐着，就像丢失了什么似的，一天没有吃饭，整理了一下床铺就立即睡了。到了半夜，她忽然叫醒了高蕃。高蕃以为她要小解，就赶紧捧了尿盆送上。江城推开了尿盆，暗地里拉了高蕃的手臂，将他拽入被窝。高蕃得到如此优待，竟吓得四肢发抖，就像得到了皇上的圣旨一样。江城长长地叹了一口气，说道："把你整成这个样子，我以后还怎么做人呢！"说话间，江城便用手抚摸着高蕃的身子，每摸到一处被刀棍落下的疤痕，她都要低声哭泣，并用手指甲掐自己一顿，恨不能立即去死。高蕃见她如此痛苦，心里实在过意不去，便极力地安慰劝解她。江城说："我想那和尚一定是菩萨变的，他只用清水喷了一下我的脸，我就像是被换了一副心肠。现在再回忆我的所作所为，就如同隔了一世似的。过去的我和现在的我，难道就不是一个人吗？有丈夫而不知道与之同乐，有公婆而不知道恭身侍奉，我这是安的什么心啊！明天，我们应当搬回去，仍旧与父母住在一起，以便早晚侍候请安。"江城絮絮叨叨地说了一夜的话，就如同把分别了十年的话语都攒到了这一夜似的。

第二天天刚亮，江城就爬了起来，折叠衣服，收拾器具，让丫鬟拿了箱子，她自己则背了被褥，催促高蕃赶快去敲公婆的门。高母开了门出来，惊奇地问他们这是干什么，高蕃便将妻子的想法告诉了母亲。母亲还在迟疑，江城已带着丫鬟进去了。母亲也跟着走了进去，江城跪在地上，悲哀地哭泣着，只求婆母能免她一死。母亲察觉到她确有悔改的诚意，便也哭了起来，并说："我儿怎么一下子就变得这样懂事了呢？"高蕃便细细地向她讲述了事情的经过，母亲这才醒悟，她过去所做的那个梦已经应验了。老人家很是高兴，立即叫仆人为他们打扫先前曾住过的那间屋子。从此以后，江城凡说话做事总要察看老人的脸色，顺从老人的心意，比一个孝子还要孝顺；见了外人，便害羞得像个新娘子。有人开玩笑似的谈起了她的那些陈年旧事，她就羞得面红耳赤。而且她还很勤俭，又善于理财，三年中，公婆虽未过问家中开支，但已然成了巨万富户。

这一年，高蕃在乡试中考中了举人。江城时常对他说："当年我见了芳兰姑娘一面，到今天还常常想起她。"高蕃因自己不再遭受虐待，已是心满意足，所以也就不敢萌生非分之念，对江城的话只报以唯唯诺诺而已。碰巧，他因为要去参加考试，去了京城，几个月后才回来。进屋看见芳兰正在与江城下棋，高蕃吃了一惊，忙问是怎么回事。原来是江城花了几百两银子，把芳兰从妓院里赎了出来。

有关江城与高蕃的事，浙江的王子雅说得最为详细。

异史氏说："人生的因果，一饮一啄都有报应。而只有报应在夫妻之间，就像恶疮生长在骨头上，毒害最大。往往看见天下间贤良的妇人不过十分之一，而悍妒的妇人却有十分之九，这也足以说明世上能够修身行善的人太少了。观音菩萨如此法力无边，为什么不将她盂中净水遍洒整个大千世界呢？"

孙　生

有个姓孙的书生，娶了个官宦人家的女儿辛氏做妻子。刚过门，辛氏穿着裈裆裤，并在裤子上缝了许多带子，把自己的全身缠绕得密密麻麻的，拒绝丈夫与她同床。她还在床头放了锥子、簪子之类的尖利器械以自卫。孙生屡次被她刺伤，只得搬到另外的床上去睡。结婚一个多月了，他都不敢和妻子"接触"一下。即使是两人白天相遇，那辛氏也从来没有对他笑过一声，说过一句话。

这事被孙生的一个同窗知道了，他私下里问孙生说："夫人能饮酒吗？"孙生回答："能喝一点儿。"同窗便开玩笑似的说："我有一个调解你们夫妻关系的办法，又很容易实施。"孙生问道："什么办法？"同窗回答说："放一些迷魂药在酒中，骗她喝了，到那时你就可以为所欲为了。"孙生听后只是笑了一下，但心里却佩服他出了个好主意。在向郎中请教了一番之后，他用酒煮了一壶乌头酒，小心翼翼地放在了桌上。到了晚上，孙生斟了别种酒，独自喝了几杯便睡了。如此这般过了三个晚上，辛氏始终没有去动那酒。

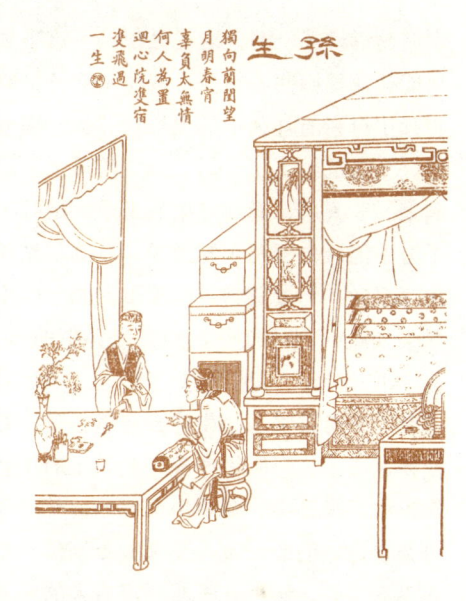

一天晚上，孙生都睡下好一会儿了，一看妻子还是静静地坐在床上，便故意打起呼噜来。辛氏见他睡了，就下了床，取了酒煴在炉子上。孙生躺在被窝里暗自高兴。过了一会儿，辛氏倒了酒，满满地喝了一大杯。接着，辛氏又斟了一杯，大约喝了一半后，又把剩下的酒倒回到壶里，然后就整理了一下床铺睡下了。过了很久，床上已没有一点儿声音了，而油灯仍然亮晃晃地还没有熄灭。孙生怀疑她还醒着，便故意大声地说道："灯座都快要烧化了！"见妻子没有应声，孙生又喊了两声，结果还是没有声音。他光着身子去看，妻子已经烂醉如泥了。孙生掀开她的被子，偷偷钻了进去，一层又一层地扯断了她身上的带子。辛氏当然也觉察到了，但身子动弹不得，话也喊不出口，任由他轻狂了一番而去。等到醒来以后，她的心里感到非常厌恶，便拿了绳子上吊了。孙生在睡梦中听到一阵急促的呼吸声，起来跑过去一看，妻子的舌头已伸出了两寸多。孙生大惊，急忙割断了绳子，将妻子扶到床上躺下。一个多时辰后，辛氏才苏醒过来。打这件事以后，孙生也很厌恨辛氏，两人走路都要互相避开，各走各的，偶然碰到一块儿了，便各自低下头。四五年过去了，两人没有说过一句话。有时，辛氏和别人在屋子里有说有笑，但她一见孙生回来，脸色立刻大变，冷若冰霜。孙生则常常寄居在书房里，整年都不回房，即使强迫他回到房里，他也只是面对墙壁坐上一会儿，默默地独自睡下。这使他的父母很担忧。

有一天，一个老尼姑来到孙家，看到辛氏，极力称赞。孙生的母亲并不言语，只是在一旁唉声叹气。老尼姑询问其中的缘故，她便将儿子和儿媳妇的事向她诉说了一遍。老尼姑说："这事很好办！"孙生的母亲高兴地说："如果能让儿媳妇回心转意，我将不会吝惜酬金的。"老尼姑看看屋中无人，便扒着孙生母亲的耳朵悄悄说道："买一幅《春宫图》来，三天之后，我来为你压邪。"老尼姑走了以后，孙生的母亲立即去买了一幅《春宫图》，等待老尼姑到来。三天后，老尼姑果然来了。她叮嘱孙生的母亲说："此事要绝对保密，千万不能让夫妻两个知道了。"老尼姑便把《春宫图》中的人剪了下来，又取出三根针，一撮艾，连同剪下的画一同用白纸包裹得严严实实，并在外面画了几条如蚯蚓似的杠子。她又让孙生的母亲将儿媳妇骗了出来，偷拿了她的枕头，拆开针线，把纸包塞了进去，然后再缝好，放回原处。老尼姑就走了。到了晚上，母亲强迫孙生回到房里去睡，并派了一个老妈子去偷偷听房。二更天快要过去了，忽听得辛氏在叫孙生的小名，孙生没有搭理。又过了一会儿，辛氏再次呼唤孙生，孙生用厌恶的口气说了许多不中听的话。天明以后，孙生的母亲走进他们的卧室，发现夫妻俩仍然是背对着背地躺着，便知道老尼姑的法术没有生效。她把儿子叫到没有人的地方，十分委婉地劝说了他一番。孙生一听到妻子的名字，便咬牙切齿，大发脾气。母亲生气地骂他，孙生头也不回地走了。

过了一天，老尼姑又来了，孙生的母亲告诉她法术不灵验。老尼姑感到非常疑惑。孙母便又将夜里听到的情况告诉了她。老尼姑笑着说："你以前只说是儿媳妇憎恨丈夫，因而我只给女方压邪。如今，你儿媳妇已回心转意，没有回心转意的是男方。让我给两方都压邪，保证灵验。"孙母按照她的意思，找了儿子的枕头来，由老尼姑像前一次一样把那东西放入进去，又喝令儿子回房去睡。一更多天时，还听得两个人的床上都有翻来倒去的声音，并不时地有咳嗽声，像是都睡不着似的。时间久了，就听得两个人在一张床上唧唧哝哝地说着话，只是隐隐约约听不清楚。天都快亮了，还能听到他们嬉戏逗乐，咻咻地笑个不停，被派去偷听的老妈子将听到的情况告诉了孙生的母亲，孙母大喜，等老尼姑来了，备了一份丰厚的礼物送给她。

从此以后，孙生和辛氏便如同琴瑟合鸣，感情十分融洽。辛氏生下一男二女，两人十多年中没有拌过一次嘴。要好的朋友私下里问孙生这其中的缘故，孙生笑了笑说："以前一看到她的影子就生气，如今一听到她的声音就高兴，我自己也无法解释这种心情。"

异史氏说："将憎恶转化成爱怜，这法术也够神了。然而，既然能叫人喜爱，也就能叫人愤怒，作法的人很神，也正是他的可怕之处。先哲曾经说过：'六婆（牙婆、媒婆、师婆、虔婆、药婆、稳婆）不入门。'这话说得很有见地！"

邵　女

柴廷宾是太平府人。他的妻子金氏，不能生育，又好妒忌。柴廷宾用百两银子买了一个妾，金氏凶残地虐待她，过了一年妾就被折磨死了。柴廷宾生气地离开金氏，几个月都单独住宿，不进金氏的房子。一天，正逢柴廷宾的生日，金氏很庄重地施礼，柔声细语地向丈夫赔礼道歉并祝寿。柴廷宾不忍心拒绝，才和金氏和好。金氏在她的寝室设酒宴，招待柴廷宾。柴廷宾推说醉了，推辞不去。金氏浓妆艳抹，亲自来到柴廷宾的房间，说："我是诚心诚意地等了你一整天，你即使醉了，也请喝一杯再回去。"柴廷宾无奈才进入金氏房中，与金氏喝酒说话。金氏从容地说："前些时候不慎将婢子折磨致死，现在想来非常后悔。你何必就为此记仇，而忘了结发夫妻的情义呢？今后你多纳几个小妾，我也不说一句闲话了。"听金氏如此说，柴廷宾心中很高兴，夜深了，蜡烛已尽，柴廷宾遂宿金氏房中。从此，两人敬爱如初。

金氏便找来媒婆，嘱咐她们为丈夫物色好的女子；而背后又让她们拖延不报，自己则经常假装催促。就这样过了一年多，柴廷宾心急不能等待了，遍托亲朋好友为他购置小妾。一日，购得林家的养女。金氏一见，喜形于色，每天金氏和林氏一起吃饭，金氏的胭脂首饰，任由林氏取用。然而林氏原本是燕地人，不曾学过针线活，除会做绣鞋以外，别的都不会做。金氏说："我家一向勤劳俭朴，不像王侯富豪家，买她当画儿看的。"于是金氏拿出锦缎，教林氏裁剪缝制衣服，就像一个严格的师傅教徒弟那样。林氏初学缝纫，难免错误百出，金氏开始是责骂她，接着就用鞭子抽打她。柴廷宾见了非常心疼，但他也无可奈何。金氏又装出比以前还爱惜林氏的样子，有时还亲自为林氏涂脂抹粉，梳妆打扮。但林氏的鞋跟一有折痕，金氏就用铁棍打林氏的双脚，头发稍有散乱，就打她耳光。林氏忍受不了金氏的虐待，就上吊死了。柴廷宾非常伤心，对金氏产生了怨恨。金氏反而怒气冲冲地说："我替你调教娘子，有什么罪过？"柴廷宾这才明白金氏的恶毒心肠，因此他决心与金氏反目，断绝了夫妻之间的来往。

柴廷宾背地里在别墅里装修好房子，准备买个美人在这里单独居住。转眼过了半年，未遇见合适的人。有次偶尔参加朋友的葬礼，看见一个十六七岁的姑娘，长得非常美丽。柴廷宾不自禁地看得呆了。那女子怪他不停地看自己，感到很奇怪，就斜转眼光瞟了他一下。柴廷宾问了好几个人，才知道那人是邵氏。邵父是个贫寒的读书人，只生有这个女儿。邵氏从小就很聪慧，教她读书，过目成诵。她特别喜欢读医术和相术一类的书。邵父特别疼爱她，有给提亲的，就让她自己选择，而无论贫富都没有让邵氏满意的，因此直到十七岁还未订婚。柴廷宾得知这些情况后，知道她不肯嫁给自己做小妾，可是心中一直忘不掉邵氏。有时柴廷宾又想，邵家较贫寒，或许可以用钱财来打动。可是柴廷宾请了几个媒人，谁都不敢前去说媒。因此他也灰心了，不敢再想。

一天，忽然有个贾婆卖珠子路过柴廷宾家，柴廷宾把想娶邵氏为妾的想法告诉了她，并给她很多钱，说道："只求把我的一片诚心告诉邵家，成与不成都不怪你。万一能成功，则千金在所不惜。"贾婆因见此事有大利可图，便答应了。

贾婆来到邵家，故意不说正题，只与邵妻闲聊天。当看见邵氏时，她惊喜地赞叹道："真是个美貌的姑娘，假如到了昭阳院，赵飞燕姐妹哪里数得上呢？"接着贾婆又问："女婿是谁家的？"邵妻回答道："还没订婚。"贾婆说："这么漂亮的姑娘，一定能嫁到王侯家。何愁没有王侯家的公子做女婿呢？"邵妻叹道："王侯家不敢奢望，只要是个读书人，就是万幸了。我家这个小冤孽，反复挑选，十个没有一个中意的，也不知心里是怎么想的。"贾婆说："夫人不必烦恼，这么聪明漂亮的姑娘，不知前生修得什么样的功德的人，才有福娶得！昨天碰到一件非常可笑的事，柴家郎君说，在某家坟边，曾望见姑娘美丽，愿意用千金为聘礼。这不是饿急的猫头鹰想吃天鹅肉吗？被我怒斥一番，无趣地走了。"邵妻微笑不答。贾婆又说："只是在咱们秀才家，此事难以核计。若是其他人家，失一尺而得一丈，这样的事真可以考虑。"邵妻仍然笑而不答。贾婆拍掌说："如果真是这样，为我老婆子考虑，这计议就错了。今天受夫人厚爱，进屋就促膝交谈并给我斟茶倒酒，如果你得了千两银子，出门骑马坐车，进门住的是高楼大厦，那时我再到你门前，你的看门人就要把我赶走了。"邵妻沉思了好一会儿，起身离去，和丈夫商议；过了一会儿，又把女儿叫去；又过了一会儿，三人一起出来，邵妻笑着说："丫头真是奇怪，多少好姻缘都不同意，听说为贱妾反而同意了。只怕要让读书人笑话了。"贾婆说："假如过门后，生得一个小公子，大夫人又能怎么样呢！"说完，贾婆又把柴廷宾准备让新人在别墅居住的计划介绍了一番，邵妻更是高兴，对女儿说："你同贾姥姥说，这是你自己的主意，以后不要后悔，反来埋怨父母。"邵女红着脸说："父母因此得很多钱财而安享晚年，也算养女儿一场而得济了。况且我自认为命薄，如果找个高贵人家，一定会减寿的，稍微受些折磨，未必不是福。前日看见柴相公也是一脸福相，一定能子孙兴旺的。"

贾婆听后大喜，急忙跑回柴家报告。柴廷宾喜出望外，立即拿出千两银子，备好车马，把邵女娶到别墅。仆人们也不敢告诉金氏。

邵女对柴廷宾说："您的办法，就好像燕子把巢筑在帷幕上一样，朝不保夕。不让别人说话而防止走漏消息，这怎么可能呢？还不如早回去，时间短而不致引起大祸。"柴廷宾怕邵女受到金氏的摧残。邵女说："天下没有不能感化的人。我既然没有什么过错，她又怒从何起呢？"柴廷宾说："不行。这个金氏特别蛮横，不是用情理能感动的。"邵女说："我身为二房，受些折磨也是应该的。如不这样，提心吊胆地过日子怎么能长久呢？"柴廷宾认为她说得对，但仍犹豫不决。

一天，柴廷宾到别处去了。邵女穿上婢妾的衣服，出得门来，命令仆人牵一匹老马，一个老妇人带着一个包袱跟在后面，一直走到柴家。见到金氏，邵女跪伏在地上述说了经过。

金氏开始非常生气，继而一想她前来自首，可以原谅，又见邵氏打扮很朴素，脸上显出谦卑的样子，她的气也就渐渐消了。于是她命令丫鬟拿出锦缎衣服给邵氏穿，并对邵氏说："他这个轻薄寡情的人在众人中说我的坏话，使我横遭非议。其实都是他不仁不义，丫鬟们没有德行，激我发怒。你试想他竟背着妻子另立家室，这难道还是人吗？"

邵女说："我仔细观察，柴郎已有后悔之意，只是不好意思认错。谚语说：'大者不伏小。'按理而论，妻子和丈夫的关系，就像儿子和父亲、小妾和夫人的关系那样。夫人您如果能以好言相劝，那么过去的积怨就可以消除了。"金氏说："他自己不来，我怎么和他说？"随即金氏又让丫鬟老妈子为邵女打扫房间。金氏虽然心中不高兴，也暂且忍着。

柴廷宾听说邵女回家，非常担心，心里猜想羊入虎口，已咬得不堪设想了。他急忙跑回家，见家中很安静，才放下点儿心来。邵女迎到门口劝柴廷宾，让他去金氏房中，柴廷宾面有难色。邵女哭劝，柴廷宾听进一些劝了。邵女又去见金氏说："柴郎刚回来，自感惭愧不好意思见夫人，求夫人前去给他个笑脸吧。"金氏不肯去。邵女说："我已说过，丈夫和妻子之间的关系，就像夫人和小妾的关系一样。古时孟光举案齐眉，而人们没有说她是讨好丈夫，为什么？名分在那儿，就应该这样。"金氏无话可说，才随邵女过去。金氏见到柴廷宾说："你狡兔三窟，还回来干什么？"柴廷宾低头不语。邵女用臂肘碰了柴廷宾一下，柴廷宾才勉强笑了一下。金氏脸色好了一点儿，转身要

走。邵女推柴廷宾随金氏去,又让厨师准备饭菜。从此,夫妻又和好了。

邵女每天早早起床,穿上青色衣裙到金氏房中请安。金氏洗完脸,邵女马上将毛巾递过去,完全按小妾的身份行事,礼节非常周到。柴廷宾来到她的房中,她苦苦推辞,十来天才肯留柴廷宾一夕。金氏心里也佩服邵女的贤惠,自愧不如邵氏。可是金氏慢慢地由惭愧又转变成妒忌了。只是邵女伺候得很谨慎,挑不出什么毛病,有时稍说一下,邵女都是很顺从地接受。

一天夜里,柴廷宾与金氏有一点儿小争执,在早晨梳妆时金氏还怒气未消。邵女在旁为金氏捧着镜子,不小心镜子掉在地上摔破了,金氏更加生气,手握头发瞪着眼睛。邵女很害怕,跪在地上哀求才免于责罚。金氏怒气不消,拿鞭子抽打了邵女几十下。柴廷宾实在忍不住,气冲冲地进来,把邵女拉出去。金氏还唠叨着追着打。柴廷宾大怒,夺过鞭子打金氏,把她的脸上和身上都打破了,她才退回房去。从此,夫妻反目成仇。

柴廷宾禁止邵女到金氏房去,邵女不听。早晨起来,邵女跪着爬到金氏的床帏外。金氏拍着床板大声怒骂,不听邵女的解释,把邵女赶走。金氏日夜咬牙切齿,想等着柴廷宾外出再找邵女解恨。柴廷宾知道了,谢绝一切活动,闭门不出。金氏无可奈何,每天鞭打仆人,以泄心头之恨。仆人们被折磨得苦不堪言。

自从柴廷宾与金氏反目以来,邵女也不敢让柴廷宾过来住,柴廷宾于是独宿一室。金氏知道了,心里稍安。有一个年纪大一点儿的丫鬟,平常很狡猾,偶然一次和柴廷宾说话,金氏怀疑他们之间有私情,就把这个丫鬟狠狠地打了一顿。这个丫鬟总是在没人的地方狠狠地咒骂金氏。一天晚上,轮到这个丫鬟值夜,邵女嘱咐柴廷宾,不要让这个丫鬟去金氏房里。邵女说:"这个丫鬟面带杀气,恐怕要出事。"柴廷宾依她所说,把这个丫鬟叫来,诈问她:"你要干什么?"丫鬟已惊慌得一句话也答不上。柴廷宾更加怀疑,搜查她的衣服,找出一把锋利的刀子。丫鬟无言,只跪在地上请求处死自己。柴廷宾正想打她,邵女阻止说:"这事让夫人知道了,丫鬟就必死无疑了。她的罪过固然很大,然而不如把她卖了,既能使她保全性命,我们又能得到些银子。"柴廷宾认为有理,刚好碰上有人买妾,急忙将这个丫鬟卖了。

金氏因为这事没和她商量,怪罪柴廷宾,进而迁怒邵女,辱骂更加厉害了。柴廷宾生气地对邵女说:"都是你自找的,前日若杀掉了她,怎么会有今天?"他说完就走了。金氏对柴廷宾说的话感到很奇怪,问遍了身边的人,没有一个人知道,问邵女,邵女也不说。金氏更加烦闷和恼怒,扯着邵女的衣服叫骂不休。柴廷宾于是返回,以实相告。金氏大惊,向邵女赔礼,但心里又恨他们不早说。柴廷宾以为金氏对邵女的嫌隙都消失了,不再有所防备。恰巧柴廷宾出远门,金氏于是把邵女叫到跟前,数落说:"要杀主人的人罪在不赦,你把她放走是何居心?"邵女仓皇间找不出适当的理由来为自己辩解,金氏用烧红的烙铁烙邵女的脸，想要毁她的容。仆人侍女们都为邵女感到不平。每听得邵女痛彻心扉的号叫声，家中的仆人都哭出声来，纷纷求情，愿意代替邵女受死。金氏这才不烙，拿出针刺邵女肋下二十余下，才让邵女离开。

柴廷宾外出归来，见邵女脸上的烙伤，大怒，要去找金氏。邵女拉住柴廷宾的衣襟说："我明知是火坑而故意跳进来。我嫁给你的时候，难道把你家当成天堂了吗？我也是自觉命薄，以此来发泄对命运之神的怒恨罢了。安心忍受，还有期满的时候。若要再去触犯，就像把土坎填平而又掘出个土坎一样。"接着，邵女用药敷患处，几天后就痊愈了。照镜子后她忽然惊喜地对柴廷宾说道："你今天应该为我贺喜，她把我脸上的晦纹烙断了。"邵女依然和往日一样早晚侍奉金氏。

金氏见前几天大家都为邵女哭，知道自己如同独夫，略有愧悔之念，便经常喊邵女一起做事，言辞和脸色都很平和。

过了一个多月，金氏忽然得了胃气不顺的病，不思饮食。柴廷宾恨她不早点儿死，丝毫不过问。过了几天，金氏腹胀如鼓，日夜疼痛困扰。邵女伺候她有时都顾不上吃饭和睡觉，金氏更加感激她。邵女说自己懂一些医道，想给她治疗。金氏感觉过去对邵女折磨太惨，怕邵女以此来报复，所以就拒绝了。

金氏平时管家严厉，仆人都听她管束，自她病后，都懒散地没人干活。柴廷宾亲自管理，非常辛苦，可是家中的米盐，还没吃就没了。柴廷宾感慨中想起了妻子平日操持家务的功劳，就聘请医生为金氏看病。金氏对人总是自称得了"气蛊"病，所以医生诊脉后，都说是气郁造成的。这样换了几个医生，都没有效果，金氏已濒临病危了。一次又要烹药，邵女说："这种药，没有丝毫作用，只会使病情加重。"金氏不信。邵女暗中另开了药方，抓了一剂药换下原来的药。金氏吃下后，不一会儿连拉三次肚子，病好像好了。金氏就更加笑话邵女的话荒诞，呻吟着对邵女说："女华佗，现在怎么样？！"邵女和其他侍女都笑了。金氏问缘由，邵女才实话告诉她。金氏哭着说："我今日受你再生之恩却不知道！从今以后，一切家中事，由你做主。"

不几天，金氏病愈。柴廷宾摆设酒席为她庆贺。邵女捧酒壶站在一边侍候。金氏站起夺过酒壶，拉邵女与自己并肩坐下，亲热无比。夜深了，邵女托故离席而去，金氏派两个丫鬟把她拉回来，硬让她和自己睡在一个床上。从此，金氏有事一定要和邵女商量，吃饭一定要在一起，比亲姊妹还和睦。

不久，邵女生下一男孩。产后身体多病，金氏亲自照料，就像侍奉自己的母亲一样。后来，金氏得了心口疼的病，一痛起来，则面目发青，只想寻死。邵女急忙到街上买来几根银针。等赶回来，金氏已奄奄一息。邵女按穴位刺入，金氏马上就不痛了。十余天后，金氏的病复发，邵女再用针刺；过了六七天，金氏又发病。虽然每次邵女都手到病除，不致有太大痛苦，然而金氏心里非常恐惧，老怕病情复发。

一天夜里，金氏梦见来到一个地方，好像是个庙宇，大殿上鬼神都活动起来。一神问道："你就是金氏吗？你罪行太多，寿数应该尽了。念你已经改悔，所以只降灾给你，以示小小的惩戒。以前你杀了两个女人，这是她们前生的报应。而邵氏有什么罪过遭你这样的毒手？鞭打她的惩罚，已由柴生代报，可以相抵。你欠她一烙加二十三针，现在只三次，只偿还个零头，就指望病根除了？明天又该发作了。"金氏醒后非常害怕，还希望是噩梦而不是真的。第二天吃过饭后，金氏果然又病了，疼痛更加难忍。邵女来了，又用针扎，手到病除。

邵女疑惑不解地说："我的医术全用上了，病根怎么不除呢？请让我再用艾灸烧灼。这病非得用艾烧灼皮肤才能治好，只是怕夫人不能忍受。"金氏回忆起梦中神说的话，所以面无难色，在呻吟忍受之际，心想欠此十九针，不知以后变成什么症状。不如一次受尽，希望以后不要再受苦了。艾灸完了，金氏请求邵女再为她扎针。邵女笑着说："针怎么能随便滥扎呢？"金氏说："不用按穴位，只求你刺十九针。"邵女笑着说不能这样做。金氏一定要请邵女扎，在床上向邵女下跪，邵女始终不忍下手。金氏只好把梦中情况以实相告，邵女才大概沿着经络，如数刺了十九针。从此金氏康复，果然不再犯病了，她更加自我忏悔，对下人也能和颜悦色了。

邵氏生的儿子取名叫柴俊，聪明无比。邵女经常说："这孩子有翰林相。"八岁时有神童之称，十五岁考中进士，授任翰林。这年柴廷宾夫妇四十岁，邵女也三十二三岁了。柴俊回家探视父母，乡邻们都为他感到荣耀。邵翁自从卖掉女儿后，家中很快就富裕起来了，然而读书人都羞与他为伍。直到这时，才有人和他家往来。

异史氏说："女子妒忌，本是天性。而作为小妾的，又炫耀自己的美貌，耍弄小聪明，更增加了夫人的怒火。唉！这就是祸事的根苗。如果自安命运，自守本分，无论受到多少挫折都不改变自己的志向，这怎么能引来刀杖加身之苦呢？至于像金氏这样，妾从死亡边缘将她拯救过来，才有悔悟之念。唉！这难道能叫作人吗？上天只是按照她的罪行如数惩罚了，而没有增加利息多加责罚，这已经是老天爷的宽恕了。不是太颠倒是非了吗？经常看见有愚蠢的夫妻，抱病终日，任凭医生针刺艾灼而不敢呻吟，我心里常感到奇怪，听了金氏的事，现在才醒悟了。"

福建有一个人刚娶了小妾，他晚上来到妻子房中，不敢马上离去，装作脱鞋上床的样子。妻子说："去吧，不要装样子！"丈夫还装作犹豫的样子，妻子严肃地说："我不像别人家好妒忌的人，你何必如此。"这样丈夫才离去。妻子一人躺在床上，翻来覆去不能入睡，于是，起来到小妾屋门外偷听。仅能隐约听得小妾的说话声，不大清楚，只有"郎罢"两个字，稍听得明白。郎罢，是福建人对父亲的称呼。妻子听了一会儿，痰涌上来昏死过去，头碰门上发出响声。丈夫吃惊地起床开门，一个人僵尸般地倒进屋里。他喊小妾点灯，一看，原来是妻子，急忙扶起灌水入口。妻子眼睛刚刚睁开一点儿，就呻吟着说："谁家郎罢让你喊！"妒忌之情真可笑。

二　商

莒县有一人家姓商，兄富有而弟贫穷，两家只隔一堵墙。康熙年间，遇上一个灾荒年，弟弟家吃了上顿没有下顿。一天，已到了中午，还没生火做饭，商二空着肚子踱来踱去，想不出办法。妻子让他去向兄长告借。商二说："没用，如果兄长可怜我贫苦，应当早就来帮我了。"妻子坚持让他去，商二就让儿子前去。一会儿，儿子空着手回来了。商二说："怎么样？"妻子问儿子："你伯父怎么说的？"儿子说："伯父犹犹豫豫地看伯母，伯母对我说：'兄弟分居，有饭各食，谁还能顾得上谁呢。'"商二夫妇相对无言，暂时把一些破坛子和旧床卖掉，换了一些粗粮活命。

村里有三四个无赖少年，看商大家富足，夜里跳墙进院。商大夫妇从熟睡中惊醒，急忙边敲脸盆边大喊。邻居都忌恨他们，没人来救援。没办法，夫妇二人急忙喊商二。商二听嫂子呼喊，想去救援，妻子制止不让去，并大声对嫂嫂说："兄弟分居，有祸各受，谁能顾得上谁呀！"一会儿，强盗打破了门，把商大夫妇捆绑起来，用烧红的烙铁烙他们，商大夫妇的喊叫声特别凄惨。商二说："他们固然无情，哪有看着哥哥要死而不救的！"商二领着儿子翻墙而过，大声疾呼。商二父子一向勇猛有力，别人都怕他们，强盗更怕惊动别的人来援救，便逃走了。商二一看兄嫂，两腿都被烙焦了，商二把他们扶到床上，把婢女和仆人都召集来，商二父子才回去。商大虽受了伤，但钱财没有丢失，他对妻子说："现在财物能留下，全是弟弟救助的功劳，应该分给他一些。"妻子说："你若有好兄弟，就不用受这个苦了！"商大不言语了。

商二家断粮了，以为哥哥一定会有所报答，过了很久，也没有动静。商二的妻子等不下去了，让儿子拿着口袋去商大家借粮，儿子只借得一斗米回来。商二妻子生气他们借的粮食太少，气得要送回去，被商二劝住了。

又过了两个月，饿得支持不住了，商二说："现在没有办法谋生，不如把这个宅院卖给哥哥，哥哥怕我到别处去，也有可能不要房契而周济我们一些粮食。就是不这样，我们得十余两银子，也可以存活下来。"妻子认为对，让儿子拿着房契去商大家。商大把此事告诉了妻子，并说："我弟弟再不好，我们

也是骨肉手足，他要离开，我们就孤立了，不如让他把房契拿回去，我们周济他家一些粮食算了。"他妻子说："不行。他们说要离去，是要挟我们。真像你说的那样，就中了他们的圈套了。世上没有兄弟的人，便都死了不成？我们把墙加高，足可以保护自己。不如收下他的房契，让他走，还可以扩大我们的宅院。"商量已定，让商二在出让宅院的契约上画了押，商大给了钱让他们搬走了。于是商二搬到邻村去居住了。

村里一些为非作歹的人听说商二搬走了，又聚在一起闯进商大家，抓住商大，用种种刑具残酷地拷打他，要他把所有的金钱都拿来赎命。强盗临走时，打开仓库，喊来村中贫困的人，随便拿取，一会儿就把粮食抢光了。

第二天，商二才知道这件事，等他赶来，商大已昏迷不能说话了。商大睁开眼睛看见弟弟，只能用手抓床而已。不一会儿，商大就死了。

商二愤怒地到县衙告状。领头闹事的人都逃跑了，没法抓获。抢粮的有百余人，都是乡村里的贫苦百姓，官府也没有办法。

商大留下一个儿子，才五岁。家中破落，贫苦不堪，经常自己跑到叔父家，几天都不回去。送他回去，他就啼哭不止。商二妻子也没有好脸色。商二说："他父母不仁不义，孩子有什么罪呢？"于是商二给他买了几个蒸饼，亲自送他回去。过了几天，他又避开妻子，偷偷地背一斗粮送给嫂子，让她抚养儿子。以后商二经常这样做。又过了几年，商大家卖了田地和宅院，得到的钱，足以自给自足了，商二就不再来了。

后来又遇到一个大灾荒年，饿死者不计其数。商二家人口多，没能力照顾别人。侄儿那年十五岁，幼小不能独立劳动，让他提篮随叔叔家的哥哥卖烧饼。一天夜里，商二梦见兄长来了，脸色凄惨地说："我被妻子的话所迷惑，丧失了手足之情，弟弟你不计前嫌，使我羞愧难当。我家卖掉的老宅院，现在还空闲着，可以租下来住。屋后一个长有蓬草的土块儿下面，埋藏有一窖银子。挖出来，你可以小富。让我的丑儿跟随你；长舌老婆我真恨她，不要管她。"商二醒后，很感惊异。

商二出高价给那所宅院的主人，才租下来住进去。果然从后院挖出五百两银子。从此，商二不再让儿子和侄儿卖烧饼，让兄弟俩在街上开了一个店铺做生意。侄儿很聪明，计算从不出差错，又很诚实谨慎，凡是经手的钱财，一分一文都要告诉商二。商二更加喜爱他。一天，侄儿哭着请求给他母亲一些粮食。商二妻子不想给，商二感念他的孝顺，按月给他母亲粮米。几年后，商二家更富足了。商大妻子病死了，商二也老了，就让侄子分家另过，把家产的一半给了侄儿。

异史氏说："听说商大一丝一毫的东西也不轻易给人或取于人，也是个洁身自好的人。然而唯妻言是听，糊涂得不敢说一句话，忽视骨肉之情，终于因吝啬而死。唉！这有什么奇怪啊！商二开始时贫穷，最终富起来。他为人有什么长处呢？只是不十分听妻子的话罢了。唉！行为不同，人品高低就不一样了。"

梅　女

封云亭是太行人。他偶然间来到府城，白天躺在客店休息。当时他正值年轻丧偶，在寂寞之中，不觉情思绵绵。他正聚精会神冥思苦想的时候，发现墙壁上有个女人的影子，好像贴在墙上的画。他想这一定是思虑过度所引起的幻觉。但是，过了很长时间，影子既不消失也不动，他感到非常奇怪。他起身细看，影子变得更加真切；再近前细看，居然是一位年轻女子，面带愁容伸着舌头，绳索套在秀美的脖子上。封云亭正看得吃惊的时候，年轻女子好像要从墙上下来。他知道是个吊死鬼，但因为是在白天，也不太害怕。封云亭对她说："你有什么冤屈未申，我一定竭力相助。"影子居然从墙上走下来说："咱们偶然相遇，怎么能用这重大的事情去麻烦你？只是这九泉之下的枯骨，舌头不能缩进口里，绳索不能从脖子上取下来，请你把屋梁弄断烧掉，这大恩大德如同山岳。"封云亭答应了，随即影子也不见了。封云亭把房主叫来，问他为什么会发生刚才所见到的事情。房主说："这房子十年前是梅家的住宅。夜里有个小偷进来偷东西，被梅家抓住送到管治安的典史那里，典史接受了小偷三百文钱的贿赂，就诬陷梅女和小偷通奸，要把梅女拘留审验。梅女得到消息后气愤不过，上吊自杀了。后来梅氏夫妇也相继死去，他家的宅子这才归了我。住店的客人常常见到一些怪异的现象，但我也没办法制止。"封云亭把女鬼说的话告诉房主。房主考虑到拆房子换屋梁费用太大，感到为难；封云亭就出钱帮助房主改建。房子修好以后，封云亭又住到了原来的房中。梅女当夜又来到封云亭的面前，道谢之后，脸上充满了喜色，姿态娇媚。封云亭非常爱慕她，想要与梅女交欢。梅女低头惭愧地说："我身上的阴惨之气，不但对您没好处，而且如果这样做了，那么生前别人加给我的污秽肮脏之辞，就是用西江的水也洗不清了。你我以后有结合的机会，现在还不到时候。"封云亭问："什么时候？"梅女只是微笑不答。封云亭问："喝点儿酒吗？"梅女回答说："不喝。"封云亭说："面对美人，呆眼相看，这又是什么滋味？"梅女回答说："平生游戏娱乐的方法，我只懂深闺之雅戏——打马。可是两个人又太单调，夜深了又苦于没有棋盘。现在漫漫长夜没法打发，姑且和你做交线翻服的游戏吧。"封云亭听从了她的意见。两人促膝而坐，一个人将双手的食指和中指像戟一样伸开来绷线，另一个人翻线，翻了很长时间，封云亭就眼花缭乱不知怎么翻才对；梅女一边口述如何翻法，一边用面部表情示意他怎样翻，这样越翻越奇妙，变化无穷。封云亭笑着说："这真是闺房中绝妙的游戏。"梅女回答说："这玩法是我自己悟出来的，只要两根线，就可交织成各种各样的花样，人们只是不深入观察罢了。"玩到夜深二人都觉得疲倦，他极力让梅女一起就寝，梅女说："阴间的人不睡觉，请你自己睡吧。我稍懂一点儿按摩术，愿意使出全副本领，帮助你做个好梦。"封云亭同意了。梅女叠起双掌给他轻轻地按摩，从头顶到脚跟都按摩遍了，她的手所按摩过的地方，骨头好像酥了一样好受。接着，梅女又握起拳头，轻轻地敲着，好像用棉絮摩擦皮肤似的，全身舒服得无法形容。当捶到腰间的时候，封云亭眼也懒得睁，嘴也懒得张；当捶到大腿上的时候，他就昏昏沉沉地睡着了。等到醒来的时候，时间已快到响午了，封云亭感到全身骨节舒服轻松，和往日大不一样。封云亭对梅女更加爱慕不已，绕着屋子喊了好一阵，可是并没有一点儿回应。直到太阳西下，梅女才来。封云亭问梅女："你住在什么地方，叫我到处喊？"梅女回答说："鬼没有固定的住所，总之是在地下了。"封云亭又问："地下有缝隙可以容身吗？"梅女回答说："鬼不受土地的阻碍，就像鱼不受水的阻碍一样。"封云亭抓住梅女的手说："如果你能复活，我就是倾家荡产也要把你娶过来。"梅女笑着回答："用不着倾家荡产。"两人说笑到半夜，封云亭苦苦哀求梅女和他同床。梅女说："你不要缠我，有个叫爱卿的浙江妓女，最近搬到我家北边居住，人长得非常有风韵。明晚，我叫她一起来，让她替我陪你，怎么样？"封云亭同意了。第二天晚上，梅女果然和一个少妇一起来了。少妇年龄有三十岁左右，眉目流转，暗暗透出风流放荡的情态。三个人挤在一起亲密地坐着，玩打马的游戏，玩完最后一局，梅女站起来说："聚会到这时正好，我暂时离开一下。"封云亭想要留住她，可是梅女轻飘飘地如一阵清风似的不在了。封云亭和爱卿两人上了床，解衣交欢，快乐非常。封云亭问她的家世，她含糊应对不肯说出详情。她只是说："郎君如果喜欢我，只要用手指轻敲北墙，小声叫'壶卢子'，我立即就来。叫三声不答应，就知道我没闲工夫，就不要再叫了。"天快亮的时候，爱卿进到北墙的缝隙当中离开了。

第二天，梅女一个人来了，封云亭问她爱卿为什么没来，梅女说："被高公子叫去陪酒了，所以没来。"于是两个人点着蜡烛在灯下谈心。梅女总像有话要说，但嘴唇一动就停住了；封云亭再三追问她，但她还是不肯说，只是不停地叹息罢了。封云亭尽力与她玩笑嬉戏，玩到四更天她才离开。从这时起梅女、爱卿两个经常来玩，嬉笑之声通宵达旦，全城的人都知道了这件事。衙门中有位典史，也是浙江世家之子，他的妻子因为和仆人私通被他休了。后来他又续娶了顾氏，两人相亲相爱感情很好；可惜结婚才一个月顾氏就死了，典史心中非常怀念她。听说封云亭与女鬼有交情，想要打听阳世人与阴间人怎样相会，于是骑上马到封云亭处拜访。封云亭开始不肯答应，典史再三恳求，封云亭只好设宴招待他，答应为他把鬼妓叫来。到了黄昏，封云亭敲着北墙叫"壶卢子"，三声未毕，爱卿就来了。爱卿抬头看见典史，脸色突变，回身想走，封云亭挺身将她拦住。典史细细一看，勃然大怒，抓起大碗向爱卿扔去，爱卿忽然不见了。封云亭见状非常吃惊，不知道是什么原因，正要详细询问，即见黑暗中走出个老太婆，冲着典史大骂："你这个卑鄙的贪赃贼！坏了我家的摇钱树！快拿出三十贯钱赔我！"说完，老太婆拿着手杖就打典史，打中了他的头。典史双手抱着头悲伤地说："这女人就是顾氏，是我老婆，年纪轻轻就死了，我正在为她伤心得要死，不料她做了鬼却不洁不贞，与你老太婆有什么相干？"老太婆生气地说："你本是浙江的一个无赖贼，花钱买了条乌角腰带，就鼻孔朝天了！你当官有什么黑白之分？袖筒中有三百钱就是你的爹了！你搞得天怒人怨，死期已到了，你爸妈替你向阎王爷求情，愿意把心爱的儿媳送入妓院，替你偿还贪债，你还不知道吗？"说完，老太婆又打他。典史被打得高一声低一声地哀叫着。封云亭正吃惊得不知怎样劝解，看见梅女从房中走出来，她瞪着眼睛，吐出舌头，脸色变得十分可怕，靠近典史用长簪刺他的耳朵。封云亭非常吃惊，就用自己的身子挡着典史，梅女愤恨难平。封云亭劝她说："典史即使真的有罪，可他死在我的寓所里，那么责任就在我身上。请你不要因打老鼠把家具也毁坏了呀！"梅女就拉住老太婆对她说："暂时留他一口气，看我的情面，照顾一下封郎。"典史仓皇鼠窜而去。回到衙门后，典史患上了头痛病，半夜就死了。

第二天夜里，梅女出来笑着说："痛快！终于出了这口恶气！"封云亭问："你和他有什么冤仇？"梅女说："以前我就对你说过，官府接受贿赂诬陷我与别人有奸情，我心怀仇恨很久了。我常常想请你帮助我平反昭雪，因为平时对你没任何好处，所以很惭愧，几次话到嘴边就止住了。刚好昨晚听到屋里打斗的声音，我暗中偷听，没想到这家伙正是我的仇人。"封云亭吃惊地说："这就是诬陷你的坏蛋啊？"梅女说："那个典史在这里当了十八年官，我也冤死十六年了。"封云亭问："老太婆是什么人？"梅女回答："她是个老妓女。"封云亭又问到爱卿的情况，梅女回答："她病了。"接着，梅女微笑着说："我以前对你说过我们结合有期，现在真的快到了。你曾经说愿意倾家荡产来赎我出去，还记得吗？"封云亭回答："现在我还是这么想啊！"梅女说："实话告诉你，我死后就投生到延安展孝廉家去了。只是因为大冤未申，所以拖延到现在灵魂还在这里。请你用新绸子做个装鬼的袋子，使我能够进入袋子里随你一块儿到展家去求婚，估计展家一定会答应的。"封云亭担心门户身份相差悬殊，恐怕求婚不能成功。梅女说："你只管去，不用担心。"封云亭就听从了她的话。梅女又嘱咐说："路上千万不要叫我，等到结婚那天晚上喝交杯酒时，你把绸口袋挂在新娘头上，然后赶快说：'莫忘，莫忘！'"封云亭答应了。他刚把口袋打开，梅女就跳进去了。

封云亭携带着口袋到了延安，一打听，果然有个展孝廉，他生了一个很漂亮的女孩，只是患有痴呆病，又常把舌头伸出口外，像狗在烈日下喘息似的。女孩十六岁了，还没有人来提亲。父母为她的事都愁病了。封云亭到展家递上名帖，详细地通报了自己的家世，然后回到自己的寓所，请媒人到展家去提亲。展孝廉很高兴，把他招为上门女婿。展女痴呆得很厉害，见人不知道行礼，只好让两个婢女连拉带扶地引进新房。众婢女离开新房后，展女解开上衣露出双乳，对着封云亭痴笑。封云亭将装梅女鬼魂的绸袋蒙在展女的头上，喊道："莫忘！莫忘！"展女两眼盯住封云亭细细地看，好像在想着什么。封云亭笑着对她说："你不认识我了吗？"还把绸口袋举起来给她看，展女这才醒悟过来，急忙整理好上衣，两人亲热地交谈。

第二天早上，封云亭进房拜见岳父。展孝廉安慰他说："我那呆女儿什么都不懂，既然承蒙你看上了她，如果你有想法，我家中有不少聪明伶俐的丫鬟，乐意赠送。"封云亭极力争辩说展女不痴，展孝廉很疑惑。没多久展女来了，言行举止都很得体。看到女儿这样良好的状态，展孝廉非常吃惊，展女只是对着父亲掩口微笑。展孝廉仔细盘问女儿，女儿进退两难，羞于开口；封云亭替她向展孝廉简单地叙述了事情的经过。展孝廉非常高兴，对女儿的疼爱，比以往更多了。展孝廉于是让儿子展大成和封云亭在一起读书，提供非常丰厚的待遇和学习条件。过了一年多，展大成渐渐地对封云亭轻慢起来，并讨厌他，所以郎舅两人关系很不好；家里的仆人也对封云亭说长道短，展孝廉也被这些闲话所迷惑，对封云亭的态度冷淡下来。展女发觉后，对封云亭说："岳父家是不能长久住下去的；凡长久住在岳父家里的，都是让人瞧不起的窝囊废。趁着现在还没有太大的裂痕，应该尽快回老家。"封云亭同意了，于是便告诉了展孝廉。展孝廉想把女儿留下，女儿不答应。展孝廉父子俩都很生气，不给他们预备车马。展女拿出自己的嫁妆换钱租了车马回到封家。后来展孝廉叫女儿回家探望，展女执意推辞不肯回去。再后来封云亭考中举人，翁婿两家才有了来往。

异史氏说："官位越低的人越贪婪，常情难道都是这样吗？那个典史受了人家的三百文钱就诬梅女与贼通奸，良心丧尽了。他失去了妻子，而妻子又进了妓院，他本人也最终因此而横死了。唉！实在可怕啊！"

康熙二十三年，贝丘地方有个典史为人最是贪婪狡诈，百姓都非常恨他。突然，他的妻子被骗子拐走。有个人替他贴出一张寻人启事，上面写道："某官因自己不小心，丢失了夫人一个。她身上没有多余的东西，只有七尺长的红绸子，包着一个元宝，翘边细纹，一点儿破损都没有。"这也算是风流的小报应了。

阿 英

庐陵人甘玉，字璧人。父母早亡。留下一个弟弟叫甘珏，字双璧，才五岁就跟着哥哥一起生活。甘玉性情友爱，抚养弟弟如同对待自己的孩子一样。后来甘珏渐渐长大了，长得丰姿超俗，人既聪明，又会写文章。甘玉更加喜爱弟弟，常常对人说："我的弟弟一表人才，不能不找个好媳妇。"但是挑选得过分苛刻，甘珏的婚姻之事始终没有着落。

当时甘玉正在匡山寺里读书，一天晚上，刚刚躺下，就听到窗外女子说话的声音。偷偷一看，见有三四个女子席地而坐，几个小丫鬟摆上酒菜，个个都是国色天香，十分漂亮。其中一个女子说："秦娘子，阿英为什么不来呀？"坐在下首位置的女子说："她昨天从函谷关回来，被坏人打伤了右臂，不能和咱们一起玩乐，正因这在家里生气呢。"另一个女子说："前一天夜里，我做了一个十分可怕的噩梦，现在想起来还吓得出冷汗呢。"坐在下首位置的女子说："不要说了，不要说了。今晚姊妹高兴地在这里聚会，讲那吓人的噩梦使人不快乐。"那女子笑着回答说："你这小丫头怎么这么胆小，难不成害怕虎狼把你叼去不成？想要让我不说梦境，那就要唱一支曲子，给姊妹们喝酒助

兴。"坐下首位置的女子就低声吟唱道:"阶下的桃花次第开,昨天的踏青约会我答应得很痛快。告诉东邻的女伴稍等莫催促,我穿好了凤头绣花鞋马上就到来。"唱完,满座的人没有不拍手叫好的。

正在谈笑之间,忽然一个高大的男子板着脸从别的地方跑了过来,像鹰一样的双眼射出绿莹莹的光,样子又凶恶又丑陋。众女子都哭喊着:"妖精来了!"仓促间众人像鸟一样哄然而散。只有唱歌的女子长得柔弱跑不动,被那大汉抓住,发出凄惨的哀哭声,用尽全身力气挣扎着。大汉怒吼,咬断了女子一个手指,随即就大嚼着吃了。女子倒在地上好像死了。甘玉心中怜悯同情,实在不忍心,就急忙抽出利剑拔开门闩冲出去,挥剑就砍,砍在大汉的大腿上,大汉大腿被砍断,带着伤痛逃跑了。甘玉把受伤的女子扶进屋里。女子已面如土色,衣袖上鲜血淋漓,甘玉察看她的手,右手拇指被咬掉了。甘玉立即撕块儿布包扎住伤口,女子呻吟着说:"你的救命之恩,我用什么报答呢?"甘玉在偷看女子时,心里就暗想给弟弟做媒说合,于是就把自己的想法告诉了女子。女子回答说:"我这个伤残人,已经不能操持家务了,让我为你弟弟再找一个吧。"甘玉问她姓什么,她说:"我姓秦。"甘玉替她铺好被子,让她暂时在这里好好休养,自己拿着被子到别处去睡了。天亮后,甘玉过来探看,床上已经空了,他猜想一定是自己回家了。甘玉到附近的村落打听,根本就没有姓秦的人家。然后到处托朋友查访,都没有准确消息。甘玉回到家里和弟弟谈起此事,悔恨得如丧魂魄。

有一天,甘珏到郊外去游玩,偶然间遇到一个十五六岁的少女,姿色娟秀,看着他微笑,好像有话要说。少女先是用传神的眼睛四下里看看然后说:"你是甘家的二郎吗?"甘珏回答:"是。"少女说:"你父亲当年曾经要聘我做你的妻子,为什么现在要违背以前的婚约,另聘秦家的姑娘呢?"甘珏说:"我自幼父母双亡,过去的旧交我都不认识,请把你的家庭情况告诉我,回家后问问我哥哥。"少女说:"用不着详细说家族门第,只要你一句话,我就会亲自到你家去。"甘珏以没有告诉哥哥为托词不肯答应。少女笑着说:"傻郎君!你就这么怕你的哥哥?我姓陆,住在东山望村。三天以内,我等你的好消息。"说完少女告别甘珏走了。甘珏回到家中,把路上遇到少女的经过告诉哥嫂。哥哥说:"她说的都是谎话!父亲去世时,我二十多岁了,如果有这种说法，我哪能没听说过？"甘玉又因那年轻女子一个人在郊野行走，而且碰到男人就随便交谈，更加看不起她。接着甘玉又问那姑娘长得怎么样。甘珏脸红到脖子根，一句话也回答不出来。嫂子笑着说："猜想她一定是个美人。"甘玉说："小孩子哪能分辨出什么美丑？即使她很漂亮，也一定赶不上姓秦的女子；等到秦家的女子谈不成，再提她也不晚。"甘珏没出声就退了出去。

过了好几天，甘玉在行路的途中，看见一个女子，哭着向前赶路。甘玉勒住缰绳停马向那女子偷看一眼，见这姑娘美得人间少有。他就叫仆人上前问她哭什么？她回答说："我从前许配给甘家二郎，因家庭生活贫困，搬到外地去了，与家乡人断绝了音信。直到最近回来，才听说甘家三心二意，要违背前盟撕毁婚约，我要去问问大伯子甘璧人，看他怎样安置我？"甘玉惊喜地说："我就是甘璧人。我父亲从前给订下的婚约，我确实不知道。这里离我家不远了，请你到我家再商量。"说着甘玉下马让姑娘骑上马，自己牵着马徒步回到家里。姑娘自己介绍说："我小名叫阿英，家中没有兄弟姐妹，只是和表姐秦氏住在一起。"这时甘玉才明白，他要找的美女就是眼前这位。甘玉想要到她家把此事告诉给她的家人，姑娘执意不让去。甘玉心中暗喜弟弟有了这样一位漂亮的妻子，但是又担心太轻佻招人议论。过了很长一段时间，甘玉发现阿英很庄重和顺，又温柔健谈，对待嫂嫂像对待自己的母亲一样恭顺，嫂嫂也特别喜欢她。

正值中秋节，甘珏和阿英正在亲热地喝酒，嫂嫂请阿英过去。甘珏心中不太乐意。阿英让来人先走，说她自己随后就来。可她却说说笑笑坐了好一会儿，根本没有要离开的意思。甘珏怕嫂嫂等得太久，所以连连催促她快去。阿英只是笑，最终也没有到嫂子那里去。

第二天早晨，阿英刚刚梳妆完毕，嫂子亲自来关切地问阿英。"昨天晚上咱们对坐时，你为什么闷闷不乐？"阿英没有说什么只是微笑。甘珏觉得有些奇怪，询问了一下原委，发现阿英同时在两处出现。嫂子非常吃惊地说："假如她不是妖怪，怎么会使分身法？"甘玉知道后也很害怕，隔着门帘对阿英说："我家世代积德行善，从来不和谁结怨，如果你是妖怪，请赶快走开，千万不要害我的弟弟呀！"阿英羞愧地说："我本来不是凡人，只是公爹从前把我许给甘珏为妻，所以表姐秦氏因此催促我过来和甘珏成亲。我自知不能生儿育女，曾多次想告辞离开甘珏，只是兄嫂待我好而依恋不忍离开。现在既然已被怀疑，那就让我们从此分手吧！"一转眼的工夫，阿英变作了一只鹦鹉，翩翩飞去。

甘父在世时，养了一只鹦鹉，很解人意，甘父经常亲自给它喂食。那时甘珏只有四五岁，父亲喂鸟时，甘珏就问："养鸟做什么？"甘父开玩笑说："将来给你做老婆呀！"有时鹦鹉没食了，甘父就对甘珏说："再不取鸟食来，就要饿死你媳妇了。"全家人都拿这话和甘珏开玩笑。后来鸟笼的铁链断了，鹦鹉飞走了。这时大家才明白过去的婚约，说的就是这件事。可是甘珏明知阿英是鹦鹉所变，心里却一刻也放心不下。嫂子更加挂念，早晚想起来就掉眼泪。甘玉也很后悔，可也没一点儿办法。

两年以后，甘玉又给弟弟娶了一个姓姜的姑娘，但他心里总觉得不如意。他们有个表哥在广东做主管司法的推官，甘玉到广东去探望他，长时间没有回来。这时正赶上土匪作乱，附近的村庄大部分都烧成了废墟。甘珏非常害怕，领着家人到一个山谷里避难。山里避难的人很杂，男女老少都有，互相都不认识。忽然听到一个女人小声谈话，声音极像阿英。嫂子叫甘珏过去看一下，果然是阿英。甘珏非常高兴，抓住她的胳膊不放。阿英就同来的人说："姐姐们暂且先走一步，我去看看嫂嫂就来。"阿英一到，嫂子看见她就伤心地哭了起来，阿英再三劝慰，又说："这里不是安身的地方。"于是阿英劝他们回家去。大家说害怕土匪骚扰，阿英坚持说："不要紧。"于是阿英与众人一同回来了。阿英抓起一把泥土封住大门，嘱咐大家安心住在家中不要轻易出去，坐着说了一会儿话，转身想要离开。嫂嫂急忙握住了她的手腕，又叫丫鬟抓住她左右两只脚，阿英没办法，只得留在这里，但是她不常回到自己过去住的房间去，只有甘珏再三求她时，她才去一次。嫂嫂常向阿英说甘珏不满意新娶的姜氏，阿英便每早起来都给姜氏梳妆。梳完头发，阿英又仔细给姜氏扑上脂粉，人们再端详姜氏，比平时漂亮了好几倍。这样一连过了三天，姜氏居然变成了一个漂亮女子。嫂子对这件事感到很吃惊，于是对阿英说："我连个孩子也没有生，想给你哥哥买个妾，还没来得及办理此事。不知在丫鬟们当中有没有能把容貌修饰漂亮的？"阿英回答："没有哪个人不能改变容貌的，只是原本容貌好的容易改变罢了。"于是嫂子让阿英把所有的丫鬟都细看了一遍，只有一个长得又黑又丑的丫鬟有生男孩的相。于是阿英把她叫过来，给她认真地洗干净，然后用浓粉和美容药粉涂在她的脸上。这样美容了三天，丫鬟的脸色由黑色变成黄色，从第四天涂到第七天，脂粉渗入皮肤，丫鬟的相貌好看多了。就这样，众人每天只是关门作乐，并不考虑外面的兵荒马乱。

一天夜里，喧闹的声音从四面八方响起，全家人都不知如何是好。一会儿，大家便听到门外人叫马嘶，随后乱哄哄地离开了。到了天亮以后，人们才知道昨晚村中各家被土匪烧掠干净，土匪成群结队到处搜遍了，凡是躲在山洞中的人全被杀死或掠走了。于是全家人更加感激阿英，像神仙一样看待她。阿英忽然对嫂子说："我这次来，只是因为嫂子对我的恩义难忘，在离散和战乱中替你们分点儿忧。大伯子哥就要回来了，我在这里，就像俗话所说，'既不是妻子，又不是侍妾，可要笑死人了'。我姑且离开，有闲空时再来看望嫂嫂。"嫂子问："你大哥在路上平安吗？"阿英说："最近在途中有场劫难。这不关别人的事；秦家表姐受过大哥的恩惠，想必会图报答的，肯定没危险。"嫂子留她再过一夜，天还没亮她就离开了。

甘玉从广东回来，听说家乡土匪作乱，日夜兼程地往家赶。在行进途中遇上了强盗，主仆扔下马匹，各人都把钱缠在腰上，躲藏在荆棘丛中，这时一只秦吉了飞到荆棘上，张开翅膀遮住他们。甘玉看见，秦吉了的脚上少了一个足趾，心里感到很奇怪。一会儿，许多强盗从四面围上来，把荆棘草丛找遍了，好像在搜查他们。两个人吓得连气都不敢喘。强盗散开了，秦吉了这才飞走。甘玉回到家里和家人谈了各自的遭遇，才知道秦吉了就是他在庙里搭救的漂亮姑娘。

以后每当甘玉外出不回来，晚上阿英就一定来。估计甘玉快回来了，阿英清早就走了。甘珏有时在嫂子那里遇见阿英，乘机请她到房里去，但阿英总是口头答应却不赴约。一天晚上，甘玉到别处去了，甘珏料想阿英一定会来，便躲在暗中等候。不一会儿，阿英真的来了。甘珏突然跳出来，挡住阿英并把她拉到自己房里。阿英说："我和你的缘分已尽，勉强苟合，恐怕会被神灵惩罚。稍稍留有余地，每隔一段时间见上一面，怎么样？"甘珏不听，终于同阿英睡到了一起。天亮时，阿英去见嫂子，嫂子对阿英昨晚没来感到奇怪。阿英笑着说："途中被强盗所劫，有劳嫂子挂心了。"说了几句话，阿英就急着走了。过了一会儿，一只大山猫叼着一只鹦鹉从房门口经过，嫂子吓得要命，怀疑这是阿英。她当时正在洗头，赶忙停下来大声喊叫，大家一起呼喊追逐，才将鹦鹉从山猫爪中救出。只见鹦鹉左翅膀沾满血污，已经奄奄一息了。嫂子把鹦鹉放在自己的膝头上，抚摸了好长时间，鹦鹉才渐渐苏醒过来，自己用嘴梳理着翅膀上的羽毛。又过了一会儿，鹦鹉在室中飞绕一圈，叫道："嫂嫂，永别了！我怨恨甘珏呀！"说完鹦鹉扇动着翅膀飞走了，再也没有回来。

青 娥

霍桓，字匡九，是山西人。他的父亲做过县尉，很早就死了。霍桓是最小的儿子，聪敏过人。十一岁时，霍桓考中秀才而进县学读书。可是他的母亲对他过分溺爱，从来不让他出家门，霍桓到了十三岁时，连叔叔、伯伯、外甥、舅舅都分不清。

同乡有个武评事，喜欢道家法术，进山修行后再也没回家。他有个女儿叫青娥，十四岁，长得异常漂亮，小的时候就常偷看父亲有关道家的书籍，羡慕何仙姑得道成仙。父亲进山修行后，她立志不嫁人，母亲对她也没办法。

有一天，霍桓从门外偶然看见了青娥，他虽年幼无知，但只觉得对这女孩爱慕到了极点，却又说不清楚，便把这种感受告诉母亲，让母亲托媒人去提亲。母亲知道对方不会同意，对儿子的要求感到很为难。霍桓却因此闷闷不乐，母亲怕挫伤儿子的脸面，就委托有交往的朋友向武家提亲，果然不成。霍桓行走坐卧都在想办法，但他始终想不出主意来。这时恰好有个道士从门口过，手里拿着一把小铲，有一尺来长。霍桓借来看了一下，问道："这是干什么用的？"道士回答说："这是挖药的工具，东西虽小，但坚硬的石头也能挖进去。"霍桓不太相信，道士就用小铲砍墙上的石头，石头应手而落。霍桓惊叹不已，拿在手里摸来摸去舍不得放下。道士笑着说："公子既然喜欢它，就把它送给你了。"霍生非常高兴，要给钱酬谢，道士不接受，走了。

　　霍桓拿着小铲回到家里，用砖头石块儿做试验，小铲果然很锋利。他一下子想到，用它把武家的墙挖个洞就可以看到青娥了，却不知道这样做是非法的。打更以后，霍桓翻墙而出，一直跑到武家的住处，共凿开两道墙，才到达正院。看见小厢房里还有灯火未灭，他便弯下身子向里偷看，见青娥正在卸晚妆准备睡觉。过了一会儿，灯熄灭了，屋里安静下来，没一点儿声音。霍桓打洞穿墙来到屋里，青娥已经睡熟了。霍桓轻轻地脱掉鞋子，悄悄爬上床去，又害怕把青娥惊醒，会遭到呵斥驱逐，便偷偷地躺在了青娥绣被的旁边，闻到了青娥身上的香气，心中暗暗地感到快乐。由于忙碌了半夜，霍桓疲倦得厉害，稍一合眼，不知不觉就睡着了。

　　青娥一觉醒来，听到身边有呼吸的声音，她睁开眼睛一看，见墙洞有月光透入，吃了一惊，急忙穿衣起床，黑暗中拔门闩开门轻轻地走了出去，敲窗子叫醒了女仆，一起点起灯火，操起木棒来到绣房中。她们看见一个少年书生沉睡在青娥的绣床上，一端详，认出是霍家的孩子霍桓，用力推才把他推醒。霍桓爬起来，眼睛像流星一样灼灼有神，似乎并不害怕，只是有些羞涩，一声不吭。众人指着他说他是个小偷，大声恐吓斥骂，他才流着泪说："我并不是小偷，实在是因为太爱小姐了，希望能够接近小姐闻到她身上的香气罢了。"大家又怀疑挖透好几层墙，不是一个小孩子所能干得了的。霍恒拿出小铲说了它的奇特功效，大家当场试了试果然非同一般，惊讶极了，怀疑这一定是神仙给他的。女仆们想要把此事告诉给武夫人，青娥低头默然沉思，意思好似不同意这样做。众人私下猜知青娥的心思，于是说："这孩子的人品、神童的名声和门第还不至于玷辱我们的门庭，不如让他离开，回去后再请个媒人来提亲。明天早晨，只向夫人撒谎说进来了盗贼，行吗？"青娥没有回答。于是众女仆便催霍桓快走。霍桓从女仆手中要回铁铲。众人笑着说："傻小子！还忘不了作案的工具吗？"霍桓又发现枕边有一支青娥的凤钗，偷偷地放到衣袖里。但是被一个丫鬟看见了，急忙告诉了小姐。青娥没说什么也没生气。一个年纪大的女仆拍着霍桓的脖子说："不要说他傻气，心眼可乖巧透了！"于是，她让霍桓仍然从墙洞中出去。霍桓回到家之后，不敢把所发生的事情如实地告诉母亲，只是求母亲再托媒人去武家表示求婚之意。母亲不忍心直接拒绝他的要求，急忙托媒人向别的人家提亲。青娥得知此事后，心中十分焦急，暗中派心腹丫鬟去给霍母传话。霍母非常高兴，又派媒人向武家提亲。正巧小丫鬟在武夫人面前泄露了霍桓夜入青娥绣房的秘密。武夫人觉得受到了侮辱，非常愤怒。霍家所托的媒人一到，更触发了她恼怒的情绪，拿着拐杖指天画地，大骂霍桓，并连及他的母亲。媒人吓得逃回霍家，将武夫人如何骂霍家母子的情形详细讲了一遍。霍母也非常生气地说："不成器的孩子所做的事，我一直都蒙在鼓里。为什么对我也无礼辱骂？当荡儿淫妇睡在一块儿时，为什么不把他们一起杀了？"从此以后，霍母见到亲属，总是要详细诉说一遍。青娥听说了，羞愧得要寻死。武夫人非常后悔，但又没办法让霍母闭口不言。青娥暗中派人向霍母婉言致意，表示除了霍桓，她决不嫁他人，她的言辞很悲切，霍母被感动，从此就不再讲了，但是提亲的事也就中止了。

这时正赶上陕西人欧公做当地县令，看过霍桓的文章，非常器重，常常招霍桓到衙署谈话，对他很是偏爱。有一天，他问霍桓说："你结婚了没有？"霍生回答："没有。"欧公仔细问他为什么没结婚，霍桓回答："早先我和武评事的小女青娥有婚约，后来因为一点儿小嫌隙耽搁下来了。"欧公问："这桩婚事现在还愿意吗？"霍桓含羞不语。欧公笑着说："让我来成全这件美事吧。"于是派县尉和教谕到武家下聘礼。武夫人很高兴，就把婚事定下了。

过了一年，霍家将青娥迎娶过来。青娥一进家门，就把小铁铲扔到地上，说："这是做贼用的工具，快把它拿走。"霍桓笑着说："不要忘了媒人。"一刻不离地珍藏在身上。青娥为人温柔善良，沉默寡言，每天除了早、午、晚三次给婆婆请安外，其余的时间多半是关在屋里静静地坐着，不太留心家务。但有的时候婆婆因别家婚丧外出，家里的事青娥都操办起来，很是井井有条。

过了一年多，青娥生了个儿子取名叫孟仙。她把照料孩子的事全委托给乳娘、保姆，似乎对孩子也不太疼惜。又过了四五年，青娥忽然对霍桓说："我们欢爱的缘分，到现在有八年了，现在是相聚的日子短，而离别的日子长，怎么办呢？"霍桓惊奇地问她为何说此话，她沉默不语。然后，青娥又精心打扮一番去拜见了婆婆，随后回到自己的房间。霍桓追到房间去问她，她已经仰面躺在床上断了气。霍家母子十分悲痛，买最好的棺材将她安葬了。

这时，霍母已年老体衰，每当抱起孙子，就免不了思念儿媳妇，难过得撕心裂肺，由此导致身体染病，渐渐地衰弱得不能起床了。霍母吃东西就反胃，只想喝鱼汤。但附近却没有鱼，需要到百里以外才可以买到。因此男仆和马匹都被派到外面去了。霍桓对父母非常孝顺，等不及仆人马匹回来，拿着钱独自出门去给母亲买鱼了。他白天黑夜赶路，足不停步。返回时，走到山里，太阳已经落山，他一瘸一拐，一步只能迈出去几寸远。后来有一个老头来了，他问霍桓："脚上是不是打泡了？"霍桓连连点头。老头儿就拉他坐到路边，敲石取火，点着用纸包着的药粉，用来熏霍桓的脚。熏完之后，霍桓试着走了几步，脚不但不疼了，而且走起路来更有力了。霍桓对老头儿非常感激，向老头儿再三致谢。老头儿又问："你有什么事这么急急忙忙的？"霍桓把母亲害病的原委细说了一遍。老头儿又问："为什么不另娶一房妻子？"霍桓回答说："没有遇上好的。"老头儿指着一个遥远的山村说："那村里有个漂亮姑娘，如果能跟我一起去，我愿意给你做媒。"霍桓以母病重等鱼吃不能耽搁为由，谢绝了老人的好意。老人便向霍桓拱手致意，相约以后霍生到村中来时，只要打听老王就行了，说完告别离开。霍桓回到家中，把鱼煮好捧给母亲。母亲只稍稍吃了一点儿，几天后病就好了。霍桓于是带着仆人骑着马去到那个村子找姓王的老头儿。可是等到了与姓王的老头儿分手的地方，霍桓却找不见他从前所指的村子。他徘徊了一个多时辰，夕阳渐渐落山，山谷地势纷杂，又看不到远处，于是霍桓就和仆人上山去找那个村庄。可是山上的小路蜿蜒崎岖，没法骑马行走，只得徒步登山，他们爬到山顶时，已经是暮色苍茫了。众人迈着小步一边走一边向四周看，根本就没有村庄。正要下山，往回走的路也迷失了，霍桓心里不安，焦躁得心中像火烧一样。正在胡乱寻找归路的时候，黑暗中坠到了绝壁之下。幸亏几尺之下有一窄窄的石台，霍桓坠落在石台上，石台仅能容下一人，往下看漆黑见不到底。霍桓害怕极了，一动也不敢动，又幸好崖边上都长满了小树，像栏杆一样拦住了他的身子。过了一会儿，霍桓发现脚边有个小洞，心里暗暗高兴，用背靠着崖石，像蜒蚰一样爬进洞里。这时他心情才稍稍稳定下来，希望天亮后能够向外呼救。又过了一会儿，他发现洞的深处有点点亮光，像星星一样。霍桓慢慢向亮点处靠近，走了三四里，忽然看见了房屋，虽然没有灯烛，却明亮得和白天一样。一个漂亮的女人从房子里走出来，他仔细一看，原来是青娥。她看见霍生，吃惊地问："郎君怎么能到这里来？"霍桓顾不上说话，拉住青娥的衣袖痛哭起来。青娥再三劝慰，他才止住哭泣。青娥问到婆母和儿子的近况，霍桓详述了家中艰难的状况，青娥听了也很难过。霍桓说："你死了一年多了，这里莫非是阴间吧？"青娥说："不是，这里是神仙洞府。那时我并没死，所埋掉的，是一根竹拐杖罢了。郎君你现在来了，也和神仙有缘分。"于是，青娥就领着霍桓去拜见自己的父亲。见一个长胡子老人坐在堂上，霍桓急忙走上前叩拜。青娥说："霍郎来了。"老人吃惊地站起来，握着霍桓的手简单地聊了聊家常，便说："女婿来了很好，有缘分应当留在这里。"霍桓推说母亲焦急地盼望回去，不能在这里久住。老人说："这我也知道。但是晚三五天回去，又有什么关系呢？"于是老人拿出酒菜招待他，又让丫鬟在西边的堂屋里铺床，拿最好的锦绣被褥放在床上。霍桓回到卧室后，拉着青娥上床和他睡觉。青娥拒绝说："这是什么地方，怎么容许做不庄重的事？"霍桓抓住她的手不放，窗外丫鬟笑个不停，青娥更觉难堪。两人正在争执的时候，老头儿进来了，斥责道："你这凡夫俗骨玷污了我的仙洞！应该马上离开！"霍桓向来要强，忍受不了这般侮辱，变了脸色说："男女之情，人人难免，作为老人怎么能偷看？马上离开是可以的，只是要青娥随我一起走。"老头儿没话说了，叫青娥随霍桓一起走，打开后门送他出去。等把霍桓骗出门以后，父女俩却关上门走了。

  霍桓回头一看，悬崖峭壁，险要至极，连点儿缝隙也没有，只身一人孤影相随，不知归途在哪。看天上，一弯晓月高挂在天空，星斗已渐渐稀少。霍桓惆怅了很长时间，悲愤过后而生恨，面对绝壁呼喊，一直没有回应。他悲愤至极，从腰中取出小铲，向崖壁奋力凿进，转眼间就挖了三四尺深。隐隐约约听到有人说道："真是孽障呀！"霍桓更快地凿起崖壁来。忽然洞底开了两扇门，老翁将青娥推出说："走吧！走吧！"崖壁随即又合上了。青娥埋怨霍桓说："既然爱我娶我为妻，哪有这样对待丈人的？是哪里的老道士给你这个小铲作凶器，把人纠缠到要死的地步！"霍桓得到了日思夜想的青娥，心情得到了安慰，也不再争辩，只担心道路险恶难以回家。青娥折了两根树枝，她和霍桓一个人骑上一根树枝，树枝就化成了马，行走如飞，不一会儿就到家了。这时霍桓已从家里走失七天了。

  当初霍桓与仆人在山中走失，仆人找他没找到，回去禀告了霍母。霍母派人搜遍山谷，没有踪迹。正在忧愁担心之际，听说儿子自己回来了，高兴地出门迎接。霍母抬头看见儿媳妇，几乎被吓死。霍桓简单地讲述了这几天的遭遇，母亲才放下心来。青娥因自己的行迹离奇，担心引起别人的议论，要求立即搬家，霍母同意了。霍家在别的县另有产业宅院，确定了日期搬到那里，没有人知道。

  全家在一起生活了十八年，青娥又生了一个女儿，嫁给了同县的李家。后来霍母也寿终正寝了。青娥对霍桓说："我老家的草田当中，有野鸡孵了八个蛋，可以把母亲葬到那里，你们父子扶柩回去下葬，儿子已经长大成人，应该留他在老家守墓，不用再回来了。"霍桓按照妻子的话，安葬好母亲就自己回来了。过了一个多月，儿子孟仙回来看望父母，两个人早已不知去向。询问家里的老仆人，却说："去安葬老夫人后再也没回来。"孟仙心里感到奇怪，也只能对天长叹罢了。

孟仙的文章在当地名声很大,但是科考却不顺利,四十岁还未考上举人。后来以拔贡的身份参加顺天府的乡试,在考场中遇见同一号舍中一个十七八岁的考生,神采俊秀飘逸,非常喜欢他。看他的考卷,注明是顺天府廪生霍仲仙。孟仙吃惊得目瞪口呆,于是向仲仙说出了自己的姓名,仲仙也感到奇怪,就问孟仙的乡里籍贯,孟仙全告诉了他。仲仙高兴地说:"小弟进京时,父亲嘱咐我,考场中如果遇到山西姓霍的人,是一家子,应该热情结交,现在果然遇上了。但不知为什么我们的名字这么相同?"孟仙又问仲仙的高祖、曾祖以及父母的姓名,听后吃惊地说:"这是我的父母呀!"仲仙怀疑年龄不相符,孟仙说:"我们的父母都是仙人,怎么能从相貌断定他们的年龄呢?"于是孟仙把过去的事一一说了,仲仙这才相信了。

考试结束后,两人顾不上休息,便一起坐车回家。才到家门口,仆人迎出来告诉说,昨晚老爷和夫人不知到什么地方去了。两兄弟非常吃惊。仲仙进屋问他妻子,妻子说:"昨晚我们在一块儿喝酒,母亲说:'你们夫妇年纪小不懂事,明天你们大哥来后,我就不用担心了。'今早我进房一看,才发现已经无人了。"兄弟俩一听,伤心得捶胸顿足,大哭起来。仲仙还想到处寻找,孟仙认为这样做没有用,才只得作罢。

这次考试仲仙考上了举人,因祖籍在山西,仲仙就跟着哥哥回了老家。他们都希望父母还在人间,每到一处都要打听,可是他们仍然没有找到父母的踪迹。

异史氏说:"霍桓用铲凿壁打洞钻入武家,睡到青娥床上,他的情意太痴了。挖开峭壁骂岳父,他的行为太猖狂了。仙人之所以要撮合他的婚事,无非是用长生来报答他的孝心罢了。然生活在人世上,生育子女,那么始终住在人间又怎么不可以呢?而在三十年当中,一再遗弃自己的孩子,这到底为了什么呢?奇怪!"

仙人岛

王勉,字黾斋,是灵山人。他思维敏捷,才华过人,考试多次名列榜首。他便有点心高气傲,喜欢用俏皮话骂人,许多人都被他讽刺挖苦过。一次,偶然间遇到一个道士,道士端详着他说:"从你的相貌上看,应该是一位非常尊贵的人，却被嘴巴轻薄的罪孽几乎折损光了。凭你的聪明智慧，若回头修道，你还是可以登仙境的。"王勉讥笑他说："一个人的福寿恩泽有多少我确实不知道，但是世上哪有什么仙人！"道士说："你的见识这么浅薄？不用到别处找，我就是仙人。"王勉更讥笑他说大话欺骗人。道士说："我有什么神异的。如果你能跟我去，你可以立即看到数十位神仙。"王勉问："在什么地方？"道士回答："近在咫尺。"于是道士把手杖夹在两腿之间，并把另一头交给王勉，叫他照自己的样子骑上去，嘱咐王勉闭上眼睛。道士大喊一声："起！"王勉觉得骑在胯下的手杖粗得像能装五斗米的口袋腾空飞动。他暗中用手摸了一下手杖，鳞甲一层一层的，王勉非常害怕，不敢再动了。过了一会儿，道士又喊了声："停！"立即抽走了手杖，他们即落在一所大宅院里，到处是好几层的高楼亭阁，就像帝王的皇宫一样。有座一丈多高的台子，高台的大殿上有十一根大石柱子，非常宏伟壮观。道士拉着王勉来到大殿之上，随即吩咐道童摆下酒席招待宾客。大殿上摆了几十桌酒席，陈设豪华，炫人眼目。道士换上华贵的衣服等候客人。

不一会儿，许多客人从空而降，有骑龙的，有骑虎的，有骑鸾凤的，各不相同，来客各人都携带着乐器。有女子，有男子，还有光着两只脚的。这当中独有一个美人，骑着一只彩凤，一副宫廷装束，有一个侍女替她抱着乐器，这乐器有五尺来长，非琴非瑟，叫不出名称来。

客人到齐，酒宴开始。山珍海味错杂纷呈，吃到嘴里甘甜芳香，绝非一般酒菜可比。王勉孤寂沉默地坐着，只是两眼注视着那个漂亮女子，竟爱上了她，同时又想听她的弹奏，暗地担心她不肯弹奏。酒喝了很长时间，一位老者提议说："承蒙崔真人厚爱相邀，今天可以说是盛大的集会，每个人都应该尽情欢乐一番，请拿着相同乐器的，共同演奏一曲。"于是各自组成乐队，一时间丝竹之声响彻云霄。只有骑凤的美人，没有人的乐器和她的相配。等各种乐声停下来之后，侍女才打开绣花口袋，把乐器横放在案几之上，美人就舒展玉腕，像弹奏古筝一样弹奏起来，那声音响亮的程度是其他乐声的好几倍，声音强烈时令人觉得心胸开旷，柔婉时能让人神魂荡漾。弹了有半顿饭工夫，整个大殿寂然无声，连咳嗽的声音也没有。一曲终了，铿然一声，如同敲响了清越的铜磬。众仙一齐赞扬道："云和夫人的弹奏真绝妙呀！"然后大家都站起来告辞。只听见天空中一片鹤叫声、龙吟声，不一会儿，大家就都各自回去了。

道士在七宝床上铺好锦绣被褥，让王勉睡。王勉在刚一见到美人时就萌发了爱恋之情，听了她的弹奏之后，对美人的思慕之情更深了。但他又想到以自己的才气，猎取高官理应易如反掌，富贵以后金钱美女什么得不到？一时间心里千头万绪，纷乱如麻。道士好像了解王勉的心绪，对他说："你前世和我一同学道，后因意志不坚定，才坠入红尘。我不想忘记过去的旧情，实在想把你从污浊的世道中拯救出来。没想到你对功名迷恋得这么深，浑浑噩噩的无法使

你醒悟过来,现在我要送你离开。我们未必没有再见面的机会,但是要使你得道成仙需在两次劫数以后。"于是道士叫王勉坐到台阶下的一块儿长长的石头上,闭上双眼,并再三叮嘱他不要睁眼看。他坐好后,道士就用鞭子驱赶石头,石头便飞了起来,呼呼的风声灌耳,不知飞了多远。他忘了道士的叮嘱,忽然想看看下面是什么景物,不知和什么地方景物相同。于是他暗暗将双眼睁开一条像线一样的小缝,只见下面是茫茫大海,漫无边际。他吓得心惊肉跳,急忙把眼闭上,但身子已经和石头一齐掉了下去,呼的一声,像海鸥一样钻进了水中。

幸亏王勉早年住在海边,稍微懂点游泳要领。在水里挣扎时,王勉听见有人鼓掌大笑,高声喊道:"跌得太漂亮了!"在危急关头,一个女子把他拉上小船,口里还取笑他说:"吉利,吉利,秀才'中湿'了!"王勉一看这女子,有十六七岁,生得十分俏丽娇艳。王勉出水后浑身冷得打战,请求她生火取暖。少女说:"跟我到家里去,自然会给你想办法,假如得志了,不要把我忘了。"王勉说:"这是什么话啊!我是中原有才学的人,偶然碰上这倒霉的事,过后我肯定以身相报,何止是不忘呢。"

少女荡起双桨,船行飞快如风,一会儿就到了岸边。她从船舱中取出摘来的一朵莲花,领着王勉一起回家了。走了约半里路就进了村子,看见红色的大门向南开着,走过了好几道门,少女先跑过去报信。一会儿,一个四十多岁的男人出来,拱手和王勉见礼之后,请他进屋,让仆人取来帽子长袍鞋袜等物,又让仆人替他把湿衣服换下来。过后,他开始询问王勉的籍贯姓氏,王勉说:"我绝不是欺骗你们,我的文才和名气在家乡是很闻名的,只是崔真人对我思念殷切,邀我进了天宫。自己认为取得富贵易如反掌,所以不愿在仙境中过隐居的日子。"男子肃然起敬说:"这里叫仙人岛,和世人远隔。我姓桓,名文若,世世代代都住在这幽静偏僻的地方,今天有幸见到名流。"于是男子热情地摆上酒席,又从容地说道:"我有两个女儿,大女儿芳云十六岁了,至今还未选到中意的女婿,我想让她终身侍奉您这位高雅的人,怎么样?"王勉猜想一定是那个采莲的姑娘,忙站起身来致谢。

桓先生又叫仆人到邻居家中去请几位德高望重的人来,又示意身边的人马上请女儿出来。不一会儿，浓郁的香味扑鼻而来，十多个美女簇拥着芳云出来，光彩艳丽，好像辉映在朝日中的荷花。见过礼之后坐了下来，美女们都在旁侍立，那个采莲的姑娘也在其中。

酒喝过几巡之后，一个小女孩从里边走出来，只有十来岁，生得秀美可爱。她笑着靠在芳云的身边，眼神机灵，眼珠不停地转动，桓先生说："女孩子不在闺房里待着，出来做什么？"桓先生又对客人介绍说："这是绿云，我的小女儿，非常聪明，已经能熟记很多典籍了。"桓先生让她给客人朗诵诗，她便朗诵了三首《竹枝词》。声音娇柔婉转很好听，桓先生让她坐在了姐姐身边。桓先生又说："王先生是位天才，过去一定写过很多诗作，能让我们赏识一下吗？"王勉就慷慨地吟诵近体诗一首，自鸣得意地左顾右盼。其中有一联是："一身剩有须眉在，小饮能令块磊消。"邻居老头儿再三诵念着。芳云低声对绿云说："上句说孙悟空离了火云洞，下句是写猪八戒过了子母河。"在座的人都拍手大笑。桓先生又请他诵念其他的诗，王勉就又念了一首《水鸟》诗："潴头鸣格磔"，突然忘了下句。刚一打顿，芳云向妹妹耳语，然后捂着嘴笑了。绿云告诉父亲说："姐姐给姐夫续了下句，'狗腚响弸巴'。"全座的人都哄然大笑。王勉很不好意思。桓先生回头瞪了芳云一眼。

王勉稍稍镇定一下之后，桓先生又请他谈谈别的文章。王勉猜想隐居世外的人一定不懂八股文，于是就炫耀他荣获第一名的那篇文章，题目是"孝哉闵子骞"两句，破题说："圣人赞大贤之孝……"绿云看着父亲说："圣人没有对弟子称字的，'孝哉……'一句是别人的话。"王勉听后，谈诗论文的兴致全没了。桓先生笑着说："小孩子懂什么！文章好坏关键不在这里，而是要看文章如何。"王勉才接着往下念，每当念了几句，芳云姊妹俩都耳语一阵，好像在做评论，只是声音很小听不清。王勉背诵到得意的地方，还把考官的评语念出来，有句评语是："字字痛切。"绿云告诉父亲说："姐姐应把'切'字删去。"众人不明白什么意思。桓先生害怕两个女儿出言轻慢，也就不再追问了。王勉念完了，又把总评语述说了一遍，有两句说是："羯鼓一挝，则万花齐落。"芳云又掩口向妹妹低声说了几句悄悄话，两个人都笑弯了腰。绿云又解释道："姐姐说'羯鼓应该是四挝'。"大家又不知道是什么意思。绿云又要张口，芳云忍住笑呵斥她："鬼丫头再敢瞎说，就打死你。"众人非常奇怪，相互猜测议论。绿云忍耐不住，就说："去掉'切'字，就是'痛则不通'。鼓敲四挝，那声音是'不通又不通'。"众人大笑不止。桓先生一边怒斥绿云，一边起身敬酒，赶忙赔礼道歉。王勉开始以自身的才学和名声自夸，目空一切，不把古今的名人放在眼里，到了这时，骄气全无，神情沮丧，只觉得直冒冷汗。桓先生笑着安慰他说："刚好有一句话，请各位续成一副对联：'王子身边，无有一点不似玉。'"众人还没来得及考虑，绿云应声对道："黾翁头上，再着半夕即成龟。"芳云忍不住笑出声来，呵着手在绿云的腋下胳肢了好几下，绿云挣扎着跑开了，回头喊道："关你什么事！你频频取笑他也不当回事，别人只说了一句怎么就不许呢？"桓先生训斥了她几句，她们才笑着离开了，邻居老头儿也告辞走了。

女仆引芳云夫妇进入卧室，灯烛、屏风、床铺陈设十分精美。王勉又看见洞房里书架摆满了书，都挂着书签，几乎无书不有。王勉向芳云提出疑难问题，芳云一一作答，没有回答不上的。到这时王勉才感到自愧不如。芳云呼唤"明珰"，采莲姑娘答应着跑过来，王勉才把人和名字对上号。因刚才几次受到芳云姐俩的奚落羞辱，自己很担心被老婆瞧不起，幸好芳云虽然语言尖刻，而洞房之中，夫妻关系还很融洽。王勉闲居没事，就吟诗消遣。芳云对他说："我有一句良言，不知你是否愿意接受？"王勉问："什么良言？"芳云回答说："从这以后不再作诗，这也是掩饰笨拙的一种好办法。"王勉十分羞愧，于是他再也不作诗了。

时间长了，王勉与明珰逐渐亲近。他对芳云说："明珰对我有救命之恩，希望对她说话时态度好一些。"芳云很痛快地答应了。每当两人在房中嬉戏时，都招明珰一块玩，这样王勉和明珰的感情更深厚了。她俩时常以眉目传情，芳云对此小有察觉，反复责备王勉，他只是勉强用许多好话为自己辩解。有一天晚上，夫妻对饮，王勉认为两人对酌太寂寞，劝芳云招明珰作陪，芳云不答应。王勉说："你无书不读，怎么忘记'独乐乐'这几句话了呢？"芳云说："我说你不通，现在更加证实我说对了。你难道连句读都不懂吗？应该这样断：'独要，乃乐于人要；问乐，孰要乎？曰：不。'"说完两人相视一笑就算了。恰巧芳云姊妹俩一起去赴邻居女伴的约会，王勉趁此机会，急忙找来明珰，两人男欢女爱，尽情亲热了一番。当晚，王勉感到小腹微微作痛，疼痛过后，前阴全肿了。他非常害怕，告诉了芳云。芳云笑着说："你一定给明珰报恩了！"王勉不敢隐瞒，如实告诉。芳云说："你自己作孽招来的祸殃，实在无法可想，既然不痛不痒，听其自然算了。"王勉疼痛几天不好，心里闷闷不乐。芳云知道他的想法，也不过问他的病情，只是凝视着他，一双大眼睛水盈盈地、亮晶晶的像清晨的两颗星星。王勉说："你这个样子正像书中说的'胸中正，则眸子瞭焉'。"芳云说："你这个样子，正是'胸中不正，则眸子眸焉'。"原来"没有"的"没"，一般读为"眸"，所以她用这个话开玩笑。王勉听了失声笑了起来，向芳云哀求治病的药方。芳云说："你不听良言，以前总认为我是忌妒明珰，却不知这丫鬟本来是碰不得的。以前劝你不要去碰她，是出于对你的爱护，而你却像东风吹马耳一样不在意，所以我才故意唾弃你，不愿意管你。现在你缠得我没办法，就给你治一下吧，但医师必查患处。"芳云就把手伸到他衣襟底下，口中念道："黄鸟黄鸟，无止于楚。"王勉禁不住大笑起来，笑完，病就好了。

过了几个月，王勉因为双亲年迈，儿子尚幼，心中常痛苦地思念着，他把想念双亲的心思告诉了芳云,芳云说:"回去倒不难,只是再相会就难遇机会了。"王勉顿时泪流满面,哀求芳云一同回乡,芳云思考再三才答应了。桓先生布酒设宴为他们饯行。这时绿云提着篮子进来说:"姐姐要告别家人远行,我没有什么好东西相赠,恐怕你们到海南后无处安家,我起早贪黑给你营造了一座宫室,不要嫌造得粗陋。"芳云行礼致谢后才接过来,王勉近前一看,原来是用细草编的楼阁。大的有香橼那么大,小的仅有橘子大小,有二十余座,每座房子的屋梁和屋椽,都清清楚楚。里面有架着帐幔的床榻,小得像芝麻粒一样。王勉把这些东西当儿童玩具看待,但他暗暗佩服绿云精巧的做工。芳云说:"实话告诉你,我们都是地仙,因为早有缘分,你我才会聚在一起。我本来不愿踏入红尘,只因你有年老的父亲,所以不忍心违背你的一份孝心。等到你父亲寿终正寝之后,我们还要回到岛上来的。"王勉恭敬地答应了。桓先生问:"你想走旱路还是坐船?"王勉因怕风浪之险,愿走旱路。出门一看,车马已经等在门外了。

　　王勉拜别了桓先生,一路上车马行走的速度像飞一样。一会儿工夫就到了海边。王勉担心海上无路可走,芳云取出一匹白绸子,向南抛去,白绸化作了一道长堤,其宽足有一丈多,车马一眨眼的工夫就跑了过去,再一看长堤也随即消失。来到了一处落潮的地方,四周平坦辽阔。芳云让车马停下不要走了,下了车把绿云所送篮子中的草编房屋等取出,带着明珰等丫鬟,按原样布置起来。转眼间草编房屋变成了高宅大院。大家进去解下行装,发现这座宅院和岛上的住处毫无差别,连洞房中的几案床铺都一模一样。这时天已黄昏,众人就在这里过夜。

　　第二天清晨,芳云让王勉去接老人和孩子,王勉让人备马飞奔赶回故乡。到了老家,发现祖居的宅子已经卖给别人了。向同乡人打听,他才知道老母和妻子都死了,只有老父还在。儿子好赌钱,田产都给输光了,祖孙两人连个住的地方都没有,临时在西村租房住着。王勉刚回乡时,还有追求功名的念头。看到家境如此衰落,心里非常痛苦。自己暗想即使富贵了,这和虚幻之花有什么两样!他骑马赶到西村,看到老父破衣遮体,衰朽可怜。爷俩一见面,都失声痛哭。王勉问那个不争气的儿子哪里去了,原来是赌钱还没回来。王勉就用车接走了老父。芳云拜见了公公以后,就烧水让老人洗澡,拿来丝绸的衣服让老人换上,并让老人住进舒适的房间,又请来了一些老朋友陪他喝酒谈心,对老人奉养得比世家大族更加周到。有一天,儿子找到了王勉的住处,王勉拒绝了他,不让他进门,只给了他二十两银子,让人给他传话说:"拿这二十两银子去娶个媳妇,谋求生计。如果再来,就用鞭子打死!"儿子哭着走了。

　　王勉这次回来,很少与人来往,然而有老朋友来,则热情接待,谦恭有礼,和平常大不一样。特别有个叫黄子介的,是王勉的同学,也是有名人士中坎坷的人,王勉留他住了很久,常和他谈些知心的话,送给他的礼物特别丰厚。

过了三四年，王勉的父亲死了，王勉花了很多钱操办丧事，丧事办得周到尽礼。这时王勉的儿子已经娶了媳妇。儿媳妇对儿子管束很严，儿子也不常赌博了。给父亲办理丧事的这天，王勉的儿媳才有机会拜见了公婆。芳云见了儿媳，赞扬她能持家理财，给了他们小两口三百两银子，让他们置买田地产业。第二天，黄子介和王勉的儿子到王勉的住处看望，可是房舍全消失了，不知去哪里了。

异史氏说："美人所在的地方，哪怕是地狱，人们都会去追求，何况还能长寿呢？地仙如果允许将美人带去，恐怕天宫里也要空无一人了。王勉因为轻薄而没有得到禄位，按理说是应该的，难道仙人就不忌讳这些吗？他夫人的那张嘴巴，又是多么刻薄啊！"

柳　生

周生是顺天府官宦人家的后代。他和柳生的关系很好。柳生得到有异能之人的指点，精通相面之术，他曾经对周生说："你没有攫取功名做官的缘分，想得到万贯家财还是可以办到的。但你夫人是个薄命相，恐怕她不能帮你建立家业。"不久，周生的妻子果然死了。从此，周生的家业冷落萧条，无依无靠。于是周生去找柳生，向他打听未来的婚姻。他进到柳生的客厅坐了很长时间，柳生却在内室不出来。喊了好几遍，他才出来。他说："我每天都给你物色合适的伴侣，直到现在才找到。刚才在室内施展道术，求月老给你们系上红绳。"周生高兴地向他打听有关女方的情况。柳生说："方才有个人拿着口袋出去，你遇见他没有？"周生回答："遇见啦。衣衫破烂跟叫花子一样。"柳生说："这个人就是你的岳父，你应恭敬地以礼待他。"周生说："咱俩的关系好，才和你商量隐私的事情，为什么和我开这么大的玩笑！我近期境况不佳，总还是世家子弟，何至于跟下流的市井之家结亲呢？"柳生说："不是这样，杂毛牛也会生出纯毛仔，低贱的父亲也会有高贵的儿子，这有什么妨害？"周生问："你见过他的女儿吗？"柳生说："没有。我平常和他没有交往，他的姓名也是打听之后才知道的。"周生笑着说："你连杂毛牛还没弄清楚，怎么能知道小牛仔呢？"柳生回答："我根据数术给他看相看出来的。这个人的面相虽凶顽贫贱，但一定能生个很有福气的女儿。只是勉强牵合必定会产生大的不幸，让我再祈祷一次。"周生回家后，并没把柳生的话当真，仍然到处寻找理想的对象。最终一个合适的也没有。有一天，柳生突然来了，他说："有一个客人要来，我已经代你邀请了。"周生问："是谁？"柳生回答说："暂且不要问，快点儿准备酒菜。"周生不明白是什么原因，按柳生的吩咐去办酒席。不一会儿，客人来了，是一个姓傅的士兵。周生对来客看不起，表面上说几句奉承的话，但是柳生对客人的态度却非常谦恭。一会儿，酒菜上来了，佳肴中掺杂了几样粗劣的食物。柳生赶快起身向客人解释："周公子一向仰慕你，常托我找你，几天前才有机会见到你。听说你几天后又要远征，所以立刻邀请，实在太仓促草率了。"在饮酒时，姓傅的士兵担心马病了，不能行军打仗，柳生马上答应为他想办法。一会儿，客人走了，柳生责问周生："千金难买这个朋友，你对人家怎么如此轻慢？"说完，柳生向周生借了匹马骑回家了，于是又假托周生的名义，登门把马赠给姓傅的士兵。周生知道后，虽然他心里有些不高兴，但也没有办法。过年以后，周生要到江西去，给按察使当幕僚。临走前到柳生处算卦，柳生说："恭喜大吉！"周生说："我没有别的想法，只要得到一些钱财，买个称心的老婆。希望你以前的话不灵验，行吗？"柳生说："你的愿望一定能实现。"到了江西，正赶上大规模的土寇叛乱，三年不能回乡。后来稍稍安定了一点儿，周生便择日上路回乡。途中遭到土匪绑架，一起被抓的有七八个人，这几个人的财物被抢走，人都放回去了，只有周生被抓进了强盗的老窝。强盗头目盘问他的家世以后，说："我有个女儿，想要许配给你，你必须马上答应。"周生不答应。强盗头目很生气，要马上砍掉他的脑袋。周生害怕了，他想不如暂时答应他的要求，以后再抛弃她。于是周生对强盗头目说："我之所以没有马上答应，是因为自己太文弱不能打仗，恐怕再给您添麻烦。如果让我和你的女儿一起离开，这将是最大的恩情了。"强盗回答说："我正愁女儿是我的累赘，这有什么不可以？"强盗便把他引进山寨和女儿见面。只见这姑娘有十八九岁，长得国色天香，漂亮极了。当晚二人就举行了婚礼，找到这样的女子大大超出了周生的愿望。当夜问姑娘父亲的姓名，周生才知道当年柳生说的背布袋的人就是她的父亲。于是周生向姑娘讲述了柳生过去说过的话，两人不觉为之感叹不已。

过了三四天，强盗正要送小两口

儿上路，忽然官军来到，全家都被捆绑起来。有三个将官监斩，已把姑娘的父亲杀了，轮到周生了，周生自料已无活的希望。一个将官看了他一会儿，说："这不是周生吗？"原来这位将官就是柳生邀请的姓傅的士兵，因军功提升为副将军了。他对同僚说："这位是我同乡大家族中出名的人士，他怎么会当强盗呢？"傅将军给他松了绑，问他为什么来到这里。周生欺骗说："刚从江西按察使大人那里娶了妻子回乡，没料想在途中被强盗抓进了老窝，幸亏你们拯救了我们，真是恩德如天。但是夫人走失，还求借您的大力，使我们夫妇团圆。"傅将军命令把俘虏排成队，让他自己去认，果然找到了妻子。傅将军用酒菜招待他们，又资助给他们路费，并热情地说："从前你赠马之恩，我日夜不忘。只是慌乱之间我顾不上准备礼物，请接受两匹马，五十两银子，使你们顺利回北方故乡。"傅将军又派两个骑兵拿着令箭护送他们回乡。

　　途中，姑娘对周生说："我父亲无知，不听别人的忠告，母亲接着就去世了。我早就知道有今天，之所以苟且偷生地活着，是因为小时候有个看相的说我有福气，希望有一天能收回父母的尸骨。在一个地窖里，父亲埋藏了大量的金银，可以挖掘出来赎出父亲的尸骨。其余的可以带回去，还可以够咱们的生活费用和置办产业。"于是周生让护送的两个骑兵在路上等着，两个人回到原来的住处，屋舍全烧光了，在灰烬的下面，用佩刀挖了一尺多深，果然挖出了许多金银。两人全装进口袋才返回来，又拿出一百两银子贿赂两个骑兵，请他们把岳父的尸体埋好，姑娘又领周生到母亲的坟墓行了礼，才踏上归程。到了直隶境界，又送给两个护送的骑兵许多银两后便打发他们回去了。

　　周生几年不回家，下人以为他已经死了，任意侵吞夺取他的财产，粮食衣物用具都被人拿光了。听说主人回来了，他们非常害怕，一哄而散。只剩下一个老太婆、一个丫鬟、一个老仆人。周生死里逃生，对这些鸡偷狗盗的人也就不追问了。他去拜访柳生，柳生已经不知去向。

　　周妻管理家业大大地超过一个男人。她选择纯朴忠厚的人当伙计，给他们本钱让他们去做生意。每当那些商人在檐下算账的时候，她放下帘子在里面听打算盘，就连哪个珠子拨错了她都能指出来。店内店外的人谁也不敢欺骗她。数年后，店伙计有上百人，家财已经有几十万了。于是派人把父母的尸骨迁移回来，重新隆重地安葬。

　　异史氏说："月下老人都可以通过贿赂来收买，这就难怪媒婆和集市上的牙侩一个样了。就是大盗也能生出这样的女儿吗？可见小土堆上长不出苍松翠柏，这是没见识的人的意见罢了。连妇人女子都看不准，何况是相天下的读书人呢！"

冤 狱

朱生是阳谷县人，年少轻薄，爱开玩笑。因为老婆死了，去找媒人给他说亲。他刚好看到媒婆邻居的妻子长得很漂亮，就对媒婆开玩笑说："刚才碰到你的邻居，年轻风雅俏丽，你若给我物色老婆，她就可以。"媒婆也开玩笑说："那你就把她男人杀了，我就给你介绍。"朱生笑着说："行。"

过了一个多月，媒婆邻居家男人去外面讨债，在野外被杀死了。县令让差役抓来死者的邻居，残酷毒打逼迫他们说出实情，但始终没有头绪。只有媒婆说了她和朱生开玩笑时说过的话，县令根据这个情况而怀疑朱生，把他抓来。朱生根本不承认杀人。县令怀疑死者的老婆与朱生有私情，把她抓来严刑拷打，各种毒刑都用上了，她忍受不了酷刑，只得屈打成招。官府又传讯朱生。朱生说："那女子细皮嫩肉受不了酷刑，所说的都是假的，叫她含冤而死，又给她加上不贞洁的罪名，即使鬼神不知真情，可我于心何忍？我如实供出吧：我想杀死她丈夫讨她做老婆，这都是我做的，她一点儿都不知道。"县令问："有何证据？"朱生回答："有血衣可证。"县令就派人到他家里搜查，竟然没有找到。又严刑拷打，朱生昏死过去几次又苏醒过来。朱生仍然说："这是我母亲不忍让我死，才不拿出来做证据罢了。我自己回去拿吧。"于是押送他回到家，朱生对母亲说："拿出血衣，活不成；不拿出血衣，也活不成。反正都是死，迟死不如早死。"朱母痛哭着走进后屋，过了一会儿，拿出血衣交给差役。县令仔细察看，认为证据确凿，判处朱生死刑。上司两次驳回复审，朱生口供不变。

经过了一年多，刑期快到了。有一天，县令正在审查罪犯的罪状档案，忽然有一个人直接闯入公堂之上，瞪着双眼怒视县令大骂道："像

你这样的昏官，怎么能治理百姓！"几十个衙役想要抓住他，那人抬起手臂一挥，衙役一个个都倒在地上。县令害怕，想逃走。那人大声说："我是关帝前的周仓将军！昏官如果敢动一动，马上杀了你！"县令吓得发抖，恐惧地听着。那人说："杀人的是宫标，与朱某有什么关系！"说完，那人便倒在地上，像断了气一样。过了一会儿，那人又醒了，脸上没一点儿血色。问他是谁，原来他就是宫标。过堂打了他一顿板子，他招认了全部罪行。

宫标是一个不法分子，知道媒婆邻居家男人出去讨债回来，心想他腰里一定缠了很多钱，等到他把人杀了，却一无所获。他听说朱生屈打成招，暗中庆幸。那天闯进公堂，他自己也不知是怎么回事。县令问朱生血衣是哪来的，朱生自己也不知道。又审问朱生的母亲，原来是她割破手臂流血染成的。查验她的左臂，刀痕还没长好。县令也十分惊奇。后来县令因此被弹劾罢了官，受到罚款的处分，在拘押期间死了。

一年以后，被害者的母亲让儿媳改嫁，媳妇感激朱生仗义舍命救自己，便嫁给了他。

异史氏说："判案是当官的首要职责，是积阴德，还是伤天理，都在于怎样断案，这不能不谨慎从事。急躁、残暴，固然违背事理；办事拖拉守旧，也会伤残人命。一人告状，影响几户误了农时；裁定一件案子，于是牵连十户倾家荡产，这难道是小事吗？我曾说当官的不随便受理案件就是最大的德行。不是重大的案件，不必关押候审；如果没有疑难问题，办案就不要拖拖拉拉。偶然有乡间无知百姓，或山村中爱闹事的村民，偶尔因小事发生争论，引起互不相让的对立情绪，这类事只需当官的几句话就可以使事态平息下来，根本不用牵扯所有的人，只要对双方各打几大板，纠葛马上就能够解决。人们所说的神明大老爷不就是这样吗？我常常见到这样受理案子的官员，发一张拘票把人逮来，放置不管，像忘了一样。捕役拿到拘票后，他们手里的钱没塞满就不销传票，办案的润笔钱给得不够，就不肯挂听审的牌子。欺骗拖延，动不动就拖延几个月甚至一年。案子还没等到老爷过堂审理，油水已被榨干了！那些矜持庄重的官员们，无忧无虑地睡在床上，而百姓受苦受难，他们却没事一样。谁能知道在水深火热的牢狱里，有无数受冤枉的百姓，他们伸长了脖子，期盼着长官们去拯救他们呢？然而那些凶顽的奸民，受点儿苦痛也不足惜。而对于受牵连的无辜百姓，他们的委屈怎么能承受得了呢？况且无辜受连累，常常是好人多坏人少。而良民受到的伤害，比奸民受到的伤害加倍酷烈。为什么？因为奸民难对付，而善良的百姓则顺服好欺负。衙役打人骂人，看守敲诈勒索，都看准了良民才下手的。良民一入公门，就像踏入火海。案子早结束一天，就早安生一天。有什么重大案情，也不能使长官去关心公堂上奄奄一息像死人一样的犯人。因为他们只怕自己的贪欲无法得到满足，故意借口拖延办案时间！这种官员虽不算残暴，但他的罪过是差不多的。常常在一个案件当中，与案件关系最深的只不过三四个人，其余的都是无辜百姓，是被冤枉罗织进来的。有的因平时一点儿口角得罪判案人，有的因家中丰厚的财产而无辜获罪。告状的人常常用尽全力去打败对方，顺便用剩下的余怒去报小仇。把得罪过他的人在状纸末尾写上，于是这人就像骨上生疮，在公门中受尽折磨，这都是无法忍受的苦痛。别人跪着也要跟着跪在后面，就好像群鸦集在一处；别人出去他也得跟着出去，像是用绳子拴在一起的猴子。事实上，长官判案也问不到他头上，小吏问案也问不到他身上，只是因受牵连而倾家荡产，来填满蠹虫一样的衙役们的私囊，害得百姓卖儿卖妻，从而发泄小人的私愤。我深切地希望做大官的人，每当一个人犯投案时，应略微审察一下，应该追究的人关押起来，不当追究的人就放了。就在这动笔挥手之间，就可保全多少百姓的身家性命，培养了多少当官人的廉明正气。可当官的人从来不肯在这些问题上考虑，如果要杀人，又何需绳索刀斧呢？"

宦　娘

陕西有个世家子弟温如春，年轻时酷爱弹琴，即使外出旅行也不停弹奏。有一回，温如春出游山西，经过一座古庙，他把马拴在庙门之外，暂时到庙中休息一会儿。进门就看见一位穿着粗布道袍的道人，在廊前打坐，一根竹手杖靠墙立着，一个花布口袋装着琴挂在上面。此琴触动了温如春的嗜好，于是向道人问道："你也擅长弹琴吗？"道人说："只是弹不好，想跟一个弹得好的人学一下。"道人便把琴从口袋中拿出来交给温如春。温如春仔细一看，琴的木质纹理特别漂亮，稍微勾拨一下，声音异常洪亮。温如春高兴地弹了一首曲子，道人微笑了一下，好像并无赞许之意。温如春又集中精力弹了一首最拿手的曲子，道士笑着说："还不错，还不错，只是要做我的老师还不够资格。"温如春认为道士口气太大，转身请道士弹奏一曲。道士接过琴放置双膝之上，刚一拨弦，便觉暖风从弦音而生，过一会儿，则百鸟成群飞来，院中的树上都落满了。温如春惊叹极了，跪拜请求道士传授琴艺。道士反复教了他三遍，温如春全神贯注侧耳细听，略微领悟了曲子的节奏。道士让温如春试着弹一遍，对他弹奏中的疏漏之处加以点拨说："这样的弹奏水平在世间已找不到对手了。"从此，温如春精心钻研，终于练就弹琴绝技。

后来回老家，离家还有几十里路，天已经黑了，又赶上大雨，没地方投宿。忽然看见路边有个小村子,温如春慌忙赶了过去。他来不及仔细察看选择,看见一个门,匆忙地闯了进去。走进厅堂,寂静无人。过了一会儿,才有个女郎走出来,十七八岁,容貌长得像天仙一样,她抬头看见温如春,吃惊地退回内室。温如春当时还未娶过老婆,见了这漂亮女孩便对她产生了深深的爱慕之情。过了一会儿,一个老太婆出来招待客人。温如春自己报过姓名,并请求借宿。老太婆说:"借住一宿倒没有关系,只是床铺少,如果你不怕受委屈,可以睡在草铺上。"不一会儿,老太婆拿着蜡烛来了,把草散开铺在地上,态度很热情。温如春问她尊名高姓,她说:"老妪姓赵。"温如春又问:"那女孩是您什么人呀?"老太婆回答说:"她叫宦娘,是我的侄女。"温如春说:"我不自量家境贫寒,想和姑娘结亲,您意下如何?"老太婆皱着眉头说:"此事我不敢立刻答应。"温如春问她是什么原因,她只说有难言之隐。温如春心里很惆怅,就此作罢。老太婆走后,温如春看地上铺的草垫潮湿腐烂,没法儿躺卧,便端坐弹琴,来消磨长夜。雨停了,温如春便冒着淋雨的可能连夜回家了。

　　县里有个隐退在家而曾任郎官的葛公,喜欢和文人学士交往。温如春有一次去拜访他,接受邀请为葛公弹琴。这时帘子后面似乎有女子偷听,忽然一阵风将帘子吹开,温如春看帘子后站着一个十五六岁的姑娘,天生丽质,是个绝代佳人。原来葛公有个女儿,小名良工,擅长填词作赋,姿容艳丽更是远近闻名。温如春见到良工后,感情上起了波澜,回家对母亲讲了,母亲便请人去提亲。葛公认为温如春家境日见衰落,不同意。可是女儿自从听了温如春的弹奏以后,暗中对温如春产生了爱慕之情,常常希望能再听到温如春的弹奏。温如春因提亲不成,心灰意冷,再也不到葛家去了。

　　一天,良工在花园里捡到一张旧信笺,上面写着一首《惜馀春》词:

　　　　因恨成痴,转思作想,日日为情颠倒。海棠带醉,杨柳伤春,同是一般怀抱。甚得新愁旧愁,划尽还生,便如青草。自别离,只在奈何天里,度将昏晓。今日个,蹙损春山,望穿秋水,道弃已拚弃了!芳衾妒梦,玉漏惊魂,要睡何能睡好?漫说长宵似年,侬视一年,比更犹少:过三更已是三年,更有何人不老!

　　良工反复吟诵,很喜欢这首词,揣进怀里然后回房,拿出锦笺,工整地抄了一遍,放在桌子上。过了一会儿,良工再看,却不见了,心想被风吹跑了。当时赶巧葛公从女儿闺房门口经过,捡到了抄过的这首词,以为是良工所作,嫌词作春心荡漾,他不好意思批评女儿,用火烧了,想快点儿把女儿嫁出去。临邑县刘布政使的公子正好托人提亲,葛公很高兴,但还想看看刘公子。刘公子穿戴整齐来了,仪表堂堂,容光焕发。葛公非常高兴,招待得热情周到。刘公子坐了一阵告辞走了,不料在他的座位下面掉了一只女子的红绣鞋。葛公一见,心里十分讨厌他的轻薄为人,于是叫来媒人把绣鞋的事说了一遍。刘公子极力为自己辩解，葛公不相信，最终还是拒绝了这门婚事。

原先，葛公有一种绿菊花的种子，保守不外传，良工就把花养在自己的闺房中。温如春院中的菊忽然有两株变成了绿色，朋友们听说了，就常到他家里来观赏。温如春也把它们像宝贝一样珍惜。一天早晨，温如春在花坛边捡到写着《惜馀春》词的笺纸，反复诵读，不知笺纸是从哪里来的。因词中的"春"字与自己的名字相同，更迷惑不解。于是他在案头详细地加以评点，评语有些轻薄。这时葛公听说温家菊花变绿，感到奇怪，亲自到温如春的书斋，见案头有一笺就拿起阅读。温如春因为写有轻薄评语，不敢让别人看，赶紧夺过来揉成一个纸团。葛公只读了两句，大致看出是在女儿闺门前捡的那首《惜馀春》词。他大为疑惑，再加上温如春家菊花变绿，也猜测是良工赠给温如春的。回家后，葛公把事情对夫人说了，叫她严厉地盘问良工。良工听后哭着要寻死，而这事无人看见，又没法儿证实。夫人怕把事情张扬出去，与葛公商量不如把女儿嫁给温如春，葛公同意了并让人把这个消息传给温如春，温如春高兴极了。当天，温如春就请客人举行庆绿菊之宴，烧香弹琴，直到深夜才结束。客人走后，温如春回房睡觉。书童听见琴弦自鸣，最初还以为是别人弹着玩的，后来仔细观察，发觉只有其声，却无其人。这时书童才把琴弦自鸣的事禀报温如春。温如春亲自察看，书童果然没有撒谎。琴声梗滞生涩，好像模仿自己的弹法但还没有学好。温如春点灯闯了进去，可什么也没看见。温如春把琴拿走了，便一夜没有声响。他以为是狐仙想拜师学琴所致，于是每晚替狐仙弹奏一曲，并且像老师一样把琴弦调好让学生自己弹拨，每天夜里躲在近处偷听。过了六七个晚上，学生居然弹成了像样的曲子，很值得一听了。

温如春和良工成亲以后，各自谈到《惜馀春》词，这才知道缔结良缘的缘由，但始终不知道是怎么来的。良工听说琴弦自鸣的奇怪现象，便去偷听。她说："这不是狐仙弹的，声音凄楚悲凉，是鬼弹出的。"温如春不太相信。良工就说她家有面古镜，可以照出妖精鬼魅。第二天，良工派人借来，琴声刚发出，拿着镜子突然进去，点灯一看，果然有个女子在屋里，她惊慌地躲在屋角，无法再隐身。温如春仔细一看，是赵家宦娘。他非常吃惊，详细询问她的来历。宦娘哭着说："我替你们做媒牵线，不能说对你们没有恩德，为什么对我逼迫得这么厉害？"温如春叫人把古镜拿开，也请宦娘不要躲开，她答应了，便用口袋把古镜装起来。宦娘远远地坐下说："我是知府的女儿，已经死去一百年了。我从小就喜欢弹奏琴筝。筝已经能弹得相当熟练了，只是琴没名师指点，虽在九泉之下仍然很遗憾。当您光临寒舍时，我听到您那优雅的琴声，对您十分敬慕，只恨人鬼殊途不能与您相伴，暗中给您撮合了一位漂亮妻子，来报答我的爱慕之情。刘公子座下的绣花鞋，《惜馀春》俚俗小词，都是我所为。我对老师的报答不能说不尽力了。"温如春夫妇二人连忙向她道谢。宦娘说："您的琴技，我已学会一半了，但是还未掌握精深绝妙的韵理，请您再给我弹一次吧。"温如春答应了她的请求，又详细地讲述了琴的弹奏技巧和方法。宦娘非常高兴地说："这下我全会了。"宦娘便站起来告辞想走。良工原来擅长弹古筝，听说宦娘有这方面的专长，愿意听她弹奏一曲。宦娘也不推辞，弹的曲调和乐谱，都不是普通人所能达到的。良工击节赞赏，接着请求宦娘教她筝法。宦娘叫人拿笔来给良工写下十八首筝谱，又要起身告别。夫妻两人苦苦挽留，宦娘痛苦地说："你们夫妻关系和美，互为知音。我是薄命人，没有这个福分。如有缘分，下辈子再相聚罢了。"说完，宦娘拿出一卷画交给温如春说："这是我的画像，如果忘不了我这媒人，可把它挂在卧室里，高兴的时候，烧一炷香，对着它弹一支曲子，我就如同亲身领受一样。"说罢，宦娘出门就消失了。

阿 绣

　　海州人刘子固，十五岁那年，到盖平去探望舅舅。刘子固看见杂货店里有个少女，娇媚漂亮，举世无双，心中喜欢上了她。他背着舅舅偷偷来到店里，假装买扇子。姑娘就叫她的父亲。她父亲出来了，刘子固心里很扫兴，故意压低价钱没买就走了。远远地看见她父亲往别处去了，他再次来到店中。姑娘又要去找她父亲，刘子固拦住她说："不必了，只要你说个价，我不管多少钱都买。"姑娘按他说的没去找父亲，但故意抬高了扇子的价钱，刘子固大话已说在前面，没法儿和姑娘讨价还价，付了钱直接走了。第二天，刘子固又去了，和昨天一样，花高价买把扇子就走了。他刚离开店几步，姑娘追着喊他："快回来，刚才是骗你的，是我把价钱抬高了。"于是姑娘把钱退了一半。刘子固越发被她的诚实所感动，一有空就到杂货店里去，时间一长，两人一天比一天熟识了。姑娘问："你家住在什么地方？"刘子固如实告诉了她。刘子固又问姑娘姓什么，她说："我姓姚。"临走，姑娘用纸将刘子固所买的东西包好，然后用舌头舔上唾液包封起来。刘子固揣在怀里回到舅舅家，不肯把纸包打开，生怕把纸上的舌痕弄没了。过了半个多月，刘子固的行为被家仆发现，私下里和他舅舅一起逼他回家。

回到家里，刘子固整天闷闷不乐。他把从姚姑娘那里买来的香帕脂粉之类的东西，密藏在箱子里，没人时，就关上门，把所买之物拿出来一一端详，看着这些东西回想姑娘当时为他包东西时的情景。

第二年，刘子固又到盖平去看舅舅，刚放下行李就急忙往杂货店跑，到那地方一看，见店门紧闭，便失望地回到舅舅家。他还想着姑娘可能偶然外出没回来。第二天一大早，他又到姑娘家的杂货店去，可店门照样关着。他便向几位邻居打听，才知道姓姚的这家人是广宁人，因做买卖利润不大，暂时回了老家，也不知道什么时候再回来。刘子固失望之下，精神沮丧，魂不守舍，住了几天就无精打采地回家去了。母亲替他张罗婚事，多次被他拒绝，母亲又生气又奇怪。仆人偷偷地把以前他与姚姑娘交往的事告诉了刘母，刘母把他管得更严了，更不让他去盖平。刘子固受此打击，渐渐地精神恍惚，吃不下饭，睡不着觉。刘母见儿子这般情景也担心，可又想不出办法来，心里想着还不如按照他的意思办算了。刘母帮刘子固打点行装，让他到盖平去请舅舅到姚家提亲。舅舅也就接受委托到姚家拜访。过了一个时辰就回来了，对刘子固说："事情办得不顺利，因阿绣已许配给一个广宁人了。"刘子固一听垂头丧气，心灰意冷。回到家里，他捧着那个小箱子整日里哭泣。在房里徘徊，希望能找到一个像阿绣那样美妙的姑娘。

恰好有个媒人来提亲，对所提说的复州黄姑娘赞不绝口。刘子固怕她说的话不真实，便坐上车到复州去探访。进了城西门，看见有一户向北开门的人家，两扇门半开着，院内有个姑娘特别像阿绣。刘子固一直盯着她细看，姑娘一边走一边回头看，走进屋了。真是阿绣，毫无差错。刘子固非常激动，于是在这家东邻租了房子住下，仔细询访，得知这家姓李。刘子固反复考虑，难道天下真有长得如此相似的人？过了些日子，

总找不到见面的机会，刘子固只是每天盯着李家的门口，希望姑娘能够出来。一天，太阳已偏西，姑娘果然出来了。忽然，姑娘发现了刘子固，便转身往回走，用手指着后面，又把手盖在额头上，做了两个手势后，就回到房里去了。刘子固非常高兴，但是不理解她的手势是什么意思。沉思了一会儿，信步走到房子的后面，看见房后是一片空旷的荒园，园西边有一堵矮墙，只有肩膀那么高，刘子固恍然大悟。他蹲伏在草丛中等候。等了好大一会儿，有人从墙上露出头，小声地说："来了没有？"刘子固答应着站了起来。仔细一看，真是阿绣。刘子固悲喜交加，泪如泉涌。姑娘隔着墙探过身来，一边用手帕替刘子固擦泪，一边不停地安慰他。刘子固说："我千方百计未能如愿，以为今生再也没有见面的机会，哪想到还有今天？你是怎么到这里的？"阿绣回答："那家姓李的，是我的表叔。"刘子固让阿绣跳过墙来，阿绣说："你先回去，把随从仆人支派到别处去住，我会自己来的。"刘子固按她说的做了，然后坐在屋子里等她。不一会儿，阿绣悄悄进来，穿着打扮朴素，袍裤和过去一样。刘子固拉她一同坐下，详细地述说了他的爱恋相思之苦。刘子固便问："你已许给别人了，怎么还没过门？"姑娘说："说我受聘广宁人是撒谎，我父亲嫌你家路途遥远，不愿把我嫁给你，这或许是托你舅舅故意说个假话，从而断绝你的念头。"说着两人便同床共枕，恩爱缠绵，云雨交欢之情，是语言无法描绘出来的。

到了四更天，阿绣赶忙起床，翻墙回去。刘子固从此再也不想黄家姑娘的事了。在外居住了一个多月，他也不提回家的事。一天夜里，仆人起来喂马，看见室内灯还亮着，偷偷往里看，见阿绣在里边，大惊，他又不敢去问主人。第二天早晨，仆人到附近货店查访后才回来问主人说："晚上和您来往的人是什么人？"开始，刘子固不肯说。仆人说："这房子寂静冷落，是鬼狐出没的地方。公子您一定要珍惜自己。那家姓姚的姑娘怎么会来到这儿呢？"刘子固才不好意思地说："西边那家邻居是她表叔，这有什么好怀疑的？"仆人说："我已查访过了，东邻是个孤老婆子，西邻家有个儿子还小，没有什么近亲来往。跟你交往的一定是个妖精，不然，为什么几年前的衣服还没更换？况且这姑娘脸色苍白，面部消瘦，笑的时候，没有酒窝，根本赶不上阿绣漂亮。"刘子固想来想去，才十分害怕地说："这可怎么办？"仆人给主人出主意，等阿绣再来，拿着武器一起进来打他。

到了晚上，阿绣来了，对刘子固说："我知道已经被你怀疑，但我并没有其他企图，只想了结一下早已注定的姻缘。"话还没说完，家仆推开门闯进来。假阿绣呵斥道："放下武器！快准备些酒菜来，我要和你的主人告别了。"家仆便乖乖地丢下武器，就像有人夺下来一样。刘子固更是害怕，勉强摆上酒席。假阿绣和平常一样谈笑，指着刘子固说："你的心事，我正想全力帮忙，何至于设下伏兵？我虽不是阿绣，自己认为也不比她差。你不也把我看成了昔日的阿绣吗？"刘子固吓得头发汗毛都竖起来了，一句话也说不出来。假阿绣听到更鼓已敲三下，把杯里的酒一口喝干，站起来说："我暂时先离开了，等到你洞房花烛夜，再和你的新娘比比谁漂亮。"假阿绣一转身就不见了。

　　刘子固听信了狐仙的话，直接到了盖平。因为埋怨舅舅骗了自己，便不住舅舅家的房子，而靠近姚家租房子住下来，自己托媒人去提亲，给了一份厚礼。阿绣的母亲说："我小叔子在广宁给阿绣找了个人家，她父亲因此带她亲自相亲去了，成不成还不知道。等他们回来再商量。"刘子固听后，终日惶惶不安，不知如何是好，只好耐心地等他们回来。

　　过了十多天，忽然听到打仗的消息，开始还以为是谣言，过了些日子，风声更紧了，刘子固就打点行装回家。在途中遇到战乱，刘子固和家仆走散了。刘子固被巡逻兵抓住了。因刘子固是个文弱书生，看守得不严，他就偷了匹马逃了出来。到海州地界，刘子固看见一个女子，蓬头垢面，一步一跌，狼狈不堪。刘子固骑马从她身边驰过，那女子突然喊道："马上的人不是刘郎吗？"刘子固停鞭勒马仔细一看，原来是阿绣。他心里仍怀疑是狐女，就问："你真是阿绣吗？"阿绣说："你为什么说这种话？"刘子固便把前几天遭遇的事叙述了一遍。阿绣说："我是真阿绣。父亲带着我从广宁回来，被乱兵抓住，他们让我骑马，可我几次从马上掉下来。忽然一个姑娘拉住我的手飞跑，在乱军中蹿来蹿去，也没人盘问我们。那姑娘跑得像飞鸟一样快，我怎样也跟不上，跑不了百步鞋就掉了好几次。跑了好久，听人喊马嘶声逐渐远去，姑娘这才放了我的手，说：'我走了，前面的路都很平坦，你可以慢慢地走，喜欢你的人快要到了，应该和他一起回去。'"刘子固知道帮阿绣脱险的是狐女，心里很感激她。

　　于是刘子固又告诉他这次留在盖平的原因。阿绣对刘子固讲述她叔叔为她选了一个姓方的女婿，还没来得及订婚就赶上战乱。刘子固才知道舅舅的话是真的。刘子固急忙把阿绣扶上马背，两人骑着一匹马回家。回到家里，刘子固见老母平安无事，非常高兴。他们把马拴上，走进里屋，对母亲详细讲述了事情的经过。母亲也特别高兴，给阿绣梳妆打扮。这时的阿绣容光焕发，明艳照人。母亲更加喜悦，拍着手说："难怪我的傻儿子连做梦都忘不了。"于是母亲为阿绣铺好被褥，让阿绣同自己睡在一起，又派人到盖平传信给阿绣的父母。没几天，阿绣父母都来了，择了个吉日为刘子固和阿绣举行了婚礼就回去了。

　　刘子固拿出珍藏的小箱子，每包东西原封不动。有一包脂粉，打开一看，里面包的是红土。刘子固不知是何原因，阿绣捂着嘴笑道："几年前的贼赃，现在才被查出来。那时我看你买东西根本不看货色，随我包好就是，我就和你开了个玩笑。"两人正在说笑间，一个人掀门帘进入说："如此快活，不该谢谢媒人吗？"刘子固一看，又是一个阿绣，急忙叫母亲。母亲和家人都来了，没有谁能把两人分出真假来。刘子固回头再看，也搞糊涂了，认真看了好一会儿，才向假阿绣作揖施礼，表示感谢。假阿绣要来一面镜子照了一下自己，羞愧地红着脸往外走，大家再找时，已无踪影。小两口儿为感激她的恩德，在新房中立了个牌位供着她。

一天晚上，刘子固喝醉了回来，房里漆黑无人，刚把灯点着，阿绣就来了。刘子固拉着她问："你到哪去了？"她笑着回答："酒气熏人，真叫人受不了！这样盘问人家，难道会跟别人跑了不成？"刘子固笑着捧起她的脸蛋。阿绣说："你看我和狐仙姐姐谁更漂亮？"刘子固回答说："你超过她。但是只看外表是分不清的。"说完关上门，两人开始亲热起来。一会儿，外面有人敲门，女子从床上坐起来，笑着说："你也是只看外表的人。"刘子固不明白她说的意思，跑去开门，原来是阿绣，他大惊。他这才想到刚才与自己说话的是狐仙。黑暗中，又听到狐仙咯咯的笑声。小两口儿向空中祷告，祈求她现出人形。狐仙说："我不愿见阿绣。"刘子固问："你为什么不另外变个相貌？"她说："我不能。"刘子固又问："为什么不能？"她说："阿绣前生是我妹妹，不幸小小的就死了。活着时，我们跟着母亲到天上朝见王母娘娘，心中暗暗羡慕王母的模样，回来拼命效仿王母娘娘的模样和举动。妹妹比我聪明，一个月就学得惟妙惟肖了，可我学了三个月才成，但最终还是赶不上妹妹。如今已经隔世，我自认为可以超过她了，没料想还和前生一样。我感激你们二人诚心待我，所以会常来看你们，现在我走了。"于是再没声音了。

从这以后，她三五天就来一趟，帮助解决所有的疑难问题。当阿绣回娘家时，狐仙来了经常住上几天。家里面的人都害怕，远远躲着她。每当家里丢了东西，她就穿上华丽的衣服，头上插着几寸长的玳瑁簪子，对家里面的人严肃地说："所偷的东西，限定今晚送到某个地方，否则，就头痛难耐，后悔来不及！"天亮后，果然在某个地方找到了所失之物。家里偶然丢失钱物，阿绣模仿她的装束打扮，来吓唬家里面的人，往往也能见效。

小　翠

任太常寺侍御史的王某，是越地人。小时候，有一天白天，王某正睡在床上，天忽然阴暗下来，雷声大作，一只比猫还大的动物跑来躲在他的身下，转来转去不肯离开他的身体。一会儿天晴了，此物才从他身下出去。一看，不是猫，王某才觉得害怕，大声喊住在隔壁的哥哥。哥哥听说后，高兴地说："弟弟将来必定能当大贵人，这狐狸是来躲避雷击劫难的。"后来，王某果然很年轻就考中了进士，从县令晋升为御史。

王御史得了个儿子，叫元丰，非常傻，十六岁了，还分不清男女，所以同乡人没有愿嫁女儿给他的。王御史很担心儿子找不到媳妇。这时刚好有个妇人带着一位少女来到王家，主动请求把少女给元丰做妻子。王御史再看少女，笑盈盈的，像个天仙。王御史高兴地问这妇人姓名什么，妇人自言姓虞，女儿小翠，十六岁了。王御史要和妇人商量聘礼的事，妇人说："她跟着我连糠菜都吃不饱，一旦到了你家，住进宽敞的屋舍，使唤丫鬟仆人，吃的是鱼肉米面，她生活得顺心满意，我就安心了，难道像卖菜那样讲价钱吗？"御史夫人高兴极了，热情地招待她们。妇人马上叫女儿叩拜王御史和夫人，并嘱咐说："这是你的公公婆婆，要恭敬小心地侍奉。我很忙，先走了，过三五天再来。"王御史叫仆人用马车送她。妇人说："我家离这里不远，不用麻烦了。"妇人便出门走了。

小翠一点儿也不依恋母亲，马上打开梳妆盒翻着里面各种绣花样品。王夫人也很喜欢她。过了好些天，小翠的母亲并没来看她，邻居向小翠打听她家的住址，她傻乎乎地说记不清了。于是，王御史夫妇打扫了另外一所院子，在那里给小两口举行了婚礼。

亲戚们听说王御史捡了个穷人家的女儿做媳妇，都讥笑他们，但是一看小翠美若天仙，都吃惊不小，各种议论也就平息了。小翠很聪明，能体察公婆的喜怒变化。王御史夫妇疼爱小翠，超过了普通公婆儿媳之情。只是他们心中还是惴惴不安，唯恐她嫌弃痴呆的儿子，可小翠整天欢欢笑笑不嫌弃元丰，只是太爱游玩戏耍了。她用布做了一个球，踢着玩逗元丰笑；她穿着小皮靴，把球踢出好几十步，让元丰跑过去捡球，元丰和丫鬟们常跑得汗流满面。一天，王御史偶然来看儿子，球"呼"的一声正好打在了他脸上。小翠和丫鬟们吓得躲了起来，只有元丰还蹦蹦跳跳去追那球。王御史生气了，捡起一块儿石头扔过去打他，他才吓得趴在地上哭了起来。王御史把此事告诉了夫人，夫人训斥小翠，小翠低着头只是微笑，用手指抠着床。夫人走了之后，小翠还是像原来一样蹦蹦跳跳，用胭脂把元丰涂成像鬼一样的大花脸。夫人见了，越发生气，把小翠叫来，大骂一通。小翠靠着桌子，用手摆弄衣服上的带子，不害怕，也不回话。夫人没办法，只好用棍子打儿子出气。元丰号啕大哭，小翠吓得变了脸色，跪下来替丈夫求饶。夫人怒气顿时全消，放下棍子走了。小翠笑着把元丰拉进屋里，帮他打扫掉衣服上的尘土，擦去脸上泪痕，抚摸着身上的伤痕，又拿了红枣板栗哄他，元丰破涕为笑。小翠把院门关上，一会儿把元丰打扮成楚霸王，一会儿打扮成匈奴人，自己就穿着鲜艳的服装，束着细腰，在帐幕下翩翩起舞，扮虞姬。有时小翠在发髻上插着野鸡翎，手拨琵琶叮叮咚咚地响，成天弄得满院子嘻嘻哈哈的。王御史因为自己的儿子太傻，不忍心过分责备儿媳，即使有所耳闻，也放置一边好像没听到一样。

和王御史住在同一街巷的是王给谏，两家相隔十多户人家，但两家向来不相容。当时正赶上三年一次的对官吏政绩的大考核，王给谏嫉妒王御史掌管河南道监察大权，想设计陷害他。王御史知道他的阴谋，担心受陷害，又无法可想。

一天傍晚，王御史早早睡下了。小翠戴官帽穿官服，剪些白丝当胡须，装扮成宰相的样子，又叫两个丫鬟穿黑衣服装成随员，从马棚中偷出马骑上，开玩笑说："去拜访王先生。"骑马来到王给谏家的大门口，小翠用鞭子抽打随员而大声说道："我是拜访王御史的，不是拜访王给谏的。"小翠掉转马头就回家了。到了家门口，看门人误以为真的宰相来了，跑进去告诉了王御史。王御史急忙穿戴好出来迎见上司，才知道是儿媳闹着玩的。他气坏了，对夫人说："别人正在找我的毛病，她反把家丑弄到人家门前去宣扬，我的灾难快到了。"夫人也恼怒，跑进小翠房里把她痛骂一顿。小翠只是傻笑，一句话也不说。夫人想打她，又不忍下手；想休了她，又没娘家。王御史夫妇又怨又悔，整晚都睡不着觉。当时的宰相某公正是威势显赫的时候，他的仪表形象，穿着打扮，以及随员，和小翠装扮的一模一样。王给谏也以为真是宰相来了。他派人到王御史门前探听了好几次，可到了半夜还没见客人出来，他怀疑宰相和王御史有什么密谋。第二天早朝，王给谏问王御史："昨晚宰相大人到你家了？"王公怀疑他在讥笑自己，红着脸，含含糊糊应了几声，王给谏越发怀疑是真的，便放弃了陷害王御史的打算，从此反过来巴结王御史。王御史了解到事情的原委之后，心里暗暗高兴，私下里嘱咐夫人，劝儿媳不要再这么干，小翠笑着答应了。

第二年，宰相某公被免了职。刚好有一封给王御史的私人信件，误送到王给谏的手里，王给谏非常高兴，先托一位与王御史有交情的人向王御史借一万两银子，王御史拒绝了。王给谏亲自到王御史府上。王御史听到通报后，慌急中找不到衣服和帽子，好半天出不来。王给谏等了好一会儿，不见王御史出来，认为是怠慢他，气愤地要离开。忽然看见元丰穿着龙袍、戴着皇冠被一个女子从门内推出来。王给谏先是大为吃惊，接着便笑着哄骗他脱下皇冠和龙袍拿走了。这时王御史才穿好衣服赶了出来，可王给谏已经走远。王御史听说王给谏拿走了皇冠和龙袍，吓得面如土色，大声哭着说："这真是祸水呀！没几天我家将灭族了！"王御史和夫人一起拿着棍子去找小翠。小翠已经知道，关上院门，任公婆怒骂。王御史非常气愤，用斧子砍门。小翠在里面含笑对公公说："公公请不必发怒！有儿媳妇在，就是刀锯斧砍，都由我一人承担，一定不会使双亲受连累。公公拿着斧头，是要杀儿媳妇来灭口吗？"王御史这才住手。

王给谏回去后，果然上疏皇帝，揭发王御史图谋不轨，并说有皇冠龙袍为证。皇帝非常吃惊，要求拿来验证，不料皇冠是由高粱秆心编成的，龙袍是破黄棉布包袱皮做的。皇帝对王给谏无事生非很生气，又把王元丰叫来。皇帝看到他憨乎乎的样子非常好笑，笑着说："这个样子能做皇帝吗？"皇帝便将王给谏交给法司去审理。王给谏又告王御史家有妖人，法司严厉审问王御史家的仆人，都说除了癫儿媳痴儿子，再没有别的，邻居也是这样说，没别的说法。于是定了案，判处王给谏充军云南。通过这件事，王御史认为小翠是个奇异的人，又因她母亲一直不来，猜想她不是凡人，便叫夫人去盘问，小翠只是笑而不答。反复追问，她就捂着嘴说："我是玉皇大帝的女儿，婆母不知道吗？"

过了没多久，王御史被提为太常寺卿，五十多岁了，常常发愁没有孙子。小翠过门三年，每晚都与元丰分床而睡，似乎未有过男欢女爱之情。夫人让人抬走了一张床，嘱咐儿子和儿媳妇同睡一床。过了好几天，元丰对母亲说："你把我的床借去，硬是不还！小翠每晚都把腿压在我的肚子上，使我喘不过气来，还常掐我的大腿。"丫鬟女仆听了没有不大笑的。夫人一边斥骂一边轻轻打了他一下，把他撵走了。

一天，小翠在房里洗澡，元丰见了，非要和她一块儿洗，小翠笑着拒绝了，告诉他先等一会儿。她洗完后，给浴盆里添上热水，解开他的长袍和裤子，和丫鬟一起把他扶进澡盆。元丰感到热得闷人，高声喊着要出来。小翠不让，用被子把盆蒙上。过了一会儿，一点儿声音也没有了，掀开被子一看，元丰已经没气了。小翠却没事一样地笑着，一点儿不吃惊，把元丰拖到床上，把身体擦干净，重新给他盖上被子。夫人听说后哭着跑进来，骂道："疯丫头为什么杀死我儿子！"小翠笑着说："像这样的傻儿子，还不如没有。"夫人听了更气愤，用头去撞小翠，丫鬟们争着上前劝解拉开。正吵得乱哄哄的时候，一个丫鬟说："公子出声了。"夫人收住泪抚摸着儿子，只见元丰气喘吁吁，大汗淋漓，被褥都湿透了。有一顿饭工夫，汗干了，元丰忽然睁眼把四周每个人看了一遍，好像不认识一样，然后说："我现在回忆过去，好像做了一场梦，这是为什么？"夫人听儿子说的不像是傻话，感到十分诧异，就拉着他去见父亲。王公试了他好几次，果然不傻了。老两口儿高兴得如获至宝。到了晚上，他们又把元丰的床放到原处，重新在床上铺好被褥，放好枕头，看他怎样睡觉。元丰进房后，把丫鬟都打发走了。早晨去察看，那张床白铺了，他根本没睡自己的床。从此后，小翠的疯癫和儿子的痴呆病都好了，小两口儿感情特别好，形影不离。

又过了一年多，王公被王给谏的同党诬陷罢了官，还受到一些小处分。家里有一只过去前任广西巡抚赠送的玉瓶，价值千金，想拿去贿赂当权的人。小翠很喜欢这只玉瓶，在玩赏时失手摔碎了。她心里很难过，亲自向公婆道歉。王公夫妇正因罢官的事不痛快，听说后，大怒，两人一起大骂。小翠气愤地跑出来，回去对元丰说："我在你家，所保全的不止是一个玉瓶，你父母为什么不给我留点儿情面？实话告诉你，我本不是人类。因我母亲遭雷轰劫难时，受到你父亲的保护，而你和我又有五年的缘分，所以让我来报答从前的恩德，了却我母亲长久以来的心愿。我在你家受的唾骂像头发一样多得数不清，之所以没立即走，是因为我们的缘分还没满。现在我还能待下去吗？！"小翠便气冲冲地走了，元丰和家人出去追时已杳无踪影。王公心里空荡荡的，感到愧疚，但已悔之莫及。元丰回到房里，看到小翠用过的脂粉、鞋子等物，哭得死去活来，食不甘味，寝不能眠，一天比一天憔悴瘦弱。王公非常忧虑，急忙张罗着给元丰续娶妻子来解除他的烦恼，元丰却不乐意，只好请一位画家画了一张小翠的肖像，日夜在像前祈祷，这样差不多有两年时间。

有一回，元丰偶然因事从外地回来时，天色已晚，明月皎洁。村外有王御史家的一座亭园，元丰骑马从墙外经过，听到墙内有说笑的声音，便勒住马，让马夫拉住缰绳，自己登上马鞍向园里看，见两个女郎在里边游戏，浮云掩月，月色昏蒙，辨不清两人的相貌。但听见穿绿衣服的女子说："应该把你这丫鬟赶出门去。"穿红衣服的女子说："你是在我家亭园中，要赶谁走呀？"绿衣女子说："丫头不害臊，媳妇没做好，让人赶出来，还冒认人家的财产。"红衣女子说："那也比你老大个丫头还没有婆家强！"元丰听红衣女子说话的声音特别像小翠，急忙大声喊："小翠！"绿衣女子边走边对红衣女子说："暂且不和你吵嘴，你男人来了。"一会儿，红衣女子跑过来，果然是小翠。元丰高兴极了。小翠让他登上墙头，然后把他接下来，说："两年不见，你瘦得只剩一把骨头了。"元丰拉着小翠的双手哭了，详细诉说对她的思念之苦。小翠说："我也知道，可我没脸再见家人。今天和大姐游戏，又和你不期而遇，由此可见，天定的姻缘是不可逃避的。"元丰请她一同回家，小翠不答应；提出一同住进园里来，小翠答应了。他派仆人跑回去告诉母亲。夫人吃惊地穿衣起床，坐轿子来到花园门口，用钥匙打开园门走了进来。小翠连忙跪下拜见婆婆，夫人抓住小翠的手臂扶她起来，流着泪检讨过去的错误，感到无地自容，说："如果你能忘记前嫌，就和我一同回去，给我晚年一点儿安慰吧。"小翠坚决不同意。夫人考虑到花园荒凉冷落，要多派几个仆人来侍奉。小翠说："别人我都不想见，只是先前两个丫鬟和我朝夕相处，还忘不了，另外只要一个看门的老人就行,其他人都用不着。"夫人全照她的话办了,并对外人说元丰在园中养病,每天送些食物罢了。

小翠常劝元丰另外娶一个妻子,他不答应。又过了一年多,小翠的容貌和声音渐渐和从前不一样了,元丰拿出画像比较,好像是两个人。元丰很奇怪。小翠说:"你看我现在还像过去那么漂亮吗?"元丰说:"漂亮还漂亮,但和过去比要差一些。"小翠说:"大概我是老了。"元丰说:"你才二十多岁,怎么会这么快就老了。"小翠笑着把画像烧了,元丰去抢救,已化成了灰。

一天,小翠对元丰说:"过去在娘家当姑娘时,父亲说我到死也不会生育儿女。现在公婆年纪大了,只有你这么一个儿子,我确实不能生育,恐怕要断了你家的后。希望你另娶一个妻子,早晚侍奉公婆,你可以两边往来,也没有什么不方便的。"元丰同意了,和钟太史的女儿定了亲。婚期快到了,小翠给新娘做好衣服鞋子,让人送到婆婆手上。等到新娘进门,她的言谈举止,音容笑貌,和小翠没有一丝一毫的差别。全家人都感奇怪,来到亭园一看,小翠已经不知去向。元丰向丫鬟询问,丫鬟拿出一条红手巾说:"娘子暂时回娘家去了,给你留下了这条手巾。"元丰展开一看,手巾上系着一块儿玉玦。元丰知道她不会回来了,便带着丫鬟一起回家了。

元丰虽一刻没忘记小翠,幸好一看到新娘就像看见了小翠一样。元丰这才醒悟,和钟氏的婚姻,小翠预先就知道,所以先把自己的容貌变得和钟家姑娘一模一样,以此来安慰元丰日后的相思之情。

异史氏说:"一只狐狸,对于王家无意之中施于的恩德还想着报答。而王家受到小翠再生之福,却因碎了一只玉瓶便破口大骂,品格是多么低下啊!和元丰分手而又破镜重圆,找好替身又从容离开,才知仙人情义,比世俗的人们要深得多。"

细 柳

细柳姑娘是中都一个读书人家的女儿。有人见她细腰婀娜可爱,开玩笑叫她"细柳"。她从小聪明,识文解字,爱读星相之类的书。但她性格内向,平素缄默少语,从来不谈及人家是非。要是有人来说媒,她一定要亲自看看对方的相貌。看过的人很多,都没看中。此时她已十九岁了。父母生气地说:"天下就没有一个满意的,你是否要当一辈子老姑娘?"细柳说:"我实在是想借他人的福泽去战胜上天所注定的苦命，不料这么长时间都未能如愿，这也是命中注定。从今以后，我听从父母的安排。"

当时有个姓高的书生，是出身世家的有名气的学士，听到细柳聪明貌美之名，就和她缔结了婚约。完婚后，夫妻关系融洽。高生前妻留下个男孩，小名叫长福，当时只有五岁，细柳对他关怀备至。她回娘家时，长福就哭着要跟去，就是斥骂让他留在家里也不听。过了一年多，细柳生了个儿子，取名长怙。高生问她给孩子取名字的含义是什么，细柳回答说："没别的意思，只是希望他常常留在身边。"

细柳对于针线活等家务事不太经心，却对田产的位置、租税的盈欠等事十分留意，按账簿记录详细查问，唯恐了解得不详尽。时间长了，她就对高生说："家中的大小事情，你以后放下不必操心了，让我自己处理，不知我能否当好这个家？"高生同意了，半年中细柳家事处理得很有条理，高生也认为她的确具有持家的能力。有一天，高生到邻村赴宴，刚好来了个催收租税的差役，进门后说了些难听的话。细柳叫仆人去好言相劝，差役还是不走。细柳就赶紧叫书童请丈夫回来。差役走了以后，高生笑着说："细柳，现在才知道聪明的女人不如傻乎乎的男人吧？"细柳听了，低着头哭起来，高生吃惊地扶着她悉心劝慰，但细柳始终高兴不起来。高生不忍心让家事烦累细柳一个人，还想自己处理，细柳又不同意。细柳早起晚睡，经营得更勤快了。她常在前一年就把下年的赋税准备好，所以一年当中没看见一个催税的差役上门。她又用这种提前预算的方法计划衣食等开销，所以经济上更加宽裕。高生非常高兴，曾开玩笑说："细柳有多细啊，眉细、腰细、凌波细，可喜心思更细。"细柳说："高郎实在高啊，品高、志高、文才高，但愿年寿更高。"

村里有人要卖一口上好的棺材，细柳不惜花高价去买，钱不够，就从邻里亲戚手中去借。高生认为是不急用的东西，一再不让买，细柳不听。棺材买了一年多，一个富人家死了人，愿出两倍的价钱来买这口棺材，高生因有利可图就把这事和细柳商量，细柳不答应。问她原因，她不说，再问，她眼泪汪汪只想哭。高生心里奇怪，但不忍让细柳为此事伤心，也就算了。又过了一年，高生二十五岁，细柳禁止他出远门，回家稍晚一点儿，仆人一个接一个地出去找他。所以他的朋友都因细柳把他管得严和他开玩笑。一天，高生到朋友家喝酒，觉得身体不舒服就回家了，行至途中从马上掉下来，当即死了。当时正是盛夏，幸好细柳早就准备好了寿衣和棺材，邻居们才佩服细柳有先见之明。

长福十岁，才开始学习做文章。父亲死后，他懒惰厌学，常逃学去和牧童玩耍。细柳责骂他，不思悔改，又用荆条打他，仍然顽固不改。细柳没办法，于是把他叫到跟前教训说："你既然不愿读书，我也没办法强迫你读下去。但家贫不能养闲人，你去换了衣服，和仆人一道干活。否则我要用鞭子打你，你可不要后悔。"于是细柳给他穿上破衣服，叫他放猪。每天回家，让他拿着陶钵和仆人一起吃粥。过了几天，他觉得太苦了，哭着跪在庭院里，要求回去读书。细柳转身把脸对着墙，不理他。长福不得已拿着鞭子，哭着又放猪去了。秋去冬来，长福身上没有换洗的衣服，脚上没鞋穿，冰冷的雨水湿透衣服，缩着头像乞丐一样，邻居们都很可怜长福。娶了后妻的，都叫她们不要学细柳，说了她许多坏话。细柳渐渐听到了，并不在意。长福受不了这份苦，丢下猪逃跑了。细柳发觉后，听任他自便，根本不予追问。过了几个月，他讨饭都找不到地方，瘦骨嶙峋地跑了回来，但他不敢立即回家，请邻居老太太向母亲求情。细柳说："他如果愿意受一百下杖打就来见我，不然，趁早走开。"长福在门外听见了，急忙跑进来，哭着说愿受杖打。细柳问："现在你知道悔改了吗？"长福说："我后悔了。"细柳说："既知后悔，无须责打，可以安心放猪，再犯不饶。"长福大声哭着说："情愿受责打一百，求母亲让我再去读书。"细柳不肯答应，邻居老太太又帮着说情，细柳这才答应了他读书的请求。细柳让长福洗了头发，换上新衣服，和弟弟长怙一同上学。

经过苦中磨砺，长福勤奋读书锐意进取，和过去厌学时的情绪截然不同，三年后考中了秀才。巡抚杨公，看了他的文章很器重，按月补助他伙食费，资助他读书。

长怙智力不佳，反应迟钝，读了几年书连姓名都记不住。细柳让他停止读书去种地。长怙平时闲散惯了害怕吃苦，细柳生气地说："士农工商各有自己的专业，既然不能读书，又不愿种地，岂不是要饿死在路边上了吗？"她马上把他打了一顿。从此，他每天领着用人去耕田，哪一天早晨起来晚了，就要遭到细柳的责骂。在吃穿饮食方面，细柳总是把好的给长福。长怙虽然嘴里不说，但他心里却不服气。

田里的农活做完后，细柳拿钱让他去学做生意。长怙嫖娼赌钱，钱一到手就花光，向细柳撒谎说被强盗抢走了或运气不好赔了本。细柳觉察到了，把他往死里打。长福跪着向母亲求情，愿意替弟弟受责打，细柳这才消了气。从此长怙一出门，细柳就暗中派人监视，他的行为才稍有收敛，但他并非真心改过，只是害怕细柳而已。一天，他向细柳请求，要和其他几个商人到洛阳做生意，其实是想借出远门的机会，在外面随心所欲玩个痛快。他心里惴惴不安，生怕细柳不答应他的请求。细柳听说后，根本没有怀疑，马上拿出三十两碎银子给他，又细心地准备了行李。细柳后来又给他一整锭银子，说："这是你祖父当官时留下的，不能动用，压压行装而已，以备应急。况且你初次远行，也不敢指望你挣大钱，只要这三十两银子不赔进去就行了。"临走又嘱咐了一遍，长怙答应得好好的，扬扬自得地出门了。

到了洛阳，长怙谢绝了同来的商客，自己住到名妓李姬的家里。才十多天，他就把三十两银子花光了。自己觉得口袋里还有一大锭银子，根本不担心把钱花光以后怎么办。等他拿出来凿开鉴别后，才知原来是假的，他吓得大惊失色。妓院老板娘见他钱花光了，就用冷言冷语中伤他。长怙心里不安，但口袋没钱无处容身，还希望李姬念在过去的情分上，不马上赶他走。忽然两个衙役拿着绳子走了进来，立即把他捆绑起来。他吓得不知如何是好，哀伤地问是什么原因。原来是李姬偷了他的假银子到官府报案了。他被押到公堂，无法置辩，被打了个半死，下到狱中。长怙又没钱疏通关节，受尽了狱吏的折磨，只好向别的囚犯讨口饭吃，勉强维持生命。

当初，长怙要去洛阳时，细柳对长福说："记着二十天后，你要去洛阳一趟，我的事很多，怕到时忘了。"长福想问为什么，只见细柳神色黯然，不敢再问就退了出来。过了二十天，长福问去洛阳的事，母亲叹息说："你弟弟现在浮荡的情形，正如你当年不肯读书一样。我当时如果不承受虐待你的恶名，你怎么能有今天？别人都说我狠心，但晚上我的泪水把枕头都湿透了，只是别人不知道罢了！"说着细柳落下泪来。长福站在一边恭敬地听着，不敢细问。细柳止住哭泣，说："你弟弟游荡的心不死，所以我给了他一锭假银子，让他受些折磨，我估计现在他已经被关进监狱了。巡抚大人待你很好，你去向他求情，能救你弟弟的性命，也可以让他产生悔改之心。"长福立刻出发。等到了洛阳，长怙已被关了三天。长福到狱中去看他，长怙已奄奄一息，面目难看得像鬼，看见哥哥后，哭得抬不起头来，长福也难过得流泪不止。当时长福特别受巡抚大人的宠信，所以远近都知道他的名字。县令听说长怙是他弟弟，连忙把他释放了。长怙回到家里，还怕母亲生气，跪着爬到细柳面前。细柳盯着他说："你的愿望实现了吧？"长怙涕泪齐下不敢作声，长福亦陪弟弟跪下，细柳才呵斥叫他们起来。从此长怙痛改前非，对家中大小事情，精心料理，即使偶尔有些疏漏，细柳也不再呵斥责问他。细柳一连几个月也不跟他提做生意的事，而他想再去经商，又不敢对细柳说，就把自己的意思告诉了哥哥。细柳听说后很高兴，便抵押家产借贷了很大一笔钱交给他。长怙半年就赚了一倍的钱。这年，长福考上了举人，三年后又考上了进士。弟弟的生意也越做越大，成了资本巨万的富商。本县有客居洛阳的人，看到过太夫人细柳，年过四十，还像三十多岁的模样，但穿着很朴素，和普通人家一样。

异史氏说："父亲娶了继母，孩子就不免受虐待，古今都一样，实在太可悲了！有的后母为不受别人毁谤，又常矫枉过正，以致眼看前妻的子女行为放荡而置之不理，这和虐待有什么差别？生母每天打骂自己的孩子，别人不说她残暴，要是打了前妻的孩子，各种指责跟着就来了。细柳并非只对前妻的孩子狠心，但她如果不用同样的办法对待自己所生的孩子的话，又怎么能使世人明白自己的良苦用心呢？她不避嫌疑，不顾别人的毁谤，终于使两个儿子一个富有万金，一个身为贵官，在世人中间显得非常出众。这种过人的见识不但在妇女中少见，即使在大丈夫当中也是出类拔萃的。"

梦　狼

　　白老汉是直隶人。大儿子白甲在南方做官，三年没有消息。有个姓丁的远亲来拜访，白老汉热情招待。丁某平时去给地府当阴差。闲谈中，白老汉就询问阴曹地府的事，丁某回答说虚幻迷离。白老汉不大相信，只是一笑了之。

　　分别后几天，白老汉正在睡觉，梦见丁某又来了，邀他一道去玩。他跟了去，进了一座城门。过了一会儿，丁某指着一座大门说："这儿是你外甥家。"当时白老汉的姐姐有个儿子在山西任县令，他惊讶地问："我外甥怎么会在这里？"丁某说："如果不信，你进去看看就知道了。"老汉走进门去，果然看见外甥头上戴着貂蝉帽子，身上穿着绣着獬豸图案的官服，坐在大堂上。两旁站着拿矛戟、打旗幡的卫士，没人给通报。丁某就拉他出来，说："你家公子的衙署距此不远，你也想去看看吗？"老汉同意了。不一会儿来到一座官衙门口，丁某说："进去吧。"老汉往门里偷偷一看，见一只大狼挡住去路，老汉害怕不敢往里进。丁某又说："进去吧。"又进了一道门，看见堂上、堂下，坐着的、躺着的都是狼，再看台阶上，白骨如山，老汉更害怕了。丁某用身体挡着往里走。儿子白甲正好从屋里出来，看见父亲和丁某非常高兴。坐了一会儿，白甲便叫侍从去办筵席。忽然一只大狼衔了个死人进来。白老汉战战兢兢地站起来说："这是干什么呀？"白甲说："让厨子对付着做几样菜。"老汉急忙阻止。老汉心里惶恐不安，想离开这里，但是被一群狼拦住了去路。正在进退两难时，忽然发现狼群嗥叫奔逃，有的逃到床下，有的钻到桌子底下，老汉惊奇间不知发生了什么事情。不一会儿，两个穿着金色铠甲的猛士瞪着眼睛跑进来，拿着一条黑绳把白甲绑起来，白甲倒地变成一头猛虎，牙齿又尖又长。一个猛士拿出利剑要砍掉虎头，另一个猛士说："且慢！且慢！这是明年四月的事，不如暂且把牙齿敲掉。"猛士便拿出大锤敲老虎的牙齿，虎牙纷纷落地。老虎疼得大吼一声，震得地动山摇。白老汉吓坏了，忽然醒来，才知道是一场梦，心里觉得奇怪，派人去请丁某，丁某推辞不来。老汉写了一封信，信中详细记述了噩梦的始末，让次子去看大儿子白甲。老汉在信中多方劝诫，情词哀切。老二到了白甲的衙门里，看见哥哥门牙全掉光了，惊奇地问是怎么回事，原来是喝醉酒从马上掉下来摔掉了，问他摔下的时间，刚好是父亲做梦的那天晚上。老二更害怕了，拿出父亲写的信交给哥哥。白甲读了信，脸色剧变，但稍迟一会儿说："这不过是和梦境偶合罢了，有什么奇怪的。"原来当时白甲向当权的官员行了重贿，被保举重用，所以没有把父亲的怪梦放在心上。

老二在哥哥家住了几天，看见白甲的手下都是些贪赃枉法之徒，行贿的、走关系的日夜不断。他流着泪规劝哥哥。白甲说："你整天生活在乡下，所以不知道当官的窍门。罢官和升官的大权，取决于上司而不在百姓。上司高兴，便是好官。只知道爱百姓，怎么能讨上司的喜欢呢？"弟弟知道无法劝哥哥改邪归正，便回家了。弟弟回到家把哥哥的情况告诉了父亲。白老汉听了大哭。没有别的办法，白老汉只能捐献家财救济贫民，天天祈祷上天，只请求上天报应白甲时，不要连累老婆孩子。

第二年，有人报喜，说白甲被推荐为吏部主事，来贺喜的宾客天天不断。只有白老汉躲在暗中哭泣，托病卧床不出来见客。没多久，传说大儿子在入京途中碰到强盗，主仆都死了。白老汉才起床，对家里人说："鬼神的怨怒只报应他一人，保佑我家人平安的恩德实在太重了。"于是白老汉烧香拜谢上天。前来安慰老汉的都说这消息不真实，只有老汉对此深信不疑，定下日子给白甲准备丧事。

其实白甲确实没有死。原来，他在四月离任赴京，才走出县境就碰到强盗。白甲把所有的银两都给了强盗。强盗们说："我们来是为全县百姓雪洗冤仇的，哪是专门为了这几个钱！"说完，强盗便砍下了他的头。强盗又问："司大成是谁？"司大成原是白甲的心腹，帮助白甲残害百姓。仆人们供出了他，强盗也把他杀了。还有四个鱼肉百姓的衙役，是帮白甲搜刮钱财的帮手，白甲准备把他们带到京师做爪牙。他们都被搜出来杀了。处决完这些坏人之后，强盗才分了钱装进口袋，飞驰而去。

白甲的鬼魂伏在路旁，看见一个官员从这里路过，官员问前面开路的随从："被杀死的是什么人？"随从说："是某县的白县令。"那官说："他是白老汉的儿子，不要让老汉看到他这副惨相，应把他的头接上。"于是有一个人捡起白甲的头接到颈上，说："坏人的头应该是歪的，让他的嘴巴对着肩膀好了。"头接完众人都离开了。

白甲的头接上不久，白甲又慢慢活了过来。妻子去收尸，发现他还有点气，就把他抬上车运回，慢慢给灌些汤水让他咽下去。由于钱财被抢光了，他们没有路费回家，只好住在旅店。半年左右，白老汉才得到确切的消息，派老二去接白甲回来。白甲虽然死而复生，但他的头歪在肩上，眼睛只能看到自己的后背，又怪又丑，没人再把他当人看。白老汉姐姐的儿子因政绩出色名声好，这年被提拔为御史。这两件事都应了白老汉的梦。

异史氏说："私下叹息当今天下官如虎而吏如狼的情况到处都是。即使官员不做虎，但吏役们还要当豺狼，况且贪吏比贪官还凶猛呢！怕只怕人不考虑自己以后的情形，像白甲那样苏醒后能看见自己的后背，鬼神对人的训诫太微妙了！"

邹平县人李匡九进士，当官非常廉正清明。曾有富人被罗织罪名关进监牢，吏役威胁被抓来的富人："县太爷要你交二百两银子，快点送来，不然，对你不利！"富人害怕了，答应出半数。吏役摇手说不行。富人苦苦哀求吏役。吏役说："不是我不给你出力，只怕当官的不允许。到听审时，当着你的面我替你说情，他是否允许，你也可以看个清楚。当然也让你明白我没有别的企图。"不一会儿，李匡九来审案子。吏役知道李匡九已经戒烟了，便靠近李匡九低声说："你吸烟吗？"李匡九摇摇头。吏役走到阶下跟听审的富人说："刚才我说给一百两，他摇头不同意，你不是亲眼看到了吗？"富人相信了他的鬼话，答应出二百两银子。吏役知道李匡九爱喝茶，又靠近李匡九问："你想喝点茶吗？"李匡九点点头，吏役假借去烧茶，走下去对富人说："事情办成了，刚才老爷点头同意，你不是看见了吗？"不一会儿，审就结束了，富人无罪释放。吏役收下二百两银子的贿赂，而且另外勒索了一份谢金。

唉！官员自以为清廉，但骂他是贪官的人满街都是，这是放纵豺狼般的吏役去干坏事而自己还不知道的。世上像这一类的官员多得很，可以作为当官的一个借鉴。

嫦 娥

　　太原府人宗子美，跟父亲四处游学，辗转到扬州住了下来。父亲和红桥下林老太素有过交往。一天，父子从红桥过，遇见了林老太，她一定要请他们父子到她家，饮茶闲谈。这时旁边站着个姑娘，人长得非常漂亮。子美的父亲赞不绝口。老太看着宗父说："你家儿子温顺得像个大姑娘，一脸福相，如果不嫌弃，就把女儿许给他，怎么样？"宗父大笑，催促子美站起来，让他给老太下拜，并说："一言千金了。"

　　在早先，林老太一个人过日子。姑娘忽然来到，诉说自己如何孤苦无依。问她的小名，说叫嫦娥。林老太很喜欢她，就把她留下了，实际上是把她当奇货等将来发一笔大财。

　　当时宗子美十四岁，看到嫦娥，心里暗暗高兴，心想父亲一定会请媒人给他定亲，可是回家后父亲好像把这事忘了。子美思念嫦娥，心急如火烧，偷偷地告诉了母亲。父亲听后笑着说："我以前只不过和贪心的老婆子开个玩笑罢了。还不知道她要拿姑娘卖多少黄金呢，这事谈何容易！"过了一年，子美的父母都去世了。可他不能忘却对嫦娥的相思之情，服孝期将满，子美托人示意林老太曾许婚的事。林老太开始不承认有这回事。子美气愤地说："我平生不轻易弯腰行礼，你怎么把我的行礼看得一文不值？如果要违背以前的盟约，必须偿还一拜之礼。"林老太听了这话才说："从前和令尊把结亲的事当玩笑说过。但没有正式定亲，于是后来都忘了。你今天既然提起此事，难道我想留女儿嫁给天王吗？我每天精心打扮她，实指望能得到千两银子的聘礼。现在我只向你要一半，行吗？"子美自料筹不到这笔钱，也就算了。

　　刚好有个寡妇租子美西邻家房子住，她家中有个十五六的女儿，小名颠当。子美偶然间看到了她，文雅艳丽，一点儿不比嫦娥差。子美心里十分倾慕，便以送些东西为借口接近她，渐渐熟悉了，常常眉目传情，想说几句话可惜没有机会。一天晚上，颠当翻墙过来借火。子美高兴地拉住她的手，两人便亲热起来。子美向她求婚，颠当用哥哥做生意未回来做借口推辞了。从此两人秘密地互相亲近，不露一丝痕迹。

　　有一天，子美偶然从红桥经过，看见嫦娥正好在门里，连忙快步从门口走过。嫦娥远远看见子美，挥手招呼他，子美停住脚步，嫦娥又向他招手，子美便进了她家。嫦娥责备他背弃婚约，子美详细说了求亲的过程。嫦娥便进内室取一锭金子交给他，子美不要，推辞说："当初我以为咱俩无缘，便和别人订了婚约。如果接受了你的黄金和你订婚，就要辜负别人；接受了你的黄金不和你订婚，就辜负了你的好意。我实在不愿辜负你们中的任何一个。"嫦娥沉思了好久说："你所说的婚约，我也十分清楚。那桩婚事肯定不成功，即使成了，我也不会怨你负心。你快走吧，林老太快回来了。"子美仓促之间拿不定主意，便拿了黄金回去了。

第二天夜里，子美把见嫦娥及与之婚约之事告诉了颠当，她很赞成子美的决定，只是劝子美要对嫦娥用情专一。子美不说话，颠当表示愿意列在嫦娥之下，子美才高兴起来。于是子美派人带着金子到林老太家议婚事，林老太没有推辞，便把嫦娥嫁给了子美。嫦娥过门后，子美把颠当说的话全告诉嫦娥，嫦娥微微一笑，当面怂恿子美把颠当娶过来为妾。子美十分高兴，急着去告诉颠当，可是颠当早就没了踪影。嫦娥知道颠当是为避开自己，便暂时回了娘家，故意给颠当留下机会，嘱咐子美摘取颠当身上的香囊。嫦娥走后，颠当果然来了，子美和她商量娶亲为妾一事，颠当只是说不要着急。在和颠当解衣亲热调笑时，子美发现她腰间有一紫色香囊，想要将它摘下来。颠当发觉后，变了脸色，从床上起身说："你和她一条心，和我却心存二意，你这负心汉，从今以后我们断绝来往。"子美低三下四地解释挽留，颠当不听，负气地走了。有一天，子美路过颠当门前，进去打听，已有苏州客租下来住在里面，颠当母女搬走很长时间了，踪影皆无，没地方打听。

子美自从娶了嫦娥，家里突然富裕起来，长廊楼阁，横贯街巷。嫦娥善于诙谐戏谑。子美偶然看到一幅美人画卷，对嫦娥说："我自己认为你已经是举世无双的美人了，只是没见过赵飞燕和杨贵妃，毕竟还是憾事。"嫦娥笑着说："你想见她们，那有什么难的。"她便拿起卷轴仔细看了一番，便走进内室对镜梳妆，然后学赵飞燕迎风飞舞，又学杨贵妃醉酒伤怀。体态的高矮胖瘦随时变化，人物的风情姿态和画卷一模一样。正当嫦娥学美人动态时，有个丫鬟从外面进来，再也认不出她来，惊问别的丫鬟，又仔细看看，才醒悟过来大笑。子美高兴地说："我虽然只娶了一个美人，却把千古以来的美人都请到闺房中来了。"一天晚上，睡得正熟的时候，忽然几个强盗撬开门进来，火光把四壁照得通亮。嫦娥急忙起身，惊慌地说："强盗来了。"子美才醒，急得正要呼救。一个强盗把刀架在他的脖子上，吓得他不敢喘气。又有一个人抢了嫦娥将其背起，阗然而去。子美这才大声哭喊，全家的仆人都来了，房里的珍宝，一点儿没有丢失。子美非常悲痛，吓得没了主意，就连活着的情趣都没有了。子美告到官府要求追查强盗，但一点儿消息也没有。

渐渐过了三四年，子美郁郁寡欢，百无聊赖，借应试的机会来到京都。住了半年，问卜、算卦、打听、查找，各种办法都用尽了，也查不出嫦娥的下落。子美偶然路过姚巷，碰到一个女子，满面尘土，衣衫褴褛，神色局促，像乞丐一样。子美停下来细看，原来是颠当。他吃惊地问："你怎么憔悴到这地步？"颠当说："和你分别后迁居南方，老母就去世了，我被坏人抢去卖到一个旗人门下，挨打受冻，忍饥挨饿，难以形容。"子美掉下眼泪，问："可以赎身吗？"颠当回答说："太难了。花费钱很多，只怕无能为力。"子美说："老实对你说，近年来家中很富有，可惜客居在外带的钱不多，为了解救你，把车马行装全卖了也在所不惜。如果要的钱太多，我回家再筹办。"颠当约好第二天到西门外柳树下和子美相见，还嘱咐他一个人去，不要带随从。子美答应了。第二天，子美一大早就去了，而颠当已经先到了，她衣着华美，和昨天判若两人。子美吃惊地问她这是怎么回事，颠当笑着说："昨天是试探你，可喜的是你没忘记我们过去的恩爱之情。请到寒舍一叙，我一定报答你的关心。"他们往北走了不远，就到了她家。颠当拿出酒菜和子美饮酒畅谈。子美邀她一起回家，颠当说："我还有很多世俗琐事，不能一同走。嫦娥的消息，我听到一些。"子美急忙问她嫦娥在哪里，颠当说："她的行踪飘忽不定，住在什么地方我也不太清楚。西山有个瞎了一只眼的老尼姑，你去问她，自然就知道了。"当晚子美便住在了她家。

第二天，颠当把去西山的路告诉了子美。子美很快到了那个地方，果然有座古寺，周围的墙都倒了，竹林里有半间茅草房，一个老尼姑在里面补衣服。见有客人到，老尼姑轻慢不爱搭理。子美上前作揖施礼，老尼姑才抬头问话。子美先通报了自己的姓名，就说了来这里请老尼姑帮助寻找嫦娥的消息。老尼姑说："我这八十岁的老瞎子，且与世隔绝，哪里知道佳人的消息？"子美再三恳求。老尼姑才说："我实在不知道。明晚有两三个亲属来看望我，也许这些小姑娘中有人认识她，你明晚再来。"子美这才谢过告辞出来。第二天子美再去时，老尼姑已去了别处，破门上了锁。子美等了很久，更漏声声夜已深，明月当空高挂，他正在徘徊，不知所措，忽然看见两三个女子从远处来到寺庙，而嫦娥就在其中。子美高兴极了，突然跳起来冲到嫦娥面前，抓住她的衣襟。嫦娥说："鲁莽的郎君！吓死我了！可恨颠当多嘴多舌，又叫我遭受情欲缠身的苦恼。"子美拉她坐下，握住她的手细诉心曲和经历的艰难，不觉

潸然泪下。嫦娥说:"实话告诉你,我本是月宫里的嫦娥,被贬谪到人间,在尘世间漂泊,因期限已满,便制造了被强盗抢走的假象,是为了断绝你的希望罢了。老尼姑是王母娘娘的看门人,我当初被贬谪时,承蒙她的收留照顾,所以一有空常来看望她。你如果放我走,我帮你把颠当娶过来。"子美不同意,低头落泪。嫦娥看着远处说:"姊妹们来了。"子美正往四处看,嫦娥已经不见了。子美痛哭失声,不想再活了,于是解下腰带上吊。恍惚中他感觉灵魂已离开躯体,痛苦得不知往哪里去。一会儿见嫦娥来了,抓住自己提起,脚离开地面。到了庙里,嫦娥又把树上的尸体取下来,把尸体和灵魂推到一块儿,大声喊道:"痴郎,痴郎,嫦娥在这里。"忽然间,子美好像大梦初醒。稍稍安定以后,嫦娥气愤地说:"颠当这个贱丫头!害了我又杀郎君,我一定不会放过她。"于是两人下山雇了车马回到客舍。子美让家人准备行装,就转身出西城去面谢颠当,到那地方一看,房舍全变了样,又惊奇又感叹地回到了旅舍。子美心中暗暗庆幸嫦娥不知道。一进门,嫦娥就迎面笑着说:"你见到颠当了吗?"子美吃惊得说不出话来。嫦娥说:"你瞒着嫦娥,怎么能找到颠当?请坐下等一会儿,她自己会来的。"不一会儿,颠当果然来了,慌慌张张跪在床前,嫦娥在她头上用手指弹了个响爆说:"小鬼头,真是害人不浅!"颠当连连磕头,只求让她缓死。嫦娥说:"把人推到陷坑中,自己还想脱身逍遥事外吗?月宫十一姑不久就要嫁人了,要绣一百幅绣花枕套、一百双绣花鞋,你要跟我一起做这些活。"颠当恭敬地说:"只求你分给我一些活计,一定按时送到。"嫦娥不允许,对子美说:"你若给她求情,我就放了她。"颠当用求助的目光看着子美,子美只笑不说话,颠当气得用眼睛瞪他。于是颠当请求让她回去跟家人说一声再来,嫦娥答应了,颠当才敢离开。子美向嫦娥打听颠当的生平,才知道她是西山的狐仙。子美便买了车马等她。第二天,颠当果然来了,于是一道回家。

　　然而嫦娥重新回来以后,一直保持严肃态度,再不轻易诙谐谈笑了。子美强迫和她亲热,她只秘密地教颠当去代替她。颠当极聪明,善于媚惑人。嫦娥喜欢自己睡,常不和子美同房。一天夜里三更时分,还听到颠当房中笑声不绝。嫦娥派丫鬟去偷听是怎么回事。丫鬟回来不说,只是请夫人亲自去看。嫦娥趴在窗子向里一看,只见颠当化装成自己的样子,子美抱着她,口里喊着"嫦娥"。嫦娥笑着回到房中。不一会儿,颠当突然心痛起来,急忙披着衣服拉着子美来到嫦娥房中,进门就跪在地上。嫦娥说:"我难道是那些用妖术害人的巫医吗?你自己效'西施捧心'而已。"颠当磕头求饶,说自己知罪了。嫦娥说:"你的病好了。"颠当这才起来,笑着走了。颠当私下里对子美说:"我能教娘子学观世音娘娘。"子美不信,于是两人打赌。嫦娥盘腿打坐时,眼皮垂下来好像睡着了。颠当偷偷地在玉瓶里插上柳条放在嫦娥身边的桌子上,自己披散头发双手合十侍立一旁,樱唇半开,皓齿微露,目不转睛。子美看到这情景忍不住笑了。嫦娥睁开眼睛问子美笑什么,颠当说:"我在学龙女侍奉观世音。"嫦娥笑着骂她,罚她学童子拜佛。颠当把头发向上扎起来扮作童子,便向四方不住地磕头,手足伏地翻转自如,施展出各种变化姿态,时而向左倾侧,时而向右弯腰,脚尖能擦到耳朵,嫦娥看得笑了起来,坐在椅子上用脚踢她,颠当抬起头,用嘴衔住嫦娥的脚尖,牙齿轻轻一咬。嫦娥正在嬉笑间,忽然觉得一缕媚情,从脚趾向上直达心窝,浑身欲火如炽,几乎不能自控。嫦娥连忙收住心神,呵斥道:"狐奴该死!媚惑人也不看对象吗?"颠当吓坏了,松开口伏在地上。嫦娥又厉声斥责她,众人都不知道发生了什么事。嫦娥对子美说:"颠当的狐性不改,刚才差点被她愚弄了。若不是我根基深厚,很容易堕落下去。"从此,嫦娥每见颠当,总是严加管教。颠当羞愧惶恐,对子美说:"我对她身体的每一部分,都很喜欢,喜欢得太厉害了,不自觉就媚惑上了。说我有不良之心,不但不敢,也不忍心。"子美把颠当的话告诉了嫦娥,嫦娥才像当初一样对待她。但因颠当过分地沉迷狎昵游戏,嫦娥多次向子美提出警告,子美不听。因此大小丫鬟女仆,都争着玩这种游戏。一天,两个人扶着一个扮成杨贵妃的丫鬟,两人互相使了个眼色,骗丫鬟放松全身装成醉酒的样子,两人忽然撒手一松,那扮贵妃的丫鬟猛然跌在阶下,发出很大的声音,像倒了一堵墙。众人吓得大声喊叫,近前一摸,那丫鬟已经死了。众人非常恐慌,急忙告诉主人,嫦娥吃惊地说:"果然闯出祸来了,我说的准不准?"嫦娥过去一检查,已没法儿救了。派人去通知她的父亲。他的父亲某甲,本来就是个无赖,听到这事,一路哭喊着跑过来,背着尸体闯进厅堂,把各种难听的话都骂了出来。子美吓得关上门,不知所措。嫦娥主动出来警告某甲说:"即使主人把奴婢虐待至死,按律条也不应该偿命。况且她是暴死,怎么知道不会复活呢?"某甲吼着说:"四肢已经冰凉,哪还有复活之理?"嫦娥说:"不要喊,即使不复活,还有官府做主!"于是到厅堂摸了摸尸体,丫鬟竟然复活了,又抚摩了一阵,丫鬟扶着她的手站了起来。嫦娥转过身怒斥某甲道:"幸好丫鬟没死,你这贼奴怎敢出言无状?可以拿根绳子把你绑了送到官府去!"某甲无话可说,长跪不起哀求不要送官。嫦娥说:"你既然已经知罪,暂且免于追究。但你这种无赖小人,反复无常,留下你女儿早晚都是祸根,你现在赶快把她带走。原来的卖身钱,你赶快去筹办送来!"嫦娥派人把某甲押送出门,请来两三位村上老人,在文书签字作保。手续办好后,嫦娥就把那个丫鬟叫到面前,某甲亲自问她:"没有事吧?"丫鬟说:"没事儿。"然后才把她交给某甲领走。处理完这件事之后,嫦娥就把所有的丫鬟都叫来,严加斥责,每人打了几大板,又把颠当叫来,严禁再玩这种游戏。嫦娥又对子美说:"今天你才知道,居在上位的人一笑一颦都不能随便。嬉笑玩乐的事是由我开始闹起来的,而坏影响便一发不可收拾。凡属哀伤之事都是阴性,欢乐之事都是阳性。阳盛到极点就产生阴,这就是阴阳循环的规律。这个丫鬟的灾祸，是鬼神对我们乐极生悲的一个警告，沉迷于玩乐不及时醒悟，跟着后面就是家破人亡了。"子美恭恭敬敬地听了这番劝诫。颠当哭着求嫦娥拔去她调皮闹事的劣根。嫦娥就掐住她的耳朵，过了好一会儿才放手，颠当迷惘了一阵，忽然像大梦初醒，伏地便拜，高兴得要跳起舞来。从此，闺阁中清清静静的，再没人敢大声喧哗了。

那个丫鬟回到家里，没害病就突然死了。某甲因为赔不起赎金，请村老代求怜悯宽恕，免掉赎金，嫦娥答应了，又看在她服侍主人的情分上，赏了她一副棺材。子美常为没有儿子而发愁。嫦娥腹中忽有小孩的哭声，便用刀子划破左肋把小孩取出，果然是个男孩。没多久，嫦娥又怀孕了，又划破右肋，取出一个女儿。男孩极像父亲，女儿很像母亲，长大以后都和世家大族结为婚姻。

异史氏说："阳极阴生，真是至理名言啊！但是房里有个仙人，能使我尽情欢乐，消除我的灾祸，延长我的生命，不让我随便死去。这温柔乡实在太快乐了，就是老死在这里也行！但仙人为什么要担忧呢？天道循环的规律，从道理上讲应该如此，但对世间那些终生痛苦从无出头之日的人怎么解释呢？从前宋代有个求仙而不得的人，常常说：'让我做一日神仙，就是死去也不遗憾了。'我听了这话笑也笑不出来了。"

褚　生

顺天府的陈孝廉，十六七岁时，曾经跟私塾老师在和尚庙里读书。老师的门生很多，当中有个褚生，自称是山东人，读书刻苦，钻研认真，从来不肯休息。寄宿在寺庙里，没见他回过一次家。陈生和他最要好，就问他为什么这么刻苦读书。褚生说："我家贫困，筹集学费很不容易，即使不能珍惜寸阴，但加读到半夜，那么我的两天，就抵得上别人的三天。"陈生被他的话所感动，想把床搬来和他一起住。褚生阻止他说："暂时不要这样做，我看现在这个老师并不是我们理想的老师。阜成门有个吕先生，年纪虽老，但可以作为老师，我们一起搬到他那去吧。"

原来京城中的塾师多半是按月收钱的，月末学费用完了，学生去留自便。于是两个人一同来到吕先生门下。吕先生是越地一位学问很深的老学究，科场上不得意，贫困得回不了家乡，因此教书度日，这实在不是他的本意。他收下两个学生心里很高兴。而褚生又特别聪明，过目不忘，所以吕先生对他特别器重。陈生和褚生感情很好，亲密无间，白天同桌学习，晚上同榻睡觉。

到了月底，褚生忽然请假回家，十多天还没回来。吕先生和陈生都有些怀疑。一天，陈生因到天宁寺办事，在走廊里遇到了褚生，他正在劈荷麻涂硫黄，制作引火的材料。他见到陈生，褚生感到很不好意思。陈生问："为什么中止读书了？"褚生握着陈生的手到没人处，忧伤地说："因贫困没有钱给先生交学费，必须做半个月小贩，才能挣够一个月的读书费用。"陈生感慨万分地说："你只管回去读书，我会尽力帮助你。"陈生叫随从收拾好他的东西一同回到学馆。褚生请求陈生不要泄露出去，只找别的托词应付先生。陈生的父亲是个商人，靠囤积居奇致富，陈生常偷父亲的钱替褚生交学费。陈父因为丢了钱而责备陈生，陈生如实地告诉了父亲。陈父认为儿子太傻，于是不让他再读书了。褚生知道后非常惭愧，也想告别老师离开学馆。吕先生知道褚生的困难处境后，责怪他说："你既然贫困，为什么不早说？"吕先生便把陈生代交的学费全部返还给陈父，留下褚生继续读书，并和他一块儿吃饭，就像对待自己的儿子一样。陈生虽然不念书了，还常常邀请褚生到酒店里一起喝酒。褚生为了避嫌坚决不去，而陈生也特别诚恳，常常流着泪请褚生同饮，褚生不忍心拒绝朋友的一番好意，于是两人的交往仍不断往来。又过了两年，陈父死了，陈生又回学馆要复学。吕先生被他的诚意所感动，又收下了他。因为荒废学业时间太长，陈生和褚生比较，相差太多了。又过了半年，吕先生的大儿子从越地沿途乞讨到京城找父亲。学生都筹钱给先生作盘缠，褚生却只能依恋地流着眼泪。吕先生临别时，嘱咐陈生拜褚生为老师。陈生答应了，请褚生到家里教他。不久，陈生考入县学，又以"遗才"的名义参加乡试。陈生担心考不好，褚生则要求去替他。考试日期到了，褚生领着一个人来，介绍说是他表兄刘天若，嘱咐陈生暂跟他去考。陈生刚走出来，褚生忽然从后面拉了他一下，陈生险些跌倒，刘天若急忙扶住他一起出去了。两人到处游览了一番，然后拉着手跟着刘天若来到他家休息，刘家没有女眷，便让陈生住在内室。

住了几天，便到了中秋节，刘天若说："今天李皇亲花园里游人很多，我们去散散心解解闷，顺便送你回家。"刘天若便叫随从带着茶炉、酒具一道出门。只见花园中的水榭和梅亭里面人声喧哗，挤不进去。走过水关，只见一棵老柳树下面停着一只画船，便相扶上船。在船上，酒过三巡，感到太冷清寂寞，刘天若对书童说："梅花馆最近来了一位美人，不知在不在家？"书童去了一会儿，就同美人一道来了，原来是妓院中的李遏云。李遏云是京城的名妓，诗写得很好，又善于歌唱，陈生曾和朋友在她家饮过酒，有一面之缘。相见后互相寒暄一番。李遏云忧伤得一脸愁容。刘天若请她唱支歌，她唱了一支《蒿里》。陈生有些不高兴，说："即使主人和客人都不能使你高兴，也不该对着活人唱送葬的歌。"李遏云起身告罪，强作笑颜，就唱了一支词典浓艳的歌曲。陈生很高兴，抓住她的手腕说："你从前写的《浣溪沙》，我曾经读过好几遍，现在已经全忘了。"

李遏云吟道：

泪眼盈盈对镜台，开帘忽见小姑来。低头转侧看弓鞋。强解绿娥开笑面，频将红袖拭香腮，小心犹恐被人猜。

陈生反复念了好几遍。过了一会儿，船靠岸了。经过长廊，陈生见墙壁上题词很多，便拿笔将李遏云吟的《浣溪沙》写在墙上。这时太阳快下山了，刘天若说："参加考试的人快出考场了。"刘天若便送陈生回去，陈生进了门，刘天若就告别而去。

陈生看室内昏暗无人，正迟疑间，褚生回来了，仔细一看，此人却不是褚生。他正感莫名其妙，那人忽然近身向他倒了下来，家仆说："公子太疲劳了。"一同把他扶到床上。陈生又觉得倒下来的不是别人，而是自己。起身以后，见褚生就在身边，陈生恍恍惚惚如在梦中。陈生便把家仆打发出去，细细问褚生是怎么回事。褚生说："我告诉你，你不要害怕，我实际上是个鬼，早就该投生了。之所以迟迟没有离开，是忘不了我俩深厚的友谊，附在你身上，代替你去应试。现在三场考完，报答你的愿望了结了。"陈生还想求他代替参加春闱考试。褚生说："你祖上福薄，悭吝的尸骨是不配接受封赠的。"陈生又问："你将投生哪里？"褚生说："吕先生和我有父子情分。我常常挂念他，我的表兄在阴司掌管文书，我求他向地府中主持生死的官员说一声，也许快有消息了。"说完褚生就离开了。陈生对此感到奇怪，天亮就去找李遏云，准备问她中秋泛舟的事，谁知李遏云已经死去几天了。他又到皇亲花园去看，只见自己在墙壁上题的诗句还在，墨痕黯淡，字迹模糊，似乎将要磨灭了。他才明白题字的是自己的魂，作诗的是鬼。到了晚上，褚生高兴地来了，对陈生说："我所计划投生的事办成了，特来和你告别。"于是他伸开两手，让陈生在他的手掌上写下"褚"字作为纪念。陈生又要筹办酒宴为褚生送行，褚生摇头说："不必了。你如果不忘记旧情义，放榜以后，不要怕路途遥远来看我。"陈生流着眼泪送他出门。看到一个人等在门外，褚生还在恋恋难舍，那人用手按住他的脖子，随手把他压扁了，装进口袋，背走了。

过了几天，陈生果然中了举人，于是整顿行装到越地去。吕先生的妻子已经有几十年不生育了，在五十多岁时，突然生了一个儿子，小孩生下来两只小拳头紧紧地握着，谁也打不开。陈生来了，请吕先生带他去看看小孩，并说孩子的掌心里各写着一个"褚"字。吕先生不太相信。当小孩看到陈生之后,十指自然伸开,一看果然有"褚"字。吕先生吃惊地问事情的原委,陈生便把经过详细地告诉了他。大家听了又高兴又惊异。陈生给吕先生赠送了许多礼物,便回家了。

后来吕先生以贡生的身份到京城参加廷试,住在陈生家里,这时吕先生小儿子已十三岁,进入县学读书了。

异史氏说:"吕老先生教学生,却不知道教的是自己的儿子。唉!帮助别人,做好事,而自己受到好报,这二者是相连的。褚生在以身报答老师前,先以魂魄报答朋友,他的品德和行为,可贯日月,难道只是因他为鬼的缘故而让人感到惊奇吗?"

霍 女

朱大兴是彰德府人,家中很富有,但他特别吝啬,不是男婚女嫁,家里就不留客人,饭桌上也没有鱼肉之类的菜肴。但他生性轻薄,为了女人不惜耗费重金。每到晚上,他就爬墙出村,跟不正经的女人鬼混。一天晚上,他遇到一个单独行路的女子,估计她是逃出来的,就强行挟持她跟着自己一起回家。回到家,朱大兴点灯一看,女子绝顶漂亮。女子自己说姓霍。朱大兴再进一步盘问,她便很不高兴地说:"你既然收留我,又何必盘问?如果怕受连累,不如早些离开。"朱大兴不敢再问,便和她睡在一起。霍女不肯吃粗茶淡饭,又讨厌肉食,必须是燕窝、鸡心、鱼肚白做的汤,她才能吃饱。朱大兴没办法,只能尽力供养她。她又爱害病,每天需一碗人参汤。朱大兴开始不肯答应。霍女不断呻吟呼喊,好像就要死了,朱大兴不得已,给她喝了人参汤,她的病马上就好了。以后喝参汤就成了常例。她穿的是绸缎衣裳,过几天就嫌旧了,要换新的。这样过了一个多月,在霍女身上花的钱不计其数,朱大兴渐渐供养不起了。霍女便哭泣着不肯吃饭,要求离开。朱大兴害怕了,又想方设法满足她的欲望。每当她感到苦闷不快活时,就让朱大兴隔十来天请一次戏班子来家里演戏。演戏时,朱大兴在帘外放一个凳子,抱着儿子坐在那里看戏。霍女看了戏,脸上还是没有笑容,屡屡讥骂朱大兴;朱大兴也不分辩。过了两年,朱家日渐衰败。朱大兴只好委婉地请求霍女减少一点开销,她答应了,各种费用都减少了一半。时间长了,这种生活仍然无法满足,她也开始能吃些肉粥,渐渐地也能吃普通食物了，朱大兴暗暗高兴。一天夜里，她忽然打开后门逃走了。朱大兴惆怅万分，好像失去了魂魄，四处打听，才知道她在邻村姓何的家里。

何家是个大家族，世代当官，豪奢放纵，喜欢结交宾客，常常彻夜灯火通明。这夜忽然一个美人来到他家的房中。一盘问才得知，原来她是从朱家逃出来的小老婆。朱大兴一向被何某瞧不起，但怎奈何某又喜欢霍女长得漂亮，便留下了她。两人缠绵了几天，何某便被她迷住了。于是何某把霍女供养得和在朱家一样。朱大兴得到消息，便向何家要人，何某根本不当回事。朱大兴又告到官府。官府因此女姓名来历都不清楚，放在一边不予受理。朱大兴卖掉财产到官府行贿，官府才答应抓何某对质。霍女对何某说："我到朱家，本来就不是明媒正娶的合法婚姻，何必怕他？"何某非常高兴，打算和朱大兴在官府对质。何家有位门客对何某说："收留逃亡的女人，已经犯了国法，况且这个女人进门后每天耗费无度，即使是千金之家，又能维持多久呢？"何某恍然大悟，决定不打这场官司了，并把霍女归还给朱大兴。

过了一两天，霍女又逃跑了。有个黄生是贫穷书生，没老婆。霍女敲门进去，自己说明来历。黄生看见忽然来了一个美人，惶恐得不知如何是好。黄生向来守法，坚决不肯收留她。霍女不离开，对话之间，风姿无比娇媚，黄生心动了，决定留下她，可是又担心她不能安于贫困的生活。但霍女每天起来很早，亲自操持家务，比黄生的前妻还勤快。黄生为人文雅潇洒，很会疼爱妻子，两人只恨相逢太晚，又怕消息泄露出去，欢情维系不久。自从那场官司以后，朱大兴家境更贫穷了，又料想霍女不会安于贫困，便放下此事不再寻找了。

霍女跟了黄生几年，二人感情深厚。一天，霍女忽然提出要回娘家，要黄生驾车送她。黄生问她："以前你说没家，为什么前后矛盾？"霍女说："以前是随便说说。我是镇江人，过去跟着一个浪荡公子流浪江湖，到了这里。我娘家里相当富有，你把所有的家资拿出来跟我去镇江，一定不会吃亏的。"黄生听了霍女的话，雇车船前往镇江。到了扬州地界，船停在江边，霍女正靠着窗子向外看，有一个大商人的儿子从旁边经过，见她这么漂亮非常吃惊，便掉转船头尾随在黄生坐的船后边，而黄生却不知道。霍女忽然说："你家很贫困，现在有一个治贫的方法，不知道你是否愿意听从？"黄生问她是什么办法，霍女说："我跟你过了好几年了，没有给你生育儿女，心里一直放心不下。我虽然不漂亮，幸而还不老，如果有谁愿出千两银子相赠，你便把我卖给他。这笔钱可使你房屋、田产、妻室都具备了。你说这计策怎样？"黄生大惊失色，不知是什么缘故。霍女笑着说："你不要着急，天下美人多的是，谁愿意花千两银子买我呢？我只是对外说句笑话，看有没有人愿出这个价钱。卖与不卖，当然在于你。"黄生不答应。霍女把这些话向船夫的妻子说了，船夫的妻子用征询的眼光望着黄生，黄生漫不经心地同意了。那妇人去了没多久，返回到船上说："邻船有个商人的儿子，愿出八百两银子。"黄生故意摇头难那商人的儿子。船妇过一会儿又回来了，说那商人的儿子可以按照你的意见办，就请你过船拿钱。黄生微微冷笑。霍女说："叫他暂时等一会儿，我嘱咐黄郎几句，马上叫他过去。"船妇走后，霍女对黄生说："我每天用价值千金的身躯侍奉你，现在你该明白了吧？"黄生说："用什么话去推托呀？"霍女说："你马上去签契约，去不去在我。"黄生不答应。霍女逼着他去，黄生不得已去了。对方马上兑付银子。黄生叫人封好银子加上标记，对商人的儿子说："我因贫穷，竟落得这样的结果，突然间分手不是件容易事。假如我的妻子不愿跟你，我仍旧将银子原封不动地还给你。"正在黄生运银子到自家船上的时候，霍女已跟船妇从船尾上了商人的船。她回头远远地和黄生道别，没一点伤心和留恋之情。黄生呜咽着说不出话来。一会儿商船起锚开走了，行驶得像箭一样快。黄生号啕大哭，想叫船夫开船去追。船夫不答应，开船向南驶去了。

不久抵达镇江，黄生把行李搬上岸。船夫急忙解开锚把船开走了。黄生烦闷地守着行李，不知去哪好，望着滔滔流去的江水，好像万箭穿心一样难过。正在掩面哭泣间，他忽然听到一个娇滴滴的声音喊道："黄郎。"他吃惊地四下张望，见霍女已经在前面的路上，这下他高兴极了，背着行装追上她。他问："你怎么这么快就回来了？"霍女笑着说："再迟些时候，你会疑心我跟别人跑了。"黄生怀疑霍女不是普通人，反复追问根由，她笑着说："我平生对吝啬的人就破败他的家，对心术不正的人就欺骗他。如果如实和你商量，你一定不肯答应，再说我上哪儿给你弄到千两银子呢？现在钱装满了你的口袋，妻子也回来了，你可以满足了，何必还问个没完？"黄生这才雇了仆人，挑着行李，带着妻子一起回岳父家。

到了水门里，有一处向南开的宅院。霍女带着黄生直接进去，不一会儿，老太爷、老太太，男人妇女，纷纷出来迎接，都说："黄家女婿来了！"黄生进去参拜岳父、岳母。有两个青年人向他作揖行礼，陪着说话，这两人是霍女的兄弟大郎和三郎。筵席上菜品种不多，四个大玉盘子，就把方桌摆满了。鸡、螃蟹、鱼、鹅，都是切开又拼为整个的。两个青年人用大碗饮酒，谈起话来都很豪放。饭后他们又把夫妇俩领到另一个院子里，让他俩住在一起。被子、枕头都很光滑柔软，床都是用皮革代替棕藤条制成的。每天都有丫鬟女仆送三餐饭来，霍女有时整天不出房门。在岳父家居住时间长了，黄生觉得很寂寞苦闷，多次要求回家，霍女坚决阻止。有一天，霍女对黄生说："现在替你着想，想给你买一个女子给你留下后代。可是如果买丫鬟婢女要花很多钱，你装成我的哥哥，让我父亲到外面给你议婚，良家女子不难娶到。"黄生不答应，霍女却不管他答不答应。有个姓张的贡生，他女儿新近死了丈夫，提出要一百两的聘银。霍女强迫黄生将其娶了过来。新媳妇小名阿美，长得秀丽端庄。霍女以嫂子称呼她。黄生局促不安，而霍女却很坦然。一天，她对黄生说："我和大姐到南海去探望姨妈，一个多月就能回来，请你们夫妇安心住在这里。"说完就走了。

　　黄生和阿美独处一院，霍家按时送饭过来，饭菜也很丰盛。但自从阿美来后，再也没有人来过他们俩的居处。每天早晨，阿美去拜见婆婆，说过三言两语就退出来了。在旁的兄弟媳妇，只是相视一笑，即使多坐一会儿，也都觉得没什么话可说。黄生去见霍翁时也是如此。偶尔霍家兄弟聚在一起谈话，黄生一到，就谁也不说话了。黄生心存疑虑，可又没人商量。阿美觉察不对劲儿，问黄生："你既然和他们是兄弟，为什么一个月来像陌生的客人一样？"黄生仓促间回答不上来，结结巴巴地说："我在外十多年，才回来没几天。"阿美又仔细盘问黄生有关公公婆婆的门第家族和兄弟媳妇娘家的情况，黄生非常狼狈，不能再隐瞒下去，就把实情都告诉了阿美。阿美哭着说："我虽然家里贫穷，也不至于给别人做贱妾，难怪众人都轻视我，不把我当回事。"黄生惶恐不安，不知道该怎么办，只是长跪在地上听候阿美发落。阿美一看，止住哭声把黄生扶起来，转而商量怎么办。黄生说："我哪敢有别的打算？你一个人离开这里回娘家。"阿美说："我既然嫁给你，再离开你，在情理上怎能忍心？霍女虽先和你在一起，是私奔；我虽后到，却是明媒正娶。不如姑且等她回来，问问她既然出了这个主意，打算怎么安排我。"

　　住了几个月，霍女始终没回来。一天夜里，听到客厅里有客人喧闹饮酒，黄生偷偷往厅堂里看，只见两个武夫打扮的客人坐在上席，一个头上包着豹皮围巾，威风凛凛像天神一般，东边那人用虎头皮做头盔，额头衔在虎口中，虎的鼻子耳朵都很完整。黄生吃惊地返回屋，把所看到的情景告诉阿美，他们到底还是猜不出霍家父子是什么人。夫妻俩惊疑恐惧，想到别处租房另住，又怕霍家猜疑。黄生说："老实告诉你，即使到南海的霍女回来了，名分辩证清楚了，我也不能在这里安家。现在我想带你一起走，又怕你家老人有别的意见。不如暂时分开，两年内我再来。你能等我，就等两年；若想另外找人家，也由你自己决定。"阿美想要告诉父母一声，然后跟黄生回老家，黄生不肯。阿美痛哭，要他发下誓言，才离开黄生回了娘家。黄生到霍女父母那里告别。当时霍家兄弟都出门了，霍翁挽留他等兄弟们回来再走，黄生不听，出门走了。

　　黄生一个人凄凉地登上归舟，显得黯然神伤。到了瓜州时，他回头忽然看见一只小船飞快驶来,船渐渐靠近,原来按剑坐在船头的那人是霍家大郎。他老远就说:"你急着要回去,为什么不和我们商量商量,丢下夫人走了,两三年时间,谁能等待?"话刚说完,船已靠近了。阿美从船中出来,大郎扶着她上了黄生的船后,又跳回自己的船离开了。阿美告诉黄生,她回家正向父母哭诉,忽然霍家大郎驾驶车马来到,拿着宝剑威胁她的全家,逼阿美快走。全家人都吓坏了,没有人敢阻拦追问。阿美描述着当时的情景,黄生不懂大郎这样做是为了什么。但阿美跟着回家,他很高兴,他们顺利地回到了家里。黄生拿出资财经营产业,家里已相当富有。阿美常想念父母,希望黄生去探望一趟,又怕霍女一道跟来,妻妾的名分出现麻烦。过了不久,阿美的父亲寻访到此,看见家里房舍整齐,心里很感安慰,对女儿说:"你从家里走了以后,我们马上到霍家打听消息,看见门窗都关闭起来,房主也不知道他们的行踪,半年内没一点消息。你母亲每天哭泣,说你被坏人骗走了,不知流落在什么地方。现在万幸没出什么问题?"黄生把实情告诉了岳父,他们都猜测霍女是神仙。

后来阿美生了个儿子,取名叫仙赐。孩子长到十多岁,母亲就让他去镇江探望外公外婆。到了扬州地界,仙赐在旅舍休息,随从都出去了。突然有个女子进来,牵着仙赐到了别的房间,放下窗帘,把他抱到腿上,笑着问他叫什么名字,仙赐告诉了她。女子问:"取这名字是什么意思?"仙赐回答:"不知道。"女子说:"回去问你父亲自然就知道了。"女子给仙赐梳头绾上发髻,摘下自己头上的花给仙赐簪上,并拿出金手镯戴在他手腕上,又拿出一块黄金放到他袖筒里,说:"拿去买书读。"仙赐问她是谁,她说:"你不知你还有个母亲吗?回去告诉你父亲,朱大兴死了没有棺材,应该帮助他,不要把这件事忘了。"老仆人回到旅店,不见了小主人,找到别的房间,听见他在和别人说话,偷偷一看,原来是从前的主母,便在外轻轻咳嗽一声,打算请示一些事。女子把仙赐推到床上,一晃就不见了。他们问房主,并不知道有这个人。

过了些日子,仙赐从镇江回家,把事情告诉了黄生,又拿出那女子所赠送的东西。黄生感叹不已。得知朱大兴的情况时,他已死去三天,尸体暴露在外面没有埋葬,黄生便厚葬了他。

异史氏说:"霍女是神仙吗?换了三个丈夫算不上贞洁。但对吝啬者,她破其财;对贪淫好色者,她促使其荡产,她不是个没有心计的人。但是破了他的财就不必再怜悯他们了,贪淫鄙吝者的尸骨,丢在沟壑里又有什么可惜呢?"

司文郎

　　平阳府人王平子，到京城参加乡试，在报国寺租房子住下。寺中已有余杭县的一个书生先住在那里。王平子因和余杭书生住房相邻，所以递过名帖要拜望他。余杭书生不予理睬，早晚见了面也没一点儿礼貌。王平子讨厌他狂妄傲慢的样子，便断绝来往。

　　一天，有一位青年游报国寺，白衣服白帽子，看上去很魁伟。青年和他交谈，言谈诙谐文雅，王平子很尊敬喜欢他。询问青年的家乡和姓氏，回答说："我姓宋，登州府人。"王平子叫仆人摆好座位，两人对着坐下有说有笑地交谈起来。此时余杭书生刚好从这里经过，王、宋二人都起来让座，余杭书生公然坐在了上位，一点儿也不谦让。突然余杭书生问宋生："你也是来参加考试的吗？"宋生回答说："不是。我才疏学浅，早就没了飞黄腾达的念头。"余杭书生又问："你是哪个省的？"宋生又告诉了他。余杭书生说："你不求进取，足可看出你的高明。北方没有通晓文墨的人。"宋生说："北方人通文墨的固然不多，但不通的人里面未必就有小生我。南方人固然通文墨的人很多，但其中未必包括先生你。"说完，鼓起掌来，王平子也附和宋生，弄得哄堂大笑。余杭书生又羞又恼，竖起眉毛挽起袖子大声地说："你敢当场命题，比一比谁的文章写得好吗？"宋生眼看别处笑着说："这有什么不敢的？"宋生说完便跑回寓所，取出四书五经交给王平子。王平子随手一翻，指着书说："就是这句'阙党童子将命'。"余杭书生起身去拿纸笔。宋生拉着他说："口讲就是了。我的破题已做好了：'于宾客来往之地，而见一无所知之人焉。'"王平子捧腹大笑。余杭书生发怒，说："你完全不会做文章，只会变着法子骂人，这算什么人？"王平子尽力调解，建议另选一个好题目。王平子又翻开书说："做这篇'殷有三仁焉'吧。"宋生立即应道："三子者不同道，其趋一也。夫一者何也？曰：仁也。君子亦仁而已矣，何必同。"余杭书生听后便不作了，站起身说："这个人是有点小聪明。"说完余杭书生就走了。

　　王平子更加敬重宋生，于是请他到自己的住室来，两人很投缘地谈了好半天，把自己写的文章都拿出来请宋生指教。宋生浏览得特别快，一会儿工夫就看完近百篇。看过后，宋生说："你在文章方面也是深有研究的。但在下笔时，虽没有非中不可的念头，但还存在着侥幸考中的心理，这样，文章就落到下品里了。"他便拿着看过的文章一篇做讲解。王平子非常高兴,像对待老师一样对待他,让厨师用蔗糖做饺子招待他。宋生吃过后觉得又甜又香,说:"生平未吃过这种饺子,麻烦过几天再做一次。"从此两人相处得非常融洽。宋生每隔三五天就来一次,王平子就给他做糖馅水饺吃。余杭书生有时也碰见宋生,虽不和宋生深谈,但他那目空一切的傲气却收敛多了。

　　一天,余杭书生拿自己的文章给宋生看。宋生看到文章已被别的朋友密密麻麻地圈点过,看了一眼,推到桌子一边,一句话也没说。余杭书生怀疑他没看,再次请他看一遍。宋生说:"已经看过了。"余杭书生又怀疑他没看懂,宋生说:"有什么难懂的?只是写得不好罢了。"余杭书生说:"只看了一下评点,怎么就知道不好?"宋生就背诵那文章,就像早先读过一样,而且一边背一边指出文章的毛病,把余杭书生弄得无地自容,汗流满面,一句话没说就走了。过了一会儿,宋生走了,余杭书生进来,非要看王平子的文章,王平子不给他看。余杭书生硬是自己给找出来了,看见文章多处已被宋生圈点过,嘲笑地说:"这些圈圈很像水饺啊!"王生本来性格质朴内向不善言语,此时只是羞惭罢了。第二天,宋生来了,王平子把这事详细地告诉了宋生。宋生非常生气,说:"我以为那南方人已被降服了,这无赖竟敢如此放肆,我一定好好报复他一下。"王生极力劝他不要轻率用事,宋生深深佩服王平子的忠厚宽容。

　　考试结束后,王平子把应试的文章给宋生看,宋生非常赞许。两人偶然来到大殿前游览,看见一个瞎眼和尚坐在廊下,摆好摊子卖药行医。宋生惊奇地说:"这可是个奇人呀!最能评断文章好坏,不能不去请教一番。"于是宋生叫王平子回书房去取文章。王平子正巧碰上了余杭书生,便和他一起来了。王平子参见瞎和尚并喊禅师。和尚以为是来求医的,便问他有什么病症。王平子细述了请教文章的心意,和尚说:"是谁多嘴?眼睛看不见怎么能评论文章?"王平子请他以耳代目。和尚说:"三篇文章有两千多字,谁有耐心听那么久?不如把文章烧了,我用鼻子闻一闻就知道了。"王平子照办了。每烧一篇,和尚闻过点一点头,说:"你开始效法大家的手笔,虽然没达到逼真的程度,也很接近了。我刚才是用脾脏领受的。"王平子问:"能考中吗?"和尚说:"也能考中。"余杭书生不大相信,先把古代大家的文章烧了试探他。和尚闻了又闻,说:"好哇!这篇文章是我用心领受的,如果不是归有光、胡友信,怎么能写出这样好的文章?"余杭书生大为吃惊,才开始烧自己写的文章。和尚说:"刚才只领受一篇文章,还未欣赏他别的妙文,为什么忽然换了另一个人的文章来?"余杭书生撒谎说:"刚才那一篇是朋友写的,只那一篇,现在这才是我的。"和尚闻一下刚才剩下的灰,呛得咳嗽了好几声,说:"不要再烧了!格格不能入,我勉强用胸膈领受了,再烧,就作呕了。"余杭书生惭愧地走了。

　　几天后发榜,余杭书生竟然考中,王平子落榜了。宋生和王平子一起去告诉和尚。和尚叹息着说:"我虽然眼睛瞎了,但鼻子还管用,那些考官连鼻子也不管用了。"不一会儿,余杭书生来了,得意扬扬地说:"瞎和尚,莫非你也吃了人家的糖馅水饺?现在到底怎么样?"和尚说:"我所评论的是文章,不是和你论命运。你不妨把所有考官的文章都找来,各烧一篇,我便知道谁是你的老师。"余杭书生和王平子都去找考官们的文章,只找到八九个的。余杭书生说:"如有差错,怎样处罚?"和尚气愤地说:"弄错了,你剜掉我的瞎眼珠。"余杭书生开始烧文章,每烧一篇,和尚都说不是,烧到第六篇,和尚忽然面对着墙拼命呕吐,屁响如雷。在场的人都笑了起来。和尚擦去眼泪对着余杭书生说:"这真是你老师的文章!开始不知道,猛然一闻,刺痛了鼻子,肚子也被弄得像针刺一样,连膀胱都承受不了,一直从肛门里冒出来才好受些!"余杭书生大怒,走的时候说:"明天就见分晓了,不要反悔,不要反悔!"过了两三天,竟然没有见到他,到他寓所一瞧,余杭书生已经搬到别处去了。这才知道那位考官果然是他的老师。

宋生劝王平子说:"我们读书人不应该怨天尤人,要多反省自己。不怨人德行就日益光大,多严格要求自己学业就日益进步。这次落榜,本来是命运不佳,凭良心说,你的文章也没达到登峰造极的地步。从此你要加倍磨炼自己,天下总有不瞎眼的考官。"王平子听了,心里更敬佩宋生。王平子又听说第二年还要举行乡试,便索性不回去了,在这里跟宋生学习。宋生说:"尽管京中物价特贵,但费用不用担心。你房子后面有埋藏的银子,可以取出来用。"宋生就把埋银的地方告诉了王平子。王平子辞谢说:"前人窦仪、范仲淹尽管贫困,但还保持廉洁,我现在幸好还能维持生活,怎敢用非分的钱玷污自己!"

一天,王平子酒醉睡着了,他的仆人和厨工偷偷地把银子挖了出来,王平子忽然醒来,听房后有声响,偷偷出去一看,看地上堆满了银子。仆人和厨工见事情已败露,便害怕地说出了实情。王平子正在大声责骂,忽然发现金杯上刻着字,仔细一看,刻的是祖父的名字。原来王平子祖父曾在南京城任六部郎。他进京时就住在报国寺,却突然得病死了,这些银两是他当年留下的。王平子非常高兴,称了一下,共八百多两。第二天,王平子便去告诉了宋生,并把银子拿给他看。王平子想和宋生平分这些银子，宋生坚决拒绝。他便拿了一百两银子送给瞎和尚，但瞎和尚已经走了。

以后一连几个月，王平子学习更加刻苦。应试前，宋生说："这次要是还没考中，才真是命运不济了。"不久因王平子违反考试规则被除名。王平子自己还没说什么，宋生却痛哭不止。王平子反过来安慰宋生。宋生说："我不被上天所喜欢，穷困潦倒一辈子，现在又连累到好友身上。这是天命啊！这是天命啊！"王平子说："万事原本有命数。像先生你无意猎取功名，和命数无关。"宋生擦着眼泪说："有些话我早就想说了，怕你吃惊奇怪。我本不是一个活人，而是一个漂泊的游魂，年轻时很有才气名声，自科考不得志。因而放荡不羁来到京城，希望找个理解我的人，把我的生平写出来流传后世。甲申年死于李闯王之乱，从此游魂年年到处漂泊。幸好得到你的理解和友情，所以我竭力帮你琢磨攻读，要使我平生没有实现的愿望，在好友的身上得到实现，聊作我最大的快慰。现在文章的命运还是这样，谁还能无动于衷啊！"王平子也感动得哭起来，问宋生："你为什么滞留不投生？"他说："去年天帝有命令，委托孔圣人和阎罗王审核遭劫的冤鬼，德才兼备的留在阴曹地府做官，剩下的就让他们转世投生。我已被录用，之所以还没到职，是想享受一下飞黄腾达的快乐罢了。现在我们就要分别了。"王平子问："你考录的是什么职务？"宋生说："文昌帝君府里缺一名司文郎，暂时由一个聋耳人代职，所以现在文运颠倒。万一我能得到这个位置，一定使圣人的教化发扬光大。"第二天，宋生高高兴兴地来了，说："我的愿望实现了。孔圣人叫我写一篇《性道论》，他看后很高兴，说我可做司文郎。阎罗审查我的档案，说我犯过口孽，不想录用。孔圣人据理力争才任职。我拜谢圣人后，他又把我叫到文案前边嘱咐说：'今天因为爱惜你的才干，才提拔你担任这清高显要的职务。你应该洁身自爱把事办好，不要犯以前的错误。'由此可见，阴曹对人的品行看得比文才还重要。你一定是因为修养不够才没考中的，但只要积累善行不放松，一定会考中的。"王平子说："如果真的是这样，余杭书生的德行又在哪里？"宋生道："不知道。不过阴曹赏罚严明，很少出差错。前天的瞎和尚也是个鬼魂，他是明朝的文章名家。因生前糟蹋字纸太多，被罚为瞎子。他给人医治疾病，是为了消除前生的罪孽，所以在街市上罢了。"

王平子让人摆酒给宋生送行，宋生说："不必了。我打扰你一年多，这最后一次，再给我做顿糖馅水饺就心满意足了。"饺子端上来，王平子悲伤得吃不下，让宋生坐下来随意吃。一会儿工夫，宋生就吃了三大碗，拍着肚子说："这顿饭可以饱三天，我这是为纪念我们之间的友谊啊！以前吃的都在房后，已长成蘑菇，收起来当药引子，能增长小孩的智慧。"王平子问以后什么时候能再见面，宋生说："有了官职在身，遇事要避嫌了。"王平子又问："如果到文昌帝君庙里去焚香祭拜，你能收到祭品吗？"宋生回答："这样做没有用处。

人世和九天相隔太远，只有洁身自爱多做好事，地府官员自然会向上禀报，我一定能知道。"说完，宋生告别而去。王平子到房后一看，果然长了很多蘑菇，便摘下来收好。旁边有个新土堆，原来宋生吃的水饺都埋在里面了。

王平子离京回家后，对自己的品行要求更严了。一天夜里，他梦见宋生坐着官轿来看他，说："你过去曾因一点儿小事生气，误杀了一个丫鬟，被削去了禄位。现在你诚心向善，过去的处罚已经撤销了，但命薄不能做官。"这年，王平子考中了举人。第二年春天，王平子又考中了进士。王平子听从宋生的指点，没有出去当官。王平子生了两个儿子，有一个非常笨，把宋生留下的蘑菇给他吃了，于是变得非常聪明。后来王平子因事到了南京，在旅店遇见了余杭书生，两人畅叙久别之情，余杭书生非常谦逊，但是两鬓已经斑白了。

异史氏说："余杭书生公然自我吹嘘，想来他的文章，未必全不值得一看。但他那骄傲刻薄的情态和神色，却叫人一刻也不能忍受。上天和世人早就讨厌他了，所以鬼神都要戏弄他。假如他能够注重人的道德修养，那么就太容易碰上那些写臭文章的考官了，何至于仅碰上一次呢？"

吕无病

孙麒公子是洛阳人，娶蒋太守的女儿为妻，夫妻感情很好。可惜蒋氏二十岁就夭亡了。孙麒忍受不了这悲痛的打击，离开家，住进山中的一所别墅里。

正值一个阴雨天，他白天在屋里躺着休息，室内没有别人。忽然看见里屋的门帘下边露出一双女人的小脚，他奇怪地问是谁。有个小女子掀帘进来，有十八九岁，衣服朴素整洁，只是微黑的脸上有好多麻子，好像是个贫家姑娘。孙麒心想一定是村子里来租房子的，就呵斥她说："要用房子应该先跟我仆人说一声，怎么能随便闯进屋里来？"女子微笑着说："我不是村中人。我祖居山东，姓吕，父亲是读书人。我小名无病。跟着父亲迁居他乡，父母早亡，因敬慕公子是世家名士，愿意做一个侍奉你读书的婢女。"孙麒笑着说："你的想法很好。但是和女仆杂居不方便，等我回家后，派车把你聘来。"女子踌躇地说："我自知貌丑才疏，怎敢奢望成为您的妻子？如果让我在书案前听你驱使，想必我还不至于倒拿书册的。"孙麒说："收纳婢女也要选个吉日啊！"说着孙麒就指着书架，叫她将《通书》第四卷拿来，原来是想试探她。女子找到书翻看了一下，而后笑着捧给孙麒说："今天凶神河魁不在室内。"说得孙麒有些心动，便把她藏在屋里。她闲着没事，就替孙麒抹桌子整理书籍，点起檀香，擦净香炉，把书房收拾得光洁照人，窗明几净。孙麒对此很高兴。

到了晚上，孙麒打发仆人住到别处，女子低眼垂目，百般柔媚，殷勤地侍候孙麒。孙麒叫她去睡觉，她才端着蜡烛走了。到半夜，孙麒睡醒，觉察床头躺着一个人。用手一摸，知道是吕无病，便把她摇醒。吕无病惊醒后，起身站在床前。孙麒说："为什么不睡到别的房间去，床头是你睡觉的地方吗？"女子说："我害怕。"孙麒可怜她，就给她放个枕头在床上，让她靠床里边睡下。忽然，孙麒感到呼吸的热浪慢慢扑来，气味清雅得像荷花一样。孙麒很奇怪，就叫她过来睡在一个枕头上，禁不住心神荡漾起来，渐渐地睡到了一个被窝里，心中感到无比幸福。孙麒想，把吕无病长期藏到屋里不是长远之计，又怕带回去遭到非议。孙麒有个姨妈，离别墅只隔十多户人家，和吕无病商量，叫她先躲到姨妈家，然后再将她娶过来。吕无病认为这样办很好，就说："你姨妈和我很熟，不用先去打招呼了，我现在就去。"孙麒送她，她翻墙走了。

孙麒的姨妈，是个守寡的老太太。早晨打开大门，吕无病闪身而入。姨妈问她是谁，吕无病回答："你的外甥叫我来看望你。公子打算回家去住，因为路远车马不够，就让我暂时寄住一些日子。"姨妈相信了她的话就让她住下了。孙麒回到家里，骗家人说姨妈家有个丫鬟，愿意送给他，就派人用轿子把她抬回来了。来到孙家，孙麒起居坐卧吕无病都跟在身边。日子长了，孙麒更加喜欢她了，便收她做了小老婆。后来世家大族来给他提亲，他都不答应，似乎有和吕无病白头偕老的意思。吕无病听说他的想法后，苦苦劝他另娶一房正妻，孙麒同意了，就娶了一个姓许的姑娘，但他始终宠爱吕无病。许氏非常贤惠，从来不计较孙麒在谁的房中过夜。吕无病对许氏也更恭敬，妻妾间关系非常和睦。许氏生了个儿子，取名阿坚，吕无病常常抱着他，像自己生的一样。阿坚才三岁，就离开奶妈跟吕无病睡，许氏叫他，他也不肯走。不久，许氏害病死了，临终前嘱咐孙麒说："吕无病最疼阿坚，让阿坚当她的儿子也行，你把吕无病扶正做夫人也行。"下葬后，孙麒打算按许氏的遗言将吕无病立为正妻。于是他把这个想法告诉了本家同族，大家认为不合适。吕无病也坚决推辞，这事就搁置一边了。

本地王尚书有个女儿，新近守寡，王家派人来求婚。孙麒根本不打算再娶，王家再三要求。媒人说王女长得如何漂亮，孙家又仰慕王尚书家的权势，一起怂恿孙麒答应这门亲事。孙麒被说动了，又娶了王氏。王氏长得确实漂亮，但也骄横到了极点，对衣服用具百般挑剔，动辄砸毁丢掉。孙麒因为喜欢她的美貌，不忍心惹她生气。过门几个月，王氏每天晚上都让孙麒睡在她的房中。吕无病在她面前，做什么都不对。王氏还不时把怒火发到孙麒身上，屡次和孙麒打闹。孙麒感到妻子使他头痛但又没办法整治，所以常常一个人睡。妻子又生气，孙麒忍受不了，找个借口去了京城，逃避妻子的折磨。

王氏因丈夫远游京城，迁怒于吕无病。吕无病在王氏面前弓背弯腰，大气不敢出，看着她的脸色行事，可是始终不能使王氏欢心。一天夜里王氏叫吕无病睡在床下侍候她，儿子阿坚跑来和吕无病一起睡在床下。每当吕无病被叫起来侍候她时，阿坚就要啼哭。王氏讨厌孩子啼哭，骂不绝口，吕无病急忙叫奶妈把孩子抱走，阿坚不去，强抱他走，哭得更厉害了。王氏怒气冲冲地起来，毒打了阿坚不知多少下，他才跟奶妈走了。阿坚从此得了惊悸的毛病，常常吃不下饭。王氏禁止吕无病去看孩子，阿坚整天啼哭，王氏责骂奶妈，叫奶妈把阿坚丢在地上。孩子哭得声嘶力竭，喊着要喝水，王氏不让奶妈给阿坚喂水。到了晚上，吕无病看王氏暂时离开，偷偷进去给阿坚喂水。阿坚见了吕无病水也不喝了，抓住吕无病的衣襟号哭。王氏听见了，气势汹汹地出来，阿坚听到王氏的声音，吓得猛然憋住哭声，全身一阵抽搐便断了气。吕无病放声大哭。王氏怒喊道："一副卑贱丫鬟的丑样子，难道想用小孩子的死威胁我吗？别说死了孙家一个吃奶的小孩，就是杀了王府世子，我王尚书的女儿也担待得起。"吕无病抽泣忍住哭声，要求给阿坚一口棺材，王氏不许，命仆人马上把孩子尸体扔到野外去。

王氏走后，吕无病偷偷摸了阿坚一下，四肢还有些热气，便低声对奶妈说："你快把孩子抱走，在野外稍等一会儿，我马上就到。如果孩子死了，我们一起把他埋了；如果活着，我们共同抚养他。"奶妈说："行。"吕无病回到房里，取出金簪、耳环等首饰，追上奶妈。二人一看阿坚，已经苏醒过来。二人非常高兴，商量到别墅去投靠孙麒的姨妈，奶妈担心自己小脚走不动路，吕无病就先跑到前面去等她。吕无病行走如飞，奶妈极力奔跑才能赶上。大约二更时分，阿坚病情加重，不能再往前走了，她们便从小道走进一个村子，来到一个农夫家，守着门等到天亮。吕无病敲开门借了房子住，随后又卖掉了几件首饰，请来巫婆和大夫给阿坚治病。阿坚的病仍然不见好。吕无病掩面痛哭对奶妈说："请奶妈好好看护阿坚，我去找他父亲。"奶妈正觉得她的想法太荒唐，可是转眼间吕无病已无影无踪了。奶妈惊诧得目瞪口呆。

这天，住在京城的孙麒正躺在床上休息，吕无病悄悄地走进来。孙麒猛然一惊，说："难道我刚刚躺下，就做梦了吗？"吕无病抓住她的手不停地抽泣，顿着脚说不出话来。过了很长时间，吕无病才失声痛哭着说："我历尽千辛万苦，带阿坚逃到杨……"话没说完，吕无病又放声大哭，倒在地上不见了。孙麒吓坏了，还怀疑是梦，叫来仆人一看，吕无病的衣服鞋袜都还留在地上，他们都感到无法解释。孙麒即刻整理行装，星夜飞驰回家。听说儿子死去而吕无病逃走的惨讯后，孙麒捶胸痛哭。说话间触犯了王氏，王氏不但不承认过失，还对孙麒反唇相讥。孙麒非常气愤，拿出刀要和她拼命，丫鬟婢女拼命拦住，不让他靠近王氏。孙麒远远地掷刀打王氏，刀背碰到王氏的额头，王氏的额头破了，血流满面。王氏披头散发号叫着跑出门，要跑回娘家去告状。孙麒抓住她拉了回来，用棍子狠狠地打了一顿，衣服都打成一缕缕的碎布条，伤口痛得不能翻身。孙麒让仆人把她抬回房中护理，等伤养好后把她休了。王氏的哥哥和弟弟听到消息后，怒气冲天，率领很多家丁到孙家门前叫骂，孙麒也集合家丁手执兵器防御。双方叫骂了一天才散去。王家兄弟觉得未出这口恶气，到官府告孙麒的状。孙麒也带着家丁护卫主动到官府对质，控诉王氏的恶劣行径。县令没办法使孙麒屈服，就把孙麒送到县学教官处去处置，以此讨好王尚书。没想到教官朱先生，是个世家子弟，为人刚直方正，不攀附权贵，查明案情后，愤怒地说："县令老爷把我当作卑鄙肮脏的教官和勒索伤天害理的钱财来舔上司屁股的下贱人吗？这种乞丐相，我做不出来。"于是朱先生不按县令的要求处理孙麒。孙麒堂堂正正地返回家中。王家没办法，便示意亲友，出面为两家调停，想要孙麒到王家赔礼，孙麒不肯，来往十多次没结果。王氏的伤渐渐地好了，孙麒想把她休了，又怕王家不接受，只好耐心地拖下去。

　　吕无病逃走，儿子死了，孙麒日夜伤心不已，想找到奶妈问个明白，于是想起当初吕无病说"逃于杨"的话。附近有个杨家疃，怀疑他们在那里，到杨家疃一问，没有人知道。有个人说五十里外有个杨谷，孙麒派仆人骑马去打听消息，果然找到了。原来阿坚并没有死，渐渐康复了，仆人和奶妈、阿坚相见，都非常高兴，一起回到家里。阿坚看见父亲，嗷嗷地大哭起来，孙麒也潸然泪下。王氏听说阿坚还活着，气势汹汹地跑了出来，就要讽刺谩骂。孩子正在哭，睁开眼看见王氏，吓得扑到父亲怀里，好像是请求父亲把他藏起来。孙麒抱起一看，孩子又断了气，急忙大声喊他，过了一会儿阿坚才苏醒过来。孙麒愤怒地说："不知你如何残酷地虐待孩子，居然把我儿吓成这样！"孙麒马上写下休书，送王氏回娘家。王家果然不接受，又用轿子把她抬回孙家。孙麒不得已，就带着儿子住在另一个院子里，不和王氏来往。奶妈又详细地叙述了吕无病当时的奇异情状，孙麒才明白吕无病原来是鬼。他被吕无病的情义所感动，安葬了吕无病的衣物鞋袜，竖一碑，上刻"鬼妻吕无病之墓"。没过多久，王氏生一男孩，竟用两手掐住小儿的脖子将孩子活活掐死了。孙麒更气愤了，又把她休回娘家，王家又用轿子把王氏抬回孙家。孙麒便写了状纸告到上级官府，都因王父是个尚书的缘故置之不理。后来王尚书死了，孙麒不停地上告，才判王氏休回娘家。孙麒从此不再娶妻，只纳一丫鬟为小妾。

王氏回到娘家后，凶悍刁蛮的名声在外，过了三四年也没人上门提亲。王氏顿时悔悟，但已无法挽回。有个孙家过去的老女仆，正巧来到王家，王氏殷勤地接待了她，当着老女仆的面痛哭。女仆猜测她的心情，像是怀念孙麒。老女仆回去告诉了孙麒，孙麒一笑置之。又过了一年多，王氏的母亲也死了，王氏孤苦无依，兄嫂弟媳都非常嫌弃她。她更觉无路可走，常常终日哭泣。有一个穷书生死了妻子，王氏的哥哥想要多送些嫁妆把她嫁出去，王氏不愿意。她常常私下里托人向孙麒致意，哭着让人家转告她悔恨的心情，孙麒不理。一天，王氏带着一个丫鬟，偷偷骑上驴，直接奔到孙家。孙麒正好从里面往外走，她跪在台阶下，不停地哭。孙麒想把她赶走，王氏就拉着孙麒的衣襟跪在面前。孙麒坚决地拒绝她说："如果再生活到一块儿，平时没有什么矛盾还好说话，一旦有了矛盾，你兄弟像虎狼一样，再想离婚，还能办到吗？"王氏说："我偷着跑回来，万万没有再回娘家的道理，你若留我，那就留下；如果不留，我就去死。况且我二十一岁嫁给你，二十三岁被休回娘家，纵然有十分过错，难道没有一分情义吗？"说完王氏就从手腕上脱下一只金手镯，把两只脚尖并在一起，用金钏套上，用衣袖盖在上面，说："成亲时对着香火发誓的情形，你难道一点儿也记不起来了吗？"孙麒听了此话也泪光闪闪，让仆人把王氏扶进屋里。孙麒还怀疑王氏骗他，想叫她兄弟当众说话做证。王氏说："我私自从家出来，有什么脸面再求兄弟？如此还不相信，我藏着自杀用的东西，让我砍下一个指头表明悔改决心。"王氏便从腰里抽出一把刀，靠着床沿伸出左手砍断一根手指头，血像泉水一样流出来。孙麒大惊，急忙给她包扎。王氏痛得变了脸色，但没呻吟一声，笑着说："现在我已从黄粱梦中醒来，特地借一间斗室带发修行，何必对我这么不放心呢？"孙麒便叫孩子和小妾另住一处，而自己早晚往来于两边，又每天访求良医好药为王氏治疗手伤。王氏的手过了一个多月就好了。王氏从此不吃荤菜，不饮酒，整天关门念诵佛经。

时间长了，看到家中的管理松懈不善，王氏便对孙麒说："我这次回来，本想不过问家里的一切事情，现在看到目前这种花销，恐怕孑孙有饿死的。没办法，只好再厚着脸皮替你经营一番。"于是王氏召集女仆丫鬟，按日督促纺织。有的仆人因她是求告主人才回来的，轻视她，暗中还讥笑她，王氏只当没听见。照样对家政严加管理，对偷懒的责罚鞭打，毫不留情，众仆人才开始怕她。她又隔着帘子监督管家算账，把账目清理得精密入微。孙麒于是很高兴，让儿子和小妾每天朝见请安。这时阿坚已九岁，王氏加倍体贴照顾他。阿坚每天早晨入私塾去读书，王氏就留些糖果点心等他回来吃，阿坚也渐渐和她亲近了。有一天，阿坚用石头打麻雀，正赶上王氏经过，石头打中了她的头，王氏当时就倒在了地上，过了好一会儿还昏迷不醒。孙麒大怒，把阿坚打了一顿，王氏苏醒后，竭力劝孙麒不要打孩子，并说："我过去虐待阿坚，心里一直放不下这件事，幸好今天抵消一宗罪案。"孙麒更加宠爱王氏了。王氏常常拒绝孙麒留宿，让他去和小妾睡。过了几年，王氏生下几个孩子，死几个，她说："这都是我过去杀死孩子的报应。"阿坚娶妻后，她便把对外的事情交给儿子，家里的事情委托给儿媳。一天她说："我某一天要死了。"孙麒不相信，王氏自己准备了寿衣和棺木，到了那天，她换上寿衣躺在棺材里死了。王氏的脸色和活着时一样，奇异的香味充满内室。入殓后，香气才慢慢消失。

异史氏说："心中所爱，原来不在于容貌是否漂亮。绝代美人毛嫱、西施，怎知不是因爱慕她们的人主观认为她们美呢？吕无病如果不被悍妇忌妒，她的贤德就不会彰显出来，孙麒几乎会叫人笑话他有喜好丑女的怪癖。至于王氏，出身高贵，根业原本就深厚，所以豁然醒悟后，马上走上正道。像那些沉沦于地狱的人，都是享尽了富贵而没经历过艰难的人。"

姚 安

临洮人姚安，长得标致有风度。同乡有一姓宫的人家，有个女儿小名叫绿娥，人不但艳丽妩媚，而且识文断字，因为没有中意的人还没出嫁。她的母亲对别人说："一定要选门第和风采赶得上姚安的，我才把女儿嫁给他。"姚安听说了，骗他老婆去看井里有什么东西，顺手把妻子推下井，便娶了绿娥。两人非常相爱。然而因为绿娥实在太漂亮，所以姚安总猜疑有人在打她的主意。他每天关上门守在她身边，绿娥走到哪里他就跟到哪里。她想回娘家探望父母，他就用两只胳膊把长衫撑起来，像鸟的翅膀一样遮盖着绿娥出门，上轿后又把轿帘封起来，自己骑马跟在后面。在岳父家只住了一夜，姚安就催绿娥和他一同回家。绿娥心里很不痛快，气愤地说："如果我真和别的男人约会，难道你

这样琐碎卑微的举动能防得住吗？"姚安一旦有事出门，就把绿娥锁在屋里。绿娥更加讨厌他。等他走了，故意把其他的钥匙放在门外让他怀疑。姚安见了钥匙大怒，问钥匙从哪儿来的。绿娥愤愤地说："不知道。"姚安更加怀疑，看守得更严密了。一天，从外面回来，姚安躲在门外听了很长时间，才打开锁轻轻推门进去，唯恐推门弄出响声，悄悄闪身进去。看见一个男人戴着貂皮帽子睡在床上，姚安怒火冲天，拿了一把刀进来，用力砍杀。走近一看，原来是绿娥白天睡觉怕冷，用貂皮帽子盖在脸上。他吓坏了，后悔得直跺脚。

　　绿娥的父亲愤怒地告到官府。官府把姚安抓了起来，扒了衣服施以重刑。姚家变卖了家产，拿所有的钱去贿赂上下官吏，才买下一条命。从此姚安精神迷惘，好像没有了魂魄。一天，他一个人孤独地坐着，看见绿娥跟一个大胡子男人在床上寻欢作乐，他又气又恨，拿起刀奔过去，却不见他们了，刚转身坐下，又看见二人在亲热，气得发疯，用刀往床上乱砍，被子褥子席子都砍断了。姚安气得拿着刀靠近床边等着，看见绿娥站在面前，笑着盯着他看。他突然用刀砍她，砍下了她的头。他才坐下，又看见绿娥站在原处，还跟刚才一样笑着看他。夜里吹灭蜡烛，姚安就听到男女间欢爱的窃窃私语，猥亵得说不出口。天天如此，他不能再忍受了，就卖了田产房舍，想要到别的地方去居住。晚上，小偷把墙打了个洞进来，把姚安的银子全偷跑了。从此姚安穷得没立足之地，气愤而死。同乡人用草席把他卷起草草埋了。

　　异史氏说："为了娶新娘而杀了结发妻子，这得有多残忍啊！人们只知道新鬼在作怪，但不知道旧鬼夺去了他的魂魄。唉！为了穿新鞋，而把脚趾砍断去适应它，不死还等什么呢？"

邵士梅

　　进士邵士梅是济宁人。他最初授任登州府教授，有两个老秀才送上名帖，看到这两个人的名字，好像很熟识，凝神想了半天，忽然回忆起前生的事。他又问学宫杂役："某生是不是住在某村？"邵士梅又说起他们的神态和模样，一一吻合。一会儿，两个老秀才进门了，邵士梅和他们拉着手倾谈，高兴得像见到了老熟人。谈话中间，邵士梅向他们打听高东海家的情况。老秀才说："他死在狱中二十多年了。现在还有一个儿子，是这乡里一个普通百姓，你怎么知道他？"邵士梅笑着说："他是我原来的亲戚。"

原先，高东海平时有些不务正业，但他性格豪爽，不看重钱财又很讲义气。有人欠了租税而把女儿卖了，他把所有的钱拿出去替那家把女儿赎回来。他和一个妇女有私情，那妇女窝藏过盗贼，官府追捕得急，她逃进高家藏了起来。官府知道了，把高东海抓起来，拷打得很残酷，他始终不屈服，不久死在狱中。高东海死的那天，正是邵士梅的生日。后来邵士梅到了高东海住的村里，照顾他的老婆孩子，远近都知道这件怪事。这是高侍郎说的，邵士梅就是高侍郎的公子高冀良的同榜进士朋友。

陈锡九

陈锡九是邳州人。他父亲陈子言是本地名士。有个姓周的富翁，仰慕陈子言的名声和威望，便把女儿许配给陈锡九，两家结为亲家。陈子言多次参加乡试都没考中，家境日趋萧条败落，便到陕西游学，多年没有音信。周某暗中产生了悔婚的念头，他想把小女儿嫁给王孝廉做继室，王家给了周家丰厚的聘礼，仆人和车马都十分有排场。周某更加讨厌贫穷的陈锡九，下定决心和他解除婚约。周某便去问女儿，女儿不同意。周某一赌气，就让女儿穿着粗劣的衣服戴着不值钱的首饰嫁到陈家。陈家这时已穷得揭不开锅，但周某一点儿也不同情照顾。有一天，周某让一个老女仆给女儿送去一篮子食物，老女仆进门向陈母说："主人让我看我家姑娘饿死没有。"儿媳怕婆婆难为情，强作笑脸，打断她难听的话，便从篮子里取出食物放在婆婆面前。女仆阻止说："不必这样。自从你嫁到陈家，连一杯温凉水都没给过我们周家，料想你婆婆也没脸吃得下。"陈母气极，脸色声音都变了。那女仆还不依不饶，恶言恶语地说个不停。正在吵闹的时候，陈锡九从外面回来，得知这一切后大怒，便抓住那女仆的头发给了她几个耳光，把她赶出门去。第二天，周某来接女儿，女儿不肯回去。第三天，周某又带了一些人来，这一批人吆吆喝喝，好像是找碴儿打架，陈母强劝儿媳回去，儿媳才流着泪上车走了。过了几天，周某又派人来逼迫陈锡九写休书。陈母又强迫儿子给周家写了休书。他们只希望陈子言早些回来，再做别的打算。

  这时有人从西安来，家人才知道陈子言已经死了，陈母哀痛，气愤成病而亡。陈锡九在悲痛和穷困潦倒中，还是希望妻子能够回来。可是妻子很久没有消息，陈锡九更加悲伤气愤。他卖掉家里仅有的几亩薄田，购置棺材把母亲安葬好，一路讨饭到西安寻找父亲的尸骨。到西安后，他访遍了当地居民，有人说几年前有个书生死在客店里，被埋在城东郊，现在坟墓无法找到了。陈锡九没有办法寻觅，只好白天上街乞讨，夜晚在野外的破庙里安身，希望能遇见个知道情况的人。

  有一天晚上，陈锡九路过一片坟场，有好几个人挡住他的去路，逼迫他交出饭钱。陈锡九说："我是个外乡人，每天在城里讨饭，哪里欠谁家的饭钱？"那伙人听了大怒，把他摔倒在地，用一块儿埋死孩子的破棉絮塞住他的嘴。当陈锡九声嘶力竭濒临死亡时，那伙人忽然惊讶地喊道："有官府的人来了！"那伙人都放开手不敢作声。不一会儿，有车马到了，车上的人问："躺在地上的是谁？"马上有好几个人把陈锡九扶到车前，车中人说："这是我儿子。孽鬼怎么敢这样对待他！把他们全部捆起来，一个都别让跑掉！"陈锡九觉着有人把他口中的棉絮拿掉了，定了一下神，仔细一看，真是自己的父亲，他痛哭着说："儿为了找你的尸骨找得好苦哇。现在你还在人间啊！"父亲说："我不是活人了，是阴曹的太行总管。这次也是为你来的。"陈锡九哭得更伤心了。父亲再三劝慰他。他又哭着述说了周家逼着他离婚的事。父亲说："不用担心，媳妇在你母亲那里。你母亲非常想念你，你可以去看看她。"于是他和父亲坐在一辆车里，车速快得像风一样。不一会儿就到了一个官署的门前，陈锡九下车，跟父亲进了好几道门，看到母亲在里面。陈锡九悲痛欲绝，父亲劝止他。他止住哭声听父亲的吩咐。陈锡九看见妻子在母亲身边，问母亲说："儿媳也在这里，莫非她也死了？"母亲说："不是的。是你父亲把她接来的，等你回家后就送回去。"陈锡九说："儿在这服侍父母，不愿回去了。"母亲说："你历尽艰辛痛苦跋涉到这里，为的是寻找你父亲的尸骨。你如果留在这里不回去了，怎能实现当初的愿望呢？况且你的孝行已经传到天帝那里，天帝赐给你金子一万斤，你们夫妻享用的日子还长着呢，怎么能说不回去？"陈锡九只是低着头哭。父亲再三催他快走，陈锡九痛哭失声。父亲生气地说："你真的不走了吗？"陈锡九害怕了，止住哭声，才问父亲葬在什么地方。父亲拉住他的手说："你走，我告诉你：离那乱坟场一百多步，有两棵大小白榆树的地方就是。"父亲拉着他走得很急，他竟没来得及和母亲告别。门外有两个身体强健的仆人牵马在那里等他。等他上了马，父亲嘱咐他说："在你往日住过的地方,给你留了点儿路费,赶快整顿行装回家,向你岳父要妻子,不要回妻子,决不罢休。"陈锡九答应着走了。马跑得飞快,鸡叫头遍他就到西安了。仆人扶他下马,正要拜托他向父母致意,人和马都不见了。

陈锡九找到原来的住处,靠墙闭目休息,等待天明。他坐的地方有拳头大的一块儿石头硌屁股,天亮一看,原来是块儿白银。他便用这块儿白银买了棺材,租了车马找到那两棵榆树下,取出父亲尸骨装殓好运回老家。陈锡九把父母合葬后,家里只剩下空房子。幸好乡亲们同情他是个孝子,大家都给他饭送吃。他想去向周家要老婆,考虑自己不能用武,便和族兄陈十九一同去。到了周家门口,看门的不让进去。陈十九平时是乡里刁狡、横行之徒,张口就骂些极为难听的话。周某让人劝陈锡九先回,愿意马上把女儿送去,陈锡九这才回家。

早先,周某把女儿逼回家后,便当着女儿的面骂女婿和他母亲,女儿不作声,只是对着墙流眼泪。她婆婆死了,周家也不让她知道。当周某逼陈锡九写休书时,周某故意把休书丢给她说:"陈家把你休了!"女儿说:"我未曾做忤逆不孝的事,他家为什么休了我?"她要回陈家问明原因,周某又把她关了起来。后来陈锡九去了西安,周某又伪造书信说陈锡九病死,想用此来断绝女儿回陈家的念头。这个消息一经传出,便有内阁中书的姓杜的来议亲,周某竟然答应了。迎亲的日子都定了,女儿才知道,于是哭着不肯吃饭,整天蒙头躺着,没出几天,就只剩下一口气了。周某正愁无法可想,忽然听说陈锡九又来要老婆,张口说话又很难听。周某料想女儿必死无疑,便派人将她抬到陈锡九家,想等到女儿死后诬陷陈锡九,以发泄私愤。陈锡九回到家还没坐稳,周家送女儿的人也到了。这些人生怕陈锡九看妻子病危不肯收留,刚一进门,放下就走了。邻居都替他担心,一起给他出主意让他把这奄奄一息的病人抬回去,陈锡九不听,把妻子扶到床上,再看已经断气了。这可把他吓坏了。正当他惊慌失措的时候,周某的儿子带着好几个人手拿武器闯了进来,把门窗都砸碎了。陈锡九吓得藏了起来,这些人还不停地搜寻。乡里人都为陈锡九抱不平,陈十九召集十多个人不顾一切前来帮忙,把周某的儿子和帮凶都打伤了,这些人才抱头鼠窜。周某一听更生气了,便告到官府,官府派人抓了陈锡九、陈十九等人。陈锡九被抓走之前,把妻子的尸体托给邻居大娘照看。邻居大娘忽然听见床上似有呼吸的声音,靠近一看,周女已微微睁开了眼睛,又过了一会儿,周女已经能翻身了。邻居大娘非常高兴,到官府说了这一切。县令对周某诬陷好人非常生气。周某害怕了,给县令很重的贿赂才免于追究。陈锡九从官府回到家里,夫妻相见,悲喜交加。

原来,陈锡九妻子绝食昏睡,立誓宁死不嫁。忽然有人拉她起来说:"我是陈家的人,赶快跟我去,夫妻可以相见,不然就来不及了。"周女不知不觉身体已经出门,两人扶她上轿,一会儿来到一个官署,看见公婆都在那里。她问:"这是什么地方?"婆婆说:"不必多问,容些时候就送你回家。"有一天，她看见陈锡九来了，非常高兴。陈锡九一见面就匆匆告别，她心里感到疑惑和奇怪。公公不知忙于什么公务，经常几天不回家。昨晚忽然回来，对婆婆说："我在武夷山多耽搁了两天，难为锡九这孩子了。可要赶快把儿媳送回去了。"他们便用车马把儿媳送了回来。忽然看见家门，她就像从梦中醒来一般。妻子和陈锡九一起叙述以前发生的事，两人又惊又喜。从此夫妻俩和谐地生活在一起，但过着朝不保夕的拮据日子。陈锡九在村中办了一个小学生启蒙教育私塾，他一边教书谋生，一边自己刻苦攻读，常常暗中自语道："父亲曾说上天能赐我黄金，但目前只空空四堵墙，难道教书能发财？"

一天，他从私塾中回家，遇见两个人，这两个人问他："你是陈锡九吗？"陈锡九回答："是。"两个人取出铁索把他锁起来。陈锡九不知是什么原因。不一会儿，村里人都来了，问发生了什么事情，才知道他被府城里的一宗盗窃案所牵连。众乡邻都同情他受了冤枉，凑钱贿赂两个公差，他总算在押解途中没受到折磨。到官衙见了太守，他详细讲述了自己的家世。太守吃惊地说："这人是名士陈子言的儿子，这样一个温文尔雅的人，怎么会当强盗？"太守命差役去掉他身上的铁索，又把盗贼带上堂来严刑拷问，才供出是周某用钱买通他诬陷陈锡九的。陈锡九又叙述了翁婿间反目为仇的由来，太守更加生气了，立刻下令拘留提审周某。太守又请陈锡九到官署去谈谈几代人的友好交情。原来太守是当年郯县令韩公的儿子，这韩公就是陈子言教过的学生。太守送给他一百两银子做读书费用，又送了两头骡子，并让他经常到府里来，以考核学业。韩太守向各位上司宣扬他的文才和孝行，所以从总督以下的官员都给他送了钱物。陈锡九骑着骡子回到家里，夫妻俩甚感欣慰。

有一天，陈锡九的岳母哭着来到陈家，见了女儿就伏在地上不起来。女儿惊奇地问这是为什么，才知道周某已经戴着刑具关押在监狱里了。陈锡九的妻子痛哭不止，认为父亲的罪行都是由她引起的，只想去寻死。陈锡九不得已，只好到官衙替岳父求情，太守让周某自己出钱赎罪，罚他出一百石米，批赐给孝子陈锡九。周某被放回去了。他回家后从仓里取出米，掺上糠秕装上车送到陈家。陈锡九对妻子说："你父亲以小人之心度君子之腹，他怎么就知道我一定会收米呢？还小里小气地掺些糠秕在米里。"陈锡九笑着让来

人把米拉回去了。

陈锡九家比以前稍好了一些，但院墙仍然是残破不全的。一天夜里，一群强盗闯了进来。仆人发觉后，大声呼喊，强盗最终只偷走了两头骡子。半年以后，陈锡九夜里攻读，听见敲门声，问是谁，又寂静得没一点儿声音。他叫仆人起来看看，刚一开门，两头骡子跳进来，原来是半年前丢的骡子。它们一直跑向槽头，身上冒着汗，"咻咻"地喘着气。拿蜡烛一照，每头骡子的背上驮着一只皮口袋，解下来打开一看，两个皮口袋里装着满满的白银，全家人十分奇怪，不知从哪里来的。后来听说大盗贼抢劫了周家，把口袋装满走了。后来碰上巡逻的官兵，便丢下抢来的东西逃命去了，两头骡子记得原来的主人家，就直接跑回来了。

周某从狱中回到家里，受刑的伤口还没好，又遭盗劫，气得大病一场死去了。他女儿夜里梦见父亲穿着囚服被铁链锁着来找她，说："我平生所做的坏事，后悔也来不及了。现在我受着阴间的处罚，除了你公公谁也帮不上忙，你替我求求你丈夫，给他父亲写封求情的信。"周女醒后哭泣不止。陈锡九问她，她把梦境详细告诉了他。陈锡九早就想去太行山一趟，当天就出发了。到了太行山，准备了香烛、三牲等物，他向父母祷告，并露宿在那里，希望能见到父母，一整夜都没动静，只好回家了。周某死后，周家母子更贫困了，依靠二女婿王孝廉的接济。二女婿王孝廉经过考试当了县令，因为贪污被撤职，全家流放到沈阳。周家母子更没了依靠，陈锡九时常照顾他们。

异史氏说："善行当中没有超过孝行的，这道理鬼神相通，是理所当然的。如果是崇尚美好德行的通达之士，即使是孝子终身贫穷，仍然选他为女婿，哪里会去考虑这孝子日后一定要昌盛起来呢？有人把身边的娇女，嫁给须发斑白的老头儿，还扬扬自得地说：'某贵官，是我的东床快婿。'唉！女子年纪轻轻的，漂亮娇柔还未变，而做高官的女婿却已死去而蒙皇恩回家乡安葬，这情景太凄惨了。何况一个年轻妇女跟着因贪污受贿而被治罪的丈夫去充军边疆呢？"

凤　仙

刘赤水是平乐府人，从小生得聪明俊秀，十五岁便在郡学读书。父母死得早，他便在游游逛逛中荒废了学业。家中产业并不丰厚，但是他爱好修饰打扮，被褥及床铺都很精美。

一天晚上，他被朋友请去喝酒，忘了吹灭蜡烛就走了。喝了几杯酒以后才想起来，他急忙跑回家去。不料听到房里有人小声说话，他从门缝往里偷看，见一个青年抱着一个漂亮姑娘躺在自己的床上。他的家靠近富人家的一所闲院，那里常有鬼狐出入，心想床上这二位也一定是狐狸精。他也不害怕，进去斥责道："我的床铺岂容你们在上面胡来？"床上两人惊慌失措，抱起衣服光着身子跑了。他们走得匆忙掉下一条紫色绸裤，裤带上系着一个精致的针线包。刘赤水心中非常高兴，唯恐被那青年男女再偷回去，藏进被子抱在怀里。一会儿，一个蓬头的丫鬟从门缝里挤进来，向刘赤水要绸裤。刘赤水笑着要报酬，丫鬟说送他好酒，刘赤水不答应。丫鬟说送给他银子，他还不答应。丫鬟笑着走了。一会儿，丫鬟回来说："我家大姑娘说，如果把裤子还给她，愿意送个美人做答谢。"刘赤水问："你家大姑娘是谁？"丫鬟回答："我家姓皮，大姑娘小名八仙，和她睡在一起的是胡郎。二姑娘水仙，嫁给了富川的丁官人。三姑娘凤仙，比两个姐姐都漂亮，你见了肯定不会不中意的。"刘赤水怕她失信，要求立刻就能等到好消息。丫鬟回去一会儿，又回来说："大姑娘让我告诉你，好事哪能仓促办成？刚才向凤仙提出嫁给你的事，反受到一顿痛骂。只要你同意暂缓些时日，我家不是那种轻易许诺而又不守信的人家。"这回总算相信了，刘赤水把裤子还给丫鬟让她拿走。

过了几天，一点儿消息也没有。一天黄昏，刘赤水从外面回来，关上门刚坐下，忽然两扇门自动打开，两个人用被子抬着一位姑娘进来，两个人抓住被子的四个角抬入后，说："送新娘的来了！"然后两人笑着把姑娘放在床上离开了。刘赤水近前一看，姑娘沉睡没醒，浑身还散发着酒香，醉脸似霞，好一倾国倾城的绝代佳人！刘赤水这下可高兴极了，马上拿起她的脚给她脱掉袜子，抱起她解开衣带，脱下衣服。这时凤仙已微微觉醒，睁眼见到刘赤水，手脚不听使唤，只是嘴里恨恨地骂道："我被八仙这坏丫头卖了。"这时刘赤水亲热地抱着凤仙，两人肌肤相近，凤仙嫌刘赤水的皮肤冰冷，微笑着说："今晚是怎样一个夜晚，碰上你这全身冰凉的人呀！"刘赤水接口道："美人呀美人！你要拿这凉人怎么办呀？"于是两人在锦衾帐里尽享男欢女爱之乐。凤仙说："八仙这无耻的家伙，玷污了别人的床铺，却拿我来换裤子！我一定小小报复她一下。"从此，凤仙没有一个晚上不来的，两人的感情紧缠密绕如胶似漆，十分甜蜜。有一天，凤仙从袖中取出金钗一枚，对刘赤水说："这是八仙的东西。"又过了几天，凤仙怀揣一双镶珠绣金做工十分精美的绣鞋来，又把鞋交给刘赤水，嘱咐他故意向外界张扬。刘赤水果然拿出这双绣鞋在亲友面前炫耀。想看绣鞋的人以钱酒作为礼物给刘赤水，以求一睹为快。刘赤水便把金钗、绣鞋作为奇货珍藏起来。

一天晚上，凤仙前来告别。刘赤水奇怪地问她是怎么回事，凤仙说："姐

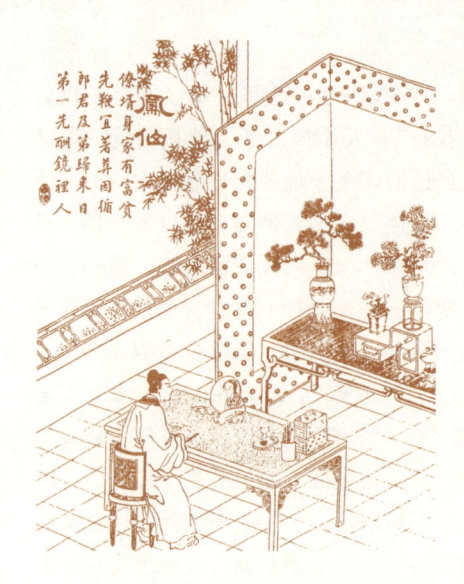

姐因绣鞋的事，非常恨我，想带着全家搬到远方去，以此来断绝我们的关系。"刘赤水一听害怕了，愿把金钗和绣鞋还给八仙。凤仙说："不必了。她正要用搬家来要挟我，如果还她，正好中了她的计谋。"刘赤水问："你为何不一个人留下来？"凤仙回答说："父母都迁到很远的地方，一家十多口人的生活都靠胡郎一人经管。如果不跟大家一块儿走，唯恐那搬弄是非的长舌妇造谣生事。"从这以后，凤仙再也没来过。刘赤水难免惆怅万端。

　　过了两年，刘赤水不堪相思之苦，欲见凤仙。偶然在路上遇见一个女郎，骑着一匹行动迟缓的老马，由一个老仆人牵着，正和他擦肩而过。这女郎掀开面纱看刘赤水，刘赤水也注意到这是一个丰姿艳丽的漂亮女子。一会儿，一个青年从后面赶上来，问："这女子是谁？似乎生得很漂亮。"刘赤水也极力称赞。青年向刘赤水拱一拱手笑着说："你太过奖了，这是我的妻子啊。"刘赤水惊惶羞愧地向青年道歉。青年说："没关系，南阳诸葛三兄弟，你把龙拴走了，剩下一般的又何足称道。"青年的话，刘赤水迷惑不解。青年说："你不认得偷偷睡在你床上的人了吗？"刘赤水才想起是八仙的郎君胡公子，便和他谈起了连襟的友谊，两人友好地说笑起来。青年说："岳父岳母新近才回来，我正要去拜访，一同去好吗？"刘赤水非常高兴，跟着青年来到了紫山。这山上有一座城里人避乱住过的旧房子。八仙下马走了进去。不一会儿，好几个人出门来迎接客人，说："刘官人也来了！"刘赤水便进去拜见岳父岳母。有一个不曾见过的青年已经先在里面就座了，衣饰华美，光彩耀眼。岳父说："这是富川的丁姑爷。"两人作揖见礼后坐下。不一会儿，美酒佳肴纷呈筵席。翁婿间谈笑风生，非常融洽。岳父说："今天三个女婿都来了，可以说是个美好的聚会。桌前又没外人，可以把女儿们叫出来，做一个大团圆的聚会。"一会儿，姐妹们全出来了。岳父让仆人给女儿摆好座位，每个人都坐在丈夫的身边。八仙看见刘赤水，只是捂着嘴笑。凤仙则找机会嘲弄八仙。水仙容貌比不上姐姐和妹妹，但性格沉静温和，满座的人谈得兴高采烈，只有她端着酒微笑不语。于是宾客纷杂，脂粉的香气四溢撩人，全家人十分欢畅。

　　刘赤水发现床头放着各种乐器，便取出来一支玉笛吹奏，为岳父祝寿。岳父很高兴，叫擅长乐器的人各自取出一件演奏，于是满座的人争着去拿自己会用的乐器，只有凤仙和丁郎坐着不动。八仙说："丁郎不会弹奏也就算了，难道你也不肯屈指弹一弹吗？"八仙便把拍板扔到凤仙怀里。拍板一响，各种乐器的声音就都响了起来。老翁高兴地说："家人的这次团聚真是好极了！女儿们都能歌善舞，为什么不各尽所长表演一下呢？"八仙站起来，拉住水仙说："凤仙向来把她的歌声看得像金玉一样贵重，不敢劳驾她，我们二人合演一个《洛妃》。"两人刚把歌舞演完，正好丫鬟用金托盘捧着水果进来，众人都不知这水果叫什么名字。老翁说："这是'田婆罗'，是从真腊国带来的。"于是老翁便捧了几个水果放在丁郎面前。凤仙不高兴地说："对女婿的爱憎，难道还以贫富作标准吗？"老翁只是微微一笑没有答话。八仙说："丁郎是外县人，是远客，若论年龄长幼，难道只有凤妹妹有个拳头大的穷酸女婿吗？"凤仙始终感到不痛快，便脱下华丽的衣服，把板拍交给丫鬟，唱了一段《破窑》。一曲唱完，声泪俱下，情真意切，然后凤仙一甩衣袖就离开了。满座的人都感到非常扫兴。八仙说："这丫头还像往常一样任性。"八仙追出门去，却不知道她跑到哪里去了。刘赤水感到很羞愧，也告辞离开了。走到半路，凤仙坐在路旁，叫他过来坐在一起，说："你也是个男子汉，就不能给妻子争口气吗？黄金屋就在书里面，希望你好好发奋读书。"凤仙又抬起脚来说："出门时走得太急，荆棘把鞋划破了，赠给你的东西，还带在身边吗？"刘赤水从怀中取出绣鞋，凤仙穿在脚上。刘赤水要留下那双旧鞋，凤仙笑着说："你也真是个大无赖，谁见过把老婆的东西带在身边的？你若真心爱我，有一件东西可以赠送给你。"凤仙马上取出一面镜子交给他说："想要找我，就到书本里去找，不然，就永远见不到了。"说完凤仙就不见了。

刘赤水无精打采地回到家里，拿出镜子看看，只见凤仙背着脸站在镜中，好像望着百步开外的一个人。他想起凤仙临别时的嘱咐，便闭门谢客，专心读书。一天再拿镜子看看，他见镜中的凤仙忽然现出正面，秋波流动，含情欲笑，便更加爱惜珍重这面宝镜了。在无人时，他常和镜中的凤仙默默相对。过了一个多月，刘赤水锐意进取、发奋读书的意志消退了，常常游玩忘了回家。再看镜中的凤仙，凄惨得好像要哭；隔一天再看，镜中的凤仙和当初一样背着脸站着。刘赤水这才知道这是因为自己荒废学业的缘故。于是刘赤水关上门刻苦研读，日夜不停。过了一个多月，凤仙的镜影又朝外了。从此，刘赤水便用镜子来检验自己的学习，每逢因事荒废学业，镜中的凤仙就哭丧着脸；刻苦攻读几天，镜中的凤仙就面带笑容。于是刘赤水早晚都将镜子挂在对面墙上，如同面对老师一样。这样刻苦攻读了两年，刘赤水一下就考中了举人。刘赤水高兴地说："现在我可对得起我的凤仙了！"这次拿着镜子再看只见她那眉黛又弯又长，洁白如玉的牙齿微微露出，一副笑容可掬的样子，似乎就在眼前。他越看越爱，便目不转睛地盯着凤仙看。忽然听到镜中的凤仙说："'影子里的情郎，图画中的爱人。'大概就是说我们今天的情形吧！"刘赤水又惊又喜，四处看来看去，见凤仙就站在自己身边。他拉着凤仙的手询问岳父母生活起居情况。凤仙说:"我和你分别后,就没曾回过家,每天藏在离这儿不远的山洞里,从此来与你共同分担清苦。"刘赤水要到城里去参加一个宴会,凤仙要求和他一起去。刘赤水同意了,两人共坐一辆马车前往,人们即使在对面也看不见她。在宴会快要结束时,凤仙暗中对刘赤水说,把她假说成是从郡里娶回来的媳妇。凤仙回到刘家,才出来见客人,开始操办家中的事情。人们对她的美貌感到惊奇,但不知道她是狐仙。

刘赤水能考中举人,是由富川县令评卷录取的,他因此要去拜见这位老师。路上遇见丁郎,丁郎热情地邀请他到家里,招待得很周到。丁郎对刘赤水说:"岳父岳母最近又搬到别的地方去了,我妻子水仙回娘家快回来了。我一定写封信去报告喜讯,并和他们到你府上祝贺。"刘赤水原先以为丁郎也是狐仙,等问起他的家世,才知道他是富川县大商人的儿子。当初,丁郎夜晚从别墅回来,碰到水仙一个人走夜路。丁郎见她长得漂亮,便偷偷地看她,她便要求丁郎带他乘车一块儿走。丁郎求之不得,高兴地用车把她拉到自己家,让进书斋,当晚丁郎就和水仙住到了一起。水仙能从窗户的雕花格子进出,丁郎才知道她是狐仙。水仙说:"你不必担心,我不会害你。我见你对我深爱不移,所以才甘愿将终身托给你。"丁郎确实喜爱水仙,竟然没再娶别人。

刘赤水回家后,借了一户富贵人家的大院子做客人饮宴休息的地方。他叫仆人把房子打扫得干干净净,只是苦于缺少帷帐等物。可隔了一个晚上,第二天那陈设就焕然一新了。过了几天,果然有三十多人举旗挂彩,抬着酒和其他礼物来到,车马众多,把街巷都填满了。刘赤水作揖行礼接待岳父、丁郎、胡郎等人,把各位亲戚让进客厅。凤仙也把母亲和两个姐姐让进内室。八仙说:"丫头今天富贵了,总该不再埋怨我这媒人了吧!金钗和绣鞋还在吗?"凤仙找出来交给她,说:"鞋子还在,只是早被千万人看破了。"八仙用鞋在凤仙背上一拍,说道:"该打你,把这记在刘郎身上。"于是八仙把它扔到火里烧了,随即祝颂道:"新时如花开,旧时如花谢。珍重不曾着,姮娥来相借。"水仙也代祝说:"曾经笼玉笋,着出万人称。若使姮娥见,应怜太瘦生。"凤仙拨弄火堆说:"夜夜上青天,一朝去所欢。留得纤纤影,遍与世人看。"凤仙便把鞋灰弄进盘子里,堆成十几份,看见刘赤水进来,托着盘子送给他,只见绣鞋满盘,样式做工和原来的一模一样。八仙急忙追了出去,把托盘推翻到地上,地上还有一两只绣鞋,八仙伏在地上把绣鞋的形迹吹灭。到了第二天,丁郎和水仙因为路远,先回去了。八仙想和凤仙多玩几天,不愿动身,父亲和丈夫胡郎多次催促,直到午饭后才出来和大家一起走了。

老翁一行人刚来的时候,排场大,随从多,看热闹的人像赶集一样。有两个盗贼看这一行人中有漂亮女人,魂儿都丢了,于是策划在他们回去的途中抢走漂亮女人。两个盗贼探察到他们离开村子,就一直跟在后面。眼看相隔不到一箭的距离,两个盗贼骑马飞奔可就是追不上。后来到了一个两崖夹着的地方,一行人的车马走得缓慢了一点儿,两盗贼赶了上来,拿着刀大声吼叫,人们都吓得四散奔逃,两盗贼下马掀开车帘一看,里面坐着个老太婆。盗贼怀疑是错抢了美人的母亲,正要往别处再找,不料被刀砍伤了右臂,一会儿工夫就被抓住捆了起来。定眼一看,两边并不是山崖,而是平乐府城门。车中坐的是李进士的母亲,刚从乡下回来。另一个盗贼稍后赶来,被砍断马腿落下就擒。守城门的士兵把两个盗贼送到太守处,一审讯两人就认罪了。当时正有两个大盗贼没有抓获归案,经过审讯,就是这两个案犯。

第二年春天,刘赤水考取了进士。凤仙唯恐招来灾祸,所以辞谢娘家人亲临祝贺。刘赤水也没有再娶别人。等到他升为郎官时,才讨了个小妾,生了两个儿子。

异史氏说:"唉!人情冷暖的变化无常,神仙和凡人原来并没差别啊!'少壮不努力,老大徒伤悲。'可惜没有凤仙一样争强好胜的佳人,变作镜中或悲或笑的人影。我希望有像恒河的沙子那么多的仙人都派娇女和凡人结为婚姻,那么在贫穷的大海中,就会少了许多痛苦的人。"

佟 客

徐州人董生,喜欢击剑,常常慷慨激昂,自恃武艺高强。偶然在路上,董生遇见一个客人,骑着驴子和他一块儿走。董生和他交谈,发现客人的谈吐很有些豪爽气概。董生便询问他的姓名,客人说:"我姓佟,辽阳人。"董生又问:"你到哪里去?"佟客回答说:"我离开家乡二十多年了,刚从海外回来。"董生说:"你遨游四海,认识的人很多,曾经遇见过不同寻常的人吗?"佟客说:"什么样的人算不同寻常?"董生说了自己的爱好,对于没有得到异人的传授感到遗憾。佟客说:"这种不同寻常的人什么地方没有?但被传授者必须是忠臣孝子,不同寻常的人才肯把武艺传授给他。"董生又毅然自称是忠臣孝子,并取出利剑,弹着剑柄歌唱,又用剑砍断路旁的小树,炫耀佩剑的锋利。佟客捋着胡须微笑,要把董生的佩剑借过来看看。董生把剑交给佟客。佟客接过来随便挥舞了两下,说:"这是用铠甲铁铸成的,又被汗臭熏染过,是最下等的剑。我虽不懂高明的剑术,但有一把剑,很好用。"说完佟客便从衣服底襟里取出一尺来长的一把短剑,用它来削董生的佩剑,就像削青葫芦一样干脆,手起剑落,董生的剑便斜断成马蹄一样。董生非常吃惊,便请佟

佟客
谦抑撄怀负羊生
如何家室顿萦
情真人到有知
人衔忠李问题
犀儦清

客把剑让他看看。接过佟客的剑，董生用袖子再三擦拭后又交给佟客。他把佟客邀请到家里，坚持留佟客住了几天。他谦恭地向佟客请教剑术，佟客说真的不懂。董生扶膝高谈阔论，佟客只洗耳恭听而已。

到了夜深人静，忽然听到隔壁院里发出纷纷杂杂的吵嚷声，董生的父母就住在隔壁的院里。董生又惊又疑，靠近墙凝神细听，听到有人大声呵斥道："叫你儿子快点出来受刑，就放了你！"过了一会儿，似乎开始拷打，呻吟声不断传来，听声音真是董生的父亲。董生抓住兵器想过去，佟客拦住他说："你过去恐怕就活不成了，应该想个万全之策。"董生惊惶不安地向佟客请教，佟客对他说："强盗指名要抓你，必定抓住你才甘心。你有没有其他兄弟，应该向你老婆吩咐后事，让我开门把仆人书童都叫起来，防备他们。"董生答应了，进去把情况告诉了妻子。妻子拉着他的衣襟哭泣，不放他走。董生舍身救父的念头一下子便打消了。董生便和老婆上楼寻找弓箭，准备强盗来时也好自卫。在危急时刻，董生听见佟客在房檐上笑着说："幸好强盗已经走了。"他点蜡烛往房上一照，佟客已不见了。董生畏畏缩缩地出门查看，只见父亲手提灯笼从邻居家喝酒刚回来，只是房前堆了许多刚烧过的茅苫灰。董生这才知道佟客原来就是他要找的不同寻常的人。

异史氏说："忠孝本是人的血性，古往今来做，臣子和儿子而不能为皇帝和父母牺牲的人，难道开始就没有提着兵刃勇往的瞬间吗？总是一念之差所贻误的。从前解缙和方孝孺相约以死来殉建文皇帝，但解缙最终食言了，怎知道不是相约以后回到家，禁不住老婆的哭泣呢？本县有个捕快，他常常几天不回家，妻子便和同巷中一个无赖通奸。一天，捕快回来了，正赶上这无赖从老婆的屋里出来，他非常怀疑，拼命盘问老婆，老婆不承认。接着捕快在床头发现了无赖掉下的东西，老婆这才无话可说，只能跪在地上哀求宽恕。捕快怒气冲天，把一根绳子扔给她，逼她上吊。妻子请求让她梳妆以后再死，捕快同意了。他的妻子到屋里去打扮，捕快自斟自饮等着，不断地大声骂她快点出来吊死。不一会儿，妻子穿着华丽的衣服出来了，哭着给他磕头说：'你真的忍心让我死吗？'捕快非常生气地骂她。妻子返身走进屋里，正准备把绳子挂起来，捕快把杯子往地上一摔，大声说：'唉！回来！戴上一顶绿头巾，或许还压不死人。'于是夫妻和好如初。这个捕快也是和解缙同一类型的，可供一笑。"

爱 奴

　　河间府人徐生，在恩县设学馆教书。腊月初放假回家，路上徐生遇到一个老汉。他细看了徐生以后，说："徐先生放假啦。明年到什么地方教书？"徐生回答："仍旧在原处。"老汉说："我叫施敬业，有个外甥要请一位高明的老师教他。前些天托我到东疃去聘吕子廉先生，但他已经接受了临淄某人的聘金。您如果屈尊答应教我外甥，我愿出比恩县多一倍的聘金。"徐生用已经和别人有约为由推辞。老汉说："你真是个守信用的君子。但离明年还有几天，我诚心地送上一两黄金做礼金，请暂时留在这里教教他，明年的事另外再商量，好吗？"徐生答应了。老汉下了马，递上礼函说："我住的村子离这不远。只是房宅简陋狭窄，多养牲口不方便，就请让仆人牵马先回村，咱俩散步走回去不也很好吗？"徐生听从了他的意见，把行李放在老汉的马背上。走了三四里路，天已经黑了，二人才走到他家门口，门上嵌着金钉兽头的门环，完全是世家大族的派头。老汉把外甥叫出来拜见老师，是一个十三四岁的小孩。老汉说："我的妹夫蒋南川原来是个指挥使。只留下这个孩子，不是很笨，但是太娇生惯养了。能受你一月的精心教诲，应该胜过十年呀。"一会儿工夫，家人摆上酒席，菜肴丰盛又精美。席上斟酒送菜的都是丫鬟女仆。有一个十五六岁的丫鬟拿酒壶站在旁边斟酒，生得非常有风韵，徐生的心暗暗被这丫鬟所打动。酒过席散，老汉叫丫鬟安排好床铺，才告辞离开。

　　第二天天还不亮，小孩便来上学了。徐生才起床，就有丫鬟拿来毛巾脸盆侍候他梳洗，这丫鬟就是昨晚端壶斟酒的漂亮女郎。徐生的一日三餐都由她照料。到晚上，她又来清理床铺，徐生问她："家中怎么没有男仆？"丫鬟只笑不回答，铺好被褥就走了。第二天晚上，她又来了，徐生用不庄重的话挑逗她，丫鬟笑笑不表示反感，便大胆地亲近起来。于是丫鬟告诉徐生说："我家里没有男人，外面的事情就请施老舅帮助办理。我叫爱奴。夫人很尊敬先生，恐怕别人不干净，所以叫我来侍候你。今日咱俩的事要严守秘密，恐怕被别人发现，我俩脸上无光。"有一天夜里，两人睡到一块儿，天亮了也不知道，被公子撞上，徐生非常惭愧不安。到了晚上，丫鬟来对徐生说："幸好夫人很敬重先生，不然就坏事了！公子回去把看见的场面告诉了夫人，夫人忙捂住他的嘴，好像生怕被你听到。只是警告我不要在书房停得太久。"爱奴说完就走了。徐生很感激夫人。但是公子不爱读书，徐生责备他，夫人为儿子求情。开始还只是叫爱奴替她传话求情，后来渐渐亲自出面干涉了，隔着门给儿子说情，常常说着说着就流眼泪。但每天晚上又来打听公子功课如何。徐生很不耐烦，变了脸说："既要放纵儿子偷懒，又要让他把功课学好，这样的老师我做不惯，请允许我告辞离开。"夫人叫丫鬟来赔不是，徐生才留下来。徐生自从到蒋家来教书以后，每想出去散散心，都因蒋家经常关紧大门不能出去。一天，徐生喝醉了，心里烦躁，叫爱奴来问主人为什么不让出去。爱奴说："没有别的原因，夫人怕荒废公子的学业。如果您一定要出去，就请等到夜里。"徐生气愤地说："收了别人的几个钱，就应当关在房子里憋死吗？叫我晚上跑到哪里去？我早就以白吃饭为耻，礼金还在钱袋里。"说完徐生便拿出金子放在桌子上，整好行李准备走。夫人从里屋走出来，默默不语，只是用衣襟捂着脸抽抽噎噎地哭，叫丫鬟送回酬金，并打开门送徐生出去。徐生觉得门户很狭窄，走了几步，日光透了进来，原来自己是从一个陷下去的坟墓里走出来的。往四处一看，满目荒凉，原来这里是一座古墓。徐生很惊恐。但他又感激她们的恩义，于是用夫人给他的酬金，给古墓培上黄土栽上树木后才离开。

过了一年，徐生又经过这个地方，到古墓上祭拜后才上路。徐生远远地看见施老汉笑着向他问候，并热情地邀请他。他虽然心里知道是鬼，但想问候一下夫人的情况，便同施老汉进了村子，买酒一起喝，不知不觉天黑了下来。老头儿站起来付了酒钱，就说："这里离住处不远，我妹妹也正好回娘家了，希望能劳您大驾，替老夫消除灾祸。"出村几步，又来到一个村落，老汉敲开门进去，点起蜡烛接待客人。不一会儿，蒋夫人从里面出来了，徐生这才细看了一下，她是一个四十岁左右的美貌妇人。她拜见徐生并致谢道："我这衰落的家族，门庭冷落，承蒙先生施恩于地下的枯骨，真让我无以报答。"说完她掉下泪来。接着叫爱奴出来，对徐生说："这丫鬟是我喜爱的人，现在把她送给你，也好使你在寂寞的客居生活中得到些照顾和安慰。你如果有什么事要办，她也还算善解人意。"徐生连连答应。不一会儿，施老汉兄妹都走了，爱奴留下来侍候徐生睡觉。第二天，鸡叫头遍，施老汉便来催促徐生整理行装上路，夫人也出来了，嘱咐爱奴好好侍候先生，又对徐生说："从此更须谨守秘密，你和她的私情是一种奇特的姻缘，恐怕喜欢搬弄是非的人说闲话。"徐生答应，告别了施老汉兄妹，和爱奴共骑一匹马向前赶路。到了学馆，徐生要了个单独的房间，和爱奴一同住在里面。有时来了客人，爱奴也不回避，客人也看不见她。徐生每每要办什么事情，想法一产生，爱奴就替他办好了。爱奴还懂巫术，一按摩疾病就好了。

清明节，徐生回家，经过蒋夫人的墓地，爱奴下马和徐生告别。徐生嘱咐她向夫人致谢。她说了一声"好"便不见了。徐生在家住了几天返回学馆，正打算去墓地拜谒，只见爱奴穿着漂亮衣服梳妆整齐地在树下等他，两人便一同上路。徐生常年来往于河间和恩县之间，也就常常和爱奴在蒋夫人的坟墓附近见面和分手。徐生想把爱奴带回家去，但她执意不肯。

年末，徐生辞退学馆的教职回家，和爱奴相约后会的日期。爱奴送徐生到从前坐过的地方，指着石堆说："这就是我的坟墓，夫人还未出嫁时，我便在身边侍候她。我夭折后，便埋在这里。你以后如果经过这里，烧上一炷香凭吊，我们就能见面。"徐生告别爱奴回到家里，十分怀念爱奴，就到爱奴的坟上去祭祷，不料毫无踪影。于是徐生到集镇上买了棺材，挖开墓穴，想把爱奴的尸骨搬回家去安葬，来寄托自己的爱恋之情。墓穴挖开后，他亲自揭开棺盖，见爱奴的脸色跟活人一样，皮肤虽然没有腐烂，衣服却败朽如灰了。头上的玉饰、手上的金钏都和新制作的一样。再看腰间，缠着几块儿金锭，徐生便把首饰和金锭包起来放在怀里。这才脱下自己的长袍盖在尸体上，抱着放到棺材里，租车将棺材运回。把棺材停放在别的房里，徐生给她换上绣花衣服，一个人就睡在棺材旁边，希望有灵验的效应。一天，他忽然看见爱奴从外面进来，笑着说："劫墓的强盗原来在这里呀！"徐生非常惊喜地慰问她，爱奴说："前些日子跟夫人去东昌府，三天后回来，我的房子已经空了。过去承蒙你多次邀请，之所以不肯跟你回家，是因我从小受到夫人的厚爱和恩宠，不忍心离开她。你现在既然把我劫到这里，就请尽快安葬，这将是你对我的最大恩德。"徐生问："古代有的人死了一百年以后还可以复活，现在你的身体完好，何不也来个起死复生呢？"爱奴叹息道："这是有定数的。世间传说的那些灵异的事迹，大多数是人们幻想出来的。如果想让我恢复生命也没有多大困难，只是不能像活人一样饮食和生育，所以也就不必了。"说完爱奴就打开棺盖进去，尸体立即站了起来，亭亭玉立，十分可爱。徐生摸了摸她的心窝，像冰雪一样凉。爱奴想再躺进棺材等候下葬，徐生坚决不让。爱奴说："我承蒙夫人的过分宠爱，主人从外地回来，带回几万两黄金，我偷偷拿了一些，她也不加追问，我临死时，没有别的亲属，便藏在身边给自己殉葬了。夫人可怜我早夭，又把珍宝首饰给我戴上才入殓。我的身体不曾腐烂，不过是受金宝之气的保护罢了。如果活在人世，哪能保持长久呢？如果你一定让我留在人世，切记不要强迫我吃东西，吃了东西灵气会消散，那样游魂也将消失。"徐生便建了一座漂亮精美的房子，和爱奴一起住在里面。爱奴起居谈笑和平常人没什么不同，只是不吃不喝不呼吸，不见陌生人。一年多以后，有一天徐生有点喝醉了，拿着喝剩的残酒强行灌到爱奴嘴里，她立刻倒地，口中流出血水，一天后，尸体便坏了。徐生悔恨伤心已经无济于事，就厚葬了爱奴。

异史氏说："蒋夫人教育孩子，和世人并无两样，但对老师的待遇多么优厚！不也很贤德吗？我认为艳丽的行尸走肉不如风雅的鬼魂，竟因为一个穷秀才的粗俗鲁莽，致使爱奴不得享长寿之福，太可惜了！"

小 梅

　　蒙阴县有位世家公子王慕贞，偶尔到浙江一带游览，看见一个老妇人在路上哭。王公子问她哭什么，她说："我去世的丈夫只留下一个儿子，现在他犯了死罪，有谁能把他救出来？"王公子向来慷慨讲义气，当下记住犯人的姓名，从自己的口袋里拿出钱给这个死刑犯四处奔走活动，终于帮他开脱了罪责。这人从监狱出来，听说是王公子慷慨解囊救出自己，不知是什么缘故。便找到王公子住的旅店，亲自向王公子致谢并问明是怎么回事。王公子说："没什么原因，只是怜悯你母亲年纪大了。"这人吃惊地说："我的母亲已经死了多年。"王公子也感到奇怪。

　　到了晚上，老妇人来向王公子致谢。王公子责怪她不应该撒谎骗人。老妇人说："老实告诉你吧，我是东山的一只老狐狸。二十年前曾和这孩子的父亲有过一夜之情，所以不忍心看他父亲在阴间由于没儿子而成为饿鬼。"王公子听了肃然起敬，想再问点儿别的事情，她却不见了。

　　从前，王公子的妻子很贤惠，一心向佛，不吃荤，不喝酒，打扫出一间干净的屋子，里面悬挂着观音菩萨的神像，因为没儿子，妻子天天都在里面烧香祷告。而这观世音又特灵验，常常托梦给她，指示她趋利避害，所以家中事情都由她决定。后来王妻病了，而且很重，便把床移到挂观音神像的那间屋子，又另外在内室铺设锦绣被褥，把门窗关紧，好像在等什么人。王公子对她的行为很不理解，只是见她病得迷迷糊糊，所以不忍心阻止她这些让人费解的行为。她一病就是两年，讨厌嘈杂的声音，常赶走别人独居一室。王公子暗中偷听，似乎她在和别人谈话，开门一看又非常寂静。在病中，她没什么牵挂，只是不放心十四岁的女儿，天天催王生准备嫁妆把她嫁出去。女儿出嫁后，她把丈夫叫到床前，拉着他的手说："现在该分别了！刚得病时，菩萨告诉我，命里本当死得快些。我心中放不下的，就是幼女未嫁。于是观音给了些药，让我延续生命到现在。去年，观音要回南海，留下了她案前的侍女小梅服侍我。现在我快死了，我这薄命人又没生儿子。保儿是我喜爱的，怕你娶个凶悍的后妻，使他们母子没有依靠。小梅姿容秀美，性情又贤淑温和，可以娶她做后妻。"原来王公子有个小妾，生个儿子叫保儿。王公子认为她的话很荒唐，就说："你向来敬重菩萨，现在说出这种话，不是太亵渎神灵了吗？"王妻说：

"小梅侍候我一年多,已不分彼此,我已经婉言求过她了。"王公子问:"小梅在哪儿?"王妻回答道:"屋里的不是她吗?"王公子正要再问,妻子闭上眼睛死了。

王公子夜里守灵,听见里屋传出隐隐约约的哭泣声,吓坏了,怀疑是鬼。叫丫鬟小妾开锁进去看看,原来是一个十五六岁的美人,穿着丧服坐在屋里,众人都以为她是神女,一齐围着她叩头。她收住泪把大家扶起来。王公子凝神注视着她,她只是低着头而已。王公子说:"如果亡妻说的是真话,请到厅堂接受儿女和仆人的叩拜。如果你不同意,我也不敢妄想,给自己招来罪过。"小梅羞红着脸走出来,直走到北面正厅。王公子让丫鬟给小梅一个面南的座位。王公子先给她行礼,小梅也还了礼。以下按年龄长幼身份尊卑依次俯伏叩见,小梅神情庄重,坐着接受众人的叩拜。只有王公子的小妾跪拜时,小梅才起来把她扶起来。自从夫人卧病以后,丫鬟们开始懒惰,仆人们趁机苟且,家里早就不成样子了。众人参见完结,恭恭敬敬地站在一旁。小梅说:"我感激夫人的盛情,决定留在人间,夫人又把家里的大事委托给我,你们应该各自洗心革面,好好为主人效力。从前犯过的错误,一概不予追究。不然,可不要说家里没主妇!"众人望着座上的小梅,真像悬挂的观音画像时时被微风吹动的样子。听着小梅的话,众人心里都有些畏惧惊慌,异口同声地答应了小梅。小梅就先安排夫人的丧事,一切都办得井井有条。从此大小奴仆没有敢偷懒的。小梅操办着内外大小的事务,王公子要做什么事情,也先告诉她一声才去做。他们虽然早晚都见面,但私下里并不说话。夫人下葬后,王公子很想履行以前的婚约,却不敢直接跟小梅说,嘱咐小妾暗中示意小梅。小梅说:"我受了夫人的谆谆嘱咐,从道义上讲是不容推辞的,但是婚娶是重要的事情,不能草率从事。年伯黄先生位尊德重,如果请他主持结婚仪式,那么我将唯命是听。"当时沂水县人黄老先生曾任太仆卿,这时退休在家闲居,是王公子父亲的朋友,两家往来密切。王公子便亲自去见黄老先生,把实情告诉他。黄老先生感到奇怪,就同王公子一块儿来了。小梅听说,马上出来参拜黄老先生。黄老先生一见,惊奇得以为是仙女下凡,谦逊地辞让,不敢答应主持婚礼。接着黄老先生送她一份丰厚的贺礼,主持完婚礼才回家。小梅在黄老先生临走时,赠送给他枕头、鞋子,就像孝敬公婆一样。从此以后,两家的交往更加亲密了。

结婚后,王公子总认为小梅是观音神女,便在亲热中带着几分恭敬,并常向她打听观音娘娘起居情况。小梅笑着说:"你也太迂腐了,哪有真正的神仙下嫁凡人的?"王公子再三追问小梅的来历,小梅说:"你也不必过分追问,你既然认为我是神仙,早晚小心供奉着,自然不会有灾祸。"小梅对丫鬟们非常宽厚,不笑不说话,但丫鬟们戏耍时,远远看见她,就不作声了。小梅告诉大家说:"难道你们真以为我是神仙吗?我是什么神仙呀!其实我是夫人的姨表妹,从小在一起相处得很好,我表姐在病中很想见我,私下里让南村的王姥姥把我接来。但因随时可能碰到姐夫，为避男女之嫌，所以假托是观音娘娘的侍女，关在里屋，其实不是神人。"众仆还是不相信。但每天都生活在她身边，看见她的行为举止和平常人没有差别，各种传言渐渐消失了。然而即使是顽劣的仆人、懒惰的丫鬟，王公子平日用鞭子抽打也改不了的，小梅轻轻吩咐一句话，没有一个不乐意奉命行事的。人们都说："真不知道是什么原因。确实不是怕她，只要看见她的笑容，就自然心软，所以不忍心违背她的吩咐。"因此，原来许多没有办好的事情都重新兴办起来了。几年之中，田地纵横连成片，仓里存万石粮食。又过了几年，王公子的小妾又生了一个女孩。小梅生了个儿子。儿子生下来，左臂上有个红点儿，于是取名小红。小红满月时，小梅叫王公子摆上丰盛的酒席，邀请黄老先生来赴宴。黄老先生送来了很丰厚的贺礼，但推说年纪老迈不能出远门。小梅派了两个年纪大的女仆坚决邀请，他才来了。小梅把孩子抱出来给黄老先生看孩子左臂上的红点，以示取名字的意思，又再三向黄老先生请教这红点儿的凶吉征兆。黄老先生笑着说："这是喜红，可以增加一个字，给他取名喜红。"小梅非常高兴，再次出来叩头拜谢。这一天，满院的鼓乐声不停，显贵的亲戚像赶集一样。黄老先生住了三天才告辞离去。

一天忽然门外来了车马，接小梅回娘家。小梅到王家十多年，从未听说有什么亲戚娘家，大家都议论这件事，而小梅好像没有听到一样。收拾打扮好以后，小梅把孩子抱在怀里，要王公子亲自送，王公子答应了。送了有二三十里路，路上寂静没有行人，小梅叫车夫停下车，叫王公子下马，屏退了其他人，对丈夫说："王郎呀王郎，我们在一起的时间短，离别的日子将会很长，你说伤心不伤心？"王公子吃惊地问原因。小梅说："你知道我是什么人？"王公子回答说："不知道。"小梅说："你在江南拯救出一个死囚犯人，有这回事吗？"王公子回答说："有。"小梅说："在路上哭的老妇人是我母亲。她感激你的恩义一心要报答，便借你夫人信佛的机会，假托是神仙。实际上是让我来报答你。现在幸好生了这襁褓中的儿子，这个心愿也实现了。我看出你倒霉的时运快到了，把孩子留在家里，恐怕不能长大。所以借口回娘家解除这孩子的危难。你记住：家里有人死了时，一定在鸡叫头遍时，到西河柳堤上去，见到有提葵花灯的人路过，便拦在路上苦苦哀求他，可以免除灾祸。"王公

子说：" 记住了。"他又问小梅什么时候回来。她说："不能先预定下来。总之，你应该牢记我的话，相会的日子也不会太远。"临别时，两人拉着手伤心地流着眼泪。一会儿，小梅登上车像风一样地疾驰去了。王公子一直到看不见踪影了，才回家。

　　小梅走了六七年后，一点儿音信都没有。忽然四周乡里瘟疫流行，死的人很多。王公子家一个丫鬟病了三天就死了。王公子想起小梅临走时的嘱咐，对此十分关心。这天和客人喝酒，王公子大醉后便睡着了。醒来后，他听见鸡叫，急忙起来到堤上，见灯光一闪一闪，那人刚刚过去。他赶紧追，只隔百十来步，可愈追愈远，渐渐看不见了，他只好懊恼悔恨地回到家里。过了几天，他突然得病，不久就死了。王公子的本家有很多无赖，他们合伙欺负王公子的小妾和保儿，公然砍伐树木抢庄稼，王公子的家境一天天败落下去。过了一年，保儿又死了，一家人更没有了主心骨。同族的人越发横行无忌了。瓜分他家的财产，把圈里的牛马牵走，还想瓜分他的房子。因他小妾住着房子，又叫来一伙儿坏人将她强行卖掉。小妾舍不得小女儿，母女俩掩面哭泣，惨状惊动四邻。正在危难之中，忽然听到有轿子进来，一看是小梅领着小儿子喜红从车里走出来。小梅四周一看，纷纷乱乱像集市一样，她问："这是些什么人？"小妾哭着述说了所发生的事情。小梅脸色沉下来，便叫跟随来的仆人关门下锁。那些同族的人想要抗拒，可手脚不能动弹。小梅命令仆人把他们一个个捆起来，拴在走廊的柱子上，每天只给三碗稀粥。小梅马上派老仆人跑去告诉黄老先生，然后进里屋哀伤地哭了起来。哭过以后，小梅对小妾说："这都是天命。本打算上月就回来，刚好我母亲病了，便耽误到现在。想不到转眼间家败人亡了。"她又问起过去的丫鬟和女仆，原来都被族人抢走，她难过得哭了起来。过了一天，丫鬟和仆人听说小梅回来了，都自己偷着跑回来，见了女主人没有不痛哭流涕的。被拴在柱子上的同族人都狂喊喜红不是王公子的亲生儿子，小梅也不和他们争辩。接着，黄老先生来了，小梅领着喜红出门迎接。黄老先生拉住喜红的手臂，捋起左边衣袖，只见一颗红痣赫然在目，并指给大家看，证明这确实是王公子的儿子。于是清查丢失的物品，登记造册，黄老先生亲自去找县令。县令把这帮无赖抓去，各打四十板子，给他们戴上手铐脚镣关进监狱，严格追查失物。没过几天，田产牛马，全部归还原主。黄老先生要走了，小梅拉着喜红哭拜道："我不是世间人，叔父心里明白。现在我就把喜红托付给您老人家了。"黄老先生说："只要我老汉一息尚存，就不会不给他做主的。"黄老先生走后，小梅把家里财产盘查清点就绪，把儿子托付给小妾照看，便准备了祭品为丈夫扫墓。小梅去了半天的时间也没回来。到墓地一看，只见祭品摆放得好好的，可是人不见了。

　　异史氏说："乐于帮助别人保住后人的人，别人也照样保住他的后人。这虽是人事而实际上是天意。至于有的所谓好朋友，人在的时候，车马、皮衣可以共用；一旦人坟头长草，妻子儿女受尽欺凌时，那昔日同车的朋友则会避之唯恐不及。对死去的朋友挂在心上念念不忘，对帮助过自己的人感恩图报，这是什么人啊是狐仙啊！假如你有大宗的财产，我一定做你忠实的管家，为你理财。"

绩　女

绍兴府有个老寡妇在夜里独自纺麻线，忽然有一个年轻女子推门进来，笑着说："老妈妈不累吗？"看姑娘有十八九岁，容貌端庄秀美，衣着华丽，老妇吃惊地问："你从哪里来的？"女子说："我可怜老妈妈孤身一人，所以来和你做伴。"老妇怀疑她是公侯之家逃出来的姬妾，再三盘问。女子说："老妈妈不必害怕。我孤身一人，和你一样。我喜欢你这里整洁清静，所以才来。两个人都可以免除寂寞，难道不好吗？"老妇又怀疑她是狐狸精，犹豫不回答。女子干脆上床代替老妇纺麻，说："老妈妈不用担心，这种活计，我能做得很好，肯定不会在吃穿用等方面给你增加负担。"老妇见她温和可爱，便安心把她留下。

夜深了，女子对老妇说："我带来的被褥枕头等卧具还放在门外，您出去解手时，麻烦您帮我拿进来。"老妇出门一看，果然拿回一包被褥。女子解开包裹将被褥铺在床上，不知是什么锦绣，无比的光滑柔软芳香。老妇也打开自己的铺盖，铺好棉布被褥，和女子睡在一张床上。女子刚把衣裙解开，一缕奇异的香气便充满房间。两人睡下后，老妇暗自想：遇上了这么漂亮标致的姑娘，可惜我不是个男人。女子在枕头上笑着说："老人家已经七十岁了，还那么胡思乱想吗？"老妇不好意思地说："没有。"女子说："既然没胡思乱想，为什么惋惜自己不是男人？"这下老妇更确定女子是狐仙，非常害怕。女子又笑着说："要做男人，为什么又怕我呢？"老妇吓坏了，两条腿发抖，抖得使床摇动起来。女子说："哎呀！这么胆小还想做男人！实话告诉你，我真是仙女，但我来并不是要加害于你。只是需要你谨慎，千万不能让别人知道，我保你丰衣足食。"老妇早晨起来，在床前跪拜。女子伸出手拉她起来，手臂光滑细嫩好像香脂一样，暖烘烘的散发着芳香，一触老妇的肌肤，老妇马上感到身上都轻快了。老妇心旌摇动，又开始胡想。女子嘲笑说："老太婆两腿战栗才停，心又想到什么地方去了！如果让你做男人，肯定会为情而死。"老妇说："假设我是男人，今天晚上哪能不死！"从此两人相处非常融洽，每天共同纺麻织布。再看女子纺的麻又匀又细又光滑,织成布闪闪发亮像锦绸一样,价钱要比平常的布高出三倍。老妇每次出门就把门锁上。有人来找她,就在别的房间接待。女子在这里住了半年,竟然没有人知道。

后来,老妇把女子的事情对亲近的人讲了,同村居住的姊妹们都求她帮助说情,希望能见见女子。女子责备她说:"你说话太不谨慎了,我不能在这长期住下去了。"老妇后悔说走了嘴,深表自责,但是求见的人也越来越多,甚至有权势的人还威胁老妇。老妇哭着向女子陈述了被逼迫的情形。女子说:"如果只是些女伴,见见面也没什么关系。恐怕招来轻薄的男儿,难免受到调戏侮辱。"老妇一再恳求,女子才答应接见。到了第二天,大群的老太婆、年轻姑娘媳妇,拿着香烛来拜见,沿途络绎不绝。女子很讨厌这些人烦乱,无论富贵贫贱,都不和她们说话,只是沉默地端坐在那里,听任她们朝拜磕头。乡里青年男子听说女子长得漂亮,都神魂颠倒,老妇拒绝了他们的求见。

有个费生,是本地名士,他听说了这件事,拿出所有的家产变卖,用大量的钱贿赂老妇。老妇答应,替他求情。女子已经知道他们暗暗交易,责备她说:"你出卖我了吗?"老妇伏在地上交代了收受贿赂的过程。女子说:"你贪图他的钱,我感念他的痴心,可以同他见一面。但我们的缘分尽了。"老妇又跪地磕头。女子答应明天相见。费生听了,非常高兴,拿着香烛前来,进门就恭恭敬敬地向女子一揖到地。女子在帘内和他说话:"你破费家产求见,不知有什么话要指教我?"费生说:"实在不敢有所冒犯。只因为古代的西施、王嫱都仅仅是传说,如果你能不因我平庸迟钝而不理睬的话,让我一开眼界,在下就十分满足了。至于吉凶祸福都是命中注定,并不是我想知道的。"忽然看见布幕之后的女子,容光照射,修长眉黛樱唇小口,都充分显现,好像没有帘幕隔挡一样。费生神魂激荡如醉如痴,禁不住拜倒在地,起身以后,而帘幕沉厚阻隔,只听得见声音却不见人。正惆怅间,费生又暗自遗憾没有看到女子的下半身,忽然看见帘子下面翘出一双穿着绣鞋的小脚,尖尖瘦瘦还不到一掌长。费生又拜。女子在帘中说:"你回去吧,我已经累了。"老妇在另一间屋子里请费生喝茶。费生题写一首《南乡子》在墙壁上:

  隐约画帘前,三寸凌波玉笋尖。点地分明,莲瓣落纤纤,再着重台更可怜。　　花衬凤头弯，入握应知软似绵，但愿化为蝴蝶去裙边，一嗅余香死亦甜。

写完，费生就走了。

女子看了题词很不高兴，对老妇说："我说过缘分已经完了，现在看来一点儿不假。"老妇伏地叩头请罪。女子说："罪过也不全在你身上。我不慎偶然堕落在情网中，把自己的容貌给人看，才遭到淫词的亵渎，这都是我自找的，你有什么罪？如果不赶快从这里搬出，恐怕身陷感情的魔窟，再历劫难不得脱身了。"女子便整理行装走出门去，老妇追出挽留她，转眼她已经不见了。

张鸿渐

永平府人张鸿渐，十八岁就成了本地区的名士。当时卢龙县的赵县令贪婪残暴，百姓们都遭受到这贪官的祸害。有个范生被他用刑杖活活打死。同学们都为范生含冤惨死而义愤填膺，想要到巡抚衙门上告，并请张鸿渐写状纸，邀他一道去打官司。张鸿渐同意了。张鸿渐的妻子方氏长得漂亮而且很贤惠。她听说了要替范生告状申冤的事，劝他说："秀才们做事情，只能享受成功的快乐，却不能一块儿承受失败的打击。如果官司赢了就都想争头功，如果官司打输了，众人就纷纷逃避，不能心聚一处。现在是个有势才有理的世界，是非曲直很难按道理进行判定，你又没有兄弟。假设案情恶化，有谁能解救你的急难！"张鸿渐认为妻子的话很对，后悔不该答应同学的请求，便委婉地推辞了，只给他们写好状纸的草稿就离开了。

状纸递上后，巡抚衙门只草草地过了一次堂，也没断出个是非曲直。赵县令用大笔银子买通审案的长官，反诬秀才们结党而将他们抓了起来，并且追查写状纸的人。张鸿渐吓坏了，赶紧逃到外地，到了陕西凤翔府地界，路费都花光了。到了傍晚，他还在旷野里徘徊不定，不知道去哪里好。忽然看到一个小村庄，他便赶紧跑了过去。一个老太婆正在关门，她看见张鸿渐，问他想做什么，张鸿渐如实相告。老太婆说："吃饭住宿这都是小事，只是我家没有男人，留客不方便。"张鸿渐说："我不敢有过分的要求，只要容我在门里住一夜，能够躲避虎狼就行了。"老太婆才让他进到门里，然后关上门，给他一张草垫，嘱咐说："我可怜你无处安身，私自留你在这里过夜。明天天亮前，你早点离开，恐怕被我家小姐知道会怪罪我的。"说完老太婆走了。张鸿渐靠着墙闭上眼睛休息。忽然看见灯笼的光亮一闪一闪的，只见是老太婆领着一个女郎走了过来。张鸿渐因被老太婆私自留宿门里，怕被女郎发现，急忙躲在黑暗的地方，偷偷对来人看了一眼，原来是一个二十来岁的姑娘。姑娘来到门口，看见草垫，问老太婆，老太婆把实情告诉了姑娘。姑娘生气地说："我们家都是弱女子，怎能留下一个来历不明的男人在家里过夜？"姑娘又问："那个人去哪里了？"张鸿渐惶恐地走出来跪在阶下。姑娘仔细盘问过他的宗族、姓名、住址等情况后，脸色稍微开朗一些，说："幸好是个风雅的读书人，留下也没什么关系，然而这老奴竟不来禀报一声，草率地接待一位君子，难道是合礼数的吗？"于是姑娘让老太婆带客人到房间里去。一会儿工夫，姑娘便命人摆上了酒席，菜肴食品都精致洁净。饭后又给张鸿渐设置床铺，铺上锦绣被褥。他心里非常赞赏这姑娘的贤德，便暗中向老太婆打听她的姓名。老太婆说："我家姓施，老爷和太太都去世了，只留三个女儿。刚才看见的是大姑娘舜华。"老太婆走了，张鸿渐看见桌子上有一本《南华经注》，便拿了过来放在枕头上，俯伏在床上翻阅起来，忽然舜华推门进来。张鸿渐忙放下书去找鞋和帽子，准备迎接。舜华走到他床边坐下，说："不必多礼！不必多礼！"说完自己也靠近床边坐了下来，有些腼腆地说："你是位风流才士，我想要把这家托付给你，便犯了瓜田李下的嫌疑。你该不会因此嫌弃我吧？"张鸿渐惊慌不安地不知怎么回答，只是说："我不愿欺骗你，我家中已经有妻子了。"舜华笑着说："这就可以看出你诚实，不过这关系不大。既然你不讨厌我，明天我就请媒人来。"说完，舜华就想离开。张鸿渐从床上探出身子用双手拉住她，舜华也半推半就留宿在张鸿渐的床上。天还没亮，舜华就起来了，送给他一些银子，说："你拿去做游览的费用吧。黄昏后，要晚点儿回来，我害怕被别人发现。"张鸿渐按舜华说的去做，早出晚归，半年之内天天如此。一天，张鸿渐回来得很早，到原来的地方一看，村庄房屋全不见了，张鸿渐感到非常吃惊和奇怪。正在犹豫徘徊的时候，只听老女仆说："你怎么回来得这么早！"转眼间，院落又像从前一样。而他自己又在屋子里了，他越发觉得奇怪。舜华从里屋出来，笑着说："你怀疑我了吧？该对你说实话了，我是狐仙，和你前世有缘，如果一定要生我的气，就请马上分手吧。"张鸿渐留恋舜华的美貌，还是安心留下了。夜里张鸿渐对舜华说："你既然是仙人，那么千里之路不过是呼吸之间罢了，我离家已经三年，心里常常想念妻儿，能带我回去看看吗？"舜华听了好像有点不高兴，说："论夫妻情分，我自己认为对你够忠诚的了，而你却守着我心里想着她，这说明你对我的恩爱都是假的呀！"张鸿渐道歉说："你怎么能这样说话呢！俗语说：'一日夫妻百日恩'，以后我要是回家后想念你，不也像今天想念她一样吗？如果有了新人忘了旧人，你能喜欢我这样做吗？"舜华这才笑了，说："可我却心胸狭窄，对我，希望你永远不要忘记；对她，希望你早点忘掉她。至于你想回家的事，这也不难，你

家不就在眼前吗?"说完,舜华便拉着张鸿渐的袖子走出门,只见天色昏暗看不清楚道路,张鸿渐小心翼翼地不敢前进。舜华拽着他向前走,不多时,说:"到了,你回家去吧,我走了。"他停住脚仔细地辨认了一会儿,果然看到自己的家门。他从矮墙翻过去,看见房子里灯还亮着,便走近前去用两指敲窗,里边问是谁,张鸿渐说自己回来了。屋里的人举着蜡烛打开了门,果然是方氏。夫妻俩又惊又喜,手拉手走进卧房。张鸿渐看见儿子睡在床上,感慨地说:"我离开时儿子才到膝盖那么高,现在已长得这么高了。"夫妻俩紧紧依偎在一起,恍恍惚惚好像在梦中一样。张鸿渐把这几年的遭遇从头到尾讲了一遍。又问到那场官司,他才知道秀才们有的被关死在牢里,有的被充军远方。他更加佩服妻子的远见卓识。妻子扑向他怀里撒娇说:"你有了漂亮的新夫人,根本就不再想着冷被窝里还有个孤独的泪眼人了吧!"张鸿渐说:"不想着你,怎么会回来呢?我和她虽说感情很好,终究不属同类,唯独她对我的恩义是终生难忘的。"方氏说:"你认为我是谁?"张鸿渐仔细一看,竟然不是方氏,原来是舜华。他用手一摸儿子,竟是消暑的竹夫人。张鸿渐非常惭愧,一句话也说不出来。舜华说:"你的心思我总算了解了!按理说应该就此分手,幸好你还没忘记我对你的恩德,勉强还可以赎你的罪。"过了两三天,舜华对他说:"我看,痴心恋着一个不属于我的人,终究没什么意思。你天天埋怨我不送你,现在我刚好要到京城去,可以顺路把你送回。"舜华顺手从床上拿起竹夫人,两人一同跨上去,并让他闭上眼睛,张鸿渐感觉离地不远,耳边风声飕飕。不一会儿,二人就落到地面上。舜华说:"我们从此就分别了。"张鸿渐正想和她约定再见的日子,舜华已经消失得无影无踪了。

　　张鸿渐惆怅地站了好一会儿,听见村里狗叫,在苍茫的暮色里那树木房屋,都是故乡的景物。他沿着熟悉的小路走回家去,爬过矮墙去敲房门,和前次敲门的动作一样。方氏被惊起后,不敢相信是丈夫回来了,经过盘问证实后,才挑着灯笼呜呜咽咽地出来开门。二人见了面,方氏哭得抬不起头来。张鸿渐还怀疑是舜华弄的幻象,又见床上睡着一个孩子,和昨晚上见到的一模一样。于是张鸿渐笑着说:"你又把竹夫人带来了吗?"方氏不懂他说的是什么意思,生气地说:"我盼望你回来,度日如年,枕上的泪痕还在,好容易才得见面，你竟然没有一点儿悲伤和依恋的感情，真不知你长的是一副什么心肠！"张鸿渐看出她是真的方氏之后，才抓住她的手臂呜呜地哭起来，详细地讲述了几年在外的经历。张鸿渐又问到那场官司的结局，和舜华说的一样。正在两人各述感慨的时候，听见门外有脚步声，问了几声，没人答应。

原来村里有个无赖某甲，早就看上了方氏的美貌，这天夜里从外村回来，远远看见一个人翻墙进到张家，心想一定是和方氏有奸情赴约会的，就跟在他后边一起进了张家。某甲以前没见过张鸿渐，就伏在窗下偷听。等到方氏问他是谁，他却反问："屋里的人是谁？"方氏骗他说："屋里没人。"某甲说："我听了很久了，我是特地来捉奸的。"方氏不得已，只得实话实说丈夫回来了，某甲说："张鸿渐的案子还没了结，即使回家了，也要把他捆起来送到官府。"方氏苦苦哀求他别声张此事，可这无赖口出淫词，用轻薄的话调戏方氏，步步紧逼。张鸿渐胸中怒火燃烧，拿把刀直接冲了出去，一刀砍在某甲的头上。某甲倒在地上还在号叫，张鸿渐又连砍几刀，某甲被砍死。方氏说："事情已经到了这地步，你的罪更加重了。你赶快逃走，杀人的罪就让我来顶着。"张鸿渐说："大丈夫死就死个光明磊落！怎么能连累老婆孩子而自己去逃命呢？你不用担心我的死活，只要你能让儿子读书成才，我即使死了也可以闭上眼睛了。"

天亮后，张鸿渐到县衙去自首。赵县令因为张鸿渐是朝廷追查的犯人，只是暂且稍加惩治，不久又将他由郡县押解京城，一路上，张鸿渐备受折磨非常痛苦。途中遇见一个女子骑马从身边走过，一个老太婆给她牵着马缰绳，原来骑马人是舜华。张鸿渐喊住老太婆想要搭话，话还没说，眼泪先掉下来了。舜华掉转马头，用手掀起面纱，惊讶地说："表兄，怎么弄成这个样子了？"张鸿渐简单地把事情经过说了一遍。舜华说："根据你平时的所作所为，我本该扭头走开不管，但我还是不忍心。我家离这儿不远，就请两位公差一道去坐坐，也可送给你一点儿路费。"三人跟着舜华走了二三里路，看见一个山村，楼房高大整齐，舜华下马先进去了，让老女仆打开客房请他们进去。接着舜华让仆人摆好了美酒佳肴，好像早有准备一样。她又让老女仆出去对三人说："我家没有男人，张官人就向两位公差大人多劝几杯酒吧，前边的路上还要两位大哥多多照顾。小姐又派人筹办几十两银子给官人做路费，并一起酬劳两位公差大哥，去筹钱的人马上回来。"两个公差暗暗高兴，纵情畅饮，只是不提上路的事。天渐渐黑了下来，二公差都醉了。舜华出来，用手往刑具上一指，锁立即开了。她拉起张鸿渐骑到一匹马上，马飞奔像蛟龙腾云一样。不一会儿，舜华催张鸿渐下马，说："你从这下去，我和妹妹相约在青海见面，为你的事已经耽误了半天，她们一定久等了。"张鸿渐问："我们以后什么时候能再见面？"舜华没回答。再问一遍，舜华把他从马背上推下，骑马走了。天亮后，张鸿渐打听这是什么地方，原来已经到了太原府，便到城里租间房子在那里教学，改名叫宫子迁。过了十年，他打听到追捕逃犯的事情渐渐没人过问了，才再一次小心试探着往东方家乡走。到了村外不敢贸然进去，到夜深了才进村。到了自己家门口，看见围墙修得很高很结实，不能像以前那样翻过去，只得用马鞭敲门，过了好一会儿，妻子才出来问话。张鸿渐小声告诉妻子。妻子非常高兴地把他接回家中，故意呵斥说："少爷在京城缺乏费用，就应当早些回来，怎么派你半夜跑回来？"两人走进内室，各自叙说两边发生的事情。张鸿渐才知道二位公差逃亡外地至今没回来。谈话时帘外常有一少妇走来走去，张鸿渐问她是什么人，妻子回答："是儿媳呀！"张鸿渐问："儿子在哪儿？"妻子回答："上京赶考还没回来。"张鸿渐感慨地流着泪说："我在外逃亡十几年，儿子已经长成大人了，没想到还能继承家里的书香门第，真是把你的心血都熬尽了！"话还未说完，儿媳已温好酒、摆上菜，饭菜摆了满满一桌子。张鸿渐高兴的是家中的事情在妻子方氏的操持下，都大大超出了自己所希望的。张鸿渐在家住了几天，天天躲在书房里，害怕别人知道。一天夜里，他们刚刚躺下，忽听外面人声喧闹，接着又是急促的敲门声。夫妻两人很害怕，一块儿起来。又听到有人说："有后门没有？"他们更加害怕，急忙找来门扇当梯子，送张鸿渐翻墙逃走。然后方氏才到门口问明敲门的原因，原来是儿子考中了举人，有人来报告的。方氏非常高兴，深深后悔不该帮助丈夫逃走，但已无法挽回。

张鸿渐这天夜里慌忙穿过草地和乱树丛，慌不择路，到了天亮已经疲倦得不成样子了。他开始的本意是向西逃，向过路人一打听，才知道距离去京城的大路已经不远了，便走进一个村子，想把衣服卖掉换饭吃。看见一所高门，贴着报喜的纸贴，他走近一看，知道是位姓许的考中了孝廉。过了一会儿，一个老头儿从院里走出来，张鸿渐上前行礼说明想换碗吃的的来意。老头儿见他的举止文雅，知道不是骗饭吃的，便请他进去招待他吃饭，并问他要去哪里。张鸿渐假托说："原在京城教书，回家的路上遇到了强盗。"老头儿留他在这里教他的小儿子。张鸿渐略问一下老人的家世，才知道老头儿是退居的京官，那新举的孝廉是他的侄儿。过了一个多月，许家孝廉和一位同榜的举人回到家里。客人是永平府姓张的新举人，十八九岁。张鸿渐因为客人的籍贯、姓氏都和自己相同，暗地里怀疑是自己的儿子。但乡里姓张的很多，他只好暂时不作声。到了晚上，许孝廉解开行李拿出一本记载同科举人简历的同年录，张鸿渐赶忙借来看，原来这客人真是自己的儿子，禁不住流下眼泪。大家问他哭什么，他就指着同年录上的姓名说："张鸿渐就是我。"他便将自己的遭遇从头至尾讲了一遍。张孝廉跟父亲抱头痛哭。许家叔侄两人劝解安慰张家父子，两人才收住泪转悲为喜。许家老翁还给御史写了书信，送了礼物，为张鸿渐的官司进行疏通，张家父子才得以一同回家。

方氏自从收到儿子中举的喜报后，每天都为张鸿渐仓皇逃走而伤心。忽然听说儿子回来了，方氏更加感到难过。不一会儿，父子俩一起进了家门，她惊奇万分，以为丈夫是从天而降，问明原委，全家人转悲为喜。某甲的父亲看见张鸿渐的儿子做了举人，不敢再产生报仇的念头。张鸿渐也格外照顾他，又对他讲述了当年的情况，某甲父亲又惭愧又感激，于是两人成了好朋友。

云萝公主

安大业是卢龙县人。他刚一出生就会说话，母亲让他喝了狗血才不说了。安大业长大以后，潇洒漂亮，对着镜子自我打量，知道没人敢和自己比美。他聪明而又酷爱读书，很多名门世家都想把女儿嫁给他。母亲梦见有人对她说："你儿子注定要娶一位公主。"她相信了，等到安大业长到十五六岁，这个梦一直没有应验，她也渐渐后悔相信梦中之言。

有一天，安大业独自一人坐在房中，忽然闻到一股奇异的香气。一会儿，一个漂亮的丫鬟跑进来，说："公主来了。"接着有婢女用一卷长毡铺地，从门外一直铺到床前。正在他吃惊疑惑的时候，见一个女郎扶着丫鬟的肩膀走进房来，华贵的衣服和艳丽的容貌，照得四壁也发出光彩。丫鬟把绣垫放到床上，扶女郎坐上去。安大业仓促间不知该做些什么，向女郎鞠躬行礼，问道："是哪里的神仙，敢劳大驾光临？"女郎微笑着，用长袍的袖子掩着口。一个丫鬟介绍说："她是圣后府中的云萝公主。圣后相中了郎君，要把公主下嫁给你，所以叫她亲自来相看房宅。"安大业又惊又喜，不知说什么好，女郎也低着头。两个人对坐无言。安大业一向爱下棋，常把棋盘放在座位旁边。一个丫鬟用一块儿红绢帕掸一掸棋盘的灰尘，拿到桌子上，说："公主每天都爱玩棋，不知道和驸马相比谁能赢？"安大业便移到桌子边坐下，公主也笑着坐过来。才下了三十多步，丫鬟弄乱了棋子，说："驸马输了！"丫鬟把棋子收入盒子里，说："驸马是人间高手，公主只能让六个棋子。"丫鬟便把六颗黑子放在棋盘上，公主也就默许了。公主坐时，就让一个丫鬟趴在座位下面，把一只脚放在她的背上。左脚踩地时，那么右脚就放在趴在右边的丫鬟背上。此外还有两个小丫鬟站在她的两边服侍她。每当安大业凝神思考时，公主就把肘弯曲起来伏在小丫鬟的肩上。棋快下完了，还是没决出输赢，小丫鬟笑着说："驸马输了一子。"丫鬟又接着说："公主累了，应该回去了。"公主就倾下身子和丫鬟耳语了几句。丫鬟出去了一会儿又返身回来，把一千两银子放在床上，告诉安大业说："刚才公主说这房子有些低湿狭窄，麻烦你用这钱把这房子稍加扩大装修，房子翻新后再相会。"另一个丫鬟说："这个月犯天刑，不适合建房造屋，下个月才吉利。"公主站起身来要走，安大业拦住她不让走，还关上了门。丫鬟拿出一个样子很像鼓风的皮囊，放在地上鼓起风来，一股股的云气从中吹出来，一会儿云气便从四面合拢在一处，昏暗中什么都看不见，再看公主，一点儿踪迹也没有。

　　安母听说了这件事，怀疑是妖怪。可是安大业心驰神往，梦中也想，没办法再把公主忘掉。他急着把房子改建好，也不顾忌不吉利，连催带逼限期完工了，房舍焕然一新。

　　以前，有位滦州的书生袁大用，寄住在附近的街上，送名帖到安家，要登门拜访。而安大业平常很少和人交往，便推说不在家。又等着袁大用外出不在时去回访。一个多月以后，两个人正好在门外不期而遇，原来袁大用是一位二十岁左右的青年人。身穿宫绢缝制的单衣，脚穿丝质的黑鞋，头上扎着漂亮的丝绸缎带，神态十分优雅飘逸。两人刚交谈了几句，便可以看出他待人温和语言谨慎。安大业很喜欢他，请他到家里做客，又请他下了几盘围棋，互有胜负。然后安大业又命仆人摆设了酒宴招待他，谈笑非常融洽。第二天，袁大用又邀请安大业去他的寓所做客，山珍海味，美酒佳肴，应有尽有，招待得殷勤周到。袁大用叫一个十二三岁的小童拍板清唱，又跳跃翻扑做表演。安大业酒醉不醒，不能自己回家，袁大用就叫小童背着他送回家去。安大业虽醉，也知道小童身体纤弱，恐怕背不动。但袁公子坚持让小童背。不料小童背起他来绰绰有余，轻松地把他背回家，安大业惊奇不已。第二天，安大业给小童一些银子酬谢，小童推辞了好一阵才收下。从此后，安、袁二人交往非常密切，每隔三两天便来往一次。袁大用不爱言谈，但他慷慨大方，喜欢助人，有一个人欠债没法儿还，到集市去卖女儿，他便拿钱把女孩赎回交给她的父母，毫不吝惜。因此，安大业更加敬重他。过了几天，他去安大业家告别，送给他象牙筷子、楠木珠等十多样贵重东西，还有白银五百两，资助安大业修建房子。安大业把银子退给袁大用，收下其他礼物，回赠些锦帛绢丝作为谢礼。

　　过了一个多月，乐亭县有一个官员带了很多搜刮来的财物回乡。有一天夜晚，盗贼夜里进去，抓住主人，用烧红的烙铁给这家主人上私刑，逼他交出财物，最后把他家抢劫一空。这家的仆人认出袁大用，官府下公文追捕袁大用。安大业的邻居屠氏和安家关系不睦，看到安家大兴土木，暗中怀疑妒忌。正赶上安家的小仆人偷了主人家的象牙筷子，卖给了屠家，屠家知道这筷子是袁大用赠的，于是报告了县令。县令派兵包围了安家。当时安大业带仆人外出没回来，县令抓走了他的母亲，由于安母年迈体弱，受此惊吓后仅有一息尚存，两三天没吃东西。县令下令把她释放回家。安大业听说母亲被官府抓去，急忙跑回家中，但母亲病情已非常沉重，过了一夜便死了。他收殓母亲刚毕，便被捕役抓走。县令见他年轻斯文温顺,心中暗想是被别人诬陷的,故意恐吓、喝问。安大业如实讲述了和袁大用的交往过程,县令问:"你家为什么突然间富裕起来?"安大业说:"母亲积攒了些银两,因为要给我娶亲,所以用来修建一下原来的旧房子。"县令相信他的话,开具公文把他押解到郡府结案。邻居屠氏得知他将无罪释放,便用重金买通解差,让解差在途中把他杀掉。在经过一座深山时,安大业被解差拉到靠近峭壁的边缘,想要把他推到峭壁下的山涧里。情势十分危急,忽然一只猛虎从草莽中蹿出,咬死了两个解差,用嘴把安大业叼走。到了一处重楼叠阁的地方,老虎进入,把他放下。只见云萝公主扶着丫鬟的肩膀走出来,悲伤地安慰他:"我想把你留下,但婆母死后还没下葬。你拿着公文,到府里衙门自首,保证平安无事。"于是,云萝公主取下他胸前的带子,打了十多个扣结,嘱咐他说:"见到知府时,拿起这带子把扣结解开,就能消灾免祸。"安大业按云萝公主说的,拿着公文去见太守投案自首。太守对他的诚实很高兴,看了公文知道是冤枉的,便撤销了罪名,放他回家。在回家的路上,遇见了袁大用,安大业下马与袁大用握手,详细讲述了自己的遭遇。袁大用听后气得变了脸色,沉默着没有说话。安大业说:"凭你的风度和才华,为什么干玷污自己名声的事呢?"袁大用说:"我所杀的都是不义之人,所抢的也是不义之财。如果不是不义之财,即使掉在路上的,我也是不会捡的。你劝我的话确实有道理,然而像你的邻居屠氏,岂可让他留在人间作恶!"说完,袁大用飞身上马而去。

　　安大业回到家中,安葬完母亲,就闭门谢客。一天夜里,忽然有强盗闯进屠氏家,父子十多口人全被杀死,只留下一个丫鬟,并把他家的钱财与小童各拿一半。临离开前,强盗拿着灯对丫鬟说:"你看清楚,杀人的是我,和别人无关。"他们并不开门,飞檐走壁而去。第二天,丫鬟到官府报了案。官府怀疑安大业知道内情,又把他抓去询问。县令声色俱厉地呵斥他,他便在堂上抓着胸前的带子一边辩解一边解开扣结,县令盘问不出疑点,又把他放了。回家后,他更加隐身匿迹,专心读书不再出门,家里只有一个跛脚的老太婆洗衣做饭。守丧期满,安大业每天都把院子打扫干净,等待云萝公主前来的好消息。有一天,满院充满奇异的香气,他登上阁楼去看,内外陈设已经焕然一新,悄悄揭开画帘,原来公主盛妆端坐在里面。他急忙拜见公主,公主拉住他的手说："你不相信命数，乱兴土木造成灾难。又因婆婆丧亡，你要守丧三年，当然也推迟了婚期，这便是想快点达到目的反而使事情推迟了，世间的事大都是这样。"安大业想拿出些钱整置酒饭。公主说："不需要你再去办了。"丫鬟把手伸进食品柜，端出菜肴羹汤，好像才从热锅里盛出来一样，酒也十分芳醇浓烈。喝了一会儿酒，天已接近黄昏，公主脚下踏着的丫鬟也都溜走了。公主的四肢娇懒惯了，两条小腿一会儿伸一会儿缩的，好像无处安放。安大业亲热地把她抱到怀里。公主说："你暂且松手，现在有两条路，任你自己选择。"安大业又用臂弯揽着她的脖颈问是什么样的路，公主说："咱俩若是做棋酒朋友，就有三十年的长期聚会；若是贪图床笫之欢，就只能过六年欢快的日子。你选哪种？"安大业回答："我想先快乐六年，以后再商量。"公主默许了，于是两人便行男欢女爱之乐。公主说："我知道你免不了要追求世俗间的享乐，这也是命中的定数。"于是公主让安大业收养了一批丫鬟女仆，单独住在南院，叫她们负责做饭、纺织和其他日常事务，来维持生活。公主住的北院不动烟火，只有棋盘酒具等。北院的门经常关着，安大业每次推门，门就自动开启，其他人则进不去。然而南院中人做事是勤快还是懒惰，公主都知道，每次让安大业去责罚偷懒的人，没有不服气的。公主平时不爱多说话，也不喜欢大声喧笑，安大业和她谈事情，她总是低头微笑。她和安大业并肩坐着时，总喜欢斜靠在他身上。他顺势把她举起来放在自己的膝盖上，轻得像抱婴孩一样。安大业说："你身体这么轻盈，可以像赵飞燕一样在掌上跳舞。"公主说："这有什么难的！不过那是小丫鬟们的事情，我不屑于做。赵飞燕原来是我九姐的丫鬟，常常因举止不稳重而被治罪。惹得九姐发怒，把她贬谪到人间，又不守妇道贞操，现在已经把她囚禁起来了。"

公主住的楼阁到处都用锦缎装饰着，冬天不冷，夏天不热。公主在严寒的冬天也只穿轻软的绸衣，安大业给她做的鲜艳衣服，强逼着她穿上，过一会儿又脱下来，说："这种被世俗污浊的东西，几乎把我的骨头压出病来了。"有一天，安大业又把她抱到膝盖上，忽然觉得比以前重了一倍，感到很奇怪。公主笑着指着肚子说："这里面怀上俗种了。"又过了些日子，她皱着眉头不想吃东西，对安大业说："最近我害了阻滞不通的毛病，很想吃些尘世间的食物。"安大业就派人给她准备了一些可口的饭菜，从此她的饮食逐渐和常人一样了。一天，她对安大业说："我体质单薄，承受不了生孩子的痛苦，丫鬟樊英身体健壮，可让她替我生出孩子。"说完，公主就脱下自己的贴身内衣给樊英穿上，把樊英关在内室。不一会儿，便听到了婴儿的啼哭，开门一看，是个男孩。公主高兴地说："看这孩子面相很有福气，将来一定能成大器。"于是公主给孩子取名大器。公主把孩子包好以后，放到安大业怀中，让他交给奶妈，放到南院抚养。自从生了小孩之后，公主的腰又恢复到以前那么苗条纤细，又开始不吃尘世间饭菜了。

一天，公主忽然向安大业告辞，要暂时回娘家看看。安大业问她什么时候回来，回答说："三天。"然后公主又像以前一样鼓起皮囊，喷出云雾，然后在云雾蒸腾弥漫中就不见人了。到了第三天，公主没回来。过了一年多，没有一点儿音信，安大业不抱希望了。他便关上房门，放下帘幕，刻苦攻读，最终考中了举人。只是他始终不娶妻，每晚独宿北院，沐浴在公主留下的芳香之中。一天夜里，安大业在床上翻来覆去睡不着，忽然看见有灯光照到窗子上，门也自动打开了，一群丫鬟簇拥着公主进来。安大业特别高兴，起身问她为什么失约了。公主说："我并没有超过期限，我在天上才过了两天半。"安大业很得意地夸耀考中了举人，心想公主一定很高兴。公主却忧伤地说："你考取功名是无用的，这事谈不上光荣或耻辱，只能折损人的寿数罢了。三日不见，你进入世俗的泥潭又深了一层。"从此，安大业便不再追求功名。又过了几个月，公主又要回娘家，安大业特别舍不得。公主说："这次离开一定早些回来，不用望眼欲穿，况且人生离合都有一定命数，凡事有节制地去做就可延长，任意放纵就会缩短。"说完公主就走了。这次只去了一个多月就回来了。此后，公主总是一年半载回娘家一次，常常几个月后才回来，安大业也习以为常，也不觉得奇怪了。这时公主又生了一个儿子。公主举起来说："这是个豺狼呀！"公主马上叫人把他丢掉，安大业不忍心，把孩子留了下来，取名叫"可弃"。可弃刚满周岁，公主就赶忙给他选定亲事。许多媒婆接踵登门，公主问对方生辰后，都说命数不合。她说："我要给这豺狼做一个能关住他的深圈，竟一时找不到，就得让他败家六七年，这也是命中定数。"公主又嘱咐安大业说："你千万记住，四年后，侯氏生女孩，左边胁下有个小赘疣，那女孩就是我们的儿媳妇。一定要把她娶过来，不要计较门第高低。"说完，公主叫安大业写下来记住，后又回了娘家，竟然没再回来。安大业经常把妻子的嘱咐跟亲友说了。果然有侯氏的女儿，生下来左胁下有一个小赘疣。侯某不但家境贫贱，而且品行不好，大家都瞧不起他，安大业居然和他家把婚事定了下来。

　　大器十七岁就考中了进士，娶云氏为妻，夫妻俩对父亲孝敬，对弟弟友爱。父亲特别喜欢他们。可弃渐渐长大了，不喜欢读书，常常偷着和当地无赖在一起赌博，经常偷家里的东西去还赌债。父亲被他气得大发脾气，狠狠地打他，但他始终不改。家人互相提醒注意防着他，不让他有机会偷家里的东西。他就夜晚出去，翻墙去别人家偷东西。被主人发现，绑着交给县令。县令审问他的姓名及家庭情况，便叫差役拿着自己的名帖把他送回家去。父亲和哥哥一齐把他绑起来，大业把他痛打一顿，打得几乎断了气。哥哥大器替他向父亲求情，才把他放了。父亲因此事气病了，食欲突然减少。安大业于是给两个儿子立下分家产的文书，父亲把楼阁和肥沃田地分给大器。可弃又怨又怒，夜里拿刀闯进哥哥的卧室，想要杀死哥哥，却误砍了嫂子。原来云萝公主留下了一条裤子，质地非常轻软，云氏捡起来做了件睡衣穿在身上。可弃一刀砍在这件睡衣上，火星四射，可弃吓坏了，慌忙跑了出去。父亲听说后，一生气，病情更加重了，过了几个月，就病死了。可弃听说父亲死了才回来。哥哥对他仍然很好，而他更加放肆。过了一年多，他分到的那份田产快卖光了，跑到郡府去告哥哥的状，县官知道他的为人，把他骂了一顿赶出衙门。从此兄弟之间断绝了往来。又过了一年多，可弃二十三岁，侯氏女儿也十五岁了。大器想起母亲的话，赶快准备叫他完婚。他把可弃叫回家中，清理出好的房屋给他住，把新媳妇迎娶过来。又把父亲留下的良田全部登记在田册上交给侯氏，并对她说："这几顷薄田家产，是我们为你拼死保留下来的，现在全部交在你的手上。我弟弟品行不好，即使把一根草交给他，也得败坏掉，今后家业的兴衰全在你身上了。如果你能使他改邪归正，那么就不用担心挨饿受冻。不然，我做哥哥的也不能填满这个无底洞啊！"

侯氏虽然出身卑微之家，但聪明漂亮，可弃很爱她，又很怕她。妻子说的话他一点儿也不敢违抗。每当可弃外出办事，侯氏都规定回家的时间，超过规定的时间，就得挨一顿痛骂，还不给饭吃。因此，可弃的劣行稍有收敛。一年多，侯氏生了一个儿子。她对可弃说："我以后不用求人了。有几顷好田，母子俩还发愁不能温饱？！即使没有丈夫，也可以过日子。"有一次，可弃从家里偷粮食出去赌钱，妻子知道了，拉弓箭挡在门前，不让他回家。可弃非常害怕，吓得躲了起来。他偷看妻子进去了，才小心翼翼地跟了进去。妻子发觉了，拿刀站起来，可弃反身往外跑，妻子追出来，一刀砍破了可弃的衣服，把屁股也砍伤了，血都流到袜子和鞋里去了。可弃非常气愤，到哥哥那里告状，而哥哥根本就不理睬，他只好又委屈又惭愧地离开了。过了一夜又来了，可弃给嫂子跪下，伤心地哭泣，恳求嫂子在妻子面前先替他通融一下，结果妻子坚决不收留他。可弃发怒了，要回去杀死妻子，哥哥也不劝阻。可弃愤怒地站起来，拿起一根矛枪直接冲了出去。嫂子惊呆了，想要制止他。哥哥用眼神示意妻子别理。等他离开后，大器说："他故意做出这副姿态给我们看，其实是不敢回家。"说完，嫂子就叫人悄悄跟出去偷看他的去向，可弃已进了家门。哥哥听说后有点担心，想跑去制止，这时可弃已灰溜溜地回来了。原来可弃进家门时，妻子正在逗孩子玩，看见他回来了，把孩子扔在床上，找了一把菜刀，可弃害怕了，提着矛枪反身往外跑，妻子一直追到门外才转身回去。哥哥早已知道了情况，故意问他。可弃不说话，只是脸对着墙角哭，两只眼睛都肿了。哥哥很同情他，亲自把他送回去，妻子侯氏才收留了他。等大哥走了，妻子罚他长时间跪在地上，让他发重誓之后，才用瓦盆盛饭给他吃。从此，可弃才真的改恶从善。在侯氏运筹之下，家道日渐丰盈。可弃只是坐享其成而已。后来他七十多岁了，儿孙满堂，侯氏还经常抓住他的胡须，让他跪在地上用膝盖行走。

异史氏说："凶悍妒忌的老婆，遇上的人就像生在骨头上的毒疮，直到死了才算完事，难道毒得不厉害吗？但是砒霜、附子是天下最毒的药了，假如用得适当，头晕目眩的病也能治好，不是人参、茯苓等药物能代替的。要不是云萝公主对可弃的五脏六腑看得那么清楚,又哪敢把毒药留给子孙呢?"

章丘孝廉李善迁,青年时风流倜傥不拘礼法,对各种曲词和乐器都非常精通。两个哥哥都中了进士,可李善迁更加放纵不拘。娶了夫人谢氏,对他稍加管束,他就逃离了家庭,三年没有回来,家人到处都找不见。后来在临清城的妓院里找到了他,家人进去,看见他面朝南坐着,十多个年轻女人服侍在他的两边,这些人都是拜在他门下学艺的。他临回家前,积存的衣服就有好几箱子,全是这些女弟子送的。李善迁回家后,夫人把他关在一间屋子里,桌子上堆满了书籍。然后用一根绳子系在床脚上,另一端从窗棂间拉到外面,绳头上系一个大响铃,把它挂在厨房里。李善迁一旦需要什么东西,就用脚踩系在床腿上的绳子,绳动铃响,外面的人可以询问他需要的东西,然后送给他。夫人谢氏亲自开设当铺,隔着帘子收取别人送来典当的物件并估出价钱,左手拿着算盘,右手握笔做笔录。年纪大的仆人只跑些外面的事情罢了。由此积存财货发了家。夫人常因比不上两姘娌显贵而感耻辱。关闭三年,李善迁终于考上进士,妻子高兴地说:"三个蛋两个都孵出了小鸡,我以为你是一个孵不出小鸡的蛋呢,现在也破壳啦!"

进士耿崧生也是章丘人。夫人每天夜里都点着灯纺麻陪着他读书,纺麻的人不停工,读书的人也不敢休息。偶尔有朋友旧交来看望他,夫人就在外面偷听他们的谈话,如果谈论的是诗文的话题就给他们煮茶准备饭菜;若是随便开玩笑,谈些不伦不类的话,那么就恶声恶气地下逐客令。耿生每次考试,若取得一般成绩,就不敢进家门;如果得了超等成绩,妻子才笑脸相迎。耿生教书所得酬金,全交给夫人,丝毫不敢偷留下一点儿。所以东家馈赠东西,他总是当面计较清楚钱数。有的人嘲笑他太小气,却不知道他回去交账又是何等的艰难。后来,他被岳父家请去教小舅子。这一年小舅子考进了县学,岳父酬谢十两银子。他收下钱匣子退回了银子。夫人知道了说:"他虽然是亲戚,但是教书讲学是一种口舌的劳作,应该收取报酬。"到底追回来送礼的人而要下十两银子。耿崧生不敢和她争辩,但内心总觉得对岳父很抱歉,考虑私下攒点钱设法补偿给岳父。于是每年教书的酬金数目向夫人总是少交一点儿。积攒了两年,有若干两。忽然夜里梦见一个人告诉他说:"明天去登高,十两银子就能凑够。"第二天,出门登高眺望,果然拾到了几两银子,恰好是他所缺的数额,便偿还给岳父。后来耿崧生考中了进士,夫人还是呵斥责骂他。耿崧生说:"现在我已经做官了,怎么还能像以往一样对待我?"夫人说:"俗语说:'水涨船高。'即使你做了宰相,难道就比我大了吗?"

天 宫

　　京城有个郭生，二十多岁，容貌俊美，一表人才。有一天傍晚，有个老妇人送给他一杯酒，他对无缘无故送一杯酒给自己感到奇怪，老妇人笑着说："不用问为什么，只管喝了它，然后必然有美好的境遇出现。"说完老妇人便走了。郭生揭开杯子盖轻轻一闻，酒香浓烈，于是把酒喝了下去。忽然间，他酒醉不醒，昏昏沉沉的什么都不知道了。

　　等到醒过酒来，他就发现和一个人枕在一个枕头上睡觉，用手一摸，皮肤光滑得像涂了香脂，一股浓重的香气散发出来，原来是一个青年女子。郭生问她话，她不回答。郭生于是和她交欢。完事后，郭生用手一摸墙壁，墙壁全是石头，隐隐约约有点土气味，很像坟墓。他吃惊，怀疑自己被鬼魂迷住了，便问女子："你是哪路神仙？"女子回答："我不是神，是仙人。这是仙人的洞府。我和你有前世姻缘，你不必惊讶，只需耐心地住在这里。往里再进一道门，有个透光的地方，可以到那解手。"接着女子起身，关上门走了。待了很长时间，郭生感到有点肚子饿，于是就有个女童送来面饼、鸭汤给他吃。洞府中漆黑一片，他也不知道是黑夜还是白天。没过多久，女子来睡觉，才知道是晚上了。郭生说："白天看不见太阳，夜里见不着灯火，吃东西也不知道从哪下口，长此以往，那么嫦娥和罗刹有什么不同，天堂和地狱有什么区别！"女子笑着说："这是因为你是世俗中人，爱多说话容易泄密，所以不想让你看见我的样子。况且即使在黑暗中摸索，漂亮和丑陋也可以分得出来。何必要用灯烛？"过了几天，郭生感到非常烦闷，多次请求暂时回家。女子说："明天晚上我和你到天宫游玩一次，然后就分别。"

　　第二天，忽然有个小丫鬟提着灯笼来了，说："娘子等候你很久了。"郭生跟着她走出了洞府。在星斗的光亮之下，见有无数的亭台楼阁。经过几道曲曲折折的画廊，才来到一个地方，堂上挂着珍珠帘幕，点着大红蜡烛，照得厅堂里如同白天一样。走进厅堂，只见一个美人脸朝南坐着，二十岁左右，华贵的锦绣长袍耀入眼目。头上的首饰嵌着颗颗明珠，沿着凤冠的周围垂下来，随着动作摇来摇去。地面上都点着小蜡烛，连裙子底下的金莲都照得清清楚楚。这位真的是天仙啊！郭生神魂颠倒，惊慌失措，下意识地跪了下去。美人叫丫鬟扶起并让他就座。一会儿，罗列着山珍海味的宴席准备好了，美人给他敬酒说:"喝了这杯酒以后,便送你回去。"郭生鞠躬说:"以前我有眼不识泰山,对面不识仙人,实在惶恐后悔。如果能让我自己赎罪的话,希望你收我做个忠贞不贰的奴仆。"美人对丫鬟微微一笑,就让她们把酒席搬到卧室里去。卧室里挂着丝线穗子装饰过的丝绸绣帐,锦被缎褥温香滑软。女子让郭生坐到床上。喝了两杯酒后,女子一再说:"你离家这么长时间了,暂时回家看看也没关系。"一更已尽,郭生还不提回家的事。女子叫丫鬟点上灯笼送他走。郭生不说话,假装喝醉了睡在床上,丫鬟们推他,他也不动。女子叫丫鬟脱光他的衣服。一个丫鬟拨弄他的私处,说:"这个男人的容貌长得很温雅,这东西怎么一点儿也不斯文!"丫鬟们把他抬到床上,大笑着走了。女子上床睡觉,郭生才转过身。女子问:"你喝醉了吗?"郭生说:"我哪里醉了,见到仙人,神魂颠倒罢了!"女子说:"这里是天宫,天不亮你就要早点离开。如果嫌洞府中憋闷,不如及早分别。"郭生说:"现在夜里有名花陪伴,闻着她的香气,摸着她的玉肌雪肤,却苦于没有灯火,不能一瞻仙姿,这种情形叫人怎么忍受得了?"女子笑了,答应给他点灯。漏声表明已经四更,女子叫丫鬟提着灯笼抱着衣服把他抬回洞府。进到洞里以后,他看见洞中的彩绘十分精美,睡的地方铺的皮褥棕革的毡毯足有一尺来厚。郭生脱了鞋子抱过被子盖上,丫鬟迟疑着不想离开。郭生定眼注视着她,发现她很有风韵,便开玩笑说:"说我不斯文的是你吧?"丫鬟笑了,用脚踢着他的枕头说:"你应睡倒了!不要再多说。"他一看丫鬟的鞋尖上嵌着豆子大的珍珠,便抓住脚拉她,丫鬟倒在了他的怀里,两人就交合起来,丫鬟忍受不了痛楚而呻吟着。郭生问她:"你多大了?"她笑着回答:"十七岁。"郭生又问:"处女也懂得调情吗?"她回答:"我不是处女,只是有三年没干这事了。"郭生便向丫鬟打听仙人的姓名和乡籍排行。丫鬟说:"不要问,既不是天上,也与人间不同。你要是非得知道准确消息,恐怕会死无葬身之地。"郭生也就不敢再问。第二天晚上,那女子果然拿着灯烛来了,和他一起睡觉吃饭,而且常常如此。一天夜里,女子说:"本来希望能结百年之好,想不到人情多变,现在要清除天宫,没办法再留你了。请让我敬上这杯酒和你告别吧。"郭生难过地流下了眼泪,要求女子能送他些胭脂之类的化妆品做纪念。女子不同意,只送给他一斤黄金,一百颗珍珠。郭生喝完三杯酒以后,忽然昏昏沉沉地醉倒了。

醒来以后，他觉得四肢像被捆绑着一样，缠绕得很密，腿伸不开，头也伸不出来。他用尽力气翻滚转侧，晕头晕脑地掉到床下。伸出手一摸，原来是被一床锦被像口袋一样包着，外面还用细绳捆住。他挣脱捆绑从包裹里出来，便坐着仔细回想这是什么地方，隐约地看到了床榻和窗户，才知道仙人已把他送回到自己的书斋里。当时他已离家三个月了，家人以为他已经死了。郭生开始不敢明白地向别人讲述这段经历，怕被仙人责怪。但还是暗暗怀疑不是天宫。私下里他把个别情节告诉了至交好友，没有人能猜测出其中的奥秘。被子放在床上，满屋充满了香气，把被子拆开来看，原来被子是最好的湖棉里面加进香屑缝制而成，便将它珍藏起来。后来有个大官听说这件事后详细地盘问他，然后笑着说："这是有人在耍弄晋惠帝的贾皇后当年玩过的旧把戏，仙人怎么能干出这种事呢？即使是这样，这件事也应该绝对保密，泄露出去，会使家族毁灭。"有个巫婆曾经出入过贵人之家，说郭生所讲述的楼阁形状，和权贵严嵩的儿子严东楼家极其相似。郭生听说后，吓得要死，带着全家逃往外地。没过多久，严某被嘉靖皇帝杀了。这时郭生才回来。

异史氏说："高楼亭阁模糊不清，若隐若现，奇异的香气弥漫帏帐，女奴们迈着小步行走，她们的鞋尖上还嵌着明珠。如果不是放纵荒淫的权贵，骄横奢侈的豪门，怎么会有这种排场呢？那些与妇人交合后用的白绫巾扔下后，原来金屋所藏的娇女，变为长门怨妇；唾壶未干，过去柔情蜜意耕出的情田如今已长满了茂草。被抛弃独守空床，日日伤怀，只好暗烛偷情而博取销魂一刻光阴，令人伤心欲绝。她既在玉台之前不展愁眉，又在宝幄之内妄自凝眸。便让喝醉了酒的郭生走进天宫，误把温柔乡中百般媚态的荡妇当成了仙女。严氏的家丑不足为耻，而盛畜姬妾，却让她们独守空房的人，也足以以此为鉴。"

乔　女

平原人乔生，他的女儿又黑又丑，还豁了一个鼻孔，瘸了一条腿。乔女已经二十五六岁了，还没有来提亲的。县里有个穆生，四十多岁时死了妻子，家里穷，没钱续娶，便聘娶了乔女。三年后，乔女生了一个儿子，没过多久，穆生死了，家境更加萧索。家中非常贫穷时，乔女便请求母亲的帮助，母亲很不耐烦。乔女也生气了，以后再也不回娘家，只靠纺纱织布维持生活。

有个孟生死了妻子，留下一个儿子叫乌头，才一岁。由于没人喂养孩子，

孟生着急续娶后妻，但是媒人给他介绍了几个，他都相不中。忽然看见了乔女，非常满意。私下里传口风暗示乔女。乔女推辞了，她说："家里穷困到挨饿受冻的地步，若跟了官人吃饱穿暖，哪有不愿意的道理？但是我生得丑陋又有残疾，实在比不上别人，我值得自信的只有品德，况且又嫁两个男人，连德也有亏了，官人能看上我哪一点呢？"孟生更认为乔女贤惠，更加敬佩她，让媒人拿着很重的礼金去劝她母亲。她母亲特别高兴，亲自到女儿家去说服她。乔女守节的志向不改变。母亲对孟家表示不好意思，愿意把小女儿嫁给孟生，孟家人都很高兴，但孟生却不同意。没过多久，孟生得急病死了。乔女很伤心地去给孟生吊丧，极尽哀思。孟生本来没有近亲和本家，他死后，村里的无赖都来欺负他家，家里的什物用具被抢劫一空，他们还策划瓜分他的财产土地。家里的仆人也都偷了东西离开了孟家，只剩一个老太婆抱着孩子躲在帷帐里哭。乔女问明情由，气愤不平。听说孟生与林生是要好的朋友，就亲自到林生家，对他说："夫妇、朋友，在人伦中占有很重要的地位。我因为生得丑陋，被世人瞧不起，唯有孟生理解我，他生前的求婚虽然被我坚决拒绝，但在心里却把他当作知己。他现在死了，孩子年幼，我理所应当用自己的行为报答知己。可是要保护他的儿子容易，对付外人的欺凌困难，他又没有父母兄弟出面，别人，尤其是朋友，坐看他子死家灭而不救，那么在五伦中就可以不再要朋友了。我没有更多的要求麻烦你，只求你替我写张状纸告到县令那里，抚养孤儿的事，是我不可推卸的责任。"林生说："可以！"乔女告别林生回来。林生想按乔女的意见写份状纸告到县令那里，那群无赖知道后大怒，都说要用刀子和他寻仇，林生非常害怕，关上门不敢再出来。乔女等了好多天没有音信，等到她再一打听，孟家的财产田亩已经被人瓜分光了。

乔女非常气愤，挺身亲自去找县令。县令问她是孟生的什么人。乔女说："大老爷掌管一县百姓的命脉，您所依据的是公理。如果我说的是谎话，即使是至亲也难逃罪责。如果我的话合乎情理，即使是过路人的话也可以听信。"县官生气乔女的话顶撞了他，大声斥责后把她赶了出来。乔女满怀冤屈无处申诉，便到那些官绅家哭诉。有一个士绅听了，认为她很讲义气，代她和县令说明原委，县令经过审查，果真像乔女说的那样，于是彻底惩治了那群无赖，把他们抢去的东西全部归还孟家。有人提议让乔女住孟家的房子抚养孤儿乌头，乔女坚决不同意。她锁上了孟家的门，让老太婆抱着乌头跟她回自己家，把她们安置在一间房子住下。凡是乌头平常所需用的东西，就和老太婆一起回孟家开门去取，粮食等物由她亲自操办和处理，自己丝毫不贪占一点儿，领着儿子过着从前一样清苦的日子。

过了几年，乌头渐渐长大了，乔女请老师教他读书，叫自己的儿子学种田。老太婆劝她让儿子跟乌头一起读书。乔女说："乌头的费用是他自家的，我花人家的钱教自己的儿子读书，我报答乌头他父亲的心迹怎能表白清楚？"又过了几年，乔女给乌头积攒的粮食有好几百石，又给他娶了一个名门望族的女子过来，修理了他家的房子，让乌头住回他家的房子。乌头哭着要求乔女搬过去和他住在一起，乔女同意了，就跟他一起居住，但是她还和从前一样纺线织麻。乌头夫妇拿走了纺织工具，乔女说："我们娘儿俩坐在这里吃闲饭，怎么能心安理得呢？"乔女便早晚替他管理家业，让她儿子在田间巡回察看，像当雇工一样。乌头夫妇如果有小的过错，她就责骂毫不留情，要是他们不肯悔改，她就不高兴要搬回去。夫妻俩跪在地上保证以后不再重犯，她才不离开。没过多久，乌头考进了县学，她又想告辞回到自己家去。乌头不让，拿出礼金给乔女的儿子娶了妻。乔女又让儿子媳妇搬回去住。乌头留不住，暗中派人在穆家附近的村子里给乔女的儿子买了一百亩土地，然后送他回家。后来乔女病了，要回到儿子那边去，乌头不让回去。乔女病重了，她嘱咐乌头说："一定要把我葬到穆家。"乌头答应了。乔女死后，乌头私下里送些钱给乔女的儿子，打算把乔女与孟生合葬。到出殡这天，棺材重得三十个人都抬不动。乔女的儿子忽然倒在地上七窍流血，自言自语地说："不孝顺的儿子，怎么能随便出卖自己的母亲！"乌头也害怕了，跪拜祈祷请求宽恕，乔女的儿子才好了。乌头便又把棺材停放在家几天，直到把穆生的坟墓修好，才将乔女合葬在穆生的墓穴里。

异史氏说："为了报答知己对自己的理解之情，答应把一生的精力献出，这本是性情刚烈的男子汉应该做的。乔女并没有受到高深的教育，而她的行为怎么会如此雄奇伟大呢？如果遇到善于辨别马的九方皋，一定会把她看成一个男子汉。"

神 女

  米生是闽地人，讲故事的人忘了他的名字和籍贯。他偶然一次到郡城，喝醉了，路过闹市时，听到一处大宅院里响着雷鸣一样的箫声和鼓声，就问当地人，说是办生日宴会，但门前很冷落。再一听，里面的音乐奏得更加热烈，吹拉弹唱，一浪高过一浪。因在醉中，米生特别喜欢，于是也不问主人是谁，就在街头买了贺礼前去拜访。到了门前，米生递进一张自称晚辈字样的名帖。有人见他衣着简陋，就问："你是这家的什么亲戚？"米生回答道："没有亲戚关系。"那人便说："这户人家不是当地的，侨居在这里。不清楚是什么官，但看上去很有身份。既然不是亲戚，你到这里做什么？"

  米生听了很后悔，但名帖已经递进去，想走也不行了。这时，两位少年出来迎客，只见他们绮丽的衣着耀人眼目，气质高雅，风采过人。行了一礼，二人请他进去。

  米生进了门，只见院中一位老人面向南坐着，东西两面摆着几桌酒案，有六七位客人，看上去都像是贵族世家。看见他，众人都站起来施礼。老人也拄着手杖站起来。米生站着，等老人过来好行礼，但老人却始终没有离开席位。两位少年说道："家父年老体衰，迎来送往很困难。让我们兄弟代谢您的光临。"米生再三谦谢，兄弟俩才作罢。

  于是又增加一席，紧挨着老人那一席。不一会儿，有女子在下面演奏。座位的后面，有玻璃屏风，用来挡住女眷。音乐大作，客人也难以交谈了。宴会将要结束时，两位少年站起身，分别用大杯向客人敬酒。那杯子太大了，能装三斗酒。米生感到为难，但看客人都接受了，也只好接受了。接着他又四面一看，主人客人全喝干了。米生只得也喝干了。这时，两少年又来斟酒，米生觉得困极了，就站起身要离开。少年硬拉着他的衣襟拦住，想不到他大醉了，竟躺倒在地上。直到觉得有人往自己脸上洒凉水，米生才恍惚一觉醒来。起身一看，客人早已散了，只剩一位少年扶着他的手臂送他，于是告别回家。以后，米生又到这里来，但人已经搬走了。

  从郡城回来后，一次米生去集市，看见一个人从酒馆里出来，邀请他去喝酒，看看，并不认识，姑且跟着他进了店铺，进去一看，见自己的街坊鲍庄已经先在那儿了。于是米生问鲍庄那人的情况。鲍庄说："那人姓诸，是集市上磨镜子的。"米生又问姓诸的，怎么认识自己的。姓诸的说："前些日子祝寿的那个人，你认识吗？"米生说不认识。姓诸的说："我对他们家很熟。那老人姓傅，但不知道是哪里人，什么官。你去祝寿时，我正坐在堂下，因此认识你。"三人直喝到日落西山才分手。这一夜，鲍庄在回家的路上被人杀了。

鲍庄的父亲不认识姓诸的，就指名状告米生。经检查，鲍庄身上有重伤，因而就以谋杀罪把米生抓了起来，上枷带锁，饱尝苦头。由于抓不到姓诸的，案子不能审结，只能先把他关起来。直到一年多以后，巡按御史视察地方得知他的冤情，才把他放了出来。这时，家中一切都已变卖了，秀才的身份也被取消了。寄希望向上申诉将来洗清罪名，恢复身份，于是米生打点了行李到郡城去。日落西山，步履困难，他就在路旁休息。远远来了一辆小车，跟着两位使女，车子已经过去了，又忽然停住。不知车中人说了些什么，就见一位使女走来问道："你是不是姓米？"米生很惊奇，忙站起来说是。使女又问他怎么贫困到了这步田地。米生就讲了原因。使女回到车旁讲了，又回来叫米生到车跟前来。车中人用纤纤细手掀起帘子，米生抬眼一望，竟是一位绝代佳人。她说道："你不幸遇到飞来的灾祸，真为你叹息。现在的学政衙门，空手是行不通的。路途上没有什么好送给你的……"说着她从头上取下一枚珠花，送给米生说："这东西可卖一百两银子，请你好好收藏着。"米生跪拜下去，并想问问她的来历。但车子走得很快，转眼间已经很远了，无从知道她是谁了。但就珠花推想，上缀明珠，绝不是凡间的东西。米生就小心翼翼地珍藏着，继续赶路。

到了郡城，米生递上状子，苦于上下勒索，又身无分文。他拿出珠花来看看，怎样也舍不得卖，只好回家去了。他回到家乡，家已经没有了，只能寄居在哥嫂家。多亏哥哥通情达理，多方为他谋算，使他不因贫困而放弃学业。

过了一年，他到郡城参加秀才考试，迷了路，错走到深山里。此时正是清明节，游人很多。只见几位骑马女郎走过来，有一位正是去年送珠花的女子。她看到他后停下马，问他到哪里去。米生回答说参加秀才考试。女郎非常惊讶，说："你的功名还没有恢复吗？"米生神情凄凉地从怀中拿出珠花说："我不忍心将它卖掉，所以到现在还是童生身份。"一抹红晕浮上女郎面颊，停了一下，女郎吩咐他在路边等着，便身姿婀娜地离开了。

过了很长时间以后，一位婢女骑马奔来，把一包东西交给他，说："娘子说：今天学使大人门庭若市，送你二百两银子，作为疏通之用。"米生推辞道："娘子给我的恩惠太多了！我自料考试还有把握，如此重金实在不敢接受。只请你告诉我娘子的姓名，我要为她画像，焚香供奉，就心满意足了。"婢女不理，把包裹撂在地上就走了。他从此用度充足。然而米生生性不愿意逢迎讨好，也就免掉了上下疏通的花费。后来，他以第一名恢复了功名，就把银子给了哥哥。哥哥善于经营，三年后，家业又都恢复了起来。

恰巧福建巡抚是他祖父的学生，对米家特别照顾，兄弟俩都成了巨富人家。但他生性清高耿直,虽然和在位大官是世代交情,却从不去拜访走动。一天,有位身着盛装骑着马的客人来到家门,竟没有人认识他。米生出来一看,竟是傅公子。米生行礼请进,两人互致问候。米生要摆酒设宴,傅公子推辞说太忙不打搅了,但又没有要走的意思。不一会儿,酒菜都备好端上,傅公子却起身说有事相告,米生就和他一块儿进到内室。一到内室,傅公子就跪拜下去,伏在地上。米生很惊讶,忙问:"怎么回事?"傅公子悲伤地说道:"家父刚遭大祸,有求于巡抚大人,这事非你不可。"米生立刻拒绝道:"我和他虽然世代交情,但因私事求人,我生平从不干。"傅公子依然跪在地上,哀求哭泣。米生厉声说:"我和公子,只是喝过一次酒的交往,为什么竟要逼着我丧失气节!"傅公子惭愧极了,只得起身告别。

第二天,米生正独自坐着,忽见一个丫鬟进来,一看,正是山中送银子的婢女。米生惊讶地站起身,丫鬟说:"你还记得珠花吗?"米生连说:"当然,当然,从不敢忘。"丫鬟说:"昨天来的公子,就是娘子的胞兄。"米生听了,心中暗喜,假装说:"这很难让人相信。如果能亲见娘子前来说一声,就是油锅我也敢跳。不然,不敢遵命。"丫鬟婢女转身出去,上马飞奔而去。

到了夜半的时候,丫鬟敲门进来,说:"娘子来了!"话未落,女郎一脸悲伤地走了进来,面对墙哭着,一言不发。米生拜倒说:"若不是你,我不会有今天。只要有吩咐,敢不竭尽全力?"女郎说:"被人求的人常常骄横对人,求人的人常常怕人。半夜奔波,一生中哪里受过这份苦,只是因为怕人的缘故,还有什么好说的!"米生忙宽慰说:"我之所以没有马上答应,是怕错过机会而再见你就难了。让你半夜奔波,我知道是自己的罪过。"说着米生挽住她的袖子,抬手暗暗抚摸。女郎很气愤,说:"你真不是个正人君子!全不顾当初的恩义,竟想乘人之危!我错了!我错了!"说完,女子愤然出门,上车要走。米生忙追上请罪谢过,跪在地上拦着。丫鬟也为他求情。女郎的情绪才略有好转,就在车中对米生说:"实话告诉你:我不是凡人,是神女。家父是南岳都理司,偶尔失礼于地官,将被上奏天帝,非本地官的官印,则无法解救。你如果不忘以前的恩义,就用黄纸一张,替我盖上巡抚的官印。"说完,女子就驱车走了。

米生回家后,害怕担心不已,就借口要驱邪,告诉巡抚要盖官印。

巡抚觉得这事像巫术，没答应。米生就用重金贿赂巡抚的心腹，心腹虽然答应了，却一直没有机会。米生只好先回来。丫鬟等在门前，米生讲了经过，她什么也没说就走了，样子像是怨他不尽心。米生追上去送她，说："回去告诉娘子，如果事情不成，我会以性命报偿的。"到家后，米生翻腾一夜，也想不出什么办法来。偶然听说巡抚大人的爱妾正在买珠宝，米生就把珠花送上，这位爱妾高兴极了，就偷出官印给他盖上了。刚拿回家，正碰上丫鬟来了，米生就笑着说："幸好不辱使命。可是多年来，就是在贫困要饭时都不愿意出让的东西，今天到底为了它的主人而被舍弃了！"于是米生把情况讲了，并说："黄金扔了，我不会可惜，告诉娘子，珠花是一定要偿还的！"

几天后，傅公子登门道谢，并带来一百两黄金。米生很生气，说："我之所以这么做，是因为令妹无私地帮助我，不然的话，就是万两黄金也不能改变我的气节！"傅公子强行要他收下，米生声色俱厉，傅公子很难堪地离开，说："事情不算了结。"

第二天，丫鬟奉女郎派遣，带了百颗明珠前来，说："这些足够赔偿珠花了吧？"米生说："我看重的是花，而不是珠子。假如当时送给我的是价值万金的珍宝，我只要卖掉做个富翁就行了。但我宁可怀有它而甘于贫贱，为什么呢？娘子是神人，我哪里敢有什么其他想法，有幸能够报答大恩的万分之一，就死而无憾了。"丫鬟把珠子放在桌子上，米生就对明珠拜了拜，拜后坚决不要。

几天后，傅公子又来了。米生吩咐准备酒菜，傅公子就让自己的随从到厨房去做。两人放开酒量，大喝一场，你欢我笑，如同一家。有人送给米生一种苦糯酒，傅公子认为甘美极了，一喝就是上百杯，脸都红了。傅公子对米生说："你是一位正直无私有气节的人，我们兄弟不能早一些认识你，真是比妹妹都不如。家父感谢你的大恩德，没有什么可报答，就想把妹妹嫁给你，只担心因人神两界而使你不满意。"米生又喜又惊，不知该说什么好。傅公子临别时又说："明天是七月初九，新月如钩，星如拱辰，天上织女有小女儿要下嫁，是吉日，你把新房准备好。"

到了第二天晚上，果然如约将女郎送来，一切都和常人一样。三天后，女郎对兄嫂一家甚至仆人都有赠送和赏赐。她又非常贤惠，对待嫂子就像对待婆婆一样。因几年没有生育，她就劝米生再娶妾，米生不肯。碰巧米生的哥哥因做生意到江淮，替他买了个少女带回来。少女姓顾，小名博士，长得清秀甜美，米生夫妇都挺喜欢。博士头上戴着朵珠花，很像当年的那枝。米生摘下一看，果然是，他觉得很奇怪，就问她。博士回答说："当年有位巡抚的爱妾死了，她的婢女偷出来卖，我父亲觉得便宜，就买了。我很喜欢它。父亲没儿子，只生我一个，所以，要什么都给。后来父亲死了，家业衰败，我就寄居在顾婆家。顾婆算是我的远房姨娘。见珠花，屡屡要卖，我跳井寻死不答应，所以才保存到今天。"

米生夫妇非常感慨，说："十年前的东西，现在又回到原主人手中，真是定数啊！"女郎又拿出另一玫珠花，说："这件东西很久没伴了。"于是她将珠花赐给博士，并亲手给博士戴上。

博士退下后，就详尽地打听女郎的家世，家里人都不直说。博士就悄悄对米生说："我觉得娘子不是凡人，她的眉目之间有神气。昨天给我戴珠花时，离得很近，我发现她的美丽是内里发出的，而不是像凡人那样以表面长得好看见长。"米生笑笑。博士又说："你别说，我准备试探试探：如果她是神，只要有愿望，在没人的地方焚香求告，她一定能知道。"

女郎的绣袜特别精美，博士非常喜欢，但从没敢说，于是就在自己房中焚香祷告，诉说这个愿望。女郎早上起来，突然翻开箱子，找出袜子，叫丫鬟送给博士。米生笑了起来，女郎就问缘故，米生一一说了。女郎笑道："这婢子好狡黠！"博士聪慧，女郎更加喜爱她了。但博士更加恭谨，每天早上一定沐浴焚香才来行礼问候。

后来博士一胎生了两个男孩，两人就各带一个。米生八十岁时。女郎依然像少女。米生病了，女郎亲自监工做棺材，比一般的大一倍。米生死了，女郎也不哭，等其他人走开了，女郎就进入棺中也死去了，于是一同安葬了。至今还有人传说那是一座"大棺材坟"。

异史氏说："女郎确是神女，而博士却能认出她是神人，这依据了什么法术呢？可见人的聪明智慧，原来有超过神的！"

湘　裙

晏仲是陕西延安人，和哥哥晏伯住在一起，二人友爱和睦，感情深厚。晏伯三十岁时去世，没有儿女。不久，他的妻子也去世了。晏仲哀悼思念之际，常想生两个儿子，把一个儿子作为哥哥的后代。可是他刚生了一个儿子，妻子就死了。因担心后妻对儿子不好，晏仲就准备买个小妾算了。

邻村有人要卖婢女，晏仲就去看，没有中意的，他情绪很坏，被朋友请去喝酒，大醉而归。半路上，遇到读书时的同窗梁生，拉着他的手很殷切，请他到家中去。因为酒醉，晏仲也忘了梁生已经死了，跟着就去了。到了一看，他家不是原来的样子，觉得奇怪就问他。梁生回答说："才搬的。"进门后要喝酒时，梁生才发现家中自酿的酒已经没有了。他让晏仲先坐着，自己拿了瓶子去买酒。

晏仲走到大门口去等,就见一个妇人骑着驴经过,有个孩子跟着,年龄有八九岁,那眉目神态,极像他的哥哥。晏仲心中一动,忙跟了上去,问那孩子姓什么。孩子说姓晏。晏仲更加惊奇,又问孩子的父亲叫什么,孩子说不知道。说着话,已经到了孩子的家,那妇人下驴进去了。晏仲就拉着孩子的手问:"你父亲在家吗?"孩子答应着就进家了。

过了片刻,一个年纪大的妇女探出头观望,竟是他嫂子,很惊讶,晏仲怎么来了。晏仲很是悲伤,随着嫂子进了门。见房子重新收拾过,齐齐整整。就问哥哥去哪了。嫂子回答说:"要债去还没回来。"晏仲问:"骑驴的是什么人?"嫂子说:"你哥哥的妾甘氏,生了两个男孩。大的叫阿大,到集上还没回来,你见到的是阿小。"

坐的时间长了,酒渐渐醒了,晏仲才意识到见的都是鬼。由于兄弟情深,也就不怕了。

这时,嫂子正在温酒做饭。晏仲急着想见哥哥,就催着阿小去找。过了很长时间,阿小哭着回来了,说:"李家欠债不还,还跟父亲闹。"晏仲一听,跟着阿小跑去了。见两个人将哥哥推倒在地上,晏仲怒从心起,挥起拳头冲了过去,敢阻拦的,都被打翻在地。晏仲将哥哥救起来,坏人却跑了。晏仲追上去抓住一个,一阵痛打才放手。晏仲起身抓住哥哥的手,跺脚大哭,很是伤心,哥哥也哭了。

到家后,全家都来安慰,收拾好酒菜,兄弟俩举杯庆贺。没多久,一个少年进来,有十六七岁。晏伯叫他阿大,要他拜见叔父。晏仲拉住他,哭着对哥哥说:"大哥地下有两个儿子,却没有人扫墓;弟弟我儿子少又单身,怎么办啊?"晏伯神情也很凄凉悲哀。嫂子对他哥哥说:"让阿小跟他叔去,不就行了吗?"

阿小听了,依偎在叔叔的肘下,眷恋着不愿离开。晏仲抚摸着他,更加辛酸。晏仲问:"你乐意跟我去吗?"阿小说:"乐意。"心想鬼虽不能算人,但有了总比没有强,好歹是个安慰,心情也就好了些。晏伯说:"带去后,不要娇惯,多给他吃些血肉食物,在中午阳光中暴晒,直到中午过后才可以停止。他现在六七岁的孩子,经过春夏两季,肉和骨头就会形成,也能娶妻生子,只是恐怕活不长而已。"

说话间,有少女在门外听着,情态温顺柔婉。晏仲猜想是哥哥的女儿,就问。晏伯说:"她叫湘裙,是我小妾的妹妹。孤身一人,无家可归,就寄养在这,已有十年了。"晏仲问:"是否已有人家了。"晏伯说:"还没有。近来有媒人提说东村的田家。"少女在窗外小声说:"我不嫁田家放牛娃。"晏仲很动心,但不好明说。过了一会儿,晏伯在书房中支了床,留弟弟过夜。晏仲本不愿留,但心中留恋湘裙,想探探哥哥的意思,于是就留了下来。

当时正是初春天气,还比较冷,书房中又从不生火,寒气逼人,面对孤灯独坐,晏仲很想喝杯酒。正想着,阿小推门进来,把杯羹斗酒放在桌上。晏仲高兴极了,问是谁弄的这些。阿小回答说是湘姨。酒快喝完时,阿小又将火盆放在床下。晏仲问:"你爹娘睡了吗?"阿小回答说:"早已睡了。"晏仲问阿小睡在哪儿。阿小回答说:"和湘姨一块儿睡。"等他睡下了,阿小关门离开。

晏仲心想湘裙既贤惠又善解人意,更加爱慕。又因为她能照顾阿小,晏仲要她的念头更坚定了。他翻来覆去,一夜都没睡着。

早上一起来,晏仲就对大哥说:"我孑然一身,没有伴偶,拜托大哥多留心。"晏伯说:"咱们家也不是那种只有一瓢一担家当的人,想找自然有的是。但地下即便有佳人美女,恐怕对弟弟也没什么好处。"晏仲说:"古人也有娶鬼妻的,有什么不好?"晏伯似乎明白了弟弟的意思,就说:"湘裙还不错。只要用一根大针刺她的人迎穴,如果流血不止,就可以嫁给世上人做妻子。哪能随随便便行事呢?"晏仲说:"只要湘裙能抚育阿小,也就行了。"晏伯摇头。晏仲反复求个不停。嫂子说:"把湘裙叫来刺一下看看,不行就算了。"说着嫂子就拿着针往外走。一出门碰上湘裙,伸手抓住手腕,竟然血迹斑斑。原来,湘裙听了晏伯的话,早已自己试过了。嫂子笑着放开手,进房告诉晏伯说:"她早已有主意了,还用得着你替她操心吗?"湘裙姐姐一听,很是愤怒,冲到湘裙跟前,手几乎戳到湘裙眼睛上,说:"淫荡贱妇不知羞!想和小叔私奔吗?我决不让你如愿。"湘裙又羞又气,痛哭寻死,全家都闹翻了。晏仲觉得很没意思,就告别兄嫂,领着阿小回家了。晏伯说:"你先回去。不要让阿小再回来,怕伤了他的生气。"晏仲记下了。

回去后,晏仲往大里虚报阿小的年龄,说是哥哥卖掉的婢女所生的遗腹子。大家见孩子极像晏伯,也就信了。

晏仲教阿小读书,总是让他在中午时抱着书暴晒在日光下读。开始很痛苦,时间长了也就习惯了。酷暑六月,桌椅烫人,阿小边读边玩,一点儿也不抱怨。阿小聪明,一天能看半卷书,晚上和叔叔一起睡觉时,竟都能背出来。晏仲很宽慰。因忘不了湘裙,所以也就不再想重娶的事了。

一天,有两个媒人来为阿小提亲,因家里无主妇,晏仲心里很是焦躁发急。突然间，哥哥的妾甘氏来了，说："阿叔别奇怪，我送湘裙来了。先前因为这丫头太不知羞，所以我有意羞辱她一下。阿叔这样一表人才的不跟，还能跟什么样的呢？"看到跟在后边的湘裙，晏仲很是高兴，忙请甘氏坐。因前面有客人，就告诉甘氏，自己先去周旋一下。随即又反回身，但甘氏已经走了。湘裙也已换衣服下到厨房里，厨房里响起一片切菜做饭声。工夫不大，饭菜就一一端了上来，可口宜人。

　　送走客人，晏仲进来一看，湘裙已收拾得整整齐齐端坐在房中，于是两人就相拜成亲。到了晚上，湘裙仍打算和阿小一块儿睡。晏仲说："我正在用阳气温润他，他还不能离开我。"于是晏仲就让湘裙单独住在一间屋子里，只是在晚上去喝杯酒欢聚一下。

　　湘裙对晏仲前妻生的孩子就像自己生的，使晏仲更觉得她贤惠无比。一天晚上，两人意好情浓时，晏仲开玩笑说："阴间也有美人吗？"湘裙想了好一阵子，说："没见到过。只有邻房葳灵仙姑娘，大家都说她美。但我看也不太出众，只是很会收拾打扮罢了。我和她交往很长时间，心里很看不上她的放荡。你如果想见她，马上就可以把她叫来。但这种人，还是不见的好。"晏仲急着想见。湘裙提笔准备写信，但随即又扔下笔说："不行，不行。"晏仲再三要求，她就说："千万不要被她迷住。"晏仲答应。湘裙就裁纸画了几幅画一样的符，在门外烧了。不一会儿，门钩有响声，帘子掀动，听到哧哧的笑声。湘裙起身拉进一个人来，高高的发髻，流行的式样，就如画中人。

　　湘裙扶她坐在床头，一起举杯互相问候。那女人刚见到晏仲时，还用衣袖掩着口，不随意说什么。几杯酒过后，则又笑又闹亲热过分，一点儿禁忌也没有。渐渐地，她竟伸出只脚来踩晏仲的衣服。晏仲意乱神迷，像是丢了魂一样。但碍于湘裙在跟前，而湘裙也有意提防，一刻不离左右，葳灵仙突然起身，掀开帘子往外走，湘裙跟在后面，晏仲也跟了出来。葳灵仙就拉住晏仲的手，快步走到其他房里。湘裙恨极了，但又无可奈何，气愤地回到自己房里，只能由他们去了。

　　过了一会儿，晏仲回来了。湘裙责备说："不听我的话，只怕以后想拒绝也办不到了。"晏仲认为湘裙嫉妒，两人不欢而散。

　　第二天晚上，葳灵仙不请自来。湘裙讨厌她来，很不礼貌地对待她，葳灵仙却拉着晏仲一块儿出去了。一连几个晚上都是这样。湘裙看见她来就骂她数落她，但她却依然如故。

　　就这样过了一个多月，晏仲就病得卧床不起了，这才后悔，叫湘裙和自己睡在一起，希望能避开葳灵仙。但无论白天晚上，只要稍有疏忽，晏仲和葳灵仙就已交欢上了。湘裙拿棍子赶她，她很气愤，就和湘裙对打，湘裙体弱，手上脚上都被她打伤了。晏仲的病越来越重，湘裙哭道："我怎么见我姐姐啊！"又过了几天，晏仲就昏死过去了。

　　晏仲刚死时，见二个差人拿着公文来，就不由自主地跟着走了。上了路，苦于没路费，晏仲就邀差人顺便到哥哥家中去一趟。晏伯一见，大惊失色，问："你近来干什么了？"晏仲说："没别的，只是被鬼缠上罢了。"晏仲就把经过讲了。晏伯听后说："明白了。"然后就拿出一包银子对差人说："请笑纳。我弟弟罪不该死，请放他回去。我让我的儿子跟你们去，不会有什么不妥的。"说完，叫阿大陪着差人喝酒，自己到屋里给家里人说了经过。于是叫甘氏到隔壁去叫葳灵仙。

过一会儿，葳灵仙来了，见晏仲在这儿，就要跑。晏伯赶上揪回来，骂道："淫妇！活着的时候是荡妇，死了还是贱鬼，大家早已不能容忍了，竟又祸害我弟弟！"晏伯上手抽她，抽得葳灵仙头发散乱，妖艳之态立时去了许多。很长时间，来了一位老太太，趴在地上苦苦哀求。晏伯责备她放纵女儿淫乱，训斥责骂了好一阵子，才让她和葳灵仙走了。晏伯送晏仲出门，飘忽之间就到了家门，直入卧室，明明白白像睡去又醒来，这才知道自己刚才已经死了。

晏伯责备湘裙说："我和你姐姐认为你贤惠能干，所以让你跟了我弟弟，你反而要催我弟弟死呀！如果不是有弟媳的名分关系，一定狠狠打你一顿。"湘裙又羞又愧又怕，抽泣呜咽，跪在地上向晏伯请罪。晏伯看见阿小，高兴地说："儿子居然成了阳间人了！"湘裙准备做饭，晏伯阻止说："弟弟的事还没了结，我顾不上吃饭。"阿小已十三岁，也知道恋父了，见父亲要走，就哭着要跟着他走。晏伯说："跟着叔叔最快乐，我走了还要来的。"说着晏伯就转身走了。从此以后，双方就再也没有往来了。

后来阿小娶了妻子，生下一个儿子，也是在三十岁时就死了。晏仲抚养阿小的孩子，就像对阿小活着时一样。晏仲八十岁时，阿小的儿子二十多岁了，就让他自立门户了。

湘裙没有生过儿女。一天，她对晏仲说："我先到地下去为你驱赶狐狸，行吗？"于是湘裙盛装躺在床上就死去了。晏仲也不悲伤，半年后也死了。

异史氏说："天下人中兄弟友爱像晏仲的，有几个呢？应该让他不死而活得更长。阳世绝后，而从阴间继承上，这全是不忍心兄长死去的诚心所致。在人绝无此理，在天难道有这种运数吗？在地下生子，希望继承自己生前的产业，这种人想来不会少。只是害怕继承了那绝后人的产业的贤兄贤弟们，不肯收养抚恤这些孤儿罢了。"

三　生

湖南某人，能记得自己的前生三世。

第一世当县令，参与主持科举考试。有位名士兴于唐落榜了，愤懑而死，到阴间后为此告状。此状一告，和他是同样原因而死的数以千万计的鬼，推他为代表，大家抱成一团。某人就被阴间勾去了魂，对质此事。阎王问："你既然是评判文章的，为什么使名士落选而让平庸的考上？"某人辩解说："上面还有主考官，我不过是奉命行事罢了。"阎王立刻发下传票，把主考官勾来。勾来后，阎罗把某人的话讲了一遍。主考官说："我不过是负责总其大成，虽然有上好文章，但是同考官不推荐，我又怎么能够见到呢？"阎王说："此事你们不能互相推诿，这样算失职，按规矩应受抽打的刑罚。"正要用刑，兴于唐不满意，大声号叫，两阶旁的鬼齐声响应。阎王问原因，兴于唐高声道："抽打的刑罚太轻，一定要挖掉两眼，作为不识文章好坏的报应。"阎王不肯，众鬼更加厉声号叫。阎王说："他们未必不想得到好文章，只是见识卑下罢了。"众鬼又要求剖他们的心。阎王不得已，就让人扒去他们的官服，拿刀破胸挖心。两人嘶声痛喊，鲜血淋漓。众鬼才大快，说："我们含冤负屈埋没地下，从未有人替我们出这口气，多亏兴先生，让我们怨气全消了。"说着便一哄而散。

某人被剖心后，被押往陕西投生为平民的儿子。二十多岁时，碰上盗贼作乱，自己身陷盗贼之中。官府派兵征剿，抓获了大批盗贼，某人也在其中。某人暗想自己不是盗贼，希望说清楚后能解脱。等见到公堂上的官员，他仔细一看，是兴于唐，大吃一惊，他心想："我该死了！"随后，那些俘虏都释放了，某人最后被提审，不容置辩就被杀掉了。

某人到阴间状告兴于唐，阎王没有立刻把他勾来，而是等他的阳寿完时再说。一等三十年，兴于唐才到。当面对质，以草菅人命罪罚兴于唐投生为畜生。又考核某人的行为，发现他曾打过父母，他的罪孽与兴于唐差不多。某人怕来生再被报复，就要求罚做大畜生。阎王就罚他为大狗，兴于唐为小狗。

某人托生在顺天府的街市上。一天，他躺卧街头，有位从南方来的客人，带着一只金毛犬，大小像狸。某人一看，原来是兴于唐。某人心里认为他小好对付，上去就咬。小狗扑上来咬住他的喉咙，死死不放，像铃铛似的系在脖子上摆不脱，大狗摆扑嗥窜，市场上的人也无法将它们分开。不一会儿，两只狗就都死了。

两个人一同到了阴间，各讲各的理。阎王说："冤冤相报，何时算了。今天就为你们解开此结。"阎王就判兴于唐来世为某人的女婿。

某人生于庆云县，二十八岁考中举人，生了一个女儿，娴静娟好，世家大族争相求婚，某人都不答应。偶然到临郡，正碰上学政大人为考生评判试卷，所取第一名姓李，即兴于唐转世。某人就把他请到自己住的地方，对他非常好。问他家中情况，知他还未婚配，就将女儿许配给他。大家都说某人爱才，但哪里知道这是前世因缘。

不久，兴于唐就将某人的女儿娶走，两人相称美满。然而女婿常以自己的才华欺侮丈人，一两年也不上门一次。某人也都忍了。后来女婿中年潦倒背时，很难有所作为，某人就千方百计地为他谋划经营，这才使他在科举中得志扬名。从此以后，女婿和丈人好得像父子一样。

异史氏说："一次落榜而三世结仇不解，怨恨竟到了如此程度啊！阎王的调解固然好，然而阶下千千万万的冤鬼，如此纷繁，岂不是天下的爱婿，都是阴间地府中悲鸣号恸的怨鬼呢？"

长 亭

泰山附近有一个叫石太璞的人，很喜欢驱鬼压邪之术。

一天，一位道士遇到他，见他聪明机敏，将他收为弟子。道士打开书匣，从中取出两卷书，上卷讲驱狐，下卷言驱鬼。道士便将下卷给了石太璞，说："只要你能虔诚地学好这本书上讲的法术，吃的穿的和美人就都有了。"石太璞问道士姓名，道士告诉石太璞他是汴城北村玄帝观的王赤城。道士在石太璞家里住了几天，每天教他驱鬼要诀。

从那以后，石太璞精于符术，名声大噪，前来请他施法的人络绎不绝。

一天，来了一位老者，携带厚礼，口中称自己姓翁，炫耀地摆开许多钱财，说他女儿被鬼缠住，危在旦夕，恳请石太璞亲自去为女儿消灾。石太璞听说病危，不肯接受钱财，就与老者一块儿上路了，走了十里多路，进了一个山村，到了老者的家，只见红墙青瓦，房舍华丽。

进屋后，他见一位少女躺在绉纱帐里。丫鬟进来轻轻挽起纱帐，少女有十四五岁，仅有气息，形容枯槁。石太璞凑上去仔细端详，她突然睁开眼说道："好医师来了啊！"家人见了，不胜惊喜，因为她不说话已经有好几天了。

石太璞命丫鬟放下纱帐，走出闺房，向她父亲询问病状。老者说："大白天的，就有一个少年翩然而至，与我女儿睡在一起。等我们去捉他时，他就无踪无影了。过了一会儿，少年又神不知鬼不觉地回来。他这样来无影去无踪，我们猜想他可能是鬼。"石太璞说："如果真是鬼，驱除它并不难；我怕它是狐精，果真如此，就不是我所能行的了。"老者连连说："不是狐精，不是狐精。"

石太璞于是拿出一道符，这天晚上就住在老者家。半夜时分，有一个衣冠整齐的美貌少年走了进去。石太璞以为他是家中的人，便撑起身问少年来找什么人。少年回答说："我是鬼。老者家的人是狐精。我是喜欢老者的女儿红亭，才到这里来的。鬼给狐精作祟，不伤害阴德，你又何必拆散我们的姻缘而保护狐精呢？红亭的姐姐叫长亭，生得美艳绝伦，我一直虔诚地保全她的身体，等待高明贤良的人。老者如愿把她许配给你，你再给红亭治疗，那时我自然就会走的。"石太璞心下喜欢，便答应了。这一夜，少年没有再来，红亭顿时清醒过来。

天亮后，老者听说女儿神态清楚，开口说话，便喜滋滋地来告诉石太璞，并请他一道进房探看。石太璞取下旧符烧了，坐在红亭床前诊视。偶然抬头见绣帐后立着一位倩女，天姿艳丽，宛若仙人，他心想一定是长亭无疑。为红亭诊完后，他要水来洒纱帐。长亭忙去取了一碗水递给石太璞，往来之间，眉带情波，石太璞意动神摇，心思早已不在驱鬼上了。他告别老者谎说是去做药，可一连几天没有回来。老者的家闹鬼更加厉害，除长亭以外，家中所有妇人丫鬟都被鬼淫惑。

老者急得派人去请石太璞，而石太璞推说自己有病，来不了。第二天，老者亲自来请。石太璞故意装成腿有病，拄着拐杖困难地迎了出来。老者上前问他这是怎么了，石太璞叹口气说："这是我独身生活造成的呀！前几天夜里丫鬟给我送暖脚壶，不小心摔在地上打了，烫伤了我的两脚。"老者问他："夫人逝去后，先生为什么不续娶呢？"石太璞道："恨不能找到像您家那样的清贵门第！"老者听了，默默不语地走了。石太璞赶出来相送，说道："等我病好了自然会去，就不劳您再跑了。"

又过了几天，老者又来了，见了跛足的石太璞，慰问了两三句话，说："我来之前和老伴商量过了，先生如果能为我家逐去鬼魅，让全家上下安然，小女长亭十七岁，愿将她嫁与先生。"石太璞听后大喜，连连叩头道谢，并对老者说："您有如此美意，我又怎么敢顾惜病体？"让人备了马，随同老者一道去。

看视完病人后，石太璞担心翁家会背约悔婚，便请求和长亭的母亲订立婚约。那老妇人听说，匆忙出来说："先生为什么要怀疑我家背约呢？如若不信，有我家长亭头上所插金簪为信。"老妇人便让人取了金簪给了石太璞。石太璞欣喜地接了过来，又将老者家上下人召集来，为他们一一驱除邪气。只有长亭没有露面，石太璞便写了一道符，让人拿着送给长亭。

这天夜里，鬼再没有来搅扰，全宅格外安宁，只有闺房中的红亭仍旧不断呻吟。石太璞向她身上洒了法水，口中念念有词，不一会儿，红亭就安然入睡了。第二天早上，石太璞见红亭好转，便要告辞回家。老者再三挽留，石太璞只好又待了一天。到了晚间，老者准备了饭菜，殷勤款待石太璞。二更时，老者才起身离去。石太璞正要入睡，突然听见一阵急促的敲门声，开门一看，竟是长亭。长亭一脸惊惶，上气不接下气地对石太璞说："我家里的人要对你下毒手，你快快逃吧！"说罢，长亭又匆忙转身去了。

石太璞一听，吓得战战兢兢，面无血色，急忙跳墙跑了。在逃跑过程中，他远远望见前方火光闪动，便飞快奔到跟前，原来是他村里夜间打猎的人，这才放心。等这些人打完猎，石太璞随他们一起回去。他心中怨恨，一肚子气又无处发泄，准备到汴城去找王赤城；又一想家中还有老父亲，生病卧床很久，自己走了，无人照顾，又有些犹豫不决。

忽然有一天，两辆车子驶到他家门前，原来是老妇人亲自将长亭送来了。老妇人对石太璞说："那天夜里回来以后，你为何一走再不露面呢？"石太璞见了长亭，所有的怨恨都烟消云散了，也不介意老妇人的话。接着，老妇人催促两人在庭院里拜了天地。石太璞正要设宴款谢岳母，老妇人摇着手说："我不是清闲的人，不能在这儿享受美食了。我家老头子年老糊涂，如果有什么不妥的话，请郎君为了长亭，念在老身的分儿上，不要计较，我也就深感荣幸了。"说罢，老妇人便上车而去。

原来，老者谋杀女婿的事，老妇人起先并不知道，等到老头追杀不成回到家中，老妇人才知道此事。她听说了这事，心中气愤，便骂老者不仁不义。长亭在旁不住地嘤嘤哭泣，连饭也不吃了。老妇人这次将女儿送上门成亲，也不是老者的意思。等到长亭过门后，石太璞追问此事，长亭才说出了前后经过。

两三个月后，老者派人来接长亭回娘家。石太璞怕长亭一去不回，便加以阻止。长亭见丈夫不同意自己回去，便时常啼哭。一年多后，长亭生下一个儿子，取名叫慧儿。石太璞无比喜爱，花钱雇了一个奶妈，精心哺

育孩子。那慧儿好哭闹，夜里一定要母亲哄着睡觉才行。

一天，老者又派车来接长亭，来人说老妇人很想女儿，请石太璞念母女之情，让长亭回去与她见上一面。长亭听了，更加悲痛，泣不成声。石太璞心软了，再也不忍心强留她。长亭想带慧儿一道回去，石太璞不同意。长亭便一人随家人回娘家去了。临走时，长亭约定一个月后便回来。可是一眨眼半年过去了，却没有一点儿消息。石太璞派人去打探，回来后说翁家租住的房子已很久没人居住了，至于长亭，更没了音信。

又过了两年多，石太璞仍打听不到长亭的消息，便绝了念头。慧儿整夜啼哭，不能安睡，使石太璞心如刀割。不久，他父亲病故，他愈加伤心，自己也卧病不起，不能接待吊唁的宾朋。这天，他正在昏睡间，忽听见一个妇人哭着进来。他仔细看去，见长亭一身孝服立在当地。石太璞一见，突然大放悲声，哭死过去。一旁丫鬟见了，大声惊呼，长亭这才停住哭泣，抚摸着石太璞，好久，石太璞才苏醒过来。石太璞怀疑自己已经死了，问长亭是不是在阴间相遇。长亭说："不是啊！是我不孝，不能取得父亲的欢心，使我三年不能回来，的确有负于你！刚好家里人由东海经过这里，这才得到公公去世的噩耗。我尊父命绝了儿女之情，但再也不敢失了翁媳之礼。我来这里时，只有母亲知道，悄悄瞒着父亲！"

说话间，慧儿欢叫着投入母亲怀中。长亭抚摸着儿子，哭着说："因为顾念了父亲，结果使我儿没有了母亲啊！"慧儿也呜呜大哭，一屋子的人见了，也都掩面哭泣。哭了一会儿，长亭抹抹泪，起身理理衣衫，把公公灵前供品摆放整齐，一副恭恭敬敬的样子。这使石太璞心情得以安慰。他想起身，却因身体虚亏，情急间不能动弹。长亭于是请石太璞的表兄代为接待前来吊唁的宾客。等石父丧事一过，长亭便要回去，准备接受违背父命的责骂。丈夫挽留，儿子号哭，长亭便不忍心离去。

过了不久，有人来报说长亭母亲生病，长亭对石太璞说："我是为公公回来的，郎君就不为了我的母亲放我回去吗？"长亭告别丈夫爱子，一路悲泣着走了。这一走，又是好多年没有回来。时间一久，父子俩对长亭也淡忘了。

一天，天气凉爽宜人，石太璞打开窗透风，不料长亭飘然而至。石太璞很惊骇，刚要问她是怎么来的。长亭神色悲哀地坐在榻上，叹道："在闺阁时，看一里路也相当远；如今一天一夜而奔走千里，几乎累死了！"石太璞细细盘问，长亭欲言又止。他再三追问，长亭这才哭着说："今天我要对你说的事，恐怕是虽令我伤悲，却让你感到痛快的事。近年，我家迁居山西地界，租住赵官人的房屋，最初两家关系友善，父亲将红亭嫁给了赵家公子。不料赵公子生活放荡，闹得赵家上下不能相安。红亭回来告诉了父亲。父亲大怒，将红亭留住，半年中不让她回赵家去。赵公子动了气，不知从哪里找了一个恶人，呼神唤鬼，将我父亲绑了去。这一下，全家又惊又怕，登时四散奔逃了。"

石太璞听了，竟"扑哧"一声笑了起来。长亭见了，怒不可遏，愤愤地说："他虽然不够仁慈，毕竟还是我父亲。我和你结婚几年，只有相好，并无互相怨恨。今天我人亡家破，上百口人流离失所，你纵然不替我父亲伤心，难道不为我表示一点同情吗？听了以后，你竟高兴得手舞足蹈，更没有说一两句安慰我的话，这是何等没有情义啊！"说完，拂袖而去。等石太璞追出来时，已没有了长亭的身影，不禁怅然后悔，也豁出去了要和长亭彻底分手。

过了两三天，老妇人与长亭一道来了，石太璞见了，高兴地上前慰问。母女俩双双跪在地上，石太璞惊愕不止，连忙询问是怎么回事。母女二人全哭起来。长亭说："那天我赌气走掉了，现在却又不能坚持，还是想来求你，又有什么脸面呢！"石太璞说："岳父虽然不是个人，但岳母的恩惠、你的情意，我是不会忘记的。不过，听到他遇到祸事就高兴起来，这也是人之常情，你当时为什么不能稍微谅解一下呢？"长亭哭着说："听母亲说，绑走我父亲的，是你的师父哇！"石太璞一听，松了口气道："果真是师父的话，这事便容易多了！"

于是他急忙起身到汴城，打听到玄帝观，王赤城出外刚回来不久，石太璞便进观拜见师父。王赤城见石太璞前来，问道："徒弟来这里为何事啊？"石太璞用眼看去，见厨房内有一只老狐狸，前腿穿了洞用绳子系在那里，便笑着对师父说："弟子这次来，是为这条老狐狸。"王赤城盘问老狐狸是他什么人，石太璞说是岳父，又将实情一一告知师父。王赤城因那狐狸狡诈，不肯轻易放掉它，但架不住石太璞苦苦相求，这才应允了。石太璞又向师父述说老狐狸狡诈之处，那老狐狸听了，将自己的身子藏在灶中，一脸羞惭的样子。王赤城笑着说："那老狐狸羞耻之心还没有丧尽啊！"

石太璞将老狐狸牵出，用刀割断绳索抽出来，老狐狸痛得直咬牙。石太璞放慢节奏一点一点地抽，笑着问："你老痛了，不抽可以吗？"老狐狸眼冒火光，神色中含有愠怒。老狐狸得了救，摇着尾巴蹿出观去。石太璞也辞别师父回家。

三天前，已经有人告知老者的消息，老妇人已前去寻找，让长亭留下来等候石太璞。石太璞回来，长亭迎上来拜伏在地。石太璞将长亭扶起。长亭告诉他要回去看看父亲，三天之后一定回来。石太璞对她的话早已不相信，见她如此说，只当又是信口道来，便不再挽留，只由她去。不想长亭走后，两天后便回来。这次倒让石太璞不胜惊奇，问道："怎么这么快就回来了？"长亭说："我父亲因为你曾在汴城戏弄过他，一直不忘怀，整日叨叨，我不想再听，所以早早回来了。"从此，长亭与娘家经常来往，而石太璞和岳父之间还是互不问候。

异史氏说："老狐狸性情反复无常，狡诈得很。悔婚之事，对两个女儿用的是一种手法，诡谲也就可知了。但是以要挟来求婚，这便从一开始就开了老狐狸悔婚之端。况且女婿既然爱妻子而救岳父，只应当抛弃前嫌而用仁义来对待才行；竟然还要戏弄于危急之中，怎能怪老狐狸没齿不忘啊！天下有岳父和女婿之间相互不和睦的，情况和这个故事很相似。"

席方平

　　东安县人席方平,他的父亲名叫席廉,生性憨厚拙朴。因和同乡的富户羊某有过节,羊某先死,羊某死后几年,席廉也病了,生命垂危时,对家人说:"羊某现在用钱买通阴差要拷打我了。"说着席廉就浑身红肿,号叫着死去了。

　　席方平悲伤难抑,食不下咽,说:"我父亲朴实木讷,现在被强鬼欺凌,我要到阴间去代他伸张冤气。"从此,席方平不再说话,时而坐着,时而站着,样子像发痴,原来灵魂已经离开了躯体。

　　刚出门,他不知道往哪去能找到父亲,只要见到路上有行人,就问县城在哪里。不久,他就进了城。他父亲已被押在狱中。到了狱门,他远远望见父亲倒卧在房檐下,样子很狼狈。抬头看见儿子,父亲眼泪潸然而下,说:"狱吏都因受贿,日夜拷打我,腿脚都打坏了!"席方平愤怒至极,大骂狱吏道:"我父亲就是有罪,自有王法在,难道是你们这些死鬼能决定的吗?!"于是席方平转身出来,拟写诉状。

　　写完后,正值城隍上早衙,他就喊冤告状。羊某害怕,就上下打点,打点完毕,这才上堂听诉。城隍以所告证据不足驳回,根本就不当回事。席方平的冤屈无处诉说,就又在黑暗中奔走一百多里赶到郡城,将此事上告。拖了半个月,才见审理。郡府长官打了他一顿,把此事又发回城隍重审。

　　回到县衙,席方平饱尝了刑枷的折磨,悲惨冤屈难以述说。城隍怕他再次上告,就派差役将他押送回家。送到后差役离去,席方平不肯进家,就又脱身奔到阎王府中,状告郡府长官的贪酷行径。阎王立刻将有关人员传来对证。那两个官员就暗中派心腹和席方平交涉,要他通融,答应给他千金。席方平不答应。

　　过了几天,席方平所住客店的老板告诉他说:"你斗气也斗得过分了,官府求和,你竟固执得不听。现在听说他们在阎王前各有所进,只怕你的事情要坏了。"席方平认为只是街头闲话,并不相信。可随即就有两个黑衣人来叫他到阎王府去。

　　一升堂,就见阎王脸有怒色,不由分说,就下令打他二十大板。席方平厉声问道:"我有什么罪?"阎王漠然置之,就像没听见一样。席方平挨打时,喊道:"打得好,该打!谁让我没钱呢!"阎王更加恼怒,下令施用火床。两个鬼上前拉下席方平,见东台阶上有架铁床,下面烈火熊熊,床面烧得通红通红。鬼扒掉席方平的衣服，把他放在铁床上，翻来覆去又按又压，他痛苦极了，骨黑肉焦，恨不得立刻死去，但又死不了。约有一个时辰，鬼说："行了。"说完，就扶他起来，催他下床穿衣。还好，脚虽跛了，但他还能走路。席方平又被押上堂。阎王问："敢再告吗？"席方平说："大冤未申，寸心不死。要说不告，是骗你阎王。非告不可！"阎王又问："告什么？"席方平回答说："遭遇的一切，都要告！"阎王大怒，下令锯了他。

两个鬼拉席方平下堂，见那儿竖着一根木头，有八九尺高，上面放着两块儿木板，血迹模糊，正要绑他，就听堂上大喊："席方平。"两个鬼又押他上去。阎王又问："还敢告吗？"席方平回答："非告不可！"阎王立刻下令拉他下去锯了。

到了堂下，两个鬼用木板把他夹起来，捆在木柱上。锯一拉，他就觉得头被锯开，痛不堪言，但他并不号叫，强忍着。只听一个鬼说道："好样的，硬汉子！"随着隆隆的锯声，已到胸前。又听见一个鬼说："此人大孝无罪，锯时稍斜一下，别伤了心。"席方平就觉得锯在胸前拐了一下，那痛苦更加厉害。不大工夫，席方平便被锯成两半。两鬼放开夹板，席方平的两半身子分别倒地。

鬼上堂大声报告，堂上传呼，把身子合起来见阎王。两个鬼就把席方平的两半身子推合在一起，拉着上堂。席方平明显感到有条锯缝，极痛，像要裂开一样，刚迈步就倒下了。一个鬼从腰间抽出条丝带给他说："送这个给你，作为你孝行的报答。"席方平接过来系上，立刻康复，一点儿也感觉不到痛了。上堂后趴伏在地上，阎王又问他，他怕再受酷刑，就回答说："不告了。"阎王便下令立刻送他回阳间。

阴差带着他出了北门，指了一下路，便返身回去了。席方平心想阴间比阳间更黑暗更无理，但他又没有办法使天帝知道。世上传说灌口的二郎神是天帝的亲戚，而且功高位显，并说这位神聪明正直，只要求诉，定有灵验。暗喜两位阴差已经走了，他便转身向南去找二郎神。

正在奔走中，有两个人追了上来，说："阎王估计你不会回家，现在果然如此。"就又把他抓回去见阎王。他心中暗想：阎王肯定会更加愤怒，罪罚也会更惨。没想到阎王一点儿也不恼怒，对他说："你确实是孝子，但你父亲的冤枉，我已经为他昭雪了，现在已投生在富贵人家，用不着你再奔走呼告了。现在送你回去，给你千金家产，百岁长寿，你满意吗？"说着阎王就写在簿籍中，并盖上大印，让席方平亲自看过。

席方平道谢下堂，鬼差和他一同出门，要送他回家。走在路上，鬼差连打带骂："奸猾的贼骨头！频频反复，我们快让你折腾死了！再犯，就把你放在大磨子中，研成粉末。"席方平瞪起眼睛斥责道："鬼小子想干什么！我从不怕刀砍斧锯，就是忍受不了打骂。走，一块儿回去见阎王，如果他愿意让我自己走，哪里用得着你们送。"席方平转身朝回奔去。两个鬼差害怕了，忙说好

话赔礼劝他回来。

席方平故意走得艰难缓慢，走几步，就歇在路旁，鬼差心里不满，但又不敢说。半天光景，走到一个村子里，有一户人家房门半开，鬼差带着他一块儿到门前休息，席方平坐在门槛上。趁他不注意，鬼差就把他推到了门里边。

席方平大吃一惊，静下来一看，自己成了刚生下的婴儿，很愤怒，啼哭不止，奶也不吃，三天就死了。漂泊的灵魂依然不忘去灌口。奔走了有几十里路，忽然看见一队仪仗，旗帜飘扬，剑戟横路。他想到路旁避一下，但因冲撞了仪仗，被前卫抓住，押到车前。抬头见车中坐着一位青年人，仪表不凡，形体高大。青年问席方平："你是什么人？"席方平满腔怨愤正无处申诉，他心想这人一定是高官，或许握有主宰大权，于是细说悲惨遭遇。车中人命人放开他，让他跟着一块儿走。

不一会儿，到了一个地方，见有十来位官员站在路旁迎候，车中人跟他们一一打过招呼。随后，青年指着席方平对一位官员说："这个尘世中的人，正要到你处申诉，应该立刻替他申明判决。"席方平问随行的人，才知道车中人是天帝殿下的皇子九王，他所盼咐的人即是二郎神。席方平打量二郎神：个子高，多胡子，不像世上所传说的样子。

九王走了以后，席方平就跟着二郎神来到一座官衙，见父亲、羊某和那些衙役们都在。过了一会儿，从囚车中又走出几个犯人，竟是阎王、郡府长官和城隍。当堂审讯，席方平所说句句是实。三位犯官浑身发抖，就像趴在地上的老鼠。

二郎神随即提笔判决，片刻之间，便发下判决书，命案中人一块儿看。判决书上写道：

查阎王者：担当王爵之职位，深受天帝之恩宠，理应清正廉洁为下属做出表率，不该贪赃枉法使人们怨言纷出。虽然名列王侯，但空有尊贵的地位，狠毒贪妄，竟玷污了一个当政者应有的品格和道德。斧敲斫，斫入木，妇子之皮骨皆空；鲸吞鱼，鱼食虾，蝼蚁之微生可悯。当掬西江之水，为你洗肠，即烧东壁之床，请君入瓮。

城隍、郡司是小民百姓的父母官，为天帝代行管理照顾他们的职责，虽然职位低下，但对鞠躬尽瘁忠于职守的人来说，是不避折腰的。即使被高官所迫，只要有这种志向也是不会屈服的。你们竟然上下勾结伸出鹰鸷一样贪婪的手，一点儿也不顾念民贫；而且气焰嚣张跋扈，像狡猾的猴子，连瘦弱的饿鬼都不放过。真是人面兽心！如此作为，先罚死在阴间，然后去掉人形换上兽皮，允许投胎为畜生。

隶役者：既然当了鬼差，就不再属于人类，只有一心在公门中修行，以求再有做人的机会。怎么敢在苦海中生出波澜，更造出弥天的罪孽来？飞扬跋扈，狗脸生出六月之霜；上蹿下跳，虎威断绝条条生路。在冥间逞尽淫威。人人都把狱吏奉为至尊；帮昏官施尽暴政酷刑，像屠伯一样人人害怕。应该在法场上剁去四肢，再放在汤锅中煮烂，捞出你们的筋骨。

羊某：富有而没有仁心，狡猾而又诡计多端。以钱行事，使阎罗殿上一片阴霾；铜臭熏天，使枉死城中暗无天日。小钱即能用鬼，大钱竟能通神。应将羊某家产尽数没收，以报偿席方平的一片孝心。着即押赴东岳大帝那里施行。

二郎神又对席廉说："考虑到你儿子的孝行大义，以及你的性情良善懦弱，可再赐给你三十六年的阳寿。"便派了两个人送他们回归阳间。席方平将判决书抄了一份，父子俩在路上一起看。

到家以后，席方平先苏醒过来，叫家人打开棺材看父亲怎样，尸体僵硬冰冷，直等了一天，才渐渐活了过来。席方平问父亲要判决书，判决书已不见了。

从此以后，席家日益富足，三年间，良田遍野，而羊某的子孙却衰败了，楼阁田产，全归了席家。同乡人有买羊某田产的，夜间便梦见神人斥责说："这是席家的东西，你不得占有！"开始还不太信，等种了以后，终年一点儿收获也没有，于是再卖给席家。席方平的父亲直到九十多岁才死去。

异史氏说："人人都谈论净土，却不明白生死隔世，意念都已迷离，况且人们不知道自己是从哪里来的，又怎么能知道到哪里去呢？更何况死了一回又死，投生了一次又复生呢？忠孝志坚，就会历万劫而不移。不同寻常的席方平，多么伟大！"

素　秋

俞慎，字谨庵，是顺天府世家子弟。一次他到京城参加考试，住在城外郊区。常见对门有位青年，长得貌美如玉。俞慎心里喜欢，就找机会接近交谈，发觉对方谈吐极为风雅。俞慎很兴奋，就拉着他的胳膊到自己住的地方，设宴款待。问他姓什么,青年人说:"我姓俞,金陵人,名士忱,字恂九。"公子听说和自己同姓,更加亲近,于是二人结拜为兄弟。青年人就把自己的名字去掉一个字,单名叫忱。

第二天,公子到他家拜访,见书房光亮洁净,但门庭冷落,更无一个仆人。俞忱领他到里面,叫妹妹出来拜见。她有十三四岁,肌肤晶莹光泽,就连铅粉美玉也没有她白。稍后,她亲自端茶献客,似乎家中也没有婢女或老妈子。公子很奇怪,说了几句话就告辞了。

从此以后,彼此友爱就像同胞兄弟一样。俞忱没有一天不到他这来。有时俞慎留他住下,俞忱就以小妹无人陪伴推辞。公子说:"你侨居千里之外,竟然连个门前招呼的小仆人也没有。你们兄妹纤弱,怎么生活呢?想来不如跟我走,我家中还有地方让你们住,怎么样?"俞忱很高兴,约好在考试后去。

考试完后,俞忱邀公子到他家去,说:"中秋明月亮如白昼,妹妹素秋准备了些酒菜,不要辜负了她的心意。"说着,俞忱拉着俞慎来到家里。素秋出来略微问候了一下,就到套间里,放下帘子准备酒席。略过了一会儿,她亲自端上酒菜。公子起身说:"让妹子亲自操劳,于心何忍?"素秋笑笑进去了。过了一会儿,帘子掀开,出来一位婢女捧着壶,一位老妈子端着鱼送上来。公子很惊讶,说:"这两人从哪里来的?不早早做事,而让妹子操劳?"俞忱微微一笑,说:"素秋又作怪了。"只听到帘子里有哧哧的笑声,公子不明白怎么回事。过了一会儿,吃完饭,婢女和老妈子撤盘子,公子咳嗽,不小心弄到了婢女身上,婢女随声倒地,碗也碎了,酒也洒了。再看那婢女,竟是用帛布剪成的小人,只有四寸多。俞忱大笑。素秋也笑着出来,把小人拾进去。随后那婢女又走了出来,依然像刚才那样忙碌着。公子奇怪极了。俞忱说:"这不过是妹子年幼时学得紫姑的一点儿小手段罢了。"公子于是问:"你们兄妹都已成年,为什么都还没有成家?"俞忱回答说:"父母去世,我们还没有定好落脚之处,因此迟迟不能决定婚事。"于是二人商定好动身的日子,俞忱卖掉房子,带着妹妹和公子一起动身向西去顺天府。

到家后,公子派人收拾了一处房子让他们住,又派了一个婢女服侍。公子的妻子,是韩侍郎的侄女,特别喜爱素秋,常和她一起吃饭。俞慎和俞忱也是这样。俞忱非常聪明,读书一目十行,试着写了一篇八股文,连长于此道的老学究也比不上。公子劝他考秀才。俞忧说："我之所以做这些，只是见你读书很累，想分担一下你的辛苦而已。我知道自己福分有限，不堪在仕途作为。更何况一入此途，就不能不患得患失。所以我不操此业。"

又过了三年，公子参加考试又未中。俞忧为此大为不平，奋然说："榜上登个名，没想到这么艰难！我当初不想受此诱惑，因而宁愿默默无闻。现在看大哥竟不能一显身手，不觉心中发热，虽然现在我已经十九岁了，从未进学，但愿意效仿初生小驹驰骋一下。"公子很高兴，到考试时送他入场，县考、府考、道考均为第一。从此他越发和公子一起刻苦用功。第二年科试，两人均为府、县冠军。俞忧名声大噪，远近的人都争着和他结亲，俞忧全拒绝了。公子极力劝他，他也以乡试后再说来推托。

时间不长，乡试结束，倾慕他的人争相抄录下他的文章，彼此传诵。俞忧也自认为第一名非自己莫属。等发榜时，两人竟都落选。当时，两人正在喝酒，公子还能强作笑颜，俞忧却脸色大变，酒杯落地，扑倒在桌子上。俞慎将他扶到床上，人已经快不行了，公子忙叫来俞忧的妹妹，俞忧睁大眼对公子说："我们两人情同手足，却并非同族。我自知已登上鬼簿，深受恩顾却没有什么可报答。素秋现已成人，既得到嫂子的宠爱，你就收她为妾吧。"公子脸色一变说："这真是胡说八道！这不是让人说我是人形而畜行吗！"俞忧感动得流下泪来。

公子立即派人不惜重金买来上好棺木。俞忧叫人抬到跟前，用尽全力自己爬进去，然后吩咐妹妹说："我死后，急速阖棺，不要让任何人打开看。"公子还有话要说，而俞忧的眼已闭上了。公子不胜悲伤，如同死了亲兄弟。但心里觉得他临死的嘱咐有些奇怪，等素秋因事离开时，打开棺木去看，只见衣服头巾像蛇蜕下来的皮一样，空摆在那里，揭开一看，有一尺多长的书虫，僵躺在那里。俞慎诧异惊恐中，素秋突然进来，极悲哀地说："兄弟间有什么隔阂？之所以如此，并不是避你，只怕飞扬流传，我也不能长留下来了。"公子说："礼是依据情而定的，只要情谊在，就算是异类又有什么关系呢？妹妹难道不明白我的心吗？即使是妻子，我也不会讲的，不要担心。"公子立刻选好下葬的吉日，很隆重地办了丧事。

起初，公子打算将素秋嫁给世家，俞忧不同意。现在俞忧死了，公子就和素秋说，素秋仍不同意。公子说："妹妹现已二十岁了，年龄大了而不嫁，人们会怎么说我呢？"素秋回答说："如果是这样，那就听兄长的安排。但我自知没有福相，不愿入侯门，寒士就行。"公子答应了。

不几天，媒人纷纷前来提亲，但素秋没有中意的。先前，公子妻弟韩荃来吊唁时见到素秋，心里喜爱，想买回去做小妾。他和姐姐商量，姐姐忙止住他不要说，怕公子知道。韩荃回去后，始终放不下，就托媒人找公子，许诺为他打通乡试关节。公子听了，大怒，斥骂一通，将媒人打了出去。从此以后，双方连交往都断了。

恰巧有位前任尚书的孙子某甲,将要娶亲时未婚妻突然死了,也派媒人来提亲。此人高房大厦连成一片,公子早就知道。但想亲自见见某甲本人,就和媒人约好,让他到家来。到那天,公子将内室帘子放下,让素秋自己看。某甲来了,前呼后拥,盛装华丽,轰动街坊四邻。某甲本人长得清秀文雅,像个姑娘。公子很高兴,见到的人也都齐声赞美,但素秋却不喜欢。公子不听,竟应允了婚事。嫁妆丰厚,花费极多。素秋极力劝阻,说只要一个年岁大的婢女供自己使唤就行。公子也不听,最终还是给了丰厚的陪嫁。

出嫁后,夫妻倒也和谐。兄嫂常常挂念她,每月她都会回来探望一次。来时,凡陪嫁的珠宝珍品,总要带回几件,交给嫂子要她代为收藏。嫂子也不明白她的意思,就接了下来暂替她保管。

某甲很小就失去了父亲,只有一个寡母,因而溺爱娇惯得非常厉害,天天交往一些行为不轨的人,被逐渐勾引得又嫖又赌,家传的书画古玩尽被他卖掉还债。韩荃和他有来往,请他喝酒打探,说愿意用两个妾和五百两银子换素秋。某甲起先不肯,韩荃再三要求,某甲心动了,但害怕公子不答应。韩荃说:"我和他是至亲,素秋又和他没什么干系,如果事情已经成了,他没有什么办法。万一有问题,我全担了。有老父亲在,哪里怕他一个俞谨庵呢?"说着,韩荃让两个妾盛装陪酒,并说:"如果行,到时按约进行。"到约定时间,某甲怕韩荃使诈,晚上等在半路,果然有车轿来,打开帘子一看,两个妾都在,就将她们领回去,暂且安顿在书房内。韩荃的仆人又把五百两银子交付明白。某甲跑入内室,骗素秋说,公子因暴病而来请她。素秋也顾不上收拾,草草地就出了门。

众人上了路,夜色茫茫,迷失方向,走了很远很远,还没有到。忽然,有两只巨大的火烛迎来,众人暗自欣喜可以问问路了。转眼间来到跟前,原来是巨蟒的两只眼睛。众人恐惧极了,逃窜而去,车轿丢在路旁。天快亮时,他们才又陆续回到这里,但只剩下空车轿了,众人猜想定是被蟒蛇吃了。韩荃得知,只能垂头丧气。

几天后,公子派人来看妹妹,才知被人骗走之事。开始时公子并不怀疑是某甲干的。等把那随身婢女接回来细问各种情况后,才明白就里。公子愤怒至极,向府、县都提出控诉。某甲害怕,向韩荃求救。韩荃因为妾和银子都白扔了,心里正没好气,一口回绝。某甲呆头呆脑早已没了主意,各处传票到来时,只好行贿以求不被带上公堂。一月多,金银珠宝、衣服首饰都变卖一空。

公子到按察使衙门催促得很紧,郡县官员都被命令要严办此事,某甲知道躲不过去,就到公堂上,一五一十地讲了事情的经过。按察使发传票拘韩荃对质。韩荃害怕了,把经过告诉父亲。他父亲当时退休在家,对他做出这样的违法之事很生气,把他交给了衙役。到公堂上,韩荃讲了遇蟒的事,但没人相信，认为是谎话，把那些家人拷打遍了。某甲也多次被打，多亏他母亲卖掉田产，上下营救，这才得以在行刑时轻一些，保住了性命。而韩家的仆人已被折磨死了。

韩荃长时间关在狱中，愿意花一千两银子帮某甲去贿赂公子，哀求他不要再追究此事。公子不答应。某甲的母亲又请加上那两个妾，只求暂时将此事作为疑案先挂起来，等找到素秋后再说。公子的妻子也承家命，早也说，晚也劝，公子才答应了。

某甲家已经贫困不堪了，用房子换现钱，急切中又不能立刻出手，就先把二妾送来，求公子能延缓些时日。

几天后，公子晚上在书房中坐着，素秋突然带着一位老妇人来了。公子惊问道："妹妹一直都好吗？"素秋笑着说："遇蟒蛇不过是小妹的小法术罢了。当夜跑到一个秀才家，被他母亲收留。秀才自己说认识兄长，现在门外，请让他进来吧。"公子倒穿着鞋就往外走，用灯一照，不是别人，竟是周生。他是宛平县的名士，公子平素就因彼此性情相投而和他关系很好。公子拉着他的胳膊来到书房，款待十分周到。倾谈之后，公子才清楚事情的原委。

原来，那天天快亮时，素秋敲周生家的门，周母收留了她。问她，说是公子的妹妹。就要来报信，被素秋拦住了。素秋留下来和周母住在一起。因她聪慧，善解人意，周母很喜欢。由于儿子还没媳妇，心里就很属意素秋。借事说起，素秋以没有兄长的允诺来推辞。周生也因和公子交情深厚，而不愿做无媒之合，只是频频打听有关此事的情况。了解到讼事已有眉目，素秋就告诉周母说打算回家。周母就让周生带一位老妇人送素秋，并嘱咐老妇人就此说亲。公子因素秋在周生家住了这么长时间，心中有把她嫁给周生的想法，但又不便明言。等老妇人一提亲，很高兴，立刻和周生当面订了亲事。

本来，素秋之所以要夜里回来，是想让公子得到银子后再告诉大家她回来的事。但公子认为这不必，说："以前是心中愤恨无处发泄，因此要钱以促使他们败家。现在又见到妹妹了，就是万金也不换的！"公子就派人告知那两家，免了诉讼。他又想到周生家本不宽裕，道路又远，迎娶很困难，就把周母接来，住在俞忱原来的宅院里。周生准备了迎娶的物品，找来鼓乐，举行典礼成婚。

一天，嫂子逗素秋说："现在有了新夫婿，和以前丈夫的枕席之爱，还记得吗？"素秋微微一笑，回头看着婢女说："还记得吗？"嫂子不明白，追根究底，原来三年间的床上之爱，都是由婢女替代的。每到晚上，素秋用笔在婢女的两道眉毛上一画，驱使她替自己去卧室，即使面对灯烛坐着，某甲也分辨不出。嫂子更觉惊奇，就要学她的法术。素秋只是笑不说话。

第二年举行乡试，周生打算和公子一块儿去，素秋认为周生不必去。公子硬拉着他去了。这一次，公子考中举人，周生落榜回来，内心有了退隐之意。

过了一年，母亲去世，周生就再也不提考取功名之事了。

一天，素秋告诉嫂子说："以前你问我法术，原本是不愿用此来惊人视听的。现在离告别远行的日子近了，请让我悄悄地传授给你，也可以避一下兵灾。"嫂子惊讶地问她，素秋说："三年后，这里将会变得没有人烟。我很柔弱，不能担惊受怕，打算到海滨去隐居。大哥是富贵中人，不能同去，所以说要分别了。"说完就将法术教给嫂子。过了几天，素秋又告诉公子。公子留不住她，流下泪来，问她到哪里，也不说。早上鸡叫起身，带了一位白须老奴，骑着两头驴走了。公子派人暗中跟着送行，到胶州、莱州一带，尘雾遮天，等天晴后，已不知到哪里去了。

三年后，李闯王起兵，村舍化为废墟。俞慎的妻子剪帛放在门内，贼兵到后，看见白云绕着一丈多高的韦驮神，便吓跑了。因而使家中人和物得以保全。后来村里有位商人到海上，见一位老头儿很像那白须老奴，但胡子头发全是黑的，仓促间不敢认。那老奴停住脚笑道："我家公子还健康吧？借你带句话，素秋姑娘也很安乐。"商人问他住在何处，只说："远了，远了。"说完，白须老奴就匆匆离去了。公子得知后，派人在那地方到处找遍了，一点儿踪迹都没有。

异史氏说："读书人无发达的福相，由来已久。俞忱不求功名的想法很明智，却不能坚持。哪里知道花了眼的主考官从来都是看命不看文的。一试不中，就溘然长逝，书虫之痴，多么可怜！可悲啊，男子汉大丈夫与其去争取扬名立功，倒不如甘于贫寒，反而能长保安乐。"

胭　脂

东昌府人卞氏，是位兽医。他有个女儿，小名叫胭脂。这胭脂姑娘样貌出众，贤惠美丽。卞兽医格外喜欢她，想将她嫁给大户人家，而那些名门显贵因他家贫寒，地位低贱，不屑于和他家联姻，所以到成年还未出嫁。

卞家对门住的是位姓龚的人家，妻子王氏，性情轻佻，喜好玩笑，是胭脂家的常客。一天，胭脂与王氏说了一会儿话。王氏走时，胭脂将她送到门口，偶然见到一位少年从门前经过，身着白衣袍，头戴白巾帽，神采奕奕。胭脂一见，怦然心动，忙将秋波去追逐那少年。那少年低下头，急忙走了过去。少年已走出很远了，胭脂仍眼睛一眨不眨地看着他的背影。

王氏在一旁看着，顿时猜出了胭脂的心思，便开玩笑地说："以姑娘的才貌，如果能配这位少年，是绝对没有什么遗憾了。"胭脂脸上绯红，默默无语。王氏问她："你认识这位少年吗？"胭脂说："不认识。"王氏说："他是南巷的秀才鄂秋隼，是已故孝廉的儿子。我曾经和他家是邻居，所以认识他。世间的男子，没有像他那样性格温和体贴的。今天他身穿白衣，是因为他的妻子刚死去，丧期还没有结束。姑娘如果有意，我可以捎话给他，让他托人说媒。"胭脂没有回答，王氏会心地一笑，走了。

过了几天，王氏那边并没有什么消息，胭脂在这边等得心急，怀疑是王氏没有时间去鄂秋隼家，又怀疑鄂家不肯俯身低就，因此闷闷不乐，终日徘徊，牵肠挂肚。渐渐地，胭脂饭也不想吃，竟生了病。王氏听说胭脂病了，便过来看望，打听她的病因。胭脂答道："我也不清楚。只是从那天我俩分别后，便觉得心中不快，现在就是苟延残喘，早晚性命不保了。"王氏想起此事，小声说："我丈夫出外经商没有回来，因此还没有人传话告诉鄂郎。你的身体不适，莫非是因为这件事吗？"胭脂羞得红了脸，半天说不出话。王氏逗她说："如果是为了这事，病也病了，你还顾忌什么？先让他夜里到你家来聚一聚，他还有不肯的？"胭脂叹息道："事已至此，也顾不得什么害羞不害羞了，如果他不嫌弃我家贫寒低贱，便让他派媒人来，我的病马上就可痊愈。如果私下约会，是绝对不可以的！"王氏连连点头，便去了。

王氏小时曾和邻居书生宿介通奸，她出嫁后，宿介得知她的丈夫外出，经常找上门来和王氏欢好。这天晚上，宿介又来了，王氏便笑着向他说起胭脂的话，开玩笑说让宿介去告诉鄂秋隼。宿介早就知道胭脂生得很美，听王氏一说，心下暗喜，庆幸自己这下有机可乘了。他想和王氏商议一番，又怕她生出妒意，便假装和正氏说些无心的话，打听清楚胭脂家的情况。

第二天夜里，宿介偷偷翻墙进院，摸到胭脂窗下，用手轻轻敲着窗户。胭脂被惊醒，在里边问："是谁？有什么事？"宿介回答："我是鄂秋隼。"胭脂听了心中一阵狂跳，但还是说："我之所以思念你，是想和你相爱百年，而不是为了缱绻一夜。你如果真爱我，就应该托人来说媒；若只是为了私合，我断断不敢从命。"宿介暂且答应了胭脂，又苦苦哀求，说是只请胭脂允许他握一握她的手，才能为信。胭脂不忍心过于拒绝他，便打开了门。宿介疾速进房，猛然将胭脂抱住就要欢爱。胭脂没有力气抗拒，倒在地上，连连喘气，宿介忙将她拉了起来。胭脂说："你是哪里来的恶少，一定不是鄂郎；如果是鄂郎，他为人温顺，知道我的病因，应当怜惜，怎么能如此狂暴！你如果再这样，我要叫了。你品行这样亏损，对我们两人都不利！"宿介害怕露出真相，不敢再强迫，只向胭脂请求以后相会的日子。胭脂便以迎亲那天为期。宿介嫌远，又再三请求。胭脂讨厌他纠缠，便推说等病好后再相约。宿介向她索要信物，胭脂不给。宿介便抓住胭脂的脚，脱下她的绣鞋而去。胭脂叫住他

说:"我已将自己许给了你,又有什么可吝惜的,只怕画虎不成反类犬,而遭人污辱耻笑。现在绣鞋已到了你手,料想也要不回来。你如果负心于我,我只有一死!"

宿介从胭脂家溜出来后,又到王氏家去过夜。躺下后,宿介心中还惦念着绣鞋,悄悄地去摸衣袖中的鞋子,哪知鞋子已不见了。他急忙起身点着灯,抖着衣服找,四处寻找。王氏问他找什么,他也不回答。他怀疑是王氏将绣鞋藏了起来,王氏也故意笑着逗他。宿介无法隐瞒,便将实情告诉王氏。说完,他又拿着灯烛在门外到处寻找,连影子也没有。他心中无比懊恼地回到王氏房里睡下,暗中思忖可能是遗落在回来的途中。第二天,他早早地起身出去寻找,仍旧没找到。

先前,同一街巷中有个叫毛大的,是个游手好闲之辈。他曾经挑逗过王氏而没有得手,又知道王氏和宿介关系密切,想着要抓住他俩的把柄,以此要挟王氏。这天夜里,毛大经过王氏家门,上前推了推,门竟然没有上闩,便偷偷潜入院中。他刚到窗外,感觉脚下踩住了一个东西,软得像棉花一样。他拾起来一看,却是用汗巾裹着的女人绣鞋。他趴在王氏窗下仔细偷听,听见宿介正在向王氏述说刚才的经过,心下暗喜,便抽身出来。过了几天,一天晚上,他翻墙到胭脂家,因不熟悉门户,误敲了胭脂父亲卞老汉的窗户。卞老汉隔着窗户一看,见是一个男子;又听他的声音,知道是为了女儿而来。卞老汉大怒,便拿起一把刀开门出来。毛大一见怕极了,返身就逃。正要攀墙而走,卞老汉追了过去,毛大情急之中找不到逃路,便夺过刀子,这时卞氏起来大呼大叫,毛大急了,举刀杀了卞老汉,越墙而逃。这时,胭脂病情刚有好转,听见屋外有嚷闹声,便起身下床,点上灯烛。出外一照,见父亲脑袋破裂,不能说话,一会儿便死了。卞氏在墙下捡到绣鞋,仔细看,是女儿的东西。她紧紧逼问女儿,胭脂哭着将实情告诉了母亲,因为不忍心拖累王氏,便说是鄂秋隼自己来的。

天亮以后,卞氏到县衙告状,县令派衙役拘捕鄂秋隼。鄂秋隼为人谨慎木讷,今年十九岁,见人总是像孩子一样容易害羞。他突然稀里糊涂地被拘捕,吓得要死。到公堂上后,他不知道该说什么,只是战战兢兢。县令见他这副模样,更加相信鄂秋隼是杀人凶手,便对他施以重刑。鄂秋隼耐不住皮肉之苦,屈打成招。之后,县衙将他解送郡府。郡府官衙对他也是像县衙那样施以酷刑。鄂秋隼胸有冤气难平,每次都提出要和胭脂当面对质;而当二人公堂相遇时，胭脂总是大骂鄂秋隼。鄂秋隼却张口结舌不得申辩，因而郡府官衙便判他死罪。后来，又反复审了几次，历经几位官员，均没有对此案提出异议。后来，委托济南府复查审理。

当时任济南府知府的是吴南岱，他一见鄂秋隼，就觉得他不像是杀人的人，便暗中派人从容审问，使鄂秋隼说出实情。由此，吴公更加认定鄂秋隼一案纯系冤案。他考虑了几天，才开堂审理。他先问胭脂道："你二人订约，有知道的人吗？"胭脂答："没有人知道。"吴公又唤鄂秋隼上来，用温和的言语宽慰他。鄂秋隼说："我曾经路过她家门口，见我家从前的邻居龚氏的妻子王氏和一位少女出来，我便立即走过避开了，并没有和她说过一句话。"吴公呵斥胭脂道："你刚才说一旁没有其他人，为什么又有邻居妇人呢？"吴公便要对胭脂动刑。胭脂害怕了，说："虽然有王氏，但是与她没有关系。"

吴公便命暂停审理，命人去拘王氏。几天后，王氏拘到。吴公为了不让她和胭脂通气，立即开堂再审。吴公问王氏道："杀人的人是谁？"王氏答："小妇人不知道。"吴公又诈她说："胭脂供说杀卞老汉的事你都知道，怎么敢再隐匿不说？"王氏叫道："冤枉啊！那淫妇自己想男人，小妇人虽然有过提媒的话，也只是开开玩笑而已。她自己把奸夫引到院中，小妇人怎么能知道？！"吴公细细盘问王氏，王氏便叙述了她与胭脂两次开玩笑的话。吴公又将胭脂唤上堂，大怒道："你说王氏不知道情由，现在又做何解释？"胭脂哭着说："我自己不好，使父亲惨死刀下，官司不知要打到什么时候，又连累他人，的确不忍心啊！"吴公又问王氏："你和她开玩笑后，曾经对什么人讲过？"王氏说："没有告诉过任何人。"吴公大怒道："夫妻同床，没有不说的话，怎么会没有说？"王氏供道："小妇人的丈夫出去经商，还没有回来。"吴公道："即使这样，凡爱开玩笑的人，都喜欢笑别人的愚蠢，以炫耀自己的聪明。你真没有向任何人说吗？你在欺骗谁？"吴公便命人用夹子夹王氏的十根手指。王氏不得已，便如实供道："小妇人与宿介说过。"

吴公便释放了鄂秋隼，拘捕宿介。宿介被押到后，只推说不知道。吴公说："凡与妇人奸宿的必定不是好人！"说完命人对其严刑拷打。宿介受刑不过，供认道："我想赚到胭脂是实情。自从鞋子丢了后，没有敢再去，杀人的事我实在不知道。"吴公怒道："能翻墙的人什么事做不出来！"又命人用杖狠打。宿介不堪酷刑，便供认杀了卞老汉。吴公结了案，将案卷报上，无人不称赞他的神明。

此案铁证如山，宿介也只有伸长脖子等待秋天被问斩了。那宿介虽然放荡无德，却是齐鲁地区的名士。他听说学使施愚山最称贤能，并具有怜才恤士的德行，便写了一纸控诉状诉说冤情，语言无比悲怆恻然。施公见了状纸，便讨来宿介供词，仔细看了后，凝神静思。不一会儿，他拍案道："这个书生是冤枉的！"他向巡抚和按察使请求，将案子交给他再次审理。

宿介被押到后，施公问宿介："你把绣鞋丢在了什么地方？"宿介道："我忘了。但是在敲王氏门时还在袖中。"施公又转而盘问王氏："除了宿介以外，还有几个奸夫？"王氏道："没有了。"施公不信，问："淫乱之妇，怎么可能只私通一个人？"王氏供道："小妇人与宿介从小便交好，所以不能谢绝；后来不是没有挑逗的人，只是小妇人不敢相从。"施公命王氏说出有什么人曾经挑逗过她。王氏供道："同巷的毛大，好几次挑逗小妇人，而被小妇人拒绝了。"施公道："那你为什么拒绝他呢？"王氏不答，施公命衙役用板子打，王氏连连磕头，血流满面，只说再也没有奸夫。施公这才作罢，又问王氏："你丈夫远出，难道就再没有托故而来的人吗？"王氏道："有某甲、某乙都借口借钱、送礼，曾有一两次来小妇人家。"某甲、某乙都是巷中游荡子弟，对王氏虽有心，但均未表明，施公一一记下了他们的名字，一并拘来。等人犯押到后，施公亲自到城隍庙，让他们伏在神案前，便说："不久前，我梦见神人告诉我杀人犯不出你们四五个。现在面对神明，不能胡言乱语。如果肯自首，我这里可以宽待他；如果有假话，从重而治，不得有赦！"这几个人听了，异口同声地说他们没有杀人。施公命人将刑具放在地上，准备把他们铐起来，又将他们的头发束起，剥光衣服，几个人齐叫冤枉。施公命令先停下，说："既然自己不从实招来，我就请神明指出是谁。"他命人用毡褥将大殿上的窗子全部遮盖住，不得有一点儿缝隙；把赤裸上身的嫌疑犯赶到黑暗处，给他们每人一盆水，命他们自己洗手，然后把他们绑在墙壁下，严令警告："面对墙壁，不许乱动，杀人的，自当有神明在他的背上写出名字。"不一会儿，施公将他们叫出来验看，施公指着毛大说："这是真正的杀人犯！"

原来，施公先让人用灰涂了墙壁，又用烟煤洗了嫌疑犯的手，杀人者害怕神来书写，所以就会将脊背藏在墙壁那一边，因而沾有白灰。临出来时，他会用手护着背，故而沾有烟煤色。施公原来就怀疑毛大是杀人犯，到此更加确信不疑。他命人对毛大施加酷刑，毛大终于全部吐出实情。施公判道：

案犯宿介：重蹈盆成括杀身之覆辙，获得登徒子好色的名声。只因两小无猜，便有了偷鸡摸狗的私情；又为一言有漏，以至于得陇又起望蜀之心。像仲子翻院墙就像鸟儿落地，进了卞家；假"刘晨"入天台，好比洞口遇仙，骗开房门。对女子动手动脚，老鼠尚且有皮，怎么能够这样？动脑筋折花折柳，文人竟然无行，算是什么东西！幸而听病燕之娇啼，还有怜香惜玉之心；怜弱柳之憔悴，并无雨骤风狂之暴。罗网中放了幺凤，还有点文人之意；金莲下抢走绣鞋，岂不是无赖之尤！蝴蝶有心过墙，不料隔窗有耳；绣鞋不意丢失，谁知落地无影。假中假由此而生，冤外冤有谁能信？祸自天降，终于受酷刑，差点丧命；孽由自作，几乎砍脑袋，不得复生。翻墙钻洞的淫行，固然玷辱书生名声；李代桃僵的误会，也真难消心头冤气。责打可以稍为宽缓，抵他已受的苦刑；秀才姑且降为童生，给他自新的出路。

毛大：刁猾无赖，市井凶徒。挑逗邻居女子遭到拒绝，淫心不死；探察偷情男人已经入巷，贼智顿生。迎春风进了门户，庆幸随张生入室；求茶水得到美酒，妄想学韩寿倚香。不想天夺走六魄，鬼摄去三魂。乘天筏直入寒宫，撑渔船错闯桃源路。就使情火顿熄烈焰，欲海横生波澜。刀横直前，下毒手毫无顾忌；狗急跳墙，起恶心丧尽天良。翻墙进入人家，只想张冠李戴；夺刀落下绣鞋，就成金蝉脱壳。风流道上竟然出这种恶魔，温柔乡中怎会有如此鬼蜮！即将该犯斩首示众，以快人心。

胭脂：尚未许嫁，已达婚龄。以月里嫦娥之貌，自应有郎如美玉；似霓裳羽衣之姿，何愁藏娇无金屋。感"关关雎鸠"而思"君子"之"好逑"，竟然萦绕绩妇之春梦；怨"摽梅"之实而想诱女子"吉士"，几乎成了离魂之情女。只因一线情丝牵缠，致使万种恶魔毕至。争一少女芳心，恐失胭脂之美色；惹众饿狼垂涎，都借秋隼的名义。绣鞋抢走，难以保全纯洁真挚的爱；闺房敲开，几乎糟蹋价值连城之玉。红豆嵌进骰子，入骨的相思竟惹出灾难；父亲死在刀下，可爱的美人真成了祸水。幸而尚能自守贞操，终于白璧无瑕；虽然陷入牢狱之灾，还可重归闺房。拒绝非礼的行为，其情可嘉，还是清白的情人："掷果潘郎"的心意，其愿可遂，也是风流的雅事。仗仰县官，担任媒人。

此案了结，远近传颂。自从吴公审案，胭脂才知道鄂秋隼是冤枉的。二人在堂下相遇，她腼腆含泪，痛悔的话几次想脱口而出，终究没有说出。鄂秋隼也为她的眷恋之情所感动，对胭脂也爱慕更深；但一想到她出身低微，况且每天登公堂受审，被千人指指点点，担心娶了她被人取笑，所以犹豫不决，无法下定决心。判决下来后，他才拿定主意。县令为他做媒，并送乐队吹吹打打地迎亲。

异史氏说："太严重了！审案的人不可以不慎啊！纵然能知鄂秋隼代为承受冤枉，谁又想到宿介也是委屈的呢？然而案情虽然不清楚，是总会有痕迹留存，要不是细审密察，便不能得出正确结论。唉！人人都佩服先哲判案高明，而不知道他们的用心良苦啊！世上高居于百姓之上的人，常常以下棋打发时光，好逸贪睡荒废政务。下边民情的艰难，却不肯忧思一下。到百姓敲鼓鸣冤时，衙门大开，他们高坐公堂，对那些喊冤的，用桎梏来使之安静，无怪乎刑狱中多有沉冤啊！"

施愚山先生是我的老师。初见时，我还是童生。亲见他奖励后进学生，拳拳之心，唯恐不尽；小有冤屈，必定曲意加以保护，斥责禁止侵害的行为，从来不肯在学校里摆威风，来向权贵献媚。他真是孔子的护法神，不仅是一代的宗宗，评判文章不屈抑一个读书人而已；而他爱才如命，更不是后世学政使虚应故事装装门面所能及的。

曾经有位名士应试进了考场，作以"宝藏兴焉"为题的文章，误把山里宝藏理解为水下宝藏；文章誊写完毕才发觉，料想没有不落第的道理。于是作一

词写于文后,说:

　　宝藏在山间,误认却在水边。山头盖起水晶殿。瑚长峰尖,珠结树颠,这一回崖中跌死撑船汉!告苍天,留点蒂儿,好与友朋看。

施愚山先生阅卷至此,也作词一首与他唱和:

　　宝藏将山夸,忽然见在水涯。樵夫漫说渔翁话。题目虽差,文字却佳,怎肯放在他人下。尝见他,登高怕险;哪曾见会水淹杀?

这也是先生风雅之一斑,爱才之一例。

仇大娘

　　仇仲是晋地人,具体乡里不清楚。有一年,正遇天下大乱,他被贼兵抓去。他的两个儿子名叫福和禄,都还小,后妻邵氏抚养他们,所幸现有产业还能保持温饱。但连年收成不好,又加上恃强凌弱之徒的挤对剥夺,他们竟到了连糊口都困难的地步。

　　仇仲的叔父尚廉要把邵氏嫁出去以牟利,于是多次劝说她改嫁,邵氏丝毫不为所动。仇尚廉就暗中将她许给一大户人家,打算强行要她出嫁。双方都说好了,也没人知道这事。同乡有个叫魏名的人,本性狡猾多诈,和仇仲家早有积怨,因邵氏守寡,就放出流言蜚语中伤她,败坏她的声誉。那个大户人家听到后,憎恶邵氏无德而终止了婆亲。

　　时间长了,仇尚廉的阴谋,魏名的中伤,也就传到了邵氏耳中,邵氏气闷抑郁,集结在胸,但又没有办法,只能伤心流泪,从明到夜。时间一久,身体也就垮了下来,邵氏只能躺在床上。大儿子仇福才十六岁,由于家中无人缝缝洗洗,就匆匆忙忙为他完了婚。

　　媳妇是姜屺瞻秀才的女儿,称得上贤能,一应事情全凭她操持。从此之后,家用逐渐富裕,就让二儿子仇禄拜师读书。

　　魏名非常忌恨仇家的日子渐渐好起来,但表面却做出很友善的样子,频频招待仇福喝酒,仇福把他认作知心朋友。魏名就趁机说:"您母亲有病,不能料理家人生产;弟弟又白吃白喝,什么也不做,你们夫妇为什么要做牛做马呢?!况且你弟弟要娶亲时,将会大耗钱财。为你着想,不如早分家,这样,穷的是你弟弟,而富的是你自己。"仇福回来,和媳妇商量,媳妇让他收了这种想法。但仇福经不住魏名整天嘀咕,渐渐动了心、昏了头,直接把自己的念头说给了母亲。母亲被激怒了，狠狠地骂了他一顿。仇福更加不平，对金钱粮食不再珍惜，就像别人的东西一样，随意乱用，像是扔掉一样。魏名又趁机引诱他去赌博，家中的存粮渐渐被掏空了。媳妇虽然知道，但又不敢说，直到家中断粮，被婆婆责问，才以实相告。仇福母亲虽然愤怒至极，但也没有办法，只好同意分家。多亏姜女贤惠，早晚为婆婆做饭洒扫，侍奉一如平时。

分了家，仇福更加无所顾忌，大肆挥霍赌博，没几个月，田地房产全赌了进去，他母亲和妻子都不知道。仇福财产丧失殆尽，无计可施，就要抵押妻子来换钱，只是苦于没人接手。当地人赵阎罗，原是个漏网的大盗，横霸一方，也不怕仇福说话不算话，很痛快地就把钱借给了仇福。仇福拿了钱，没几天又挥霍一空。他心里不知怎么办，打算赖账。赵阎罗眼睛一瞪，吓得仇福心中发抖，只好把妻子骗来交给赵阎罗抵债。

魏名得知，心中暗喜，连忙跑到姜家报信，意在借此机会搞垮仇家。姜秀才大怒，告到官府。仇福害怕，逃了。

姜女到赵家后，才知道被丈夫卖了，大哭不止，只想一死。一开始，赵阎罗用甜言蜜语安慰宽解，姜女不理；赵阎罗又强行威逼，姜女痛骂；赵阎罗大怒，用鞭子抽打，姜女还是不从，并拔下簪子刺向自己的喉咙，赵阎罗急忙拦阻，已刺穿了食道，鲜血直流。赵阎罗忙用丝帛包上她的伤处，还想慢慢设法收服她。没想到第二天传票已到，赵阎罗却满不在乎。到了衙门，县官验查姜女如此伤重，就下令对赵阎罗施行笞刑，但衙役们面面相觑，没人敢动。县官早已听说赵阎罗横行残暴，现在更加深信不疑，怒不可遏，就叫出自己的仆人行刑，立刻将赵阎罗打死在堂上。姜秀才便带着女儿回家。

从姜秀才告官以后，邵氏才知道了仇福种种不肖作为，痛心疾首，放声大哭，几乎背过气，昏昏然病体更加沉重。仇禄只有十五岁，孤独无依，不知该怎么办。

先前，仇仲的前妻有个女儿名叫大娘，嫁到远方。她性子刚烈勇猛，每次回娘家，如果给她的东西不合心意，就冲撞父母，常常是愤愤离去。因此，仇仲很讨厌她；加之路远，也就多年不问一声。邵氏病危，魏名就想叫她来挑拨她争斗一番。碰巧有个商贩和仇大娘住在一个地方，魏名就托他带话给仇大娘，并说家产可图。几天后，仇大娘果然带着自己的小儿子来了。一进门，见年幼的小弟侍奉着病中的母亲，十分凄惨，不由得黯然神伤。她便问仇福怎么回事，仇禄一五一十说了。仇大娘听了，不平之气堵住了嗓子，说："家里没有成年男子，才让人蹂躏到这种地步！我们家的田产，怎么能让那些贼东西赚去！"说完，仇大娘到厨房点火煮粥，先给母亲，然后招呼弟弟和儿子一块儿吃。

饭后，仇大娘气冲冲出去，到县城递状子，告那些赌博之徒。这些人害怕，就凑钱贿赂仇大娘。仇大娘拿了钱，照告不误。县令把赌徒抓来，各加惩处，但并不管田产的事。仇大娘愤愤不已，带着儿子到郡衙告状。郡守最恨赌博。仇大娘极力陈说家中的孤苦无依，赌棍的恶劣手段和骗局，言语表情，慷慨激昂。郡守大为感动，就下令县令追回仇家田产，但要惩处仇福，以警诫那些不肖子弟。

等仇大娘从郡守回来时，县令已遵照上司指示，将田产全部追回并还给他们。因此，原有的家产又回到手中。仇大娘此时已经守寡很长时间了，就打发小儿子回去，嘱咐他和哥哥一块儿操持家业，不要再来了。仇大娘从此就住在娘家，奉养母亲，教护弟弟，里里外外，打理得井井有条。母亲很高兴，病也渐渐好了。家中一切事务，全交给仇大娘管理。凡当地的豪强之徒，敢有欺凌强暴的，仇大娘就拿着刀找上门去，仗理直言，那些人家没有不低头认错的。

住了一年多，家中的田产日益增多。仇大娘常常买些药饵珍肴，送给弟媳姜女。她见仇禄渐渐成人，就屡屡要媒人为他寻亲。魏名对人说："仇家的产业，已全数归了仇大娘，只怕将来不可能退回来。"人们都相信，所以没人肯和仇家结亲。

有位范子文公子，家中有座名园，在整个山西都属第一。园中名花夹道，直通内室。有人不知道而误入，正碰上公子举行私宴，公子怒不可遏，当贼抓起来，差点被打死。正遇清明，仇禄从书塾回家，魏名就带他到处游玩，领到这园子来。魏名与园丁是老相识，园丁就放他们进去了，游遍了亭台楼榭。他们来到一个地方，这里溪水奔流，有彩绘的小桥，朱红的栏杆，直通向一座油漆的院门，遥望门内，繁花似锦，这就是公子的内宅。魏名骗他说："你先进去，我要方便一下。"仇禄也就信了，沿小桥进入门户，来到一座院子里，听有女子的笑声。正停步间，走出一个婢女，看到他，立刻转身往回走。仇禄大吃一惊，拔脚便跑。这时，公子出来了，令家人拿着绳子追他。仇禄窘迫间，就跳入溪中。公子见了，反怒为喜，让家人把他拉上来。看他容貌衣着不俗，就叫他换了衣服鞋袜，拉到一间亭子里，问他姓什么叫什么。公子和颜悦色，态度可亲，随后快步进去，不一刻又马上出来，拉着仇禄的手，走过小桥，来到刚才的地方。仇禄不懂这是什么意思，犹犹豫豫不敢进去。他被公子强拉了进去。只见花丛中隐隐约约有美人在探看。两人坐定后，一群婢女上酒。仇禄辞谢说："我年幼无知，误闯了内宅，承蒙您宽大饶恕，已超过了我的期望，只希望您能放了我，让我早点回去，这恩惠已经非常大了。"公子不听。不一会儿，佳肴摆满一桌。仇禄又起身，说酒喝多了，饭也吃饱了。公子按他坐下，笑着说："我有一个乐曲的拍名，你如果能对上，就放你走。"仇禄连连答应。公子说："拍名'浑不似'。"仇禄默默思索，想了很长时间，答道："银成'没奈何'。"公子大笑，说："真是石崇啊！"仇禄听后一点儿也不明白。

原来，公子有个女儿，名叫蕙娘，不但人美而且有学问。公子每天为她选择佳偶。昨天夜里蕙娘梦见一个人告诉她说："石崇是你的女婿。"蕙娘问：

"在哪儿?"那人说:"明天掉在水里的。"早上起来蕙娘告诉父母,大家都觉得奇怪。仇禄恰好符合梦中之兆,因而被请到内室,以便让夫人和女儿一块儿看看。

公子一听所对之辞非常高兴,说:"拍名是小女拟的,反复思索也没能对上,现在成了对,也是天缘。我打算把女儿嫁给你,寒舍中也不乏宅第,就用不着再劳你迎亲了。"仇禄惶惶然不知如何是好,忙说自己不配,婉言辞谢,并以母亲有病不能入赘为理由。公子就叫他先回去商量一下,派园丁背着他的湿衣服,用马送他回家。

仇禄到家后,告知母亲,母亲吃了一惊,认为不是好事。由此也知道了魏名的阴险。然而因凶得吉,也就不以为仇,置之不理了。只是告诫儿子不要再搭理他了。

过了几天,公子又派人向仇禄母亲致意,仇禄的母亲始终不敢答应。仇大娘觉得行,答应了,立刻请了两个媒人行纳彩礼。不久,仇禄入赘到公子家。一年多的入学读书,仇禄才学名声大扬。妻子的弟弟渐渐长大成人,范家对他的尊敬也差了些。仇禄气恼,就带着妻子回家。母亲已能扶着拐杖行走了。年复一年,全仗着仇大娘的经营管理,宅第也非常完好。新妇归来,使女仆人多如云集,宛然有大家气象。

魏名因仇家不再理会他,嫉妒怨恨更深,只恨没机会下手,就找了个旗下的逃犯,诬告仇禄窝藏财物。清初立法极严,按刑律,仇禄将被流放口外。范公子上下托人打点,仅使惠娘免遭一同流放;仇家所有田产被没收,多亏仇大娘拿着分家的字据,挺身而出,据理力争,把新增加的若干顷良田,全写在仇福的名下,才使母女二人能够安居。

仇禄自想难以回来,就写了和离书给岳父家,自己孤零零地上了路。不几天,仇禄到了京城北边,在店中吃饭时,见一个乞丐畏畏缩缩站在门外,样子极像兄长,近前一问,果然就是。仇禄讲了一下自己的情况,兄弟相对黯然。仇禄脱下夹衣,分出些钱,要仇福回去。仇福哭着接了,相互告别。

仇禄到了关外,在一位将军帐下做奴仆,由于文弱,就让他管文书。众奴仆住在一起,彼此询问家世,仇禄说了自己的,其中一人惊奇道:"你是我儿子啊!"原来,仇仲先为贼寇牧马,后来贼寇投诚,把仇仲卖给了旗人,这时跟随主人屯守关外。刚才仇禄讲述了以往的家事，他才知道仇禄是自己的儿子。二人抱头大哭，满屋的人都为他们感到辛酸。

仇仲愤然道："这么个逃犯，竟讹诈我儿子！"哭着告诉了将军。将军就让仇禄代理文书。他又给亲王写了信，交给仇仲，让他进京城上告。仇仲等到亲王车驾出来时，投上诉状申冤，在亲王的帮助下，得以申冤昭雪，命令地方官将没收的产业归还仇家。

仇仲回来后，把经过一说，父子两人都很高兴。仇禄仔细问父亲现在的情况，打算为父亲赎身。他才知道父亲身在旗下，两次娶妻，但没有儿女，现在独身一人。仇禄便收拾行装先返家。

当初，仇福和弟弟分手后回家，伏在地上爬着进门。仇大娘让母亲坐在堂上，自己手中拿着木杖问仇福："你愿意挨打受责罚，就暂且留下。不然的话，你的田产早就没了，也没有你吃饭的地方，你仍走你的。"仇福流泪哭泣着趴在地上，愿意受杖打。仇大娘扔掉木杖，说："卖妻之人，打也不足以惩罚。只是你以前的案子还未了，再犯告官就行了。"仇大娘就派人去告知姜女。姜女骂道："我是仇家的什么人，怎么来告诉我呢！"仇大娘就屡屡把这话说给仇福听，以揶揄讥刺他，仇福惭愧得气也不敢出。

半年中，仇大娘虽然吃穿用等都给他很充足，却像仆人一样地加以役使，仇福毫无怨言，将金钱交他经手，也决不马虎。仇大娘考察他已改邪归正，就告诉母亲，求姜女再回来。母亲觉得不太可能。仇大娘说："不一定，她如果肯侍奉新人，哪里能刺破喉管？让自己受那么大的罪？要不是仇福如此对她，她哪能有这样深的不满呢？"于是仇大娘就带着弟弟亲自去登门请罪。岳父母讥诮挖苦很是尖刻。仇大娘斥责他要他跪好，然后请姜女相见。再三请见，姜女坚决避而不见，大娘就进去找着拉出来。姜女指着仇福连唾带骂，仇福羞愧难当，汗流满面。姜母这才拉着让他起来。

仇大娘问姜女什么时候回去。姜女说："我一向受大姐的恩惠太多了，现在有您的吩咐，哪里还有什么其他话！只是怕不能保证他不再卖我！况且恩义已断，更有什么脸面和这黑心无赖的家伙一同生活呢？请您另准备一间房子，我去侍奉老母亲，同削发出家相比也就够好了。"仇大娘就代仇福说明了他的悔过，约好了第二天来接，便告辞回去了。

第二天一早，车轿来迎，仇福的母亲迎在家门前跪拜她。姜女趴在地上，放声大哭，仇大娘苦劝才止住。摆酒庆贺，让仇福坐在桌子旁。仇大娘举起酒杯说道："我之所以苦争家业，并不是为了自己得利。现在弟弟悔过，坚贞的弟媳归来，我就把这些账册交还你们。我孑然一身来，也孑然一身走。"仇福夫妇脸色立时变了，离席跪倒在地，悲伤地哭泣着，叩拜哀求，仇大娘才不说要走了。

没多久，仇禄昭雪的命令下来了，田产宅院全部归还。魏名大惊，不知道是什么缘故，只是恨无法再用什么办法进行报复。碰巧仇家西邻发生火灾，魏名假借救火，暗中用草席点着了仇禄的宅子，又遇大风突起，火借风势，把仇禄的宅院几乎烧得一点儿不剩，只剩下仇福住的两三间屋子，全家人就只好都住在这里。没多久，仇禄也回来了，见面后，悲喜交集。

当初，范公子接到和离书，拿去和蕙娘商量。蕙娘见了，放声痛哭，把和离书撕得粉碎扔在地上。范公子成全她的志向，也不再勉强她改嫁。仇禄回来后，听到她还未嫁人，就高兴地来到丈人家。公子得知他家遇了火灾，要留下他，仇禄觉得不行，就告辞回家了。

多亏仇大娘有藏金，拿出来修宅院，仇福挖地时，挖到钱窖，夜里就和弟弟一块儿挖。见有一丈见方的石砌池子，里面是满满的银钱。因此，仇家大兴土木，盖起了连片成群的楼舍宅第，其壮丽不亚于世代贵族之家。

仇禄感激将军的恩义，准备了一千两银子去赎父亲。仇福也要去，就派了健壮的仆人和他一起去。仇禄迎回了蕙娘。不久，父亲和仇福一同归来，举家欢腾。

仇大娘自从住在娘家后，禁止儿子来看自己，怕让人议论自己有私心。父亲归来后，她就坚决辞别要走。兄弟们于心不忍，父亲就把财产分成三份：儿子二份，大娘一份。大娘坚决不要。兄弟俩哭泣道："要不是姐姐，我们哪里还有今天！"仇大娘这才收下。派人去叫儿子，把家迁来一块儿住在这里。有人问仇大娘："异母兄弟，怎么竟关切到这种地步？"仇大娘说："只知道有母亲而不知道有父亲的，只有禽兽才如此，难道人要效仿它们吗？"仇福、仇禄听到后都流了泪，让工匠给姐姐修宅院，规模一如自己。

魏名扪心自问：十多年来，多方祸害，但被害者更加得福，真是惭愧，后悔不该如此。他又仰慕仇家的富有，就想结交讨好，借祝贺仇仲作台阶，准备些礼物来了。仇福要拒绝，仇仲不忍心伤他面子，接受了送来的鸡和酒。鸡用布条捆着脚，逃到灶房，灶火点着了布，鸡又飞到柴堆上，使女童仆见了也没管。不一会儿，柴堆烧了起来，波及房子，多亏人手众多，很快就扑灭了，但厨房中的所有东西都烧光了。兄弟两人都觉得魏名的东西不祥。后来，仇仲过寿，魏名又送来一只羊，谢绝不掉，就收下来，把羊拴在院子里的树上。夜里有小童被仆人殴打，愤怒中来到树下，用拴羊的绳子上吊死了。兄弟俩叹息道："他的祝福不如他的祸害啊！"从此后，魏名再殷勤，兄弟俩也不敢接受他的一点儿东西了，宁肯给他丰厚的酬谢。后来魏名老了，因穷成了乞丐，仇家就周济他粮食布匹，以德相报。

异史氏说："哎呀！命运真是不由人的！越害人而越增人的福分，那机谋巧诈者没有意思也到极点了。反过来，接受敬赠，却反倒有祸，不是更加奇异吗？由此也就可以明了，盗泉的水，就是一捧，也足以构成污染。"

珊 瑚

有个叫安大成的书生，是重庆府人。父亲是举人，很早就死了。弟弟安二成还年幼。安大成娶妻陈氏，小名叫珊瑚，性情娴静淑惠。安大成的母亲沈氏，性情凶悍暴躁，待珊瑚极不好，经常虐待，而珊瑚毫无怨言，每天早晨梳妆打扮好后就向婆母请安。一次，安大成生病，沈氏说是珊瑚冶容妖艳诱惑造成的，狠狠斥骂了珊瑚一顿。珊瑚退下，卸妆后再去见婆母。沈氏更加恼怒，用头碰地且用手打自己的嘴巴。安大成素来孝顺母亲，用鞭子狠狠抽打妻子，沈氏的气才略微消了些。从那以后，沈氏更加憎恶儿媳妇。珊瑚虽然小心谨慎地侍奉，但是婆母始终不与她说一句话。安大成知道母亲发怒，有就搬出来住到别的房间，表示与妻子断绝关系。久而久之，沈氏心中不愉快，经常指桑骂槐地恶语中伤，实际上都是对着珊瑚。安大成说："娶妻子是为侍奉公婆，如果像现在这样，还要妻子干什么！"安大成便休了珊瑚，派一位老婆婆将珊瑚送回去。刚出里巷大门，珊瑚哭着说："我身为女子，却不能做人妇，回去后有什么面目见双亲？不如死了拉倒！"她便从袖中抽出剪刀向咽喉刺去。老婆婆急忙去救，鲜血已溢出，染红衣襟，所幸珊瑚的伤口并不深，老婆婆急忙将珊瑚扶到了安大成的一位族婶家。

这位族婶王氏，自丈夫死后，一直寡居，就将她留在家里养伤。老婆婆回去后，将此事告诉安大成。安大成一再叮嘱她不要向任何人透露，心中暗暗担心母亲会知道。

过了几天，安大成打听清楚珊瑚伤口渐渐转好，便去族婶家，请族婶不要再管珊瑚的事。王氏唤他进去，他不进，只是发着脾气撵珊瑚走。

不一会儿，王氏领着珊瑚出来，看见安大成，便问道："珊瑚有什么罪？"安大成说她不能好好地侍奉母亲，珊瑚一言不发，只是低头哭泣，眼泪竟是红色的，身上的浅色长衫很快被染红了，安大成见了，也觉惨然，话没说完就退了出去。

又过了几天，沈氏风闻此事，便怒气冲冲地到王氏家恶声恶气地讥诮王氏。王氏毫不示弱，理直气壮地历数沈氏的不是，并且说："你儿媳妇已被赶了出来，怎么还是你安家的人？我自己要留珊瑚，并不是留安家的媳妇，你又何必插手干预别人家中的事呢！"沈氏被王氏一诘问，气极，理屈词穷，又见王氏气盛,又羞惭又懊丧,大哭着回家去了。珊瑚心中不安,便想着到其他地方去。

安大成有一个姨母于婆婆,是沈氏的姐姐,已有六十多岁,儿子死了,留下一个小孙子和寡儿媳。于婆婆对珊瑚一向很好。于是,珊瑚便辞别了王氏去投靠于婆婆。于婆婆问明了原因,指责妹妹横暴无礼,就要把珊瑚送回安家。珊瑚极力说不可以,恳求于婆婆千万不要吱声,于婆婆这才作罢。珊瑚和于婆婆住在一起,就像是婆媳一般。

珊瑚有两个哥哥,听说了妹妹的境遇,格外怜悯,想把妹妹接回家,另择人家。珊瑚执意不肯,只是跟着于婆婆纺纱织布,聊以度日。

安大成自从把珊瑚休掉后,沈氏多方为儿子谋划婚事,但她的凶悍之名到处传播,远近的人家都不愿将女儿嫁与他儿子。过了三四年,安二成渐渐长大,只好先为安二成完婚。安二成的妻子叫臧姑,生性骄悍乖戾,比起沈氏有过之而无不及。沈氏怒形于色,臧姑出声大骂。安二成懦弱,不敢有所偏向。沈氏对臧姑没一点儿办法,威风减去不少,轻易不再去触犯她,反而看臧姑脸色,时常笑着逢迎。尽管如此,沈氏仍然不能得到臧姑的欢悦。那臧姑支使沈氏就像使唤婢女一般,安大成见了,也不敢言语,只有自己代母亲去干洗涮洒扫的事。母子俩常在没人的地方相对而哭。

不久,沈氏忧郁成疾,病倒在床,大小便和翻身的事全靠安大成。安大成日夜守在床前,不能安睡,两眼布满血丝。他实在支持不住了,便喊安二成代他侍候母亲。安二成刚进门,臧姑就将安二成叫走了。安大成没办法,想来想去,只得到姨母于婆婆那里,希望姨母来家照顾母亲。见了姨母,安大成哭着诉说前事。话没说完,珊瑚从帏帐中出来,安大成满面羞惭,立即打住话头,便要出去,不料珊瑚又开双手挡住了门。安大成窘迫极了,从珊瑚的肘下冲了出去,跑回家中,不敢向母亲提起此事。

没过多久,于婆婆来到安家,沈氏见姐姐亲自上门,高兴地将她挽留住。从此于婆婆家没有一天不往这里来人,来的人总是将好饭好菜带给于婆婆吃。于婆婆让人给儿媳妇捎话:"我这里不饿,以后别再送东西来了。"然而,家中仍旧送东西来,从不间断。于婆婆却不肯尝一尝,总是让给病人送去。沈氏的病有了好转。于婆婆的小孙子又常受母亲指派送来好吃的慰问沈氏。沈氏叹道:"你

的儿媳妇真贤惠啊！姐姐到底修了什么样的德啊！"于婆婆问："妹妹休了的儿媳像什么人呢？"沈氏说："唉！她确实不像现在这个二媳妇过分，然而也不如外甥媳妇贤惠！"于婆婆说："儿媳妇在时，你不知道劳苦的滋味；你发怒时，儿媳妇忍气吞声，事后没有一句埋怨，这难道不如我的儿媳妇吗？"沈氏流下了眼泪，表示后悔，并问："珊瑚嫁没嫁人呀？"于婆婆答道："不晓得，等我打听打听。"

过了几天，沈氏病已全好，于婆婆准备回去。沈氏见姐姐要走，哭着说："姐姐走了，我仍旧会死的啊！"于婆婆便与安大成商量，与安二成分开居住。安二成将这个主意告诉了臧姑。臧姑不高兴，说话也不好听，骂了安大成，也将沈氏捎带上。安大成被她骂得没办法，只好提出把好地都分给安二成，臧姑这才高兴同意了。当下立了地产文契，于婆婆才走了。第二天，于婆婆派人用车来接沈氏。沈氏便随来人去了。

沈氏到了姐姐家，先让外甥媳妇来见，极力称道外甥媳妇的妇德。于婆婆说："小女子即使有一百个好处，还能没有一个疵点？我是能容忍的。即使你的儿媳像我的儿媳妇一样，恐怕你也不能享用。"沈氏说："啊呀呀，冤枉！以为我像木石鹿猪一样，我有嘴巴鼻子，难道分不来香臭吗？"于婆婆说："被你休弃的儿媳珊瑚，不知想起你会说些什么？"沈氏答道："骂我罢了。"于婆婆道："你如果反省自己，觉得根本没有可骂之处，人家怎么能骂你呢？"沈氏说："人都有毛病缺点，就是因为她不能说我好，所以知道会骂我的。"于婆婆说："该怨的不怨，那么她的德行就可想而知了；该离的不离，那么她对人的抚慰也就可想而知了。你生病时，送东西侍奉你的，本来就不是我的儿媳妇，而是你的儿媳妇啊！"沈氏大惊道："姐姐怎么讲？"于婆婆说："珊瑚在我这里住了很久。先前她送的东西，都是她夜里织布卖了后换来的。"沈氏听了，泪如雨下，说："我有什么脸面见我的儿媳妇啊！"于婆婆便叫珊瑚出来。珊瑚眼中含泪而出，跪伏在地下。沈氏惭愧痛心地自己打自己，经于婆婆极力相劝方才罢休。自此后，婆媳二人和好如初。

十多天后，婆媳二人一同回家。家中的几亩薄田，不够几口人自给自足的。只有依靠安大成为人抄写卖文，珊瑚做些针线活儿养家度日。安二成日子过得富足，然而兄长并不低声下气地向他祈求，而他也不过来看顾母亲及兄嫂。臧姑鄙薄嫂嫂被婆家休过，珊瑚也厌恶臧姑凶悍泼辣不屑于理睬她。兄弟隔院而居。臧姑时常隔墙骂人，安大成这边的人就将耳朵捂起来，并不理会。

臧姑没处施虐，便转而虐待丈夫和婢女。婢女受不了她的虐待上吊死了。婢女的父亲状告臧姑。安二成代臧姑上公堂，挨打不说，官府仍拘捕了臧姑。安大成听说后，跑上跑下托人说情，仍没有免除臧姑的罪责。臧姑被夹了十指，十指皮肉都脱尽了。官吏贪财，向安二成索要钱物。安二成只有典地借钱送给官吏，臧姑才被放了回来。

债主索债一天紧似一天，安二成迫不得已，便将好地卖给村里的富户任翁。任翁因为土地的一半是安大成让给安二成的，要安大成在契约上签字。安大成去了后，任翁忽然对安大成说道："我是安举人。任某是什么人，敢买我的祖业！"他又对安大成道："阴间被你们夫妻的孝心感动，所以让我暂时回来与你见一面。"安大成激动得流出了眼泪说："父亲在天有灵，快救救弟弟！"安举人说："逆子悍妇，是不值得怜悯的！你快回家备办金银，赎出我的血产。"安大成说："我和母亲眼下只能养活自己，哪里有金银？"安举人说："紫薇树下藏有银子。你可以取出来用。"安大成还想再问，任翁已不说话了。不一会儿，他醒了过来，茫茫然什么也不知道。

安大成回家将此事告诉了母亲，母亲并不太相信。臧姑便领着几个人去挖，挖下去四五尺，只看见了些砖石，并没有什么金银，便悻悻而去。安大成听人说臧姑在挖金银，便告诫母亲和妻子不要去看。见臧姑什么也没有挖到，沈氏偷偷去看，见砖石混杂在土中，就回去了。珊瑚随后来了，却见土内全是白银，急忙去喊安大成来看。安大成认为这是先人留下的，不忍心自己全拿走便唤安二成来平分白银。将所得白银平分后，兄弟俩各自装了回家去。

安二成回来与臧姑一同验看，打开袋子，里边装满了瓦砾，二人大惊失色。臧姑疑心被安大成愚弄了，便让安二成悄悄去看安大成那边动静。刚巧见哥哥正把白银放在桌上，和母亲一道相庆。安二成便把刚才所遇告诉了哥哥，安大成也吃惊不小，心中很是为安二成惋惜，就将自己的白银送给安二成一些。安二成这才高兴了，拿白银去还了债，回去后向妻子说起哥哥的恩德，很是感激。臧姑说："从这件事能看出你哥哥的奸诈，如果不是他心中有愧，能将自己所分的白银再让给别人吗？"安二成听了，也不免疑心。

第二天，债主派仆人来，说安二成昨天偿还的白银全是假的，债主打算把他绑了去见官。夫妻二人脸上顿时灰白。臧姑说："这可怎么办啊？！我本来就说你哥哥不至于对你这么好，他是想害死你呀。"安二成怕极了，赶忙到债主家去哀求，债主怒不可解，安二成便将土地的契据都给了债主，听凭他自己去出卖。安二成便取了假白银回来。

到家后，他和臧姑仔细看那假白银，见其中二锭折断的白银表面仅用一点点真银裹着，韭菜叶薄厚，中间尽是铜。臧姑想了想，和安二成商量了一个主意：留下断了的白银，其余的仍送还哥哥，并教安二成说："几次受哥哥的照顾，实在于心不忍。我留下二锭白银，用来领受哥哥的情义。家中所余下的财产，和哥哥一样多，我也用不着太多的田产，都已卖尽了，赎不赎在哥哥。"

安大成不晓得安二成的用意，坚辞不收。安二成语气也很坚决，安大成这才收下。他将白银称了称，少五两多，便命珊瑚将妆匣送到典铺当了，换来银子，凑够了赎地的钱财，带了去找债主。债主怀疑这些白银是上次送来的假货，用剪刀剪断，仔细检验，见成色足，便收下银子，将契据还给了安大成。

安二成自从将假白银还给哥哥后，估计必定有风波。不久，他听说田产已被哥哥赎了回来，惊奇万分。臧姑疑心发掘白银时，哥哥先将真银藏了起来，便愤愤地去找哥哥，厉声责骂。这时，安大成才明白了安二成送还白银的缘故。珊瑚迎上来，笑着说："田产还在，发的什么火！"她让安大成将契据给了她。

一天夜里，安二成梦见父亲责备他说："你不孝不悌，死期已近，现在你名下的每寸土地都不是你的，你凭什么还占着赖着！"安二成醒来后，将梦告诉了臧姑，想把田产归还哥哥。臧姑直笑安二成太愚笨。安二成有两个儿子，大的七岁，小的三岁。不久，大儿子生天花死了。臧姑这才害怕了，让安二成把契据凭证退还给哥哥。安二成再三说明，安大成只是不接受。没有多长时间，小儿子又死了。臧姑更加恐惧，亲自将契据送到嫂嫂那里去。

春天快要过去，田里长满了草，没人耕种，安大成不得已便耕种了。臧姑自此更改品行，侍奉婆母如孝子一般，敬嫂嫂如同姐姐。没有半年，沈氏生病而死。臧姑哭声哀恸，茶饭不思。她沉痛地对人说："婆婆早早死了，我不能再侍奉她老人家，这是上天不允许我赎罪啊！"她怀了十胎孩子都没有养育成，便把安大成的儿子过继来做养子，他夫妻都活到寿终正寝。安大成三个儿子，两个中了进士，人们都说是上天对他能孝顺父母、友爱兄弟的报答。

异史氏说："不遭受跋扈恶人的虐待，就不知道安分尽责之人的忠诚，家庭和国家是同样的道理。不孝的妇人有所感化，而婆母却死去了，说明满堂孝顺，她是无德来承受的。臧姑说上天不许她赎罪，如果不是悟道的人，怎么能说出这样的话？然而她本应很快就死，却寿终正寝，看来上天已宽恕她了。古人认为忧患能够使人生存，是有道理的！"

恒 娘

京城人洪大业的妻子朱氏，姿色颇佳，二人恩爱，感情笃厚。后来，洪大业将婢女宝带纳为妾。宝带长相远不如朱氏，而洪大业却格外喜欢她。这使朱氏心中愤愤不平，夫妻两人因此反目成仇。洪大业知道朱氏厉害，虽然不敢和宝带公开睡在一间房中，然而心更加贴近宝带而疏远朱氏。

后来，洪大业搬了家，邻居姓狄，是做丝帛生意的，妻子叫恒娘。住下来后，恒娘先过这边来拜见朱氏。恒娘三十来岁，相貌中等，但伶牙俐齿，很会说话。交谈中，朱氏便喜欢上了恒娘。第二天，她便过狄府回拜恒娘，见她家中也有一位小妾，年约二十，生得很美。二位主妇说了会儿话，朱氏便回家了。

住了将近半年，朱氏并没有听见狄家妻妾骂过架或有什么嫌隙，狄家主人只钟爱恒娘，而小妾只是摆设而已。一次，朱氏遇见恒娘，便问道："我听说男人爱妾，是因为怜悯她处在妾的地位，总是想将妻子的名分改作妾。而如今，我才知道不是这样。你有什么办法？如肯愿教，我情愿当你的弟子。"恒娘听了，嫣然一笑道："嘻！这是你自己疏远丈夫，却又归咎于他。你早晚在他耳边叨叨不停，时间一长，他心生厌恶，心就越放在小妾的身上，这无异于为丛林驱雀。倒不如放开他，让他放心去小妾房中，即使他要来亲近你，你也别接纳他。你先这样试试，一个月后，我再为你出主意。"

朱氏听从恒娘的话，送给宝带许多衣裳、首饰，让宝带打扮得格外艳丽，让她每天和洪大业同房住。吃饭时，朱氏也让宝带和她一道同丈夫共坐在饭桌上。一旦洪大业提出要与朱氏共寝，朱氏就婉言拒绝，劝丈夫去宝带房中。于是，朱氏贤惠的名声人人皆知。

就这样，一个多月后，朱氏去见恒娘。恒娘早已听说，一见朱氏就喜笑颜开地说："姐姐不愧聪明绝顶！第一步你走了，可贺可贺！这次，你回去后，不要打扮，也不要穿华丽的衣服，更不要涂脂抹粉，而是蓬头垢面，敝衣旧鞋，和家中下人一起劳作。一个月后，姐姐可再来。"朱氏回去后，按恒娘所说，素妆素服，下厨与仆人一道干活。衣服破了，补上补丁，身上整天脏兮兮的，除纺纱织布外，别的事一概不问。洪大业一见她如此模样，不由得心生怜悯，便让宝带去帮她干些事，而朱氏却执意不肯，总是将宝带支使走。

一个月后，朱氏又到恒娘家中，详细地向恒娘叙述了一遍，恒娘先是拍手和她逗趣："你这孩子可教哉！"而后，她正色对朱氏说："后天是三月三上巳节，我想带你一起去踏青。你可脱掉这身破旧衣服，全换上新的，然后早上到我这里来。"朱氏答应着去了。

上巳节那天，朱氏一早起来，按照恒娘所说，朱氏对镜精心打扮了一番，之后便到恒娘家来。恒娘把朱氏上上下下打量了一番，高兴地说："可以了！准把你丈夫勾引得魂儿出窍呢！"她为朱氏梳了个凤髻；见朱氏衣袍袖子做得不合适，让朱氏脱下拆了，改裁了一下；又说朱氏的鞋样子太笨，从针线筐中取出鞋样，三下两下剪出来，和朱氏一道做成一双精巧的绣鞋，让朱氏穿在脚上。朱氏临走时，恒娘取来酒让朱氏喝下，叮嘱她说："你回去后，故意见见你丈夫，只让他看清了你，你便回房中闭门睡觉，等他来敲门时，你只装作没听见。呼喊三次，可让他进来一次，但不能与他亲热。你只这样办，半个月后再来。"

朱氏依言，回家后换上盛装去见丈夫洪大业。洪大业不胜惊讶，先是斜

着眼端详她，笑逐颜开，和平时大不一样。朱氏只说了几句出外游览的话，便用手托着腮，显出一副慵态，然后起身进房，关门睡觉。一会儿，洪大业果然前来轻轻敲门。朱氏躺在床上动也不动，洪大业只好讷讷地走了。第二天又是如此。

到了第三天，洪大业责备她不开门，朱氏却正色道："我习惯独自睡觉，不愿让人搅扰。"待太阳偏西后，洪大业便到朱氏房中坐着不走。掌灯时，夫妻二人坐着说了会儿话，洪大业早已等不及，催着朱氏灭灯上床。这一夜，夫妻间百种恩爱，恰如新婚。末了洪大业说明日还来。而朱氏却只让他每隔三天到她房中来一次。

半个月后，朱氏去找恒娘，恒娘关上门后，笑眯眯地对朱氏说："从此以后，你可以专房了呀！可是你虽长得美丽，却少些娇媚。以你这如花般的姿色，再加上妩媚，便可夺西施之宠，更何况一个小妾呢？"于是，恒娘指点着朱氏，如此这般。朱氏试着学她递送媚眼，恒娘见了嚷道："不好，不好！眼角不好看！"恒娘又试着让朱氏笑，朱氏照着做了，她又说："不对，左边腮帮有毛病。"说罢，她干脆自己做着示范，眼中秋波送娇；又微露皓齿，笑意频频，让朱氏仿效。这样学了几十遍，朱氏才掌握了大概。临走时，恒娘嘱咐她："你放心回家去吧！拿着镜子反复练习刚才我教过的。至于床上的事，你看着办，总之，投其所好。这些都是只可意会不可言传的哟！"朱氏会意地笑着道别，到家后抱着镜子练习。

朱氏果然笑靥动人，秋波送爽，洪大业无比喜欢，心和神均被那一笑一颦勾了去，唯恐被朱氏疏远或拒绝。每到天将黑时，洪大业就到朱氏房中和朱氏调笑，寸步不离其左右，天天如此，竟然赶也赶不走了。越是这样，朱氏越是善待宝带，凡是房中设宴，她总是让宝带出来与她一道坐在榻上。这时，朱氏艳容娇美，风流妩媚；而宝带却相貌平平，毫无风韵可言，犹如一个乡间农妇。相形之下，洪大业看宝带丑陋，便心生厌恶，酒席还没散，便将宝带遣回房去了。席散后，朱氏劝丈夫与宝带同寝，然后将门窗关好自去了。洪大业虽上了床，却整夜不碰宝带一下。宝带又羞又愤，从此以后，更恨洪大业无情无义，对人说起时，总是抱怨不止。话传到洪大业耳中，他恼羞成怒，渐渐地对宝带施以拳脚和皮鞭。宝带更加愤恨，一气之下，每天头不梳，脸不洗，更不修饰，破衣脏鞋，蓬头垢面，没个人样。

一天，恒娘问朱氏道："我的办法怎样呢？"朱氏答道："妙极了！可是弟子虽能按你所说去做，但始终不明白个中的道理，为什么要先放纵丈夫呢？"恒娘神秘地笑笑说："你没听人说过，男人往往容易喜新厌旧，重视难以得到的，轻视容易得到的。丈夫爱妾，并不一定是因为她长得美，而是因为刚刚到手觉得新鲜，而且又庆幸难以弄到手。让他和小妾去亲近，时间久了，就像山珍海味吃多了容易厌倦一样，更何况那种毫无美味的野菜羹呢？！"朱氏仍不明白，问恒娘："起初是故意毁败自己的容貌，继而又刻意炫耀自己，这又是为什么呢？"恒娘嘿然一笑，答："丈夫将你冷落到一边，看都不看便与久别无异；忽然一天见你艳妆盛服，人面桃花，仿佛换了一个人，就将你看作新来的佳丽，就好像穷人猛然间得到了粱肉，而认为谷米没有滋味了一般。虽然如此，你却不能轻易让他和你接近，道理很简单：因为在丈夫眼中，宝带是故人而你却是新人，她要取得丈夫的宠爱容易，而你却比较难，这就是你把取代你妻子地位的宝带又推回到小妾地位的办法啊！"朱氏听了大为高兴，和恒娘相互交好，两人竟成一对密友。

几年后的一天，恒娘忽然对朱氏说："你我二人情同姐妹，像一个人似的。有好几次我想说而又担心你会起疑心。现在，我将要走了，才敢将实情告诉你：我是一只狐狸。从小受继母虐待，她把我卖到京城。我丈夫对我很好，所以我不忍心与他很快分手，恩恩爱爱直到今天。明天，我的父亲要羽化升仙，我要前去探看，此一去便不再回来了。"朱氏一听，拉着恒娘的手唏嘘流泪，难分难舍。

第二天，她一早便去狄家探看，见狄家正在惊慌之中，那恒娘早已没了踪影。

异史氏说："买珠宝的人不认为珠宝贵重却将盛珠宝的匣子看得很贵重，喜新厌旧、重难轻易的心理，千古以来，不能破开这种疑惑；于是将憎恶变为爱恋的办法，就得以在人间大行其道了！古时奸佞臣子侍奉君王，不让君王接近儒生，不让君王读书。由此可见，保住宠幸和优荣，都是有秘方的。"

葛　巾

洛阳人常大用，喜爱牡丹成癖，听说曹州牡丹是齐鲁一带最好的，就一心向往。碰巧有其他事到曹州，他便借住在当地士绅的花园中。

当时正在二月间，牡丹还未开花，常大用只能徘徊园中，注目花苞，期望早日长出，他还写了上百首怀牡丹的绝句诗。不多久，花蕾渐渐长成，但钱也要花完了，常大用就把春天的衣服当了，依然流连忘返。

一天一大早，常大用来到牡丹花圃，见有一位姑娘和老妇人在那儿，猜是高贵人家的家眷，连忙返身回来。傍晚再去，又看到她们，他就从容地避开了。略微瞧看一眼，见那姑娘宫中打扮，艳丽至极。正在目眩心迷之际，突然转出一个念头：这一定是仙人，尘世中难道有这样的姑娘吗？他急忙返身去找，刚转过假山，正碰上老妇人。姑娘正坐在石头上，彼此看到，吃了一惊。老妇人用身子遮住姑娘，呵斥说："大胆狂生，想干什么？！"常大用直挺挺地跪下，说："娘子一定是神仙。"老妇人训斥道："如此胡说，该把你捆起来送到官府！"常大用吓坏了。姑娘却微微一笑，说："让他走吧！"姑娘转过假山走了。

常大用往回走，腿脚都有些不听使唤了，想着姑娘回去告诉父亲哥哥，肯定会来辱骂羞辱一番的。躺在空荡荡的房子里，他很后悔自己的冒失不检点，只是暗自庆幸姑娘没有怒容，或许不把这当回事记在心里。又悔又怕，悔怕交集，一夜下来常大用竟病倒了。第二天日头已高，也没有人来兴师问罪，常大用很高兴，心里也渐渐安宁，但一想起姑娘的音容笑貌，害怕又变成了相思。如此连续三天，常大用憔悴得几乎要死。

一个晚间，仆人已经睡熟，老妇人来了，端着个杯子上前说："这是我们家葛巾娘子亲手做的毒药汤，快喝了！"常大用吓了一跳，但随后说："我和娘子，从无怨恨过节，何至于要赐我死？既然是娘子亲手调制的，与其因相思得病而死，还不如饮毒药而死！"常大用接过来一饮而尽。老妇人笑了，接过杯子走了。常大用觉得药气香冷，不像是毒药。不大工夫，他觉得胸膈间宽展舒畅，头脑清爽，便酣然睡去，醒来后，已是阳光灿烂，映满窗前。他试着起来，病似乎好了。他心中更加相信姑娘是神仙。没有相见的机缘，他只能在没人的时候，想象着那女子站着、坐着，虔诚地叩拜，默默地祈祷。一天，正走着，突然在林木深处迎面碰上姑娘，常大用喜出望外，拜倒在地。姑娘走上前来拉他起来，他突然闻到姑娘身上的奇异的香味。他拉着姑娘白玉般的手腕站起身来，手指触到她的肌肤，只觉柔软温润，令人骨节都要酥了。正要说话，老妇人突然来了。姑娘让他藏在石头后边，指着南边说："夜里用花梯过墙来，四面全是红窗子的房屋，就是我的住处。"说完，匆匆离去，常大用心中一阵失落，失魂落魄，不知她到什么地方去了。

夜里，常大用搭梯子上了南墙，发现那边墙下已放好梯子，很高兴，顺着下去后，果然有带红窗的房子。房中传出下棋声，他站住不敢再往前走，只好翻墙回去。待了一会儿，又翻过来，落子的声音响得更紧，慢慢近前，悄悄一看，常大用见姑娘正和一位素衣美人对坐，老妇人也在座，一个使女在旁侍候。他就又翻墙回去。往复三次，已将三更了。常大用趴在梯子上，听老妇人出来说："梯子谁放在这的？"便叫使女来一块儿搬走了。"常大用待在墙上，又恨又气，只好闷闷不乐地回去。

第二天夜里，常大用又去，见梯子已预先放好，下去后，幸好寂静无人，进屋，见姑娘一人独坐，动也不动，似乎在想什么。看到常大用，吃了一惊，起身，含羞侧身站着。说完，常大用作揖说："我自想福分浅，只怕和天人无缘，竟也有今夜啊！"常大用将姑娘拥进怀中。姑娘柳腰纤细，恰好一握，呼气芬芳如幽兰。她以手推拒说："怎么一来就这样？！"常大用说："好事多磨，迟了鬼也会忌妒的。"话未完，二人就听远远传来说话声。姑娘说："玉版妹子来了！你可以暂且趴在床下。"常大用照办。不大工夫，进来一个女子，笑着说："败军之将，还敢再战吗？我已烹好茶，特请你去做长夜之欢。"姑娘以困了推辞。玉版执意请她，姑娘坐着坚决不去。玉版说："如此恋恋不舍，难道有男子藏在屋里吗？"玉版硬拉着姑娘走了。常大用从床下爬出来，恨得要死，就翻开枕头席子，想找件姑娘的东西。但屋子里没有梳妆用品，只是床头上有个水晶如意，柄上结着条紫色的巾子，芬芳爽洁，很可爱。常大用藏在怀里，翻墙回去了，整整身上的衣服，依然散发着姑娘的体香，心中的思念渴望更加迫切。但藏在床下时的惊恐，使他有犯罪受罚的感觉，想想不敢再去，只是珍藏着如意，常大用希望姑娘来找。

隔了一夜，姑娘果然来了，笑着说："我一向认为你是君子，但不知竟是盗贼。"常大用说："真有这回事！所以偶尔不做君子，只是期望大家能够如意啊！"说着，常大用就把姑娘揽在怀里，脱去姑娘的衣服，莹润如玉的肌肤一展现，带着体温的香气便四处流溢，拥抱间，只觉得她鼻息体味间，没有不芬芳袭人的。于是常大用说："我一直认为你是神女，现在更清楚不是猜测了。有幸得到您的垂爱，真是三生有缘了。只怕像仙女杜兰香那样，下嫁人间，最终分手只留下离恨。"姑娘笑说："你想得太多了。我不过是个离魂的倩女，偶然被情所动罢了。这事要谨慎保密，怕那些是非之口，颠倒黑白，你长不出翅膀，我不能驭风，那么因祸患分离就比好聚好散更惨了。"常大用觉得对，但总认为她是仙人，一个劲儿地问她姓什么。

姑娘说："既认为我是仙人，那仙人又何必告诉别人姓名。"常

大用问:"老妇人是什么人?"姑娘回答说:"她是桑姥姥。我年幼时蒙她庇护,不受风霜雨露的侵害。因此,她和那些婢女不一样。"姑娘起身准备走,说:"我那里人多眼杂,不能在这儿久留,找机会我就会来的。"分手时,姑娘索要如意,说:"这不是我的东西,是玉版丢下的。"常大用问:"玉版是谁?"姑娘答:"我的堂妹。"常大用便把如意给了她,姑娘就走了。

姑娘虽然走了,但那被子枕头等却染上了异香。从此后,三两夜姑娘就来一次。常大用被迷住,不再想回家。但钱已用完,常大用就打算卖马。姑娘知道了,说:"你因为我的缘故,囊空如洗,衣服也当了,我怎么能忍心呢?现在又卖马,千里之途,你将怎么回去?我还有些积蓄,还能帮你应付归家所需。"常大用辞谢说:"感谢深情,我拍胸脯下誓言,也不足论报。又这样贪心卑下,耗费你的财物,我还像人吗!"姑娘非要他接受,说:"就算是我借给你的。"说完,姑娘拉着常大用的胳膊,来到一棵桑树下,指着块石头说:"搬开它!"常大用照着做了。姑娘从头上拔下簪子,在那地上刺了几十下,又说:"刨开。"常大用又照着做了,只见露出一个瓮口,姑娘伸进手去,拿出白银五十多两。常大用拉着姑娘胳膊不让再拿,姑娘不听,又拿出十多锭,常大用硬放回去一半,然后,像原来那样埋起来。

一天晚上,姑娘告诉常大用说:"近来已有些议论,看样子长不了啦,这不能不预先考虑谋划一下。"常大用吃惊说:"这可怎么办!我一向规矩谨慎,现在为了你,像失守的寡妇,再也不能自主了。一切都听你的,就是刀砍斧锯,也不管它了!"姑娘就商量和他一起逃走,让他先走,两人约好在洛阳见面。

常大用收拾东西上路回家,打算先到家然后再迎回姑娘。谁知刚到,姑娘的车也正好到了家门前,两人一起进门,拜见家人。四邻很惊奇,也一起来祝贺,并不知道他们是暗地逃回来的。常大用提心吊胆很是害怕,姑娘却格外坦然,告诉常大用说:"别说千里之外无法打听得知,就是知道了,我是世家女儿,卓王孙遇到司马长卿不如此还能怎样!你可以放心。"

常大用的弟弟叫常大器,十七岁。姑娘看着他说:"他很有慧根,前程大大超过你。"常大器快成婚了,未婚妻就突然死了。姑娘对常大用说:"我的妹妹玉版,你也曾看到过,容貌很不错,年纪也相仿,他们结成夫妇,真算是最佳配偶了。"常大用听了直笑,逗她说让她做媒。姑娘说:"真想叫她来,也不是什么难事。"常大用高兴地问:"用什么方法?"姑娘答说:"妹妹和我最好。驾匹两马的轻便车子,让一老妇跑一趟就行了。"常大用怕去了牵出自己的事情,不敢答应。姑娘执意坚持,说:"没关系。"就备了车,姑娘派桑姥姥前去。

几天后,车子到了曹州。将近街门时,桑姥姥下了车,让车夫把车停在路上等着,自己趁着夜色进了花园。好长时间,她带着一个姑娘一块儿来了,上了车就出发。天黑时就住在车上，五更时就再走。

姑娘计算着时间，等要来时，让常大器换上盛装去迎娶。走了五十多里，双方相遇，行了迎娶的礼仪，一同回来。家中张灯结彩，鼓乐齐鸣，常大器和玉版行礼成婚。从此，兄弟两人都有一个漂亮媳妇，家里也一天天富裕起来。

一天，有几十名大盗，骑着马，突然闯入。常大用知道发生变故，让全家人都躲上了楼。大盗们跟进来，把楼围住。常大用俯身问道："我们之间有仇吗？"强盗回答说："没有仇。只是有两件事要相求：一是听说两位夫人是人间没有的，请恩赐我们见一见；二是我们兄弟五十八个人，每个人讨您五百两银子。"强盗把柴堆积在楼下，准备放火威胁。常大用只答应给银子，强盗们不满意，要烧楼，家里人非常恐慌。姑娘和玉版要下楼，拦阻不听。两人收拾得光彩夺目下了楼，离地面还有三个台阶时停住了，对强盗说："我们姐妹都是仙女，暂时来人间走一走，怕什么强盗！想赐给你们万两金银，只怕你们不敢要。"众强盗一起向上跪拜，连连说："不敢。"姐妹两个准备退身，一个强盗说："这是行诈！"姑娘听见，转过身站着，说："打算干什么，早点儿说，还不算晚。"强盗们面面相觑，没一个人说话，姐妹俩从容地上了楼。强盗们抬头仰望，直到看不见了，才一哄而散。

又过了两年，姐妹俩各生了个儿子，才渐渐自称："姓魏，母亲封为曹国夫人。"常大用怀疑曹州没有姓魏的世家，更何况大姓家中走失两个女儿，竟放到一边问也不问。虽然没敢因此详细盘问，但心里总觉得奇怪。常大用就找了个机会再到曹州去。到了曹州，他四下打听，发现世族中并没有姓魏的。常大用又到原来的房东那里借住，见墙壁上有《赠曹国夫人》的诗，很是吃惊和怪异，就向主人打听。主人笑了，就请他去看曹国夫人。去了一看，原来是一株牡丹，与房檐齐高。问此名由来，说因为此花是曹州第一，所以同人们开玩笑封的。问是什么品种，说是"葛巾紫"。常大用心中更怕，怀疑姑娘是花妖。

回家后，常大用不敢直说，只是讲那《赠曹国夫人》诗以观察反应。姑娘听了，皱眉变色，匆匆出去，叫玉版抱孩子来，对常大用说："三年前，我被你的思恋感动，就以身报答。现在被猜疑，还怎么能再聚在一起！"说完，姑娘就和玉版一块儿举起孩子，远远一扔，孩子掉在地下不见了。常大用正惊慌地四处看，姐妹二人一起不见了。常大用又恨又悔。

几天后，孩子落地处长出两株牡丹，一夜间长一尺多高，当年就开了花，一紫一白，花朵大得像盘子，比起一般的葛巾花、玉版花，花瓣更多更细。几年中，枝叶茂盛，长成一丛。分出部分移栽别处，变生别的品种，没有人知道叫什么。从此，牡丹的繁盛，没有能超过洛阳的。

异史氏说："坚守专一，鬼神可以沟通，如此则葛巾也不能说是无情的。白居易寂寞时，还把花当作夫人，何况那牡丹真的能了解人意，甘为人妻，又何必非要去追根问底呢？可惜常大用太不通达了。"

书　痴

彭城人郎玉柱，他的先辈曾官至太守，很清廉，得到俸禄不用来置办经营产业，只收藏书，满屋子都是。到郎玉柱自己，更是爱书如痴，家里极穷，什么都卖了，只有父亲的藏书，一本也不舍得出手。

父亲在世时，曾亲笔抄了《劝学篇》，贴在他的书桌座位右边，郎玉柱每天诵读，又用素纱保护着，只怕磨坏了。他读书不是为了求得一官半职，而是确实相信书中真有美人金钱。昼夜研读，不论寒暑，他从不间断。二十多岁了，他也不设法提亲成婚，只期望着书中的美人自己来到。见到客人亲戚，也不知道问候，三五句话后，他便大声自顾自地读起书来。客人觉得无趣，只好一走了之。每当学政大人抽查测试时，都将他列在前面，但遗憾的是难以中举。

一天，他正在读书，突然一阵大风把书卷走了，连忙去追，一脚踏在地上，却陷了进去，他用手一探摸，洞里有腐烂的草，挖开一看，是古人的粮窖，存粮已朽败得像粪土一样。虽然粮食已经无法再吃了，但他更加坚信"书中自有千钟粟"的说法不假，也更用功读书了。

又有一天，郎玉柱顺着梯子爬到书架高处，在乱书堆中发现有一辆长达一尺的金车，喜出望外，认为是"书中自有黄金屋"的应验。他拿出去向人展示，却发现是镀金而不是真金的，心里暗自怨恨古人骗自己。过后不久，和他父亲同年考中进士的人被派到此处做视察使。这人本性好佛，有人就鼓动郎玉柱把金车献出来做佛龛。视察使很是高兴，就赠给他三百两银子、两匹马。郎玉柱很高兴，认为金屋、车马都应验了，因此读书更加刻苦。

然而这时他已经三十岁了。有人劝他成家，郎玉柱回答说："'书中自有颜如玉'，我用得着担心没有漂亮老婆吗？"他又苦读了两三年，一点儿结果都没有，人家都拿这开玩笑。当时民间传说：天上织女私逃下凡。有人就逗郎玉柱："天上仙女私奔，就是为了你啊！"郎玉柱知道是戏弄自己，也就不加理睬。

一天晚上，郎玉柱读《汉书》到第八卷，快到一半时，见有纱剪的美人夹在里面，吃惊地说："'书中自有颜如玉'，难道就应验在这上面吗？"他的心里怅然若失。但仔细看那美人，眉目如生，背上隐隐有两个小字——织女。郎玉柱很奇怪，就天天放在书卷上，反复端详赏玩，以致连吃饭睡觉都忘了。

一天，郎玉柱正看着书，美人突然弯腰起来，坐在书上微笑。郎玉柱吃惊得要死，忙趴在地上叩拜。等拜完抬起头，那美人已有一尺高了。郎玉柱更怕了，又叩头。那美人已从桌子上下来，亭亭玉立，宛然一位绝代佳人。郎玉柱问："您是何方神仙？"美人笑说："我姓颜，字如玉，你早已知道我了。天天蒙您格外垂青，假如不来一下，恐怕千载而下再也没有相信古人的人了。"郎玉柱高兴极了，就和她睡在一起。枕席间虽恩爱备至，郎玉柱却一点儿也不懂得男欢女爱的事情。

每当读书时，郎玉柱必定要如玉坐在身旁。如玉叫他不要再读了，他也不听。如玉说："你之所以不能飞黄腾达，原因就在于只读书啊。试看那些中举的人，像你这样读书的有几个人呢？你如果不听我的，我就只好走了。"郎玉柱当时听了，但转眼间就忘了，读书声又朗朗响起。过了一会儿，他再找如玉，但不知她到哪儿去了。郎玉柱失魂落魄，祈求祷告，但如玉一点儿踪影都没有。他突然想到如玉藏身之处，于是把《汉书》拿出来仔细翻找，翻到原来发现的那一页，果然找到了。呼唤她，动也不动，郎玉柱趴在地上哀求发誓，如玉才从书上走下来，说："你再不听我的话，就永远不再相见！"如玉叫他找来棋具、赌具等，每天同他纵情游戏。但郎玉柱心思根本不在这上面，只要瞧见如玉不在跟前，就暗自拿书来读。他怕如玉发觉，就暗中把《汉书》第八卷混杂在其他地方，让她找不到回去的路。

一天，郎玉柱读书入迷，如玉来了，他竟一点儿没发觉。忽然间看见如玉，他忙把书合上，但如玉已不见了。郎玉柱很怕，拼命地找，把所有的书翻遍了，一点儿如玉的踪影都没有。最终，郎玉柱还是在《汉书》第八卷中发现了她，仍在以前的书码，一点儿不差。于是他又跪拜祈求，发誓再不读书，如玉才下来。如玉和他下棋，说："三天内棋艺不熟，我就再回去。"到第三天，他不知怎么竟在一局中赢了如玉两子。如玉很高兴，又教他乐器，规定他五天内练熟一支曲子。郎玉柱手上弹着，眼睛看着，已没有闲暇去顾及其他事情了。时间长了，随手弹奏，都合节拍，自己也受到鼓舞。如玉又天天和他喝酒游戏，郎玉柱乐而忘读。如玉又让他走出家门，广交朋友。从此，郎玉柱风流潇洒的美名顷刻间名扬远近。如玉说："你可以参加科举考试了。"

有天夜里，郎玉柱突然对如玉说："男女住在一起就会生孩子，我和你一起住了这么长时间了，为什么没有孩子呢？"如玉笑了，说："你整天读书，我一直认为没什么好处。就连夫妇间的事，你还尚未了解懂得：'枕席'这两个字大有学问。"郎玉柱惊奇地问："什么学问？"如玉笑笑没说话，一会儿暗中凑到郎玉柱跟前，主动与郎玉柱交欢。郎玉柱快乐到极点，说："我想不到夫妻间的快乐，还有用语言不能形容的。"于是，郎玉柱碰到人就说，没有人不被逗得捂着嘴笑他。如玉知道了，责怪他。他说："打洞翻墙的事，才不可告人。夫妻间的天伦之乐，人人都有，有什么好忌讳的。"

此后过了八九个月，如玉生了个男孩，郎玉柱雇老妈子带着。突然有一天，如玉告诉郎玉柱说："我跟你两年了，现在也生了孩子，可以就此分别了。时间长了，怕给你带来灾祸，到那时后悔也晚了。"郎玉柱听了，哭着趴在地下不起来，说："你不想那正在呱呱啼叫的孩子吗？"如玉也很悲伤，满面凄惨，很长时间，才说："你一定要留我不走，那你就把书架上所有的书都丢掉不要了。"郎玉柱说："这些书是你的故乡，也是我的性命，怎么能说出这种话？"如玉也不勉强，说："我也知道是定数，但不能不预先告诉你。"

原来，亲族中看到如玉的人，都惊奇得要死，由于没听说郎玉柱和哪家结了亲，就去盘问。郎玉柱不会说谎话，只好默不作声，人们更猜疑，这事传得纷纷扬扬，远近都知。最后，传到县令史公耳朵里。史公是福建人，年纪轻轻就中了进士。他听说后心中意动，很想一睹芳容，就要将郎玉柱和如玉抓来。如玉得知消息，就避匿得无影无踪。史公大怒，把郎玉柱押入狱中，革去功名，戴械上刑，一心要问出如玉的下落。郎玉柱被拷问得死去活来，但一句供词也没有。史公派人拷问家中使女，使女含含糊糊知道一点儿，但又说不太清楚。史公认为如玉是妖精，就亲自带人到郎家。进屋后，史公见到处是书，多得无法搜查，就放火烧了。烟气凝结在院子上空，浓重得像阴云密布。

后来，郎玉柱被放了出来。他到远方找到父亲的一位学生，求得一封说情书信，重新复议此事，恢复了他的秀才资格。郎玉柱当年考中举人，第二年考中进士。他对史某恨之入骨，供着颜如玉的牌位，早晚祈祷祝愿说："你如果在天有灵，保佑我一定到福建当官。"

后来，郎玉柱果然到福建任巡按御史。到任三个月，查出史某的种种劣迹，抄没他的全家。当时郎玉柱的表亲中有个人为司法官员，逼着史某把自己的爱妾送给郎玉柱，假说是买的婢女，暂且安顿在官署里。案子了结后，郎玉柱当日就自我弹劾，带着那小妾弃官回家了。

异史氏说："天下的东西，积聚太多就会招来嫉妒，太爱好就会走火入魔。女子的妖异，就是爱好书之走火入魔。事情离奇荒诞，史县令查究一下未尝不可。但施展秦始皇用火烧的暴虐，也太惨了些！史县令存心不良，也活该得到这样恶毒的报复。唉！有什么奇怪的！"

齐天大圣

兖州府人许盛，跟哥哥许成到福建做生意，货物还没采购齐全，有客商说此地的大圣很灵验，要到庙里去祈求祷告一下。许盛不知道大圣是什么神，就和哥哥一块儿前往。到大圣祠庙，只见殿堂楼阁接连一片，宏伟壮丽无以复加。到大殿瞻仰，圣像是猴头人身，原来是齐天大圣孙悟空。所有人都肃然起敬，不敢有一点儿懈怠的样子。许盛向来刚正耿直，暗自好笑世俗的浅陋。大家上香祭奠，叩拜祷告，许盛却悄悄溜走了。

拜完回到住处，哥哥责备他怠慢无礼。许盛说："孙悟空是丘处机老先生所写寓言中的人物，干吗这样虔诚信奉？如果他真有神灵，不管是刀砍雷劈，我自己承受！"客店老板听他直呼大圣名字，忙摆手阻止，大惊失色，像是怕大圣听到一样。许盛见他们这样子，更加高声嚷嚷争辩，听的人都捂着耳朵走掉了。到夜里，许盛果然病了，头疼得厉害。有人劝他到庙中谢罪，许盛不听。不大一会儿，许盛头疼好点，大腿又疼了，一夜间竟长出个极大的毒疮，连脚也肿了，吃不下饭，睡不成觉。于是哥哥就替他去求神，但不灵验。有人说："神降天谴，必须自己亲自去。"许盛仍是不信。

过了一个多月，旧疮渐渐好了，但新疮又长出来，比前一次更加痛苦。找医生来，用刀割那腐烂的肉，血流了满满一碗。许盛怕人们把大圣传得更神奇，就强忍着疼不呻吟一声。又过了一个多月，许盛的病才好了。但哥哥又染上了重病。许盛说："怎么样！敬神的也是这样，足可以说明我的病并不是由于孙悟空而生的啊！"哥哥听了他的话，更加气恼，认为这是神迁怒于自己，责备弟弟不替自己去祷告。许盛说："兄弟像手足，前些日子，我身子都烂了也不去祷告，现在难道因手足有病就改变我的操守吗？"因而许盛只是寻医求药，而不到庙中去求神。

吃了药，哥哥突然死了。许盛伤心悲痛集结满胸，买了棺木装殓了哥哥后，直奔庙中，指着圣像数落道："哥哥病时，说是你迁怒于他，使我不能自白。倘若你真有神灵，就应该让死者复生，我就面朝北当你的弟子，不敢有其他话。不然的话，就将你处以三清之法，将塑像也处置掉，也好破除我死去的哥哥的困惑。"

夜里，许盛梦到一个人招呼他到大圣祠。到后，他抬头看见大圣怒气冲

冲，斥责他说："因为你不成体统，用菩萨刀刺穿你的腿，但还不认识自己的罪过，依然说些渎神的话。本应送你到拔舌地狱，念你一生刚正耿直，暂且宽恕赦免了你。你哥哥的病，是你找来的庸医害他短命，对别人有何怪罪？现在不略施些法力，更让狂妄不信神的人引为口实。"大圣就派了位侍从到阎罗那里去请命。侍从回来说："人死三天后，鬼籍已上报天庭，恐怕无能为力了。"大圣拿了块方板，提笔不知写了些什么，让侍从拿着去了，很长时间才回来。许成和他一块儿来，并肩跪在堂上。大圣问："怎么这么久？"侍从说："阎罗不敢自作主张，又拿着大圣的旨意上禀南斗北斗星君，因此晚了。"许盛快步上前拜谢神恩。大圣说："快点儿和你哥哥一块儿走吧。如果你能够向善，会为你降福的。"兄弟俩悲喜交集，互相搀扶着回去了。

许盛梦醒后，连忙打开棺材一看，哥哥果然活了过来，忙将其扶出来，非常感激大圣。从此后，许盛诚心信奉，比那些一般人更加虔诚。只是兄弟二人的本钱，因病已耗去大半，现在哥哥身体还没有痊愈，生意做不成。兄弟二人相对发愁，没有办法。

一天，许盛偶然到城外去游玩，突然有位穿粗布衣服的人盯着他说："你有什么忧愁？"许盛正苦于无人倾诉，就把自己的遭遇一一道来。那人说："有一个好地方，你暂且去看看，也足以解解忧愁。"许盛问："什么地方？"那人只回答说不远。许盛就跟着去了。

出城有半里路远，那人说："我有些小法术，转眼就能到。"于是叫许盛两手抱着自己的腰，略一点头，就觉得云从脚下生出，腾空而上，不知有几千万里。许盛怕极了，双眼紧闭不敢睁开。不大工夫，听那人说："到了。"许盛睁开眼睛，突然出现一片琉璃世界，流光溢彩。许盛惊讶地问："这是什么地方？"那人回答说："天宫。"二人信步走去，越上越高。远远望见一老人，那人高兴地说："正好碰到此老，是你的福气？"许盛抬手向老人作揖。

老人邀请他们到自己的住所，烹茶献客，只端上来两盏茶，根本就没有许盛的。那人说："这是我的弟子，千里迢迢做生意。现在虔敬地来到您府上，求您略施馈赠。"老人就叫小童拿出一盘白色石子，样子像雀蛋，晶莹明澈，像冰一样，让许盛自己拿。许盛心想拿回去可做饮酒时计数的筹码，就拿了六个。那人觉得太少，又替他拿了六个，交给许盛一块儿包好了，嘱咐他装在腰袋里。许盛拱拱手说："够了。"

告别老人，那人仍让许盛抱着腰下来，一刻间就着了地。许盛叩拜请问仙名。那人笑着说："刚才就是所谓的筋斗云。"许盛恍然大悟，知道是大圣。他就又求大圣保佑，大圣说："刚才所见的是财星，已赐给你十二分利，哪还需要求其他的呢！"许盛又拜下去，起来后，大圣已渺无踪迹。

回去后，许盛高兴地告诉哥哥，解下腰袋一起看，那些白石子已经融进腰袋了。后来兄弟二人用车运货回到家乡，获利几倍。从此后，他们多次到福建，一定去拜祭大圣。其他人祈求祷告，不太应验，许盛所求，没有不应验的。

异史氏说："从前有位读书人路过寺庙，在墙上画了把琵琶后走了。等他再回来时，琵琶竟已大显神灵，寺庙的香火兴旺。这表明天下的事情本来就不必实有其人；人认为它灵，那它也就灵了。什么缘故呢？人心向往，而妖物就来假托罢了。像许盛这样刚正耿直的人，本来就应得到神明的保佑，难道真的有那耳藏绣花针、毫毛可以变化、脚下生筋斗云、青天可飞上的孙悟空吗？！但许盛最终入歧途被迷惑，可见他并没有真正坚持自己的信仰操守！"

青蛙神

在长江汉水一带，民间对青蛙奉若神明。供奉青蛙神的祠庙中的青蛙多得数不清，有的像蒸笼那般大。有谁不小心冲撞了青蛙神，家中便总是出现一些怪现象：青蛙爬上几案、床榻乱跳乱蹦，有的像蜥蜴似的紧紧趴在光滑的墙壁上也掉不下来，各具形态。每逢这家发生这种怪异的事，就一定会有凶事发生。因而全家上下，人人惊恐，赶忙斩杀牲畜祈祷青蛙神。青蛙神一旦高兴，这户人家也就没事了。

楚地有叫薛昆生的，自幼聪慧，英俊潇洒，人见人爱。昆生六七岁时，一天，有位穿青衣的老妇人来到他家，自称她是青蛙神的使者，代为转达青蛙神的意思，愿意将女儿嫁给昆生。薛老汉性情纯朴敦厚，听老妇人一说，心中怎情愿？便推说儿子还小，谈婚事未免太早而婉言谢绝了。从这以后，薛老汉对别人也不敢提起儿子的婚事。

几年过去了，昆生渐渐长大，家中为他向姜氏姑娘下了聘礼。青蛙神责问姜家说："薛昆生是我的女婿，你家怎么能随便染指呢？"姜家吓坏了，赶忙退了聘礼。薛父得知这事后，深深为之忧虑，于是杀牲祈祷，对着青蛙神像说："实在不敢和神之女相配啊！"祈祷完，薛父猛然间见案上所供菜肴水酒中竟漂浮着大蛆虫，蠢蠢欲动。薛父把酒菜倒掉，急忙谢罪回家。他心中越想越怕，只好听天由命了。

一天，昆生有事外出，路上，有位神使迎上来，向他宣布神命，苦苦邀请昆生前去面见青蛙神。昆生不得已，只好跟着神使去了。他进了一个红色大门的院子，里面亭台楼阁，华丽堂皇。有位老翁坐在堂上，看上去有七八十岁。昆生慌忙跪在地上拜谒。老翁命他起身，让他坐在案旁。不一会儿，婢女婆婆们围过来观看他，乱纷纷挤在一起。老翁回头吩咐婢女道："去告诉老夫人说薛郎到了。"几个婢女应诺着去了。

没多长时间，一白发老妇人领着一位女郎出来，有十六七岁，生得花容月貌，美艳绝伦。老翁用手指着女郎对昆生说："这是我的女儿，名唤十娘，我原说她可与你配为佳偶，可你父亲却因为我们是异类而拒绝了。婚姻大事，当父母的只能做一半主，那一半在于你自己了。"

昆生一边听着，一边用眼睛打量十娘，心生好感，嘴上却不说。老妇人笑着说："我本来就知道你愿意。请你先回，我马上就将十娘送到你家。"昆生答应下来，急忙回去告诉了父亲。

薛老汉乍一听，仓促之间手足无措，便教给一番话，叫儿子再去青蛙神那儿表示谢绝，昆生不肯去。正在推搡间，车子已停在门外，婢女成群结队，拥着十娘鱼贯入门。十娘登堂拜昆生父母，公婆见了十娘，喜不自胜。到晚间二人成婚，共入新房。这一夜，说不尽的情意美满，琴瑟和谐。

从此以后，青蛙神夫妇经常降临薛家。他们身上穿的衣服，若是红的便是喜事，白的就来财，很快应验。不久薛家便发了家。

自昆生和十娘结婚后，门外、堂前、墙边、厕内全是青蛙，家中人虽不满，却没有人敢说一句冒犯的话，也没有人敢用脚踩。只有昆生年轻任性，高兴时便忘了讨厌它们，发怒时就用脚踩踏，不太怜惜。十娘脾气虽然温顺，却也容易发怒，她不喜欢昆生的所作所为，昆生并不理会十娘的愠怒，行为没有一丁点儿收敛。十娘越发气愤，拿话来刺激昆生。昆生也恼了，发怒道："难道仗你家父母能祸害人吗？大丈夫怕什么青蛙？！"十娘很忌讳谁说"蛙"字，叫昆生如此一说，更加生气，说："从我进你家大门，为你家田里增收，买卖赚钱，家业兴旺。如今一家老小衣锦腹饱，却恩将仇报，就如猫头鹰生出翅膀，想啄瞎老母鹰的眼睛了！"昆生大动肝火，嚷道："我正嫌弃这些污秽东西，不忍心将它们留给子孙，不如你早早走了了事！"昆生便将十娘赶走。昆生父母听说时，十娘已去多时了。老夫妻俩气得瑟瑟发抖，斥骂昆生糊涂，让他快去将十娘追回来。昆生正在气头上，说什么也不肯。到了晚上，昆生母子都病倒了，胃中难受，吃不下饭。薛老父怕急了，忙去青蛙神庙负荆请罪，情辞恳切。三天后，母子俩的病才痊愈。十娘也自己回来了，夫妻又和好如初。

十娘过门后，整天总是装扮后安坐在房里，从来不做针线活，昆生的衣服鞋袜，全部推给了薛母。薛母不高兴地唠叨说："儿子娶了妻，仍旧累老娘！人家儿媳妇侍奉婆婆，我们家却是婆婆侍候儿媳妇！"这话可巧让十娘听到，生气地一扭身来到堂上，愤愤地说："我做儿媳的每天早上侍候婆婆饮食，晚间亲自到房中问安，像这样供奉婆婆，还有什么可挑剔的？我不足的是不能省下佣钱，自受苦罢了。"薛母气得说不出话来，直抹眼泪。昆生进来，见母亲面有泪痕，便问母亲为何伤心。薛母说了前事，昆生火冒三丈，狠狠地责骂十娘。十娘不服气，更不屈服。昆生恨恨地说："娶下妻子不能让父母快乐，倒不如没有！即使触怒了老青蛙，也不过遭横祸死掉而已！"说罢昆生又将十娘赶走。十娘怒不可遏，出了门头也不回地走了。

　　第二天，昆生家突然起火，烧了好几间房屋，桌几床榻，全部化为灰烬。昆生生气极了，奔往祠庙，指着青蛙神斥责道："你的女儿不能孝顺公婆，没一点儿家教，而你却帮她护短！神是公正的，难道有教人惧怕妇人的吗？！况且我们二人争吵，都是我所为，和父母没有干系。你要惩罚就对着我；否则的话，我也要烧了你的房屋，作为报复。"说完，他抱了些干柴放在殿下，要点火烧祠庙。村人见了，拉住他苦苦哀求别烧。昆生这才愤愤地回家去了。父母听说儿子竟然当面指责神明，大惊失色。

　　到晚上，青蛙神托梦给邻村的人，让他们给他女婿家建造房屋。天亮后，邻村人备齐砖瓦人工，来到昆生家，说是来为昆生家盖房，薛家一再推辞，这些人说什么也要干。这样，每天有好几百人干活，没过几天，薛家房屋焕然一新，床铺、幕帐、桌椅等器具全备齐了。房刚修盖完，十娘便回来了，向公婆承认了自己的过错，话语温和婉转。转过身来，十娘对着昆生莞尔一笑，眼中柔情无限。家中人见了，这才转忧为喜。从这以后，十娘性情更加温顺，有两年多，夫妻婆媳之间没有发生过什么口角。

　　十娘平素最害怕蛇。一次，昆生想逗逗她，便用盒子装了一条小蛇，到十娘面前猛然打开，吓得十娘尖叫一声，脸色突变，直骂昆生。昆生见她动了真，也变了脸，两人大声对骂起来。十娘正色道："这次我不等你撵我，从此一刀两断！"说完十娘便出门而去。薛父吓坏了，狠狠杖打昆生，逼他向神请罪。幸而没有发生什么变异，一切安如往常。

这件事过去有一年多以后，昆生念起十娘从前的好处，不由得日思夜想，深深感到后悔，便几次偷偷去神庙哀求十娘回来，均没有结果。不久，他听说十娘已许了袁家，心中不由得大失所望，便不再等待，只好另找合适人家。不想找了几家，并没有像十娘那样的容貌和品德的。于是，昆生更加思念十娘，忍不住去袁家打探。见袁家正粉刷房屋，洒扫庭院，只等新娘的车马到来。他心中愧恨万分，回家后不思饮食，竟至卧床不起。他父母又急又愁，不知怎么办才好。

一天，昆生正在昏睡，忽然觉得有人抚摸着他说："你身为大丈夫，几次要与我断绝夫妻关系，却又摆出这种姿态！"昆生惊醒，见面前坐着心爱的十娘，不禁喜出望外，一下子从床上跳起，问十娘道："你从哪里来的？"十娘冷冷地说："因为轻薄人如此待我，我只好遵从父母之命，另嫁他人。我父母接受了袁家彩礼，眼看我将成为袁家的人，想起你从此没有了十娘，让我怎么也忍不下心来，便决心退了这门亲。今天就是拜堂的日子，父亲又没脸悔婚，我便带着彩礼，将它们退还了袁家。刚才我出门时，父亲出来送我，对我说：'傻丫头！不听我的话，以后再受薛家凌辱，你就是死了也别回来！'"昆生见十娘无限情义，感动得泪如雨下。家中的人听说十娘回来，都高兴万分，赶忙去告诉昆生父母。薛母得知，跌跌撞撞跑进儿子房中，一把拉住十娘的手，泣不成声。

从此，昆生变得老成起来，再也不做恶作剧引逗十娘，夫妻二人情深意笃，如胶似漆。十娘对昆生说："我从前因为你轻薄，未必能与我白头偕老，所以不敢给你留下根苗。如今这种念头已烟消云散，我要为你生儿子了。"没过多久，青蛙神夫妇身着红袍来到薛家。第二天，十娘便临盆，一胎生下两个儿子。从此，两家来往密切，倍加和睦。村中有人一旦触犯了神明总是来向昆生求情；或者让自家妇人打扮一番拜见十娘，十娘一笑，神的怒气便化解了。

薛氏后裔越来越多，人们称这一家叫"薛蛙子家"。但附近的人不敢这样称呼，远一些的地方才敢如此称呼。

青蛙神（又）

青蛙神，往往借巫师的口来传话。巫师能体察神的喜怒：告诉信徒说神高兴，福分就来了；说神发怒，男人女人便坐着发愁叹气，有的连饭也不吃了。

是流俗如此呢？还是这神确实灵验，不仅仅是虚妄呢？

有位大富商周某，本性极吝啬。碰上居民募捐修关圣帝庙，众人无论穷富都积极捐助，唯独周某一毛不拔。长时间不能完工，首倡的人不知怎么办。恰巧碰到众人祭祀青蛙神，巫师突然说："周仓将军命令小神负责募捐之事，把账本拿来。"众人忙照办。巫师说："已捐过钱的，不再勉强；没有捐过钱的，根据自己的能力认捐。"大家连连答应，恭敬照办，各自写下所捐数目。巫师巡视说："周某在不在这？"周某这时正混在人后，唯恐神知道他在，听见后脸变了色，不情愿地蹭到前面。巫师指着账本说："写上一百两银子。"周某更加窘迫。巫师发怒说："淫债还付了二百两，况且这是好事呢！"原来周某和一女人私通，被其丈夫逮住，花了二百两银子才了事，所以拿这事揭露他。周某更加惭愧害怕，没办法，只能按要求写上。

回家后，周某告诉妻子。妻子说："这是巫师使诈罢了。"巫师多次来拿，周某始终不给。一天，周某刚躺下午睡，忽然听到门外像牛喘气一样的声音，出去一看，有一只巨大的青蛙，房门刚能容下身子，迈着沉重缓慢的步子，挤开门扇进来。进屋后，青蛙掉过头趴着，把下巴支在门槛上。周某全家都惊慌害怕了。周某说："一定是来要募捐的。"周某就点上香祝颂说，愿先交三十两，其余的分次送去，青蛙不动。愿交五十两，青蛙的身子忽然一缩，小了一尺多；又加二十两，缩得更小，像只斗；说全部交清，缩成拳头大小，从容出去，进到墙缝中不见了。周某忙把五十两银子送到监造所。人们都感到奇怪，周某也不说什么缘故。

过了几天，巫师又说："周某还欠五十两，为什么不交？"周某听说，害怕，又送了十两，意思是就此完结。一天，夫妻两人正在吃饭，那大青蛙又来了，样子像上次一样，眼里有怒气。稍待一会儿，上了床，弄得床摇摇晃晃要倒，青蛙把嘴放在枕头上睡了，肚子鼓得像头卧着的牛，床的四角都填满了。周某害怕了，忙凑足一百两送去，那青蛙，仍是一点儿不动。半天时间，小蛙渐渐聚集，到了第二天更多，打洞上床，无处不去。那些比碗大的，爬到灶上吃苍蝇，有的掉在锅里煮烂了，弄得饭菜臭不可闻，更不要说吃了。到第三天，院子里到处是蠢蠢爬动的青蛙，一点儿空隙都没有了。全家人都惊恐到极点，不知怎么办才好。没办法，周某只好去请教巫师。

巫师说："这一定是嫌少。"周某就向青蛙神祈祷，愿增加二十两，大青蛙才抬起头；又增加，抬起一只脚；一直加到一百两，才四脚挪动，下床出门，刚刚步态笨重地走了几步，又转回身卧在门内。周某胆战心惊，忙问巫师。巫师揣摩是要周某当场兑现。周某无可奈何，如数付给巫师，大青蛙才开始走，几步之外，身子猛然缩小，混在群蛙里面，无法辨认，众多小蛙就你拥我挤地渐渐散去。

庙修成后，开光祭奠，还需要用钱。巫师突然指着发起者说："某某该出多少。"发起人一共十五个，只有两个人没点到。这些人一同祈求："我们都已经捐过了。"巫师说："我不是按贫富来定有还是没有，而是按你们各自侵吞贪污的多少来定数目。这种钱，不能用来自肥，恐怕有飞来横祸。念你们首倡辛劳，因而替你们消消难。除某某廉正没有侵取外，即使我的巫师，我也不会有一点儿偏袒的。这就叫他先拿出来，给大家带个头。"说完，巫师就奔到家中，翻箱倒柜。妻子问，他也不回答，把所有积蓄全拿了出来，他告诉众人说："我私扣银子八两，现在全拿出来。"和众人一称，有六两多，就叫人记下不足之数。众人吃惊了，不敢再说了，都按所说之数交出。过后，巫师竟一点儿不知道自己做了些什么。有人告诉他，他很惭愧，把衣服当了，补上所欠的银子。其中只有两个人少了应交数目，事情结束后，一个人病了一个多月，另一个人生了疮，所花的医药钱，远超过所欠的数目。大家都认为这是对私吞捐款的报应。

异史氏说："老青蛙掌管募捐，对那些不愿做善事的人，比起官府用酷刑来催讨税债不是强很多吗？把那些监守自盗的人指出来，以退赔来消除他们的灾祸，这不仅表现出他威猛的一面，也展示了他慈悲为怀的心肠。"

任 秀

鱼台县人任建之，是做皮货生意的。一次，他带上所有的钱到陕西，路上遇到一个人。那人自称是宿迁人，叫申竹亭。二人相谈很是投机，就结拜成兄弟，结伴而行。到了陕西，任建之一病不起，下不了床，申竹亭对他照顾得很好。

过了十多天，任建之病情更重，就对申竹亭说："我家里没有固定的收入，八口人的吃饭穿衣，全靠我一个人奔波得来。我现在不幸要死在异地了。你就像我的亲兄弟一样，离家两千里之外，除了你还有谁是我的亲人呢！我带了二百多两银子，你拿出一半，为我置办一些装殓用的东西，剩下的就当作你的旅途费用；另一半你就寄给我的妻子儿女，使他们能够把我运回故乡。如果你肯将我的尸骨带回故乡，一切花费不必计较。"他伏在枕头上写好遗书交给申竹亭，到晚上就死了。申竹亭花了五六两银子买了一口薄棺材将他装殓了，客店主人催他搬移出去。申竹亭借口找寺院寄放棺木，竟一去不返了。任建之家中直到一年多后才得到确实的消息。

任建之的儿子名任秀,当时只有十七岁,正在从师读书。得到消息后就停了学,任秀要去陕西寻找父亲的灵柩。母亲可怜他年幼,不忍心,任秀就伤心地哭着,悲哀得要死。母亲只好借了钱送他上路,并派了个老仆人和他一起去。半年后,任秀将父亲尸骨运回。殡葬后,家里穷得一贫如洗。多亏任秀聪明,孝期满后,考入鱼台县学成为秀才。他轻浮好赌,母亲虽然管教得很严,却始终不改。

一天,学政大人亲临考查,任秀只得了四等。母亲气得直哭,饭也不吃。任秀这才感到惭愧不安,对母亲发誓要改过。从此关门读书,一年多时间,任秀以成绩优等取得官费秀才资格。母亲劝他设立学馆教学,但由于他的行为随意不知检点,人们都讥笑小看他没人请。

任秀有个表叔张某,在京城做生意。张某劝他到京城去,且愿意带任秀一块儿去,一切费用都用不着任秀花。任秀很高兴,就跟着去了。到了临清,船停泊在城西关。当时,有许多盐船停在那里,帆樯密密麻麻,多得像林子一样。睡下后,只听水声人声,吵得难以入眠。夜深人静时,忽然听到邻船上传来清亮的骰子声,入耳萦心,任秀不觉手上发痒。暗中细听,船上的人都已睡熟了。自己口袋里还有一千文钱,就想到邻船上玩一下。任秀悄悄起来,解开钱袋,伸手掏钱时就犹豫了,回想母亲的教诲,就放下钱把口袋系好。可睡下后,心里不安宁,睡不着,很难受,任秀就又起来解钱袋。如此折腾了好几次,兴致更加强烈,他无法再忍,就拿着钱直奔过去。到了那邻船上,任秀见两个人正在赌,赌注很大,就把钱放在桌上,立刻要入局。两人很高兴,就和他一块儿赌,任秀大赢。其中一人输完了,就拿出一大锭银子向船主换成零钱,逐渐把赌注加到十多贯钱。正赌得热闹,又来了一个人,全神贯注看了好长时间,也将身上所有的银子拿出来,约有一百两,抵押给船主换成零钱,入局一起赌。

任秀的表叔张某夜里醒来,发现他不在船上,又听到骰子声,心里就明白了。张某来到邻船上,打算阻止他。但去了一看,见任秀身旁钱堆得像山一样,也就不说什么了,拿了几千文钱回去,并叫船上的人都过来拿,来回搬了好多次,还有数万钱摆在那里。不大工夫,那三个赌客都败下阵来,全输光了。船上没有现钱了,那三人就要赌银子,但任秀已心满意足,不想再赌,就借口非现钱不赌来为难他们。张某也在旁边一个劲儿地逼任秀回去。三个人输急了眼。船主想得抽赌之利，就到别的船上借来了很多现钱。三人得了钱，赌得更凶。但没多久，钱又全归了任秀。这时，天已经亮了，临清码头开关放行了。任秀就和张某等人一块儿把钱搬回去，那三个人也走了。

船主看那抵押的二百多两银子，竟都是些金箔灰。大吃一惊，他找到任秀船上，讲了这事，想要任秀赔偿，等问了姓名籍贯，知道是任建之的儿子，就缩着头流着汗羞愧地走了。任秀找到船夫一问，才知道这人就是申竹亭。任秀到陕西时，也曾听说过他。现在，鬼已经报复了他，任秀也就不再找他算过去的账了。任秀就用这些钱和表叔北上合伙做生意，年终时获得了成倍的利润，于是捐了个监生。此后任秀更加努力经营生意，十年时间，就富甲一方。

晚　霞

五月五日端午节，吴越之地有斗龙舟的民间游戏。人们砍伐树木，把船做成龙的样子，船身绘上鳞甲，装饰得金碧辉煌，上部有雕栋朱栏，所挂的船帆旌旗全部使用锦绣。船的末端是龙尾，高达丈余，上空悬一木板，用布绳牢牢系住。游戏时，一个男孩在木板上翻滚摔跤，表演各种技巧的游戏。木板下是滚滚江水，稍不小心，便有掉落水中的危险。男孩是买来的，买时便告知了他父母，然后预先调教训练，如果坠落水中淹死，莫要后悔。苏州则是在龙舟上载上美丽的歌妓，两者有所不同。

镇江有个姓蒋的男孩叫阿端，刚七岁，聪明伶俐，敏捷灵活，同岁儿童中，没有能超过他的，他身价很高，十六岁了还操此艺一天，船到金山脚下，阿端失足掉下江中溺死了。蒋母就阿端一个儿子，听说儿子的死讯，哭得死去活来。

阿端并不知道自己已死，觉得有两个人引着他走去，见水中别有天地；回头一瞧，身后波流回旋，像墙壁直立。一会儿，他走进一座宫殿，见一人戴头盔坐着，这时，一旁走出两个人，对阿端说："这位便是龙窝君。"两人就催着阿端下拜。龙窝君面色和蔼，吩咐那两个人说："阿端的技巧不错，可让他到柳条部去。"二人将阿端引到一个处所，内里殿堂宽广，庭院方正。阿端走上东廊后，出来几个少年，向阿端行礼，看上去大都十三四岁。不一会儿，走出一位老婆婆，众少年见了，忙呼"解姥姥"。解姥姥应了，坐下来，令阿端当场献技。阿端便使出浑身解数，为解姥姥表演了一场。完了，解姥姥又教给阿端钱塘飞霆之舞，洞庭和风之乐。只听见鼓钲声聒耳，各院均响。随后各院都平静了。但解姥姥怕阿端不能很快熟悉舞乐，又絮絮叨叨地调教阿端；而阿端只需别人演示一遍，就清楚明白了。解姥姥高兴地说："这孩子性灵，绝不在晚霞以下！"

第二天，龙窝君巡视各部，各部群集在大殿前。龙窝君首先巡视夜叉部，均是鬼脸，穿鱼服。这时，鼓钲敲响，那大钲周长足有四尺多；鼓也要四个人才抱得出来，声音就像是巨雷轰响，喧闹得让人听不下去。接着，部属又跳起舞来，人动水动，霎时，波涛汹涌，横流星空，那浪竟击落了一颗天星，坠下地陨灭了。龙窝君见了，忙命停住，命乳莺部进见。乳莺部是一色年轻貌美的丽人，只听见笙乐之声奏起，清风习习，适才还喧嚣无比的河底，顿时波平声息，水渐渐地凝成水晶般的世界，上上下下一片明亮。一曲舞毕，燕子部依次进来——原来尽是未成年的女子。其中有一位十四五岁模样的姑娘，拂袖低头，跳散花舞。她舞步轻盈，翩翩如飞，袖中衣下抖出五色花朵，随风扬下。乐声住后，姑娘跟着她的燕子部立在西边丹墀。阿端忍不住斜视了姑娘一眼，心中不禁生出喜爱之情，他悄悄向燕子部的人打听姑娘姓名，知道她就是解姥姥说的晚霞。不一会儿，又叫柳条部上前。龙窝君要特地试试阿端的舞艺。阿端上前拜过，大大方方地跳了起来，他忽如柳条沐风，舞姿柔软多变；忽如金刚扛鼎，身架力量贯注，节奏有序，舞步合拍。龙窝君大喜，极力夸奖阿端聪慧灵悟，赐给他诸多宝物。阿端谢过，和众部下堂来到西边丹墀，阿端在人群中远远地去看晚霞，却见晚霞也在往他这边看。停了一会儿，阿端徘徊着向部伍北端靠，晚霞也渐渐地出来向南挨近，尽管相隔咫尺，却因法度威严而不敢走出部伍一步，两人只是四目传神，暗送秋波而已。过了一会儿又考查蛱蝶部，童男童女双双起舞，她们的身材高矮、年纪大小、衣服的颜色，都是一样的。待蛱蝶部巡察完毕后，各部鱼贯而出。柳条部跟在燕子部后，阿端急忙走到部伍前，而晚霞也有意落在部伍后。她回头含情脉脉地看了眼阿端，故意丢下一支珊瑚钗。阿端手疾眼快，俯身拾起藏在袖中。回去后，他想念晚霞，竟然患了病，不思茶饭，夜难成寐。解姥姥心疼他，派人送来好吃的，她自己也每天来看望三四次，殷切安抚，阿端的病仍不见好转。解姥姥深深为阿端忧虑，却又无任何办法，只好叹道："眼看吴江王寿辰已近，阿端的病仍未痊愈，这可怎么办呢？"

到天将黑时，一个男孩子前来，坐在阿端床上和他搭讪。那男孩说他是蛱蝶部的人，又直截了当地问阿端道："你是为晚霞生的病吧？"阿端不由得惊问："你怎么知道的？"男孩笑着说："晚霞也和你一个样子噢！"阿端听了，神色凄然地撑起身来，问男孩自己该怎么办好。那男孩问阿端："你现在能走路吗？"阿端说："勉强能支撑着走。"男孩便搀扶着他出来，向南打开一扇门，进去后，又折向西，再进一门。只见眼前豁然开朗，面前有好几

十亩莲花,奇怪的是这些莲花竟长在平地上,瓣叶像床席一般大,花大如盖,地上堆的花瓣有一尺厚。男孩将阿端引进来后,对他说了声:"你先在这儿等着。"说完男孩就走了。没多久,一位美人拨开莲花进来,阿端凝神一看,正是晚霞。两人相见,分外惊喜,彼此倾诉了相思之情,各自又叙述了家世。末了,他们用石头压住硕大的荷叶,以作遮蔽,又将荷花瓣铺在地上,然后躺在其中亲热地睡在一起。离别时,两人约定每天黄昏时相见,这才依依不舍地告别而去。阿端回来后,病也好了。从那以后,两人每天在荷花地里相会一次。

几天后,各部随同龙窝君去吴江王处祝寿。寿庆完毕,各部全部返回,只留下晚霞和乳莺部的一个人在宫中教舞,几个月没有一点儿消息。阿端不禁怅然若失,整天无精打采的。一天他偶然得知解姥姥每天来往于吴江府,不由得一阵狂喜,便去见解姥姥,假说晚霞是他的表妹,请求解姥姥带他去见见晚霞。解姥姥答应了。到吴江府后,因宫禁森严,晚霞无法出来与阿端见面,阿端只好闷闷不乐地回来了。这样又过了一个多月,阿端只觉得度日如年,想晚霞几乎到了痴狂的程度。

一天,解姥姥来了,哭着对阿端说:"真可惜啊!晚霞投江死了!"阿端大惊,眼泪唰唰流了下来。他踩坏了冠帽,又撕破了衣服,将金珠藏在怀中冲出门,想要随晚霞一道去死。但是那江水如墙壁般坚硬,凭他怎么用头去撞也进不去。他正想再回来,又怕人问起帽子衣服的事,加重他的罪责。正在通身大汗,彷徨犹豫间,忽然看见墙壁下面有一株大树,便灵机一动,攀缘而上,快到树梢时,他使出全身力气,猛地跳下,连衣服也没有沾湿,就已浮到了水面之上。在这一瞬间,阿端恍恍惚惚就如到了人世,随即顺水漂流向岸边游去。不一会儿,阿端终于游到岸边。在江边坐着休息了一会儿,突然想念起家中老母,便乘着一叶小船前往家乡。抵达乡间时,他四面打量村中房舍,恍然有隔世之感。到家后,忽然听见窗中有女子说话的声音:"你儿子回来了!"那声音听上去格外耳熟,极像晚霞。片刻,一女子与阿端母亲一同迎了出来,阿端定睛一看果然是晚霞。两个有情人见面,高兴得忘了悲哀,而阿端母亲却是又悲又疑又惊又喜,均合作一处了。

当初,晚霞在吴江府里,突然觉得肚子里有了动静。龙宫中法规森严,她担心生下孩子,会被狠狠鞭笞,再加上与阿端见不得面,便只求一死,便投了江。投江后不久，她的身体浮出水面，被一条客船上的人救起。人家问她是哪里人，家在何方。晚霞原是苏州的名妓，投水没有死，找不到尸体。她想妓院不能再去，便告诉人家说镇江蒋家是她的夫家，那人便掏钱为她租了条船，将她送到蒋家。阿端母亲怀疑她认错了人，晚霞却一口咬定没有说错，并将详情细细告诉了阿端母亲。老婆婆爱晚霞丰艳美丽，待她极好，只是担心她年纪轻，未必肯终身寡居。晚霞却孝顺谨慎，见家中贫穷，便将所戴珍奇首饰变卖，得了几万钱。阿端母亲看她并无二心，这才放下心来。阿端母亲担心儿子不在，儿媳一旦产下孩子，会被乡邻笑话。晚霞说："只要得到真孙子，何必怕人知道？"阿端母亲听了，想想也是，便安下心来。这时恰逢阿端回家，晚霞怎能不高兴？阿端母亲却怀疑儿子并没有死，趁夜间偷偷地挖开儿子的坟冢，见骨骸仍在，回去又细问儿子，阿端才知道自己已经死了。怕晚霞知道自己不是人后会厌恶，遂叮嘱母亲别再说了。阿端母亲又告知邻里，说当年得到的并不是儿子的尸体。她始终忧虑儿子会不会生育。没过多长时间，晚霞又生下一子，和普通人家孩子一样，阿端母亲这才转忧为喜。

时间一长，晚霞渐渐感觉到阿端不是人，责备他说："为什么不早说！凡是鬼穿了龙宫的衣裳，经过七七四十九天，魂魄坚固凝聚，与活人一样的。如果得到宫中的龙角胶，可以续骨节、生肌肤，只可惜当初没有早早买下来！"阿端取出身上带的夜明珠出卖，被一位西域商人用百万金买走。从此以后，蒋家变成巨富。

一次，阿端为母亲做寿，阿端夫妻俩双双起舞，向母亲敬酒祝寿消息传到淮王府，王爷想将晚霞夺过来。阿端慌了，忙去面见王爷，对王爷说他夫妻二人全是鬼。王爷不相信，让人检验阿端，果然没有影子，这才作罢。王爷又命晚霞在宫中别院教宫女舞技。晚霞用龟尿毁了自己的容貌然后去见王爷。晚霞在宫中教了三个月舞，宫女们到底不能全部学会，后来也就离去了。

白秋练

直隶有位姓慕的读书人，小名蟾宫，是商人慕小寰的儿子。慕蟾宫聪明，好读书。十六岁的时候，父亲认为读书科考太迂腐，便让他经商，跟随自己到楚地。

在船上没事时，他就吟诗诵文。船到武昌，父亲留他住在客店，看守货物。趁父亲外出,他拿着书本读,铿锵有力,就见窗上人影幢幢,似乎有人在偷听,他也不觉得奇怪。一天晚上,父亲出去赴宴,很长时间没回来,慕生吟诵更加刻苦。他看见有人在窗外徘徊,映着月光,非常清楚。很奇怪,慕生就出来看,原来是位十五六岁的美貌少女。少女看见他,忙避开了。

又过了两三天,他们装上货返回,晚上停靠在湖岸旁。父亲碰巧外出,有位老妇人上船说:"你害死我女儿了!"慕生很吃惊,问她怎么回事。老妇人回答说:"我姓白,有个女儿叫秋练,很通文墨。她说在郡城时,曾听到你的吟诵,现在还铭刻在心,以至于饭不吃觉不睡,我想让她和你结亲,希望你不要拒绝。"慕生心里很乐意,但担心父亲责备,就实话告诉了妇人。妇人不相信,就要他拿出信物。慕生不肯。老妇人发怒说:"人间婚姻,有人求亲还不答应。现在我自己做媒送上门,反而不要,这耻辱也太过分了!不要再想向北走了。"说完,老妇人就走了。过了一会儿,父亲回来了,慕生就委婉地说了此事,暗暗期望父亲答应。但担心父亲认为远离家乡,加上看不上女子求嫁的缘故,一笑了之。

停船的地方,水深没过船橹,但一夜间,突然堆起沙石,船被拥住不能动。一年当中,常有船被这样困住,等到第二年桃花水涨时,其他的船还没到,被困船上的货往往能涨百倍以上。由于这一原因,慕生的父亲也就不太忧虑奇怪。只是想到明年南来时,还要一些本钱,就留下慕生,自己一个人回去了。

慕生暗暗高兴,后悔没有问清老妇人住在哪里。没想到,太阳落山后,老妇人和一位婢女扶着姑娘来了。老妇人让她解开衣服,躺在床上,并对慕生说:"人已经病成这样了,你别像没事人一样!"说完老妇人就离开了。刚一听说,慕生吃惊,忙端灯去看,见白秋练病态含娇,秋波流转,就问候安慰,白秋练嫣然一笑。慕生就硬要白秋练说句话。她说:"'为郎憔悴却羞郎',可说是写我的啊。"慕生欣喜若狂,就想和她亲热,但怜惜她柔弱,就伸手在怀里抚摸着吻她。白秋练不觉高兴起来,调笑说:"你为我吟诵三遍王建的'罗衣叶叶'那首诗,我的病就好了。"慕生照办。才吟两遍,白秋练就披上衣服坐起来,说:"我好了!"慕生再读,白秋练就用娇颤的声音一起相和。慕生更是神采飞扬,就灭了灯,和白秋练一同睡了。

天不亮,白秋练就起来了,说:"老母亲要来了。"不久,老妇人果然来了。见女儿收拾齐整,高兴地坐在那儿,很感欣慰,要女儿一块儿走,女儿低头不语。老妇人就自己走了,说:"你高兴和郎君一起玩,就由你吧。"慕生这时就问白秋练住在何处。白秋练说:"我和你不过是偶然相识的朋友,婚嫁还不一定,何必让你知道家中情形。"但是两个人互相爱慕,立下了海誓山盟。

一天夜里,白秋练早早起来,点上灯,打开书,突然脸色悲戚,泪光盈盈。慕生忙起来问她。白秋练说:"你父亲就要来了。我刚才用书占卜,打开后,翻到的是李益的《江南曲》,词意不祥。"慕生就安慰宽解她,说:"头一句'嫁得瞿塘贾',就非常吉利,哪里有什么不祥!"白秋练这才略微好些,起身告别说:"我们暂且分手,天亮后,会被人指指戳戳的。"慕生抓住白秋练胳膊,哽咽地问道:"如果好事如愿,我到哪儿告诉你?"白秋练回答说:"我常让人打听着,如愿不如愿我会知道的。"慕生要送白秋练,白秋练坚决不让,自己走了。不久,慕生父亲果然到了。慕生渐渐说出实情。父亲怀疑他招来妓女,怒气冲冲地训骂他,仔细审视船中财物,一点儿没少,这才不骂了。

一天晚上,慕生父亲不在,白秋练突然来了,见面后,两情眷恋,难舍难分,不知该怎么办。白秋练说:"好坏有定数,先图眼前。暂且留你两个月,然后再说吧。"临别时约定以吟诗为相会暗号。此后,只要他父亲出去,慕生就高声吟诵,白秋练就来了。

四月都要过完了,货物已错过黄金季节,众商人没办法,就凑钱到湖神庙祈祷求助。端午节后,雨水突然来了,而且很大,船可以走了。慕生随船到家后,相思成疾。他父亲很担心,又是请巫师,又是请大夫。慕生悄悄对母亲讲了此事,说:"我的病不是药和巫术所能治好的,要想有救,只有白秋练到来。"

开始时,他父亲对此大怒,但时间长了,慕生的身体越来越不行,这才感到害怕,就租了车带儿子到那地方去,依然停在原来停船的地方。寻访当地住户,并没有人知道白老妇人。碰巧湖面上有位操舵的老妇人,听说后,自称就是。慕生父亲登上她的船后,看到白秋练,心中暗自高兴,就问家中情景,原来是以船谋生的。慕父就实说了儿子的病情,希望白秋练能到自己船上,先解救儿子的重病再说。老妇人以有婚约为由,不答应。白秋练露出半片脸来,专注地听他们说话,见不行,眼角的泪都要下来了。老妇人看着白秋练的样子,加上慕生父亲苦苦哀求,也就答应了。

到了晚上,慕生父亲出去后,白秋练果然来了,走到慕生床前,哭着说道:"往年我相思成病,现在轮到你了!这里的滋味,不能不让你体味一下。但你虚弱委顿到这种样子,急切中怎能马上就好呢?请让我也为你吟诵一首诗吧。"慕生高兴了。白秋练吟诵的仍是王建的那首诗。慕生说:"这是你的心事,治其他人怎么能有效呢?但听到你的声音,我的精神就已爽快了。试着为我朗诵'杨柳千条尽向西'这首诗吧。"姑娘照着做了。慕生赞叹说:"太惬意了！你以前朗诵词，有首《采莲子》中说'菡萏香连十倾陂'，我心里还记着。劳烦你再拉长声为我吟诵一遍。"姑娘又照着办了。刚读完，慕生一跃而起说："我何曾病过！"于是二人忘情地搂抱在一起，缠身重病似乎顿时不见了。随后慕生问："我父亲见你母亲说什么？咱们的婚事能成吗？"白秋练已觉察到慕生父亲的意思，就直说道："不行。"

过了一会儿，白秋练走了，慕生父亲回来，见儿子已能起来了，高兴得很，但只是说些安慰宽解的话，并说："姑娘的确好。但从小把舵摇橹听船歌，低贱不说，只怕不贞洁。"慕生没说话。他父亲出去后，白秋练又来了，慕生就转述了父亲的意思。白秋练说："我都看明白了。天下的事情，越急越难成，越迎合越要拒绝。应该让他自己改变主意，反过来求我。"慕生问有什么办法。姑娘说："凡是商人，获利是最大心愿。我有办法知道什么货物能卖上价。刚才看了船上的货物，没多少利润。替我告诉你父亲，买什么有三分利，买什么有十分利。等回去后，我的话应验了，那么我就成了最好的媳妇了。你们再次来这儿的时候，你十八岁，我十七岁，有的是相亲相爱的日子，有什么可忧愁的。"

慕生就把白秋练所提到的货物说给父亲。父亲颇不相信，就姑且从办货剩下的钱中拿出一半置办白秋练所说的货。谁知回去后，自己所办的货大亏本，幸亏置办了些白秋练所说的货，得到了很丰厚的利润，才略微持平。因此，慕父很是心服白秋练的神算。慕生又夸赞白秋练有本事，说是她说过，能让自己大富。父亲听了，就筹办大笔本钱，再次南下。

到了以前停船的地方，几天都不见白老妇人的影子；又过了几天，才见她把船停在岸边柳树下，于是慕父就去送聘礼。白老妇人全不要，选择吉日把姑娘送到船上来。慕生父亲就另租了条船，为他们举行了婚礼。白秋练就叫慕生父亲再向南走，把应办的货一一开列出来交给他。老妇人就邀请女婿过来，把家安在自己船上。

三个月后，慕生父亲办完货回到这里。其所办货物的价格已翻了好几倍。从这里启程回去时，白秋练要求带些湖水。到家后，每次吃饭时都要加一点儿，像用酱油、醋一样。因此，以后慕父每次南行，他们都要带几坛子回来。

三四年后，白秋练生了个儿子。一天，白秋练突然哭了，想回家。慕生的父亲就带着她和慕生一同回到她的故乡。到了当地湖中，却不知道老妇人在哪儿。白秋练就叩着船舷呼叫母亲，脸色神情都变了。催着慕生沿着湖去打听消息。遇到一个钓鲟鳇鱼的人，钓到一条白鳍豚。慕生近前一看，是个大家伙，样子全像人，乳房阴部都具备，感到奇怪，回来就告诉白秋练。白秋练大吃一惊，说自己一直都有放生的愿望，嘱咐慕生买来放了。慕生就去找那钓鱼的商量，要价极高。慕生回来告知姑娘。姑娘说："我在你家，帮助谋算挣的钱不下万万，如此区区小数也值得讲价！如果一定不听我的，我就投湖死了算了!"慕生害怕了,也没敢告诉父亲,就自己悄悄偷出钱买来放了。办完事回来,不见白秋练了,找也找不着。直到天快亮了,白秋练才回来。慕生问她到哪儿去了。白秋练说到母亲那里去了。慕生又问:"你母亲在哪里?"白秋练很不好意思地说:"现在不得不实话告诉你:刚才所赎的,就是我母亲啊。母亲一直都在洞庭湖中,被龙王委派主管来往行旅。近来龙宫中要选妃子,我被那些说闲话的称赞为美人,于是龙宫中就找我母亲要人。我母亲据实上奏,龙王不听,把我母亲流放到南岸,母亲饿得要死,所以才遭了这一劫难。现在劫难虽然逃过了,但流放处罚依然在。你如果爱我,就替母亲去求真君,便可以免除处罚。如果你认为我是异类而憎恶我,请让我把儿子扔还给你,我走,龙宫中的享受,未必不比你家强过百倍。"慕生大惊,下了决心去办,但忧虑不能见到真君。白秋练说:"明天午后,真君应该会来。你看见一个跛道士,就赶紧拜他,他进水你也跟着。真君喜欢文士,必定会得到他的怜悯和允诺的。"说着,白秋练就拿出一方鱼腹绫,说:"如问你要求什么,你就把这拿出来,求他写一个'免'字。"慕生就按姑娘所说静静地等着,果然有个道人一跛一拐地来了。慕生就趴下叩拜。道士连忙往前走,慕生紧紧地跟着。道士把手杖扔在水里,跃身登上。慕生竟也跟着他跳上去,一看,登上的并不是手杖,而是一条船。慕生又叩拜。道士问:"你求什么事?"慕生就拿出白腹绫求他写字。道士展开一看说:"这是白鳍豚的鱼翅,你怎么得到的?"慕生不敢隐瞒,把前后经过详详细细地说了一遍。道士笑道:"这东西很风雅,老龙怎能如此荒淫!"道士拿出笔草草写了个"免"字,就像画符的样子,然后掉转船头送他上岸。上岸后,慕生见道士仍在手杖上,顷刻间就不见了。慕生回到船上,白秋练很高兴,但嘱咐他不要将此事告诉他父母亲。

几人回到慕生家,又过了两三年,慕生父亲南行,几个月过去了还不回来。所存湖水用完了,新的又迟迟不来。白秋练就病了,日夜急喘。她吩咐说:"如果我死了,别埋,应在早晨、中午、晚上三个时辰,吟诵杜甫《梦李白》的诗,这样我的尸体就不会腐烂。湖水拿来时,倒在盆里,关上门解下我的衣服,放在里面浸着,我就会活过来。"

喘息了几天后,白秋练便死去了。过后半个月,慕生父亲回来了。慕生就按所说的办法赶紧去做。在水中浸了有一个多时辰,白秋练慢慢醒过来了。从此,她便想着要回南方。后来慕生父亲死了,慕生就遵循白秋练的意思,把家迁到了楚地。

织 成

　　洞庭湖中，常常有水神借船的事。只要是条空船，船上的缆绳扣便会自动解开，飘然而去，一旦听见空中音乐大作，船夫们躲藏到船角落里，紧闭双眼听着，而不敢抬头仰视，任船漂游。等水神游玩后，船又泊回原处。

　　有位柳生，落第归来，喝得大醉，躺在船上呼呼大睡。猛然间，船夫听见头顶上方鼓乐大作，知道水神前来借船。船夫拼命推柳生，没把他叫醒，只好自己躲藏在甲板下。不一会儿，有人拽柳生。柳生仍昏然睡着，随拉随倒，全然无觉。那人也就算了。

　　柳生正睡得香，忽然听见耳边一阵鼓角喧闹声。他微微睁开眼睛，闻到一股兰、麝香味；斜眼看去，见满船都是美女佳丽。柳生明白碰见了怪异之事，便闭上双眼装睡。没过多久，有人传呼织成，随即过来一个侍女，站在柳生脸边。柳生微微睁开眼，见绿袜紫鞋裹着细瘦如指的尖脚，心中喜欢便悄悄地用牙齿去咬那只紫袜。过了一会儿，女子挪动脚步被柳生拖着跌倒在地。船上坐着的一个人，忙问女子发生了什么事。女子上前说了原委，那人大怒，命人立即将柳生砍了。话音刚落，上来几个武士，扭住柳生，提将起来。柳生看见南面坐北朝南坐着一人，穿戴打扮像位君王，便边走边说道："我听说洞庭君姓柳，我也姓柳。从前洞庭君落第，如今我也是落第秀才。洞庭君遇上龙女而成仙，现在我却因为醉中调戏一女子而死，为什么幸运和不幸之间会有这样大的悬殊呢？"大王听了柳生的话，忙将柳生叫住，问道："你是落第秀才吗？"柳生说是。大王便让人取了纸笔，令柳生作一首《风鬟雾鬓赋》。柳生原是襄阳名士，但构思迟缓，握笔在手中，凝神细思了很长时间，大王讥诮柳生道："名士哪能是这样？"柳生放下笔，对大王说："从前左思作《三都赋》，深思熟虑，十年才成。可见文章贵在精，而不在于快！"大王笑了，听任他慢慢地写。柳生从辰时到午时，用了几个时辰，文章才写完。大王拿在手中展卷浏览，大喜说："真不愧是名士啊！"大王便命人赐给柳生酒食。

　　片刻之间，各种美味佳肴纷纷送上。柳生与大王正说话，进来一个小官吏，手中捧着一个簿子，向大王奏道："溺籍已填写完毕，请大王过目。"大王接过，问那小官吏："上面有多少人？"小官吏回答说有一百二十八人。龙王又问："签差的是什么人？"小官吏道："是毛、南二位将军。"

柳生起身告辞。大王赠他十斤黄金和一把水晶界方，对他说："近来湖中有一些劫数，你拿着这件东西可以免于灾难。"柳生正要拜谢，忽见一队车仗排水而出，立在水面，大王下船登车，很快便消失不见了，湖面仍旧一片寂然。

船夫从甲板下出来，便荡舟向北而去。正行驶间，江上突然刮起了风，船逆风而行，不好前进。猛然间，水中浮出一只铁锚，吓得船夫大叫："不好了！毛将军出来了！"同行的几条船上的商人都伏倒在船上，瑟瑟发抖。不一会儿，湖中有一根木桩直立，不停地摇动，好像在捣着什么。众人魂飞魄散，恐惧地叫道："南将军也出来了！"话音刚落，湖面上波浪大作，浪峰冲起几十丈高，遮天蔽日，湖中船舶，一瞬间全部被浪头打翻，而柳生手中举着水晶界方，端坐在船上，那滚滚的波涛涌来，一到船边，顷刻间便消失了，因此柳生保全了性命。

柳生回去后把这次奇遇向人说起，说船上的侍女，虽然没有看清她的容貌，但裙下那双金钩般的小脚，是世间所没有的。

后来柳生因事去武昌，碰见一个姓崔的老妇人卖女儿，出千两银子她却不卖，只说她有一把水晶界方，如果谁能和她这把相配，便将女儿嫁给谁。柳生心中诧异，取了自己那把水晶界方，去找崔老妇人。老妇人爽快地接待了他并叫出女儿，她的女儿十五六岁，生得妩媚风流，美丽无比，向柳生略微行了礼就转身回屋去了。柳生一见，觉得心动神驰，对老妇人说："小生也有一件东西，不知道是否和你家所藏之物相称？"双方将界方拿了出来比较，分毫不差。崔老妇人高兴万分，便向柳生问清住的旅舍所在，并请柳生马上回去雇车来接姑娘，将界方留下作为信物。柳生不肯，老妇人笑道："官人也太小心了！我怎么能为了一把界方而抽身窜走呢？"柳生再不好推托，将界方留下。出门后，他雇了辆车急忙返回，却见家中已无人影。柳生大惊，问遍了左邻右舍，都回答说不晓得。太阳已经偏西，柳生神情沮丧，郁郁不乐地回去。途中有一辆马车过来，车帘揭起，有人问："柳郎为什么这么迟才来？"柳生看去，正是崔老妇人，高兴地问道："您到哪里去？"

老妇人呵呵笑道:"你一定怀疑我拐骗了你的界方跑了吧?刚才你走后,恰巧有辆便车前来,我想到你眼下寄居在旅舍,备办车子有诸多不便,因此直接送女儿到船上去了。"柳生恳求老妇人将车赶回,老妇人不答应。柳生又急又慌,不敢轻信老妇人的话,急忙跑回船上,见姑娘和一个婢子正在里面。姑娘看柳生气喘吁吁地进来,便面带微笑迎上前来。柳生看见她的绿袜紫鞋,和从前船上所见的那个侍女没有什么区别!心里惊奇,柳生不住地打量,姑娘笑着说:"死死地盯着人看,是没见过我还是怎么的?"柳生俯下身去偷看姑娘脚下,见袜子后边他咬过的齿痕仍在,不由得惊奇地问姑娘:"你是织成吗?"姑娘只是微笑,并不回答他。柳生作长揖说:"你如果真是仙女,请早直说了,可免去我心中的疑惑!"姑娘说:"我如实告诉你,从前船上遇到的,是洞庭君。他仰慕你的才华,便想把我送给你;而王妃喜爱我,所以回去和王妃商量。如今我来这里,是奉了王妃之命的。"柳生大喜,便净手拈香,向着湖水朝拜。之后,柳生便带着织成回家了。

  后来他去武昌办事,织成请带她一道去,顺便回娘家探亲。到洞庭湖后,织成拔下头上金钗掷进水中,忽然间,一条小船从湖中漂出,织成一跃上了船,如鸟一样轻盈,转眼无影无踪。柳生坐在船头,在织成失踪的地方凝神看着。一会儿,远远地来了一只楼船,到柳生船边,楼船上一扇窗子打开,忽然好像七彩羽毛的鸟儿飞过,原来是织成已回来了。有一个人从楼船窗中向这边投递金珠珍品,都是王妃赐给的。从此以后,织成每年去洞庭湖朝拜一两次,成为惯例。所以柳生家拥有很多珠宝,每拿出一件,连世家大族们都没有见过。

  相传唐朝时有位叫柳毅的在洞庭湖遇到了龙女,洞庭湖君便让他做了驸马。后来,洞庭湖君将王位让给了柳毅。因为柳毅为读书人,相貌举止斯文,不能震慑水怪,洞庭湖君便给了柳毅一副鬼面具,让他白天戴上,夜里去掉。时间一久,柳毅渐渐习惯,到晚间忘记取掉,面具便和脸皮合在了一起。他常常对镜自愧。所以,行人泛舟湖上时,他见有人指点什么,就怀疑是指自己;用手遮额头,他也疑心对方是偷看自己。于是突然掀起风波,往往将船覆没。因而第一次乘船的人,船夫一定会将此事告诉乘客。不然的话只有牺牲祭享后,才能渡湖。一次许真君偶然到洞庭湖,因湖上浪大,船不能行走。许真君极为恼怒,将柳毅绑了投入郡府牢狱中。狱吏清点囚犯时,总是多一个犯人,搞不清是怎么回事。一天晚上,柳毅托梦给郡守,恳请他救自己出狱。郡守因仙界与人间各有其路不相通,无能为力。柳毅对郡守说:"真君近日要来此地,只要求求他,我一定会得救的。"不久,真君果然又来了,郡守便代柳毅在真君面前求情,真君这才放了柳毅。这以后,湖上禁忌才稍稍有所松懈,平安了许多。

竹 青

　　鱼客是湖南人，不清楚他的籍贯。他家中很穷，科举落第后回家，没了路费，自己又不好意思讨着吃，饿极了，暂且在吴王庙休息，向神拜祷。拜毕，出了大殿，他躺在房廊下，恍恍惚惚中有一个人过来拉起他，将他引去见吴王。那人跪在吴王面前奏道："黑衣队眼下缺一个士兵，可以让鱼客去补个缺。"吴王同意了，又授给鱼客一身黑衣服。鱼客穿上黑衣服后，突然变成一只乌鸦，振翅飞去。飞着飞着，见前面有一群同类，便飞入群中，与它们一道落在船帆柱上。船上的旅客见了，争着向上抛肉，乌鸦轰然振起，在空中接抢肉吃。鱼客也学着同伴的样子去做，不一会儿，就将肚子填得饱饱的。接着，他停驻在树梢上，想到混饱肚子竟如此容易，不禁得意扬扬。

　　过了几天，吴王可怜鱼客孤身一人，便给他配了一只雌乌鸦，名叫竹青。竹青来了后，和鱼客彼此相爱。鱼客每次取食吃，总是很驯服，没有防人的心机。竹青经常劝诫，但鱼客还是不听。一天，有满兵经过，用弹弓打中了他的胸部。幸亏竹青及时衔走他不致掉落下去被满兵捉去。这下可惹恼了群鸦，鼓动翅膀，激起水浪，波涛涌起，船只全部倾覆。鱼客受伤后，竹青每天觅食来喂养他，但鱼客因为伤势太重，最后还是死了。

　　猛然间，鱼客从梦中惊醒，见自己睡在庙中廊下。先前，来往庙中的人以为他死了，不知他是谁，摸他身上，见有温热，所以不时有人来察看。见鱼客醒过来，人们问起他为何睡在这里，鱼客如实告之，众人凑钱给他，将他送回家去。

　　三年后，鱼客又路过吴王庙，进庙中拜神。他设下酒食，呼唤鸦群下来吃。乌鸦们争相啄食时，鱼客祈祝说："竹青如果在的话，应当让她到这里来与我见一面。"乌鸦们吃完后，扑棱棱飞走了。后来，鱼客考中举人，回家时拜谒吴王庙，用猪、羊祭祀吴王之后，大设吃食，慰劳那些乌鸦朋友，又祝竹青一番。这天晚上，他投宿在湖边的村子，在灯底下坐着，忽然几案前像有飞鸟飘落，仔细看去，是位二十岁左右的美人站在案前，娇声问道："别来无恙吗？"鱼客大惊，忙问女子是谁？女子嫣然一笑，款款地说："你难道不认识竹青了吗？"鱼客一听面前的女子是竹青，喜笑颜开，问竹青从哪里来。竹青说："我如今成了汉江神女，所以回家乡的时间就少了。前些日子，乌鸦使者

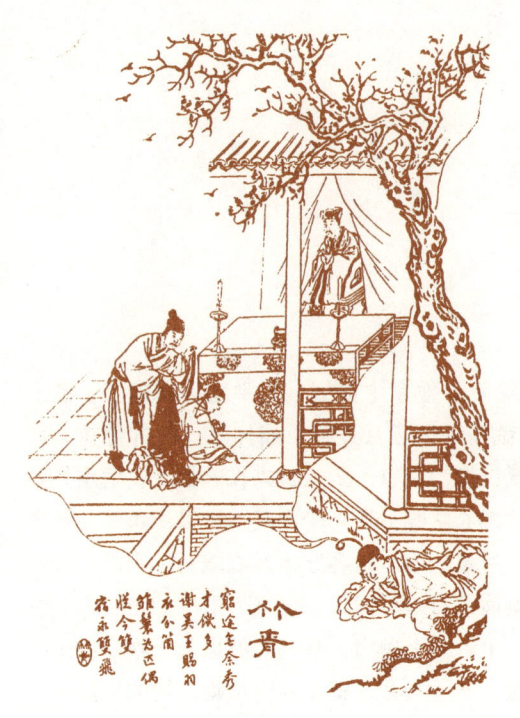

两次向我说起你对我的情意,心中感动,特地来与你相聚。"鱼客一听竹青此话,更加欣慰,两人宛如夫妻久别,非常欢恋。鱼客打算和竹青一道回南边家中,而竹青却想让鱼客随她一同向西,两人各不让步。等鱼客一觉醒来时,竹青已经起身了。鱼客睁开眼细瞧,见高堂之上烛光通明,竟不是在船中,便惊跳起来,问竹青:"这是在哪儿?"竹青咯咯笑道:"这里是汉阳。我家也是你家,何必再南去!"这时,天渐渐亮了,婢女和婆子们摆上酒菜,在大床上放了矮几,夫妻俩斟酒对饮。鱼客问竹青:"我的仆人在哪儿?"竹青答:"都在船上呢。"鱼客担心船夫不肯久等,竹青说:"不妨事的,我会替你告诉他们的。"于是,夫妻二人日夜饮宴,鱼客也乐而忘归了。

船夫从梦中醒来后,忽然发现是在汉阳,非常惊讶。仆人们不见了主人,也四处寻访,然而毫无音信。船夫见雇主失踪,想离开汉阳而去,但怎么也解不开缆绳,无法,只好和仆人守在船上。

两个月过去,鱼客忽然想起应该回去了,便对竹青说:"我在这里,就会和亲戚们断绝了来往。况且你与我名为夫妻,却不愿认家门,这可叫我怎么办好?"竹青说:"无论如何我也不能去;纵然去了,你家里自有妻子,打算如何安置我呢?不如让我住在这里,作为你的另一个家。"鱼客只是恨路途遥远,不能时常来此。竹青取出一件黑色衣服,对他说:"你从前穿的这件旧衣服还在这里,想我时,穿上这件衣服就可以来我这儿;你来后,我可以帮你解去乌鸦之形。"于是竹青命人设下酒宴,为鱼客饯行。

鱼客喝得大醉,倒头而睡。等他醒来后,发现自己在船中躺着。再向外看,船仍在老地方停泊着。船夫和仆人也都在船上,他们突然看见鱼客,均不相信自己的眼睛,纷纷盘问鱼客到哪里去了。鱼客故意装出吃惊的样子,说自己一点儿也不清楚。鱼客见枕头边有个包袱,打开一看是竹青送他的新衣新鞋,那件黑色衣服也叠放在一起。再一摸,腰间系有一只绣袋,鱼客打开一看,里边尽是金银钱币。于是鱼客让船夫将船向南划去。到岸后,他重重地酬谢了船夫,向家乡方向而去。

回家后，几个月间，他一直念念不忘汉水上的竹青，便溜出家门，穿上黑色衣服。顷刻间，他觉着两肋下生出双翅，羽翼一张一合地凌空飞去。大约有两个时辰，鱼客已飞达汉水。他盘旋着向下看去，见江水中一个孤零零的岛屿上有一群楼舍，便飞落下去。有一个婢女远远看见了，呼叫道："官人来了！"听见喊声，竹青出来，命众婢女为鱼客松开衣服上的结子，鱼客只觉得羽毛春然脱落，浑身轻松。竹青拉着他的手进入房中，说道："你来得正好，我就要临盆了。"鱼客开玩笑地说："是胎生还是卵生？"竹青道："我现在已羽化为神，脱胎换骨，应该和从前有所不同。"过了几天，竹青果然生产，胎衣厚厚的裹着胎儿，像一只巨大的蛋，将它弄破后，是个男孩。鱼客高兴极了，给孩子取名叫汉产。三天后，汉水神女纷纷前来贺喜，送来不少服饰珍宝，作为礼物。这些神女个个生得仙姿绰约，美不可言，均在三十岁以下。她们进房后，坐在竹青的榻上，用纤细的手指轻轻地按婴儿的小鼻子，说这叫"增寿"。等她们离去以后，鱼客问竹青："刚才来的神女都是谁？"竹青说："都是和我一样的神女。走在最后穿藕白色衣裙的，就是人们所说的'汉皋解佩'故事中的神女。"

　　鱼客在竹青这儿住了几个月，便要回去，竹青用船送他走。那船不用帆和桨，飘然而行。到达岸边后，岸上已有人牵着马等他，鱼客遂上马归去。从此后，鱼客在两地之间来往频繁。

　　过了几年，汉产长得秀美可爱，鱼客对他喜欢得不得了。他的妻子和氏，因为没有生育，总是想见见汉产。鱼客便将此事告诉了竹青。竹青就准备行装让汉产跟随父亲一道回家去，约定三个月以后让汉产回来。父子俩到家后，和氏见了汉产，喜爱得像是自己生的儿子，十来个月过去了，仍不舍得让汉产回去。突然有一天，汉产突然得病而死，和氏伤心极了，哭得死去活来。鱼客也失魂落魄，急忙去告诉竹青。刚进门，鱼客就见汉产光着脚睡在床上，顿时转忧为喜，问竹青是怎么回事。竹青回答道："你违约的时间太长了。我在这里想念儿子，所以招他回来的。"鱼客向竹青说明是和氏爱汉产而恋恋不舍所致。竹青说："等我再生孩子后，便让汉产回去。"

　　一年多后，竹青又产下一对孪生男女，男孩名叫汉生，女孩名叫玉佩。鱼客无比欣喜，领着汉产返家。后来，因为每年只能和竹青见三四次面，极为不便，就举家迁往汉阳。汉产十二岁时，进了郡学。竹青认为人间没有佳丽，便将汉产叫了去，为他娶了妻才让他回来。汉产的妻子叫卮娘，也是神女所生。

　　和氏死了，汉生和妹妹玉佩，一起前来吊丧。和氏下葬后，汉生留了下来，鱼客带着玉佩走了，从此再没回来。

王 大

　　李信是个赌徒。一天,他白天睡觉,忽然看见以前的赌友王大、冯九来了,邀他一块儿去玩。李信也忘了他们已死,痛快答应了。出来后,王大去请村里的周子明,冯九就带着李信先走,到村东边的庙里。不大一会儿,周子明和王大也一同来了。冯九拿出纸牌,要一赌输赢。李信说:"匆忙间忘带赌资,不好意思,辜负盛情邀请,怎么办?"周子明也同样说是这样。王大说:"燕子谷黄八官人放债,一块儿去借,肯定同意。"于是四个人一起去了。

　　飘忽间,他们来到一个大村子。村中的大宅院一个接一个。王大指着一个门说:"这就是黄公子家。"里面出来一个老仆人,王大说明来意,仆人就进去禀报。仆人很快出来,说:"奉公子意思,请王大、李信进去一见。"黄公子有十八九岁,笑语声声,很是和蔼,把一贯大钱给李信,说:"知道你李信正直,借了没关系。周子明我不能相信。"王大就多方为周子明说情,黄公子要李信担保,李信不肯。王大就在旁边怂恿,李信答应了,也给周子明借了一千钱。出来后把钱交给周子明,说了公子的意思,激一下周子明,使他一定要还。

　　出了燕子谷,他们见过来一个妇人,是村里赵某人的妻子,历来好斗善骂。冯九说:"这儿没人,该把这悍妇小小收拾一下。"冯九就和王大把妇人捉到山谷里去。妇人大声号叫,冯九就捧了把土塞到她嘴里。周子明说:"像这种女人,只该把木橛子塞到阴户里。"冯九就捋起女子衣襟,把块儿长石头硬塞了进去,弄得这妇人像死了一样。大家这才离开。

　　来到庙里,四人开始赌博。

从中午到夜间，李信大赢，冯九和周子明全输光了。李信就把本钱加上利息交给王大，让他代还给黄公子，又分钱给周子明和冯九，再赌。没多久，听到人声喧嚷，一个人跑进来说："城隍神亲自捉拿赌徒，现在来了！"众人听了，大惊失色。李信扔下钱跳墙跑了，其他人顾钱，都被抓住绑了起来。逃出来后，他果然见有一位神人骑在马上，马后边绑了二十多个赌徒。天不亮，城隍神一众已到了城下，打开门进去。到官衙，城隍神面南而坐，带人犯上来，拿着本子点名。点完后，城隍神让人拿利斧把这些赌徒的中指都砍了去，然后用红黑两色各抹两眼，游街三趟作罢。押送的人索贿，而后才愿意给他们去掉两眼上的颜色。众人都给了，只有周子明不给，说口袋里已经空了；押送者说送他到家后再给，周子明还是不答应。押送者指看他说："你真是颗铁豆子，炒也炒不开！"押送者拱拱手离开了。周子明出了城，用唾沫弄湿了袖子，边走边擦。等到了河边一照，黑红两色依旧；捧水来洗，怎么也洗不掉。周子明悔恨不已地回家了。

先前，赵氏妇人因事到娘家，天晚了还未归来。丈夫出来迎接，到谷口，看见妇人躺在路旁。看她样子，知道是遇到鬼了。丈夫掏出她嘴里的泥巴，背她回家。待她慢慢醒来，能说话了，丈夫才知道她阴户里有东西，并小心翼翼地将其拔出来。妇人诉说了自己的遭遇，赵某非常气愤，立即到县官处把李信和周子明告下。

传票下来时，李信刚醒；周子明还沉睡着，样子像死了一样。县官认为赵某是诬告，把赵某打了一顿，赵妻上了枷。夫妻两个都没有可为自己申辩的理由。

过了一天，周子明醒了，眼眶突然变成一黑一红；大叫指头痛，一看，中指的筋骨都已断了，只是皮连着，几天后就彻底掉了；眼眶上的颜色，深入皮肉里，看到的人没有不捂着嘴笑的。一天，周子明见王大来催他还债，就厉声说自己没钱，王大气愤地走了。家里人问他，才知道缘故。都说鬼神无情，家人劝他还了。周子明振振有词，就是不松口，还说："现在当官的都庇护赖债的，阴间阳间的道理应是一样的，更何况是赌债呢？"

第二天来了两个鬼差，说黄公子已告到城隍神那里，押他去对证审理。李信也见到鬼差，要他去做证。一时间，两人都死了。村外碰头，王大和冯九也在。李信对周子明说："你眼眶上还带着黑红颜色，敢见官吗？"周子明又把他以前的话说了一遍。李信知道他吝啬，就说："你既然昧了良心，我去求见黄八官人，替你还了。"两人就一块儿到黄公子家去。李信说明来意，黄公子不同意，说："欠债的是别人，为什么要让你还？"李信出来告诉周子明，又想自己拿出钱来，让周子明当作他自己的还给黄公子。周子明更为气愤，话中捎带着黄公子。鬼差就带他们离开了，走了不多久，到了城中，见了城隍神。城隍神呵斥说："无赖贼！眼上抹的颜色还在，又想赖债！"周子明说："黄公子放债，诱使我赌博，这才被惩处的。"城隍神叫黄家仆人上来，怒声说：

"你家主人开场诱赌,还要讨债吗?"仆人说:"拿钱的时候,公子不知道是去赌。我们公子家在燕子谷,抓赌徒是在观音庙,两地相距十多里。我们公子从未有过设局的事。"城隍神看着周子明说:"拿别人的钱发横不还,反而捏造!人而无品,到你也算是极点了!"说完城隍神就要打他。周子明又说利息太重。城隍神说:"你还了几分?"周子明说:"其实一点儿都还没还呢。"城隍神发怒说:"本钱还欠着,说什么利息!"然后下令打了周子明三十大板,立刻押着他去还债。

两个鬼差押着他回到家,向他索贿,不让他立刻活过来,将他绑在厕所内,让他给家里人托梦。家中烧了纸钱二十串。火灭后,变成二两银子和二千钱。周子明就用二两银子抵债,用两千钱贿赂鬼差,这才被放了回来。

醒来后,周子明屁股肿得老高,流血流脓,几个月才好。赵氏妇人从此以后也不敢再骂街了。但周子明却黑红眼,四根指头,照赌不误。由此可知赌徒是不能算人的。

异史氏说:"世上之所以有不公平的事情,都是由于当官的矫枉过正所为。昔日富豪以两倍的利息,抢夺良家子女,没人敢说什么。不然,把名号往官府一报,当官的就用法律袒护他们。所以往昔的地方官,全成了豪门大家的听差仆役罢了。后来贤明的人去其弊端,又和此截然相反。有借人重金做生意成了巨商的,穿锦衣,吃美味,家中起高楼,买良田,但竟然忘了来源。一去讨还,就怒目相向。讨债人告到官府,当官的就说:'我不是谁的仆役。'这和懒残和尚有什么区别——懒残和尚自己鼻涕流到胸前,别人叫他擦一下,他却说:没工夫替俗人擦鼻涕!我曾经说,昔日的官谄媚,现在的官荒谬。谄媚的固然该杀,荒谬的也同样可恨。放债而略有利息,何尝只是对富人有益呢?"

张石年当淄川县令时,最恨赌博。把赌徒抹上脸游街,像那阴间的做法。虽然刑罚不至于断指,但赌博绝迹了。这是由于他当官很懂得治理法则。他公案繁杂,但每个人上堂,他都显得很闲暇,住哪儿、年龄、家小、干什么,无不一一问到。问完,就劝勉一番让走。有一个人交完税后呈递税单,自认为没事,递上税单就准备退下走。张公留住他,细细地问了情况,说:"你干吗赌博?"那人极力申辩自己生平就不懂赌博。张公笑了,说:"腰里还带着赌具呢。"张公让人搜了一下,果然有。人们认为很神,但不知道用的什么方法。

乐 仲

　　西安人乐仲,父亲死后母亲才生了他,他是遗腹子。母亲好佛,不吃荤,不喝酒。乐仲长大后,喝酒吃肉,非常厉害,暗自瞧不上母亲的作为,常常拿肉劝母亲吃,母亲训斥他。后来母亲病了,弥留之际,苦苦想肉吃。乐仲急切间一时找不到肉,就从左腿上割下肉来给母亲吃。母亲病略微好点,后悔破戒,不吃饭而死。乐仲痛不欲生,用刀子割自己的右腿上的肉,就连骨头都露出来了。家人一起上前救下来,给他包裹上药,随后好了。乐仲心中悼念母亲的苦节,又悲哀母亲的愚昧,他就把所供佛像烧了,立牌位祭祀母亲。每当醉后,他就对着牌位哀伤地哭泣。

　　乐仲到了二十岁时才娶妻,还是童子身。结婚三天,他对别人说:"男女睡在一起,是天下最脏不过的事,我实在不感到快乐!"他就打发妻子回去。岳父顾文渊托人求他接回去,再三再四地说,乐仲就是不同意。拖了半年,顾文渊只好把女儿重新嫁了。

　　乐仲独身二十年,行为越发随意:和奴仆差役优伶混在一起喝酒;街坊邻居有所乞求,他毫不吝惜;有人嫁女儿没锅,告诉了他,他就从灶上把自家锅拿来送去,自己又去借别人的锅来做饭。那些无品行的人摸透了他的脾性,整天想法诓骗他。有人因赌博没钱,对着他长吁短叹,说官府逼税逼得要死,准备卖孩子。乐仲就将设法凑足的税钱全送给那人,自己一文不剩。等收税的上门收他的税时,他就自己或典当或借贷来置办银两交税。由于这些原因,家中日益衰败。

　　先前,乐仲富足时,同族子弟都争着讨好奉承他,凡是家里有的,他也由着他们任意拿用,从不计较。等他衰败了,来的人就几乎没有了。乐仲生性旷达,也不在乎。当母亲忌辰那天,他刚好病了,不能上坟,就想让同族子弟代去祭扫,结果都借故推托了。乐仲只好在家中祭奠,对着母亲的牌位痛哭,没有后代的悲哀充满心中,因此病情更加严重。昏迷中,他觉得有人在抚摸他,微微睁眼,竟是母亲。他惊奇地问:"您怎么来了?"母亲说:"因家里没人上坟,所以来这里享受祭品,也看看你的病。"乐仲问:"母亲住在哪里?"母亲说:"南海。"抚摸完后,他只觉得遍体生凉,睁开眼四下一望,渺无一人,病也好了。乐仲能起身了,就想到南海朝拜,碰巧邻村有结香社的,就卖

了十亩地去加入。但香社中的人认为他不洁净,不要他。他就跟着去。一路上,乐仲酒肉葱蒜不戒,众人更讨厌他,趁他喝醉睡了,丢下他就走了。乐仲就一个人走。到闽地,碰见朋友请喝酒,有位叫琼华的名妓在座。乐仲说要去南海,琼华希望跟他一块儿去。乐仲很高兴,就等她收拾行装,一块儿上路了。虽然两人吃住在一起,却毫无私情。

到了南海,社中人见他带着妓女来,更加诽毁嘲笑,鄙视他们,不和他们一起朝拜。乐仲和琼华也知道他们的意思,就听任他们朝拜后自己再拜。众人拜时,只恨没有什么显示。他们俩拜时,刚拜倒在地,就突然看到遍海都是莲花,花上璎珞垂珠。琼华看到莲花上全是菩萨,乐仲看到莲花上全是母亲,就纵身跳下跟随着。众人看到万朵莲花都变成了彩色云霞,遮盖着大海,像锦绣一样。一时间,云静波平,一切都消失了,而乐仲仍在海岸上。他自己也不明白怎么出来的,衣服一点儿也没湿。乐仲望着大海放声大哭,哭声震动了整个岛屿。琼华拉着劝他,他悲哀地离开寺庙,和琼华又一起雇船回去。

途中,有豪门人家招琼华去,乐仲独自在客店歇息。见有个八九岁的孩子在店里要饭,样子不像是乞儿,乐仲就仔细问他,原来是被继母撵出来的。乐仲很可怜他。孩子也依恋地靠在他身旁,哀求乐仲救救自己,乐仲就带上孩子回家了。乐仲问他姓什么,孩子说:"姓雍,叫阿辛。母亲姓顾。曾听母亲说:'嫁给雍家六个月就生了我,我本应姓乐。'"乐仲大吃一惊,猜想自己生平就一次,不应该有孩子,就问孩子姓乐的住在哪里。孩子说:"不知道。但母亲去世时,交给我一件文书,叮嘱我千万不要丢了。"乐仲急向他要文书。拿来一看,竟是当年他给顾家的和离书,惊喜地说:"真是我儿子啊!"算了下年月也很符合,乐仲心里很是满足。只是家计一天不如一天,有两年时间,田地也渐渐卖完了,竟连童仆也用不起了。

一天,父子俩正在做饭,忽然来了位美人,一看,原来是琼华。乐仲惊讶地问:"你怎么来了?"琼华笑道:"我们已经做过假夫妻了,怎么又问呢?以前没有立刻跟了你,只是由于老太太在,现在她死了。我想不嫁人吧,无法庇护自己;嫁人吧,又难保自己的洁净。两全之计,没有比嫁给你更好的了。"

所以，我不怕千里之遥寻来了。"说着琼华就放下行装，接手做饭。乐仲很高兴。到了夜里，父子俩仍像以前那样睡在一起，给琼华另外收拾了一间屋子。孩子把琼华看作母亲，琼华也很好地对孩子。亲戚邻里知道了，送来成婚志喜的熟食，乐仲和琼华都高兴地接受下来。客人来了，琼华就收拾准备酒菜，乐仲也不问怎么来的。随后琼华又拿出金珠，赎回原来家产，添置了许多奴婢牛马，家业越来越兴旺。

乐仲常对琼华说："我喝醉时，你要躲着我，别让我看见你。"琼华笑着答应了。一天，乐仲大醉，急不可耐地叫琼华。琼华打扮得艳丽夺目，出现在乐仲面前，乐仲斜着眼看了好久好久，大为高兴，手舞足蹈像发了狂，说："我悟了！"乐仲顿时酒醒，只觉世界一片光明，所住的是琼楼玉宇，这种感觉很长一段时间才消失。从此以后，乐仲就不到集市上去喝酒了，每天只是和琼华对饮。琼华吃素，就以茶代酒陪着。

一天，乐仲略有醉意，让琼华按摩大腿，琼华见腿上刀痕化作两朵红莲花，隐隐地从肉中显出来，很惊奇。乐仲笑道："你看这花开放后，二十年的假夫妻就要分手了。"琼华相信了。他们为阿辛完了婚，琼华就渐渐把家事交付给新媳妇，和乐仲另住在一个院子里。儿子和媳妇三天来问候一次，非疑难的事不说。乐仲、琼华使用两个婢女，一个温酒，另一个烹茶而已。

一天，琼华到儿子那里，和儿媳妇谈了好长一阵子，又和儿子一块儿到自己这边来看乐仲。进门见乐仲光脚坐在床上，听到声音，睁开眼微笑说："母子都来了，太好了。"说完，乐仲立刻又闭了眼。琼华大惊，说："你要干什么？"看他腿上，莲花盛开，用手一试，已断气了。琼华忙用两手把莲花捻合到一起，并祝祷说："我千里之外来跟随你，万分不易；为你教导儿子调教儿媳妇，也有些功劳。就差两三年，为什么就不能稍微等等呢？"过了一会儿，乐仲突然睁开眼睛笑着说："你自有你的事，何必又拉着一个人做伴呢？没办法，暂且为你留下吧。"琼华这才放开手，那莲花又合上了。两人又言笑如初。

又过了三年多，琼华年近四十岁，却还像二十多岁的人。忽然她对乐仲说："人死之后，被人抬头搬脚，太不雅观了。"琼华就让匠人做了两副棺木。阿辛惊讶地问，琼华说："这不是你所明白的。"完工后，琼华自己沐浴收拾好，对儿子和儿媳妇说："我要死了。"阿辛哭道："多年来全靠母亲经营，才不致挨饿受冻。母亲还没能享受一下安逸，干吗要扔下儿子离去？"琼华回答说："父亲播种幸福，儿子享受，奴婢牛马，都是那些骗子借债者还你父亲的，我没有什么功劳。我本是散花天女，偶动凡念，便被贬到人间三十多年，现在期限已经满了。"说完，琼华进到棺木中，两眼已闭上了。阿辛哭着去告诉父亲，父亲不知道什么时间也已死了，衣服穿得整整齐齐。阿辛放声大哭，悲痛欲绝，将父亲放入棺木，和母亲的棺木一起放在堂屋，几天都不入殓,希望他们能活过来。只见乐仲的两腿上放出光明,照得四面墙壁都是亮的。琼华的棺内则香气四溢,附近的人都闻到了。棺木合上后,香雾光明就慢慢减弱了。

丧事完后,乐姓子弟觊觎他家家产,商量把阿辛赶走。告到官府,官府断不清,就打算分一半家产给乐姓子弟。阿辛不服,告到郡里,郡里也断不清,长时间拖着。

当初,顾文渊把女儿又嫁给姓雍的,过了一年,雍家迁到闽地,断了音信。顾文渊年老无子,苦苦思念女儿,找到女婿,女儿已经死了,外孙被撵了出去,就告了官。雍家害怕,就给顾文渊钱,顾文渊不要,一定要找到自己的外孙,四处找遍了也找不着。一天,顾文渊在路上碰见一辆彩车,让路道旁,车中美人叫他说:"你不是顾翁吗?"顾文渊答应是。美人说:"你外孙就是我儿子,现在乐家,别告了。你外孙正有难,你应该赶快去。"顾文渊还要仔细问,车子已走远了。顾文渊就拿了雍家给的钱到西安去。到了西安,这官司正打得热闹。顾文渊就自己跑到官府,说出女儿初嫁的日子,再婚的日子,以及生孩子的日子,桩桩件件清楚明白。乐姓子弟都被官府打了一顿撵出去,案子了结。

回到家后,顾文渊说起见到美人的时间,正是琼华去世的时候。阿辛把外祖父家搬来,给他房子,还给了丫鬟。顾文渊六十多岁时生了个儿子,阿辛非常体恤照顾他。

异史氏说:"断荤戒酒,表面上像佛而已。天真烂漫,才是佛门真谛。乐仲面对美人,只将其看作香洁道伴,而不是同床共枕的情侣。朝夕相伴三十年,若有情,若无情,这才是菩萨的真面目,世上的俗人怎能看得明白呢!"

香 玉

在劳山下清宫中有耐冬和牡丹。耐冬高二丈,粗几十围;牡丹高一丈多,开花时节,光彩灿烂如同锦绣。胶州的黄生,借住在里面读书。一天,黄生从窗户中看到有位姑娘穿着素色衣服掩映在花丛中。黄生心想道观中怎么会有姑娘?出来看,姑娘已不见了。此后他又多次看到。他就藏在树丛里,等着她到来。不一会儿,素衣姑娘和另一位穿红衣的姑娘来了,放眼望去,真是艳丽双绝。慢慢走近了,红衣姑娘往后退,说:"这儿有生人!"黄生就突然跳出来，吓得姑娘转身就跑，裙子飘拂，香风四溢；追过矮墙，已是无影无踪了。黄生爱慕之心更切，就在树下题诗：

　　无限相思苦，
　　含情对短窗。
　　恐归沙吒利，
　　何处觅无双？

　　写完，黄生回到房中，苦思冥想，白衣姑娘突然来了，黄生惊喜不已地迎上前。姑娘笑说："你气势汹汹像强盗，让人害怕；没想到你还是个风雅之士，无妨见一下。"黄生就问姑娘的情况。姑娘说："我小名香玉，原本是个妓女。被道士关在山里，实在不是所愿。"黄生问："道士叫什么？我去为你一洗此辱。"姑娘说："不必，他也不敢逼我怎样。借此机会与风流雅士长相幽会，也不错。"黄生又问："穿红衣服的是谁？"姑娘说："她叫绛雪，是我的义姐。"于是，两人相拥嬉戏。等醒来时，曙光已映红了窗子。姑娘急忙起身，说："只顾贪欢，连天亮都忘了。"姑娘穿衣收拾，并说："我酬答你一首诗，别见笑。"

　　良夜更易尽，
　　朝暾已上窗。
　　愿如梁上燕，
　　栖处自成双。

　　黄生握住她的手说："你秀外慧中，让人爱得要死。一日分别，就像远隔千里。你有机会就来，别等到夜里。"姑娘答应了，由此夜夜都来。黄生常要她邀绛雪来，但她总是不来，黄生感到很遗憾。姑娘说："绛雪姐落落寡合，不像我痴情一片。我慢慢劝她，你别性急。"

　　一天晚上，姑娘忧伤地进来，说："你连陇地都守不住，还期望蜀地吗？现在要长别了。"黄生忙问："你要到哪儿去？"姑娘擦着泪说："这是定数，很难对你说。昔日的佳作，现在成了谶语了。'佳人已属沙吒利，义士今无古押衙'就是我的写照啊。"黄生追问，姑娘只是呜咽抽泣。姑娘一夜不睡，天亮就走了。黄生很奇怪。

　　第二天，有个姓蓝的即墨县人到这里游览，看到白牡丹，很喜欢，就挖了带走。黄生这才悟到香玉本是花妖，心中怅惘叹息不已。过了几天，听说蓝某人移花回去后，花就一天天枯萎憔悴。黄生恨极了，作了五十首哭花诗，天天到挖走花的地方哭泣。

　　一天，黄生凭吊完后往回走，远远看到绛雪在那里哭泣，就从容走过去，姑娘也不回避。黄生就拉着她的衣袖，两人相对垂泪。随后，黄生挽着她的手请她到自己房里去，姑娘也就跟着去了。姑娘感慨说："从小一起的姐妹，突然间就生离死别！听到你的悲伤，更增添我的哀痛。泪滴九泉，或者因为你的

挚诚而感动再生;但死去的神气已散,一时间怎能再和我们两个谈笑呢!"黄生说:"我命薄,害了情人,该是无福消受双美。以前频频托香玉传达我的心意,为什么不来呢?"姑娘说:"我以为青年书生,十有八九都薄情,没想到你竟是一个至情的人。但是我和你交往,以情不以淫。若昼夜亲热狎戏,那我做不到。"姑娘说完,告别要走。黄生说:"香玉已经长别了,让人寝食俱废。指望你多待一会儿,也是一份安慰,怎么这样决绝!"姑娘这才留下,过了一夜离开了。

此后几天,姑娘再也不来了。凄清的雨,幽冷的窗,他更加苦苦思念香玉,辗转床头,泪湿枕席。夜不能寐,披衣起来,点上灯,他又用前首诗的韵写了一首诗:

　　山院黄昏雨,
　　垂帘坐小窗。
　　相思人不见,
　　中夜泪双双。

忽然窗外有人说:"作诗不能没人和。"听声音是绛雪,黄生开门将其迎进来。绛雪看了诗,就在后面续道:

　　连袂人何处?
　　孤灯照晚窗。
　　空山人一个,
　　对影自成双。

黄生读了流下泪来,埋怨见面太少。绛雪说:"我不能像香玉那样热烈,只能略微安慰一下你的寂寞罢了。"黄生就要拥抱亲热。绛雪说:"相见的欢乐,何必就是这个。"于是在他无聊时,姑娘才来一次。来了或饮酒或吟诗,有时不睡就离开了,黄生都随她。黄生对她说:"香玉是我的爱妻,绛雪是我的良友啊。"他常问绛雪:"你是院子里的第几棵花?求你早早告诉我,我要把你抢回去种在家里,免得像香玉一样被恶人夺走,遗恨百年。"绛雪说:"故土难移,告诉你也没用。妻子尚且不能始终相从,更何况朋友呢!"黄生不听,拉着她的胳膊出去,每到一棵牡丹前,就问:"这是不是你?"绛雪不说话,只是捂着嘴笑。

不久,腊月将尽,黄生回家过年。到二月间的一天,他突然梦见绛雪来了,伤心道:"我有大难!你快点儿来,还能相见,迟了就来不及了。"黄生醒来觉得很奇怪,急忙叫起仆人备好马,连夜急奔上山。原来道士要盖房子,有一株耐冬妨碍动工,工匠要砍了去。黄生赶忙制止了。夜里,绛雪来致谢。黄生笑着说道:"以前不老实告诉我,该遭此难!现在已知道你了,如果你再不来,就用艾柱烫你。"绛雪说:"我本来就知道你会这样,所以以前不敢告诉你。"坐了一阵,黄生说:"现在面对良友,更思念艳妻。好久没有哭祭香玉了,你能陪我一起去吗?"二人就去了,对着花坑洒泪。约有一更,绛雪收泪劝他,这才止住。又过了几天,晚上,黄生正寂寞地坐着,绛雪笑着进来,说:"给你报个喜讯,花神为你的至情所感动,让香玉重新降临宫中。"黄生问:"什么时候?"绛雪回答:"不知道,大概不会太远吧。"天亮起床时,黄生嘱咐说:"我是为你来的,别长时间地让人孤寂。"绛雪笑着答应了。过了两夜都没来,黄生就去抱着那棵耐冬,又摇又拍,连声呼唤,但一点儿声息也没有,就返回来,在灯下做艾团,准备去烧树。绛雪立刻进来,夺过艾团就扔了,说:"你玩这种恶作剧,弄得人满身疤,这就和你绝交。"黄生笑着把她拥进怀里。两人还没坐稳,香玉从外边盈盈走来,黄生一见,泪流满面,忙起来一把拉住她。香玉一只手拉着绛雪,相对悲咽。等坐下时,黄生觉得握得很空,像自己的手握着自己的手似的,很惊讶,于是黄生问她是怎么回事。香玉泪眼婆娑,说:"以前,我是花的神,所以凝聚在一起;现在,我是花的鬼,所以散成这样。今天虽然相聚了,但不要认为是真的,只当作是场梦吧。"绛雪说:"妹妹你来了太好了!我被你家男人纠缠得要死了。"说完,绛雪就走了。香玉依然像从前那样谈笑嬉戏,但依偎拥抱间,仿佛和影子一样。黄生闷闷不乐,香玉也自恨这样,就说:"你用白蔹草末掺一点硫黄,每天给我浇一杯水,明年这时候,就能报答你的恩情了。"说完香玉就走了。

第二天,黄生到那原来的地方,见牡丹已发了芽。黄生就加意培植,又用栏杆保护起来。香玉来,万分感激。黄生商量要移种到自己家里去。香玉不肯,说:"我体质弱,再经不起折腾了。何况生在哪里都有定数,我本来就没打算到你家,违背了反倒会损了年寿。只要彼此怜爱,合好自会有日子啊。"黄生遗憾绛雪不来。香玉说:"一定要她来,我能做到。"香玉就和黄生拿着灯到耐冬下,找了根草,用手做尺子,在它的枝干上从下往上,量了四尺六寸,按着那地方,让黄生用两只手一块儿抓挠。随之就见绛雪从背后出来,笑骂说:"婢子,你就是要助纣为虐啊!"香玉说:"姐姐别见怪!暂且烦你陪伴一下郎君,一年后不再打搅了。"从此以后,绛雪就习以为常了。

黄生看着牡丹花芽一天比一天长大,越来越茁壮,春天完时,已长到二尺多高。此时他要回家，就给道士许多钱，嘱咐他好好养育看护。第二年四月，黄生又来看视，牡丹上只有一朵花，含苞未放。正在流连间，那花摇摇欲开，不多久，就灿然怒放，花大得像只盘子，俨然有个小美人坐在花蕊间，才三四指的样子，转眼间飘然而下，正是香玉。香玉笑着说："我忍受着风风雨雨等着你，你怎么来得这么迟！"两人来到了房子里。绛雪也来了，笑着说："天天替人做妻子，今天有幸能退下来做朋友。"于是三人便一起谈笑说话。到了半夜，绛雪才走。两人同床而眠，欢爱相合一如从前。

后来，黄生的妻子去世，黄生就进了山，不再回去。这时，牡丹已长得像胳膊粗了。黄生常指着说："我以后寄托魂灵在此，就长在你的左边。"香玉、绛雪笑说："你不要忘了。"十多年后，黄生忽然病了。儿子来到，看着他很是悲哀。黄生笑着说："这是我的生期，并不是死期，干吗悲伤？"黄生对道士说："以后牡丹下有赤色花芽长出，一出来就有五片叶子的，就是我。"随后就不再言语了。儿子用车把他带回家就死了。

第二年，果然在那牡丹下生出一个大花芽来，叶子有五片。道士认为很奇异，就用心培育。三年间，高达数尺，粗有满把，只是不开花。老道士死了，他的弟子们不知爱惜，把它砍了。砍后，白牡丹也憔悴死了；没多久，耐冬也死了。

异史氏说："情到深处，鬼神可通。花已成鬼还要跟随，而人又以灵魂寄托，不是他们情到深处能这样吗？一个离去了，两个陪着去，即使不算坚贞，也是为情而死了。人不能做到坚贞，也是因其情不深罢了。孔子读完《唐棣之花》后说：'没有思念，又有什么远不远的呢，确实如此啊！'"

大　男

成都府有个读书人叫奚成列，家中有一妻一妾。妾何氏，小名昭容。妻早死，又续娶了申氏。申氏性好嫉妒，经常虐待何氏，后来竟连丈夫也受她的气。奚成列有时忍不住，说她几句，她便像受惊的老母鸭一样呱呱乱叫，聒噪得人心烦意乱。奚成列忍无可忍，一怒之下，离家而去，多年没有回来。

奚成列走后，何氏生下一个男孩，取名大男。申氏成了一家之主，更不将何氏放在眼里。她和何氏分开灶吃饭，每月按天给何氏母子一些米面。大男渐渐长大，母子俩用度便紧张起来，何氏便纺纱卖了后作为补用。大男此时已有七八岁，见私塾中常有小儿吟诵之声，不禁心生羡慕，也想入学读书。回家后，大男对母亲说了自己的想法。母亲觉得他年龄还小，但又拗不过儿子，只好暂且答应送他入学，权作试读。大男生得敏慧，智力超常，读书习字均超过其他学生。先生很惊奇，对何氏说，自己情愿不要学费，教大男学业。何氏便让大男正式拜了师。先生收下这个学生，何氏尽量给一点儿报酬。大男就读后，刻苦自励，孜孜勤勉，两三年后，经书皆通。

一天，他回家后，问母亲道："私塾中几位同学，都向他们的父亲要钱买饼吃，我为什么没有父亲呢？"母亲说道："等你长大了，再告诉你吧！"大男不明白地问："我已七八岁了，什么时候才算长大呢？"母亲哄他道："你去学堂时，经过关帝庙，可进去拜拜，保佑你快快长大。"大男相信了母亲的话，每次路过关帝庙时，总要进去拜关帝神。母亲见他当了真，问他："你向关帝爷说了些什么呀？"大男笑着说："我求关帝爷让我明年就长成十六七岁的人。"母亲被逗乐了。

然而，大男学业长进很快，身体也渐渐高大，到十岁时，便像是十三四岁的孩子；所作文章已很有章法。一天，他对母亲说："你从前曾说过，等我长大，就告诉我父亲在什么地方，如今可以了吧？"母亲连连摇头说："不行！不行！"大男见母亲不愿说，也不勉强。

又过了一年多，大男的好奇心越来越重，总是缠着母亲问，母亲被缠不过，只好向他说了。大男听了，悲不自胜，要去寻找父亲。母亲劝阻住他，说："你年龄还小，何况你父亲这些年来消息全无，生死未知，急切之间怎么能找到呢？"大男听了，一言不发地走了，到中午仍未见回来。何氏左等右等不见人，便到学堂去问先生，先生说大男早饭后没再来。何氏大惊，忙出钱雇人寻找，就是不见大男踪影。

大男出了家门后，沿着大路跑去，却不知到哪里寻找父亲。正巧遇见一个人要去夔州府，自称姓钱，大男乞求跟着他前去。姓钱的人责备他行走太慢，为他租了匹马代步，将所带盘缠花了个精光。

到夔州府后，两人一道吃饭时，姓钱的人暗暗在饭中投了迷药，大男吃了昏昏沉沉地睡了过去。姓钱的将大男用车拉到一座庙宇，假说这是自己的儿子，出门在外，偶然患病，身上没有一文钱，又不忍心眼睁睁看他死去，只好将他卖给寺院。和尚们见大男生得眉清目秀，纷纷争相买他。姓钱的拿到钱后，独自离去了。和尚给大男饮了水，过了一会儿，大男醒转过来。庙中长老知道此事后，前来看望大男，见他相貌长得出奇，便细细问了他的身世。长老听了，对他深深同情，便送了他一些路费，让他快快回家。

有个泸州的蒋秀才落第回乡，和大男相遇，听了他的经历，很赞赏大男的一片孝心，便和大男一道同行。到泸州后，他让大男寄住在自己家中，又帮着大男四处打听他父亲的下落。一个多月后，听人说福建商人中有个姓奚的。大男

便向蒋秀才告辞,打算到福建去。蒋秀才送给他一些衣服鞋袜,好心的邻居们也都拿出一些钱来资助大男。

途中,大男遇见两位布商要往福建福清去,二人便邀请他结伴同行。走了几天的路,两个布商窥探到大男袋中有钱,便将大男骗到一个无人处,捆住他的手脚,解下他身上的钱袋,拔脚而去。恰巧有个福建永福县的陈翁路过这里,为大男解开绑,让大男上了自己的车,一道去他家。陈翁是当地豪富,各路商人,大多出自他门下,所以,他嘱咐南北客商代为查访奚成列的音信。留大男陪伴他的儿子读书。大男便住在陈家,不再出去瞎撞。但离家更加远了,和家中的消息便不通了。

何氏在家中孤独地住了三四年,申氏减去她的生活费用,逼她改嫁。何氏坚决不同意。申氏将她强行卖给一个重庆府的商人,这商人硬把何氏给拖走了。何氏到晚上,用刀子自伤。商人不敢再相强,等何氏伤口痊愈后,又将她转卖给一位盐亭县的商人。商人带她回了盐亭县。何氏用小刀刺破胸膛,露出肺腑。商人吓坏了,匆忙为她敷上药。伤好后,何氏央求商人让她出家为尼姑。商人说:"我有一个朋友也是商人,没有生育能力,想找一个人为他洗洗缝缝。这与做尼姑没什么两样,也可以给我偿还一些钱。"何氏就答应了。

商人用车子将何氏载往朋友家去,主人迎了出来,正是奚成列!原来他已弃学经商,他的那位盐亭朋友见他身边没有妇人,所以便将何氏送给他。夫妇二人相见,抱头痛哭,相互道了各自多年来的境况。奚成列才知道他的儿子出外找他,至今没有归家,便托各位客商帮助打听大男的下落,并将何氏立为正妻。

何氏历尽艰辛,身患伤痛,不能操劳,便劝丈夫纳妾。奚成列想起前车之鉴,坚决不同意。何氏道:"我如果要争床第之欢,几年来原已跟别人生子了,怎么还能和你有今天呢?况且从前申氏那般对待我,我心中现在还隐隐作痛,难道忍心再让别人重蹈我的覆辙吗?"奚成列便让朋友为他留意买了一个三十来岁的妾。半年之后，朋友果然为他买了妾领回家。等那妇人踏进门，正是原来的妻子申氏！各人心中暗暗称奇。

原来，申氏独居一年多后，娘家哥哥申苞劝她改嫁，申氏便答应了。只是奚家名下的田产，奚家几位子侄坚决不让申氏出卖。她卖了自己身边所有值钱的东西，合计有几百两银子，便带着回到哥哥家。有一个保宁来的商人，听说申氏手中颇有钱，便用许多钱买通申苞，将申氏赚娶了去。那商人已老废，床上之事竟无能为力。申氏埋怨哥哥，不安于室，又是上吊又是跳井的，闹得老商人日夜不宁。老商人一气之下，将申氏身边银两搜刮净尽，要将她卖掉。然而买者见了申氏，总嫌她年龄太大。后来老商人要到夔州去，便带了她一同走。可巧路上遇到奚成列的朋友，一说此事，正合那朋友的意，便将申氏买了去。

申氏见了前夫羞愧得无地自容，一句话也说不出。奚成列向朋友问明了情由，说道："假使你前次遇到健壮的男子，你便会待在保宁府，你我之间也就没有再见面的机会了，看来这是天意。可是今天我是买妾，不是娶妻，你可先拜见昭容，正一正嫡庶之间的礼仪。"申氏觉得耻辱。奚成列说："当初你当正妻时，又怎么样呢？"何氏劝阻丈夫，奚成列不听，操起木棒逼迫申氏。申氏不得已，只好向何氏施了礼。但她始终不屑于侍奉何氏，只在别的房子干活。何氏宽容地笑笑了之，也不忍心探究申氏的勤与懒。奚成列每次与何氏吃饭或说话，总是让申氏侍立在一旁；何氏不忍心，便让婢女替换申氏，不让她在面前侍奉。

正巧这时陈嗣宗大人来盐亭当县令。奚成列与乡邻发生了争执，那人以奚成列逼妻做妾为罪名告官。陈公不予受理，把那人斥退。奚成列心下高兴，与何氏感激陈公美德。一更过后，门外忽然有人敲门，有个书童进来报说："县令陈公到此。"奚成列吓得六神无主，急忙到处找衣服和鞋子，陈公已进了卧房门。奚成列更加害怕，不知怎样才好。何氏在帐后仔细看，急忙跑出来说："是我的儿子呀！"何氏继而大哭不止。陈公见了何氏，也跪在地上恸哭不止。

原来大男跟了陈翁的姓，已经做了官。早先，他从京城出来，转道回了一趟故乡，才知两位母亲都改嫁而去，伤痛不已。奚氏族中人见大男已成显贵，便将原属他家的田产归还给大男。大男留下人营造房屋，期望父亲返乡。不久，他出任盐亭县令，又打算弃官寻父，被陈翁苦苦劝住了。正好有个算卦的，陈公让他算了一卦，说："小者居大，少者为长；求雄得雌，求一得两；为官吉。"大男才去上任。因为没有寻见双亲，故而日常不沾酒荤。

这一天，他接到那个乡邻的状子，看见奚成列的名字，心生疑惑，便派人私下查访，果然是自己父亲。大男趁着夜晚微服出了县衙。见了母亲，他更加相信算卦人所说的话灵验。临走时，他叮嘱父母不要将此事传出，留下二百两银子，交父亲置办行装回归故里。奚成列领妻妾回到家后，见门户一新，奴仆成群，牛马数圈，俨然富户大家气派。申氏见大男如今显贵，更加不敢轻举妄动。申苞愤愤不平，告到官府，要为妹妹争正妻之位。官府查明实情，大怒说："贪图钱财劝妹改嫁，已换了两个丈夫，还有什么脸面来争过去的正妻位置！"申苞被鞭笞后赶出官府。从此妻妾的名分更确定下来，然而，申氏把何氏当妹妹，何氏也把申氏当姐姐，吃穿用度，对申氏照顾极为周到。申氏起初怕她不忘前仇，如今见何氏真心待自己好，更加惭愧后悔。奚成列也原谅了申氏的旧恶，让家中上下人都呼她为"太母"，只是她得不到朝廷的诰命。

异史氏说："颠倒众生，不可思议，上天造物竟如此之巧妙啊！奚成列不能在妻妾之间自立，是一个碌碌庸人；如果不是孝子和贤母，怎会有如此奇特的巧合，而得以坐享富贵以度终生呢！"

韦公子

韦公子是咸阳的世家子弟，放纵好淫，凡是丫鬟女仆有几分姿色的，无不被他奸污。他曾带着几千两银子到处周游，要尽览天下名妓。凡是繁华的地方，没有他不去的。对长得不太好的妓女，他住一两宿就走；中意的，就上百天地待着。

他的叔父是有名的官员，退休回家，被他的行为激怒，就请了名师，另置一处房子，让他和其他公子一起关门读书。他就等老师睡了，翻墙回家，天亮时再回来，天天如此。一天夜里，韦公子失足摔断了胳膊，老师才知道，告诉他叔父，叔父就狠狠地揍他，打得不能动了才用药给他治伤。好了后，叔父与他约定：如读书能比其他人好，文章也好，听任他出进；如果再私自跑出来，就照打不误。但是韦公子最聪明，读书常常超出了规定的进度。几年工夫，就中了举人，想违背约定，被叔父制止。他到了京城，叔父派了位老仆人跟随，给了他一个日记本，让老仆人把韦公子的言行记下来。因此，许多年韦公子也没做出格的事。后来，韦公子中了进士，叔父就放松了对他的管束。但他一旦有所行动，只怕叔父知道，到了妓院，总是假托说自己姓魏。

一天，韦公子路过西安，见一位叫罗惠卿的男戏子，有十六七岁，十分秀丽，犹如一个良家女子，韦公子很喜欢，晚上就和他狎戏，赠送他很多东西。

听说他新娶的妻子更有风韵，韦公子就暗示罗惠卿。罗惠卿一点儿也不为难，到夜里，罗惠卿果真就带着妻子来了，三个人滚在一张床上。韦公子盘桓了几天，更加爱怜不舍，就商量带他们一起走。问家中人的情况，罗惠卿答说："母亲早死，父亲还在。我本不姓罗。母亲年少时在咸阳韦家当丫鬟，后被卖到罗家，四个月就生了我。如果能跟公子一块儿走，也能打听打听父亲的消息。"公子吃惊地问他母亲姓什么。罗惠卿说："姓吕。"公子惊恐极了，冷汗湿透了全身。原来，罗惠卿的母亲就是公子家的丫鬟。公子无话再说。这时天已经亮了，韦公子就送了许多钱给罗惠卿，劝他不要再干这个行当了，然后借口说要到别处去，约好回来时叫他，就离开了。

后来韦公子去做苏州府某县县令，有位叫沈韦娘的乐妓，风雅秀丽，天下无双，心中热爱，就留下狎戏。韦公子逗她说："你的小名是从'春风一曲杜韦娘'中取的吧？"沈韦娘回答说："不是。我母亲十七岁就成了名妓，有位咸阳公子，和你同姓，同我母亲在一起盘桓了三个月，许诺要娶她。后来那公子走了，八个月后，母亲就生了我，于是就给我取名叫韦，其实是我的姓。那公子临别时，送给我母亲一对黄金做的鸳鸯，现在还在。他一走就音信全无，我母亲又气又伤心，因此而死。我三岁时由沈老妇人收养，因此就跟了她的姓。"公子听了，羞愧愤恨无地自容。沉默了半天，顿生一计。他突然起身把灯挑亮，叫韦娘喝酒，暗中将毒药放入。韦娘刚喝下去，就发作嘶喊起来。众人跑来看时，韦娘已经死了。韦公子叫来艺人，把尸体交付给他，重重地给了一笔钱以贿赂他。但和沈韦娘相好的都是些权势人家，知道此事后都愤愤不平，用钱买动艺人，激他告到上级官府。韦公子害怕了，就倾其所有将此事打点弥补，最终以浮躁的罪名被免了官。

罢官回家的这一年，他才三十八岁，很后悔自己从前的行为。家中虽然妻妾有五六个，但都没有生儿子。他打算过继叔父的孙子，但叔父因他品行不端，怕孩子沾染上恶习，虽然答应过继给他，但要等他老了以后才把孙子过继到他家。韦公子气愤不过就想把罗惠卿招来，家中人均认为不行，这才作罢。又过了几年，韦公子突然生病，常常捶着自己的胸脯说："奸淫婢女，嫖宿妓女的，不是人！"他叔父听到后叹息说："这是快要死了！"叔父就把次子的儿子送到

他家，以儿子的身份侍候他。一个多月后，韦公子果然死了。

异史氏说："和婢女私通，和娼妓淫乱，那种恶果就用不着问了。然而，使自己的亲生儿子，叫他人做父亲，这已经够羞耻的了。而鬼神又侮辱戏弄他，诱使他奸污自己的亲生女儿，还不自己剖开自己的心，自己断自己的头，而只是流汗投毒，这就不是长着人头的畜生吗！虽然如此，风流公子所生的子女，即使在风月场中，也都是些好手。"

嘉平公子

嘉平地方有个公子，生得风姿秀美仪表堂堂。他十七八岁时，离开家到府城去参加童子科考试。他偶然路过一家姓许的妓女家的门，眼睛向里一瞥，见门内有一位十五六岁女子，于是注视着她。美貌女子冲他颔首微笑，公子就像魂被勾走了似的，上前与女子说话。女子问公子道："你住在哪里？"公子便将自己的寓所告诉了女子。女子又问："你房中还有别人吗？"公子答说："没有。"女子说："晚上我到你那儿拜访，你可不要告诉别人。"公子回来，到黄昏时分，支开童仆。女子果然翩然而至，说："我小名温姬。"又说："因仰慕公子风流，所以背着妈妈前来。小小心思，就是情愿侍奉公子终身。"公子也很高兴。

从那以后，温姬每隔两三夜总要来一次。一天晚上，温姬冒雨而来，进门脱下身上的湿衣服，搭在衣架上；又脱去脚上的小靴，让公子代她擦去上边的泥污，她自己则上床拉开被子盖在身上。公子看那小靴，靴料为五纹新锦，全部泡透了，为之可惜。温姬说："我不敢用这不值钱的东西来劳烦公子，只是想让公子明白我的一片痴情。"她听见窗外雨声不止，便吟道："凄风冷雨满江城。"温姬请公子续出下句。公子以不懂写诗推却。温姬道："像公子这样的人，怎么能不知道风雅？好叫我扫兴！"温姬劝他学写诗，公子点点头应允了。

温姬和公子往来频繁，童仆们无不知晓。公子的姐夫宋氏也是世家子弟，听说内弟与温姬有交情，便私下里央求公子让他见温姬一面。公子便向温姬说了，温姬一口回绝了他。宋某悄悄躲在童仆的房中，等温姬来了以后，就趴在窗子上偷看，不由得神魂颠倒，几至发狂。他猛地推开房门进去，温姬忙起身，翻墙而去。

宋某见了温姬后很向往，于是准备礼物去见妓院的老鸨许妈妈，指名要见温姬。许妈妈对他说："以前确实有个温姬，但已死很长时间了。"宋某惊愕退出，将实情告诉了内弟。公子才知道温姬是鬼。到了晚上，公子便将宋氏所说的话告诉了温姬，温姬说："我的确是个鬼。不过你想得到美女，我也想得到美男。我们俩各自如愿就足够了，又何必要管是人是鬼呢？"公子连声称是。

等公子考完试回家，温姬也随他一道回去。旁人看不见她，只有公子才能看见。到家后，公子独自住在书斋中歇息而不回房睡觉，父母便产生了怀疑。一次温姬回娘家去，公子才将前事向母亲讲了。母亲听了吃惊不小，劝诫公子和温姬断绝来往。公子不听从。父母愁得不得了，用各种办法来驱除温姬，不能如愿。

有一天，公子写了一张留给童仆的便条，放在几案上。那上面写的错字很多，把"椒"错写成"菽"，"姜"错写为"江"，"可恨"错写为"可浪"。温姬便在便条后写道："何事'可浪'？'花菽生江'。有婿如此，不如为娼！"温姬便告诉公子说："当初我以为你是世家之后，才高八斗，学富五车，所以以身自荐。却不料你只是徒有其表！我以貌取人，莫不要被天下人耻笑了吗！"说罢，她便忽然不见了。公子虽然觉得惭愧，仍然将便条交给仆人看。听说的人都把这件事传为笑谈。

异史氏说："温姬也太认真可爱了！像这样翩翩公子，又何必去苛求他呢！以致后悔不如娼妓，那他的妻妾就应该羞得哭了。然而用什么办法都赶她不走，而一见便条就慨然长叹，看来，这'花菽生江'，和读了令人不敢生病的杜甫诗句'子章髑髅'，没有什么两样啊！也有驱鬼避邪的作用啊？！"

《耳录》上说：有人在路边施舍茶水，招牌上写道："施恭结缘"。把"茶"误写成"恭"，也够使人一笑了。

有一大户人家的子弟，衰落穷困后，在大门上贴了一张招贴，写的是"出卖古代淫器"。把"窑"误写成"淫"。下面还写着"有要宣淫、定淫的，大小皆有，入内看货论价"。宣窑和定窑都是名贵的古瓷器，世家大族的后代有许多不通的就是像这样，哪里仅是"花菽生江"呢？

二 班

云南人殷元礼，精通针灸术。一次，他碰上贼寇作乱，逃往深山里。天已经晚了，离有人家的地方还很远，他很担心碰上虎、狼等猛兽。远远见前面路上有两个人，他就急忙赶上去。等赶上后，那两个人问他从哪儿来，殷元礼就告诉了他们自己的姓名籍贯。两人拱手恭敬地说："是良医殷先生啊！敬仰你泰山北斗般的名望已经很久了。"殷元礼就问他们的情况。两人都说姓班，一个叫班爪，另一个叫班牙。两人说："先生，我们也是避难在一个石屋中，侥幸还可栖身，敢劳你大驾一去，况且还有所求。"殷元礼很高兴，跟着他们一起去了。

不大工夫，三人到了那地方，房子靠着山谷。以燃着的柴火替代烛光，殷元礼才看清二班容貌，身躯威猛，样子看来很不善良。但殷元礼没有办法，也就听其自然了。殷元礼又听到床上有呻吟声，仔细一看，原来床上僵卧着一位老妇人，像有什么病痛。殷元礼问："老妇人得了什么病？"班牙说："就是因为这个，所以敬求先生。"班牙就绑了一束柴点亮照着，请殷元礼到跟前看。殷元礼见老妇人的大鼻子下面口角处有两个赘瘤，大得像碗一样，并且说："非常痛，不敢动，妨碍饮食。"殷元礼说："这病容易治。"殷元礼拿出艾揉成团，替她灸了几十下，说："过一夜就好了。"

二班很高兴，烤鹿肉招待客人，没有酒，没有饭，只有鹿肉一种食品。班爪说："仓促间，不知道你的到来，希望不要因轻慢而责怪。"殷元礼吃后就睡下了，头枕着石块儿。二班虽然诚实质朴，但粗鲁莽撞令人可怕，殷元礼翻来覆去不敢熟睡。天还不亮，殷元礼就叫醒老妇人，问她病情。老妇人刚醒，自己用手摸瘤，瘤就破成了创口。殷元礼催着二班起来，以火照明，给老妇人敷上药末，说："好了。"说完，殷元礼就拱手告别，二班又把一块儿烤鹿肘赠给他。

三年过去了，也没什么消息。一天，殷元礼有事进山，路上碰到两只狼，挡在道上。太阳偏西时，又来了一群狼，前后都是。突然，一只狼向他扑来，其他的狼一哄而上争相撕咬，他的衣服全咬碎了。殷元礼心想这下死定了。正在这时，突然来了两只老虎，吓得群狼四散奔逃。老虎发怒，大声吼叫，把狼吓得趴在地上，一动不敢动。老虎扑上去把狼都咬死了，然后径直走了。

殷元礼狼狈不堪地走着，担心找不到投宿的地方。这时，遇见一位老妇人走来，看到他这副样子，说："殷先生吃苦了！"殷元礼就心事重重地说了自己的遭遇，问老妇人怎么认识自己。老妇人说："我就是在石室中得到你救治的那个病人啊！"殷元礼这才恍然大悟，就求老妇人让他借宿，老妇人就领他去了。

到一处院落时，屋里已开始点灯了。老妇人说："我等你已等了很久了。"老妇人就拿出衣服袍子，把他那身烂衣服换下来。然后摆酒设宴，非常热情周到地款待他。老妇人也用陶碗自斟自饮，言谈饮酒都很豪放，不像一位妇人。殷元礼问："上次所见的两位男子，是姥姥的什么人？怎么不见了？"老妇人说："两个儿子去迎接先生，现在还没回来，一定是迷了路。"

殷元礼被她的情义感动，开怀畅饮，不知不觉就醉了，在席间酣睡起来。等醒来时，天已亮了，四面一看，竟没有房子，自己孤坐在岩石上。听岩石下面有牛一样的喘气声，走近一看，原来是只老虎，还没睡醒。嘴上有两处瘢痕，都像拳头那样大。殷元礼怕极了，唯恐它知觉，就悄悄地逃走了。殷元礼此时才醒悟那两只老虎就是二班。

苗　生

龚生是岷州人，到西安参加考试，在旅店休息时，买了酒自斟自饮。这时，有位高大的男人进来，坐下和他交谈。龚生请他喝酒，客人也不推辞。他说自己姓苗，言谈举止粗鲁豪放。龚生因他不文雅，又是路上相遇，酒喝完了，也就不再去买。苗生说："和酸文人喝酒，把人要闷坏了。"说着苗生就去酒店买酒，提了一大坛来。龚生推辞不喝了，苗生就抓着他的胳膊劝，他的胳膊痛得像断了一样，没办法，只好又喝了几杯。苗生自己用汤碗喝，笑着说："我这人不善于劝客，是走是留，你请自便吧。"龚生就收拾行李上路了。没走几里路，龚生的马病了，倒卧在路上，龚生只好坐在路旁。行李很多，正在无法可想时，苗生来了，问清缘故，就把马上的行李卸下来，让龚生的仆人背上，自己则用肩膀托着马的肚子把马扛了起来，快走了二十多里，到了一处旅馆，把马放下来送到槽边。过了一段时间，龚生和仆人才到。龚生很惊奇，认为苗生是神人，对他格外优待，打酒买饭，和他一起吃喝。苗生说："我特别能吃，不是你能管饱的，放开喝够酒就行了。"苗生一气喝完了一大坛，就起身告别，说："你给马治病还得些日子，我不能等，先走了。"说完，苗生就离开了。

后来，龚生考试完后，有几个朋友邀他一同登华山。在山上席地摆酒，正喝得高兴，苗生忽然来了，左手拿着大酒杯，右手提着一条猪腿，往地上一撂说："听说诸位登临此处，敬请让我也附一下骥尾。"众人起身见礼，相互杂坐在一起，开怀畅饮，很是快活。众人提出要赋诗联句，苗生争辩着说："开怀畅饮很快乐，何苦绞尽脑汁苦思冥想。"众人不听，并立下罚酒三杯的规矩。苗生说："联句不好的，应当军法从事！"众人笑了，说："所犯罪行还不到这一地步。"苗生说："如果不杀，我这武夫也能行的。"首座靳生说："绝巘凭临眼界空。"苗生信口续道："唾壶击缺剑光红。"下面一位沉吟的时间很长，苗生就自己拿壶倒酒喝。过了一会儿，众人又按次序联句，渐渐的诗句越联越俗。苗生喊道："到此为止吧，要想饶了我，就不要再作诗了！"众人不听。苗生再也忍耐不住，突然像龙一样地吟啸起来，山谷响应；又起身抬头俯身像狮子一样舞起来。作诗的思绪被打乱了，众人只好停止，于是又频频举杯喝酒。这时已喝得半醉了，考生们又互相读起考场中的文章，相互赞赏。苗生不愿听，就拉着龚生划拳。胜负已有好几个回合，而这些人彼此吹捧的诵读还没完。苗生厉声说："我已听得很清楚了。这些文章，只适合在床头向老婆读罢了，大庭广众下喋喋不休真令人讨厌！"众人脸上显出惭愧的神色，厌恶他的粗鲁莽撞，就更加高声朗诵起来。苗生愤怒极了，趴在地上大吼一声，立刻变成了老虎，扑上去把这些人咬死，咆哮着离开了。幸存的只有龚生和靳生。

靳生这次乡试中了举人。三年后，他再次经过华阴，忽然看见嵇生，也是在华山上被老虎咬死的一个。靳生很惊恐，想要逃走，嵇生拉着马笼头不放。靳生就下了马，问他要干什么。嵇生说："我现在是苗生的伥鬼，帮助他吃人很辛苦。必须再杀一个读书人，才能替代我。三天后，应有一个穿儒衣戴儒帽的人被老虎吃掉，但必须是在苍龙岭下，才是替代我的。你到了那天，多请些文士到这来，就算是为老朋友帮忙了。"靳生不敢说什么，恭敬地答应着告别。回到住处，靳生整整思考了一夜，也没想出办法来，只好违背诺言，让嵇生来责罚好了。恰在这时,有个表亲蒋生来了,靳生就把这怪事告诉了他。蒋生在当地是小有文名的,而同县的尤生科考后名列其上,蒋生心里嫉妒。听靳生一说,就想借机害他。于是写了一封请柬邀尤生一起登山,自己穿着普通人衣服,尤生感到奇怪,也搞不清他的意思。到了苍龙岭半山腰,蒋生把酒肴摆好,礼貌有加地请尤生享用。正碰上郡守也登览华山,因知府和蒋家是世代交谊,听说蒋生在下边,就派人叫他。蒋生不敢穿着普通人的衣服去,就和尤生换了衣服。还未换完,一只老虎骤然扑来,叼起蒋生就走了。

异史氏说:"自鸣得意津津乐道的人,拉着别人的衣服袖子,强迫人听他讲;听的人呵欠连连,屡伸懒腰要睡要逃,其人还说得手舞足蹈,一点儿不自觉。知交人就该从旁边用肘捅他,用脚踢他,以防座上有不能忍耐像苗生的人在。然而嫉妒的人因换衣服而死,则知道苗生也不是无心的。因此,厌恶愤怒的是苗生,又不是苗生。"

薛慰娘

丰玉桂是山东聊城的一个读书人,家中很穷,无以为生。万历年间大饥荒,他就孤身一人逃荒到南方去。从南方回来,走到沂州境内时,丰玉桂得了病,硬撑着又走了几里路,到城南的乱坟地实在不行了,就躺在一个坟堆旁。忽然间,丰玉桂像做梦一样,来到了一个村子里。有个老头儿从家中走出来,邀请他到家里去。只见有两间房子,很简陋。屋里有个姑娘,十六七岁,聪慧优雅。老头儿让她用柏枝泡茶,装在陶器里给客人喝,问丰玉桂的住处、年龄等。老头儿对丰玉桂说:"我姓李,名洪都,是平阳人。流落到这里,到现在已经三十二年了。请你记着我家这地方,如果我家子孙来找我,就麻烦你告诉他们。我不敢忘了你的情义。我的义女慰娘,长得漂亮,能配得上你。等我三儿子来的时候,就叫他去定亲。"丰玉桂很高兴,叩拜说:"我已经二十二岁了,还没有得到好的配偶。承蒙你赐我好姻缘,好是非常好,只是到哪里能找到你的家里人告诉他们呢?"老头儿说:"你只要住在北村里,等上一个多月,自然会有人来的,只求你不嫌烦就行了。"丰玉桂怕老头儿不守信用,就进一步落实说:"实话告诉老伯,我们家除四堵墙外,别无财物,只怕日后不合您的愿望,半路上被抛弃,会让人难堪的。即使没有这姻缘,我也不敢不像季布那样遵守诺言。不如直接告诉我真情吧?"老头儿笑了,说:"你是要让我老头儿发誓吧?我早已熟知你一贫如洗了。这姻缘不光为你,慰娘孤苦无依,我照管她很久了,不忍心看着她到处流落,所以把她许给你。你有什么想不开的!"说完,老头儿就拉着丰玉桂的胳膊送他出去了,然后拱拱手关了门进去。

丰玉桂醒了,依然躺在坟旁,太阳已经快到中午了。他慢慢起来,磕磕绊绊地走到村子里。村里人见到他都吃了一惊,说他已经死在路旁一天了。丰玉桂突然想到,那老头儿一定就是墓中人。他隐瞒不说,只是请求让他住下。村里人怕他再死了,没人敢留。村里有个秀才和他同姓,得知后,就跑来问他的家世,原来是丰玉桂的远房叔父。叔父很高兴地把他领到家里,给他吃饭治病,几天后丰玉桂就好了。丰玉桂于是说了自己的遭遇。叔父也很惊奇,等着看有什么事发生。

住了不长时间,果然有个穿官服的人找到村子里,寻访父亲的坟墓,说自己是平阳进士李叔向。先前,他父亲和同乡某人出来做生意,死在沂州,同乡就把他先埋在了乱坟地。同乡回家后也死了。当时李老头儿的三个儿子都还小。后来,大儿子李伯仁中了进士,做了淮南县令。多次派人寻找父亲的坟墓,却一直无人知道。次子李仲道,中了举人。李叔向最小,也考中进士,于是就亲自来寻找父亲的遗骨,到沂州各处打听探访。这一天,李叔向寻到了这里,村子里的人都不知道,丰玉桂就领他到坟墓所在的地方,指给他看。李叔向不敢相信,丰玉桂就把自己所经历过的事讲给他听,李叔向觉得很奇怪。仔细打量,两座坟连着,有人说三年前有个当官的,把一位年轻小妾埋在这儿。李叔向怕误挖了别人的墓,丰玉桂就把自己所躺的地方指给他看。李叔向叫人抬来棺材放在旁边,才开始挖。挖开后,竟是具女尸,衣服腐乱昏暗,但脸上的颜色却同活着一样。李叔向知道挖错了,吓坏了,不知道该怎么办。女子却立刻坐了起来,四面看看说:"三哥来了吗?"李叔向吃了一惊,忙上前问她,原来她就是慰娘。于是他就脱下衣服给她穿上,让人把她抬回旅馆去。李叔向又连忙挖旁边的墓,期望父亲也能复活。挖开后,皮肤头发虽然还在,但抚摸一下又干又硬,李叔向很是悲哀。装殓进棺材后,祭奠了七天,慰娘披麻戴孝,就像女儿一样。慰娘忽然对李叔向说:"以前父亲有两锭黄金,曾分给我一锭做嫁妆。我由于孤单体弱没放的地方，就用丝线系在腰里，并没有带走，哥哥是不是见了？"李叔向不知道，就让丰玉桂到墓穴中找，果然有，就像慰娘所说的一样。李叔向就仍把那用丝线系着的金锭给了慰娘。闲时，李叔向就问慰娘的家世。

原来，慰娘的父亲名叫薛寅侯，没有儿子，只生了慰娘，非常疼爱她。一天，慰娘从住在金陵的舅舅那儿回来，带着老妈子找船，有个撑船的人是金陵地方说媒拉纤的。正巧有个官员，任期满了要回京城，派他找一个美貌动人的姑娘做妾，找了好几家，没有称心的，准备乘船到扬州去找。撑船的人忽然见到姑娘，就生出一条诡计，急忙招呼她们上船。老妈子以前也认识他，就上了船。到了半路，撑船人就在饭里下了迷药，姑娘和老妈子都昏了过去。撑船人把老妈子推到江里，带着姑娘返回金陵，以高价卖给了那个官员。慰娘进门后，那官员的夫人才知道，气坏了。此时，慰娘又稀里糊涂，不知道行晋见礼，于是被大老婆狠狠打了一顿关了起来。官员的船向北走了三天，姑娘才清醒过来。婢女讲了经过，慰娘大哭不止。一天夜里，他们住在沂州，慰娘就上吊死了，被埋在这乱坟岗。姑娘在墓里，被群鬼欺凌，李老翁时常保护她，慰娘就把老翁当作自己的父亲。李老翁说："你命不该死，应为你找一个好女婿。"那次丰玉桂见她后，李老翁回去对姑娘说："这小伙子品行可靠，可以托付终身。等你三哥来了，替你主婚。"一天，老翁对慰娘说："你该回去等着了，你三哥要来了。"那一天就是李叔向挖墓的那一天。

在办理起灵归葬期间，慰娘一一向李叔向回忆讲述了这些。李叔向听后，叹息了很长时间，就把慰娘当作妹妹，让她随李姓。略微置办了一些衣服用品，李叔向就把她嫁给了丰玉桂，说："我身上带的盘缠不多，不能替妹妹置办丰厚的嫁妆。我想带你们一块儿回去，以安慰母亲的心，怎么样？"慰娘很高兴地答应了。于是夫妻两个就和李叔向一起，护送灵柩回李老翁家去了。

回到家后，母亲问清缘故，对慰娘比自己亲生的还要疼爱，让他们单独住一院。丧葬时，慰娘的哀悼超过了儿孙们。母亲更怜爱她，不让她回去，吩咐几个儿子给她买宅院。碰巧有个姓冯的要卖宅院，价值六百两银子。仓促间未能全部付清房钱，就暂时写下欠债文契，双方约定好日子交兑。

　　到了那天，冯某一大早就来了，正碰上慰娘也从住的院子过来看望母亲，突然一见，慰娘觉得冯某像当年那个撑船人。冯某见了慰娘也是一惊。慰娘快步走了过去。两位兄长也因母亲有小病，来到母亲房中。大家聚在一起，慰娘问："客厅前走来走去的是谁？"李仲道说："几乎忘了，一定是前天那个卖房子的人。"李仲道起身要出去。慰娘拦住他，让盘问冯某一下。李仲道答应了出去，那姓冯的已经走了，而巷子南边的塾师薛先生却在那儿，李仲道就问："你有什么事？"薛先生说："昨天晚上冯某请我早早到府上来写有关卖房文契，刚才在路上碰见他，说是偶然忘了件东西，暂且回去拿一下就回来，让我坐在这儿等他。"过了一会儿，丰玉桂和李叔向都来了，大家一起攀谈起来。慰娘由于冯某的缘故，也悄悄来到屏风后看。她仔细一看，那薛先生竟是自己的父亲。她突然出来，慰娘抱着父亲大哭起来。薛老翁又惊又喜，哭着说："孩子这子是从哪儿来啊？"大家这才知道他就是薛寅侯。李仲道虽然在街上常常碰见他，但那时并不知道他叫什么。此时，大家都很高兴，就给他讲了以前的经过，摆酒庆贺，留他住了一宿，听他讲了自己的经历。原来，因慰娘丢了，他的妻子悲伤而死，他独身一人，无依无靠，就到处教学来到了这里。丰玉桂就告诉他，等买了房子，就接他一块儿来住。

　　第二天，薛老翁去打听，冯某已经全家一起逃走了，才知道当年杀死老妈子卖掉女儿的，就是他。冯某刚到平阳的时候，靠做买卖起家，但连年赌博，一天天就耗完了，卖慰娘所得的银子也消耗完了，因而卖房子。

　　慰娘得到宅院后，也不太仇恨冯某了，找了个好日子搬过去，也不追究冯某逃到哪里去了。李母馈赠不断，一切日用所需都供给她。丰玉桂就在平阳安下家来，只是回乡参加考试觉得路远很辛苦。好在这一年丰玉桂中了举人。慰娘富贵后，常常想老妈子是为自己而死的，想在她儿子身上报答。老妈子的丈夫姓殷，有个儿子叫殷富，喜欢赌博，穷得没有立锥之地。一天，殷富在赌局中争赌注，打死了人，逃来平阳，投奔慰娘。丰玉桂就把他留在家中。问被他打死之人的姓名，正是那撑船的冯某。丰玉桂惊骇叹息了很久，就说破了这件事。殷富这才知道冯某就是杀死母亲的仇人，更加高兴，就在这里当了用人。

　　薛寅侯被女婿接来一起住，女婿又给他买了个媳妇，生下一个儿子和一个女儿。

王桂庵

王樨，字桂庵，是大名府的世家子弟。一次，他乘船南游，便将船泊在江岸边。邻船上船工的女儿正在低头绣鞋，生得如出水芙蓉，风姿绰约。王桂庵看了半天，而女子似乎没有察觉。王桂庵朗声吟道"洛阳女儿对门居"，故意让那女子听到。女子似乎听出是对她吟的，只是稍稍抬头斜眼看了一下王桂庵，仍旧低下头去绣鞋。王桂庵魂飞神驰，从怀中掏出一锭银子，向女子扔过去，刚巧落在女子衣襟上。女子捡了起来，扔向岸边。王桂庵捡起来，更觉奇怪，又将一支金钏投向女子，掉在她脚旁。女子头也不抬，照旧绣着鞋。一会儿，船工回来了。王桂庵生怕船工看见那支金钏后盘问女儿，不由得深深为女子担心，而女子从容地用小脚将金钏遮住。船工解开缆绳，撑船而去。王桂庵心中空落落的，很沮丧，便呆呆地坐着痴想。当时，王桂庵的妻子刚死，后悔没有媒人就此订婚。他忙向船户打听，船户们都说不清楚。王桂庵急忙拨转船头追去，那条船连影子都没了，不得已只好掉转船头向南。

等事情办完，向北回时，他又沿江细细打听那条船的下落，还是没有眉目。到家后，他心中挂念女子，以致食不甘味，夜不成眠，整日蔫蔫的，无精打采。

一年后，他又去南方。这次，他特地买了条船，以船为家。每天细细观察来往船只，时间一长，看也看熟了，独独不见他盼望的那条船。在船上住了半年多，身上带的钱用光了，他只好回家。回来后，他无论行思坐想，仍在那女子身上。

有天夜里，他梦见只身走到江边一个村落，走过几家院门，见一座宅院的柴门向南而开，门内用竹子作为篱笆，以为此处是亭园所在，便走了进去。院内栽着一株合欢树，满树开的都是红花。他心里想：诗中有"门前一树马缨花"句，不正是指这种情景吗？再走几步，有齐整光洁的芦苇篱笆。向深处走去，见有三间北房，两扇门紧闭着。靠南有间小房舍，红芭蕉将窗户遮蔽得严严实实的。他探身看去，见一副衣架放在门口，上边挂了一件花裙，知是女子闺阁，慌忙向外退去。里边的人似乎察觉到了，出来看视，美丽的面容刚一露出，正是船上那女子。王桂庵喜出望外地说道："我们也有相逢的日子啊！"他上前正要和那女子亲热，不巧女子的父亲回来，他一下子惊醒，才知道是梦。可是梦中所见历历如在眼前。他将此隐藏在心中，生怕对人说了，便破坏了好梦。

又过了一年多，王桂庵再次到镇江府。府城南有位徐太仆，与王家是世交，便请他去府上宴饮。王桂庵骑马而去，误进一个村子，眼中所见景象，就像经历过似的。有一家门内，种有一株合欢树，与梦中的一模一样。王桂庵大惊，扔下马鞭走进门。院中的东西，同梦境中没有两样。再往前走，房舍的形制、位置、间数都和梦中的一样。一想到梦已应验，他便不再疑虑，径直向南边那间小房舍走去，船上那位女子果然在房中。那女子远远看见王桂庵，吃惊地站起来，躲在门后，斥问说："哪里来的男人？"王桂庵犹豫间还以为是在做梦。那女子见王桂庵走得近了，急忙关上房门。王桂庵在门外问道："你不记得扔金钏的人了吗？"接着王桂庵详细叙述了自己的相思之苦，并且说了那个梦境。女子隔窗打问他的家世，王桂庵一一说了。女子问道："你家既然是世家，必有美丽妻子在室，又何必要我？"王桂庵说："不是因为你的缘故我早已婚娶了！"女子说："真像你所说，足见你的一片真心。但是这件事我难以向父母开口，过去也曾违背父母之意，拒绝了几家上门说媒的人家。你的金钏还在我这里，我料到钟情的人一定会有消息的。眼下，我父母到亲戚家去了，马上就要回来。你暂且去吧，请媒人来纳金下聘，我看不会不成的；倘若想越礼成婚，可就用错心机了。"王桂庵急忙要退出。女子远远地呼叫王郎道："我叫芸娘，姓孟，父亲名江蓠。"王桂庵牢牢记下后便出去了。

王桂庵从徐太仆府上用完宴席，早早地出来，到芸娘家拜谒孟江蓠。孟江蓠将他请进家，在篱笆院墙旁坐下。王桂庵自报了家门及身世，并说明来意，取出百两银子的聘礼呈上。孟江蓠说："你来晚了一步，我家小女已有人家了。"王桂庵开始不信，对孟江蓠说："我打听得很清楚，芸娘仍待字闺中，为什么坚决拒绝呢？"孟江蓠正色说："我刚才说的，句句是真，不敢诓骗。"王桂庵不禁神色沮丧，无精打采地与孟江蓠道别出来。

这天晚上，王桂庵辗转反侧，想了一夜，把每位熟人挨个掂量了一下，竟没有一个人能够做媒的。想来想去，只有一个徐太仆，以前，他曾想将事情原委告诉徐太仆，又怕徐太仆会笑话他娶船工的女儿为妻，如今事情紧急，来不及多想，唯有出面找他帮帮忙。

等天亮后，他便起身出门去找徐太仆。徐太仆听王桂庵说明了来意，拍了拍掌道："孟老头儿和我是亲戚，他是我祖母的嫡外孙，你为什么不早说？"王桂庵向徐太仆吐露了隐情。徐太仆心生疑问，对王桂庵说："孟江蓠家是穷，但从来不以操舟为业，你是不是搞错了？"王桂庵也不知所以。徐太仆便让儿子大郎去向孟家打问。

孟江蓠见大郎提起此事，便说："我家虽穷，但不卖婚。前几天，王公子前来行聘，想必是觉得我会见钱眼开，所以，我不敢与他结下婚姻，既然徐先生有意为媒，一定没有什么问题了。只是小女自小娇溺惯了，一些大户人家几次提亲，均被她拒绝了，王公子这门亲事，我不得不与小女商量，省得她日后埋怨。"说完孟江蓠便起身进内室。过了一会儿，他出来对大郎说："看来王公子与小女有缘，这事就算定了，大郎回去请王公子下聘吧。"

大郎回家向父亲回复了，王桂庵一听孟家同意，高兴得合不拢嘴，便张罗彩礼，择日下聘。他又借了徐太仆家一栋房子，重新整修装饰一番，很快便将芸娘娶进了门。

新婚三天后，王桂庵与芸娘拜别岳父回家。晚上，夫妻二人住在船中，灯下闲聊时，王桂庵问芸娘道："那次我在这里遇见你，本来就怀疑你不是船工的女儿。那一天你打算到哪里去呢？"芸娘说："我叔父家住江北，父亲与他很久没有见面，就向别人借了一条船前去探望。我家生活仅仅可以自给，可是对他人所赠并不看重。我笑你两只瞳孔像豆子般小，几次以金银勾引人。开始，我听见你吟诗，知道你是风雅之人，又疑心是浮浪弟子把我当作荡妇挑逗呢！假如让父亲看见金钏，你休想活了！你看我爱才心切不？"王桂庵笑着说："你鬼得很，但也掉进我的妙术中了！"芸娘问什么事，王桂庵笑而不答。芸娘追问得急了，王桂庵才说："快到家了，此事最终要让人知道。我实话告诉你：我家里本来就有妻室，是吴尚书的女儿。"芸娘不相信，王桂庵故意装得很认真，表明绝无骗她的道理。芸娘勃然变色，怔了一会儿，猛然站起身，奔出舱。王桂庵后脚追出来时，芸娘已投身滔滔江水之中了。王桂庵大喊大叫，惊醒了熟睡的船客。这时，夜色昏黑，朦朦胧胧，只有满江星点而已。王桂庵痛不欲生，哭了整整一夜。他沿江而下，出高价雇人打捞芸娘尸首，却没有下落，只好沮丧地回到家中，痛不欲生。他又担心孟江蓠来看望女儿，自己无法交代。他有个姐夫在河南做官，便去投奔了姐夫。

一年后，王桂庵从河南回家，中途遇上大雨，连忙躲进一家民舍避雨。进了院门，见房廊洁净，有位老太太在逗弄小儿玩耍。小儿见王桂庵进来，摇摇晃晃地扑过来，伸出双手要他抱。王桂庵见这孩子并不认生，感到有些奇怪，又看他生得灵秀可爱，便将他抱起来放在膝上。老太太叫了小儿几声，招手让他过去，小儿却不理会，只和王桂庵亲近。一会儿，雨住了，王桂庵急着上路，便把小儿递到老太太怀中，自己下堂去整顿行李。小儿哀哀地哭着说："爹爹要走了！"老太太脸上顿时挂不住，便高声呵斥小儿，硬抱着他走了。王桂庵坐待仆人打点行李。忽然，有位美色女子抱着小儿从屏风后走出，正是芸娘！王桂庵正惊奇间，芸娘骂道："负心的人！你留下这块儿肉，要拿他怎么办？"王桂庵才知道小儿是他的儿子，痛如万箭钻心，来不及问芸娘究竟如何得以活命，只是一个劲儿地向芸娘追悔他前次的戏言。芸娘转怒为悲。夫妻二人相对垂泪。

原来，这家主人莫老伯，六十岁还没儿女，那年带着老太太到南海朝拜观音娘娘。回来时，他将船停泊在江边。此时，芸娘身体随波漂来，刚好撞在莫老伯的船上。莫老伯忙让人将芸娘救起，抢救了一夜，芸娘才轻轻吐出一口气，苏醒过来。莫老伯夫妇看芸娘生得姣好，很是喜爱，便将芸娘认作女儿，带着芸娘回到家中。几个月后，老夫妇俩要为芸娘找一个夫婿，芸娘说什么也不愿意。十个月后，芸娘生下一个儿子，取名寄生。王桂庵在莫家避雨时，寄生正好一岁了。

王桂庵听了这件事的前前后后，解下行装，进屋去拜了岳父岳母莫老伯夫妇。几天后，他带了芸娘、寄生母子一道回家。到家后，见孟江蓠已在他家等了两个月了。孟江蓠初来时，见王家仆人言辞躲躲闪闪，心中好生疑惑。等到见到女儿女婿后，这才放下心来。王桂庵详细向家人叙说了芸娘的遭际，孟江蓠这才明白那些仆人吞吞吐吐是有原因的。

寄生附

王寄生字王孙，是大名府的名士。因他在襁褓中就能认出父亲，父母认为他天生聪慧，很钟爱他。他越长越英俊，八九岁就能写文章，十四岁进了郡学，王寄生常常要自己选择配偶。父亲王桂庵有个妹妹叫二娘，嫁给秀才郑子侨，生了个女儿叫闺秀，聪慧美貌天下无双。王孙一见，心里非常爱慕。时间长了，王孙觉也睡不着，饭也吃不下。他的父母极为忧虑，苦苦追问，他才说了实情。父亲就找了媒人到郑家去说亲。郑秀才是个性格拘谨规矩的人，认为姑表亲不利婚嫁，就拒绝了。王孙得知后，病更重了。母亲没办法，就暗自委婉地向二娘致意，只求闺秀来看一下，安慰一下自己的儿子。郑秀才知道了，更加生气，说出了不好听的话。到此，父母都绝望了，只能由他去了。

本地有户大姓人家姓张，五个女儿都很美，最小的叫五可，比几个姐姐更出色，正在找女婿，还没有人家。一天，上坟的时候，五可在路上遇见王孙，从车中看到后，回去就告诉了母亲，她母亲明白了她的意思，找来媒婆于氏，略微透了些意思，媒婆就来到王家。当时王孙正病着，媒婆知道后，就笑道说："此病我老婆子能治。"芸娘问她缘故。媒婆就传达了张家的意思，并极为夸赞五可的美貌。芸娘很高兴，就叫媒婆去问王孙。

媒婆进去后，抚慰王孙，告诉他这事。王孙摇头说："治得不对症，怎么办？"媒婆笑着说："治病得看医生好不好，只要好，本来请叫和的名医而叫作缓的那个名医来了，这也行了；认定一个人非他不行，直到要死了还是等着，不也太傻了吗？"王孙唏嘘说："只是天下的医生，没有超过和的啊。"媒婆说："怎么见识这么小？"媒婆就把五可的容貌颜色头发皮肤，神情体态，连说带比画地描绘形容了一番。王孙又摇头说："婆婆算了吧！这是我心意中的姑娘。"于是王孙翻身对着墙，不再听了。媒婆见他志向不变，就走了。

一天，王孙在重病中，一个婢女突然进来说："你所想的人来了。"王孙高兴极了，一骨碌起来，急忙走出房子，而那姑娘已经在院子里。仔细辨认，却不是闺秀，只见她穿着松花色的细褶绣裙，两只小脚微微露在外边，就是仙女也不过如此。王寄生拜问姓名。姑娘回答说："我就是五可。你是一个非常有深情的人，但只钟情闺秀，让人心里不平。"王孙道歉说："生平没有见到过你，所以眼里只有闺秀，现在我知道自己错了！"于是王孙就发誓和五可定情。正在双手相握情意绵绵时，刚好他母亲来抚慰他，猛然醒来，原来刚才是场梦而已。回想梦中情景，五可姑娘的音容笑貌就像在眼前一样。自己思量：五可果真和梦里的一样，何必再去求那难以得到的呢？王孙就把梦告诉了母亲。母亲为他改变心思而高兴，急着要找媒人。王孙担心梦得不准，就托邻居一位向来和张家熟悉的老太太找个借口去亲眼看看五可。

老太太到张家时，五可正病着，手支着下巴靠在枕头上，婀娜缔美的姿态，能倾倒一世的人。老太太走近问她："姑娘得的是什么病呀？"姑娘用手摆弄着衣带，默然无语。她母亲代答道："不是病，近日来和父母斗气罢了。"老太太问为什么。她母亲说："好多家来提亲，都不愿意，一定要像王家寄生那样的才嫁。因为我这做母亲的劝得她太急，就故意不吃饭已经好几天了。"老太太笑着说："姑娘若许配了王郎，真是玉人成双了。他如果看到五可姑娘，恐怕又要憔悴死了！我回去就叫他请媒人来，怎么样？"五可阻拦说："姥姥别这样！恐怕人家不同意，更添些笑话来！"老太太毅然地以必成为己任，五可才露出笑容来。

老太太回去到王家说了情况，和那媒婆说法一样。王孙详细询问了五可的衣着和鞋，也和梦中的一样，非常高兴。他心里虽然踏实了一些，但终究不能放心他人的话。过了几天，病渐渐好了，王孙就悄悄地把姓于的媒人找来，商量要亲眼见见五可。于婆婆很为难,就暂且应承一声走了。过了很长时间也不来,正要去找她问问,于婆婆忽然开心地来了,说:"想法有机会实现了。五姑娘一直有点小病,每天叫婢女扶着到对面的院子。你到那里藏起来等着,五姑娘行动迟缓,你可以仔仔细细地看个清楚。"王孙很高兴。

第二天早地就去了,于婆婆已经先到了。叫他把马系在村里的树上,领他到临街的一间屋子里,安排好坐的地方,把门关上离开了。过了一会儿,婢女果然扶着五可出来了。王孙就从门缝中看她。来到门前时,于婆婆故意指着云彩树木让五可看,使她能慢些走。王孙因此看得很仔细很清楚,激动得发抖难以自持。一会儿,于婆婆来了,说:"能不能替代闺秀?"王孙表示很感谢就回来了,告诉父母,要他们请媒人求婚。可等媒人去了,五可已经订婚了。王孙太失意了,后悔气闷得要死,立刻又病了。父母也更加忧虑,责备他自己把事情耽误了。王孙无话好说,只是每天喝一些米汤。连着几天,他瘦得皮包骨头趴在床上,比以前更严重。

一天,于婆婆突然来了,吃惊道:"怎么病得这样厉害?"王孙哭了,说了实情。于婆婆笑道:"痴公子!以前人家找你来,你却故意推却;现在你求别人,就一定能如意吗?但即使如此,还能够使上劲。要是早和我商量,就是许配给京城的皇子,也能夺来给你。"王孙高兴极了,求于婆婆想办法。于婆婆就叫他家写好求婚书派仆人去,约好第二天在张家等。父亲王桂庵怕太唐突被拒绝。于婆婆说:"前面已经和张公说好了,只是拖后几天,才突然悔约;况且五可许给人家,还没有婚书为凭。谚语说:'先做的先吃。'还有什么可犹豫的!"王桂庵就依了她的主意。第二天,就派了两个仆人去,并没有什么阻碍,多多地犒赏了两个仆人让回来了。王孙的病顿时好了。从此后再也不想闺秀了。

当初,郑秀才拒绝了这一婚事,闺秀很不高兴;又听到张家的婚事成了,心里更加压抑忧郁,就病了,精神和身体一天比一天糟。父母问她,不肯说。婢女看出她的心意,就悄悄告诉她父母。郑秀才知道了,发怒不给她治病,任凭她去死。二娘生气地说:"我侄子也不差,干吗守着那老陈规,害死我的娇女儿!"郑秀才气愤地说:"生下这样的女儿,还不如早死,免得给人留下笑柄!"因此,夫妻两个人也闹翻了。

二娘和女儿讲,如果仍嫁给王孙,就等于为妾。女儿低头不语,意思像是很情愿。二娘和郑秀才商量,郑秀才更加愤怒,一切都由二娘,把女儿置之度外,不再管了。二娘爱女心切,要兑现自己的话。女儿很高兴,病也渐渐好了。二娘打听好王孙迎亲的日子,到了那一天,以侄子结婚为理由要回去。天未亮,就派人跟哥哥要仆人和车马。王桂庵对妹妹最为友爱,再加上两个村子离得较近,就用准备迎亲的车马先去接二娘。车马一到,二娘就把闺秀打扮好送到车上,并派了两个仆人和两个老妈子护送。车马来到王家门前,用毡铺地将闺秀接了进去。当时,鼓乐手都已经召集来了,郑家的仆人就叫他们吹打起来，一时间人声沸腾。王孙跑出来看，见一个姑娘用红头帕蒙着头，吓坏了，想跑，被郑家的仆人挟持着要他交拜。王孙也不知道是怎么回事，也就拜了堂。拜完后，两个老妈子扶着姑娘，径直到了新房，这才知道是闺秀。这时，全家上下都乱了套，不知如何是好。天也渐渐晚了，到了正式迎亲的时候，可王孙不敢去张家迎亲。王桂庵就派仆人去告诉张家这一情况。张家发怒了，就要和他们断绝关系。五可不愿意，说："她虽然先到，但没有订婚等程式，不如仍让他们来迎亲。"她父亲采纳了，就告诉来的人。来人回去说了，王桂庵还是不敢这样做。家里人聚在一起谋划，哭也不是，笑也不是，没办法好想。张家人等了好长时间，知道不来了，就也用车马把五可送了来，王家又连忙把另一间屋子布置成新房，让五可住。王孙周旋于两人之间，走来走去不知怎样才好。他母亲在中间调停，让两人按年纪论大小，两人都答应了。可等五可知道闺秀比她大一点儿，她要叫闺秀为姐的时候，却显得很为难。等到三天后一起见公婆时，五可见闺秀风采动人，不自觉地尊她为姐姐。从此后，两人总算定了长次。但是王孙的父母依然担心时间长了不能彼此相容，但两个人没有闹过什么别扭，衣服鞋袜换着穿，相亲相爱像亲姐妹一样。

　　王孙问五可当初拒绝提亲的原因。五可笑了，说："没别的，就是报复你对于媒婆的拒绝。还没见过我，心里只有闺秀；等你见到我以后，我也想略微报复一下你，看看你对我和闺秀的态度怎么样。假使你只为她害病，而不为我害病，那我也就不强求你接纳我了。"王孙笑着说："这报复也太惨了！然而不是于婆婆，哪里能一睹你的芳容呢！"五可说："是我自己愿意见你，于婆婆能做什么。经过房门的时候，岂不知道里边有人虎视眈眈吗？梦中已经彼此相许了，为什么还不相信呢？"王孙吃惊地问："你怎么知道？"五可说："我在病中梦见到了你家，以为是妄想；后来听说你也梦到我，才知道魂魄真的到了这里。"王孙觉得奇怪，就讲了梦境，哪天哪时都相符。

　　父子二人的良缘，都是因梦而成，也算是离奇的情缘了。所以一并记下来。

　　异史氏说："父亲痴情，儿子又几乎为情而死。人们所说的情种，就是说的王孙这样的人吧。没有善于做梦的父亲，怎么能生出这为爱离魂的儿子呢！"

姬　生

南阳府有户姓鄂的人家，遭受狐狸的祸害，金钱用物等，动不动就被偷走了，违逆了它，就祸害得更厉害。

鄂氏的外甥姬生，是位名士，性格豪放不羁，焚香替鄂氏祈祷，求狐狸不要为害，但没有作用；又求狐狸离开这里到自己那边去，狐狸也不肯答应。大家都笑他。姬生说："它能变幻，一定有人心。我一定要引导它，让它修成正果。"自此，过几天姬生就去祷告一次，虽然不见有效，但他一去，狐狸就不打扰了。因此，鄂家就常留他住下。姬生就在夜里对着空中请求狐狸来见一面，邀请得很坚决。一天，姬生回到家里，一个人坐在书房里，突然间房门缓缓地自动开了。姬生站起身致敬说："狐兄来了吗？"一点儿动静也没有。又一天夜里，门又自动打开了。姬生说："如果是狐兄降临，那正是我祈祷盼望的，何妨显形相见呢？"却依然悄无声息。桌上放了二百文钱，天亮的时候不见了。到了夜里，姬生又放了几百文钱。半夜时，姬生听到布帐子发出铿铿的响声，姬生就说："是狐兄来了吗？我已经准备了几百文钱供你用。我虽然不富裕，但也绝不吝啬。如果你一时有需要，不妨实说，何必偷窃呢？"过了一会儿，看钱，少了二百文。姬生仍把剩下的钱放在原处，连着几夜再也没少。有只做熟的鸡，准备招待客人，也不见了。到了晚上，姬生又增加了酒，但狐狸从此不再出现了。

鄂家受祸害依然像以前一样，姬生又去祈愿，说："我准备的钱你不拿，准备的酒你不喝；我外祖父年老体弱，不要长时间地搅扰他。我准备了些说不上丰厚的东西，夜里听凭你自己拿。"姬生就把十千钱、一坛酒、两只鸡切好摆在桌子上。姬生躺在旁边，一夜也没什么动静，钱和东西依然原样放着。从此以后，狐狸作怪的事就绝迹了。

一天晚上，姬生回来后到书房，看到桌子上有一壶酒、一盘烧鸡，还有四百文钱用红色的绳子串着，就是前些天失去的，他知道是狐狸的报答。闻那酒很香，斟在杯子里颜色碧绿，喝着非常甘醇。一壶酒喝完了，似醉未醉，觉得心里顿时生出一种贪婪的欲望，突然间就想做贼，便开门出去。他想到村里有一户富裕人家，就去翻那家的墙。墙虽然很高，但一跳就上去，一跃就下来了，像长了翅膀一样。进入书房，姬生把貂皮大衣和金鼎偷了出来，回来后把东西放在床头，这才开始睡觉。

天亮以后，姬生把东西拿到卧室。妻子吃惊地追问，姬生吞吞吐吐地说了，脸上有得意的神情。妻子吓了一跳，说："你向来刚正，怎么忽然去做贼！"姬生一点儿也不感到不好意思，还讲了狐狸有人情味。妻子这才恍然大悟，说："这一定是中了酒里的狐毒了。"想到丹砂可以去邪，妻子就研磨了一些放在酒里，让姬生喝下。过了一会儿，姬生突然失声说："我怎么做了贼！"妻子就讲了缘故。姬生顿感心中一阵失落。又听到那富户被盗的事，已传遍了邻里街坊。姬生因此整天不吃饭，不知该怎么处置那些东西。妻子替他出主意，让他趁着晚上把东西扔回那家去。姬生照办了。那户人家失而复得，事情也就不了了之了。

姬生这年考试时中了头名，又被举荐品行优秀，应该受到加倍的嘉奖。到宣布的那一天，学政官署的屋梁上贴了张帖子，说："姬某人做贼，偷了某家的皮大衣、金鼎，哪里算品行优秀？"官署的屋梁很高，不是抬抬脚就能贴上去的。学政大人有所疑问，就拿了帖子问姬生。姬生很惊讶，心想这件事除了妻子没人知道，何况学政官署看守很严，帖子由哪里来的呢？姬生从而醒悟道："这一定是狐狸干的。"于是姬生毫不隐瞒地把经过讲了。学政大人很赞赏，依然给了他格外的嘉奖和礼遇。

姬生常常想：确无得罪狐狸的地方，它之所以多次陷害自己，也是那些小人耻于独自做小人罢了。

异史氏说："姬生想引邪归正，反而被邪气迷惑。狐狸的用意未必一定很坏，或许是姬生以有趣的方式引导它，狐狸也就用这种方法戏弄他罢了。然而不是他自身过硬，家里又有贤内助的话，就会像原涉所说的那样，家人、寡妇，一旦被强盗玷污就放开去淫乱了！唉！可怕啊！"

吴木欣说：康熙三十三年，一位举人在浙中某县担任县令，查点核对囚犯。有个盗贼，已在身上刺了字，照例应撵出去放了。但某县令嫌"窃"字减少了笔画是俗字，不是官方文书上写的正字，就让刮掉，等伤好了，按照字典上的点画再重刺。那盗贼就随口吟出一首绝句：

　　手把菱花仔细看，淋漓鲜血旧痕斑。

早知面上重为苦，窃物先防识字官。

　　狱卒笑他说："诗人不求功名，而去当强盗吗？"那盗贼又吟出一首诗作回答：

　　　　少年学道志功名，
　　　　只为家贫误一生。
　　　　冀得赀财权子母，
　　　　囊游燕市博恩荣。

　　由此看来，秀才做贼，也是仕进的志向。狐狸送给姬生进取时所需要的资财，姬生反而怨恨为狐狸所误，这也太迂腐了！

纫 针

　　虞小思，东昌府人，做的是囤积居奇的买卖。他妻子姓夏，从娘家探望回来时，见门外有个年老的妇女带一个少女在哭，哭得很伤心。夏氏就问她们，年老的妇女擦了擦泪讲了原因。这才知道她丈夫叫王心斋，也是官宦后代。家道中落，没有吃穿的来路，求人担保借富人家黄某的钱去做买卖。半路上碰上强盗，钱全被抢走了，侥幸捡了一条命。到家后，黄某要债，本钱和利息一共是三十两，但他们家里实在拿不出这笔钱，也没有东西可用来相抵。黄某看到她女儿王纫针长得漂亮，就想把她弄来做妾。让保人实话告诉王心斋说："如果愿意，抵债外，再给二十两。"王心斋和妻子商量。妻子流泪说："我即使穷，也是官宦人家的后代。他以当差发迹，怎么敢要我的女儿去做妾！况且女儿纫针本来就有女婿，你怎么能擅作主张！"

　　先前，同县的傅举人的儿子和王心斋交情好，他有个男孩叫傅阿卯，两家在襁褓中就订了婚。后来傅举人到闽地去做官，不到一年多就死了。剩下妻子儿子回不来，音信也断绝了。由于这一原因，纫针已经十五岁了，还没有许配人家。

　　王心斋听妻子说起此事，也没了话，只是想怎么办。妻子说："万不得已，我去找两个弟弟想想办法。"原来他妻子范氏，爷爷曾在京城任职，两个孙子手中还有不少田产。第二天，范氏带着女儿去找两个弟弟，求他们帮助。两个弟弟听任她哭诉，连一句要帮忙的话都没有。范氏就痛哭着往回走。刚好碰到夏氏问，就边说边哭。

夏氏听后很可怜她们，又见王纫针长得温柔娇媚，十分可爱，就更加替她悲伤。于是夏氏请她们到自己家，拿出酒饭款待，安慰说："你们母女两个不要伤心，我会尽力帮你们的。"范氏还没来得及道谢，王纫针已哭着趴倒在地上。夏氏看了，更加怜惜她，谋划说："我虽然有些积蓄，但要拿出三十两也很困难。我拿东西去抵押成钱给你们。"范氏母女二人再三叩谢。夏氏约好三天后给她们。

送走母女二人，夏氏千方百计凑钱，也没敢跟丈夫说。三天到了，银子还没有凑齐，夏氏就派人到自己母亲那里去借。这时，范家母女来了，夏氏就告诉她们情况，要她们明天再来。到了晚上，夏氏从母亲那里把钱借来了，就把所有的钱包在一起，放在床头。夜里，有强盗钻墙进来，点着灯。夏氏发觉了，悄悄一看，见一个人臂上挎着短刀，样子非常凶恶。夏氏吓坏了，不敢出声，假装睡着了。那强盗走近箱子，想要打开，回头一看，见夏氏枕头旁有包东西，就伸手去拿，靠近灯解开一看，就装入口袋，不再翻箱子就走了，夏氏这才喊起来。家里只有一个小婢女，隔着墙喊邻居，等邻居来了，强盗也走远了。夏氏就对着灯啜泣。见使女睡熟了，就在窗棂上上吊了。

天亮时，小婢女发觉了，忙喊人救下来，夏氏的四肢已经冰冷了。虞小思知道后赶忙回来，问了婢女才知道缘由，很惊奇，哭着为她办丧事。当时正是夏天，但她的尸体不僵也不腐。过了七天后，才入葬。

葬后，王纫针悄悄跑出来，到她坟上哭。突然暴雨来临，雷声大作，炸开了坟墓，震死了王纫针。虞小思听说后，连忙跑去看，棺材已经打开，妻子在里面呻吟，就抱她出来。再一看，旁边还有具女尸，不知道是谁。夏氏仔细辨认，才认出来是纫针。夫妻正在惊骇奇怪，没多久，范氏来了，看见女儿已经死了，哭着说："我本来就猜她在这，现在果然。她听到夫人上吊，日夜哭个不停。今天晚上对我说，要到坟上来哭，我没有答应。"夏氏感激她的情义，就和丈夫说，把她埋在了这儿。范氏拜谢了她。虞小思背着妻子回去，范氏也回去告诉丈夫。

范氏回家后，听说村子北面有人被雷劈死在路上，身上有字是："偷夏氏钱的贼"。随后又听到邻家有妇人的哭声，就知道被雷劈死的是她丈夫马大。村里人告到官府，官府把那妇人抓去拷问，得知了缘由。原来，范氏因夏氏筹钱替她赎女儿，感动得哭着对人说起这件事，马大赌博无本，听见后就有了贼心。官府就押着马大老婆搜赃，就只剩二十几两，又翻马大的尸体找到四两。官府就判决将那妇人卖了补偿。夏氏更为高兴，把所有的钱都给了范氏，让她还给债主。

王纫针被埋后第三天夜里，电闪雷鸣刮着大风，坟墓又被震开，王纫针也活了过来。她没有回家，直接到夏氏家去敲门。原来她认出是夏氏的墓，见她不在，猜夏氏复活了。夏氏被惊醒，隔着门问是谁。王纫针说："夫人果

真活了！我是王纫针啊。"夏氏怕是鬼，就叫邻居老太来问，知道她也复活了，高兴地把她拉进屋子。王纫针说："我情愿侍候夫人，不再回去了。"夏氏说："这样一来，人们不是要说我拿出钱来是为了买婢女吗！你死后，我已经把你家的债还了，你不要再乱想了。"王纫针更是感动，流下泪来，要把夏氏当作自己的母亲侍候。夏氏不答应。王纫针说："孩儿我能干活，不会坐着等饭吃。"天亮后，夏氏派人告诉范氏，范氏高兴极了，连忙赶来，也同意女儿的做法，把女儿托付给了夏氏。

范氏回家时，夏氏强把王纫针送回去。到家后，王纫针思念夏氏，哭个不停。王心斋就自己背着女儿来到虞家，把女儿放在门内就走了。夏氏见了，很惊讶，问后才知道缘故，也就安心留下她。虞小思来时，王纫针忙拜见，叫他父亲。虞小思一直没子女，又见王纫针十分可爱，很感欢心。王纫针纺纱织布做衣服，勤快肯干，什么都做得很好。夏氏偶然病重，王纫针就昼夜服侍，看到夏氏吃不下，自己也吃不下，脸上常挂着泪痕。王纫针对人说："母亲如果有个万一，我决不活着！"夏氏听到后感动得流出泪来，说："我四十岁了，还没有儿子，只要能生个像纫针一样的女儿也就足够了。"夏氏从未生育过，第二年忽然生了个男孩，大家都认为这是对夏氏行善的报答。

过了两年，王纫针更大了。虞小思就和王家商量，不能再坚持那原先的婚约了。王心斋说："女儿在你那儿，婚姻就全凭你做主了。"十七岁的王纫针，十分聪慧，美貌无比。此话一出，上门提亲的一个接一个，夏氏夫妻两个就为她挑选。那富户黄某也派媒人来，虞小思厌恶他为富不仁，极力推掉了。最终选择了冯家的儿子。

冯某是这一地方的名士，儿子聪慧能文。虞小思去告诉王心斋，王心斋出去做生意不在，虞小思就自己答应了。黄某因被虞小思拒绝，就假装做生意，找到王心斋那里，设宴邀请，又给他资本，两人关系逐渐好起来。黄某于是就说自己的儿子多么好，自己是给儿子求亲的。王心斋感于他的情分，又看重他的财富，就答应了。回去后，王心斋去找虞小思，而虞小思昨天已经接受了冯家的求婚书。听王心斋一说，很不高兴，叫女儿出来，告诉她这些。女儿说：

"债主，我的仇人！让我去服侍仇人，只有一死！"

　　王心斋感到很惭愧，托人告诉黄某说女儿已经许给冯家了。黄某发怒说："女儿姓王，不姓虞。我定亲在前，他定亲在后，怎么能够违约！"黄某就告到县官那里。县官想按订约的前后判归黄某。冯家说："王某把女儿交付给虞家，本就说好婚嫁不再干预，况且我有订婚书，他们只不过是喝杯酒谈谈罢了。"县官判不清，准备由王紉针自己看愿跟谁。黄某又用金钱贿赂县官，让他偏袒自己。因此，此案拖了一个多月也没判。

　　一天，有位举人北上应试，路过东昌府，派人打听王心斋。刚好问到虞小思，虞家就问怎么回事。原来这举人姓傅，就是阿卯，已入了闽籍，十八岁时已乡试中举，因为有以前的约定而未婚。他母亲吩咐他顺路去找一下王心斋，问问他女儿是否已经出嫁了。虞小思高兴极了，邀请傅阿卯到家里，把整个情况讲了一下。然而因他从千里之外来，担心没有什么凭证。傅阿卯打开箱子拿出王心斋当年答应婚事的书面凭证。虞小思把王心斋叫来，查验后果然是真的，都很高兴。这天，当县官再审此案时，傅阿卯递上名帖拜访了他，这案子就撤销了。选了吉日定好迎娶之事，傅阿卯就离开了。

　　参加会试后，傅阿卯买了迎娶的礼品，在自己家的老宅里举行了婚礼。这时，他考中进士的喜报已到了闽地，不久又报到东昌府。傅阿卯又被选入尚书省，就再次到京城，了解政务后才回来。王紉针不乐意到闽地，傅阿卯也因祖宅祖坟都在这里，就独自去到闽地把父亲的灵柩和母亲接回来。又过了几年，虞小思死了，儿子才七八岁，王紉针待他比自己的弟弟还好。让他读书，使他进入县学，家中也非常富有，都是傅阿卯帮助的。

　　异史氏说："神龙中也有游侠吗？扬善惩恶，或生或死都使用雷霆，这就是'钱塘破阵舞'啊！轰轰隆隆多次雷击，都为的是一个人，怎么就知道王紉针不是被贬下凡的龙女呢？"

粉　　蝶

　　阳日旦是琼州府的一个读书人。一次，他从外地回来，船行海上，突然遇上飓风，就在船只将要沉没时，不知从哪里漂过来一只空船，阳日旦急忙跳上去。等他回过头看时，原来那只船和船上的人已沉没了。这时，风越来越狂，阳日旦只好闭上眼睛，一任风将船吹向何处。

不知过了多长时间，风渐渐停息了。他睁开眼，忽然见前方有一座岛屿，岛上有成片的屋宇，急忙划船，泊近村口。村中悄无人声，鸡不鸣，狗不吠，走着走着，见有一个向北开的院门，里边松竹蓊翳，苍翠欲滴。当时天已是初冬，院墙内不知是什么花的蓓蕾绽放，春意盎然。阳日旦越看越爱，在门口犹豫了一会儿，便走了进去。远远的，传来一阵琴声，阳日旦停下脚步侧耳听。这时，有个婢女从里边走出，看上去有十四五岁，生得飘逸俏丽，袅娜妩媚。她瞥见有生人来，急忙转身进房。里边的琴声即刻止歇了，门里闪出一位少年，面带惊讶之色，问阳日旦从什么地方来。阳日旦便将前后经过向少年说了。少年又问阳日旦的族望，他也如实地说了。不想那少年高兴地说："真巧！真巧！你是我的姻亲！"说罢少年便将阳日旦请进院子。阳日旦打量了一眼，见院中房舍建造得精美华丽，又听到琴声，进房后见里面端坐着一位少妇，正用纤指拨弄琴弦，有十八九岁，光彩照人。她望见来了客人，急忙推开琴想要回避。少年阻止住她说："不要走，他是你家的亲戚。"他便代阳日旦说了族望和身世。少妇又惊又喜地说："你是我的侄子。"于是问阳日旦道："祖母还健在吗？父母今年有多大年龄了？"阳日旦说："父母今已四十来岁，身体都还健朗；只是祖母六十岁，而且患有重病，连走路都需要人扶着。侄儿实在不知道姑母是哪一房的，请明告侄儿，以便回去向父母说明。"少妇说："山高水远，路途迢迢，我和家中联系已中断很久了。你回去后只对你父亲说，'十姑向你问好'，他自然便清楚了。"阳日旦又问道："请问姑父是哪里人士呀？"少年回答道："我姓晏，叫海屿。这岛叫神仙岛，离琼州府三千里，我寄居这里的时间也不长。"十娘转身进内，叫婢女取酒食待客，海鲜蔬果味道鲜美，却叫不上名来。

吃完饭，少年引他在园中游玩，桃李含苞，阳日旦深感奇异。晏海屿说："这里夏季没有大热天，冬季没有大冷天，鲜花四季开放。"阳日旦高兴地说："这里真是仙乡！我回去后告知父母，将家搬到这里，与你们做邻居。"晏海屿只是微笑。

从园子回书斋后，阳日旦就点起灯烛，见一张琴横放在几案上，便请姑父弹奏一曲。晏海屿便坐下来调弦正音。十娘从房内出来，晏海屿道："来，来！你快来为你侄儿弹琴！"十娘就坐下，问阳日

旦道："侄儿想听什么曲子？"阳曰旦说："侄儿从不读《琴操》，实在说不上来想听什么。"十娘说："你只随意说个题，我都可以弹成曲调。"阳曰旦笑道："海风引舟也可以弹成一支曲调吗？"十娘说："可以。"随即拨弦挑勾，奏出一曲，如同有旧谱，声调激越奔腾，起伏跌宕，静心领会，就像自身仍在船中，被飓风颠簸震荡，剧烈摇晃。阳曰旦惊叹不已，问道："我可以学吗？"十娘把琴给他，试让阳曰旦用手指勾拨琴弦，然后说："当然可以教你。你想学什么曲子？"阳曰旦说："刚才弹奏的'飓风曲'，不知道用几天时间可以学会？请先将曲子抄写下来，以便我吟诵。"十娘说："这曲子没有文字，我是依据意境谱就的曲。"十娘又起身取来一张琴，比画作出勾剔手势技法，让阳曰旦仿效。阳曰旦一直练到一更多，等音节基本合拍后，夫妻俩才离去。

　　阳曰旦聚精会神、屏声静气地在烛光下继续抚琴，弹着弹着，突然悟到曲中真谛，不觉缓缓起舞。他猛抬头，忽见那个飘逸俏丽的婢女站在灯下，便惊异地问："你原来还没有走吗？"婢女嫣然一笑，说："十娘命我服侍先生睡下，关上门移开烛。"阳曰旦细细看去，见婢女美艳绝伦，两眼如秋水盈盈，有无限娇媚，不由得心荡神摇。他先是用话去挑逗，婢女只是低头含笑。阳曰旦更加难以控制，猛然站起来搂住婢女的脖颈。婢女对他道："别这样！天将亮，主人就要起身，假如彼此有意的话，明天晚上也不迟。"两人正亲热间，突然听见晏海屿呼叫"粉蝶"。婢女脸色突变道："坏了！"急忙跑去。阳曰旦偷偷潜到晏海屿住房窗下窥听。只听晏海屿说："我本来就说这婢女尘缘没有绝灭，你一定要收下她。现今怎么样？应当狠狠地打三百鞭！"十娘说："男女之情一旦萌发，就不好再使唤了，不如为我侄子发落了她吧。"阳曰旦又惭愧又害怕，回到书斋中吹灭灯烛上床睡了。

　　天亮后，有个童子进房来伺候阳曰旦盥洗，没有再见粉蝶。阳曰旦心中惴惴不安，生怕十娘为昨夜的事受谴责，将自己赶走。一会儿，晏海屿同十娘一道出来，似乎压根儿就没有将昨夜的事放在心上，只是盘问他习琴的情况。阳曰旦为他们弹奏了一曲。十娘说道："虽然还未入神，但十已得九，反复练习可以达到完美的境界。"阳曰旦向二人请求再教他别的曲子。晏海屿便教他一曲"天女谪降"，指法较"海风引舟"曲难，阳曰旦练了三天，才弹奏成调。晏海屿说："大概就是这样的，自此以后，你只要反复弹奏，直至熟练。弹会这两支曲子，就再没有能难住你的曲子了。"

　　阳曰旦离家日久，很是想念，便对十娘说："侄儿住在这里，承蒙姑母收留，过得很是快活。只是家中挂念。此地离家有三千里路，哪一天才能到家啊！"十娘说："这并不难。你来时的那条船还在，我可助你一帆风力。你现在还没家室，我已将粉蝶打发先去了。"十娘送给阳曰旦一张琴，又取出一包药，说："回去后，用它医治祖母的病，此药不仅能治病，也可益寿延年。"随后十娘便将阳曰旦送到海岸边，让他上了船。阳曰旦在船上找不到桨楫。十娘道："不需要那东西了。"她解下衣裙，缠绕成风帆。阳日旦担心茫茫大海之上容易迷失方向。十娘说："不要担忧，你只听凭风帆荡漾就是了。"十娘系好帆，走下船去。阳日旦神色凄然，正要与姑母拜别，这时吹起了南风，船离岸已很远了。

阳日旦看船中准备着干粮，可是只够一天吃的，心中暗暗埋怨姑母吝啬。肚子饥饿时，他不敢多吃，唯恐干粮被吃完，他只吃下一个胡饼，顿时感觉里外甘甜芳香，余下六七个胡饼，珍存起来。吃下胡饼后，肚子也不再感到饥饿了。不久，夕阳西下，阳日旦后悔回来的时候没有向姑母索要烛火。眨眼的工夫，远远地望见了人烟；再细看，却是琼州。阳日旦不由得大喜过望。船很快靠了岸，阳日旦解下衣裙，将胡饼包了，向家走去。

进了门，全家老小惊喜异常，原来他离家已十六年了，他这才知道他遇见了仙人。阳日旦见祖母老病更加严重，便取出药让祖母服下，沉疴立即除去。家人都感奇怪，纷纷问阳日旦是怎么回事，他便向家人述说了自己的所见所闻。祖母哭着说："正是你姑母。"

早先，老夫人有个女儿，名唤十娘，天生仙姿。十娘长成后，许给了晏家。晏家女婿十六岁那年进山后，一去不返，十娘等到二十余岁，忽然无病而亡，安葬已有三十多年。听了阳日旦所说，家人都怀疑十娘没有死。阳日旦取出十娘脱下当风帆的衣裙让家人看，认出是十娘在家时的穿着。阳日旦又将胡饼拿来与大家一同分着吃，吃一个，一整天腹中不饿，精神倍增。老夫人命人挖十娘的墓验看，见那棺木尚在，内中却是空的。

阳日旦离家前，曾聘了吴姓人家的女儿，还没有婚娶。阳日旦十几年不归，吴家女儿便另嫁了人。大家都相信十娘的话，翘首等待粉蝶的到来，然而一年多了，没有一点儿音信，才准备另作打算。临县的钱秀才，有个女儿名叫荷生，是远近有名的美人，芳龄十六岁，未出嫁就死掉三位未婚夫。于是阳日旦与钱家订下婚约，举行了婚礼。荷生入门后美艳无比。阳日旦看她，正是粉蝶。阳日旦吃惊地问她从前的事，粉蝶却茫然不知。大概粉蝶被驱逐的时刻，就是她降生的日子。

阳日旦每次为她弹《天女谪降》琴曲，她总是用手支着腮凝神静思，像是有所领会似的。

锦 瑟

沂州县人王生，小时候就成了孤儿，没有同族的人。他家里很清贫，但是他风度翩翩，是个很潇洒的小伙子。兰富翁见到他后很喜欢，就把女儿嫁给他，并许诺给他盖房子置办家产。王生娶了兰富翁女儿时间不长，兰富翁就死了。妻子的兄弟们都瞧不起他，理也不理。妻子更是盛气凌人，常像对待奴仆用人们一样对待他。她自己吃的是美味佳肴，给他的则是粗茶淡饭，折根草棍当筷子摆在他面前。王生都忍耐了。

十九岁那年，王生去参加童子试，没考上。他从城里回来，妻子正巧不在，锅里煮着羊肉汤已经熟了，他就拿出来吃。妻子进来，没说话，把锅端走了。王生非常羞愧，把筷子扔在地上，说："你这样对待我，我还不如死了！"妻子恼了，问他什么时候死，并给他绳子上吊用。王生气得把碗扔过去，砸破了妻子的额头。

王生满含悲愤地走出家门，心想还真不如死了，就拿着绳子来到一个深谷中，在一棵树下，正找地方系绳子，忽然看见崖壁中露出一点儿裙摆，眨眼间，走出一个婢女，看见他，又急忙返回去，像影子一样消失了，那崖壁上也没有一点儿痕迹。王生很清楚那是妖，但他正要寻死，所以也不害怕，就放开绳子坐下来看。过了一会儿，那婢女又露出半张脸，一看又缩回去了。王生心想这些鬼怪，找到他们一定有可以死的药，就抓起块儿石头敲那崖壁，说："如果地下可以进入，求你们给我指条路！我不是找快乐的，是个找死的人。"等了很长时间，没有回音，王生就又说了一遍。只听崖壁中说："求死请暂且回去，可以晚上来。"那声音清楚尖锐，小得像蜜蜂在飞。他就答应一声退后几步坐着等。不多久，已是繁星满天，崖壁间突然变成了高级宅院，两扇大门静悄悄地敞开着。他就沿着台阶走进去。进去后才几步，就有一道溪流横在面前，冒着气像是温泉。他用手一试，热得像开水一样，也不知道有多深。猜想是鬼神指给他的寻死的地方，王生就纵身一跳。只觉得热流透过几层衣服，皮肤痛得像烂了一样。侥幸的是浮在上面没沉下去。泡得时间长了，也适应了，连抓带爬，极力挣扎，这才到了南岸，侥幸没有烫伤。他继续往前走，远远看见那大房子里有灯光，王生就向那边走。猛然间冲出条狗，连扑带咬，袜子衣服都扯坏了。王生捡起块儿石头砸去，狗略退了一下。又来了一群狗吠叫着要咬，个个大得像牛犊。危急时刻，婢女出来喝退了狗，说："求死郎来了吗？我家娘子可怜你穷困潦倒，让我送你到安乐窝，从此后再不会有灾难了。"说完，婢女拿灯照着路领他去。

打开后门，在黑夜中走着。到了一户人家门前，明亮的灯光射到窗外，婢女说："你自己进去，我走了。"他进去四下一打量，原来又回到自己家了。转身往外跑，碰到妻子的老妈子，说："整天找你，又到哪去了？"说着老妈子就拉着他进屋。妻子用手帕裹着头上的伤，从床上下来笑着迎上来，说："我们做夫妻一年多了，常有些出格荒唐的玩笑，难道你还不清楚吗？我也知道自己错了。你遭受讥诮是虚的，我却被实实在在地打伤了，这样，你的怒气也可以消一点儿了。"说着妻子就从床头拿出两块很大的银锭，放在他怀里说："以后吃饭穿衣，都照你的意思办，行了吧？"他不说话，扔下银子夺门而出，仍想到那深谷中，去敲那宅院的门。他到了野外，那婢女脚小走得慢，远远还能看到她拿着的灯。他就一边猛追一边喊，那灯停下来。他追上后，婢女说："你又来了，辜负娘子的一片苦心。"王生说："我要去死，不想再求活的。你家娘子是大户人家，地下也应该需要人手。我愿到你们那里服役，的确不认为活着是什么快乐。"婢女说："好死不如赖活着，你的想法也太古怪了！我家没其他事，只有淘河、除粪、喂狗、背尸体等事；干得不合规矩，就要割耳朵、割鼻子、砍腿砍脚，你行吗？"王生回答说："行。"他们又进入了后门。王生问："怎么会有这些事？刚才说背尸体，哪来这么多死人？"婢女说："我家娘子慈悲，设置了'给孤园'，收养那些最下层的身遭横祸无家可归的野鬼。这些野鬼数以千计，每天都有死的，必须抬出去埋了，你过去看看就知道了。"又走了一会儿，他们来到一个地方，门上写着"给孤园"。进去后，见里面房屋错杂，臭气熏人。园中的鬼见了灯光就聚过来，都是些少头没腿的，不堪入目。他们刚掉头要走，看到有具尸体倒在墙下，走近一看，血肉狼藉。婢女说："死了半天没抬出去，就被狗咬了。"说完婢女就让他背走，王生感到为难，婢女说："如果不行，就请回去享你的安乐去吧！"王生没有办法，只好背起尸体放到一个偏僻的地方，求婢女替他说情，别让他干

这差事。婢女答应了。

走到一所房子旁,婢女说:"你先坐在这儿,我去说一声。喂狗的差事比较轻松,我替你谋来,如果成了,你可要想着报答我。"去了一会儿,婢女跑出来说:"来,过来!娘子出来了"他就跟着进去。见正房中四处悬挂着灯笼,有位姑娘靠门前坐着,有二十多岁,非常美貌。王生就跪在台阶下。姑娘叫人拉起他,说:"这是个读书人,怎么能喂狗;让他住在西屋,掌管文书档案。"王生很高兴,连忙磕头致谢。姑娘说:"你看来还算老实忠诚,要认真做好你的事。如果出了差错,罪责可不轻啊!"王生连连答应。婢女领他到西屋,见里面很清洁,很喜欢,感谢婢女。王生问娘子的情况。婢女说:"娘子小名叫锦瑟,是东海薛侯的女儿。我叫春燕。你生活上需要什么东西,就请告诉我。"婢女出去后又马上回来,拿来了衣服被褥放在床上。王生很高兴有了这样一份工作。

第二天天一亮,王生就早早起来做事,整理那些录鬼簿。家中的所有仆役都来探望他,送给他许多酒和肉。王生为了避嫌,都推辞了。每天两餐,都从里边送来。娘子看他清廉谨慎,就特意赐给王生读书人的头巾和漂亮衣服。凡是有所赏赐,都让春燕送来。春燕很有风姿,两人熟了以后,常有眉目传情。王生却小心翼翼,不敢有一点儿出格,只是假装迟钝不明白。就这样两年多,赏赐的比他该得的多得多,但他依然谨慎小心严格要求自己,和以往一样。

一天夜里,王生正在睡觉,听到宅院里人声喧闹,王生赶忙起来,提着刀出来,只见火把映得满天通明。进去一看,见院子里到处是强盗,仆人们吓得四处逃窜。一个仆人催他一块儿逃,他不肯,把脸涂黑勒上腰,混在强盗堆里喊:"不要惊了薛娘子!只管把钱财搜寻出来,不要漏了。"当时各个房子里的强盗正在找锦瑟,都找不到。王生知道锦瑟还未被抓住后,就独自一人到院子后面去找。他遇见一个老妈子趴在那儿,才知道娘子和春燕都翻过墙逃走了。王生也翻过墙去,见主仆二人趴在黑暗的角落。王生说:"这里怎么能藏得住?"锦瑟说:"我再也走不动了!"王生就扔下刀,背起她,跑了二三里路,累得汗流满身,才到了深谷,就放下她让她坐下。突然,冲出一只老虎。王生大吃一惊,正要迎面挡住,那老虎已咬住了锦瑟。王生就一手抓住老虎的耳朵,尽全力把胳膊塞进老虎嘴里,以替代锦瑟,老虎被激怒了,放开锦瑟,猛咬他的胳膊,咔嚓有声。胳膊咬断掉在地上,老虎也转身走了。锦瑟哭道:"你受苦了!你受苦了!"慌乱中他也不知道痛,只觉得血哗哗流得像水一样,就叫春燕撕衣服给自己包上。锦瑟拦住了,低头找到断臂,亲自用手接上,然后让春燕包上。

这时,天已经快要亮了,他们就慢慢往回走。到了家里,家里就像废墟一样。天亮以后,仆人女佣才逐渐回来。锦瑟亲自到西屋去看视王生。解开包扎,断骨头已接上,锦瑟又拿出药来涂在伤口上,才起身离开。从此以后,锦瑟更加看重他，无论什么，都和自己享有同等规格。王生的胳膊好了以后，锦瑟就在自己的内屋摆酒请王生。再三让他坐，王生才在案角坐下。

锦瑟举杯劝酒，就像对待请来的贵客一样，坐了很长时间，说："我的身子已接触到你的身子了，我想像楚平王的女儿因钟建背了她而嫁给他那样。只是没有媒人，羞于自己提出来罢了。"他感到非常惶恐，说："我蒙受你的大恩大德，就是献出生命也不能报答。这对我来说太过分了，惧怕遭到雷劈，实在不敢答应。如果你可怜我没家室，把婢女赐给我，也就很过分了。"一天，锦瑟的大姐瑶台来了，是一个四十多岁的美人。到了晚上，瑶台叫王生来，让他坐下，说："我从千里之外来，是来替妹妹主婚的，今天晚上就可以把她嫁给你了。"王生又站起来推辞不敢。瑶台就叫人拿酒，让他们两个喝交杯酒。王生一个劲儿推辞，瑶台就夺过他的酒杯和锦瑟的交换了。王生就跪在地上叩头谢罪，然后才接过来喝了。喝完交杯酒，瑶台就出去了。锦瑟说："实话告诉你：我是仙女，因有错被贬。我自愿住在地下，是想收养那些冤魂，以此来赎天帝的惩罚。又碰上天魔的劫难，就和你有了身体相合的缘分。我从远方邀请大姐来，一方面让她主婚，另一方面也是让她管家事，以便我和你一同回去。"王生站起身恭敬地说："地下是最快乐的地方！我家里有个很厉害的妻子，房子也窄小简陋，一定不能使你委屈地和她生活在一起。"锦瑟笑着说："没关系。"酒醉后两人上床睡觉，恩爱欢恋备至。

又过了几天，锦瑟对他说："阴间相会不能长久，请你先回去，等我把家事处理好了，我自己就来了。"于是锦瑟给了他一匹马，打开门让他出去后，那崖壁又合上了。

王生骑着马回到村子，村里的人都吃惊不小。王生来到家门前，只见房子早已变成光彩照人的新房了，又高又大，连成一片。原来，王生离家的那天，他妻子把两个哥哥叫来，准备狠狠揍他一顿。等到晚上，也不见回来，就回去了。有人在沟里捡到他的鞋，怀疑王生已经死了。接着一年多也没消息。陕西有个商人到这来，找媒人去和兰家提亲，就在王生的房子里和兰氏成了婚。半年时间，就修起了连片的新屋。商人出外经商，又买了个妾回来，从此，家里也不安分起来。那商人也常常几个月不回来。

王生问清了情况，大怒，把马拴好就进去了。见到原来的老女佣，老女佣吃惊地跪在地上。王生斥责痛骂了一阵，让老女佣领他到妻子的住处。到屋里一看，兰氏已经逃出去找不见了。随后在房子后面找到了她，已经上吊死了。王生就让人抬着她的尸体送回兰家。他又叫那妾出来，有十八九岁，风姿仪容很不错，王生就和她住在一起。那商人托村里人和王生说，求王生把那妾还给他。妾知道了，哭着叫着不肯去。王生就准备了一份状子，要告商人霸占自己的产业和妻子的罪行。那商人一看，不敢再说什么，收拾了生意铺子向西去了。

王生正怀疑锦瑟负约，一天晚上，正和妾喝酒，忽然有车马来到门前，开门一看,锦瑟来了。锦瑟只留下春燕,其他跟来的人也打发回去了。进了内室,妾来拜见。锦瑟说:"她有宜生男孩的骨相!可以代我受生育之苦。"锦瑟就赐给她锦缎衣服和珍宝首饰。妾跪拜接受,站在一边侍候,锦瑟拉她坐下,说说笑笑,很开心。时间长了,锦瑟说:"我醉了,想睡觉!"王生也脱鞋上了床,妾就回自己房子。到了房子里一看,见王生躺在床上,很奇怪,就返回去看,那边已经熄灯了。

自此,王生没有一夜不在妾的房里睡。一天夜里,妾悄悄起来到锦瑟那里偷看,竟看到王生正和锦瑟谈笑,惊奇极了,就忙跑回去告诉王生,可王生已不在床上了。天亮以后,妾悄悄告诉王生;王生也不知道是怎么回事,只是觉得有时留在锦瑟那儿,有时和妾睡在一起。王生就告诉妾,要她不要把这怪事说出去。

时间长了,春燕也和王生有了私情,锦瑟就像不知道似的。一天,春燕突然要分娩,胎儿难产,只是大喊"娘子"。锦瑟一进来,孩子就生下了,抱起来一看,是个男孩。锦瑟剪断脐带,把孩子放在春燕怀里,笑着说:"婢子别再这样了!俗缘多了,割爱的时候就困难了。"从此以后,春燕就不再生了。妾生了五个儿子两个女儿。三十年间,锦瑟不时地回家看看,来去都在夜里。一天,她带着春燕走后,就再没回来了。王生八十岁时,一天夜里忽然带着个老仆人出去,再没回来。

丐 仙

高玉成出身世家大族,住在金城的广里。他精通针灸,不管穷人富人都给治。一天,他所住的地方来了个乞丐,小腿上长了个溃烂的疮,又是脓又是血,狼藉一片,臭气熏人,使人无法靠近。周围的人们生怕他死在这里,每天给他一顿吃的。

高玉成见到后很可怜他,就让人把他扶到自己家,安排住在偏房。家人讨厌那臭味,捂着鼻子远远地站着。高玉成拿出艾亲自给他灸治,每天还给他送去饭菜。几天后,乞丐要吃汤饼。仆人气愤地训了他一顿。高玉成知道了,就让仆人拿给他汤饼吃。不久,乞丐又要酒要肉。仆人跑来告诉高玉成说:"这要饭的也太可笑了!当他躺在路边的时候,想要有顿饭吃也办不到;现在一天有了三顿饭还嫌不好,给了汤饼,又要酒肉。这样的贪心大饕,只该照旧把他扔在路边算了！"高玉成问乞丐疮怎么样了。仆人回答说："痂已经渐渐脱落，像似能走了，但还是假装哎哟，装出呻吟痛苦的样子。"高玉成说："能费几个钱！就把酒肉给他，等他康复了，或许不会恨我。"仆人假装答应，但实际上并不给，并且和其他仆人谈起时，还一起笑话主人太痴。第二天，高玉成亲自去看乞丐，乞丐跛着腿站起来，致谢说："您的高行大义，能让死人复活，白骨长肉，对我的恩惠像长江大河一样。只是我的伤刚好，还不够强健，所以就妄想能吃些肉罢了。"高玉成知道上次说了仆人没照办，就把仆人叫来痛打了一顿，立即叫仆人把酒和肉拿来给乞丐吃。仆人怀恨在心，晚上放了一把火，烧了偏房，然后大喊救火。高玉成起来一看，房子已烧成灰烬了，叹息说："乞丐完了！"他指挥众人扑灭后，见乞丐在火里睡得正香，鼾声雷动。叫他起来，故作惊讶说："房子到哪儿去了？"众人这才惊讶他的不同寻常。高玉成更加看重他，招待他住在客房里，给他新衣服穿，和他整日相伴。问他姓名，说叫陈九。过了几天，乞丐脸上现出光彩，言谈举止颇有风度，又善于下棋，高玉成和他下，总是输。于是高玉成就每天跟着他学，颇得下棋的奥妙。

就这样一住就是半年，乞丐不说走，高玉成也一会儿离不了他，离开就觉得没意思。即使有贵客来，高玉成也带着乞丐一起陪伴喝酒。有时投骰子行酒令，陈九每次代他喊出点子，输赢无不如意。高玉成大为惊奇。每当求他再弄些花样时，他就说不会。

一天，乞丐对高玉成说："我想走了。一直蒙受你的恩惠，略备了一杯薄酒请你，不要让其他人来。"高玉成说："我们在一起很快乐，为什么急着要走？况且你又没有钱，我也不敢打扰让你做东道主。"陈九执意要请，说："一杯酒而已，也花不了多少钱。"高玉成就问："在什么地方？"陈九说："花园里。"当时正是寒冬，高玉成觉得园子里太冷。陈九却连说："没关系。"高玉成就跟他到了园子里。

进园后，高玉成顿觉天气变暖，像三月的天气；又进到亭子中，更加暖和。奇异的鸟儿结成群，叽叽喳喳地鸣叫着，像是暮春天气。亭中的桌几上，都镶着玛瑙和白玉。有架水晶屏风，晶莹明澈，光可照人；里面有花草树木，或开或落；还有白色的禽鸟像雪一样，在里面来回走动，不时鸣叫。高玉成用手一摸，什么东西也没有。高玉成为此惊讶了半天。坐下后，见一只鹦鹉站在架上，叫道："茶来！"就见一只朝阳的丹凤衔着红色美玉雕成的茶盘，上面有两只玻璃杯，里面盛着香茶，伸着脖子屹立在面前。喝完茶，把杯子放进茶盘，那只丹凤就又衔起来飞走了。鹦鹉又叫："酒来！"就有青鸾和黄鹤，从太阳中翩翩飞来，衔着酒壶酒杯，纷纷放在桌上。顷刻之间，那些鸟开始上菜，来来往往不停，各种美味佳肴瞬间就摆满了桌子。菜香酒美，没一样是常见的。

陈九见高玉成饮酒豪爽，就说："你是海量，应该用大杯。"鹦鹉又叫道："拿大杯来！"忽然看到太阳旁金光闪烁，有只巨大的蝴蝶拿着个鹦鹉杯，盛了有一斗多酒，飞到席间。高玉成看这蝴蝶比雁还大，翅膀风采动人，美丽的花纹灿烂夺目，极为赞叹。陈九召唤说："蝶子劝酒！"那蝴蝶展翅一飞，就化作一个美人，绣衣飘飘，姿态优雅，上前劝酒。陈九说："不能没有东西助兴。"美人就翩翩起舞。舞到酣畅淋漓时，脚离地有一尺多，然后头向后仰，直到脚跟，倒翻身站起来，身子竟一点儿土也不曾沾上。而且美人还唱道："连翩笑语踏芳丛，低亚花枝拂面红。曲折不知金钿落，更随蝴蝶过篱东。"余音袅袅，真可以绕梁三日不消失。高玉成兴奋极了，就拉她一起喝酒。陈九就让她坐下，也给她酒喝，高玉成酒力上来，心摇意动，突然把她揽在怀里。可是一看，竟变成了夜叉，眼睛凸着，牙龇着，一身黑肉凹凸不平，怪异丑恶的样子令人难以想象。高玉成大吃一惊松开手，趴在桌上抖个不停。陈九用筷子敲它的尖嘴，呵斥说："快走！"随着敲击又变成蝴蝶，飘然飞去。

高玉成受惊静下来后，就告辞出来。见月色如洗，就随口对陈九说："你的美酒佳肴都来自空中，你的家一定是在天上。干吗不带朋友去游览一下？"陈九说："行。"陈九拉着他的手往上一跃。高玉成只觉得升在空中，渐渐靠近天。看到有座大门，圆形的，像井一样，进去后，光明得像白天。台阶道路都是青色的石头砌成的，光滑清爽没有一点儿灰尘。有棵大树，高有好几丈，上面开着红色的花，有莲花那么大，满树都是。树下有位女子，正在石砧上捶一件绛红色的衣服，艳丽无双。高玉成呆呆地站着，眼睛都直了，竟忘了迈步。女子见他这样子，气恼了，说："哪里的狂郎，妄自跑到这儿来？！"于是女子用棒槌砸他，砸到背上。陈九赶忙拉他到没人处，狠狠训说了他一顿。高玉成被砸了一棒槌，酒也立刻醒了，觉得非常羞愧，就跟陈九出来，有白云接在脚下。陈九说："就此告别罢。有话要告诉你，请千万记住：你的寿命不长了，明天急速到西山去避一下，可以躲过。"高玉成要拉他，他竟转身走了。

高玉成觉得白云渐渐往下，自己就落在园子里，但景象已大变，还是原来的样子。高玉成回去后把这事告诉妻子，二人都非常惊奇和害怕。看衣服上被打中的地方，有奇异的红印，像织锦一样，散发出奇异的香味。早上起来，高玉成就按陈九所说的，带着干粮进山。

那天大雾弥漫，茫茫一片，看不见道路，高玉成在荒野里疾走，忽然失足，掉在满是云雾的洞里，觉得深不可测，侥幸的是没有受伤。坐在那里静心安定了很长时间。高玉成抬头一看，只见云气像盖子一样笼罩着，就自己叹息说："仙人让我逃避，可是定数不能幸免，什么时候才能从这出去呢！"他又坐了一段时间，见洞的深处隐隐有光亮，就起身慢慢往里走。

到了里面，竟是又一番天地。有三位老者在下棋，见他来了，也不理，继续下棋。高玉成就蹲在旁边看。一局棋下完了，三位老者把棋子收拾到盒子里，才问他怎么到这里来了。高玉成就说自己迷了路掉进来的。老者说："这不是人间，不宜久留，我送你回去。"老者就领他到洞口，他只觉得有云气拥着他升了起来，自己就到了平地上。

这时，看到山里树色深黄，落叶飘飘，像是秋天。高玉成大吃一惊，说："我是冬天来的，怎么突然成了深秋？"回到家中，妻子孩子大吃一惊，彼此相对哭泣。高玉成惊讶地询问。妻子说："你走了三年不回来，都认为你已成了鬼了。"高玉成说："奇怪！才一会儿啊！"高玉成从口袋里拿出干粮，已成了灰。众人都感到诧异。妻子说："你走了以后，我梦见两个穿皂衣、腰带闪闪发光、像收税一样的人，气势汹汹地到屋子里四面察看，问你到哪儿去了。我呵斥他们说：他已经外出了。你们即使是官差，又怎么能闯到女人住的房子里来呢！那两个人就出去了，边走边说：怪事怪事。离开了。"高玉成这才悟到：自己所碰到的是仙人，妻子所梦到的是鬼差。

高玉成每次接待客人时，就把那件被棒槌砸过的衣服穿在里面，满座的人都能闻到香味，不像兰香味也不像麝香味，被汗水一浸，就更香了。